UNE HISTOIRE DE FRANCE

Alain Minc, né à Paris en 1949, est essayiste depuis longtemps. Il est l'auteur de nombreux ouvrages, parmi lesquels récemment *Ce monde qui vient*, *Le Crépuscule des petits dieux*, ou *Dix jours qui ébranleront le monde*.

Paru dans Le Livre de Poche :

ALAIN MINC

Une histoire de France

GRASSET

ISBN : 978-2-253-12805-2 - 1re publication LGF

INTRODUCTION

Je ne suis ni médiéviste, ni spécialiste de la Renaissance, ni biographe attitré de Louis XIV ou de Napoléon, ni chroniqueur de la IIIe République, ni élève lointain des *Annales*, ni étudiant attardé de Pierre Nora, ni rival de Michel Winock, ni héritier de Georges Duby, ni chercheur, ni thésard, ni agrégé, ni même certifié... Je ne suis donc ni un grand, ni un petit historien, au plus un « historien du dimanche » au sens où Levinas parlait des « talmudistes du dimanche ». De là l'outrecuidance de ce livre : une histoire personnelle de la France ! C'est prendre le risque d'une volée de bois vert comme je n'en ai guère connu, même lorsque j'ai eu l'impudence de consacrer, il y a dix ans, un livre à la magistrature[1].

De quel droit un promeneur de l'Histoire se permettrait-il de tordre les vérités établies, les enchaînements de faits, les raisonnements *a posteriori* sur lesquels les meilleurs spécialistes s'affrontent à coup de travaux qui représentent souvent une vie d'ascèse intellectuelle ? Comment surtout s'autoriserait-il à utiliser comme boussole ce qui constitue l'interdit absolu de l'historien sérieux : se référer à aujourd'hui pour expliquer hier ; se moquer de la linéarité du temps ; chercher des comparaisons dans le présent pour expliquer

1. Alain Minc, *Au nom de la loi*, Gallimard, 1997.

le passé ; repérer des récurrences au lieu de penser que tout événement est unique ? Pour cette seule raison : un promeneur, c'est-à-dire un lecteur infatigable, est d'une certaine façon un consommateur. Consommateur d'innombrables biographies et travaux, consommateur de multiples théories, consommateur de visions en général contradictoires, consommateur de philosophies antinomiques, consommateur de démonstrations plus achevées les unes que les autres, consommateur de vérités qui se veulent toutes révélées. Pourquoi le consumérisme, cette religion des temps modernes, ne s'appliquerait-il pas à l'ordre de l'esprit ? Pourquoi le même individu, qui est roi dans l'ordre marchand, demeurerait-il un sujet passif dans l'univers intellectuel ? Pourquoi, au nom d'une révérence justifiée envers les grands auteurs, s'interdire de bricoler sa propre vision de l'Histoire ? Pourquoi ne pourrait-on fabriquer sa synthèse personnelle, résultat d'années de lecture et d'incubation, sans être obligé de choisir Furet contre Soboul, les *Annales* contre l'histoire événementielle, les *Lieux de mémoire* contre Montaillou, Michelet contre Guizot, Bainville contre Jaurès ?

A fréquenter l'Histoire, le nez au vent, comme un touriste attentif, on finit par déplacer les accents et modifier les hiérarchies sans oser se l'avouer. Exemple : je suis convaincu depuis des lustres, à tort ou à raison, que la révocation de l'édit de Nantes constitue une bifurcation majeure de notre histoire, nous privant d'une bourgeoisie prédisposée à « l'éthique protestante de capitalisme » qui aurait poussé la monarchie absolue à s'angliciser, c'est-à-dire à accepter les débuts d'une évolution vers le parlementarisme. Dois-je m'interdire de déplacer l'accent de Rocroi à la révocation ?

Exemple encore : la cécité de Clemenceau à la fin

de la Première Guerre mondiale, lorsqu'il refuse une paix séparée avec l'Autriche-Hongrie. N'a-t-on pas le droit, sans jouer à l'histoire-fiction, et sans imaginer ce qui se serait passé différemment, de donner à cet événement davantage d'importance que les deux lignes qui lui sont habituellement consacrées ?

Exemple toujours : la conviction que le colonialisme français, plus politique que marchand, plus rentier que capitaliste, donc très éloigné du modèle britannique, a infligé à notre pays une *diminutio capitis* alors que l'imperium anglais a au contraire grandi le Royaume-Uni et lui a conféré un privilège dont il tire encore profit. Est-il scandaleux de jauger Fachoda à cette aune-là ?

Voilà quelques ingrédients, parmi d'autres, d'une « histoire personnelle ». Celle-ci est portée par des partis pris, une forme acceptée de superficialité et des choix par définition contestables. Quel bonheur de les assumer et de les faire partager ! Rien n'est plus agréable, pour un auteur déjà chevronné, que de batifoler dans une discipline qui n'est pas la sienne : le sentiment de liberté intellectuelle est alors sans égal. Ce n'est pas manquer de respect aux maîtres de cette discipline que de se lancer dans une telle aventure. Je le fais, si l'on m'autorise cette confidence, avec la bénédiction posthume de Fernand Braudel qui m'avait murmuré, il y a vingt-cinq ans : « Ecrivez une histoire de France : il n'y a pas de plus bel exercice intellectuel. N'ayez pas peur des historiens : ils ont besoin que l'on braconne sur leurs terres. »

CHAPITRE 1

La chance d'être colonisé

Que seraient devenues la Gaule et donc la France si Vercingétorix avait triomphé des Romains ? Le mythe du héros, la préfiguration du résistant, le culte du combattant occultent la réalité. Lorsque, en 45 av. J.-C., Vercingétorix est exécuté, la civilisation gauloise est plus éloignée de la civilisation romaine que ne l'est aujourd'hui le Burkina Faso de la Silicon Valley. L'écriture lui est inconnue ; la religion se repaît de sacrifices humains ; la vie collective ignore les institutions et ne connaît que les rapports de force ; l'art est inexistant ; la philosophie est un mot vide ; l'habitat se limite à de simples cabanes. Que mettent en avant les historiens, viscéralement attachés à valoriser « nos ancêtres les Gaulois » ? Une technique pour manier le fer, la construction de vaisseaux robustes et une invention exclusivement gauloise : le tonneau ! Bons combattants, courageux, les Gaulois sont aussi démunis, face aux légions romaines, que les Indiens du Far West face à l'armée fédérale américaine.

Lorsque Jules César se lance dans l'aventure, ses hésitations témoignent de sa conviction que les batailles seront rudes. Il a raison. Il est le premier à rencontrer le problème qui deviendra classique des occupations :

à des combats assez facilement gagnés au départ succèdent des attaques de partisans autrement plus difficiles à mater. C'est la stratégie de Vercingétorix qui unifie les tribus gauloises, leur fait partager une haine commune des Romains et les lance dans une guérilla contre l'occupant : attaques de convois ennemis, destructions de campements, escarmouches innombrables. Mais c'est une bataille d'arrière-garde : elle ne dure que dix mois. Le chef gaulois se laisse en effet attirer dans un affrontement militaire frontal, alors que la loi fondamentale de toute guérilla sera, à l'avenir, d'éviter une bataille traditionnelle – francs-tireurs contre armée – perdue d'avance.

La légende sera évidemment tout autre : la victoire de Gergovie efface dans la mémoire collective la défaite d'Alésia, la cruauté répressive des Romains permet de disqualifier l'ascendant de leur civilisation et l'armée de Vercingétorix deviendra l'ancêtre de la levée en masse de l'an II et de la Résistance de 1944. Le syndrome Astérix ne date pas d'hier. L'intensité de ce mythe, partie intégrante de la légende nationale, aboutira à occulter les bienfaits de l'occupation romaine. On finira par croire que les Romains ont été, par leur comportement, des Barbares, alors que sur une échelle des cultures et des savoirs que nul ne peut nier, les vrais Barbares sont les Gaulois. Etablissant une version quasi officielle des événements, Plutarque pousse, il est vrai, l'historiographie dans cette direction, écrivant à l'occasion du triomphe de César en 46 av. J.-C. que « celui-ci aurait pris d'assaut plus de huit cents forteresses, soumis trois cents tribus, combattu trois millions d'ennemis, fait un million de cadavres et capturé un autre million de prisonniers ».

En fait, les Gaulois passent rapidement de la révolte à

une habile soumission. Ils ont en face d'eux un empire dont la politique préfigure celle des empires coloniaux du XIXe siècle, bien davantage que les conquêtes espagnoles des Amériques. L'occupant multiplie les implantations urbaines, trace des routes, crée une capitale, Lugdunum (Lyon), développe le commerce ; il se « paie aussi sur la bête », ramassant les esclaves par centaines de milliers, prélevant les récoltes, pillant ce qui mérite de l'être et incorporant les hommes dans les troupes auxiliaires de son armée – à chacun ses tirailleurs sénégalais. Mais, intelligence politique oblige, Rome confère le commandement de ces « harkis » à des notables gaulois élevés au rang de citoyens romains et dont les plus emblématiques finiront même sénateurs. Ceux-ci ne sont pas des « Quisling » mais des aristocrates qui, se romanisant, faciliteront l'osmose entre occupés et occupants, gaulois et romains.

C'est l'empereur Auguste qui poussera la « politique d'ouverture » le plus loin, consacrant à Lyon, en 12 av. J.-C., un autel voué au culte impérial autour duquel viennent se réunir les délégués des peuples gaulois. Subtile initiative qui permet aux Gaulois de se sentir reconnus dans leur identité, tout en les obligeant à accepter l'autorité de l'empereur.

Auguste a une conception charismatique du pouvoir. Ainsi fait-il, durant son règne, quatre séjours en Gaule : en prise directe à ces occasions avec les populations conquises, il leur évite le sentiment de se sentir citoyens de troisième zone de l'Empire. Bon administrateur, il instaure une organisation efficace du territoire, met en place des hiérarchies de pouvoirs, suscite des corps intermédiaires. Hormis quelques postes clefs dévolus à ses représentants personnels, il confie les nouvelles responsabilités à des chefs gaulois en voie de romanisation accélérée.

Né à Lyon en 10 av. J.-C., son successeur Claude poursuit d'autant plus naturellement cette politique qu'il se sent gaulois. Il bâtit, construit, multiplie les voies de communication, cultive plus encore que son prédécesseur l'aristocratie locale et cherche en fait à inventer entre Rome et la Gaule une forme de « Commonwealth ».

Il est vrai que ce genre de communauté s'érige surtout afin d'affronter un ennemi commun. Or Romains et Gaulois se trouvent naturellement associés face à la menace des Germains. Celle-ci n'est pas nouvelle pour les habitants de la Gaule et César avait utilisé ce prétexte pour lancer sa première campagne en 58, se drapant dans la posture du protecteur. Nul ne le dira plus clairement que Tacite : « Nous ne nous sommes pas établis sur le Rhin pour défendre l'Italie mais pour empêcher un nouvel Arioviste de conquérir les Gaules... Les Germains ont toujours une même raison qui les pousse sur votre territoire : l'inquiétude, l'avidité, la passion du changement, passion naturelle quand, au lieu de leurs marais et de leurs déserts, ils espèrent posséder un sol d'une fertilité extrême et devenir vos maîtres. » L'empereur Claude établit les principes qui guideront jusqu'à 1945 la politique frontalière de la France vis-à-vis de l'Est : édifier des bastions fortifiés – la ligne Maginot deux millénaires plus tôt ; développer des protectorats – préfiguration de l'attitude de Louis XIV à l'égard du Palatinat ou de Clemenceau à l'endroit de la Sarre.

L'alliance contre les Germains permet à Claude de « romaniser » la Gaule. Il réussit une symbiose entre le conquérant et le conquis à laquelle peu d'empires parviendront ultérieurement. Le fantasme, si proche de nous et si illusoire, de l'intégration franco-algérienne au moment de la guerre d'Algérie, ne fera que décalquer ce que les Romains et les Gaulois ont accompli il y a deux millénaires. L'osmose n'est certes pas partout aussi facile entre eux que le long de la Méditerranée. Moins prédisposées à se couler dans le moule romain, certaines tribus rechignent davantage ; elles se révoltent surtout à cause du poids des impôts, les colonisés s'estimant rançonnés au profit des colonisateurs.

Face aux abus de pouvoir de Néron, quelques chefs gaulois, devenus des notables romains, proclament même un fugitif empire, tout en le chargeant de libérer Rome : « Soulevez-vous et en veillant à votre propre salut, secourez aussi les Romains, libérez l'univers. » Faut-il qu'ils soient attachés à Rome pour rechercher non l'indépendance, mais le sauvetage de l'Empire ! Mais à peine une nouvelle menace germanique pointe-t-elle à l'horizon que l'assemblée des peuples gaulois réunis à Reims réaffirme sa fidélité à Rome.

A partir de ce moment et au long des décennies suivantes, la vie de la Gaule se résume à un double mouvement. D'un côté une romanisation chaque jour grandissante ; de l'autre une lutte incessante contre les invasions barbares. Romanisation, le statut de la terre qui distingue la propriété des Gaulois devenus citoyens romains de celle des sujets frappés, eux, de redevances multiples. Romanisation, le développement de villes sur le modèle de la capitale de l'Empire. Romanisation, un goût des monuments et de l'architecture qui constitue autant d'hommages à la mère de toutes ces cités. Romanisation, l'ostentation des temples dédiés au culte impérial, même si certaines divinités gauloises ne disparaissent pas, se glissant entre les rites de la religion officielle. Romanisation bien sûr, l'emprise du droit écrit, du moins dans la partie méridionale de la Gaule.

Cette évolution est régulièrement stoppée par les rigueurs de la guerre et la nécessité de résister aux Germains. Chaque fois, les Gaulois font leurs les exigences d'un combat commun, comme s'ils voulaient donner leur approbation aux propos que Tacite prête au général Cerialis : « Supposez que les Romains soient chassés de leurs conquêtes : qu'en peut-il résulter sinon une mêlée générale de tous les peuples de la terre ? » C'est certes la doctrine officielle de tous les empires : après eux, le déluge ! Mais cette antienne ne cessera d'être mobilisatrice pour les Gaulois. L'obsession de la frontière de l'est ne date pas de Richelieu...

Plus le temps passe, plus l'Empire se consume de l'intérieur, plus les envahisseurs pénètrent loin en territoire gaulois. C'est en 253 que deux tribus germaines, les Francs et les Alamans, forcent la frontière, marquant l'entrée des premiers dans un territoire qui sera un jour le leur, la France. Plus guerriers, plus rudes, moins dégrossis que les autres Barbares, les Francs seront deux siècles durant de meilleurs soldats, ce qui leur donnera un avantage décisif lors de la chute de l'Empire.

En 276, l'empereur Probus repousse violemment les Germains : ceux-ci pratiquent, pendant leur retraite, la politique de la terre brûlée. Près d'un siècle plus tard, son lointain successeur, Julien, est assiégé à Sens, avant de battre à son tour les Germains, de les repousser au-delà du Rhin et de leur imposer des « réparations » pour les destructions auxquelles ils se sont livrés, préfigurant une démarche qui, mille sept cents ans plus tard, sera au cœur de l'après-Première Guerre mondiale.

Troisième grande invasion – 406 – qui submerge une

large partie de la Gaule, avant que Romains et Gaulois ne parviennent de conserve à une ultime « reconquista ». Mais l'affrontement ne se produit plus comme avant notre ère, entre des Romains hypercivilisés, suppléés par des Gaulois en voie de civilisation et des Barbares venus de l'est, arriérés et primitifs. Les vagues montantes et descendantes d'envahisseurs ont évidemment créé une osmose entre les peuples ; les savoir-faire se sont diffusés ; le niveau culturel s'est rapproché. La civilisation des Germains n'est plus très éloignée, au ve siècle, de celle des Gallo-Romains. Envahie, libérée, détruite, reconstruite, la Gaule perd pendant ces décennies son énergie et Rome n'est plus en état de surmonter la langueur de sa colonie. La collecte de l'impôt joue un rôle, comme toujours essentiel, dans la déréliction de l'autorité. Les Romains ont de plus en plus de difficultés à lever des taxes dont ils ont, chaque jour, un besoin grandissant : c'est, *mutatis mutandis*, une préfiguration de la crise de la Ferme générale à la fin du XVIIIe siècle avec, à la clef, les conséquences que l'on connaît...

Les empires se nécrosent autant qu'ils sont envahis. Un équilibre précaire s'est perpétué entre un colonisateur tourné vers ses propres soucis, un colonisé tourmenté et des envahisseurs qui se mélangent à la population locale. Ce sont, parmi ces derniers, les Francs qui seront les plus habiles, les plus insidieux et les plus efficaces, au moment où les Gaulois ne reconnaissent plus l'autorité moribonde des empereurs qui, chassés de Rome, se succèdent à Ravenne. Lorsque le dernier empereur d'Occident est déposé en 476, son autorité ne s'exerce plus que sur l'Auvergne et la Provence, et encore n'est-elle que symbolique. Les chefs gaulois se battent entre eux, s'arrachent les territoires, s'allient avec telle ou telle tribu barbare.

Les temps civilisateurs de la conquête romaine sont oubliés ; c'est l'anarchie qui reprend l'ascendant. Il faut une nouvelle poigne de fer pour diriger l'immense territoire qu'est, pour l'époque, la Gaule. Ce sera celle de Clovis.

Chapitre 2

Le triomphe d'un immigré

De moins en moins romaine, au rythme de l'affaissement de l'Empire, la Gaule est en revanche de plus en plus chrétienne et de plus en plus barbare. C'est en effet une lame de fond religieuse qui balaie le territoire à partir de la fin du IVe siècle. L'édit de tolérance de Constantin instituant la liberté des cultes (313), puis l'interdiction par Théodose du paganisme (392), ouvrent la voie à une Eglise autrefois cachée dans les catacombes, hier semi-clandestine et désormais triomphante. Multiplication des communautés chrétiennes, édification d'innombrables lieux de culte, importance croissante des évêques qui reproduisent la hiérarchie des autorités civiles avant de prendre l'ascendant sur elles : c'est une formidable institution qui se met en place. Elle domine certes davantage les villes que les campagnes ; le quadrillage par un clergé aux ordres des évêques y fonctionne mieux, tandis que paysans et païens deviennent des termes synonymes. Mais cette Eglise centralisée, hiérarchique et orthodoxe s'est développée aux dépens de déviants, d'hérétiques, d'iconoclastes qu'elle a combattus avec une violence dont elle ne cessera de faire preuve, un millénaire durant.

Quant aux Barbares, ils se sont imposés à la fois en

se mêlant aux autochtones au rythme des invasions, et en accaparant des territoires, au point de s'en faire reconnaître officiellement la jouissance par des autorités romaines flageolantes. Dans certaines régions, telle l'Armorique, c'est une « immigration clandestine » qui s'est implantée, les Bretons venus de (Grande) Bretagne s'installant sans se heurter aux autorités, mais aussi sans obtenir leur aval. De même les Alamans se sont-ils localisés le long du Rhin sans y être autorisés, mais aussi sans être vraiment combattus. Les trois principaux peuples barbares – les Wisigoths au sud-ouest, les Burgondes au sud-est, les Francs au nord – se sont glissés dans les mailles, désormais distendues, du système romain. Ayant conclu un traité avec Rome, leurs chefs se sont vu reconnaître le droit de lever l'impôt, de dominer l'espace et de porter même le titre de *rex*.

Rien ne laisse présager, au milieu du Ve siècle, le triomphe de l'une des trois royautés barbares sur les deux autres. Certes plus romanisés que les autres, les chefs wisigoths ne mesurent pas la puissance grandissante de l'Eglise et se heurtent violemment aux évêques, ce qui ne peut que limiter leurs ambitions. Plus subtils, les rois burgondes commencent à deviner les mérites d'une bonne alliance entre le glaive et le goupillon, et une partie de leur famille se convertit même au catholicisme, précédant en cela Clovis. Mieux placée au cœur de la Gaule que le territoire franc, la royauté burgonde aurait dû en fait s'imposer aux dépens des autres peuples barbares.

Mais ce sont les hommes qui font basculer l'Histoire : les Burgondes n'ont pas vu naître en leur sein un Clovis. Les Francs sont confinés au nord de la Gaule et à la lisière de ce qui deviendra un jour l'Allemagne. Leurs territoires ne sont pas d'un seul tenant ;

ils sont cloisonnés par d'immenses forêts, de sorte que le système politique s'organise autour d'une myriade de petits royaumes réunis par des liens matrimoniaux. Une lignée commence néanmoins à s'imposer dans cet univers instable : les Mérovingiens, surtout lorsque Childéric mène des campagnes victorieuses jusqu'à la Loire, accumulant prises de guerre et butins pour le plus grand bonheur de ses soldats. Mais le pouvoir qu'il lègue en 481 à son fils Clovis, né vers 466, demeure d'une essence traditionnelle : il s'appuie sur des croyances encore marquées au coin du paganisme germanique et sur une solidarité lignagère.

Deux hommes vont, d'un coup sec, faire basculer ce système à l'ancienne : l'archevêque de Reims, Remi, et surtout Clovis. Le premier incarne un clergé suffisamment lucide pour comprendre que l'Eglise exerce le pouvoir temporel par défaut et que ce n'est pas son rôle. Héritage lointain de la romanité, la séparation du spirituel et du temporel est dans les gènes de l'Eglise de France : être proche du pouvoir séculier, le manipuler, l'influencer, mais en aucun cas l'exercer, telle sera sa doctrine jusqu'à aujourd'hui. Elle a donc besoin d'un glaive pour assurer l'ordre à sa place et la débarrasser d'un fardeau que la déliquescence des autorités romaines l'oblige à assumer contre son gré.

Le second est un génie politique de la trempe des plus grands, des Bismarck, c'est-à-dire de ceux qui font la part des choses afin de triompher durablement. Ce Barbare – cet immigré dirait-on en langage contemporain – a pris la mesure de la toute-puissance ecclésiastique ; il a compris qu'une mainmise exclusivement militaire sur la Gaule ne sera durable que si elle s'appuie sur le vecteur d'unité que représente l'Eglise ; il a aussi deviné que l'adhésion populaire – l'opinion aujourd'hui – se gagne sur la capacité d'assurer la sécurité des biens et des personnes. C'est une démarche à la Bonaparte, mêlant campagnes victorieuses, concordat et code civil.

Mais Clovis est un meilleur politique que ne le sera le Premier consul : il n'essaie pas de duper l'Eglise, mais plutôt de s'en faire une alliée à vie, quitte à payer le prix en se convertissant au catholicisme. L'épisode du vase de Soissons est de ce point de vue un message prémonitoire : soustraire un vase, réclamé par un évêque, au butin des vainqueurs n'est pas, de la part de celui qui est encore un païen, un acte neutre. De là la réaction du soldat et, quelques mois plus tard, le châtiment de ce dernier. C'est de la pure politique : tout se joue dans les symboles.

Suivant les règles d'or des grands capitaines, Clovis renforce son pouvoir et montre sa force : il s'assure le monopole de la puissance en Gaule du Nord, en se débarrassant de son rival Syagrius avant de partir à la conquête de la Gaule du Sud. Cependant une nouvelle fois habile, il s'arrête aux portes du royaume burgonde, conclut une alliance avec lui et obtient, à ce prix, la main de la nièce du roi, Clotilde, élevée de longue date dans le catholicisme. Ayant protégé de la sorte ses arrières, Clovis tente d'entrer en Armorique – i.e. en Bretagne : il doit renoncer devant une résistance qui témoigne déjà du tempérament breton. C'est vers le sud-ouest que son avance est la plus aisée. Toutefois l'essentiel ne se joue pas de ce côté-là. Clovis se veut présent sur plusieurs fronts : aussi se retourne-t-il pour lancer ses troupes vers la Germanie. A l'occasion d'un affrontement avec les Alamans à la bataille de Tolbiac, il aurait fait le serment de se convertir, en cas de victoire, au christianisme.

Son baptême est donc le couronnement d'une évolution politique davantage qu'un acte de foi. Paris vaudra bien un jour une messe ; la stabilité du royaume franc mérite, mille ans plus tôt, un baptême. Remi a milité en ce sens, priant Clovis de « veiller à ce que le Seigneur ne se détourne pas de lui » et de « gouverner avec le conseil des évêques ». Le mariage avec la catholique Clotilde, l'acceptation du baptême pour ses fils : autant d'étapes du cheminement du roi. Mais le passage à l'acte n'est pas aisé. Fidélité à la religion de ses ancêtres, volonté de ne pas choquer les croyances originelles de son peuple ? Clovis n'avance qu'à pas comptés. Il convainc nombre de ses compagnons d'accepter aussi le baptême ; il décide de transformer la cérémonie en un acte politique, faisant venir les évêques des royaumes wisigoth et burgonde, comme pour solliciter leur allégeance ; il mène une longue préparation avec Remi ; il manifeste un sens de la communication peu commun, annonçant l'événement dans la Gaule entière. Ce n'est ni Pascal saisi par des éclairs de feu, ni Claudel contre son pilier à Notre-Dame, mais un homme d'Etat d'une incroyable modernité qui transforme un acte privé en moment fondateur de son pouvoir et de sa dynastie.

Le jour de Noël 498[1], Clovis et ses compagnons pénètrent dans le baptistère de la cathédrale Sainte-Marie de Reims ; ils déposent colliers, amulettes et autres symboles des croyances qu'ils abjurent, et sont oints par Remi du chrême sacré. Ce jour-là Clovis fonde, sans le savoir, la France des siècles à venir, empreinte de catholicisme, soumise à l'autorité royale et tournée vers la défense de ses frontières, en particulier à l'est.

Assuré de sa légitimité, porté par les répercussions de

1. Il n'y a pas de certitude sur l'année.

son « coup politique », Clovis peut repartir au combat afin de repousser toujours plus loin les limites de son royaume. Maniant vis-à-vis des uns – les Burgondes – les séductions d'une alliance et vis-à-vis des autres – les Alamans – la force, il se met en situation d'affronter ceux qu'il considère comme ses seuls ennemis, les Wisigoths. Enrégimentant des soldats fournis par ses alliés, comme Napoléon le fera plus tard lors de la campagne de Russie, il avance vers l'ouest et écrase les Wisigoths d'Alaric II à Vouillé – près de Poitiers (507) –, s'ouvrant ainsi les portes de l'Aquitaine. N'ont résisté à son appétit de territoires que les rivages de la Méditerranée, en l'occurrence la Septimanie – le Languedoc et le Roussillon actuels. Le royaume de Clovis commence à ressembler à la future France : il va du Rhin aux Pyrénées. Il n'y manque même pas Paris. C'est là que le roi décide en effet d'implanter sa capitale, de manière à accompagner le glissement vers l'ouest de son domaine. Il lui reste, afin de conforter son emprise, à se débarrasser de tous ses rivaux potentiels. Aussi élimine-t-il tous les autres chefs francs, même s'ils ont fait allégeance devant lui, et établit-il l'embryon d'un Etat, imposant à ses sujets une loi commune, la loi salique.

Le gallicanisme, ce ressort essentiel de l'histoire de France, prend son essor. Clovis décide en effet qu'aucun laïc ne pourra devenir clerc sans son autorisation. Les évêques avaient cherché un glaive auquel transmettre la lourde tâche du maintien de l'ordre ; ils n'avaient pas imaginé qu'une fois établi en majesté, son détenteur n'aurait de cesse de les domestiquer. Ne laissant aucune forme de légitimité de côté, Clovis se fait enfin adouber par l'empereur Anastase dont le pouvoir est nul sur la

Gaule mais dont le prestige tiré de l'Histoire demeure grand dans l'esprit des populations.

Lorsque Clovis meurt le 27 novembre 511, sans doute ne mesure-t-il pas à quel point il a métamorphosé ce qui sera la France. La royauté a partie liée avec l'Eglise ; ses territoires commencent à ressembler à un hexagone ; le pouvoir est militairement incontesté ; les prémices d'un Etat unifié apparaissent. Le triomphe de cet immigré de génie est absolu. A une erreur près : il n'a pas mis fin à la tradition franque du partage du royaume entre les fils du monarque.

CHAPITRE 3

La victoire des « maires du palais »

L'ambition de Clovis – la constitution d'un royaume unitaire – bute donc sur la loi salique. Les quatre fils du roi semblent d'accord pour continuer l'œuvre de leur père et en particulier atteindre enfin la Méditerranée. Ils se partagent donc son royaume sans drame, de façon égale et raisonnable : à chacun un ensemble cohérent avec une seule aberration, l'Aquitaine récemment conquise, redécoupée en lamelles entre les quatre héritiers. Et bizarrement, sans plan ni concertation préétablis entre eux, ils réagissent aux occasions et aux événements comme l'aurait fait leur père. Ainsi se liguent-ils pour mettre la main sur la Burgondie, s'y reprennent à trois fois, finissent par y parvenir et se la partagent, à l'instar de l'Aquitaine, de la même manière que les Européens se répartiront bien plus tard l'Amérique du Sud et l'Afrique.

Le roi de Provence meurt en 526. Aussi ne ratent-ils pas l'occasion et annexent-ils son royaume sans coup férir. Le rêve de Clovis est accompli en 537 par cette étrange « société mutuelle » qu'ont formée ses quatre fils : les Francs ont pris le contrôle quasi complet de la Gaule. Mais le système politique est par nature instable. Il oscille, en fonction des partages successoraux et de l'apparition fugitive d'une main de fer, entre l'émiettement et le centralisme. Ainsi, après une interminable guerre civile, le royaume se réunifie-t-il en 558 pour une brève période, sous la férule de Clotaire qui, dernier survivant des quatre fils, s'estime légitime pour reconstituer le royaume de son père, désormais élargi, quitte à léser les héritiers de ses frères. Ce ne sera qu'une brève illusion, Clotaire mourant en 561.

La guerre civile durera, cette fois-là, un demi-siècle, avec son cortège de destructions et de famines, mais avec aussi, au fil des décennies, une décomposition politique que les tentatives centralisatrices de Clotaire II et Dagobert ne parviendront pas à inverser. Le balancier du pouvoir repart en effet vers la vieille aristocratie gallo-romaine. Il en va de la Gaule sous les Francs comme récemment des Indes, sous la férule britannique. Dès que la poigne du conquérant se desserre, les pesanteurs ancestrales reprennent le dessus. Elles jouent au profit des grandes familles et naturellement des évêques, les premières n'hésitant pas, afin d'améliorer leur mainmise, à s'approprier sans vergogne les sièges épiscopaux et à les transformer en fiefs quasi héréditaires. Chacun arrache des « immunités » : seigneuries, évêchés, monastères, cités. Enfin, au gré des hasards successoraux naît une espèce politique promise à un bel avenir : les maires du palais, confidents, confesseurs, premiers ministres, vice-rois, régents... Ils auront une longue postérité, sous des formes et des titres divers, mais à plus court terme ils vont donner naissance à une nouvelle dynastie.

Lorsque, au prix de quelques décès naturels, d'assassinats bien ciblés et de l'exécution de la reine Brunehaut, Clotaire II devient, vers 613, le seul roi des Francs, c'est d'un territoire morcelé qu'il hérite. Conscient des limites réelles de son autorité, il réunit à Paris un concile des évêques et une assemblée des grands du royaume, afin d'asseoir sa légitimité. Il s'agit de faire en sorte « que la paix et la discipline règnent à jamais dans notre royaume avec l'aide du Christ et que les révoltes et insolences des méchants soient très sincèrement réprimées ». Mais il n'y parvient qu'en contrepartie de gestes lourds de conséquences. Ainsi de l'édit de 614 – peut-être notre première « constitution ». L'édit reconnaît à l'Eglise une immunité fiscale : à elle de lever ses impôts. En revanche est réitéré le principe gallican de l'approbation par le roi de la nomination des évêques. Mais l'essentiel est ailleurs : l'article 12 établit que nul fonctionnaire royal ne pourra être nommé dans une région autre que la sienne, ce qui affermit évidemment le pouvoir des seigneurs locaux et leur donne quartier libre pour renforcer leur autonomie. C'est légitimer les identités régionales (Aquitaine, Burgondie...), assises sur une aristocratie du cru, aux dépens de l'autorité centrale. Le centralisme commençait avec Clovis à s'affirmer ; il devient avec Clotaire II une illusion, malgré un surcroît de légitimité formelle au profit du souverain. Celui-ci se résigne, dans le nouveau contexte, à laisser les royaumes locaux aux mains de maires du palais qui se plaisent à jouer aux petits potentats.

Mais ce compromis politique ouvre la voie au règne de Dagobert, le fils de Clotaire II, tout comme les finasseries de Mazarin dégageront un millénaire plus tard le chemin pour Louis XIV. Dagobert se fait les dents du vivant de son père sur les vieilles terres franques qu'il soumet à sa férule ; il y gagne la passion de l'Est et une vraie fascination pour la Germanie. Avec lui, la monarchie franque se refuse à oublier d'où elle vient.

L'Est, toujours l'Est ! A la mort de son père, il lui faut faire quelques concessions, pour rendre incontestée son accession au trône. Ce sont toujours les mêmes : de l'autonomie militaire pour l'un ; une position de roitelet pour l'autre. Et simultanément des signes de fermeté, c'est-à-dire l'exécution des rivaux. La quintessence de l'art politique pour les siècles des siècles : récompenser et punir, se fabriquer des fidèles et faire peur ; donner des prébendes et réprimer. Son gouvernement répondra aux mêmes règles : une main de fer pour mater les révoltes ; un vrai sens de la justice, afin d'amadouer le peuple. Mais avec en ligne de mire deux objectifs – rétablir l'unité de la Gaule et repousser ses frontières vers l'est. Transformer la Germanie en glacis protecteur de la Gaule face à des invasions venues du Grand Est est en effet son obsession et il y parvient, anticipant sur l'Empire carolingien. Mais le roi n'est pas un conquérant monomaniaque ; il bâtit, administre et fait fond sur les confréries religieuses, inaugurant à l'égard de celle de Saint-Denis une politique qui connaîtra son apogée à l'époque médiévale. C'est d'ailleurs dans l'enceinte du cloître qu'il meurt en 629.

Son règne est, en fait, un point de bascule dans l'histoire de la Gaule, donc de la France. Avant lui, héritage de la tutelle de Rome, l'obsession est le Sud, c'est-à-dire la maîtrise de la Gaule romaine. Après lui, la domination de l'Est devient le ressort de l'action royale ; l'énergie passe au Nord ; les routes commerciales prennent la même direction ; Paris et Saint-Denis s'affirment comme les centres politiques, économiques, religieux du royaume et les documents écrits commencent à appeler Francia le royaume franc. Sans doute ce basculement est-il, avec le geste fondateur de Clovis, le grand apport des Mérovingiens à la construction de la France. Car après Dagobert, cette dynastie ne connaîtra que la décadence et la médiocrité.

Les partages succèdent aux partages ; les guerres intestines constituent l'ordinaire du royaume. Le pouvoir passe régulièrement, à cause du règne de souverains souvent enfants, aux mains de maires des palais tous désireux d'utiliser pour leur plus grande gloire ces heureux concours de circonstances. Lorsque, au hasard des successions, un roi essaie de rétablir son autorité, il est, comme Childéric II, assassiné. Coups de force, exécutions, trahisons, renversements d'alliances, désobéissances : l'anarchie s'installe. Ce ne sera pas la dernière révolte des seigneurs contre le roi. La Fronde ne tombera pas du ciel, quelques siècles plus tard. Mais le dénouement ne sera pas le même. Si les Bourbons avaient connu le destin des Mérovingiens, Condé aurait pu fonder une nouvelle dynastie !

Pépin d'Héristal a été en effet plus madré que le vainqueur de Rocroi ! Les Héristal n'étaient qu'une grande famille parmi d'autres. Plus motivés sans doute, car installés aux confins du monde germanique, ils éprouvaient davantage le besoin d'avoir sur leurs arrières une Gaule solide. Le coup de génie de Pépin, classique maire du palais du roi mérovingien de son temps, est d'inverser les légitimités : la fonction de maire du palais devient héréditaire mais, à la différence de la royauté, elle ne peut se partager ; aussi est-elle l'apanage d'un seul. D'un côté une filiation simple entre les maires ; de l'autre le tourniquet des successions et des partages. Pépin va jusqu'au bout de la démarche. Il s'arroge le droit de choisir parmi les héritiers de la Couronne, et donc de nommer le roi ! De là naît le mythe des « rois fainéants », tout juste bons à être traînés dans leurs chariots à bœufs. Eginhard, biographe, un siècle plus tard, de Charlemagne, décrira ainsi la situation : « Quand il avait à se déplacer, le roi montait dans une voiture attelée de bœufs, qu'un bouvier conduisait à la mode rustique : c'est dans cet équipage qu'il avait coutume d'aller au palais, de se rendre à l'assemblée du peuple et de regagner ensuite sa demeure... L'administration de toutes les décisions et mesures à prendre, tant à l'intérieur qu'au-dehors, était du ressort exclusif du maire du palais... » Mais Pépin ne brusque pas la situation : il « laisse du temps au temps », accentuant la puissance de sa famille, tissant des liens avec la papauté, détournant les flux d'impôts de la caisse royale vers celles des grandes familles et donc de la sienne, installant des communautés religieuses fidèles à leur bienfaiteur, créant tous les instruments d'une prise du pouvoir et d'une déposition de la dynastie mérovingienne, sans cependant passer à l'acte.

La chance est de surcroît du côté des Héristal. Le successeur de Pépin, Charles, a tous les talents et les circonstances vont lui être favorables. Il administre efficacement, tient ses féaux en respect, guerroie autant que ses prédécesseurs sur les frontières. Ce sont tous les ingrédients d'une réussite classique. L'Histoire va lui apporter un destin d'une autre ampleur. Pendant que les Francs sont obsédés, comme toujours, par les Barbares de l'Est, un bouleversement, lui révolutionnaire, intervient au Sud. A peine né, l'Islam a la fibre conquérante ; il traverse l'Espagne, saute les Pyrénées et remonte le long de la Garonne et du Rhône vers le centre de la Gaule. Si irrédentiste soit-elle, l'Aquitaine appelle à l'aide le maire du palais. Celui-ci, tactique ou lenteur, attend que la situation soit diablement compromise pour intervenir. Il ne se met en campagne qu'après la prise de Bordeaux par les Arabes et les balaie à

Poitiers en 732, comme chaque petit Français le sait. C'est ce jour-là que Charles devient Charles Martel. A danger nouveau, inquiétude exacerbée. A inquiétude exacerbée, reconnaissance infinie.

Charles Martel n'a pas fait que repousser un nouvel envahisseur. Il a sauvé la Gaule, mais aussi la chrétienté. C'est du moins la légende. Sans doute l'incursion était-elle sans issue, car les armées arabes n'auraient pu demeurer durablement aussi éloignées de leurs bases et, même couronnée de succès, l'expédition se serait terminée par une simple razzia. Mais un mythe est né et, bon politique, Charles Martel s'empresse de le faire fructifier. Il profite de son prestige pour mieux asseoir sa mainmise sur l'ouest et le sud-ouest de la Gaule et fait revenir à résipiscence les seigneurs indépendantistes de Bourgogne et de Provence. Grégoire III n'hésite pas, en 739, à demander l'aide du nouveau héros de la chrétienté, pour intervenir contre les Lombards qui menaçaient à ses yeux « la Sainte Eglise de Dieu et le patrimoine du Bienheureux Pierre, prince des Apôtres ». Charles Martel a beau n'être formellement qu'un maire du palais, cet appel à l'aide le hisse, dans l'esprit de tous, au niveau d'un souverain de fait. Il ne commet qu'une erreur dans ce parcours sans faute mais la chance la réparera : au lieu de confier sa charge à un seul héritier, il se comporte étrangement comme un Mérovingien et transmet ses possessions à ses deux fils. Ceux-ci s'entendront et l'un, Carloman, poussera même l'élégance jusqu'à abdiquer au profit de l'autre, Pépin.

Pépin passe enfin à l'acte. Il fait preuve à cette fin d'une intelligence politique prodigieuse. La voie naturelle aurait consisté à réunir une assemblée des seigneurs et à se faire couronner par elle, aux lieu et place d'un roi mérovingien discrédité. Mais nul ne peut exclure dans ce genre de conclave des réticences et, surtout, Pépin aurait été redevable à l'aristocratie de son élévation : il aurait dû en payer plus tard le prix. Aussi invente-t-il une démarche étonnante. Il envoie des émissaires auprès du pape pour l'interroger « au sujet des rois qui en France n'exerçaient pas le pouvoir, s'il était bien ou non qu'il en fût ainsi[1] ». Celui-ci répond qu' « il valait mieux appeler roi celui qui avait, plutôt que celui qui n'avait pas le pouvoir » et il ordonne, par une prescription apostolique, que Pépin soit fait roi « afin que l'ordre fût moins troublé ». Ce n'est pas l'ordre public qui, évidemment, inquiète le souverain pontife, mais le trouble de l'ordre du monde. Paie-t-il la dette qu'il avait contractée auprès du père sauveur de la chrétienté ? Veut-il marquer l'ascendant du pouvoir spirituel sur le temporel, face à des Français déjà tentés par le gallicanisme ? Muni du viatique pontifical, Pépin réunit en 751 une assemblée de « tous les Francs » qui ratifie, sans contrepartie, son accession au trône. Le sens politique semble inné chez les Carolingiens.

1. Suivant les termes des *Annales regni Francorum*.

Chapitre 4

Le premier Européen

Choisi par le pape, élevé à la royauté par tous les seigneurs, Pépin organise son sacre de façon à symboliser cette double légitimité. Il sera le premier roi à être consacré à la manière des évêques et n'hésitera jamais à le rappeler, proclamant que « c'est la divine Providence qui l'avait oint pour le trône royal ».

Il sera, dans le même esprit, le premier monarque à s'ériger protecteur du pape. Il inaugure ainsi une relation entre Rome et la France qui mêlera solidarité et méfiance, alliance et rivalité, révérence religieuse et insolence politique, et qui fera de la France la « fille aînée de l'Eglise ». Menacé par les Lombards, le pape Etienne II se réfugie en Francie. Il utilise pour séduire Pépin la seule arme à sa disposition, c'est-à-dire son onction. Ainsi sacre-t-il une nouvelle fois de sa main le roi et ses deux fils, Charles et Carloman, et leur confère-t-il le titre de « Patrice des Romains » – c'est-à-dire protecteur des Romains –, de manière à les enrégimenter sous sa bannière. Ceux-ci s'exécutent, entrent en campagne pour réinstaller le souverain pontife à Rome, s'y prennent à deux fois pour mater les Lombards et établissent, au profit d'Etienne II, le premier Etat pontifical, en ajoutant à ses possessions romaines la région de Ravenne.

Désormais plus que légitime grâce à l'alliance pontificale, Pépin a tout loisir de verrouiller son royaume. Ainsi conquiert-il la Septimanie qui avait si longtemps résisté à son père, ce qui lui permet de prendre en tenailles l'ombrageuse Aquitaine. La victoire sur les éternels insurgés de cette contrée n'est néanmoins pas aisée : ce seront des années de ravages, de destructions, de batailles, d'escarmouches jusqu'en 768.

Vainqueur à l'usure, Pépin n'abuse pas de son triomphe : il promulgue le droit pour chacun, romain ou barbare, de suivre ses propres lois. C'est la féodalité qui se dessine en filigrane derrière cette décision. Admirable tacticien politique – son accession au trône en a témoigné –, guerrier audacieux, Pépin est un véritable homme d'Etat. Il use de son crédit auprès du pape, afin de faire de l'Eglise le relais de son pouvoir, quitte, en inventant la dîme, à consolider l'autonomie financière de cette dernière. Il instaure à son profit le monopole d'émission de la monnaie, marquant toutes les pièces de son monogramme. Il tient serrée l'administration en la confiant à des proches et évidemment supprime la mairie du palais, afin que ses héritiers ne connaissent pas le sort qu'il a fait subir aux derniers Mérovingiens. Enfin, ultime affirmation de son intelligence stratégique, il se révèle fin diplomate, ouvrant dès 757 un canal privilégié de communication avec l'empereur Constantin V et n'hésitant pas, dix ans plus tard, à recevoir une ambassade du calife de Bagdad. C'est la première diplomatie tous azimuts – une anticipation du gaullisme. Avoir comme alliés le pape, l'empereur, le calife : qui fera mieux ?

Mais au-delà de ses manœuvres brillantes, Pépin est

aussi le premier homme d'Etat à assumer le passé du pays et la continuité du pouvoir, même quand celui-ci n'appartenait pas à sa lignée, inaugurant ainsi une posture qui se perpétue jusqu'à aujourd'hui. Ainsi fait-il écrire, dans le nouveau prologue de la loi salique en 763 : « Race illustre des Francs instituée par Dieu, courageuse à la guerre, constante dans la paix, profonde dans ses desseins... convertie à la foi catholique et indemne de toute hérésie lorsqu'elle était encore barbare, cherchant la clef de la connaissance sous l'inspiration de Dieu, ayant le désir de la justice dans son comportement de vie et cultivant la piété. C'est alors que ceux qui étaient les chefs de cette race, dans ces temps-là, dictèrent la loi salique... C'est alors que, grâce à Dieu, Clovis, le Roi des Francs, impétueux et magnifique, fut le premier qui reçut le baptême catholique... » Le liquidateur des Mérovingiens s'érigeant en héritier de leur fondateur ! Chapeau l'artiste ! Lorsque Pépin meurt en 768, il laisse donc à son fils Charles une situation magnifique. Celui-ci saura en profiter.

Une fois de plus le principe du partage aurait pu tout gâcher. Pépin avait en effet coupé son royaume en deux parties, l'une à l'ouest de la ligne Soissons-Toulouse pour le cadet Carloman, l'autre au nord pour l'aîné Charles, le premier choisissant pour capitale Soissons, le second Noyon, comme si les deux frères craignaient de s'éloigner l'un de l'autre. C'était un leurre car ils ne s'entendaient pas. Si Carloman avait survécu, la face de l'Europe, donc peut-être du monde, aurait été différente. Mais il meurt en 771 et Charles s'empare de son royaume, sans laisser la moindre chance à sa belle-sœur et à son neveu.

Le voilà doté, comme base de départ, des territoires de son père. Avant de les élargir, il lui faut combattre sécessions et irrédentismes et en particulier un nouveau soulèvement aquitain. Il le fait à l'instar de ses prédécesseurs et comme plus tard ses successeurs, d'abord par la violence, ensuite par un mélange de décentralisation et d'autoritarisme. Lorsque l'approche libérale échoue, une main de fer s'abat sur la région. Lorsque le centralisme provoque, par ses excès, de nouvelles révoltes, une fois passée la période de répression, le balancier repart dans l'autre direction. De ce point de vue, Charles ne fait ni mieux, ni moins bien que les autres.

Mais à la différence de son père pour lequel l'unification de la Gaule constituait le but ultime et qui était intervenu en Lombardie à son corps défendant, le futur empereur aime faire bouger les lignes et ne met aucun frein à son ambition. C'est d'abord la Lombardie dont il s'empare, la vassalisant encore plus brutalement que ne le fera Bonaparte. Vient ensuite l'Espagne, mais il existe des constantes en histoire : Charlemagne échoue comme Napoléon un millénaire plus tard. Au moins un mythe en naît-il avec Roland à Roncevaux : c'est, de ce point de vue, plus gratifiant que Napoléon interpellé par *Les Fusillades du 3 mai* de Goya. L'Espagne représentait un objectif hors d'atteinte, comme elle le sera toujours pour la France.

Mais l'enjeu véritable est en Germanie ; il le demeurera jusqu'en 1945. Sur les cinquante-trois campagnes militaires du règne de Charles, un tiers eut pour objectif de réduire les Germains et de leur imposer enfin un ordre que même l'Empire romain à son apogée n'avait pas réussi à instaurer. Autant Charles réduit facilement la Bavière, autant les Saxons n'ont cessé de lui résister. Il lui faut aller au-delà de la Weser pour les vaincre, au prix de massacres, d'occupations et de terreurs.

Mais reprenant à son compte l'intelligente démarche des Romains à l'égard des Gaulois, il promulgue en 797 le principe d'une progressive égalité entre Saxons et Francs. Ainsi le royaume franc englobe-t-il la Germanie entière, avec une ambition unificatrice que même Napoléon n'osera afficher au moment de la Confédération du Rhin.

Le plus étonnant tient à l'imbrication des campagnes de Charles. Ce n'est pas l'Italie, puis l'Espagne, puis l'Allemagne. Il court d'un pays à l'autre, saute de Saxe à Rome en 773 pour y célébrer ses pâques, ce qui lui permet au passage de s'attribuer une tutelle temporelle sur le pape ; il repart vers l'Espagne, fait volte-face et se précipite à nouveau en Saxe. Quand on pense à l'ampleur des distances, aux difficultés des déplacements, aux montagnes à franchir, aux forêts à traverser, aux marais à parcourir, au froid, à la chaleur, aux maladies, on est estomaqué par l'énergie vibrionnante de Charles. Les lentes visites de Charles Quint dans ses Etats et l'organisation méthodique des campagnes napoléoniennes sont, par comparaison, des parties de plaisir.

Charles est le premier à tenir l'Europe entre ses mains, à coup d'opérations militaires, puis de « capitulaires », édits par lesquels il organise ses conquêtes, rebat les cartes entre les seigneurs, confère des dignités, établit les règles du jeu. Rien de commun avec le fonctionnement de l'Empire romain, plus anonyme, plus bureaucratique, plus structuré, plus indifférent, au fond, à la personne du souverain. C'est un « one man show », le premier de l'Histoire. A l'échelle de cet Empire qui n'en porte pas encore le nom, Paris, Saint-Denis ou Soissons sont de mauvaises capitales, trop à l'ouest, trop excentrées. De là le choix d'Aix-la-Chapelle qui témoigne de la volonté de Charles de construire une seconde Rome, voire une seconde Byzance, afin de marquer la pérennité de l'œuvre entreprise. « Roi des Francs régissant les Gaules, la Germanie, l'Italie et les régions adjacentes », – selon les *Libri carolini* de 791-792 –, Charles est désormais le seul rival de l'empereur d'Orient.

Aussi l'idée de la restauration d'un Empire chrétien d'Occident s'impose-t-elle subrepticement. C'est le pape Léon III qui s'en fait à partir de 795 le propagandiste : si l'Eglise de Rome parvient à parrainer le retour de l'Empire, elle accroît évidemment son influence. Mais ce bel édifice, tout à la gloire de la papauté, sera mis à bas par une révolte visant, en 799, à destituer Léon III. Trop heureux de rappeler à la puissance spirituelle qu'elle n'est rien sans le glaive du pouvoir temporel, Charles se remet en route pour Rome, afin de rétablir le souverain pontife sur son trône et de l'obliger à lui conférer la dignité impériale, dans des conditions telles que le nouvel empereur ne puisse apparaître comme l'obligé du pape et qu'aux yeux de tous ce soit même l'inverse. Manœuvre plus subtile que celle de Napoléon, au moment de son couronnement... Charles sauve le pape ; Bonaparte lui forcera la main.

Heureux de son nouveau titre – « Charles, sérénissime Auguste, couronné par Dieu, grand et pacifique Empereur gouvernant l'Empire romain et, par la grâce de Dieu, Roi des Francs et des Lombards » –, l'empereur se sent libre d'annexer la Vénétie et la Dalmatie, jusqu'alors byzantines, afin de marquer à l'empereur d'Orient qu'un rival est réapparu à l'Ouest.

Fort de sa légitimité, Charles pousse plus avant l'organisation de son empire. Il commence par exiger de ses sujets un serment de fidélité aux connotations religieuses. Il homogénéise son administration et, hormis quelques régions plus autonomes, impose à l'ensemble du territoire le même moule : deux cents comtes constituent son « corps préfectoral » et relaient son autorité. L'empereur se sent assez libre pour ne plus respecter l'édit de 614 qui obligeait le souverain à choisir sur place ses délégués. Il pratique, par anticipation, les « mouvements préfectoraux », fait surveiller ses *missi dominici* par des inspecteurs du palais, exige de ses représentants l'application des lois qu'il promulgue – 47 capitulaires après l'an 800 contre 9 avant le couronnement... C'est d'un côté la préfiguration balbutiante de l'Etat moderne, de l'autre l'instauration de la relation suzerain-vassal, telle qu'elle s'imposera au Moyen Age. Charles a ses vassaux mais il exige que ces derniers aient aussi les leurs, de manière à quadriller l'Empire et à être en état de lever troupes et impôts. Afin de ne pas être prisonnier des « grands », il promeut « des hommes de rien » qui lui devront tout, inaugurant de la sorte un classique de la politique qui se perpétue jusqu'à aujourd'hui.

Cette construction est impressionnante mais fragile : elle suppose un chef exceptionnel – ce qui est, du vivant de l'empereur, une réalité ; elle exige que les potentats locaux ne transforment pas leurs charges en charges héréditaires ; elle requiert une inlassable capacité de centralisation, ce qui à l'échelle d'un ensemble aussi vaste est une gageure. Charles n'aura de cesse de dupliquer à cette fin l'organisation séculière du territoire et d'imposer à l'Eglise un modèle comparable qui puisse l'aider à exercer son autorité. De ce point de vue, la création de monastères lui permet de se doter de relais directs, sans transiter par les évêques, naturellement attachés à leurs prérogatives. Il est ainsi fidèle à son devoir missionnaire d'empereur chrétien, tout en renforçant les bases de son pouvoir.

En fait, Charles poursuit à l'échelle de l'Empire, et non plus du simple royaume franc, l'action des meilleurs de ses prédécesseurs. C'est le changement de taille qui fait à la fois la grandeur et la faiblesse de son règne. Son ambition confine à l'utopie. Sans doute en est-il conscient, cédant peu avant sa mort à de funestes présages. Ce que le génie d'un homme peut accomplir pendant de brèves décennies n'a aucune chance de se perpétuer, sous la férule de souverains moins brillants.

Chapitre 5

« L'Empire éclaté[1] »

L'Empire survit à la loi d'airain du partage qui, en principe, le condamnait. Mais il ne résistera ni aux forces centrifuges à l'œuvre déjà du temps de Charles, mais que l'autorité de celui-ci contenait, ni à la faiblesse de ses successeurs, ni à la logique de l'Histoire. Distendus, les empires électifs parviennent à se perpétuer ; centralisés, les empires héréditaires se brisent. Charles avait procédé en 806 au rituel partage entre ses trois fils, Charles, Pépin, Louis. C'était accepter que l'Empire disparaisse avec lui et donc avouer que cette construction ne pouvait être, à ses yeux, que personnelle. Car, s'il l'avait voulu, son entregent, son influence sur le pape lui auraient permis de se débarrasser de la règle encombrante du partage. La mort, sous son règne, de ses deux fils aînés lève miraculeusement l'hypothèque. Charles peut faire reconnaître Louis, le cadet, comme son successeur par l'assemblée des seigneurs. Celui-ci devient donc empereur en janvier 814.

Louis ne se satisfait pas de cette investiture trop temporelle à ses yeux et obtient que le pape Etienne IV

1. Suivant le titre employé par Hélène Carrère d'Encausse à propos d'un autre Empire, l'Empire soviétique.

ou V vienne jusqu'à Reims le sacrer en 816. Même si le rapport de force permanent entre le trône et l'Eglise est, à ce moment-là, favorable à l'empereur, la requête de Louis pèsera lourd à long terme, puisqu'elle reconnaît implicitement la primauté de Rome. Si l'Empire se veut le bras armé d'une Eglise unitaire – telle est la vision de Louis le Pieux –, il ne peut se dissoudre de partage en partage. Aussi, sans mettre en cause le sacro-saint principe, Louis cherche-t-il une solution : « Il ne nous est point apparu, ni à nous, ni à ceux qui jugent sainement – i.e. les hommes d'Eglise – qu'il fût possible, par amour pour nos fils, de laisser rompre, en procédant à un partage, l'unité d'un empire que Dieu a maintenu à notre profit. Nous n'avons pas voulu courir le risque de déchaîner ainsi un scandale dans la Sainte Eglise et d'offenser ceux en la puissance de qui reposent les droits de tous les royaumes. » De là une nouvelle règle : à l'aîné, Lothaire, la dignité impériale ; aux deux cadets des royaumes périphériques, l'Aquitaine et la Bavière, avec l'interdiction de procéder à un nouveau partage, à la génération suivante. Ce que Charlemagne n'avait pas voulu décider, son faible fils le tente par dévouement à la cause de l'Eglise. Servir la religion sera en effet le refrain de son règne. Ainsi l'empereur multiplie-t-il les gestes de contrition et les pénitences publiques, ne mesurant pas qu'à trop s'abaisser devant l'Eglise, il manifeste un défaut d'autorité dont les grands vont essayer de tirer profit. Il s'appuie davantage sur les évêques et les abbés que sur les hommes de guerre ; il mange son capital en distribuant les aumônes, sans le renouveler par des razzias ; il transforme un pouvoir dynamique en pouvoir contemplatif ; il crée, par sa passivité, les conditions du désordre. Il suffit désormais d'un prétexte pour que l'Empire éclate. Ce sera la naissance d'un fils supplémentaire, Charles, issu des secondes noces de Louis.

Comment doter cet enfant, désormais le préféré, sans mettre à bas la fragile « construction constitutionnelle » de 817 ? Louis veut en revenir au partage mais Lothaire, l'empereur désigné, ne l'accepte pas. De là une guerre destructrice entre le père et les alliés du second mariage d'un côté et ses trois premiers fils de l'autre, avec des dépositions, des rétablissements sur le trône, des trahisons, des pas de clerc, des seigneurs qui changent de fidélités comme d'ambitions et une Eglise qui apparaît de plus en plus, au milieu des troubles, comme la seule institution rassurante. L'Empire n'est plus qu'une illusion. A la mort de Louis en 840, le scénario est écrit.

Unis contre leur père et leur demi-frère, les trois fils du premier mariage se déchirent. Lothaire veut désormais jouer à l'empereur ; il accepte les concessions faites initialement à ses frères, l'Aquitaine et la Bavière, mais ceux-ci considèrent que les combats menés en commun leur donnent droit à de meilleures parts de l'Empire. Après la guerre des fils contre le père, voilà la guerre des frères ! Comment l'entrelacs de loyautés et de fidélités sur lequel reposait l'empire de Charlemagne résisterait-il à un tel tumulte ? Qui est le suzerain de qui ? Qui sert qui ? Qui mérite dévouement et déférence ? Qui achète qui ? Qui trahit qui ? Pour les plus habiles et les plus audacieux des grands de l'Empire, cette situation est une aubaine : ils se taillent des fiefs de plus en plus vastes, s'érigent en faiseurs de rois, se vendent aux enchères aux trois frères.

Les « préfets » de l'Empire carolingien s'en partagent les dépouilles. Le point d'orgue est en 841 la bataille de Fontenoy-en-Puisaye qui oppose Lothaire à ses deux frères. Les guerres civiles sont pires que les guerres nationales et les guerres fratricides pires que les guerres civiles. La famille impériale n'est pas la seule à se diviser jusqu'à la mort ; toutes les lignées sont déchirées. A qui s'en remettent-elles pour rétablir un minimum de concorde ? Aux évêques qui imposent les mêmes pénitences à tous les belligérants car, pratiquant une retenue qui deviendra sa marque de fabrique diplomatique, l'Eglise se place au-dessus de la mêlée, ce qui constitue le meilleur moyen de « ne prendre aucune balle perdue » et de conforter son ascendant. Battu à Fontenoy, Lothaire ne renonce pas, ce qui conduit Charles et Louis à renforcer encore leur alliance et à se jurer mutuellement fidélité en 842 à Strasbourg. D'un côté, un empereur encore couronné, mais en quête de territoires ; de l'autre, ses deux frères dont le seul intérêt commun est de se défaire de l'Empire. Situation bloquée qui ne peut connaître que deux issues : soit la perpétuation de combats intestins sans certitude de déboucher sur une solution militaire ; soit un dénouement diplomatique, le premier d'une longue série qui scandera les siècles jusqu'à Yalta. C'est étrangement le choix, qu'après s'être battus à mort, font les trois frères.

Réunis en juin 842, ils décident de faire la paix et de diviser l'Empire « aussi également que possible ». Mais, plus sophistiqués que Staline, Roosevelt et Churchill redécoupant l'Europe à grands coups de stylo sur une carte, ils désignent par tiers cent vingt experts en charge d'élaborer une solution. Découvrant une évidence – la méconnaissance des limites et des possessions de l'Empire –, ceux-ci se livrent à une enquête minutieuse, car les territoires ne sont pas seuls en jeu ; il y a aussi des évêchés, des abbayes, des monastères, des possessions, des rentes, des liens de vassalité, des droits et des devoirs. Etonnant exercice de sagesse politique ! Les trois frères entérinent le travail de leurs conseils en août 843 à Verdun.

Il ne demeure aucune trace du traité ; aussi les historiens le reconstituent-ils à partir de ses conséquences. Mais le principe fondateur est évident : c'est le retour à la règle du partage le plus équitable possible, à rebours de la tentative qu'avait menée Louis le Pieux de s'en écarter pour des raisons d'efficacité. De même le rapport des forces militaires entre les trois frères est-il négligé, au nom de l'égalité de traitement entre eux, ce qui constitue un choix hors norme. Existe-t-il un traité postérieur à 843 qui ne tienne pas compte des résultats des guerres auxquels il est supposé mettre fin ?

Le partage de Verdun est un mystère. La minutie des experts, l'oubli des prises de guerre, l'absolue équité : autant de principes qui vont à l'encontre des supposées lois de l'Histoire. Chacun des frères a sa part de l'héritage carolingien et en particulier les régions de résidence royale. A l'ouest, le royaume de Charles le Chauve qui réunit l'Aquitaine, la Septimanie, l'Ile-de-France, les parties les plus septentrionales, avec une frontière orientale qui part de Tournai, passe à l'est de Reims, traverse la Bourgogne, coupe à l'ouest de Lyon et met le cap sur la Méditerranée, en laissant à l'ouest le Rhône à près de trente kilomètres. Au centre, les domaines de Lothaire, en l'occurrence une bande de territoire avec pour capitale Aix, qui bute à l'est sur le Rhin, incorpore la Bourgogne et s'évase en couvrant la Provence et la Lombardie. A l'est, le royaume de Louis, borné d'un côté par le Rhin, de l'autre par l'Elbe et le Danube.

Si Lothaire conserve le titre d'empereur et le siège

impérial d'Aix-la-Chapelle, ses possessions sont – l'avenir le montrera – les moins cohérentes. En revanche, les royaumes de Charles et de Louis vont, eux, s'enraciner : ils constitueront les matrices de la France et de l'Allemagne. Pèsent en ce sens la géographie, les échanges commerciaux et une identité linguistique – le roman à l'ouest, le tudesque à l'est. Mais l'Empire tampon de Lothaire entre ces deux royaumes cohérents sera à l'origine de plus d'un millénaire d'affrontements. L'irrédentisme bourguignon, la question lombarde, le mythe de la frontière sur le Rhin sont en germe dans ce découpage. Et pourtant il était impossible d'imaginer à l'époque une démarche plus sophistiquée. Elle tire un trait sur l'illusion impériale.

Une fois disparu le personnage de génie qui avait bâti cette construction improbable de Bayonne à Magdeburg, de la Septimanie à la Frise nordique, l'Empire n'avait plus aucune cohérence, hormis son identité chrétienne. Celle-ci aussi était un mythe : jusqu'à quel degré les populations regroupées sous la férule de Charlemagne étaient-elles toutes chrétiennes ? N'existait-il pas des populations chrétiennes en dehors de l'Empire ? L'Eglise ne prétendait-elle pas exercer un magistère qui en débordait les frontières ? En fait l'alliance du sabre et du goupillon – ce grand classique de l'histoire de France – était, dès l'époque, déséquilibrée comme elle le sera toujours : le pouvoir temporel se renforce avec le soutien de Rome, mais peut survivre sans ce surcroît de légitimité ; l'Eglise est, elle, désarmée si l'empereur ou le roi lui font défaut. Un empire dont la matrice se limite au christianisme est condamné ! La leçon de l'épisode Charlemagne est limpide. Ce sont les hommes qui font l'Histoire, non les institutions – ou les infrastructures en langage marxiste – car livrées à elles-mêmes celles-ci sont désarmées. Mais les hommes font l'Histoire jusqu'au jour où, en l'absence de grandes figures, l'entropie, cette loi des systèmes physiques mais aussi sociaux ou historiques, reprend le dessus. Un empire, c'est une fiction. L'aventure carolingienne est, de ce point de vue, une préfiguration.

La légende veut que la France naisse en 843 de la fin de l'Empire, ainsi que sa jumelle et rivale l'Allemagne. Ce sera, en réalité, chose faite en 870 quand Charles le Chauve et Louis le Germanique se répartiront à l'amiable la Lotharingie, c'est-à-dire les possessions de Lothaire. Certes celles-ci demeureront politiquement et militairement « la faille continentale » de l'Europe : elles ne cesseront de faire basculer l'ascendant d'un côté ou de l'autre, mais sur le moment la clarté semble s'imposer – deux royaumes, deux identités, deux réalités. Etrange retournement : Charles, qui s'est élevé sur la disparition de l'Empire, se rêve soudainement empereur. Il paie le prix exigé par la papauté pour lui conférer le titre : la mainmise sur le royaume d'Italie, et se voit en récompense couronné empereur, lors de la Noël 875. C'est à croire que, pour Charles, le traité de Verdun n'était qu'une habileté destinée à lui permettre de reconstituer ses forces.

Une fois sacré empereur d'Occident, il rêve d'effacer les conséquences du partage et donc de reconquérir la Germanie. Ainsi, dès la mort de Louis le Germanique, se précipite-t-il sur la Lorraine et pénètre-t-il à Cologne. Inutile rodomontade car Louis, fils cadet de Louis le Germanique, met en déroute l'armée impériale. Nominalement empereur, Charles n'est en fait que le premier roi de France. Il consacre toute son énergie à bouter hors du royaume les Normands qui ne cessent de le harceler, c'est-à-dire à mater les seuls ennemis qui empiètent sur son territoire.

L'obsession de l'Est l'avait en effet conduit à négliger trop longtemps les coups de main normands. Ceux-ci sont donc devenus de plus en plus audacieux et menaçants. Une fois disparue la Lotharingie et stabilisée, fût-ce contre son gré, la frontière germanique, Charles le Chauve se décide enfin à les faire pas à pas reculer. Ce ne sera pas chose aisée : un raid audacieux les avait conduits en 858 jusqu'à Saint-Denis. Charles est capable, d'escarmouche en escarmouche, de leur tenir tête, mais les difficultés de l'affrontement sont telles qu'une fois parti sur le sentier de la guerre, le roi doit lui subordonner toutes ses autres entreprises. Ce sera la première guerre défensive menée par la France et la première manifestation d'un irrédentisme qui se perpétuera à l'ouest du pays. Fossoyeur de l'Empire, Charles le Chauve aurait pu se contenter d'être un liquidateur. C'est en fait un bâtisseur : grâce à lui, la France surgit de la décomposition impériale.

CHAPITRE 6

Des Carolingiens aux Capétiens : la « balkanisation » à l'œuvre

La France s'est peut-être séparée de l'Allemagne ; elle va désormais se séparer d'elle-même avec, face à un pouvoir évanescent, un pullulement de légitimités, les unes microscopiques, les autres importantes. Comment en serions-nous surpris ? C'est l'équivalent de la disparition de l'Union soviétique : l'Empire explose mais la lame de fond ne s'arrête pas ; ce sont les nations issues de ce « big bang » qui sont à leur tour travaillées par des forces centrifuges. La Russie d'Eltsine comme la France du xe siècle... Avec à l'époque un facteur aggravant : la tradition du partage et les accidents dynastiques. Ainsi en huit ans, de 877 à 885, quatre Carolingiens se succèdent-ils à la tête du royaume des Francs de l'Ouest, soit autant qu'en cent vingt-cinq ans, depuis le sacre de Pépin. Les ravages de l'instabilité gouvernementale seront toujours les mêmes : innombrables coups fourrés, perte de légitimité, quête d'alliances toujours changeantes, incessantes intrigues, avec à la clef, un évanouissement du pouvoir. Lorsque cette instabilité règne sur fond d'invasions étrangères, la déliquescence est totale.

Or difficilement contenus par Charles le Chauve,

les Normands redoublent d'énergie. Dans ce contexte d'absolu désordre, se produit en 879 l'inimaginable : le comte de Vienne, seigneur certes important, trouve une cohorte d'évêques et de grands pour le proclamer roi de Provence. C'est un coup de grâce symbolique pour la dynastie régnante. Son titre est usurpé, son onction religieuse bafouée, son lien avec la Providence contesté. Elle puise dans cette provocation un regain d'énergie. Se sentant attaqués dans leur commune légitimité, les deux rois de l'Ouest et de l'Est refont leur unité, afin de se débarrasser de l'usurpateur. C'est la première manifestation de ce qui sera, des siècles durant, la « sainte alliance » des dynasties en place...

Mais, occupés à mater la révolte provençale, les deux rois carolingiens sont démunis pour résister à l'assaut des Vikings. Ceux-ci, assurés de leurs bases arrière autour de Gand et de Louvain, lancent des raids tous azimuts. Vers l'est et vers l'ouest, vers la Rhénanie comme vers la Lorraine, vers la Picardie autant que vers la Seine. Premier miracle d'une longue série, seul Paris échappe à l'occupation normande. Que, dans l'entre-temps, la mort ait éliminé le petit-fils de Charles le Chauve au profit de son oncle allemand Charles et que l'empire de Charlemagne ait été fugitivement reconstitué, ne change rien à la situation. L'empereur court d'un bout à l'autre de ses territoires à la tête d'une armée efflanquée mais ne gouverne rien, ne tient rien, ne commande rien. Le pouvoir impérial n'était plus, de longue date, une réalité ; il avait survécu comme mythe ; il disparaît à son tour. Un empereur qui ne menace ni ne protège personne n'existe plus. Les grands de Germanie finiront même par le déposer au profit d'un de ses neveux. Créée au nom de Dieu, la dignité impériale disparaît à l'occasion d'une intrigue de palais. Sans doute cette fin calamiteuse laissera-t-elle un souvenir si fort qu'aucun roi de France, même mégalomane, n'envisagera de ceindre la couronne impériale. Il faudra attendre Bonaparte pour que le titre d'empereur, à la fois révéré et méprisé, connaisse en France une résurrection.

Les dés sont désormais jetés : les trois grands royaumes, Italie, Francie, Germanie se disjoignent et les deux derniers ne cesseront de s'éloigner l'un de l'autre. Mais, paradoxe que les temps renverseront, c'est le royaume de l'Est qui est le plus compact, le plus concentré, le plus unitaire. Il n'y avait donc aucune fatalité, ni culturelle, ni géographique, ni raciale déterminant la France à devenir un royaume centralisé, et l'Allemagne un peuple-nation déchiré entre mille principautés. A l'est, le roi maîtrise ses Etats et bénéficie des ramifications d'une Eglise entièrement à sa dévotion. A l'ouest, la « balkanisation » s'accélère. Aquitaine, Gascogne, Bourgogne, Flandre, Bretagne : autant de régions que le roi ne sait ni commander ni protéger, de sorte que le pouvoir effectif glisse dans les mains de seigneurs locaux, dès lors que ceux-ci tranquillisent les populations, font régner l'ordre et s'assurent le soutien des évêques. De là une floraison de roitelets. L'abbé de Prüm, Réginon, décrira vingt ans plus tard le phénomène : « Les royaumes qui ont obéi à la domination de l'Empereur, privés d'héritiers légitimes, se désagrègent et se séparent les uns des autres selon leurs frontières. Ils n'attendent pas leur seigneur naturel et chacun se dispose à choisir un roi tiré de ses entrailles. Il en résulta de grandes guerres, non pas qu'il manquât de princes francs dignes par leur noblesse, leur courage et leur sagesse, de commander à ces royaumes. Mais comme ils étaient égaux, les uns aux autres par la race, les dignités et la puissance, la discorde en était augmentée, aucun ne l'emportant assez sur les autres pour qu'ils voulussent se soumettre à sa domination. » Ainsi la France est-elle en quête d'un roi. Elle peut soit se contenter d'un enfant de sang royal pour symboliser la fonction, soit faire prévaloir l'efficacité sur le principe héréditaire et se choisir un souverain « fonctionnel ».

Or il existe, à côté du trône, un personnage devenu un mythe vivant, le comte Eudes, qui peut se targuer d'avoir sauvé Paris contre les Normands. Les grands du Royaume le désignent par acclamation en 888 et l'archevêque de Sens le sacre. Mais l'absence des comtes d'Auvergne et de Flandre, de l'archevêque de Reims et de maints évêques et barons, témoigne des limites de l'opération. Eudes est le roi d'une Francie réduite aux acquêts ; il lui faut négocier avec ses autres pairs, peu disposés à reconnaître son ascendant. Aussi, afin de bénéficier d'une plus grande liberté de mouvement sur le plan militaire, transfère-t-il ses attributions intérieures à son frère Robert qui n'est autre que le grand-père d'Hugues Capet. Sa légitimité ne tient vis-à-vis de ses concurrents qu'à sa capacité de repousser les envahisseurs normands ; aussi est-elle à la merci du moindre échec militaire. Dieu n'est plus de la partie ; le roi ne peut plus se réclamer de lui pour surmonter d'éventuelles défaites et demeurer légitime. Ce sera aussi le drame de Napoléon. Le dénouement du règne d'Eudes est, dans ce contexte, inattendu. Las sans doute de guerroyer contre ses anciens pairs, devenus en théorie ses vassaux et en réalité ses rivaux, il n'ose pas faire de Robert, son frère quasi-maire du palais, son héritier et négocie le retour, à sa mort, de la dynastie carolingienne. Comment ne pas puiser dans l'histoire récente et ne pas penser à Franco qui, au lieu de s'inventer une postérité au sein du mouvement franquiste, rétablit après son décès les Bourbons ?

Voilà donc Charles le Simple, miraculé de l'Histoire, revenu sur le trône de ses ancêtres. Il doit certes payer son rétablissement au prix fort, en accroissant les pouvoirs de Robert, seul maître de l'administration royale, mélange de vice-roi et de Premier ministre, un nouveau Charles Martel avec à la clef les mêmes conséquences, après là aussi un préavis d'un siècle : un changement de dynastie. Etonnante leçon, la légitimité d'une dynastie, fût-elle humiliée, ridiculisée, bafouée, est si forte qu'il faut trois générations pour en changer. Eudes avait tout pour réussir un transfert accéléré ; il échoue. On mesure à cette aune-là la force symbolique de l'exécution de Louis XVI et le bizarre rétablissement sur le trône de Louis XVIII.

Charles le Simple ne sera pas, malgré les conditions acrobatiques de son élévation au trône, un roi insignifiant. D'abord, grâce à la longueur de son règne – vingt-cinq ans. La durée est, à cette époque, la condition *sine qua non* de l'exercice du pouvoir, ne serait-ce qu'à cause du temps nécessaire aux déplacements et à l'acheminement des informations. Ensuite, du fait de son empirisme : il ne se bat pas contre les réalités politiques ; il les entérine ; il respecte les grands et se contente d'incarner un pouvoir plus symbolique que réel, hormis sur les terres qui lui appartiennent personnellement. Enfin, à l'occasion du règlement du conflit avec les Normands, Charles reconnaît solennellement aux envahisseurs la tutelle d'une large région autour de Rouen, Evreux et Lisieux contre deux concessions, l'une temporelle – un serment d'allégeance –, l'autre spirituelle – un engagement de conversion au christianisme.

Mais un tel système de pouvoir est par définition instable. Un faux pas de la part du monarque et la révolte gronde ; un excès de faiblesse et les grands poussent immédiatement leur avantage. Certains vont jusqu'à faire allégeance à l'autre souverain, le roi de Germanie, mais les plus audacieux se proclament rois à leur tour. Ainsi Charles voit-il émerger deux rivaux élus et sacrés : son maire du palais, Robert et le duc de Bourgogne. Trois rois pour un seul royaume. La fonction commence à se banaliser et à perdre de son lustre... Ainsi le comte de Bretagne se mue-t-il également en roi, tandis qu'ailleurs les ducs et les comtes exercent eux aussi une autorité quasi monarchique, même s'ils n'osent franchir le pas de l'autoproclamation.

Le royaume de Francie se morcelle progressivement en une dizaine d'entités dirigées par des potentats locaux qui, dépositaires par délégation de l'autorité du roi, l'exercent à leur seul profit, allant jusqu'à battre monnaie à leur effigie et à prendre l'ascendant sur les évêques et les grands abbés. Le pouvoir royal, lointain et flou, ne dominait pas l'Eglise ; il passait avec elle des pactes et recherchait son adoubement. Plus près du terrain, les potentats locaux ne dupliquent pas à leur échelle cette politique ; ils n'ont de cesse que de mettre la main sur les abbayes et les fiefs ecclésiastiques implantés sur leurs territoires. Les rois révèrent l'Eglise ; les princes l'asservissent.

La dynastie carolingienne ne cesse de s'affaiblir, le poids des princes de se renforcer, mais ni la première ni les seconds ne sont assez forts pour trancher le nœud gordien et monopoliser le pouvoir. De là un demi-siècle d'avancées, de reculs, de compromis, de tergiversations, de conflits entre les multiples souverains, avec pour paroxysme l'empoisonnement du roi carolingien et sa déposition. Qui peut chercher à tirer les marrons du feu face à un tel désordre ? Le roi de Germanie évidemment, suivant un scénario qui se reproduira pendant des siècles. Un conflit insoluble appelle un arbitre extérieur ; celui-ci a besoin pour intervenir d'un prétexte ; son entrée en scène vise à accroître son emprise territoriale, même s'il se pare des plumes du bon droit ou de la fidélité. Pour le roi des Francs de l'Est, l'alibi est tout trouvé : bafouer son cousin, c'est humilier toute la dynastie carolingienne, lui au premier chef. Aussi, dans la foulée d'une victoire militaire, rétablit-il symboliquement celui-ci sur son trône tout en le mettant sous tutelle. Il réunit par ailleurs un synode d'évêques et s'abrite derrière cette assemblée pour exiger la soumission d'Hugues le Grand, héritier d'Eudes et de Robert, donc véritable maître du royaume de l'Ouest. Ce que le roi de Germanie cherche à imposer à l'ouest du Rhin, les rois de France le feront, à de multiples reprises, à l'est du fleuve, lorsque le centralisme et l'autorité auront changé de camp... Hugues ne se soumet évidemment pas, ne se soucie guère de son excommunication, constitue autour de lui une ligue de seigneurs et repousse les troupes germaines. Il ne reste à la dynastie carolingienne qu'à s'effacer à nouveau devant celle des ducs des Francs, en l'occurrence la descendance d'Eudes. C'est le prix à payer pour que Hugues le Grand octroie la Couronne à un dernier Carolingien, Lothaire.

Celui-ci entame son long règne de trente-deux ans sous la double tutelle des ducs des Francs, de nouveau maires du palais, et de son cousin, le roi de Germanie. Lothaire n'a pour exister qu'une seule stratégie : jouer un tuteur contre un autre. Mais le jour où ces deux-là feront alliance, il sera condamné. Sans doute le sait-il mais au moins gagne-t-il du temps. C'est un pari politique intelligent. Il suffirait que Hugues le Grand disparaisse avant lui pour lui redonner de l'espace. Cette stratégie n'est pas loin de réussir, car Hugues meurt en effet le premier. Habile animal politique, Lothaire essaie de réaffirmer son pouvoir, profitant de l'inexpérience du fils d'Hugues le Grand, Hugues Capet.

Où sont les enjeux, hier comme demain ? A l'est. Où se conquiert la gloire ? A l'est. Où se ressource la légitimité ? A l'est. Aussi se lance-t-il dans une aventure folle, qu'il fait valider par les grands du royaume, dont le duc des Francs : se saisir d'Aix et s'emparer de la couronne impériale. Hugues a-t-il accordé son blanc-seing à cette expédition téméraire, en pariant sur son échec ? Dans ce cas, il aurait pensé faux. Le roi de Germanie, empereur de surcroît, n'est pas assez méfiant. Trop sûr de lui, il ne mobilise pas toute sa puissance, de sorte que Lothaire s'empare d'Aix et est à deux doigts de réussir. Mais l'empereur se lance dans une irrésistible expédition de représailles. Lothaire n'a d'autre solution que de se mettre sous la protection d'Hugues Capet. Ce dernier réussit à protéger Paris des assauts germains, ce qui lui confère une gloire sans limite dont il saura faire le meilleur usage. Il n'est pas mauvais, pour accéder au trône, d'être un sauveur...

Face à l'ascension d'Hugues, Lothaire a donc changé de principal ennemi. Ainsi se réconcilie-t-il avec Othon le Germain auquel il a néanmoins voulu subtiliser la couronne impériale. Et à la mort de celui-ci, il ne connaît de meilleur hommage à lui rendre que de s'emparer de ses Etats ! Sa mort, en 986, interrompt cette inattendue « reconquista ». Aurait-il survécu, l'histoire aurait-elle été différente ? Non, car même s'il s'était offert la couronne impériale, l'Empire aurait été une simple illusion. Un siècle de « balkanisation », d'accroissement du pouvoir des princes, d'irrédentismes locaux, d'irrésistibles forces centrifuges aurait fait de cet Empire une coquille vide. Ce n'était plus un système politique en phase avec la réalité.

En revanche, si Lothaire avait survécu à Hugues Capet, le changement de dynastie ne se serait sans doute pas produit. La mort fait, à sa manière, litière d'une vision trop marxiste de l'Histoire : elle brise des destins, inverse des hiérarchies, rétablit des situations compromises. Un Lothaire qui règne trente-deux ans ne peut sonner le glas de sa dynastie, mais la disparition, au bout de quatorze mois, de son successeur Louis appelle un coup d'Etat, fût-il non violent. Il n'existe plus d'héritier carolingien. La Couronne doit donc revenir à un oncle du défunt, Charles de Lorraine – ô combien contesté. C'est l'occasion : les Carolingiens vont disparaître dans les mêmes conditions que celles qui leur avaient permis de se débarrasser des Mérovingiens. L'assemblée des seigneurs répond au vœu d'Hugues Capet de devenir roi et celui-ci reçoit l'onction. L'ultime descendant des Carolingiens, ce Charles de Lorraine, se rebiffe. On ne perd pas un royaume comme on renonce à un dîner. Il faudra une trahison pour couper court à son fantasme : elle permet de l'arrêter et de le laisser terminer ses jours en prison.

Le couronnement d'Hugues Capet est en fait moins décisif que l'historiographie voudra le laisser croire. Changer de dynastie est un moment cardinal pour les protagonistes, mais vu à travers les canons de l'analyse marxiste, c'est un non-événement. La bataille pour une royauté symbolique ne transforme ni l'état du pays, ni les tensions entre le roi et les grands, ni la relation d'adversité et de connivence entre les royaumes francs de l'Ouest et de l'Est. L'avènement de la nouvelle dynastie est le fruit du travail et du hasard, du talent et de la chance, de la persévérance et de la mortalité infantile.

Hugues Capet n'est pas Clovis. Il hérite d'une situation qu'il fait fructifier. Il ne réussit aucun coup de génie politique, comme le fut la conversion du premier grand Mérovingien. Il est élu par une assemblée à sa dévotion, qu'avaient boycottée ses ennemis, et sacré par un évêque à sa solde. Il bénéficie de la position que ses ancêtres avaient construite. C'est un héritier audacieux. Héritier, car le travail a été l'œuvre de ses prédécesseurs. Audacieux, parce qu'il saisit l'occasion. Mais être opportuniste ne suffit pas à faire un grand roi. Les dix ans de règne du premier des Capétiens sont d'une extrême banalité : quelques combats, un désir de paraître plus que d'être.

Capet est moins l'initiateur d'un projet que le fossoyeur d'une utopie. Avec son couronnement disparaît le rêve carolingien, c'est-à-dire le fantasme d'un empire d'Occident. La « balkanisation » a pris le pas sur l'aspiration unitaire, les seigneurs sur le roi, l'émiettement des pouvoirs sur la quête d'un Etat fort, la féodalité sur l'ambition impériale, la vassalité sur l'autorité. La France moyenâgeuse qui se dessine au moment du couronnement d'Hugues Capet est aux antipodes du projet de Charlemagne que ses héritiers avaient essayé, fût-ce maladroitement, de sauvegarder.

CHAPITRE 7

L'Église au firmament

Assiégeant le comte de Périgord qui s'est emparé de Tours, Hugues Capet lui fait demander par un héraut : « Qui t'a fait comte ? » La réponse fuse : « Qui t'a fait roi ? » La nouvelle dynastie est, en effet, à la merci des mêmes dangers que celles qui l'ont précédée : l'élection-sacre et la règle du partage, deux terribles meules qui liment l'autorité. Quand le hasard promeut pour de longues périodes des personnalités exceptionnelles – Pépin, Charlemagne, Charles le Chauve – ces maux s'effacent, mais dès que ces périodes de grâce s'achèvent, le système ne produit que du désordre. Pendant les mille ans qui se sont écoulés depuis la conquête de la Gaule par les Romains – une durée aussi longue que de l'an mille à aujourd'hui – les progrès n'ont pas été immenses. La France d'Hugues Capet est-elle mieux organisée, mieux gouvernée, mieux administrée que la Gaule romaine ? Les potentats locaux sont-ils de meilleurs gestionnaires que les gouverneurs envoyés par Rome ? L'ordre intérieur est-il mieux réglé ? La civilisation, la culture sont-elles plus lumineuses ?

Un bouleversement s'est en revanche produit pendant ce millénaire : le pays s'est christianisé, l'Eglise en est devenue l'armature la plus solide et la monarchie s'est placée sous son aile protectrice tout en devenant, quand elle le peut, son bras armé. S'il n'était, aux yeux du pays, le vicaire de Dieu, le roi ne serait qu'un seigneur parmi d'autres. C'est cette légitimité-là qui rend si difficile le changement de dynastie et qui a exigé, à chaque fois, un siècle de glissements progressifs d'une famille à l'autre. Le passage de Louis XVIII à Louis-Philippe semblera, par comparaison, anecdotique : Dieu ne sera plus de la partie.

Mais à l'orée de l'an mille, un autre bouleversement majeur s'est produit : le temps des grandes invasions s'achève. Il s'en produira encore au cours du Moyen Age, mais elles ne s'accompagneront plus, comme celles venues de l'est, de migrations massives. Le creuset est désormais en place, qui fera émerger la France.

Suivant l'exemple du Carolingien Louis V, Hugues avait fait élire et sacrer son fils aîné Robert quelques mois après son accession au royaume. Intelligente initiative destinée à verrouiller sa succession ! Tous ses descendants jusqu'à Philippe Auguste se plieront à ce rite, ce qui substituera peu à peu une transmission héréditaire du royaume, fondée sur la primogéniture, au principe de l'élection. Mais ce « changement constitutionnel » ne se fit pas par la décision hardie de tel ou tel souverain ; il exigea de « donner du temps au temps ». Les Capétiens se garderont de mêler le pape à cette révolution institutionnelle. S'ils ont, tous, compté sur le souverain pontife pour leur conférer l'onction divine, ils n'ont eu aucune envie d'en faire un arbitre.

Voilà donc le roi capétien à la tête du pays. Il possède, outre la dignité royale, un domaine propre dont il est le seigneur. Celui-ci est le produit de l'accumulation patrimoniale d'Eudes et de ses descendants : une Ile-de-France élargie vers la Loire et la Manche.

Les Capétiens s'acharneront tous à agrandir cette propriété familiale. C'est d'une certaine façon leur sécurité et leur base arrière. Ils se refuseront à amputer leurs terres, quitte à se priver de la sorte des moyens d'acheter des seigneurs récalcitrants. Au-delà de leur domaine, les rois doivent traiter avec des grands dont les pouvoirs sont équivalents dans leurs fiefs à ceux des Capétiens dans l'ancien duché de France, devenu le domaine royal. Ces ducs, comtes et marquis dominent des régions fortement identitaires ; ils font corps avec elles et ne peuvent donc être traités par le monarque comme de simples gouverneurs. Ils sont libres de leurs actions et de leurs gestes, et leur acte de soumission à l'égard du roi est formel. Mais il existe néanmoins une différence de nature dans l'imaginaire collectif entre les grands feudataires et le roi : aucun d'eux n'est sacré ; aucun n'a reçu l'onction ; aucun ne peut se prétendre d'essence divine. Si cela ne change rien dans la vie de tous les jours, il n'en va pas de même dans les moments clefs. La carte ultime du souverain, même contesté, même acculé, demeure son lien avec Dieu.

Sous la tutelle du roi et des grands, ses quasi-égaux, la société se divise en trois ordres : « Ici-bas, les uns prient, d'autres combattent, d'autres encore travaillent ; lesquels trois sont ensemble et ne supportent pas d'être désunis, de sorte que sur la fonction de l'un, les ouvrages des deux autres reposent à leur tour, apportant leur aide à tous. » Telle est la philosophie de la société qu'énonce un intellectuel de l'époque, évêque naturellement, Adalbéron : elle ne fait que préfigurer la division en trois « états » de la société de l'Ancien Régime. C'est une vision idyllique.

Ceux qui travaillent n'ont guère d'existence collective. Sans doute la distinction entre pauvres supposés libres et serfs ne cesse de s'estomper mais l'aliénation des uns est aussi grande que celle des autres. Ce sont les deux autres ordres qui sont face à face, à la fois solidaires et rivaux.

Ceux qui combattent, les chevaliers, représentent les « corps francs » des seigneurs. Ils sont leurs égaux au combat, leurs subordonnés en temps de paix et ils acceptent, au fil des décennies de devenir leurs vassaux. C'est le rite de l'hommage. Une parentèle se crée entre le seigneur et le chevalier, son nouveau vassal. Le premier devient un père adoptif pour le second : il le protège, l'entretient, lui confère un fief. Le fils adoptif doit, en contrepartie, être fidèle, aidant, disponible. Avec le temps, c'est évidemment le lien matériel qui prend le pas sur le lien affectif : la relation intéressée se substitue à la fidélité affective. Mais la vassalité y gagne peut-être en solidité. Au moins les arrière-pensées sont-elles limpides.

Face à l'ordre aristocratique des seigneurs et de leurs obligés, les chevaliers, s'est dressée, au fil des siècles depuis la christianisation du pays, l'Eglise. Les nobles ont donc des alter ego religieux, les évêques, avec entre les uns et les autres des liens complexes de famille, de complicité, de subordination. Et les chevaliers ont, eux aussi, leurs équivalents, moines et abbés regroupés dans des monastères et devenus le moteur de la religion : ce sont eux qui assurent le vrai service du christianisme, constituent des communautés-refuges, fabriquant par le travail et l'ascèse un capital sur lequel vivent des régions entières. Autant les grands n'hésitent pas à brusquer, voire à domestiquer les évêques, autant ils contrôlent leur agressivité face aux ordres monastiques.

Les moines leur en imposent. Leur sainteté supposée

fait d'eux des intercesseurs à ménager dans la perspective du Jugement dernier. Ils sont les soldats de Dieu, stimulant le zèle religieux, protégeant les pauvres, aidant les déshérités, incarnant la morale, servant d'armature et de stabilisateur à la société. Fondée en 910 par le duc d'Aquitaine, Cluny deviendra la plus emblématique des abbayes, créant maintes « succursales » et véhiculant l'image la plus éminente de l'Eglise : tout n'y est qu'ordre et dignité, aux antipodes d'une société laïque encore sauvage.

Encore faut-il tenir à distance les chevaliers, dont l'agressivité et la rusticité des mœurs n'ont pas vocation à s'arrêter aux portes des abbayes. Les congrégations parviennent néanmoins à leur imposer la version religieuse de l'hommage, un serment prononcé la main sur les reliques : « Je n'envahirai une église d'aucune façon ; en raison de "sainteté", je n'envahirai pas non plus les celliers qui sont dans l'enclos d'une église. Je n'attaquerai pas le clerc ou le moine ; je ne pillerai pas, ne dépouillerai pas, ne capturerai pas le paysan, ni le marchand, ni le pèlerin, ni la femme noble, aucun être désarmé[1]. » L'Eglise pousse même plus loin son emprise sur les chevaliers, se mêlant de la cérémonie d'adoubement, bénissant les armes, imposant des règles strictes au combat, exigeant que la guerre soit menée sous les auspices de Dieu et la trêve, elle aussi, décrétée en son nom.

Les croisades constitueront une conséquence de la domestication de la chevalerie par les moines et autres hommes d'Eglise. A chaque classe sociale, son engagement religieux : pour la noblesse, les croisades ; pour le peuple, les pèlerinages sous la protection des cheva-

---

1. Serment établi par l'évêque de Beauvais, 1023-1025.

liers. Etonnant regain de spiritualité, après des siècles de violence et de sauvagerie ! Exceptionnelle vitalité d'une Eglise que la médiocrité de la papauté n'inhibe guère et qui trouve en elle-même des ressources et une énergie sans pareilles ! C'est cette énergie religieuse qui sert d'antidote aux angoisses du temps.

Crainte de l'an mille, mais plus encore fantasmes de l'Apocalypse ou obsession du diable : la période ne se prête ni à la joie, ni à l'optimisme. Sans l'armature morale qu'imposent les ordres religieux, le pays serait allé à vau-l'eau, tiraillé entre le pessimisme des esprits, la sauvagerie et la brutalité des seigneurs et la gangrène des épidémies et des famines. Un simple coup de projecteur sur le rôle de l'Eglise dans ces époques lointaines suffit à révéler le caractère artificiel du débat, ces dernières années, sur les racines chrétiennes de l'Europe. Il y a une contradiction entre croire à « l'œuvre multiséculaire de centralisation » française et nier le poids du christianisme dans l'accomplissement de notre histoire. En l'an mille le pouvoir est plus évanescent que centralisé mais la religion, elle, est omniprésente. Elle est l'épine dorsale d'un pays politiquement émietté ; elle surplombe la monarchie, les ordres sociaux et le peuple ; elle détermine et scande la vie quotidienne des individus. Répéter à satiété l'importance de l'avènement des Capétiens, source lointaine de l'Etat à la française, et nier parallèlement le poids de l'Eglise et son empreinte sur le pays au nom de la laïcité est une ineptie.

Contempler la France de l'an mille suffit à mesurer le poids du christianisme sur notre histoire. Cette France-là, les premiers Capétiens l'accompagnent plus qu'ils ne la dominent. Ils jouissent du pouvoir symbolique de la monarchie, davantage qu'ils n'accroissent leur influence sur leurs vassaux. Au moins ont-ils l'intelligence, faibles comme ils sont, de s'appuyer au maximum sur l'organisation religieuse du pays. Ce n'est pas par hasard que le fils d'Hugues Capet sera surnommé Robert le Pieux : il fait de la monarchie l'appendice consentant de l'Eglise.

L'impuissance politique de la dynastie capétienne la conduit en revanche à assister passivement à un événement décisif : la conquête de l'Angleterre par les Normands. Après s'être ancrés en Normandie et s'être christianisés, les Vikings, devenus les Normands, retrouvent le goût de l'aventure. Lointaine, avec la conquête de l'Italie méridionale et de la Sicile. Proche, avec l'occupation de l'Angleterre au lendemain du triomphe en 1066 de Guillaume le Conquérant à Hastings. Se constitue ainsi un ensemble entre Normandie et Angleterre qui crée à l'ouest le pendant de la menace germanique de l'est. La carte stratégique est fixée pour les « siècles des siècles » : la France des Capétiens a désormais un rival qui lui ressemble à l'ouest et un royaume cousin à l'est, chaque année plus lointain et plus agressif. Les pièces du puzzle sont désormais sur la table.

Chapitre 8

Les croisades ou le début du colonialisme français

Sans les croisades, les débuts de la dynastie capétienne auraient été bien pâles. Trois souverains se succèdent sur le trône entre 1060 et 1180 – Philippe Ier, Louis VI, Louis VII. L'astuce du sacre de l'héritier du vivant du roi évite tout problème successoral et la machine à intrigues à laquelle ressemble déjà la cour royale n'arrive plus, dans ce contexte, à tourner à plein régime. Louis VII se mariant de surcroît avec une descendante des Carolingiens, les Capétiens ne peuvent plus être taxés d'usurpateurs du trône. Leur effort intérieur tend essentiellement à l'agrandissement du domaine royal et à l'accentuation sur ces terres-là de la mainmise du roi, aux dépens des seigneurs locaux.

Louis VI est aidé dans cette tâche par Suger, devenu mythologiquement le premier technocrate de l'histoire de France : élu en 1122 abbé de Saint-Denis, il consacre une partie de son temps à enrichir et embellir son abbaye et l'autre à administrer le domaine royal pour le compte du monarque. Il veut aider le souverain à « sauvegarder les églises, protéger les pauvres et les malheureux, donner des soins à la paix et à la défense du royaume » et, si celui-ci défaille dans cette mission, il la remplit pour son compte, sans en réclamer la gloire. Sous sa férule, la chancellerie royale multiplie les actes : 171 pendant les quarante-huit années du règne de Philippe Ier, 359 en trente-neuf ans sous Louis VI, 800 en quarante-trois ans sous Louis VII. Edicter, c'est déjà administrer à la française. C'est toute la philosophie du grand commis de l'Etat qui est en germe chez Suger : administrer pour la gloire d'autrui.

Mais sur le plan politique, les trois règnes sont dominés par la « question normande », comme on parlera plus tard de la « question coloniale ». En effet la conquête de l'Angleterre par Guillaume fait de celui-ci ou de ses successeurs un vassal et un égal du roi. Vassal au titre du duché de Normandie ; égal comme souverain d'Angleterre. Mais surtout un rival plus puissant : l'entrelacs des mariages et des successions réunit dans la main d'Henri Plantagenêt entre 1150 et 1158 la Normandie, l'Anjou, la Guyenne, la Gascogne, la Bretagne et naturellement le royaume d'Angleterre. Que pèse à côté, le domaine capétien ?

Et pourtant les liens de soumission à la Couronne sont si forts qu'Henri ne renie jamais, du moins pour ses possessions françaises, sa condition de vassal du roi. Etrange partie ! Le Capétien joue des seules armes à sa disposition, l'intrigue et l'onction ; le Plantagenêt s'arc-boute sur sa puissance mais n'ose pas franchir le pas et mettre en cause la légitimité du roi de France. Celui-ci pratique avec succès ce qu'on appellera, lors de la guerre froide, le *containment*[1]. S'il est sourcilleux sur le respect, par le duc de Normandie, de sa position de vassal à son égard, le roi ne s'applique pas les

1. Expression utilisée par les Américains pour définir leur politique vis-à-vis de l'Union soviétique : la contenir.

mêmes règles face à l'empereur germanique, se refusant, quoi que fasse ce dernier, à le reconnaître comme suzerain. Mais le pilonnage juridique auquel se livre sur ce terrain l'empereur, afin de rappeler sa primauté, n'est pas pour rien dans la volonté capétienne, à travers le mariage de Louis VII avec Adèle de Champagne, de se réclamer de l'héritage carolingien et de ne pas en laisser le monopole à l'empereur d'outre-Rhin.

Il est vrai que, dans cette partie complexe, aussi délicate que les grands jeux diplomatiques des XVIIIe et XIXe siècles, le roi de France a toujours su se ménager le soutien de la papauté. C'est, certes, l'intérêt de cette dernière de s'appuyer sur un allié fidèle dans son affrontement récurrent avec l'empereur, ce duel jamais tranché entre le pouvoir spirituel et le pouvoir temporel. Mais les Capétiens ne lésinent guère sur les concessions pendant cette période où ils se sentent pris entre deux feux. Ainsi vont-ils jusqu'à réduire leurs exigences sur la fidélité des évêques à leur égard, acceptant de remplacer l'hommage par un simple serment, ce qui constitue une entorse significative au gallicanisme dont les trois dynasties se sont faites, depuis Clovis, les chantres et qui représentera une constante de l'histoire de France, jusqu'au début du XXe siècle.

C'est néanmoins grâce à la part primordiale prise par le royaume capétien aux croisades que celui-ci s'attire réellement les bonnes grâces de la papauté. Urbain II vient ainsi prêcher la croisade en France en 1095. Il le fait à Clermont, en même temps qu'il donne valeur universelle à la trêve de Dieu, destinée à mettre fin aux incessantes guerres entre seigneurs dont le petit peuple est l'ultime victime. Sans doute est-ce le premier de ces innombrables appels pontificaux à la paix universelle qui constituent un rituel, jusqu'à aujourd'hui, de la fonction papale. Ces propos pleins de bienveillance sont-ils plus écoutés en 1095 qu'ils ne le seront en 2008 ? Un peu, car la menace de l'excommunication et la crainte de l'enfer sont plus efficaces à cette époque que dans nos sociétés hyperlaïques... Mais l'essentiel du prêche de Clermont est l'appel à la croisade.

Philippe Ier, en délicatesse avec l'Eglise à cause d'un mariage irrégulier, n'en prend pas la tête et délègue son frère. Détourner l'énergie des grands vers un objectif lointain est une aubaine pour le souverain. C'est à un authentique mouvement d'enthousiasme collectif que l'entreprise donne lieu. Toute la chevalerie française se met en branle. Nombre de seigneurs se ruinent pour s'équiper, beaucoup y laisseront leur vie, les survivants reviendront auréolés d'une gloire mythique. Est-ce le tropisme de l'outre-mer français qui commence à se manifester ? Le royaume est en effet sans possibilité d'expansion territoriale, à la différence de l'Espagne confrontée à sa frontière avec l'Islam et de la Germanie libre d'avancer vers l'est ; ce sera la situation de la France du XIXe siècle, avide de se trouver des exutoires au-delà des mers.

Toujours est-il que, pour le monde entier, les premières croisades apparaissent comme un phénomène français. Aux yeux des chrétiens, vis-à-vis desquels elles confèrent à la monarchie capétienne une légitimité particulière. Aux yeux des peuples d'Orient, qui découvrent la France dans un rôle qui leur laissera de bons et de mauvais souvenirs. Pendant près de deux siècles, la vie de la France sera rythmée par les croisades. C'est un moine français, le plus respecté de tous, saint Bernard qui prêche en 1146 à Vézelay la deuxième croisade, afin de défendre le royaume franc de Jérusalem contre un retour des musulmans. Louis VII prend cette fois-ci lui-même la croix. Dans l'inconscient collectif, la hiérarchie ne peut que se modifier quand les fidèles voient le roi se plier spontanément à l'appel lancé par un moine. Pendant un temps, le premier personnage de la chrétienté est donc saint Bernard. Il fixe la doctrine religieuse, se fait le chantre de l'intransigeance, s'oppose aux hérésies vaudoise et cathare et plie à sa volonté les hauts barons, les rois et même les papes dont il devient le « grand électeur ».

Le mythe de la croisade se renforce un demi-siècle plus tard, lorsque Philipe Auguste et Richard Cœur de Lion, rivaux à mort – puisque deux des trois principaux souverains d'Europe –, cheminent ensemble sur la route de Jérusalem quitte, une fois en Orient, à mener chacun ses combats avec sa stratégie et son tempérament personnels.

Mais la mystique atteindra son apogée avec Saint Louis. En 1244, année de la seconde chute de Jérusalem, celui-ci décide de prendre la croix, mobilise les ressources du royaume pour préparer et financer l'expédition, fait à cette fin construire Aigues-Mortes, d'où il s'embarque en 1248, afin d'attaquer les musulmans au cœur, c'est-à-dire en Egypte. C'est, chacun le sait, l'échec. Saint Louis doit capituler et demeure prisonnier quatre années en Palestine à attendre un illusoire renfort mongol. Rentré en France en 1254, il ne songe qu'à repartir. Il attendra certes seize ans, mais le 1er juillet 1270, il fait voile vers Tunis, campe devant Carthage et est emporté par la peste, au début de sa mission, le 15 août. Quelle formidable image d'Epinal qui rétroagira sur toute l'histoire des croisades, transformant une politique de conquête en martyre ! C'est la naissance de l'universalisme français, cette attitude qui nous est si particulière de partir à l'assaut du monde, au nom du bien. Bien d'essence religieuse, au moment des croisades. Bien d'essence laïque, beaucoup plus tard, quand se construira l'Empire colonial.

Il existe aussi une croisade intérieure, aussi violente que la croisade extérieure : l'écrasement des hérésies par d'autres chevaliers, eux aussi enrégimentés sous l'autorité de l'Eglise. Vaudois, cathares et autres ne font que pousser l'ascèse monastique jusqu'à l'extrême. S'ajoutent certes des provocations doctrinales, tel le refus cathare de l'Incarnation de Jésus. La répression est à la mesure de l'inquiétude que ressentent, devant cette concurrence soudaine, moines et évêques. Ces premières hérésies devancent doctrinalement la Réforme ; l'excommunication des cathares préfigure la croisade des Albigeois et plus tard les guerres de Religion.

Dans un univers aussi fragmenté que la France des XIe et XIIe siècles, un phénomène de l'ampleur des croisades entraîne un bouleversement social. La légitimité morale des chevaliers se renforce, mais leur place dans la société s'étiole. C'est la bourgeoisie des villes qui gagne au change. Les chevaliers partis pour l'Orient, la sécurité des biens et des personnes ne souffre pas dramatiquement de leur absence. Que vaut, dès lors, leur rôle de garant de l'ordre ? Il se dévalorise. Les villes s'auto-organisent, les bourgeois se groupent en associations de métiers, les corporations se réunissent en municipalités, lesquelles s'arrogent des droits et des privilèges. Les communes se substituent aux seigneurs du cru, partis en croisade. Etonnant mouvement d'« autogestion » qui aboutira en Flandres et en Italie à une myriade d'autonomies locales. Le phénomène se heurte en revanche en France à la férule du roi.

Car le monarque est le second bénéficiaire des absences par éclipses d'une chevalerie qui part, revient, repart et meurt. S'il combat les excès de l'autonomie des communes, il n'hésite pas à s'appuyer sur elles, afin de mieux résister à l'aristocratie. Le roi a moins à craindre de la bourgeoisie que des grands. C'est d'avoir méconnu ce principe de bon sens politique que la dynastie capétienne mourra sept siècles plus tard. Louis VI et Louis VII agissent intelligemment avec la bourgeoisie à peine naissante sous leur règne, alors que Louis XV et Louis XVI ne comprendront pas le parti à tirer de l'apogée bourgeoise qu'ils verront s'accomplir sous leurs yeux.

En fait, si chahutés soient-ils, les XIe et XIIe siècles voient s'affermir la monarchie et à travers elle la France, car l'une et l'autre sont indissolublement liées. La préfiguration des conquêtes outre-mer à laquelle s'identifient les croisades y contribue : les empires coloniaux, à leur début, sécrètent en effet de la légitimité et de l'illusion.

Mais le mythe de la reconquête de Jérusalem est aussi un dérivatif. Le royaume demeure enserré. Il se heurte d'une part à l'emprise croissante d'Henri Plantagenêt sur l'imposant ensemble que constituent l'Angleterre et les territoires français de l'Ouest et qui a tout pour devenir un royaume unitaire, transformant la Manche en mer intérieure, et d'autre part à un Empire germanique qui, même s'il ne s'est pas montré agressif pendant la période, demeure une menace permanente. La France a besoin, dans ce cadre-là, d'un homme d'Etat ferme à sa tête. Philippe Auguste jouera ce rôle.

Chapitre 9

Les prémices de l'« œuvre multiséculaire de centralisation[1] »

Cette France, à l'étroit et donc menacée, a la chance de voir arriver à sa tête, au moment opportun, un roi hors pair. Philippe Auguste sera le premier grand Capétien, ses prédécesseurs ayant davantage maintenu que conquis, administré que réformé, géré que transformé. Sacré en 1180 à l'âge de quinze ans, il peut se réclamer presque autant du lignage carolingien par sa mère que du fil capétien. Il saura capitaliser ce surcroît de légitimité. Conformément aux règles élémentaires de la politique, les grands du royaume décident de tester ce roi adolescent, comme ils le feront près de cinq siècles plus tard avec Louis XIV. Ce sera à leurs dépens : il mate les velléités autonomistes des comtes, en profite pour annexer certains fiefs au domaine royal, établit de façon incontestée son autorité. Mais cette mise au pas est une partie de plaisir, comparée à la véritable urgence qui consiste à reprendre l'ascendant sur les Plantagenêts, refouler la menace anglo-normande, empêcher une alliance entre eux et l'empereur d'Allemagne, éviter de se trouver entraîné sur deux fronts, à

1. Suivant une expression du général de Gaulle.

l'ouest et à l'est. L'obsession d'être pris en tenailles sera une constante des siècles à venir : entre l'Angleterre et l'Allemagne, plus tard entre l'Espagne et l'Autriche... Face à un Henri Plantagenêt en fin de règne, Philippe a l'ascendant : il ne cesse de mener des raids contre l'ennemi, sans en tirer néanmoins d'avantage substantiel.

Lorsque Richard Cœur de Lion succède à son père Henri, l'affrontement prend une autre tournure. Deux jeunes souverains, deux ambitions contradictoires, deux tempéraments antinomiques – l'Anglais fougueux, le Français réfléchi –, deux volontés d'en découdre. De là l'étrangeté de la trêve que leur impose la troisième croisade, l'un et l'autre déférant à l'injonction du pape, après la chute en 1187 de Jérusalem. Celle-ci tourne mal pour le souverain anglais, retenu deux ans prisonnier en Orient, période que, revenu en France, Philippe met à profit en simulant l'amitié avec Jean sans Terre – le frère de Richard Cœur de Lion – mais sans parvenir néanmoins à changer la donne entre les deux royaumes. Furieux, Richard part dès son retour à l'attaque et accumule pendant cinq ans les succès. Mais il n'en tire étrangement aucun profit, ne transformant pas ses victoires militaires en acquis territoriaux. Pusillanimité ou simple goût du triomphe ? Richard est en fait davantage un capitaine impétueux qu'un politique avisé : l'inverse de Philippe.

Quoique bousculé sur le champ de bataille, celui-ci tente en effet un coup politique d'une extrême audace. Violent, fou, personnage shakespearien avant Shakespeare mais ayant succédé à son frère en 1199, Jean refuse de régler à l'amiable son conflit territorial avec Hugues de Lusignan. Oublieux de leur complicité pendant la captivité de Richard, Philippe décide alors de confisquer les domaines de Jean, en 1202, pour cause d'immoralité et d'indignité. Celui-ci fait alors incarcérer en guise de représailles son neveu Arthur de Bretagne, avant d'être accusé, plus tard, d'avoir commandité son assassinat. Le conflit atteint donc son paroxysme. Philippe a joué à quitte ou double. Mais l'opinion – déjà elle ! – est en faveur du roi et celui-ci ne se heurte qu'à une modeste résistance. Une seule victoire suffit à Philippe Auguste pour que les Plantagenêts qui avaient accumulé les succès sans conséquence s'effondrent. Le duché de Normandie cesse d'être anglais et, tel un jeu de dominos, le Maine, l'Anjou, la Touraine, le Poitou tombent dans les mains du roi. Seule l'Aquitaine lui échappe. Le royaume anglo-normand n'est plus pour l'essentiel qu'anglais et les Plantagenêts sont rejetés outre-Manche.

Immense pas en avant dans la constitution de la France : lorsque les Anglais reviendront dans l'hexagone, à l'occasion de la guerre de Cent Ans, ce seront des envahisseurs, alors que jusqu'au coup de poker de Philippe, ils étaient chez eux dans la partie occidentale du pays. Celui-ci gagne d'ailleurs le surnom d'Auguste pour avoir, de la sorte, triplé l'étendue du domaine royal. Un tel bouleversement des rapports de force ne peut passer inaperçu ; l'empereur d'Allemagne n'est pas insensible à cet agrandissement de la France, au nom de l'équilibre des puissances qui ne cessera désormais d'ordonner la vie du continent européen.

Une coalition se forme donc, réunissant les rivaux inquiets, revanchards ou simplement jaloux. L'empereur Othon, le comte de Boulogne au nom des Plantagenêts et le comte de Flandres : voilà une redoutable alliance des principaux ennemis du roi. Philippe Auguste bénéficie, certes, du soutien indéfectible de la papauté au nom de l'alliance de fer qui prévaut depuis Charlemagne. Mais même à l'époque, la question stalinienne – « Le pape, combien de divisions ? » – se pose. L'apport de l'Eglise est plus moral que matériel. Le roi inaugure alors une politique qui deviendra un classique de l'Histoire : l'appel direct au peuple, une préfiguration de la « levée en masse » ou de l'« union sacrée ». Ses mots en sont l'expression : « Je porte la couronne mais je suis un homme comme vous » ; « Tous, vous devez être rois et vous l'êtes par le fait car sans vous je ne puis gouverner ».

Cette mobilisation des esprits plus que des armes – car la guerre demeure l'apanage des seuls chevaliers – explique que Bouvines soit devenue la première victoire mythique des armées françaises. La guerre jusqu'alors demeurait une affaire réservée au monde des princes, des comtes et des chevaliers ; elle s'identifie désormais à un enjeu national que les bourgeois et le peuple font leur. Une bataille n'est plus, dès lors, un tournoi en grandeur nature. C'est l'affrontement indirect de plusieurs pays et de multiples légitimités. Or le 27 juillet 1214, Philippe Auguste triomphe, mettant en charpie l'armée de ses ennemis. D'aucuns datent la naissance du sentiment national de l'écho incroyable que suscite partout en France cet événement. Les chroniqueurs du triomphe royal se sont plu à décrire « les innombrables danses des gens du peuple... les chants suaves des clercs... les sanctuaires parés au-dedans comme au-dehors, les rues, les marchés, les maisons tendus de courtines et d'étoffes de soie... Les bourgeois parisiens, et par-dessus tout la multitude des étudiants, le clergé et le peuple allant au-devant du Roi, chantant des hymnes et des cantiques ».

Philippe Auguste manifeste, en tout cas, après sa victoire la retenue qui est la marque des grands hommes d'Etat. A l'image d'un Bismarck qui en 1866, après le succès de Sadowa, se refusera à envahir l'Autriche et à l'inverse de Clemenceau, oublieux à Versailles d'un « détail », le fait que les armées alliées n'auront pas pénétré en Allemagne, le roi se garde bien d'entrer sur les terres de l'empereur et d'y saisir un gage temporaire. Il laisse, certes, son fils monter en vain une invasion de l'Angleterre, mais s'étant refusé à cautionner l'opération, il n'est pas atteint par cet échec.

Tout en repoussant les frontières de son royaume, Philippe est attentif à empêcher toute dissidence à l'intérieur. De là la violence de la croisade des Albigeois qui, sans une telle raison d'Etat, ne semble conforme ni à la manière d'être, ni au tempérament du personnage. C'est moins le motif religieux qui pousse le roi à la répression, que le sentiment d'affronter une révolte contre son autorité. Le monarque préfigure davantage Richelieu cherchant à réduire les places fortes protestantes, que saint Benoît prêchant contre l'hérésie cathare. Cynique ou simplement habile, il se garde bien d'être en première ligne et laisse Simon de Montfort faire assaut de violence et de cruauté. Que les Albigeois veuillent purifier le christianisme, tel un trait d'union entre les cathares d'hier et les protestants de demain, le roi pourrait s'en accommoder ! Mais que derrière eux ressurgissent l'irrédentisme occitan et le désir d'émancipation des comtes de Toulouse, il ne l'accepte pas. Aussi laisse-t-il ses féaux du Nord, plus proches de lui, « faire la sale besogne » vis-à-vis de ses vassaux du Sud. A s'abstraire intelligemment de cette croisade, il évite que lui-même, et plus encore ses héritiers, deviennent l'objet d'une haine inexpiable de la part des Occitans.

Philippe est en effet un grand politique, davantage qu'un chef transfiguré par les combats. Il fait la guerre comme une obligation, non comme un plaisir. C'est dans l'administration de son royaume qu'il trouve sa plénitude. Il a manifesté très tôt sa conception de l'Etat, à travers les dispositions qu'il a arrêtées au moment de son départ pour la croisade, avec l'instauration de baillis, officiers royaux ne rendant compte qu'aux régents, lesquels n'avaient pas le droit de les changer sans l'aval du roi et devaient eux-mêmes « être au rapport », fût-ce à distance. Quant au Trésor royal, il était confié aux mains de six bourgeois et d'un ecclésiastique, et donc d'aucun noble – acte symbolique s'il en est. De même Philippe avait-il octroyé généreusement à cette occasion des chartes libérales à maintes communes, dès lors qu'en contrepartie elles prenaient leur part du fardeau militaire et financier.

C'est l'administration française moderne qu'esquisse Philippe Auguste : un système centralisé avec les baillis dans le rôle des préfets, et en contrepoint des collectivités locales libres – les communes de l'époque. Cette machine se démultiplie, avec des conseillers et des sénéchaux qui ne sont plus seulement des hommes d'épée en charge de maintenir l'ordre, mais des administrateurs entourés de clercs sortis des collèges et universités royaux, et qui, mettant au service du droit public leurs esprits formés par la scolastique, exercent leur autorité par l'écrit. Au nom du principe politique de bon sens qui exige d'éloigner les grands du pouvoir administratif, sous peine de les voir s'arroger trop d'autonomie, c'est dans la petite noblesse et la bourgeoisie que le roi plonge pour recruter ses technocrates.

L'administration royale se trouve évidemment aux

prises avec l'Eglise ; les querelles de frontières sont innombrables, en particulier entre la justice du roi et la justice ecclésiastique. Mais fût-il allié du pape, le monarque ne cède, ni ne concède.

L'Université est aussi un terrain d'affrontement entre le pouvoir royal, qui lui octroie ses premiers privilèges juridictionnels afin d'en faire un instrument de rayonnement, et une Eglise qui ne veut pas voir écornée son autorité intellectuelle, convaincue, à juste titre, que les relations de pouvoir à pouvoir se nouent dans la sphère des idées.

Paris commence à incarner la centralisation du pays. Philippe Auguste y est né et il n'existe pas pour lui d'autre capitale. Il y réside, décide à la veille de son départ pour la Terre sainte de la ceindre de remparts protecteurs, multiplie les constructions – dont le premier Louvre –, impose le pavement des rues, l'embellit et surtout en fait, par sa seule présence, un aimant. Aimant pour les princes et vassaux, obligés de venir jusqu'au roi et qui commencent à élever des hôtels. Aimant pour tous ceux qui cherchent fortune, qui veulent suivre un enseignement, qui rêvent de graviter autour du pouvoir. Aimant pour l'artisanat stimulé par la boulimie de travaux, de constructions et de dépenses somptuaires. Aimant, suivant un mot de l'époque, pour « une admirable multitude venue de tous les points du monde », universitaire, financier ou religieux. Aimant pour les flux économiques et monétaires que stimulent les dépenses effectuées sur la cassette royale. Aimant pour les marchands de l'Europe entière qu'attire, parallèlement aux foires de Champagne, ce centre de l'« économie monde ». Cette ville clef aux yeux du roi n'est pas gérée directement par son administration. Dès 1190, six bourgeois font partie du conseil de régence, et la « Hanse des marchands de l'eau » obtient des privilèges économiques et juridictionnels qui préfigurent un futur rôle municipal.

Philippe Auguste a l'intelligence politique de mettre des bornes à son propre pouvoir. Il sait que gouverner durablement exige une administration efficace mais aussi des forces sociales sur lesquelles s'appuyer et l'existence d'institutions autonomes. C'est, de ce point de vue, un souverain plus moderne que ne le seront nombre de ses successeurs. Il mesure peut-être que le moment de grâce auquel s'identifie son règne tient aussi à un emballement économique sans précédent. A cette époque déjà, tout est plus facile quand la croissance est soutenue.

Le roi avait deux ennemis extérieurs – le royaume anglo-normand et l'empereur d'Allemagne – et deux ennemis intérieurs – la féodalité et la théocratie. Il a gagné sur ces quatre fronts, même si ses victoires sont vouées à être plus ou moins éphémères. Faut-il qu'il soit conscient de l'affermissement de son pouvoir et du renforcement de la monarchie pour renoncer à la précaution qu'avaient prise ses prédécesseurs d'associer leurs fils aînés au trône, avant de mourir. C'est à partir de Philippe Auguste que la royauté se transmettra héréditairement, en fonction d'un principe de primogéniture masculine. Evénement décisif qui gage la stabilité de la France pour les « siècles des siècles », à côté d'une Allemagne condamnée au processus électif, d'une Espagne bientôt soumise à des luttes dynastiques, d'une Italie émiettée et d'une Angleterre agitée par des combats de légitimité. L'œuvre multiséculaire de centralisation est bien en marche.

Chapitre 10

Un roi peut-il être un saint ?

Le règne de Louis VIII est bref : de 1223 à 1226. A l'époque du temps lent, trois ans équivalent à la durée d'un soupir. Il faudrait une insondable bêtise ou un génie hors norme pour faire bouger les équilibres en trente-six mois. Le roi n'est, semble-t-il, ni bête ni génial. Il a juste le loisir de continuer à guerroyer, comme son père, contre les Anglais, encore installés dans le Sud-Ouest et contre les comtes de Toulouse.

Lorsque Louis IX, le futur Saint Louis, lui succède, il n'a que douze ans et la régence est assurée par sa mère, Blanche de Castille. Un roi enfant, une régente étrangère, les grands du royaume qui ressassent leur humiliation, les puissances étrangères prêtes à tirer les marrons du feu : ce sera un grand classique de l'histoire de France. Blanche de Castille, Catherine de Médicis, Marie de Médicis et Anne d'Autriche auront à affronter la fronde de l'aristocratie et, à chaque fois, pleins du souvenir des humiliations que leurs mères et eux auront eu à subir, les jeunes monarques se vengeront le moment venu, en donnant un tour de vis supplémentaire aux grands du royaume.

De toutes ces frondes, la première est peut-être la plus brutale ; les mœurs sont, il est vrai, moins policées que sous Mazarin et les mutins n'hésitent pas à essayer par deux fois d'enlever le roi, de façon à provoquer un changement de dynastie. Ce sont les bourgeois de Paris qui protègent le jeune monarque, témoignant une fois de plus que la véritable alliance, la plus logique, s'établit entre le trône et la bourgeoisie, aux dépens des grands féodaux. Mais forte de ses « préjugés de classe », la dynastie capétienne ne saura jamais la faire prospérer. Blanche de Castille ne se contente pas de surmonter la dissidence des grands. Elle apporte sa contribution à l'extension du royaume, cette « longue marche » qui, peu à peu, rapproche ses frontières de celles de l'hexagone : ainsi réunit-elle le Languedoc à la France, tirant parti de la défaite des Albigeois et de l'habile hypocrisie de Philippe Auguste, et pénètre-t-elle en Bretagne.

En 1234, Blanche conclut le mariage de Louis IX, alors âgé de vingt ans, avec Marguerite de Provence, dans une perspective d'accroissement territorial. Mais ce qui lie les époux, c'est une même foi brûlante. De même que, par une étrange alternance, Robert le Pieux avait succédé à Hugues Capet, un mystique, Louis IX, prend le relais de Philippe Auguste, roi aussi rationaliste que l'époque le permettait. D'aucuns prétendront que c'était l'air du temps et que le rôle de saint Thomas d'Aquin en témoigne. Toujours est-il qu'à la différence de ses prédécesseurs qui avaient vécu la croisade comme une obligation pleine d'inconvénients – l'éloignement, les risques pour l'intégrité du royaume, les dissidences intérieures –, Louis IX se jette à corps perdu dans l'aventure et sa captivité sublimera son image davantage qu'elle ne l'atteindra. Prisonnier des Mamelouks ? Ce n'est pas, pour l'époque, la posture la plus glorieuse. Chevaleresque ? Ce n'est pas un gage de sagesse politique.

A son retour de captivité, Louis IX reprend son métier de roi, comme si de rien n'était. Métier qui exige d'abord de mater les révoltes intérieures. Après les cathares et les albigeois, ce sont les pastoureaux : cette jacquerie mystique mêle des aspirations à la pureté religieuse, des irrédentismes locaux et une révolte anarchisante que Simon de Montfort réprimera au nom du monarque. Métier qui suppose de reprendre le combat séculaire contre les Plantagenêts. Ayant partie liée aux barons poitevins, aux villes gasconnes et au comte de Toulouse, Henri III d'Angleterre espère en effet laver l'affront de Philippe Auguste et récupérer les territoires perdus.

Mais Louis IX triomphe plus facilement des troupes liguées contre lui à Taillebourg et Saintes, qu'il ne le fera des Mamelouks. Pendant les neuf ans consacrés à la croisade – quatre pour la préparer, deux pour la mener, trois comme prisonnier –, Henri III est incapable de s'imposer. A son retour, le roi aurait pu être tenté de reprendre l'avantage, mais soit las de combattre, soit politiquement convaincu que toute guerre de positions doit trouver une issue, il ouvre le jeu à l'égard de son rival anglais, lui offrant comme premier geste de bonne volonté l'éléphant qu'il avait lui-même reçu du sultan d'Egypte.

Trois années d'ambassade débouchent, le 4 décembre 1259, sur le traité de Paris. Entérinant le coup de force de Philippe Auguste, Henri III renonce expressément à ses revendications sur la Normandie, l'Anjou, la Touraine et le Poitou. En contrepartie, Louis IX lui cède le Limousin, le Quercy, le Périgord, mais en tant que seigneur sur ces terres, le roi d'Angleterre se reconnaît, à ce seul titre, comme son vassal. Un tel Yalta n'est pas dans l'air du temps et l'opinion y est hostile. Aussi Louis éprouve-t-il le besoin de se justifier et Joinville met dans sa bouche les propos suivants : « La terre que je lui donne, je ne la lui donne pas comme une chose que je doive à lui ou à ses héritiers, mais pour resserrer les liens d'amour entre mes enfants et les siens qui sont cousins germains. Et il me semble que je fais bon emploi de ce que je lui donne, puisqu'il n'était pas mon homme et que maintenant il me doit hommage. » Sans doute est-ce toute l'ambiguïté de l'opération : s'attacher Henri comme vassal en Limousin n'altère pas la rivalité avec le même homme, roi d'Angleterre et, à ce titre, délié de toute allégeance.

Métier, toujours, lié à l'obsession de l'influence française. De ce point de vue Louis innove en menant une guerre par délégation : il donne son feu vert à une expédition que son frère, Charles d'Anjou, mène à la demande du pape en Italie du Sud et en Sicile. La naissance du royaume français de Naples est le premier signe d'un expansionnisme en Italie, qui se prolongera jusqu'à Napoléon III. La politique internationale de Louis IX n'est guère marquée au coin de la sainteté. Moins belliqueuse peut-être que d'autres, plus diplomatique, elle demeure fidèle aux grands objectifs capétiens : agrandir le pré carré, cantonner les Anglais, tirer parti des heurts entre le pape et l'empereur d'Allemagne. Vue sous cet angle, la croisade de Louis IX est peut-être plus colonialiste que celle de ses prédécesseurs. Elle vise certes à défendre les royaumes latins de Chypre et de Jérusalem et à convertir les infidèles. Mais inaugurant une démarche qui reprendra vie avec Bonaparte puis avec Lesseps, il s'attaque en priorité à l'Egypte afin de constituer un royaume vassal pour son frère Robert d'Artois et d'offrir de la sorte une merveilleuse tête de pont aux ambitions françaises : le colonialisme est, en cette affaire, indissociable de la mystique religieuse.

Louis exerce-t-il, sur le plan intérieur, son métier de roi d'une manière différente de ses prédécesseurs, au point de justifier sa béatification et plus encore sa légende ? Il doit, à cet égard, beaucoup à Joinville. Rien ne vaut une hagiographie écrite sur le vif : il en reste toujours quelque chose... Le règne poursuit le travail de centralisation initié par Philipe Auguste. L'importance des baillis se renforce, témoignant de l'autorité royale jusque dans les provinces les plus reculées, mais viennent en contrepoint des enquêteurs du roi en charge de détecter les besoins et les injustices, de sorte que le monarque apparaît à son peuple administrativement schizophrène : brutal à travers ses fonctionnaires, consolateur grâce à ses enquêteurs. L'ordonnance de 1254 couronne cette évolution organisationnelle, obligeant les représentants du roi à faire justice à tous, pauvres et riches, à n'accepter aucun don, à ne pas instituer de nouvelles taxes et à rendre compte pendant quarante jours « au pays où ils auront tenu leurs offices... aux nouveaux baillis pour les torts qu'ils auraient faits à ceux qui se voudraient plaindre d'eux ». C'est la première irruption du principe d'égalité dans la pratique administrative française.

Elle va de pair avec l'instauration, à l'initiative du roi, d'un vrai système judiciaire. Saint Louis rendant la justice sous son chêne a beau être une image sulpicienne, elle témoigne d'une vraie préoccupation du monarque. Ainsi met-il en place une véritable hiérarchie des tribunaux, la cour du roi devenant l'instance d'appel de toutes les juridictions du royaume. C'est paradoxalement le Parlement, héritier de cette cour royale, qui voudra se faire passer plus tard pour le seul contrepoids à l'absolutisme. Dans le même esprit, Louis codifie la procédure, en instaurant le principe de l'enquête et du recours aux témoins.

Une administration centralisée, une justice organisée : quel attribut régalien manque-t-il à l'Etat ? Le monopole de l'émission de la monnaie. Ce sont les légistes qui établissent d'abord le principe, en cette matière, du pouvoir royal. Philippe Auguste se l'était octroyé à l'échelle du domaine royal, mais Louis IX va plus loin. Plus de vingt règlements et ordonnances, édictés pendant les dix dernières années de son règne, offrent à la monnaie royale un ascendant sur toutes les autres formes de circulation fiduciaire. Elle a cours partout dans le royaume, soit seule, soit à côté de monnaies pour lesquelles les barons s'étaient vu conférer par le roi un droit de frappe. Enfin, les pièces royales doivent être acceptées pour la valeur signalée sur l'empreinte qu'elles portent, alors que par exemple la monnaie anglaise ne vaut que par son poids de métal précieux. C'est le droit de création monétaire – « la planche à billets » – que le roi s'est ainsi arrogé, se dotant de la sorte d'un pouvoir aussi mystérieux que décisif : il s'offre, sans le savoir, la possibilité de peser directement sur l'activité économique.

Réaliste, le souverain fait la part entre sa propre foi religieuse et les exigences du service de l'Etat. Aussi accélère-t-il la « laïcisation » de l'administration. Elle s'applique d'abord aux hommes : le principe de compétence prévaut et l'administration recrute ses serviteurs dans la petite noblesse, chez les universitaires ou dans la bourgeoisie. Elle s'impose aussi dans les textes, avec un poids de plus en plus grand du droit romain, même si celui-ci inspirait de la méfiance à la Cour, puisqu'il était aussi le droit de l'empereur. Elle s'immisce enfin dans les relations avec l'Eglise, tant commence à être fort le désir de rendre dans la pratique « à César ce qui est à César et à Dieu ce qui est à Dieu ». Avec la rouerie d'un vrai politique, Louis IX se sert du crédit que lui donnent vis-à-vis du pape et de l'Eglise sa foi et ses états de service en Terre sainte, pour s'offrir encore plus d'indépendance vis-à-vis de l'univers ecclésiastique. Ainsi est-il étrangement un des meilleurs militants du gallicanisme.

Le procès en canonisation du roi commencera en 1272, deux ans après sa mort devant Tunis. Il s'achèvera vingt-cinq ans plus tard, au moment où paradoxalement les relations entre Rome et Paris, c'est-à-dire entre Boniface VIII et Philippe le Bel, seront épouvantables. Louis IX méritait-il de devenir Saint Louis ? Comme roi pas davantage qu'un autre grand souverain, tel Philippe Auguste ou plus tard Philippe le Bel. Comme martyr des croisades ou plutôt comme symbole de cette aventure, pourquoi pas ?

Mais la question n'est pas là. Canonisant Louis IX, l'Eglise va faire un cadeau somptueux à la dynastie capétienne, en lui conférant une part de mystère qu'elle seule possédera : les Habsbourg ou les Plantagenêts n'ont pas de saint à leur actif. Elle lui permet, attribut encore plus essentiel, de donner à l'art de gouverner d'un roi un halo de justice, de bonté et d'équité. L'exemple de Saint Louis fera croire à beaucoup que le pouvoir peut être innocent, ses intentions pures, ses méthodes respectables, ses principes indiscutables. Immense illusion, bien sûr, mais quel merveilleux instrument de propagande ! Nul ne le dit mieux que le vieux Joinville après la canonisation de son maître :

« Grand déshonneur, dis-je, à ceux de son lignage qui voudront mal faire, on les montrera au doigt et on dira que le saint Roi, dont ils sont issus, eût répugné à faire telle méchanceté. » Ni les héritiers, même lointains, de Saint Louis, ni leurs serviteurs, ni leurs épigones n'hésiteront à faire un usage immodéré de ce glorieux exemple.

CHAPITRE 11

La guerre du roi et du pape

Le royaume s'étend grâce aux alliances matrimoniales et se restreint temporairement par l'habitude de doter les fils puînés de chaque souverain de tel ou tel comté, à titre de dédommagement. Cet entrelacs de liens accélère la constitution de la France lorsque les mariages, la taille des fratries et le rythme des décès s'emboîtent bien. Il peut susciter des reculs lorsque les mêmes circonstances jouent de façon contradictoire. Le sort a jusqu'à présent favorisé les Capétiens. Il continue à se montrer favorable à leur égard puisque, un an après son couronnement, le successeur de Saint Louis, Philippe III, hérite en 1271 du comté de Toulouse. Mais ces rattachements suscitent toujours quelques anicroches. Ainsi les vassaux du comte de Toulouse contestent-ils le retour du comté à la couronne de France. Ils appellent à l'aide le roi d'Aragon, ce qui oblige Philippe III à se porter sur les Pyrénées, à battre ses ennemis et à y gagner le surnom de Philippe le Hardi. Absente depuis Charlemagne des préoccupations françaises, l'Espagne fait ainsi son retour à la table de jeu. Elle ne la quittera qu'au milieu du XIXe siècle.

De même, anticipation là aussi de l'avenir, l'Italie devient une affaire de politique française. Le royaume de Naples dont l'oncle du roi, Charles d'Anjou, occupe le trône, est secoué par une série de révoltes joliment baptisées de « Vêpres siciliennes ». Philippe III ne peut laisser déposer son parent sans intervenir. De là le premier d'une longue série d'imbroglios qui feront de la péninsule le « ventre mou » de l'Europe. L'Allemagne et l'Aragon se mettent de la partie, avec dans le rôle du « pompier incendiaire », le pape. Il faut progressivement décrocher, le roi de France découvrant ce que vivront ses successeurs : l'impossibilité de tenir non seulement deux mais quatre fronts – anglais, allemand, espagnol, italien. Etre le cœur de l'Europe a bien des avantages mais aussi un inconvénient : le risque d'être cerné.

C'est Philippe IV – le futur Philippe le Bel – qui met fin à l'aventure napolitaine, dès son accession au trône en 1285. Sage intuition de la part de ce roi couronné à dix-sept ans, car l'éternel affrontement avec les Anglais ne va pas tarder à reprendre. Leur tête de pont sur le continent se limite à l'époque à la Guyenne, mais elle suffit à maintenir un état de conflit larvé, entre les souverains mais aussi entre les peuples. Ainsi est-ce à la suite d'une série d'incidents locaux que, fidèle à la méthode de son grand-père Philippe Auguste, Philippe IV décide de confisquer la Guyenne au souverain anglais Edouard Ier, sous de vagues prétextes judiciaires. Cependant ce qui avait été un coup de maître vis-à-vis de Jean sans Terre ne fonctionne plus, Edouard Ier refusant la sanction.

Le roi de France mesure que le combat des deux nations dépasse désormais de simples querelles de frontières. Il décide donc de porter le fer chez l'ennemi et d'envahir l'Angleterre ; il mobilise à cette fin la marine dont la France s'était dotée pour les croisades. Anticipant sur ce qui deviendra le principe cardinal de la politique britannique – susciter le conflit sur le continent, de manière à prévenir l'invasion –, Edouard Ier entraîne à ses côtés l'empereur d'Allemagne et le comte de Flandres. Alliance contre alliance : Philippe se lie à la Suède, à la Norvège, aux villes de la Hanse, toutes désireuses de prendre l'ascendant militaire et commercial sur l'Angleterre, ainsi qu'à l'Espagne au nom d'une rivalité qui deviendra séculaire de sa part avec les Anglais. Près de six siècles de la vie diplomatique européenne sont en train de s'esquisser, avec au cœur des affrontements la question flamande, futur point de cristallisation de l'antagonisme entre Anglais et Français.

Préfiguration, là aussi, d'une stratégie que Richelieu portera à son apogée, Philippe noue des liens avec des princes allemands, de façon à affaiblir l'empereur sur ses arrières. Le roi a en effet compris que sur le front germanique l'habileté et la perversité comptent plus que les armées. Ainsi n'aura-t-il de cesse de refuser l'ascendant, fût-il symbolique, de l'empereur – de là l'expression, le roi « empereur en son royaume » – et d'essayer de peser sur les élections impériales en poussant tel ou tel candidat, à défaut de se présenter lui-même. La manœuvre réussit et Philippe peut clore assez rapidement ce front-là. Il finit de même par trouver un arrangement avec Edouard Ier en le mariant à Marguerite de France : astuce matrimoniale classique mais qui s'avérera, quelques décennies plus tard, à l'origine de la guerre de Cent Ans.

En fait le véritable abcès de fixation devient la Flandre : le roi l'avait occupée sans mesurer qu'il allait se heurter à une bourgeoisie des villes, autrement plus combative que la sienne. Ainsi l'armée de bric et de broc constituée par les résistants flamands va-t-elle jusqu'à battre, à Courtrai en 1302, les professionnels de la guerre que sont les chevaliers français. A force d'efforts, Philippe finit néanmoins par imposer son autorité et par capturer le comte de Flandres et sa famille.

Cet emprisonnement sera le prétexte d'un incroyable affrontement entre le roi et le pape. Forte de l'avantage qu'elle a pris sur l'empire d'Allemagne, la papauté veut aussi faire venir la France à résipiscence, au nom de l'aspiration, à ses yeux naturelle, du pouvoir spirituel à commander le pouvoir temporel. Empereurs et rois n'ont vocation qu'à être les bras armés du vicaire de Dieu sur terre. Le gallicanisme a, lui, commencé à s'inscrire dans les gènes de la monarchie française dont l'ambition, l'expansionnisme, l'arrogance ne peuvent aller de pair avec une Rome trop envahissante. Les rois de France sont disposés à concéder à celle-ci le gouvernement des âmes : ni plus, ni moins. Ils acceptent certes de lui venir en aide, quand elle est trop affaiblie face à l'empereur, mais ce ne sont que des gestes circonstanciels de solidarité.

C'est Boniface VIII qui envenime brutalement la relation. Il conteste l'incarcération du comte de Flandres, refuse les ponctions fiscales effectuées par la monarchie sur les revenus de l'Eglise et porte un jugement moral sur le roi, l'accusant de tyrannie. Convaincu de la nécessité d'avoir de son côté un peuple que sa foi rend naturellement réceptif à la parole du pape, Philippe IV se livre à ce qui est probablement la première manipulation de l'opinion publique : il publie une version tronquée de la bulle pontificale, de manière à scandaliser ses sujets. De plus en plus sûr de lui, il répond au souverain pontife en l'appelant « Sa Très

Grande Fatuité » et ne lui accorde que « peu ou point de salut ». Désireux de réaliser l'union du pays autour de lui, il convoque en 1302 des états généraux – les premiers à réunir formellement les trois ordres. Ceux-ci, clergé inclus, approuvent la position du roi.

A chacun ses instruments. Boniface VIII manifeste l'intention de réunir un concile pour juger le roi et « aviser à la réforme du royaume ». C'est menacer le souverain de destitution. Comme la première réaction de celui-ci est d'interdire aux prélats français de partir pour Rome, le pape brandit la possibilité d'une excommunication. Craignant que la fermeté du souverain pontife n'ébranle l'opinion et en particulier le clergé et les ordres religieux, Philippe prend les devants et envoie Nogaret arrêter le pape, afin d'empêcher la réunion du concile. Boniface VIII meurt peu après, d'émotion dit-on. Mais le roi pousse plus loin son avantage : il fait élire par le conclave, après un intermède d'un an – le pontificat de Benoît XI – l'évêque de Bordeaux. Devenu Clément V, celui-ci transfère le siège pontifical à Avignon, ville qui lui appartient, mais symboliquement sous influence française.

Ayant senti vaciller, au plus fort du conflit, le soutien de l'ordre des Templiers, le monarque décide d'éliminer cette « cinquième colonne » pontificale, comme le feront ses descendants en expulsant, le moment venu, les Jésuites. Mais ce n'est pas là une simple expulsion que décide le roi. Saisie des biens de l'Ordre, procès en hérésie de ses dirigeants, bûcher pour le Grand Maître : Philippe ne lésine pas sur les moyens. Il pousse même l'audace, lui qui a humilié la papauté, à mener cette opération en se présentant comme le seul garant de la pureté religieuse.

Quelle situation surréaliste ! Dieu est omniprésent,

l'Eglise toute-puissante, les ordres religieux dominants, le monarque oint du saint chrême, la population illuminée par la foi, des centaines d'églises et de cathédrales en construction, la religion au cœur de tout et, au nom de l'intérêt de l'Etat, le roi ose traiter le pape comme un vulgaire laquais. C'est peut-être la première vraie manifestation du sentiment national : les guerres sont en effet l'apanage d'une caste limitée ; elles ne pèsent que de loin sur la vie des individus. La bataille contre le souverain pontife ne peut, elle, être menée qu'avec le soutien unanime du pays, car elle interpelle chacun dans sa foi, sa hiérarchie intime de loyautés entre l'Eglise et la monarchie, ses convictions les plus personnelles. Cet affrontement n'a pu être conduit et gagné que par l'existence d'une idéologie monarchique, mise en forme, répétée, diffusée dans le pays et qui a su progressivement éroder la toute-puissance intellectuelle et dogmatique de l'Eglise. La France s'est fabriquée, de ce point de vue, davantage contre la papauté que contre le roi d'Angleterre ou l'empereur d'Allemagne.

Par un étrange paradoxe, ce roi qui a réalisé la plus difficile des unions nationales – contre la papauté et donc, *nolens volens*, contre la religion ou du moins son expression temporelle – est aussi le premier Capétien à être fortement contesté. Il y a, à l'origine du malaise, un refus des hausses d'impôts et de l'inflation. Les campagnes militaires sont chères, la conquête de la Flandre particulièrement onéreuse et l'administration royale ne cesse d'augmenter les prélèvements. En outre, profitant du monopole de l'émission monétaire dont Philippe Auguste avait doté la monarchie, celle-ci découvre les facilités de la création fiduciaire, de sorte que le pouvoir d'achat des pièces émises à l'effigie du roi s'affaiblit, première manifestation d'une inflation promise à un bel avenir... Il ne suffit pas de faire frapper « *salus populi* » – le salut du peuple – sur les pièces, pour rendre indolores les ponctions sur le pouvoir d'achat.

Le roi est qualifié de « faux-monnayeur » par des émeutiers parisiens et son trône ne tient qu'à un fil. C'est là aussi une première dans l'histoire de France : la centralisation crée une fragilité à la mesure du pouvoir qu'elle confère. Une révolution de rue et le régime vacille. Les conquêtes ont en effet un coût. Philippe le Bel a réuni à la France la Champagne, la région d'Angoulême, le Vivarais, Lyon, ainsi que, sur les confins de la Flandre, Lille, Douai, Orchies. Il a planté des jalons du côté du duché de Bourgogne en mariant son second fils à l'héritière de ce fief. Il a renforcé la tutelle royale sur les conquêtes de son grand-père et de son père. Mais ce ne sont pas des réalisations mobilisatrices pour un contribuable de Paris ou de Saint-Denis. Celui-ci n'est guère au courant de ces victoires diplomatiques ; il y est sans doute indifférent ; il n'adhère pas au rêve d'expansion du roi. Celui-ci répond aux pressions de la rue en inaugurant – encore une première – la politique des boucs émissaires : ainsi expulse-t-il les juifs en 1306, puis les Lombards en 1311, afin de leur imputer les difficultés financières, de détourner sur eux les frustrations de la population et de confisquer leurs biens. Rien de commun de ce point de vue avec l'expulsion, près de deux siècles plus tard, des juifs d'Espagne, au nom de la pureté religieuse et raciale. C'est l'antisémitisme le plus banal – le juif prévaricateur – qu'invente Philippe le Bel.

Dans un contexte de contestations et d'affrontements internes, un espace s'ouvre, chacun le sait, pour les « affaires » : sombres et opaques, ridicules ou injustes, scandaleuses ou dérisoires, elles affaiblissent le pouvoir. Là aussi le règne de Philippe le Bel innove. Sans doute est-ce la contrepartie de l'essor de l'opinion publique auquel a contribué le combat contre la papauté. Un évêque accusé d'avoir empoisonné la reine, deux brus du roi poursuivies pour adultère et emprisonnées, dont l'une morte mystérieusement, de premiers scandales financiers... Philippe le Bel est un roi moderne !

Mais suivant la règle qui s'imposera à l'avenir dans de telles circonstances, c'est à un lampiste de payer. Aussi sera-ce au conseiller du roi, Enguerrand de Marigny, en charge du gouvernement pendant les dernières années du règne, d'expier. A peine sacré, après la mort de Philippe le Bel en 1314, Louis X le Hutin donne en effet en pâture à l'opinion et aux grands le dernier « Premier ministre » de son père et le fait pendre. Les aristocrates trouvent leur compte dans le sacrifice de Marigny, car c'est un roturier. Mettre à bas le mythe que seuls les officiers royaux issus de la bourgeoisie sont compétents ne peut leur déplaire. C'est donc une France plus forte de sa victoire sur le pape, mais aussi minée de l'intérieur, que Philippe lègue à ses héritiers.

Chapitre 12

Un rififi dynastique

La règle s'était établie au long du règne des Capétiens d'une succession réservée au fils aîné du roi. Elle s'était appuyée jusqu'à Philippe Auguste sur le sacre de l'héritier du vivant de son père, afin d'écarter tout risque ultérieur de contestation. Elle s'était ensuite appliquée, jusqu'au fils de Philippe le Bel en 1314 sans même cette précaution. Chacun savait que le vrai test viendrait lorsque le souverain n'aurait pas de descendance mâle. Or, Louis le Hutin meurt, deux ans après son couronnement, sans laisser de fils, mais une fille. Dès lors, quelle règle appliquer ? Une vision qui donne la priorité à l'enfant, fût-il une fille, sur l'héritier mâle le plus proche du défunt ? Ou une conception qui fait prévaloir le caractère mâle sur la ligne directe ? C'est cette approche qui triomphe. Nul ne veut en effet qu'une femme puisse apporter en dot la France à un souverain étranger. Et il existait, par ailleurs, une jurisprudence pour que tout « apanage », c'est-à-dire un fief donné par le roi à ses fils puînés, revienne à la Couronne, à défaut d'héritier mâle. Ce précédent plaidait par extension pour l'héritier mâle, même en ligne indirecte, aux dépens de la fille.

La Couronne passe donc de Louis le Hutin à son

frère Philippe le Long, second fils de Philippe le Bel. Celui-ci éprouve néanmoins le besoin de faire valider cette démarche par une assemblée de notables qu'il réunit immédiatement et qui, pour justifier son choix, en appelle à une bizarre loi des Francs Saliens, devenue de ce fait la loi salique. Seuls quelques grands rechignent. Figurent parmi eux les princes de Valois voués paradoxalement à devenir plus tard les principaux bénéficiaires de cette même loi salique. La série continue : Philippe V dit le Long meurt jeune en 1322, sans laisser de fils.

La Couronne passe à son frère Charles, troisième fils de Philippe le Bel. Il prend le nom de Charles IV, afin de se rattacher à la lignée de Charlemagne qui avait compté avant lui trois Charles. Quand il meurt, en 1328, il a une fille et sa femme est enceinte. En attendant la naissance un régent est nommé par l'assemblée des barons. C'est le cousin germain du défunt, Philippe de Valois. Si l'enfant à naître est un garçon, la régence se prolongera naturellement jusqu'à sa majorité ! C'est une fille. Il existe dès lors deux héritiers masculins possibles : soit le régent, lui-même cousin du monarque décédé, soit son neveu, fils de sa sœur Isabelle, reine d'Angleterre. Ce fils n'est autre qu'Edouard III roi d'Angleterre... Hypothèse insupportable qui ferait de la France la vassale de fait de l'Angleterre.

Les docteurs de la loi inventèrent donc la théorie du « pont et de la planche ». Jean le Bel décrit avec humour l'affaire : « Ce beau Roi Philippe (le Bel) eut trois fils – outre cette fille, laquelle fut mariée au Roi d'Angleterre – et furent ces trois fils beaux, desquels l'aîné fut, du vivant de son père, Roi de Navarre et on l'appela le Hutin ; le second eut nom Philippe V le Long ; le troisième eut nom Charles. Et ils furent tous trois rois de France après la mort de leur père, droit par succession, sans avoir engendré hoir mâle de leur corps. Aussi après la mort du Roi Charles, les douze pairs et les barons de France ne donnèrent point le royaume de France à sa sœur, laquelle était Reine d'Angleterre, parce qu'ils voulaient dire et maintenir, et encore font, que le royaume de France est bien si noble qu'il ne doit ni aller à femelle, ni par conséquent au Roi d'Angleterre, son fils aîné, car comme ils disent, le fils de femelle ne peut avoir droit ni succession venant de par sa mère, là où sa mère n'a point droit. » Une femme peut-elle transmettre un droit qu'elle ne possède pas ? Non : dès lors, la « messe est dite ».

Le régent, Philippe de Valois, monte sur le trône sous le nom de Philippe VI. Edouard III accepte bon gré mal gré la décision et rend hommage à Philippe VI, au titre de ses fiefs de Guyenne et de Ponthieu, le reconnaissant comme roi de France. Mais le ver est désormais dans le fruit : les souverains anglais pourront, si cela sert leurs ambitions, ressusciter la question dynastique et traiter le souverain français comme un usurpateur. Ils ne s'en priveront pas. Malgré l'attitude plutôt « fair-play » d'Edouard III, l'image de Philippe VI sera toujours obscurcie par le flou qui a entouré son accession au trône. Peu amènes à l'égard des Français, les Flamands le qualifieront de « roi trouvé ». Sa légitimité est donc branlante.

Lorsque dans une monarchie supposée de droit divin le sommet de la pyramide vacille, l'ensemble de la société est bouleversé. Ce n'est certes pas la seule raison du désordre intérieur que va connaître pendant des décennies la France, mais le flou dynastique aggrave la situation. Ainsi ces multiples règnes vont-ils de pair avec une longue période de répression politique, à une exception libérale près : l'ordonnance de Philippe le Hutin affranchissant les serfs du domaine royal. C'est en fait du côté de la noblesse que couve la sédition. Situation classique, dès que la monarchie est affaiblie. Les barons avaient boudé le sacre de Philippe VI ; ils poussent plus loin la révolte, bâtissent des alliances locales, les fédèrent en ligues et affirment haut et fort leurs revendications. Fiscale, avec le refus d'un prélèvement annuel de la part de la Couronne. Politique, avec la manifestation de leur hostilité à la politique flamande du roi. Sociologique, avec le rejet de la technocratie royale perçue comme une invention de la royauté, destinée exclusivement à affaiblir l'aristocratie. Symbolique, avec un appel aux principes de gouvernement de Saint Louis, ce qui ouvre la voie au mythe du bon roi, dont la monarchie sera encombrée jusqu'à sa disparition. Mais cette fronde échoue face à l'alliance que le souverain établit avec la bourgeoisie des villes, les clercs, les universitaires et les fonctionnaires qui le servent. La passivité du peuple joue en sa faveur. Effet de la « grande famine » qui affaiblit de 1315 à 1322 le pays ? Sans doute, mais plus profondément expression de la méfiance populaire à l'égard des maîtres locaux, ces seigneurs dont la main paraît chaque jour plus lourde.

Le rétablissement de l'ordre public n'est, chacun le sait, jamais définitif. Charles IV avait affronté de vraies difficultés. Il avait agi avec dureté, s'appuyant comme son frère sur les bourgeois face aux nobles, faisant pendre quelques financiers pour acheter la passivité du peuple, mais à la différence de ses deux aînés plus politiques qui avaient contrebalancé leur action répressive par des chartes octroyées aux provinces, certes plus symboliques que réelles, lui n'avait fait aucune concession. Aussi est-ce d'un royaume conflictuel et tendu qu'a hérité Philippe VI, le premier des Valois à régner.

La France est certes un pays riche. Un document exceptionnel réalisé en 1328, « l'état des paroisses et des feux » en atteste. C'est un recensement fiscal réclamé par le roi afin de prévoir le financement de la guerre des Flandres. Il ne couvre que les trois quarts de la France de l'époque (313 000 km^2 sur 428 000 km^2), une France qui, par incidence, correspond aux quatre cinquièmes de celle d'aujourd'hui, ce qui témoigne de l'efficacité du rouleau compresseur capétien. L'état recense 23 700 paroisses, cellules de base de la société – à comparer à nos 38 000 communes – regroupées en 35 bailliages et sénéchaussées ; il décompte 2 411 149 feux à soumettre à l'impôt. S'il ne dénombre pas les sujets, l'état permet néanmoins de considérer que 12 millions de personnes vivent dans le domaine royal et 17 à 18 dans l'ensemble du royaume, à comparer à 3 millions d'Anglais et 10 millions d'Italiens. Cet avantage démographique va se perpétuer – on l'oublie trop souvent – jusqu'au XIXe siècle. Par comparaison, il rend encore plus fascinante la place de l'Angleterre dans l'Histoire : tant d'influence à partir d'une population si réduite !

Cette richesse offre une base taxable exceptionnelle et le roi dispose donc, en théorie, de ressources hors de portée de ses rivaux, mais celles-ci se diluent dans la complexité des liens, autonomies, vassalités dont le monarque doit s'accommoder. Politiquement faible au début de son règne, Philippe VI va composer avec ses grands féaux et sa première concession est évidemment d'alléger la ponction fiscale. De même lui faut-il aussi modérer ses exigences vis-à-vis de la bourgeoisie des villes qu'il a intérêt, comme ses prédécesseurs, à ménager, et face à un peuple épuisé par les disettes et dont il veut éviter la révolte. Philippe est donc un « Gulliver empêtré » à la tête d'un royaume qui semble, en théorie, hyperpuissant. De là un règne difficile, malgré des débuts militaires impressionnants.

Ainsi, à l'appel du comte de Flandres devenu le vassal des Capétiens, prend-il en 1328 à Cassel une revanche sur l'« armée populaire » flamande, c'est-à-dire la piétaille qui avait mis en charpie, vingt-six ans plus tôt, la chevalerie française à Courtrai. La mainmise française ainsi réaffirmée sur la Flandre, il peut mettre le cap au sud, achever la conquête du Languedoc et du Dauphiné, et surtout tirer le bénéfice d'une alliance matrimoniale en s'emparant d'une Bourgogne dont la dynastie est soudainement dépourvue d'héritiers mâles.

C'est d'ailleurs l'addition du côté français d'une situation intérieure agitée et d'un expansionnisme débridé qui poussera le roi d'Angleterre Edouard III à bâtir une coalition afin de s'attaquer à Philippe VI. Il parie sur la conjonction du désordre et de la pression militaire pour humilier un monarque qui, malgré les serments d'allégeance qu'il a prononcés à son égard, demeure à ses yeux un voleur de trône. Une querelle dynastique est plus insoluble qu'un affrontement territorial : elle ne connaît pas, en théorie, de dénouement. Aussi conduira-t-elle à une guerre de cent ans.

CHAPITRE 13

Les débuts d'un conflit inexpiable

Faisant sienne la technique politique de Philippe IV et de Charles IV, Philippe VI prononce le 24 mai 1337 la confiscation de la Guyenne et l'envahit, afin d'appliquer sa décision. Edouard III réagit en lançant un défi à « Philippe de Valois qui se dit Roi de France » : les mots parlent d'eux-mêmes. D'ailleurs Edouard III n'hésitera pas à se proclamer roi de France en 1340. Un tel geste va au-delà du refus par le roi d'Angleterre de sa déposition comme seigneur de Guyenne et de la provocation qu'il voyait dans les gestes d'amitié adressés par Philippe à l'Ecosse. Mais nul n'aurait néanmoins imaginé, cette année-là, que le conflit durerait un siècle.

Entre le petit roi d'Angleterre, fort de ses 3 millions d'habitants, et le puissant roi de France commandant une population de 17 millions de sujets, la partie ne semble pas égale. Le souverain anglais n'a à sa disposition que l'arme des faibles : bâtir une coalition aussi large que possible, fût-ce au risque de divergences entre alliés. Aussi profite-t-il de chaque difficulté rencontrée par Philippe VI pour jouer le trouble-fête. Il arrive ainsi à réunir autour de lui une alliance qui va de la Norvège à l'Espagne, de la Flandre à l'empereur d'Allemagne.

Mais surtout il dispose d'une supériorité militaire surprenante. Nombreuse, arrogante, ressassant ses triomphes passés, la chevalerie française ne se sent guère menacée par les petits Anglais. Elle sera décimée par les archers d'outre-Manche qui avaient acquis à l'insu de tous une supériorité massive à force de combattre les Gallois et les Ecossais. De même les chevauchées en territoire français des chevaliers britanniques semblent-elles sans égales et suscitent l'admiration des amateurs de prouesses comme Jean le Bel. L'écart de technique militaire est, *mutatis mutandis*, du même ordre qu'en 1940 entre les divisions enterrées de Gamelin et les colonnes blindées de Guderian.

Forte de l'expérience acquise pendant les croisades, la flotte française se croit, elle aussi, invincible. Le propre des armadas est de s'imaginer telles... Elle est néanmoins détruite en 1340 à L'Ecluse : c'est le début d'une longue série de désastres maritimes pour la France.

L'Ouest, de la Bretagne au Poitou, de l'Anjou à l'Occitanie, est à la merci des expéditions anglaises. Le pire se produit en 1346, lorsque Edouard III débarque en Cotentin et pousse jusqu'aux confins de Paris. Mais il a l'intelligence de contourner la ville en remontant vers le nord et de ne pas se lancer dans un siège trop difficile et risqué. Philippe VI essaie de le poursuivre, ce qui débouche sur le premier affrontement direct des deux monarques. Les archers et les cavaliers anglais infligent une humiliation aux Français sur le plateau de Crécy, première défaite qui pèsera lourd dans l'imaginaire de l'affrontement franco-britannique. Libéré de ses poursuivants, Edouard marche sur Calais, qui se rend après une résistance de onze mois, autre événement aux connotations symboliques durables...

Ces péripéties militaires vont à leur rythme, déconnectées d'un phénomène infiniment plus lourd, la Grande Peste ou Peste noire, qui frappe le royaume en 1348. Elle progresse, tel un feu follet, depuis la Méditerranée, s'infiltre le long des axes de communication, remonte vers le nord, bifurque vers l'est et l'ouest, gagne la Normandie, traverse la Manche et atteint l'Angleterre. Voilà les deux belligérants submergés par une lame de fond qui décime les populations, bouleverse l'activité économique, bloque la machine administrative, introduit la mort dans la vie de chacun et nourrit le fatalisme. A cette aune-là, la guerre franco-anglaise est un pur jeu entre adultes armés. Les deux protagonistes doivent reconnaître que l'événement est plus fort qu'eux ; ils acceptent de prolonger la trêve que le pape leur a imposée en 1347. Ce seront deux pays meurtris, affaiblis, dépeuplés par le fléau qui reprendront les hostilités, à grande échelle, en 1355.

La France voit entre-temps ses éternels conflits dynastiques et nobiliaires lui interdire de reconstituer ses forces avant le combat. A peine sacré, après la mort de Philippe VI, Jean le Bon joue sa Couronne. Ainsi n'hésite-t-il pas à faire décapiter, pour l'exemple, sans jugement un connétable, le comte d'Eu, accusé d'avoir pactisé avec les Anglais. Mais le roi veut cajoler en même temps les nobles en créant pour eux un ordre de chevalerie. La brutalité et la séduction, éternelles armes du politique...

Pour la Couronne, la chevalerie est plus menaçante que la bourgeoisie ; les grands plus que les chevaliers ; la famille royale plus que les grands. Ainsi, petit-fils de Louis le Hutin, Charles le Mauvais, roi de Navarre, entre-t-il en sédition car il aspire au trône. Mais il est dans une impasse. Soit il se montre fidèle au roi et doit renoncer à ses fantasmes de couronnement ;

soit il s'allie à Edouard et est obligé de reconnaître en celui-ci le candidat naturel à la royauté. Privé d'espace politique, Charles le Mauvais ne peut donc que semer le désordre pour le désordre. Il intrigue, recrute une clientèle, en particulier en Normandie, multiplie les conquêtes et crée un mouvement à sa dévotion parmi les seigneurs. Il n'hésite pas à faire assassiner le successeur de Eu comme connétable du royaume.

Tout devrait conduire Jean le Bon à mener contre Charles le Mauvais une guerre sans merci. Mais, n'ayant pas les moyens de l'affronter, il préfère pactiser. Aussi reconnaît-il à Charles toutes ses conquêtes à l'occasion du traité de Mantes en 1354. Signer un traité avec un vassal : quel aveu de faiblesse ! Jean le Bon espérait détourner de la sorte le roi de Navarre d'une alliance avec les Anglais. C'est peine perdue car la haine est toujours la plus forte et le Navarrais finit par se rapprocher d'Edouard III. L'enjeu principal est, comme toujours, la Normandie. Possession du roi, elle repousse les Anglais sur leur île ; dans la main des Anglais, c'est une base avancée menaçant l'Ile-de-France et Paris. Jean le Bon ne peut donc admettre que le duché normand tombe dans les mains de Charles le Mauvais. Celui-ci étant en « campagne électorale » à Rouen, le roi ordonne son arrestation et, pour faire bonne mesure, envoie quelques figures de l'aristocratie normande à l'échafaud.

C'en est évidemment trop pour Edouard III. Celui-ci débarque donc en France et y reprend ses chevauchées traumatisantes et destructrices. Etrange conflit qui mêle des raids destructeurs et rapides et de temps à autre une bataille frontale, à l'instar de Crécy. Celle-ci a lieu à Poitiers en septembre 1356. Le paradoxe se produit à nouveau, de voir le petit roi d'Angleterre disposer d'une armée plus efficace et plus professionnelle que celle de la puissante France et donc battre les Français à plate couture. Humiliation suprême, Jean le Bon est fait prisonnier. Aussi la noblesse est-elle délégitimée aux yeux du pays par son échec militaire, la chevalerie ne pouvant justifier ses privilèges devant l'opinion qu'en gagnant les batailles, et la monarchie atteinte au cœur, avec ce mythe vivant que représente le roi, transformé en vulgaire prisonnier de guerre.

Cet effondrement intervient, de surcroît, dans un contexte qui témoignait déjà de l'affaiblissement royal. Jean le Bon avait en effet réuni en 1355 et 1356 les états généraux, afin de financer la guerre. Ceux-ci, à l'instigation d'Etienne Marcel, prévôt des marchands de Paris, s'étaient laissé faire violence en acceptant de voter de nouvelles taxes mais y avaient joint une condition humiliante pour le pouvoir : en assurer la perception par leurs propres agents et en contrôler l'emploi. Les états avaient, de surcroît, adressé de sévères remontrances à l'administration sur la gestion des finances publiques. La bourgeoisie s'était montrée rétive à la volonté royale ; elle va, après le choc de Poitiers, devenir rebelle, voire révolutionnaire.

CHAPITRE 14

La première Commune de Paris

Le monarque prisonnier à Bordeaux, l'armée des nobles défaite, la bourgeoisie mécontente, le peuple inquiet, les coffres vides, les rumeurs triomphantes : la mèche est allumée, qui conduit à l'explosion. Il suffit, dans de telles circonstances, d'un Cromwell, d'un Mirabeau, d'un Lamartine, voire d'un Lénine. Ce sera, pour l'heure, Etienne Marcel.

Celui-ci a, de longue date, un contentieux avec le roi, en l'occurrence une affaire d'argent. Ce bourgeois prospère avait épousé en secondes noces la fille de Pierre des Essarts, puissant financier revenu en grâce auprès du monarque après avoir été banni de la Cour, au prix d'une énorme amende de cinquante mille « chaises d'or ». A sa mort, lors de la Peste noire, Etienne Marcel refuse la succession par crainte d'un passif caché, alors que l'autre gendre du défunt l'accepte. Or le roi ayant décidé de réhabiliter Pierre des Essarts, les cinquante mille pièces d'or sont restituées au seul héritier légitime, le beau-frère d'Etienne Marcel. Convaincu qu'il a été victime d'un « délit d'initié » de la part du monarque au profit de son beau-frère, le prévôt des marchands de Paris en conçoit une haine inexpiable à l'égard de Jean le Bon, comme seul l'argent peut en susciter.

C'est donc un homme pétri de rancune que les circonstances vont mettre « en situation ». Représentant des bourgeois, des drapiers, des orfèvres, des changeurs, de tous ceux que Paris a enrichis, il se dresse face au dauphin Charles devenu, en l'absence de son père, lieutenant général du royaume. Celui-ci ayant réuni par nécessité financière les « états de langue d'oil », Etienne Marcel se fait le porte-parole de toutes les récriminations : il réclame l'arrêt des manipulations monétaires auxquelles s'est livré l'Etat, la révocation des conseillers du roi, l'entrée en son conseil de représentants des trois ordres – quatre siècles avant 1789 ! –, le contrôle de l'impôt, de son assiette, de sa collecte et de son utilisation, et enfin le droit des états provinciaux à se réunir de leur propre chef. C'est la monarchie parlementaire, ou au moins contrôlée, qui pointe à l'horizon. Les « états de langue d'oc » réunis à Toulouse adoptent naturellement le même programme.

Désemparé, le Dauphin va, étrange initiative, demander le conseil de son oncle l'empereur d'Allemagne, qui lui suggère de chercher un accord avec le prévôt. Il se résout à cette extrémité mais très vite essaie de s'allier avec les bourgeois modérés contre Etienne Marcel et les plus extrémistes. C'est par anticipation Louis XVI passant alliance avec Mirabeau... Inaugurant ce qui deviendra une règle des insurrections parisiennes, le prévôt met en mouvement la rue, laisse les manifestations dégénérer, au point de voir les émeutiers envahir la chambre du Dauphin et assassiner sous ses yeux deux de ses proches. L'héritier du trône en est réduit, pour survivre, à arborer les couleurs rouge et bleue des émeutiers : c'est le 10 août 1792, là aussi par anticipation. Ayant résisté au pire, Charles quitte Paris, afin d'essayer de jouer la province contre la capitale. C'est, cette fois-ci, Thiers à Versailles face à la Commune ou de Gaulle à Baden-Baden. Habilement le Dauphin réitère ses engagements de réforme de manière à séparer les modérés des extrémistes.

C'est alors qu'intervient brutalement, dans l'affrontement entre la monarchie et une partie de la bourgeoisie parisienne, un événement bouleversant, la révolte des paysans – l'équivalent du surgissement des grèves ouvrières en 1968, à la suite des mouvements étudiants... La Jacquerie se répand à une vitesse fulgurante : phénomène saisissant, compte tenu de la lenteur des communications. Elle s'en prend indistinctement aux nobles, aux propriétaires fonciers, aux bourgeois ; elle fait assaut de violences, de viols, d'assassinats, d'incendies. C'est un mouvement spontané, anarchiste, sans vrai chef, sans cahier de revendications, sans dessein. Etienne Marcel commet, à ce moment-là, une erreur stratégique : au lieu de reconstituer la sainte alliance des classes dirigeantes et de reprendre le dialogue avec le Dauphin, il tente de récupérer la Jacquerie à son profit.

Le besoin d'ordre commence à faire son chemin, comme toujours dans de telles circonstances. Un homme choisit de se placer immédiatement sur ce créneau : Charles le Mauvais, le roi de Navarre, qui avait recouvré sa liberté à l'occasion de ce tohu-bohu. Il décide de devenir le garant du pouvoir légitime, fût-ce pour le contrôler ultérieurement, réunit une petite armée et taille en pièces les cohortes de paysans révoltés. Mais il pousse la duplicité trop loin, soutenant d'un côté le Dauphin hors de Paris, et de l'autre Etienne Marcel dans l'enceinte de la capitale, le prévôt ayant fait appel à lui pour maintenir l'ordre. De là une situation complexe : nul ne sait plus qui manipule qui, quelles sont les forces en présence et surtout quel pouvoir se dessine.

Isolée, la bourgeoisie parisienne commence à s'affoler car la monnaie s'effondre ; Paris est soumis à un blocus économique ; l'inquiétude gronde. Voilà un avant-goût de Thermidor ! Les bourgeois ne croient plus à l'alliance avec Charles le Mauvais, redeviennent légitimistes par peur du désordre et souhaitent donc renouer avec le Dauphin. Mais venir s'incliner a un prix évident – c'est la logique des révolutions ratées : la tête d'Etienne Marcel. Il suffit d'un prétexte : l'intention prêtée au prévôt d'ouvrir les portes de la ville à de nouvelles troupes de Charles le Mauvais. Le 31 juillet 1358, Etienne Marcel est assassiné. Le Dauphin, qui avait dû fuir la capitale le 22 février, y rentre le 2 août. Ce n'est pas une ville en liesse qui l'accueille. Elle se révoltera à nouveau le 30 octobre, mais cette fois-ci, sans conséquence.

L'échec de cette première Commune de Paris fait perdre à la bourgeoisie parisienne tout ce qu'escomptaient les états de langue d'oil, en particulier le contrôle de l'impôt. Les états de langue d'oc s'en tireront mieux. Eloignés du champ de l'affrontement, plus madrés, les Méridionaux obtiendront, eux, les droits qu'ils réclament.

Les Parisiens ne perdront pas le goût de la révolte : ils recommenceront en 1382, toujours pour des raisons fiscales, et à nouveau en 1413 avec une violence qui rappelle 1358. Mais la « Commune d'Etienne Marcel » est une étonnante préfiguration des futures révolutions parisiennes. Elle suscite pour l'avenir une méfiance entre le monarque et sa capitale ; l'un et l'autre ne cesseront de s'épier. Le choix de Versailles viendra de loin, même si la Fronde en constituera, le moment venu, une cause plus immédiate. Le malaise entre le souverain et Paris témoigne de la fragilité symbolique d'un pouvoir centralisé, aucun service d'ordre ne pouvant résister, dans les rues étroites de la ville, à de vraies manifestations. C'est l'anticipation de tous les mouvements parisiens qui verront les modérés courir derrière les émeutiers les plus extrémistes. Mais cette première « Commune » manifeste aussi l'isolement de la capitale par rapport à ce qu'on appellera plus tard « le pays réel ». Le besoin d'ordre viendra le plus souvent de la province et les pouvoirs conservateurs sauront s'y ressourcer, en particulier en 1848 et en 1870. Il existe une pathologie de l'émeute parisienne, elle ne changera plus.

Mais cette première Commune de Paris offre aussi une autre leçon. Elle démontre l'usage que les autres pays sauront faire de nos révolutions, c'est-à-dire de notre affaiblissement. Le traité de Brétigny, signé le 8 mai 1360, est, de ce point de vue, révélateur. Il clôt le premier acte de la guerre de Cent Ans. Jean le Bon est libéré contre une caution de 3 millions d'écus, payée par tranches annuelles de 400 000, gagées par la remise d'otages – princes du sang, seigneurs, bourgeois ! L'accord reconnaît, en toute souveraineté à l'Angleterre, l'Aquitaine (y compris le Poitou et le Périgord). En contrepartie, Edouard III renonce certes à toute revendication sur la couronne de France. Le diable se cachant dans les détails, les transferts de territoires se passent mal, de sorte qu'en 1361 les deux rois annulent leurs renonciations de souveraineté, le premier sur l'Aquitaine, le second sur la France. Mais Edouard III a en main une carte supplémentaire : les otages, de sorte que, muni d'un sauf-conduit, Jean le Bon va à Londres négocier leur sort. C'est maintenant un monarque affaibli. Il n'est sûr ni de ses arrières, ni de ses campagnes, ni, pire, de sa capitale.

Chapitre 15

Entre guerre et paix

C'est un homme rompu à l'exercice du pouvoir qui succède en 1364 à son père Jean le Bon. Charles V a, en effet, connu comme Dauphin tous les problèmes imaginables : révolutions, jacqueries, trahisons, invasions... Aussi élabore-t-il rapidement une stratégie, face à l'Anglais. Elle fait fond sur la réserve de puissance que la France possède, comparée à la petite Angleterre. C'est l'équivalent de l'entrée en guerre des Etats-Unis en 1917 et 1940 : un pari sur la force économique.

Mais le roi y ajoute une initiative bouleversante. Il veut doter la France, puissance continentale, d'une marine susceptible de contester aux Anglais la domination sur la mer. Cela demande du temps, de l'argent, de la persévérance et, dans l'urgence, le soutien de la marine espagnole afin de rééquilibrer les forces sur mer. Le projet est limpide : isoler l'armée anglaise en action sur le continent de sa base arrière. Deuxième étape de la reconquête, reconstituer une force militaire adaptée à la guerre que pratiquent les Anglais, plus simple, plus mobile, plus habile dans les coups de main. L'homme de cette guerre de partisans sera Du Guesclin. Troisième élément du dispositif, adosser cette « armée de partisans » à un solide réseau défensif de murailles et de places fortes. Il s'agit de contraindre les Anglais coupés de leurs arrières, soumis aux attaques incessantes de Du Guesclin, incapables de prendre des villes, à errer dans les campagnes et les landes. Dernière composante de cette stratégie : isoler diplomatiquement l'adversaire. Charles y parvient brillamment. Il conserve, par un mariage habile, la Flandre dans l'orbite française. Il s'allie avec la Castille, ce qui lui confère la maîtrise des mers. Il s'acquiert la bienveillance de son oncle, l'empereur d'Allemagne, ce qui interdit aux princes germaniques de voler au secours de l'Angleterre. Il obtient enfin un soutien sans faille du pape d'Avignon.

C'est la première fois que prévaut une approche globale d'un conflit au lieu d'un simple corps à corps entre des escadrons de cavaliers et de l'affrontement figé entre des compagnies d'archers. La mobilisation du pays derrière le roi suppose des gestes d'union sacrée : des privilèges accordés aux villes qui résistent, l'anoblissement des meilleurs combattants roturiers, des récompenses, des honneurs. Cette guerre nationale, la première du genre, est un succès. Le Sud-Ouest est reconquis place forte après place forte. Epuisée, l'armée anglaise se décompose. Le roi profite du climat positif que crée cette unanimité nationale pour rétablir aussi son pouvoir sur le plan intérieur. Il ne supprime pas les états généraux, mais espace leurs réunions. Il ne met pas fin à l'organisation fiscale que ceux-ci avaient établie, mais la reprend à son compte. Il rassure la bourgeoisie, son alliée, par sa gestion économe des finances publiques et la séduit par des baisses d'impôts, dès la moindre manifestation d'insatisfaction. Echaudé par le passé, il est ferme quand il le peut et souple quand il le faut.

La paix est néanmoins impossible car, à rebours des usages de l'époque faits de compromis biscornus, Charles V exige une évacuation totale du territoire, y compris Calais, comme s'il voulait effacer une humiliation insupportable. Edouard III refuse, quitte à se replier sur les dernières villes qui lui sont fidèles : Calais justement, Bordeaux, Bayonne. De là une longue période mi-pacifique, mi-belliqueuse, qui aurait dû s'achever, en toute logique, par l'évacuation complète du territoire français, l'Angleterre connaissant à son tour jacqueries et révoltes, assassinats et règlements de comptes.

Mais le hasard en décide autrement. Charles V meurt en 1380 ; son successeur est un enfant et, pire, devenu Charles VI, il tombera dans la démence. Avant ce drame, devenu majeur, il décide d'envahir l'Angleterre, comme s'il était Guillaume le Conquérant. Rétifs, les grands du royaume sabotent l'expédition, ce qui donne le temps aux Anglais d'attiser les velléités bretonnes de dissidence. Dans cette « drôle de guerre » avant l'heure, les belligérants montent des escarmouches et, du même mouvement, laissent leurs diplomates discuter. Les sujets de discorde sont si nombreux – Flandre, Bretagne, Castille, Ecosse, sans même compter la double papauté – avant d'aborder le nœud gordien – la renonciation simultanée à la souveraineté de l'un sur la Guyenne, de l'autre sur la France – que les négociations échouent, avec pour conséquence de raviver le conflit.

C'est au moment où il se porte sur le front breton, en 1392, que le roi fait sa première crise de démence. Les institutions ne prévoient pas à l'époque ce cas de figure ; il est, en effet, contraire au caractère sacré de la monarchie. Imagine-t-on une assemblée de nobles et de bourgeois déclarer inapte à ses fonctions un monarque de droit divin ? Ne demeurent, dès lors, que deux possibilités : la déposition violente et illégale ou l'hypocrisie avec, pour conséquence, l'affaiblissement du pouvoir royal. La tradition anglaise poussait au coup de force ; les Français, eux, choisissent le statu quo. C'est l'occasion pour les proches du roi de se partager les dépouilles de la Couronne. L'un, le duc d'Orléans, se brûle les doigts en soutenant le pape d'Avignon contre celui de Rome et s'oppose, de ce fait, aux solutions de compromis suggérées par l'Université, afin de réunifier l'Eglise ; il s'aliène, de la sorte, le « parti intellectuel » de l'époque. L'autre, Jean sans Peur, duc de Bourgogne, n'a de cesse de vouloir marquer son autonomie, voire son indépendance. Il n'y a pas de meilleur champ pour la rivalité de ces deux grands que les querelles dynastiques apparues à leur tour en Angleterre. A chacun son parti. Le duc d'Orléans soutient Richard II devenu par mariage le beau-frère de Charles VI, et le duc de Bourgogne Henri de Lancastre, lequel n'hésite pas à déposer Richard et à le faire assassiner. Sensible à l'exemple de son allié britannique, Jean sans Peur se décide, à son tour, à supprimer son adversaire. Le duc d'Orléans n'est certes pas le roi ; son assassinat est donc moins impie que ne le serait celui du monarque. C'est néanmoins un acte politique qui déclenche la guerre civile, chacune des parties allant évidemment chercher des soutiens en Angleterre.

C'est un des paradoxes de la guerre de Cent Ans. Les deux monarchies se mêlent par des alliances matrimoniales. Les deux aristocraties nouent des liens du même type. Les deux chevaleries se mélangent à travers les combats, les prises de guerre et la négociation sur la libération des prisonniers. Les deux territoires, du moins sur le continent, se chevauchent. De là cet affrontement, à la fois retenu et inexpiable, toujours inachevé et jamais tranché.

Jean sans Peur n'est pas un tendre : il revendique son crime, le fait justifier par des théologiens et s'installe de force à Paris, le roi se repliant à Tours. C'est une étrange guerre civile qui s'ouvre, dès lors, entre les Armagnacs – du nom des soutiens gascons de la monarchie – et les Bourguignons. Paris prend le parti de Jean sans Peur. L'Université le soutient car, dans la querelle pontificale, il est de son côté, c'est-à-dire en faveur du pape de Rome, alors que les Armagnacs ont les yeux tournés vers Avignón. Les clercs se divisent, la bourgeoisie se rebelle, le peuple se révolte. Contre qui ? Contre l'autorité, les impôts, les riches, les nobles, les autres... C'est en 1413 la deuxième Commune de Paris avec, prémonition historique, le siège de la Bastille par les émeutiers.

Mais le dénouement sera le même que la première fois : les bourgeois et les universitaires prennent peur, s'éloignent des extrémistes et ne voient de retour à l'ordre que du côté de la monarchie légitime représentée, une fois de plus, par le Dauphin, le roi n'étant pas prisonnier, comme son prédécesseur, des Anglais, mais l'étant de sa schizophrénie. Jean sans Peur connaît – parallélisme oblige – le même destin que Charles le Mauvais. Troquer une position de vassal légitimiste pour celle d'allié des émeutiers est une posture trop osée pour l'époque. Il doit donc fuir Paris. Mais à la différence de son grand-père, le roi, à l'époque emprisonné, le dauphin Louis est en butte à l'hostilité des Armagnacs les plus extrémistes qui manipulent Charles VI pendant ses périodes de lucidité : ceux-ci l'empêchent de chercher un accord raisonnable avec

Jean sans Peur, qui aurait évité d'ouvrir un boulevard à l'ennemi anglais.

Fin observateur de la scène française, le nouveau souverain britannique Henri V voit en effet une occasion. Il se prépare paisiblement à débarquer en France pendant que la guerre civile fait rage et empêche toute mobilisation défensive. On est à mille lieues de l'union sacrée de Charles V. Le résultat s'appelle Azincourt (le 25 octobre 1415). Troisième bataille frontale de la guerre, après Crécy et Poitiers, troisième défaite. Militairement moins humiliante mais politiquement plus désastreuse encore. Il n'y a plus de pouvoir pour essayer de ressaisir les fils et reconstruire les défenses. C'est une version médiévale de juin 1940.

Les princes se battent entre eux ; la reine prend le parti de Jean sans Peur contre son mari le roi ; des troupes incontrôlées massacrent les prisonniers. Le point d'orgue de cette anarchie est l'assassinat de Jean sans Peur sous les yeux du nouveau Dauphin, Charles. Les Bourguignons crient vengeance. Et quelle meilleure vengeance y a-t-il que de livrer la couronne de France au roi d'Angleterre ? Le nouveau duc de Bourgogne, Philippe le Bon, se fait le chantre du mariage d'une fille de Charles VI avec Henri V ; il abuse d'une absence mentale du roi pour lui faire signer une ordonnance privant de ses droits au trône le « soi-disant Dauphin » son fils, Charles. Tels sont les termes en 1420 du traité de Troyes qui promet à Henri V la couronne de France à la mort de Charles VI. Les corps constitués entérinent sans barguigner ce texte humiliant. Ils préfigurent à leur façon le Sénat de 1815, proclamant la déchéance de Napoléon et l'Assemblée du Front populaire, votant le 10 juillet 1940 les pleins pouvoirs au maréchal Pétain. C'est à croire que, privés de la boussole du pouvoir exécutif, les Assemblées manquent d'épine dorsale lorsque les vents de l'Histoire soufflent très fort.

Pendant ce temps, les Anglais agissent avec méthode : ils détruisent en 1417 la flotte française, font débarquer une solide armée et conquièrent la Normandie ; ils poussent même l'habileté politique jusqu'à rétablir les franchises normandes que la monarchie centralisatrice française avait supprimées au moment où elle avait pris le contrôle de la province. Ils ont un gage ; il leur reste à attendre la livraison du royaume à la mort de Charles VI. Henri V s'offre, avant même d'accéder au trône de France, une chevauchée dans les rues de Paris afin de prendre possession de la Bastille, du Louvre et de Vincennes, trois forteresses qui lui ont été concédées, tels des acomptes sur la Couronne.

Des traités comme celui de Troyes supposent toujours l'existence d'une victime sur le sort de laquelle s'est fait l'accord. Ce sont les Tchèques en 1938 à Munich ; c'est, cette fois-ci, le Dauphin puisque sa médiocre mère, son inconscient de père et Jean sans Peur en pleine lucidité, lui, ont pactisé à ses dépens avec le roi d'Angleterre. Mais le processus enclenché s'enraie, à la suite de deux événements. L'un de pur hasard : Henri V meurt avant Charles VI, ce qui rend aléatoire la revendication de sa famille sur le trône de France car son fils a neuf mois et ne peut donc être sacré avant longtemps. L'autre de comportement : le Dauphin ne se soumet pas à l'oukase de ses parents, refuse sa propre déchéance et ne reconnaît pas la validité du traité de Troyes. Ses légistes contestent le droit de son père à le déshériter de la Couronne au nom de la loi salique, argument puissant aux yeux de l'opinion. Ses fidèles, quoique peu nombreux, lui sont dévoués à la vie et à la mort. Ses possessions, le Berry au premier chef, lui demeurent attachées. Dès la mort de Charles VI, le Dauphin se déclare roi sous le nom de Charles VII, même s'il lui est interdit d'aller à Reims pour s'y faire sacrer. Les Bourguignons et les Anglais n'ont d'autre moyen de contester la légitimité de Charles que de le prétendre bâtard. Roi peut-être, Charles VII n'a néanmoins à sa main qu'un royaume écorné. C'est un souverain en exil dans son propre pays, en tout cas au nord de la Loire. Une longue reconquête l'attend. Elle bénéficiera d'un soutien inattendu.

Chapitre 16

Le mystère Jeanne d'Arc

Aucun esprit qui se pique de rationalité n'aime le culte de Jeanne d'Arc : trop religieux, trop mystique, trop réactionnaire. Mais comment nier que cette aventure abracadabrantesque a bien eu lieu et qu'une jeune fille a sauvé – ou contribué à sauver – le plus puissant royaume de la chrétienté ? Certes le Dauphin n'est ni le pauvre d'esprit, ni l'esseulé que la légende s'est plu à décrire afin de mieux mettre en scène l'irruption de l'héroïne. Il règne au sud de la Loire, donc sur une partie non négligeable du pays. Il gouverne avec habileté ses domaines. Il a vécu des épreuves qui lui ont appris la politique. Il connaît les hommes, leurs faiblesses, leur courtisanerie, leur propension à la trahison. Il sait diviser, ergoter, négocier. Il s'est enfin doté d'alliés solides, les Ecossais. C'est d'ailleurs en Ecosse qu'il recrute son armée mais cette « légion étrangère » est mise en pièces par les Anglais à Cravant, en 1423. Allié au duc de Bretagne et au comte de Foix, il peut néanmoins se fournir en soldats dans leurs domaines et dispose d'un instrument militaire convenable. Ainsi en 1427 les Anglais échouent-ils devant Montargis. C'est de cet événement que Charles VII datera plus tard dans une ordonnance « le commencement de la recouvrance depuis par nous faite de plusieurs de nos pays... », comme s'il voulait alors minimiser le rôle de Jeanne d'Arc.

Domrémy, l'éducation de paysanne, les voix : nous vivons avec leur évocation depuis notre enfance. Le mystère est ailleurs. Dans l'écoute que lui donne en janvier 1429 le capitaine de Vaucouleurs, Robert de Baudricourt. Comment un soudard comme l'étaient à l'époque tous les chevaliers accepte-t-il d'entendre cette frêle jeune fille ? Dans la facilité avec laquelle elle accède à Charles VII le 6 mars. Dans la manière dont elle contourne la méfiance d'une Eglise peu encline à tolérer les mystiques autoproclamés. Dans l'enthousiasme qu'elle suscite parmi les capitaines et les jeunes princes qui entourent « le Roi du Berry », si peu accoutumés soient-ils à voir les femmes aux avant-postes de l'armée. Dans la disponibilité des chevaliers qui lui fournissent une armure, des chevaux, une escorte et un étendard, tous accessoires de la guerre davantage que de l'amour courtois. Dans le sérieux avec lequel ses affirmations sont écoutées, une fois validées sa qualité de bonne chrétienne par une assemblée de théologiens et sa virginité par des matrones. Dans le naturel avec lequel le roi la nomme « chef de guerre » afin qu'elle puisse montrer un « signe » de ses pouvoirs quasi surnaturels.

Le mystère réside aussi dans la décision des Anglais d'abandonner le siège d'Orléans, après que Jeanne d'Arc s'est glissée dans la ville et leur a enjoint de déguerpir. La délivrance quasi miraculeuse de la cité le 8 mai 1429 fait le tour du royaume. Jeanne devient une légende vivante. On attend d'elle que, à l'instar du roi, elle guérisse les écrouelles. Les capitaines s'inclinent devant son autorité, les intellectuels devant ses miracles, le peuple devant sa sainteté. Sans doute les consciences étaient-elles de longue date ébranlées, les esprits désemparés, les âmes perdues, mais de là à faire à ce point allégeance à une jeune fille inspirée ! C'est l'attente du Messie qui se réalise sous une forme inattendue, une jeune fille chef de guerre... Elle impose à Charles VII la décision de marcher sur Reims pour s'y faire sacrer – choix mystique et religieux –, au lieu d'essayer de porter l'estocade aux Anglais en Normandie – décision rationnelle. Ce n'est pas une campagne militaire mais une procession triomphale qui conduit le roi jusqu'à Reims. Troyes capitule sans combats ; Châlons ouvre ses portes ; Reims se livre avec passion et le roi est sacré le 17 juillet dans la cathédrale. Jeanne exulte : « Ores est exécuté le plaisir de Dieu qui voulait que vinssiez à Reims recevoir votre digne sacre, en montrant que vous estes vrai roi et celui auquel le royaume doit appartenir. » Le traité de Troyes est désormais effacé.

Dans le chemin de croix militaire de Jeanne, Paris est l'étape suivante. Laon, Soissons, Château-Thierry, Compiègne sont pris sur la route de la capitale : autant de signes favorables. La mystique qui entoure Jeanne est donc au plus haut. Mais les Bourguignons sauvent la ville. C'est, pour le roi et Jeanne, l'échec. Charles VII conclut alors une trêve, au grand dam de la « pucelle d'Orléans », plus jusqu'au-boutiste que politique, plus mystique que stratège, plus illuminée que réaliste. La guerre reprend, banale et imprécise ; Jeanne devient un soldat sans gloire et le 23 mai 1430 elle tombe aux mains de Jean de Luxembourg, vassal du duc de Bourgogne qui la vend aux Anglais.

La condamnation se substitue à l'incantation ; la sainte devient une possédée du démon ; le « lâche soulagement[1] » de voir se terminer cette incompréhensible et mystérieuse chevauchée prend le dessus. Autant le retournement de sentiments relève de l'extrême banalité des comportements, autant la volonté des Anglais de juger et de condamner Jeanne peut étonner. La craignent-ils, vraiment, comme une incarnation du démon ? C'est peu probable. Ont-ils peur que, si elle s'évade ou est libérée, elle ne soulève les foules davantage encore qu'auparavant ? Possible. Veulent-ils se débarrasser d'un élément qui perturbe le jeu classique de la guerre ? Plausible. Souhaitent-ils un procès politique, destiné à terroriser les Français ? Envisageable mais maladroit. Jeanne n'est pas à l'évidence une de ces prises de guerre, comme l'Histoire en connaît tant, qui brûlent les doigts des geôliers et ne leur donnent qu'une envie : s'en débarrasser. Les Anglais pourraient, si tel était le cas, la faire paisiblement tuer ou empoisonner, suivant les usages de l'époque. Ils veulent, au contraire, un procès public. Mais fidèles à la démarche qui prévaudra, pendant des siècles, pour toutes les puissances occupantes, ils souhaitent faire exécuter leurs basses œuvres par des juges locaux. Rien n'est plus habile pour un occupant que de faire partager ses crimes par les occupés.

Dans l'« affaire Jeanne d'Arc » s'ajoute une difficulté particulière : on ne juge pas, à l'époque, les prisonniers de guerre ; on les négocie et on les échange. Se débarrasser de Jeanne suppose donc de passer par la justice ecclésiastique, en l'occurrence l'Inquisition, le pouvoir d'Etat n'étant plus alors que le bras séculier du tribunal, pour mettre en œuvre la sentence. Il n'existe, dès lors,

1. Suivant l'expression de Léon Blum après les accords de Munich en 1938.

qu'un chef d'accusation possible : Jeanne est habitée par le démon. C'est la version noire de la même croyance qui amène ses admirateurs à l'imaginer choisie par la Providence. Vue à travers nos yeux, l'incrimination ressemble à un prétexte, mais l'époque vit au rythme des fées, des mythes, des démons, des sorcières et du Malin. Aussi l'alibi et la réalité se mêlent-ils. Ce n'est d'ailleurs pas une première : tous les « procès de Moscou » de l'époque – les Templiers, Marigny... – avaient un fondement religieux : éliminer les hérétiques.

Jeanne donnait prise, il est vrai, à une accusation qui suffisait à la rendre passible du bûcher. Elle refusait l'autorité de l'Eglise et en appelait à Dieu, par-dessus l'institution ecclésiale. Elle ne transigea jamais sur cette conviction. Le procès appartient à nos mythes fondateurs. Cauchon dans le rôle du juge pointilleux et bureaucratique, destiné à servir de modèle pour tous les magistrats serviles des siècles à venir ; la défense sans concession de Jeanne ; l'exécution le 30 mai 1431.

Mais le mystère Jeanne d'Arc trouve aussi son prolongement du côté de Charles VII. Pourquoi ne tente-t-il rien pour la libérer ? Pourquoi n'essaie-t-il pas de l'échanger contre une rançon ? Regrette-t-il tant de voir disparaître celle à laquelle il doit son trône ? Ne prête-t-il pas aussi à la Pucelle un sortilège qui, s'il lui a servi dans un premier temps, pourrait se retourner un jour contre lui ? Ne trouve-t-il pas avantage à voir s'éteindre une voix qui a toujours pris le parti le plus extrême contre ses velléités de compromis ? Se sent-il dégagé de tout devoir à l'égard d'une personne qui n'appartient pas à son monde et qui est, de surcroît, une femme ? Pourquoi attend-il 1450, soit dix-neuf ans après le bûcher, pour ouvrir une procédure en révision du procès ? Il le fait formellement, au moment où il entre dans Rouen, mais s'il l'avait souhaité, il aurait pu soulever la question plus rapidement.

Etonnante situation qui voit le roi mettre une énergie farouche à obtenir la réhabilitation de la Pucelle, à en convaincre l'Université, l'Evêché et le Pape, alors que pendant si longtemps il avait paru indifférent à cette préoccupation. Les révisions judiciaires ne seront pas plus simples, à l'avenir, qu'elles ne le sont en 1450. La justice ne déteste rien autant que d'avoir eu tort... sauf, peut-être, d'avoir montré sa peur. Le mythe de Jeanne d'Arc s'est, pendant toutes ces années, développé en France, en Italie, en Allemagne, en Castille : partout sauf en Angleterre... Il est désormais si profond que la réhabilitation n'y change rien. Charles VII voulait-il simplement se mettre en accord avec sa conscience avant de mourir, payer sa dette morale, faire oublier son peu d'empressement à essayer de libérer Jeanne ? Mystère d'un roi, mystère d'une âme, mystère d'un homme...

L'épisode Jeanne d'Arc est-il aussi décisif, pour clore la guerre de Cent Ans, que le veut la légende ? Sans doute offre-t-il à Charles VII une légitimité et l'occasion d'un sursaut, sans lesquelles la reconquête de la France aurait été infiniment plus difficile. Mais une fois la Pucelle disparue, la politique reprend ses droits. Le royaume en revient, pendant des décennies, à l'état de mi-paix, mi-guerre qui lui était si familier. Les Anglais toujours présents, les Bourguignons toujours insolents, Paris toujours incontrôlable, les caisses publiques toujours vides, les querelles de famille toujours insurmontables, les grands toujours ronchons, les chevaliers toujours frustrés, les bourgeois toujours inquiets : la réalité quotidienne en un mot.

Charles VII progresse néanmoins à petits pas. La paix ne se réalise pas en un instant dans un tel contexte. En témoigne l'échec d'une grande conférence réunie à Arras en 1435 sous l'égide du pape. Mais l'intransigeance anglaise pousse les Bourguignons à se rapprocher du roi avec lequel ils signent une paix séparée. Charles VII paie un prix symbolique : il fait amende honorable pour l'assassinat de Jean sans Peur et, pour le reste, offre quelques broutilles. Il gagne, en échange, de ne plus se battre sur deux fronts. C'est d'ailleurs avec l'aide de l'armée bourguignonne qu'il boute les Anglais hors de Paris. Il y entrera en 1437, mais une fois ce geste symbolique accompli, il reviendra sur les bords de Loire. Comme tous les souverains, il a la mémoire des avanies. Ce n'est ensuite qu'une longue et lente marche pour reconquérir effectivement, dès que les Anglais reculent, le territoire, y réinstaller l'administration royale, rétablir les impôts. Une vraie victoire militaire en 1450, armée contre armée, aidera même à faire oublier Crécy, Poitiers et Azincourt. A la mort du roi, en 1461, seul Calais est encore occupé. L'intelligence et l'habileté du souverain ont été essentielles dans cette reconquête, mais le ferment des guerres intestines y a contribué, en franchissant la Manche : c'est la monarchie anglaise qui va à son tour tanguer pendant des décennies, prisonnière de querelles dynastiques et de règlements de comptes.

Mais pendant que Français et Britanniques sont encore prisonniers de leur guerre séculaire, l'Histoire se joue ailleurs. Les Turcs s'emparent en 1453 de Constantinople et s'installent de plain-pied en Europe. Le monde chrétien s'affole. Qui aurait imaginé alors que la France trouverait plus tard, dans l'Empire ottoman, l'allié dont elle aurait besoin face à l'Empire germanique ? Que cette irruption de la « realpolitik » est éloignée du mystère Jeanne d'Arc ! Il faudra à peine un siècle pour passer du merveilleux à la vraie diplomatie des intérêts et des alliances de revers. De ce point de vue, Jeanne clôt, à sa manière, le Moyen Age.

CHAPITRE 17

Louis XI, le Machiavel français

Louis XI rêvait depuis longtemps de la Couronne. Son appétit de pouvoir l'avait conduit à se heurter à son père qui l'avait exilé en Dauphiné. Il avait continué à faire acte d'insubordination en se mariant contre le vœu du roi et était allé jusqu'à se mettre sous la protection du duc de Bourgogne, donc de l'adversaire. Aussi se précipite-t-il à Reims, dès la mort de Charles VII, pour se faire sacrer en juillet 1461.

Son hostilité à l'égard de son père le pousse, contrairement aux usages, à pratiquer le premier *spoil system*[1] de l'histoire de la monarchie : il remplace presque tous les baillis, sénéchaux et autres officiers de haut rang, quitte à faire des insatisfaits, des frustrés, des dissidents, voire des comploteurs. Les grands du royaume auraient dû comprendre après cet épisode que Louis XI n'était pas homme à tolérer des rébellions. Mais, prisonniers de leur orgueil et de leurs fantasmes, ils essaient de prendre l'avantage et d'imposer au roi leurs éternelles revendications – reprendre le contrôle du gouvernement et réduire les impôts. Si le rapport des forces militaires

1. Suivant les dépouilles, c'est-à-dire le changement de l'administration pratiqué à chaque alternance aux Etats-Unis.

est incertain – l'indécise bataille de Montlhéry en 1465 en témoigne –, le souverain s'est doté d'une carte maîtresse : le soutien de la bourgeoisie parisienne. Après un siècle séditieux, la capitale redevient légitimiste. C'est un atout dans l'affrontement qui s'annonce entre Louis XI et le nouveau duc de Bourgogne, Charles le Téméraire.

Le choc des individualités ajoute à la bataille des ambitions. Entre le roi, prudent, cauteleux, retors, réfléchi, et son vassal, altier, brillant, ostentatoire, « flambeur », ne peuvent exister ni complicité ni compréhension, ni même convergence d'intérêts. C'est au départ le duc de Bourgogne qui semble mener le jeu, avec une claire ambition : relier ses deux principales possessions, la Bourgogne et les Pays-Bas, en mettant la main sur la Champagne et la Lorraine et, une fois réalisé ce coup de main territorial, se débarrasser définitivement de son lien de vassalité à l'égard de la couronne de France.

Louis XI ne sera naïf qu'une seule fois dans sa vie. Désireux de temporiser, il décide de palabrer et, à cette fin, demande à Charles un sauf-conduit pour le rencontrer à Péronne en 1468. Manquant au code de l'honneur, le duc de Bourgogne prend un vague prétexte pour retenir prisonnier le roi, l'humilier, lui faire signer l'abandon de la Champagne avant de le relâcher. Hâbleur plus que cynique, Charles n'ose pas néanmoins commettre l'irréparable en déposant Louis XI, quand il l'a à sa merci. Duplice, le roi accepte tout, reconnaît tout, s'humilie à loisir afin de recouvrer la liberté, de renier sa signature et de se venger. Première victime de l'ire royale : le cardinal Balue qui est à portée de main. Il avait trempé, peu ou prou, dans le piège de Péronne. Le voilà enfermé dans une de ces cages de fer dont, ironie de la situation, il avait préconisé l'usage.

Deuxième victime notoire, le lieutenant du roi à Paris. Il paie pour des fautes plus lointaines. Louis XI a décidé de faire peur. Il y parvient. A la moindre sédition, il frappe.

Mais l'urgence est moins de manifester l'autorité royale que de gagner la guerre contre Charles le Téméraire. C'est sur ce terrain-là que, une fois échaudé, Louis XI sait faire preuve de machiavélisme. Ayant pris la mesure du tempérament impatient et imprévisible de son adversaire, il attend la faute. Elle est d'abord militaire : Charles envahit le royaume et assiège Beauvais. Mais il échoue face à une résistance populaire dans laquelle s'illustre – preuve que Jeanne d'Arc a fait des émules – une autre femme, Jeanne Hachette. Ce sursaut témoigne de la légitimité du roi aux yeux du peuple. Il dessille, de ce point de vue, les yeux de nombre d'opportunistes désireux de choisir le camp du vainqueur. Le ralliement de Philippe de Commynes à Louis XI est à cet égard significatif. La volonté des intellectuels de « s'accrocher ou non au char de l'Etat », suivant le mot de de Gaulle à propos de Bernanos, existait déjà à la fin du XVe siècle.

Ayant échoué militairement, Charles le Téméraire tente à nouveau la voie du complot. Louis XI le sait, qui ayant appris à donner du temps au temps le laisse s'enfoncer, car la période est propice aux doubles jeux et aux trahisons. Ainsi lui offre-t-il l'opportunité de monter une coalition avec le roi d'Angleterre et le duc de Bretagne et frappe-t-il, au moment voulu, les conjurés membres de sa cour qui devaient le trahir. Louis de Luxembourg, connétable de France, est décapité ; le duc de Nemours aussi.

Guère porté à faire confiance au Parlement pour conduire des procès politiques, le roi inaugure la tradition des juridictions spéciales et autres cours de justice fabriquées autant que de besoin, qui se perpétuera jusqu'à la guerre d'Algérie. Ce sont des commissaires royaux, à la loyauté incontestable, qui se chargent des basses besognes. La méfiance à l'égard des grands ne se dément pas : le monarque craint trop les réflexes de classe. Une fois le travail judiciaire effectué par les commissaires, il ne reste au Parlement qu'à valider les peines : se dérober serait un acte ostensible de rébellion, alors que, maîtres de la procédure, les parlementaires auraient disposé de mille moyens pour faire déraper les procès. Ayant usé et abusé de l'arme judiciaire, Louis XI peut désormais se contenter de la menace ou d'une première mise en accusation, pour décourager de potentiels rebelles.

Aucune de ces procédures ne ressemble à des « procès de Moscou » version moyenâgeuse. Ce sont soit des trahisons avérées, soit des complots prouvés que Louis XI sanctionne, le plus souvent avec sévérité. De plus en plus privé de soutien dans l'entourage du roi, politiquement asphyxié, Charles le Téméraire est porté par son tempérament à des gestes inconséquents : c'était le pari du roi. Le duc de Bourgogne se lance ainsi dans des aventures militaires mal calculées en Lorraine, en Suisse, en Allemagne. Ces foucades lui font perdre à chaque fois des alliés. Il est de plus en plus isolé, versatile, erratique. Et ironie du destin, c'est devant Nancy, destinée à devenir dans ses fantasmes mégalomanes la capitale de cette Lotharingie qu'il rêvait de reconstituer, qu'il trouve une mort médiocre, en 1477. Dans son affrontement avec Charles le Téméraire, Louis XI a joué du temps, comme plus tard Alexandre Ier de Russie de l'espace face à Napoléon : il l'a laissé s'enfoncer et s'enliser. La ruse est ainsi venue à bout de la force, l'intelligence de l'impétuosité.

La chance apporte à Louis XI une grâce supplémentaire. Charles n'avait pas de fils, de sorte que les apanages attribués à sa famille doivent, suivant la règle, retourner au roi de France. Ce transfert, si légitime soit-il juridiquement, n'est pas aisé après tant de décennies d'affrontements. Louis XI doit l'exécuter *manu militari* et la Bourgogne, la Picardie, l'Artois finissent par entrer dans son giron. L'héritière de Charles, Marie de Bourgogne, ne conserve que les Pays-Bas. Ce sera l'origine d'un conflit qui pèsera sur plus de deux siècles de notre histoire. Mais le hasard des successions continue à servir le roi : il hérite de l'Anjou, puis de la Provence et du Roussillon. Ainsi en un demi-siècle la France, désarticulée du temps du dauphin Charles, devient une puissance sans égale dont les territoires forment un ensemble cohérent et quasi unitaire. La guerre de Cent Ans est bien finie.

Le roi veut croire qu'il a, de surcroît, écrasé les velléités d'autonomies des grands. C'est une illusion. Si, une fois agglomérés, les territoires semblent appartenir définitivement au royaume, la fidélité des princes et des ducs n'est, elle, jamais acquise : ses successeurs s'en apercevront rapidement. Dès la mort du roi en 1483, les éternelles difficultés reprennent. Louis XI avait certes organisé du mieux possible la suite, confiant la régence à sa fille, le Dauphin n'ayant que treize ans. Mais les grands reprennent immédiatement les armes et exigent que la régente convoque les états généraux afin que ceux-ci cassent le testament du roi et fassent de son cousin, Louis d'Orléans, le régent. Fine mouche, la régente acquiesce à la demande et réunit les états, mais elle décide de les démocratiser au maximum avec l'apparition, pour la première fois, de représentants des trois ordres. Ceux-ci se réunissent à son initiative, non pas par ordres mais par régions, afin de mieux noyer les aristocrates au sein des représentants du tiers état. Le pari politique de la régente est de tabler sur la fidélité des bourgeois contre les prétentions des grands. Opération pleinement réussie : les états confirment la régence et confient à la régente le soin de nommer à sa guise les membres du Conseil du roi, c'est-à-dire le gouvernement. Battu, Louis d'Orléans tente de renverser le cours des choses par une folle équipée militaire. Il est fait prisonnier mais cela ne l'empêchera pas, suivant les charmes des jeux dynastiques de l'époque, de devenir à son tour roi de France. La fille a su protéger les acquis de son père ; elle s'est montrée une digne héritière en termes de manœuvres politiques.

Louis XI inaugure, dans le bestiaire de nos monarques, une figure nouvelle – le roi rusé et machiavélique. Elle réapparaîtra de manière épisodique et François Mitterrand en sera, à sa manière, l'ultime incarnation.

Chapitre 18

Les débuts de l'impasse italienne

Après l'immobilisme, le mouvement ; après la gestion méticuleuse, les aventures munificentes : c'est une loi de la politique qui traverse les siècles. Louis XI calculait ; son fils veut oser. L'un avançait pas à pas ; l'autre a le goût du risque. Le premier, tel un alpiniste, ne lâchait une prise qu'après en avoir sécurisé une autre ; le second rêve d'aventures à corps perdu. Le plus ancien voyait la scène européenne comme un échiquier ; le plus jeune comme un théâtre. Pour un rêveur comme Charles VIII, il n'existe qu'une terre promise, l'Italie. Elle incarne la beauté, l'élégance, le raffinement, la subtilité, le charme, tous traits qui fascinent les Français après les désordres de la guerre de Cent Ans et l'ennui du règne de Louis XI.

Aussi méfiante que son père – elle l'a montré –, l'ancienne régente fait son possible pour détourner son frère du mirage italien. Vaine tentative. A peine sacré, Charles se hâte de conclure la paix avec l'empereur d'Allemagne et d'acheter la bienveillance de Ferdinand d'Aragon en lui restituant le Roussillon. Ses concessions unilatérales n'ont d'autre fin que de dégager la voie pour ses projets italiens. On n'envahit pas des territoires par fascination ou naïveté. Il faut un prétexte : par exemple les prétentions historiques de la maison d'Anjou, dont le roi a hérité, sur Naples. Ou les droits de la famille d'Orléans sur Milan. Ou encore une réponse aux appels à l'aide de ceux, tel Savonarole, qui préfèrent à tout prendre la France à l'empire d'Allemagne. Les prédécesseurs de Charles VIII, son père en particulier, s'étaient jusqu'alors immiscés avec prudence dans le jeu italien, louvoyant entre les multiples princes, pesant à la marge sur les équilibres subtils qui ont toujours constitué, hier comme aujourd'hui, la marque de l'Italie et préservant les intérêts français au gré de *combinazioni* changeantes.

A cette politique d'apothicaire, Charles oppose ses rêves : reprendre Naples ou, plus grandiose, rétablir l'empire d'Orient et s'immiscer dans les conflits intestins de l'Empire ottoman. Jouant sur la naïveté du roi, sa cour le pousse à lancer l'assaut sur l'Italie : par désir de gloire, par envie de récompenses et de fiefs, ou pire, par corruption. La mort du roi de Naples en 1494 donne le prétexte attendu. Charles VIII annonce son intention de faire valoir ses droits à la succession, réunit une armée, embauche des mercenaires suisses auréolés de leur victoire sur Charles le Téméraire et mobilise une flotte. C'est une marche triomphale qui le conduit à Naples, à l'image de ce que seront souvent les campagnes militaires en Italie – un début somptueux, des embrouilles ultérieures, une fin piteuse. Les grands se rassasient de fiefs et de trésors, les officiers de butins, les soldats de razzias. Les conquérants se financent sur la bête, pour le plus grand bonheur du Trésor public français, comme ne cesseront de le faire tous les envahisseurs de l'Italie : la richesse du pays est un irrésistible appât.

Une fois la gloire acquise, commencent les difficultés. Les Italiens appellent les étrangers, afin qu'ils jouent les juges de paix dans leurs brouilles intestines, mais ceux-ci installés, le sentiment national reprend le dessus et les ennemis d'hier s'allient pour repousser un conquérant qui se croyait bienvenu. Ils trouvent toujours une puissance étrangère disponible pour les soutenir et damer le pion à celle qui, s'étant implantée dans la péninsule, a pris de la sorte un avantage indu sur la scène européenne. C'est le cas en mars 1495 avec la « ligue de Venise » soutenue discrètement par le pape, l'empereur d'Allemagne et Ferdinand d'Aragon. L'armée de la ligue essaie de bloquer Charles VIII dans la péninsule en coupant ses lignes de communications avec son royaume. Elle n'y parvient pas, tant se manifeste ce qu'on appellera, à partir de ce moment-là, la « *furia francese* » : le roi peut regagner la France. Mais le délégataire qu'il a laissé à Naples manque de troupes fraîches et doit abandonner la ville à l'armée de Ferdinand d'Aragon.

L'opinion française se plaît à transformer cet échec en succès. La splendeur du butin ramené d'Italie, quelques récits glorieux et surtout le coût budgétaire inexistant du conflit, suffisent à expliquer ce tour de passe-passe. Charles VIII ne tire aucun enseignement de cet épisode ; il n'a de cesse que de repartir. Il est en train de négocier dans cet esprit un partage préalable de la péninsule avec le roi d'Aragon, lorsqu'il meurt accidentellement à Amboise le 8 avril 1498.

Ce décès aurait pu être l'occasion d'une crise dynastique, donc d'une crise de régime, puisque Charles VIII n'avait pas de fils et que la succession devait passer, suivant les règles de la loi salique, à son cousin Louis d'Orléans, lequel avait combattu les armes à la main Louis XI et avait été son prisonnier. Mais la mécanique successorale est désormais bien réglée : sans heurt ni contestation, Louis d'Orléans devient Louis XII. Il a, il est vrai, l'intelligence d'entamer son règne avec à l'esprit l'adage qu'on lui prête – « Le Roi de France ne venge pas les injures faites au duc d'Orléans » – et d'épouser la veuve de Charles VIII, Anne de Bretagne, afin de préserver sa dot qui n'était rien de moins que le duché de Bretagne.

Si réfléchi soit-il, Louis XII cède à son tour au mirage italien, mais son fantasme diffère de celui de son prédécesseur. Son objectif n'est pas Naples, mais Milan. L'entrelacs des mariages dynastiques permet toujours de trouver un ancêtre susceptible de fonder une revendication sur un territoire. Un bout d'ascendance Visconti donne à Louis XII le prétexte requis. Plus intelligent que Charles VIII, Louis manœuvre mieux, s'assurant le soutien de la république de Venise et la complaisance du pape. Aussi finit-il par vaincre Ludovic Sforza, le titulaire du duché de Milan en 1500 et l'envoie-t-il finir ses jours dans une cage de fer au château de Loches. Prudent, le roi se garde bien d'administrer le Milanais comme s'il s'agissait d'une province française et, s'appuyant sur les élites locales, pratique une occupation plutôt paisible. Mais le sortilège italien finit par égarer les meilleurs esprits. Rassuré par sa présence dans le Milanais, convaincu que le soutien des Vénitiens est définitif, persuadé que la complaisance du pape se perpétuera, le roi essaie de négocier avec Ferdinand d'Aragon le partage du royaume de Naples. Ce n'est qu'une manœuvre de diversion de la part de l'Espagnol. Comment celui-ci, solidement implanté en Sicile, permettrait-il aux Français de s'installer durablement à Naples ? Il les attaque, dès qu'il en a les moyens, et ce n'est pas l'héroïque résistance de Bayard sur le pont du Garigliano qui empêche la défaite française. Naples est perdue en 1504. Il faudra attendre Murat pour que l'influence française s'y manifeste à nouveau.

La situation de Louis XII dans la péninsule est, de surcroît, compliquée par un changement de pape, Jules II succédant à un César Borgia viscéralement profrançais. C'est un impondérable de toutes les intrigues italiennes : il suffit que la papauté passe du parti français au parti allemand ou espagnol, pour faire basculer les équilibres politiques de la péninsule. Mais le roi ne se résout pas à son échec. Après avoir été dupé par Ferdinand d'Aragon, il se laisse manipuler par Jules II, acceptant de jouer les supplétifs de la papauté, pour infliger une punition militaire à Venise, sans rien obtenir de tangible en échange. Le souverain pontife n'avait pourtant pas hésité à afficher la couleur : « Les Français veulent faire de moi le chapelain de leur Roi mais j'entends être Pape et le leur montrerai par des actes. »

L'acte sera la Sainte Ligue constituée en 1511. La présence à la tête des troupes françaises d'un jeune chef de génie, Gaston de Foix – un Bonaparte avant l'âge – donne l'illusion d'une guerre à la portée des Français. La victoire de Ravenne (11 avril 1512) nourrit cette illusion, même si Gaston de Foix y meurt. Mais les forces ennemies sont plus nombreuses. Louis XII doit se résoudre à évacuer le Milanais. Ses vainqueurs ne se contentent pas de l'avoir expulsé de la péninsule. Henri VIII d'Angleterre débarque à Calais, Ferdinand d'Aragon menace la Navarre, les Suisses avancent vers Dijon et les troupes de l'empereur d'Allemagne vers le nord. Il vaut d'autant mieux traiter et faire des compromis que la mort bienvenue de Jules II prive de son chef d'orchestre la coalition antifrançaise et, hasard des conclaves, ramène sur le trône de saint Pierre un nouveau pape profrançais, Léon X. Un traité avec Venise, une trêve avec l'Aragon, une négociation avec les Suisses, un mariage avec les Anglais : Louis XII pratique habilement la stratégie des Curiaces et réduit ses ennemis un à un. Le seul qu'il ne parvient pas à circonvenir est l'empereur d'Allemagne.

Quand Louis XII meurt, la France n'est plus menacée d'invasion, mais l'aventure en Italie aura été un désastre. Tant d'argent, tant d'énergie, tant de soldats sacrifiés pour rien ! Analysée avec froideur, l'ambition italienne n'est même pas stratégique. Contrôler Venise ou la papauté, voilà de vrais objectifs ! Mais le royaume de Naples est un cul-de-sac et le Milanais une zone de transit. Il faudra encore un siècle entier aux monarques français pour comprendre que l'enjeu est, pour la France, allemand et non italien. Ni les Français de l'époque, ni la postérité ne vont néanmoins tenir rigueur à Louis XII de ses foucades italiennes.

La France est devenue si forte et si prospère qu'elle peut résister à un désastre, dès lors qu'il ne se produit pas sur son territoire. Faut-il, au-delà de la courtisanerie la plus traditionnelle, de vraies satisfactions collectives pour que les états généraux de 1506 donnent à Louis XII le titre de « père du peuple » ! Les hagiographes staliniens ignoreront sans doute qu'en appelant ainsi leur maître ils lui donnaient le surnom d'un monarque français... Est-ce de sa bonne gestion que les Français savent gré au roi ou simplement de la période de paix dont ils bénéficient pour la première fois depuis si longtemps ?

Louis XII a eu la chance de connaître une heureuse conjoncture économique. Portée par une population nombreuse, la France croît et se développe sous son règne. C'est la dynamique traditionnelle des après-guerres. Les impôts sont supportables ; le commerce s'accroît ; la production s'emballe ; l'ordre public est assuré ; la bourgeoisie, cette oubliée traditionnelle de la monarchie, est en plein essor ; aucune épidémie ne menace ; le pays est, en un mot, paisible.

Un équilibre s'est désormais installé entre un Etat à vocation unitaire et des provinces fraîchement ralliées – Bourgogne, Bretagne – au prix de franchises modérées, mais aussi entre une aristocratie qui oublie pour un temps ses frustrations et des classes montantes dont les ambitions ne menacent pas encore ses privilèges. Le calme règne aussi sur le plan politique. Ni querelles dynastiques ; ni apanages de provinces qui vont et qui viennent ; ni révoltes parisiennes ; ni même frondes et complots des grands du royaume. Comparée à ses voisines – une Angleterre en pleins soubresauts, une Italie malade de sa complexité, une Allemagne émiettée – la France est un havre de paix, d'équilibre et de prospérité. Mais notre pays étant ce qu'il est, ce ne peut être qu'une parenthèse.

Chapitre 19

Un duel inégal

François Ier est un rentier de l'Histoire : son charisme personnel, les mille feux de la Renaissance, le brio de sa cour, lui ont offert une postérité que ses performances – pour employer le langage des sportifs – ne justifient pas. Il est vrai qu'il a affaire, sur la scène européenne, à un personnage hors normes : Charles Quint.

Comme son cousin Louis XII, dont il épouse la fille, le roi est obsédé par l'Italie. Une nouvelle campagne était prête au moment de la mort de son prédécesseur. Convaincu qu'il ne se heurtera pas à nouveau à une Sainte Ligue, François Ier se précipite au-delà des Alpes. Il écrase les Suisses, mercenaires du duc de Milan à Marignan. « Marignan 1515 » est un mythe démesuré par rapport à la réalité : faire sauter le verrou suisse offre, certes, la Lombardie au roi, mais c'est un succès temporaire, dans un conflit périphérique. L'avenir de la France ne s'est pas joué ce jour-là. Une foucade de la monarchie capétienne – revenir en Italie – a été satisfaite : ni plus, ni moins. Certes, le roi gagne dans cette affaire d'une part une « paix perpétuelle » avec les cantons suisses qui sera étonnamment respectée et d'autre part, un concordat avec le pape, qui survivra jusqu'en 1789.

Mais l'Italie est pour la France un véritable « Vietnam » – au sens du désastre américain des années 60. Elle s'y perd, s'y enlise, s'y compromet. Le rapport de force oblige les Français à évacuer la péninsule une troisième fois en 1521. Au lieu de mesurer les enjeux que fait apparaître en Europe l'ascension de Charles Quint, François Ier n'a en tête qu'une idée : revenir dans la péninsule en vainqueur. Il envoie en 1522 une nouvelle armée : en vain. Il recommence en 1523 et 1524 : nouveaux échecs avec, à la clef, la mort de Bayard. Il se lance lui-même à l'assaut en 1525 : c'est le désastre de Pavie et sa capture par les Espagnols. Même s'il doit, prisonnier, renoncer officiellement à l'Italie, il saisira la première occasion – le sac de Rome par les troupes de Charles Quint – pour réoccuper la Lombardie et une partie du royaume de Naples. Mais il lui faut à nouveau refluer et entériner son retrait en 1529, lors de la paix de Cambrai. Fadaises ! Dès la mort du duc Sforza, en 1535, il réclame le duché pour son fils et occupe les voies d'accès et les contreforts de la Lombardie. Chassé derechef, il réattaque en Piémont en 1544. Et son fils Henri II ne sera pas moins monomaniaque, intervenant tantôt contre le pape, tantôt pour le soutenir avec toujours l'obsession de reprendre pied à Naples. Les plus belles armées françaises sont englouties dans ces aventures sans lendemain. Et alors que la France croit jouer son destin dans la péninsule, elle assiste passivement à l'ascension d'une puissance sans pareille : l'empire de Charles Quint.

Petit-fils de l'empereur Maximilien et de Marie de Bourgogne, Charles V démarre son règne avec dans sa besace les Pays-Bas, l'Autriche, l'Espagne, Naples, et bien sûr les colonies espagnoles d'Amérique, inépuisable filon pour l'alimenter en or. Il ne lui manque

que de devenir empereur d'Allemagne, ce qui, à défaut d'accroître son pouvoir effectif, lui donnerait un lustre exceptionnel.

François Ier mesure le risque et se porte candidat contre Charles Quint devant les princes électeurs d'Allemagne. Etonnante campagne électorale menée moins devant la poignée des grands électeurs que devant l'Allemagne tout entière. Chacun des deux protagonistes multiplie les engagements, plastronne devant l'opinion, répand les promesses, et surtout fait couler l'or à flots. De ce point de vue, Charles est plus moderne. Il ne se contente pas d'utiliser les lingots arrivés des Indes occidentales ; il obtient le soutien des plus grands banquiers allemands, les Fugger, dont les crédits lui permettent de démultiplier ses moyens d'action.

Est-ce le surcroît de moyens, l'héritage Habsbourg, ou une plus grande mitoyenneté culturelle ? Charles Quint triomphe et devient dès lors le maître d'un empire sur lequel, chacun le sait, « le soleil ne se couche jamais ». Perdre une élection – le moindre homme politique le reconnaît – n'est jamais anodin, mais ne pas être élu empereur est une gifle pour un roi qui se veut un personnage sacré. François Ier ne s'en remettra jamais. Il paie dans cette affaire sa légèreté : on ne se présente dans ce genre de scrutin qu'à la condition d'être sûr d'être élu. Partir fleur au fusil dans une manœuvre aussi compliquée et risquée témoigne d'un défaut rare d'intelligence politique.

Il n'y a pas d'hommes plus différents que François et Charles. Le premier aime la gloire, le second le pouvoir. Le Français est sociable et arrogant, l'Espagnol mystérieux et faussement humble. L'un est impulsif, l'autre stratège. François Ier est un roi « conformiste » :

il se conduit comme un monarque de droit divin et ne déroge ni à son statut, ni aux règles en vigueur. Charles Quint est si sûr de lui qu'il ne se sent tenu par aucune convention : il donne un sauf-conduit à Luther et discute avec lui devant la Diète ; il a l'audace incroyable pour l'époque d'abdiquer ; il se retire dans un monastère et met en scène ses propres obsèques, jusqu'à se glisser dans son cercueil pendant la répétition. Le Capétien est traditionnel et prévisible, le Habsbourg décalé et inattendu. Le duel ne peut donc qu'être inégal. Au-delà des deux hommes s'ouvre l'affrontement séculaire de la monarchie française et des Habsbourg. Ceux-ci deviendront l'ennemi principal, les Anglais étant désormais refoulés au rang d'ennemi secondaire.

A peine élu, l'empereur veut, suivant les règles éternelles de la politique, profiter de son état de grâce pour transformer en succès militaires et gages territoriaux sa victoire sur François Ier. S'il neutralise l'Angleterre, il peut espérer avoir la France à sa portée. Le roi le sait, qui essaie aussi de séduire Henri VIII. A chacun de jouer, suivant son tempérament. Le Français cultive la magnificence – le genre « glamour » de l'époque – et essaie d'éblouir son interlocuteur, lors du Camp du Drap d'or. L'Espagnol pratique la « realpolitik », promettant aux Anglais de les aider à récupérer une partie de leurs possessions territoriales. C'est évidemment lui qui empoche la mise : la France est cernée, comme elle l'a rarement été.

L'empereur cherche, de surcroît, des soutiens au sein de la cour du roi pour mettre toutes les chances de son côté. Il arrive, au jeu des trahisons, à faire tomber une grosse pièce, le connétable de Bourbon, mais François Ier parvient par une répression rapide à empêcher que cette défection se transforme en un mouvement collectif.

Le roi se montre meilleur dans la défensive que dans l'offensive : la première n'exige que du courage et du charisme ; la seconde de la réflexion et de la *vista*. Il bloque les armées impériales sur les fronts qu'elles ouvrent à l'est et au sud. Mais la crainte de l'invasion est si grande que Paris doit être entouré, au-delà de ses fortifications, de tranchées. La capacité d'encaisse de la France de la Renaissance témoigne de son impressionnant renforcement institutionnel et moral, depuis la guerre de Cent Ans. Elle ne se défait plus, ne se décompose plus de l'intérieur et les grands du royaume ne redressent plus la tête – du moins pour le moment. S'il ne s'était pas lancé dans l'aventure italienne, la résistance de François Ier lui aurait sans doute permis de stabiliser la relation avec un empereur sensible aux rapports de force, et donc prudent.

Mais, prisonnier à Madrid après la catastrophe de Pavie, il est à la merci de son geôlier dont les exigences dans ce contexte vont *crescendo*. Charles Quint réclame au roi la restitution des territoires bourguignons annexés après la mort de Charles le Téméraire, ainsi que, pour le compte de son allié anglais, la Normandie, la Guyenne et la Gascogne. La régente étant parvenue à circonvenir à coup de millions d'écus le roi d'Angleterre, seule demeure la revendication bourguignonne. Pour l'empereur dont le français est la langue maternelle, la Bourgogne, patrie de ses ancêtres, est l'objectif principal. Il ne cessera de considérer le duché comme « tyranniquement et indûment détenu et occupé par le Roi de France ». François Ier finit par accepter, de guerre lasse, cette concession lors du traité de Madrid. Mais prudent, Charles Quint exige en otages les fils du roi, jusqu'au moment où, de retour en France, François Ier exécutera son engagement. C'est, de ce point de vue, mal connaître le monarque qui fait prévaloir la raison d'Etat sur les raisons de cœur : celui-ci décide qu'une concession obtenue sous la contrainte ne saurait l'engager et, quitte à donner l'impression de borner ses propres pouvoirs, il fait décider par une assemblée spéciale réunie à Cognac, que le souverain n'est en aucun cas habilité à aliéner une province du royaume.

Transformé par son échec italien et sa captivité, François Ier prend enfin une initiative d'une immense portée stratégique. Puisque Charles Quint encercle la France, il va à son tour l'encercler, du moins dans ses possessions orientales, en s'alliant avec l'Empire ottoman. Geste audacieux de la part de l'héritier des rois des croisades ! Il inaugure la politique de revers de la France vis-à-vis des Habsbourg qui se poursuivra plus tard par une alliance, elle aussi sulfureuse, avec les princes protestants d'Allemagne. Ne négligeant pas les dividendes économiques de son audace politique – quelle anticipation ! – le roi obtient des « capitulations » au profit des commerçants français, c'est-à-dire des privilèges valables dans tout l'Empire ottoman. Enfin, signe politique, la flotte turque vient hiverner à Toulon en 1543. La chrétienté se scandalise, mais le roi n'en a cure. Principe d'efficacité oblige. Quant à l'« axe protestant », c'est surtout avec Henri II qu'il prendra son importance, au moment du traité de Chambord. L'idée est évidente : « tenir sous main les affaires d'Allemagne en aussi grande difficulté que se pourra », ce que le roi résume d'un mot : « le grabuge ».

Toujours à la recherche de manœuvres destinées à

affaiblir l'empereur, François Ier prend une troisième initiative intelligente : il lance ses marins sur la route des Indes occidentales et orientales. Il assumera cette politique, notifiée en 1540 à Charles Quint, « que le soleil chauffe pour lui comme pour les autres et qu'il désire fort voir le testament d'Adam pour savoir comment celui-ci avait partagé le monde ». C'est refuser le partage établi par les Espagnols et les Portugais en 1493-1494 à leur seul profit. De là le pillage en mer de l'or envoyé du Mexique par Cortez vers l'Espagne. De là la recherche d'une route septentrionale vers la Chine, de façon à éviter le contrôle des Ibériques. De là le débarquement de Jacques Cartier dans ce qui deviendra le Québec. De là des incursions plus ou moins durables au Brésil. Mais la concentration des efforts sur l'Italie ne permet pas de mener cette politique maritime avec une énergie suffisante. Elle demeure velléitaire et aléatoire, alors que conduite avec des moyens à la mesure de la force française, elle aurait changé le jeu mondial. On ne dira jamais assez combien la France a raté son destin sur les mers et gâché la chance qu'elle avait de pouvoir être simultanément un acteur continental et une puissance maritime.

Si intelligents soient-ils, ces gestes – alliance ottomane, rapprochement avec certains princes protestants, présence maritime – ne changent pas fondamentalement le rapport de force avec Charles Quint. Mais même isolé, le royaume demeure fort de sa nombreuse population, de sa richesse économique, de sa cohésion territoriale et de son administration centralisée, autant d'atouts face à un empire impressionnant mais hétéroclite, certes dirigé par un homme supérieur, mais dont les décisions doivent passer par des relais multiples et se perdent souvent dans les sables. Si Charles Quint avait eu à sa disposition l'équivalent de notre administration royale, la France n'aurait pas pesé lourd.

C'est une guerre indécise et illisible, ponctuée de trêves, voire de gestes bizarrement amicaux, à laquelle se livrent les deux souverains. Ainsi du traité de Cambrai en 1529 qui permet au roi de récupérer ses fils pris en otages et d'enregistrer la renonciation temporaire de Charles Quint à la Bourgogne. Ainsi de l'entrevue d'Aigues-Mortes en 1538, qui offre l'occasion aux deux souverains de simuler l'amitié. En fait, les troupes impériales ne cessent d'envahir la France mais sont incapables de porter l'estocade. Une fois, c'est Bayard qui les bloque à Mézières (en 1521). Une autre fois, c'est le duc de Bourbon, ce traître passé au service de l'empereur, qui envahit la Provence (en 1524), mais échoue devant Marseille. De même en 1536, une nouvelle invasion provençale ne débouche-t-elle sur rien. Plus tard, c'est devant Péronne que les Impériaux sont arrêtés, plus tard encore, devant Epernay et Château-Thierry.

De 1519 à 1559, de François Ier à Henri II, son fils, la France a été en guerre près de vingt ans, d'abord avec Charles Quint, puis avec Philippe II. C'est sur son territoire, exception faite du champ de bataille italien, que les combats se sont déroulés. Des deux protagonistes, l'un est toujours sur la défensive et l'autre à l'offensive car, prisonniers du fantasme italien, les Français n'ont pas les moyens de traverser les Pyrénées, d'envahir la Flandre ou de pénétrer en Allemagne. Mais jamais le royaume n'est au bord de la capitulation et donc de l'explosion, comme ce fut le cas pendant la guerre de Cent Ans. Il n'y en a pas de meilleure preuve que l'absence pendant toutes ces années de menaces sur Paris.

Après un corps à corps aussi long, la paix ne peut venir que de nouveaux protagonistes. Ce seront Henri II, sacré en 1547, et Philippe II qui la signeront au Cateau-Cambrésis en 1559. Les Français renoncent, certes, à leurs ambitions italiennes au grand dam de quelques bravaches, dont Brantôme, qui se désolent qu' « en une heure et par un trait de plume, fallut tout rendre et combler et noircir toutes nos belles victoires passées, de trois ou quatre gouttes d'encre ». Eternelle frustration du pouvoir militaire de devoir se soumettre aux exigences du politique. Mais le royaume s'est vu confirmer la reconquête de Calais et de quelques territoires avoisinants, ainsi que l'annexion des Trois-Evêchés (Toul, Metz et Verdun), passages clefs vers l'Allemagne. Henri II n'est donc pas le simple liquidateur d'une politique désastreuse.

François Ier n'a pas mis en danger la France ; en revanche, une série d'erreurs et de faux pas lui a fait perdre son ascendant en Europe : elle ne donne plus le *la* ; elle n'est plus « la puissance de référence » ; elle réagit plus qu'elle n'agit. Et pourtant, elle avait été pendant ces décennies le pays le plus paisible d'Europe. Ni émeutes massives, comme en Espagne et en Allemagne. Ni guerre intestine, comme en Allemagne. Ni affrontements religieux de grande ampleur, comme en Angleterre et surtout en Allemagne.

Des prémices apparaissent, sous Henri II, de la bataille à venir entre protestants et catholiques, mais elles demeurent limitées. Quelques exécutions, le massacre des Vaudois du Lubéron, les premières lois hostiles aux protestants, la création de la « chambre ardente » du Parlement, l'édit d'Ecouen qui en 1559 ordonne d'abattre sans jugement tout protestant révolté ou en fuite : la concorde nationale s'étiole, lorsque Henri II meurt accidentellement dans un tournoi (1559). L'irrémédiable n'a pas encore eu lieu ; le royaume est moins divisé que ne le sont ses ennemis.

Chapitre 20

La première guerre civile française

La Réforme est, du moins en France, une lame de fond plus politique que religieuse. Arrivée plus lentement qu'aux Pays-Bas ou en Angleterre, elle chevauche à partir du règne d'Henri II une vague d'insatisfaction. Dans la noblesse, privée de l'exutoire des guerres italiennes. Dans la bourgeoisie et les classes moyennes, atteintes par les difficultés économiques. Dans le peuple, toujours inquiet des perspectives fiscales. Il existe certes d'innombrables conversions, surtout dans les milieux dirigeants et intellectuels, marquées au coin de la foi. Mais rejoindre la Réforme est aussi une manière d'entrer en dissidence.

Le pays se coupe progressivement en deux. A la Cour, entre le parti des Guises, catholique, voire « intégriste » – dirait-on aujourd'hui – et le clan des Condés qui manifeste haut et fort son adhésion à la Réforme. Dans l'armée, avec pour chefs de file, François de Guise d'un côté et Coligny de l'autre. Au Parlement, où une chambre acquitte les protestants et l'autre les condamne au bûcher. Dans toutes les professions, chez les bourgeois, parmi les universitaires. Seul le petit peuple demeure de manière écrasante catholique ; travaillé au corps par l'Eglise, il demande la mort pour les hérétiques. S'il avait vécu plus longtemps, Henri II aurait sans doute réagi par la répression et aurait donc échoué. Ses successeurs sous la férule de sa veuve, Catherine de Médicis, ne cesseront d'osciller entre la violence et la tolérance, l'extermination et le compromis. Il n'y a pas de meilleur encouragement à la guerre civile que les volte-face d'un pouvoir hésitant.

Ce sont, à l'avènement de François II, le successeur direct d'Henri II, les protestants qui tirent les premiers. Inquiets de l'ascendant des Guises qui ajoutent à la gloire de leur chef de famille, François, l'avantage d'être les oncles de la reine, Marie Stuart, ils décident de tenter un coup de main, d'enlever ce personnage encombrant et de forcer le roi à proclamer la liberté de culte pour les protestants. C'est la conjuration d'Amboise (1560) mise en échec par le clan Guise et qui se conclut par des pendaisons sur la terrasse même du château. L'épisode cristallise naturellement les positions. Les Guises plaident pour une répression à outrance et les protestants commencent à se révolter aux quatre coins du pays.

Mais devenue régente à la suite du décès de François II, Catherine de Médicis veut arrêter l'engrenage infernal de la guerre civile. Elle recourt au seul instrument à sa disposition pour essayer de recréer un consensus : les états généraux. Le nouveau chancelier, Michel de L'Hospital, affiche avec le soutien de la régente son désir de compromis : « Le couteau vaut peu contre l'esprit... Otons ces mots diaboliques : luthériens, huguenots, papistes ; ne changeons pas le nom de chrétiens. » Dans cet esprit, le chancelier rédige en janvier 1562 un édit qui autorise le culte réformé, reconnaît les pasteurs tout en exigeant d'eux un serment, accepte la création de conseils et de synodes. C'est essayer de traiter la question religieuse en occultant sa dimension politique. Octroyer un droit individuel à la liberté de culte doit, dans l'esprit de la régente et du chancelier, dispenser de donner des pouvoirs à la communauté protestante, aux dépens de l'unité de l'Etat. Telle est la position des catholiques modérés. Pour les intégristes, ce sont des conceptions inacceptables. Un massacre survient alors pendant un prêche à Nassy, déclenchant dans le pays une première « Saint-Barthélemy ». Condé réagit en s'emparant de plusieurs villes. Les cruautés des uns répondent aux atrocités des autres. La guerre civile a commencé, divisant les familles, opposant les voisins, brisant les amitiés, ravageant le pays. Jamais la France n'avait connu une telle tension : elle avait survécu à des invasions, des révoltes, des séditions mais évité un drame aussi absolu. Les guerres civiles sont les conflits dont un pays se relève le plus difficilement.

La question protestante s'installe désormais dans l'imaginaire collectif jusqu'en 1789. Elle pèsera lourd dans l'évolution du pays, voire de ses classes sociales et donc de son développement économique. Paradoxalement, les guerres civiles deviennent toujours internationales – pensons à la guerre d'Espagne de 1936 à 1939. Ne pouvant trouver sur place les moyens de s'imposer l'un à l'autre, les deux camps n'ont de cesse d'obtenir des soutiens étrangers. Guise se tourne vers l'Espagne catholique. Il parvient même à obtenir l'aide de plusieurs princes luthériens allemands au prix de quelques concessions formelles faites par le cardinal de Lorraine. Condé en appelle naturellement à l'Angleterre d'Elisabeth Ire et à la plupart des protestants d'Allemagne. Mais c'est avec les bourgeois flamands, ces « gueux » dans la terminologie de l'époque, que se noue la principale alliance huguenote. Similitudes des situations, solidarité de milieux, « internationale des révoltés » : autant de raisons qui donnent à cette proximité une force plus profonde que celle d'un accord cynique avec une puissance étrangère. Rien n'est jamais gratuit. Chaque camp rivalise de promesses vis-à-vis de ses alliés. Elisabeth est la plus précise dans ses exigences : Calais, toujours Calais, mais aussi Le Havre.

Ce n'est pas une guerre d'attentats et d'assassinats, mais un vrai conflit avec des armées en mouvement de part et d'autre, des batailles rangées, des prises de territoires suivies de massacres de civils, des sièges de places fortes. Se dessine une géographie religieuse du pays avec, à la clef, un risque de démembrement. Mais à la différence des guerres internationales de l'époque, souvenons-nous des rois captifs, des otages négociés, des rançons réclamées, cette guerre civile n'est dominée par aucun code d'honneur. De là les exterminations, les vendettas et la longue série d'assassinats des chefs – François et Henri de Guise, Condé, Coligny et même Henri III.

Quant à la monarchie, elle s'efforce de n'être mise sous tutelle par aucun des deux camps. François de Guise s'y était essayé le premier du temps de François II, allant jusqu'à enlever le jeune roi et sa mère. Condé tentera à son tour de s'emparer de Charles IX. La politique royale ne donne en fait satisfaction à personne : trop modérée aux yeux des intégristes « papistes », trop catholique par définition aux yeux des protestants. Catherine de Médicis, en effet, louvoie. Ce n'est pas la seule défense de la foi catholique qui la motive mais, bonne mère, elle veut protéger les biens de ses fils, leur trône, leurs territoires, leur légitimité. Trône qui est à la merci d'opérations du type de celles menées par Guise ou Coligny. Territoires qui risquent d'être amputés par le prix à payer aux alliés de chaque camp. Légitimité qui leur interdit de régner sur une partie de la France aux dépens d'une autre.

Mais derrière ces principes bien théoriques, que de changements de pied ! Pourquoi Catherine renonce-t-elle en 1567 à sa politique de tolérance, en se débarrassant de Michel de L'Hospital qui avait voulu « cheminer droict en homme politique et ne favoriser ny aux uns ny aux autres ains de servir au roy et à sa patrie » ? Pourquoi autorise-t-elle le culte protestant en 1562, 1563, 1568, 1570, 1573, 1576, 1577, 1580, 1589 à travers des traités et des édits et l'interdit-elle en 1562 trois mois plus tard, 1568, 1572, 1585 et 1588 à l'occasion de textes tout aussi formels ? Pourquoi donne-t-elle un blanc-seing aux Guises pour lancer les massacres de la Saint-Barthélemy, au risque de provoquer une coupure irréversible avec les protestants ? Voulait-elle essayer une politique de bascule, Guise d'un côté, Coligny et Condé de l'autre, en espérant qu'ils se détruiraient mutuellement ? Est-ce la crainte de la mainmise étrangère – espagnole si les catholiques l'emportent, anglaise si ce sont les protestants – qui l'amène à changer de partenaire dès que l'ombre portée des alliés de l'un des deux camps devient trop grande ? La Saint-Barthélemy clôt une période pendant laquelle les protestants ont l'ascendant auprès du roi, de même que l'assassinat du duc de Guise et du cardinal de Lorraine à Blois (1588) mettra fin à la toute-puissance catholique et permettra à Henri III de proclamer : « A présent je suis roi. »

Mais les deux événements ne laissent pas la même trace dans la mémoire collective. Les massacres créent une angoisse obsidionale chez les protestants ; l'assassinat de Guise provoque certes un affrontement entre les papistes et le roi, mais c'est une révolte nobiliaire et populaire comme les Capétiens en ont si souvent connu. C'est la Saint-Barthélemy, en effet, qui pousse les protestants à s'affirmer, dans un esprit d'autodéfense, comme « république huguenote », avec un « gouverneur général et protecteur des églises réformées » – bientôt Henri de Navarre –, des territoires sur lesquels l'impôt est levé, deux capitales, Nîmes et Montauban, et un grand port, La Rochelle. L'enjeu n'est plus la liberté du culte, mais un démantèlement partiel de l'Etat central.

A ce grand désordre, à ces traumatismes partagés, à cette psychose de la décomposition nationale, s'ajoute une terrible difficulté dynastique. La loi salique est claire : dès lors que les trois fils d'Henri II et de Catherine de Médicis n'ont pas d'héritier mâle, le trône devra revenir à leur cousin Henri, fils d'Antoine de Bourbon et de la reine de Navarre, protestant de stricte obédience. Charles IX a été le premier à réfléchir à cette situation. Aussi, afin de renforcer, si besoin est, la légitimité d'Henri de Navarre, décide-t-il de lui donner en mariage sa sœur Marguerite. C'est le premier « mariage mixte » au niveau royal ; le pape refuse d'accorder sa dispense mais Charles IX passe outre, privilégiant la continuité de la dynastie et donc de l'Etat sur la tradition religieuse : décision, pour l'époque, d'une audace stupéfiante.

La mort du duc d'Alençon, frère cadet d'Henri III, en 1584, fait finalement d'Henri de Navarre l'héritier de la Couronne. Les circonstances transforment de surcroît ce dernier en allié du roi. En effet, sous l'égide d'un Guise devenu incontrôlable, la Ligue se lance dans une fuite en avant « idéologique ». Lors des états généraux de 1588 qu'elle a réclamés à cor et à cri, ses membres suppriment les impôts, les loyers et les rentes et souhaitent que la monarchie devienne élective comme en Pologne, le tout dans un délire idéologique qui voit les plus intégristes des catholiques sombrer dans l'anarchie. Malgré l'assassinat de Guise, Henri III n'a d'autre moyen que de s'allier avec son cousin pour restaurer l'ordre. Leurs armées mettent conjointement le siège devant Paris, toujours aux mains des ligueurs. C'est alors qu'un moine fanatique, Jacques Clément, poignarde le roi le 1er août 1589. Celui-ci désigne à nouveau, avant de mourir, son cousin comme successeur, mais le supplie de se convertir.

Portées à leur paroxysme, les guerres de Religion font apparaître deux contestations contradictoires de l'unité nationale. Convaincus de l'impossibilité de se contenter de la simple liberté du culte, les protestants veulent un territoire, des places fortes, un semblant d'Etat ; ils se battent pour une dévolution du pouvoir qui nie l'effort de centralisation mené depuis des siècles. Libérés de toute fidélité à l'égard de rois dont l'équanimité à éclipses vis-à-vis des protestants leur est insupportable, les catholiques extrémistes crient « sus au roi » et rêvent de le déposer. Aussi longtemps qu'ils ont un chef Guise, certains se comportent comme des factieux traditionnels ; d'autres deviennent plus anarchistes et extrémistes que les conventionnels de 1793. Les deux mouvements ne sont pas comparables : avec le premier, l'Etat – c'est-à-dire le pouvoir royal – peut composer ; avec le second, il n'existe pas d'autre voie que l'affrontement.

Quant à la monarchie, elle découvre pendant ces décennies que la politique du « juste milieu » – comme on l'appellera au XIXe siècle – n'est guère mobilisatrice. Même si elle correspond aux sentiments cachés de l'opinion, elle ne met en mouvement ni ressources, ni troupes. Et pourtant le régime a tenu, alors qu'en toute logique il aurait dû voler en éclats, au risque d'une partition du royaume entre les puissances environnantes. C'est la démonstration, *a contrario*, que l'œuvre d'unification menée par les rois et leur administration depuis des siècles est d'une solidité inébranlable.

Même quand ils étaient acculés, chassés de Paris, fuyards dans leur propre pays, Catherine de Médicis et ses trois fils n'ont jamais transigé sur la nature du pouvoir royal. L'étiquette est devenue de plus en plus contraignante. Le roi se sent de plus en plus sûr de sa supériorité : ainsi d'Henri III, le plus menacé de tous, proclamant : « Les autres ne sont rien, là où nous ne parlons point. » L'administration se veut de plus en plus ferme, du moins en théorie. Ainsi des ordonnances qui clarifient l'organisation de l'Eglise, de la justice, de l'enseignement, de la concentration des offices royaux, du gouvernement territorial, de la fiscalité...

Par un étrange paradoxe, la monarchie progresse vers l'absolutisme, au moment où elle est le plus contestée. Jean Bodin élabore sa doctrine de la souveraineté au profit d'un monarque qui, s'il doit à ses yeux consulter régulièrement les états généraux et respecter les Constitutions fondamentales du royaume, aura le pouvoir de « donner et casser la loi ». Or quand Bodin écrit, ce monarque n'est plus maître en son royaume. Ces pas doctrinaux, législatifs, réglementaires vers la monarchie absolue du XVIIe siècle auraient pu sembler virtuels ; ils ne le sont pas car dans le tréfonds du pays le désir d'unité nationale demeure. C'est ce sentiment diffus qui va permettre à Henri IV de mener sa politique de concorde nationale, après un désastre qu'un seul chiffre résume : 4 millions de morts[1] en quarante ans sur une population de 18 millions.

1. Même si cette estimation ne fait pas l'unanimité chez les spécialistes, elle donne la mesure du drame.

Chapitre 21

Henri IV ou le « juste milieu »

A la mort d'Henri III, Henri IV est un roi sans royaume. Sa première déclaration, deux jours après son avènement au trône (le 4 août 1589), est « de maintenir et conserver la religion catholique et de se faire instruire par un légitime et libre concile ». Loin d'abjurer le protestantisme, il se contente de garantir à la religion dominante qu'elle conservera sa place. Aux yeux des catholiques modérés, c'est peu ; vis-à-vis des ligueurs, c'est une provocation. Or ceux-ci tiennent Paris et toutes les grandes villes.

Il reste au nouveau roi, dans ces conditions, à conquérir son pays à la force de l'épée. Courant d'est en ouest, du sud au nord, il ne cesse avec ses vingt mille soldats d'élargir son pré carré. Chaque victoire militaire lui apporte davantage qu'un territoire supplémentaire : des nobles, des parlementaires, des universitaires qui basculent dans son camp et reconnaissent sa légitimité. Celle-ci restera contestée aussi longtemps que Paris demeurera dans le camp des ligueurs. Aussi Henri IV s'y attaque-t-il très vite, trop vite : la ville aurait été néanmoins à sa merci sans l'intervention des troupes de Philippe II. Mais celle-ci a des effets contradictoires : elle bloque le roi, mais précipite dans son camp des soutiens qu'irrite cette brutale intervention étrangère. De ce point de vue la volonté de Philippe II de pousser sur le trône sa fille Isabelle, petite-fille d'Henri II, facilite les ralliements autour d'Henri IV. C'est l'équivalent d'une tentative de coup d'Etat que de vouloir nier au profit d'un enfant du principal adversaire de la France la loi salique !

Quant à l'irrédentisme parisien, clef de voûte de l'opposition au roi, il va disparaître dans un affrontement intestin. D'un côté les ligueurs alliés à la populace – alliance qui paraît avec nos critères actuels le comble du populisme ; de l'autre la bourgeoisie commerçante et financière. Celle-ci n'a d'autre moyen de marquer son opposition à la dictature populiste que d'être légitimiste. Paris est désormais divisé. En vrai politique, Henri IV attendait cet instant pour sortir son joker : sa conversion au catholicisme. C'est sa dernière arme. Utilisée trop tôt, elle le condamne ; trop tard, elle ne change plus le rapport de force. Comme dans tous les grands paris politiques, le moment est presque plus essentiel que le geste lui-même. Paris en proie à une guerre intestine, Henri peut penser que sa conversion fera basculer la ville – « Paris vaut bien une messe ». Il la fait annoncer et immédiatement le Parlement claque la porte aux ambitions espagnoles en rendant un arrêt pour « empêcher que sous prétexte de religion, ce royaume, qui ne dépend d'autre que de Dieu et ne reconnaît autre seigneur quel qu'il soit, pour sa temporalité, ne soit occupé par étrangers ».

La machine aux ralliements se met dès lors en route. Abjuration, onction, couronnement : le roi « très chrétien » n'a plus qu'à attendre que Paris tombe comme un fruit mûr. C'est chose faite le 22 mars 1594 et les autres villes du royaume cèdent les unes après les autres. Le pape apporte peu de mois après son absolution, ce qui oblige les ligueurs les plus récalcitrants à se soumettre. Mais Henri IV a, nouvelle preuve de sa finesse politique, l'intelligence de se montrer clément. Ni procès, ni vengeance : les Français ne sont pas habitués, après le demi-siècle qu'ils ont vécu, à une telle équanimité. Celle-ci facilite une union nationale qui est nécessaire pour bouter les Espagnols en dehors du royaume. Ce ne sera pas une partie de plaisir mais après trois ans de combats les deux adversaires signent la paix de Vervins en 1598. Elle ne fait que reprendre terme à terme le traité de Cateau-Cambrésis de 1559. Quarante ans de guerre civile, de massacres, d'invasions étrangères et d'assassinats pour revenir au point de départ...

Clore une guerre civile exige aussi un traité, dès lors que, à la différence de la guerre d'Espagne des années 30, aucun camp n'a écrasé l'autre. Il est d'autant plus nécessaire que choquée par la conversion de son ancien chef, la communauté protestante est méfiante et veut des garanties. Entre-temps, elle s'organise dans les territoires où elle est majoritaire, inventant une république de fait au sein du royaume. Cela pose la question de fond qui s'annonçait déjà au début des guerres de Religion : liberté individuelle de culte ou privilèges collectifs octroyés à une communauté. L'exercice est d'une difficulté extrême pour le roi, suspect aux yeux des catholiques et des protestants. L'édit de Nantes est, de ce point de vue, un miracle d'équilibre (1598). Aux protestants comme individus, il octroie la liberté de culte et l'égalité des droits civils. A la religion protestante, il reconnaît une existence institutionnelle à travers la rémunération des pasteurs et l'organisation des synodes. A la communauté protestante, il concède cinquante et une « places de sûreté », confiées à des garnisons et des gouverneurs huguenots et financées par le Trésor public. La liberté de conscience est en avance sur l'époque et hérisse les gardiens de la foi catholique : « C'est le plus mauvais édit qui se puisse imaginer », déclare le pape. La création des « places de sûreté » vaut mieux aux yeux des zélateurs de l'unité nationale que la perpétuation de la république huguenote, mais elle représente néanmoins une entorse à ce centralisme que la monarchie ne cesse, depuis des siècles, de promouvoir.

Les difficultés que le roi eut à faire enregistrer l'édit par les parlements – celui de Rouen ne pliera qu'en 1609 – sont lourdes de menaces pour l'avenir. La hiérarchie catholique n'a pas désarmé et a mobilisé ses relais ; ses réticences n'ont fait qu'alimenter la méfiance des huguenots et donc leur attachement aux garanties militaires qui leur ont été octroyées. Il n'y avait pas d'autre solution dans le contexte français. Les Anglais avaient inventé la religion anglicane en coupant le lien avec le pape. Les Allemands vont établir le principe que, dans chaque principauté, la religion du prince est la religion officielle, mais cette règle ne peut s'exercer que sur un territoire émietté. Les Espagnols combattent un protestantisme suffisamment minoritaire pour le réduire à une hérésie. En France ne peut prévaloir qu'une construction subtile dont la solidité repose sur le charisme et le sens de la mesure du monarque, deux caractéristiques par nature fragiles et aléatoires.

La fatigue du pays après le traumatisme de la guerre civile, la nécessité d'une reconstruction économique après tant de destructions, le désir d'ordre et de calme, ont formidablement aidé Henri IV. Il est vrai que la prospérité française n'était plus qu'un lointain souvenir. Effondrement de la culture du blé, augmentation des friches agricoles, baisse de 50 % de la production de toiles et lins, quasi-disparition du commerce intérieur : telle est la situation économique. Quant aux individus, ils doivent faire face, outre l'insécurité, au retour de la peste et à la multiplication des famines. Des bandes de soldats désarmés, d'officiers en demi-solde, de brigands, font régner la terreur et provoquent en réaction des comportements d'autodéfense de la part des paysans.

La démarche à suivre est en théorie limpide : le rétablissement de l'autorité monarchique entraîne la restauration de l'ordre, celle-ci le retour de la confiance et cette dernière le redémarrage de l'économie. Face à ce défi, Henri IV est un chef d'Etat moderne. Admirable communicant : « La poule au pot tous les dimanches » est un slogan de génie. Habile politique : il fait les concessions nécessaires au rétablissement de la confiance – remise des arriérés d'impôts, réduction du montant des tailles, réattribution aux communes de leurs domaines. Jouer ainsi sur la psychologie collective est une première de la part d'un roi. Excellent sélectionneur d'hommes : Sully ouvre la série des Premiers ministres susceptibles de rassurer – c'est un Pinay de l'époque. Ce grand technocrate a d'ailleurs lui aussi le sens des messages politiques : « Labourage et pâturage sont les deux mamelles de la France. »

C'est en fait la première politique macroéconomique réfléchie de l'histoire de France que lancent Henri IV et Sully. L'intervention de l'Etat se limitait jusqu'alors à la gestion des impôts et à l'usage de la « planche à billets », en l'occurrence aux changements de la valeur faciale des pièces. L'action est désormais plus ambitieuse. Elle porte à la fois sur l'offre et sur la demande, dirait-on dans notre langage. D'un côté la protection des fabrications nationales par des droits à l'importation, les premières étapes de la création de compagnies de commerce, l'implantation de manufactures, l'affectation d'une épargne forcée aux investissements industriels : c'est le mercantilisme en action. De l'autre, la diminution des taux d'intérêt, la réduction de certains impôts, le meilleur équilibrage des bases fiscales. Avec, en surplomb, l'obsession de la santé des comptes publics, l'établissement d'un état des opérations du Trésor, la volonté d'aller au-delà d'un budget équilibré et donc de constituer un trésor de guerre. C'est, autour de Sully, la bourgeoisie protestante qui mène cette politique : première manifestation, en France, d'une « éthique protestante du capitalisme » dont la révocation de l'édit de Nantes, près d'un siècle plus tard, privera le pays. En économie, Henri IV et Sully sont des innovateurs.

En matière administrative, ce sont des continuateurs ; ils essaient de remettre d'aplomb l'appareil de l'Etat et de reprendre l'œuvre de centralisation entamée de si longue date. Le roi concentre le Conseil, c'est-à-dire le gouvernement ; il s'attribue un domaine réservé dans lequel il tranche seul, édictant des lettres patentes au sujet desquelles aucun ministre n'a été consulté ; il cherche à abaisser sans limite les pouvoirs des corps intermédiaires – états provinciaux, échevinages, assemblées d'ordre ; il essaie de restreindre, sans le proclamer, l'autonomie que les villes se sont octroyée pendant la guerre civile ; il renforce la vénalité et l'hérédité des offices, de manière à disposer d'un corps de fonctionnaires dévoués ; il s'impose aux parlements de province et tient à distance respectueuse celui de Paris. Quant à la noblesse d'épée, cette menace permanente pour le pouvoir royal, elle bénéficie de coups de pouce financiers afin de l'aider à se libérer des dettes de la guerre civile, mais surtout elle est soumise à un formidable clientélisme de la part du roi qui essaie de multiplier ses obligés, et donc de s'attirer des fidélités personnelles susceptibles de prendre le pas sur des liens provinciaux ou locaux plus anciens.

Sentant le piège se refermer sur elle, la haute aristocratie se rebelle et retrouve le goût moyenâgeux des conspirations. Il ne s'agit plus, en effet, de complots d'essence religieuse, comme pendant la guerre civile, mais de bonnes et classiques trahisons. Le maréchal de Biron conspire-t-il avec l'aide de l'Espagne ? Il est jugé et exécuté. Le duc de Bouillon essaie-t-il de contrôler des places fortes ? Il est militairement maté. La noblesse du Limousin renâcle-t-elle ? Une armée marche sur elle. A partir de 1606 le calme est absolu et l'ordre incontesté. Que de progrès et de bouleversements économiques et administratifs en un temps si court ! Que pèsent les seize ans de règne d'Henri IV, dont la première période était encore marquée par la guerre civile, auprès des décennies passées au pouvoir par Philippe Auguste, Saint Louis ou Philippe le Bel, et demain Louis XIV et Louis XV !

Il est vrai que, pour la première fois depuis longtemps, les Français ne subissent pas de menace extérieure de première grandeur. L'Angleterre et l'Espagne rivalisent en mer ; les Pays-Bas sont en révolte contre leurs maîtres espagnols ; l'Allemagne voit monter les tensions entre protestants et catholiques ; les Habsbourg d'Autriche semblent sur la défensive. Cela permet à Henri IV de se contenter d'une diplomatie préventive – illustration là aussi du juste milieu. Le seul risque à terme serait un nouveau rapprochement entre les Habsbourg de Madrid et ceux d'Autriche, au nom d'une Sainte Alliance catholique. De là, dans la lignée de la politique d'Henri II, le rapprochement avec les princes protestants d'Allemagne, qui va jusqu'à voir le roi proclamer son intention de « défendre les libertés germaniques ».

Une crise partielle de succession à Clèves risque de dégénérer en guerre générale. Craignant que l'Autriche ne s'installe sur la rive gauche du Rhin – première manifestation de l'obsession diplomatique des siècles à venir –, la France mobilise, au grand dam des héritiers des ligueurs les plus extrémistes qui ne supportent pas de voir un ancien protestant partir à l'assaut des souverains les plus légitimement catholiques. L'esprit de la Ligue renaît donc ; les libelles se multiplient ; les appels au tyrannicide font florès ; le refoulé des guerres de Religion apparaît au grand jour. C'est dans ce climat d'exaltation, après une étonnante parenthèse de concorde nationale et de politique du juste milieu, qu'à l'instar de Jacques Clément assassinant Henri III, Ravaillac poignarde Henri IV le 14 mai 1610.

Chapitre 22

Richelieu ou « une certaine idée de la France[1] »

Chacun croit, après l'assassinat du roi, qu'une parenthèse de quiétude s'est refermée, Sully le premier qui dit : « Le temps du Roi est passé. Celui des princes et des Grands est venu. » En effet, Marie de Médicis n'est pas Catherine de Médicis ; elle n'en a ni l'expérience ni le talent politiques. Très influençable – en particulier par le couple Galigaï-Concini –, trop naïve, trop favorable, aux yeux des protestants, à l'Espagne catholique. Les grands, sous la férule de Condé, lui mettent le pistolet sur la tempe et l'obligent à réunir en 1614 les états généraux. Ce sera de leur part une fausse manœuvre car les tensions entre les ordres et surtout la volonté revancharde de la noblesse vis-à-vis des officiers royaux, magistrats et détenteurs d'offices, mettent la monarchie en situation d'arbitre. Quant au clergé, il se heurte au tiers état, au nom de la querelle traditionnelle ultramontisme *versus* gallicanisme. Cela n'empêche pas son porte-parole, le jeune évêque de Luçon, de se plaindre que son ordre soit éloigné des postes de responsabilité publique, alors que ses membres sont « plus dépouillés

1. Suivant un mot du général de Gaulle.

que tous autres d'intérêts particuliers ». C'est Richelieu candidat à de hautes fonctions qui pointe sous l'évêque. Les états se séparent sur de vagues promesses à propos de la vénalité des charges. Leur impuissance enlèvera à quiconque l'envie de les réunir à nouveau. Il faudra désormais attendre 1789.

Après un tel fiasco, la régente aurait pu reprendre la main mais, laissant Concini exercer le pouvoir, elle attise l'insatisfaction. Du Parlement, qui lui adresse d'insolentes remontrances. De Condé, qui s'érige en garant des décisions fictives des états généraux. Des protestants, qui craignent le tropisme catholique de l'entourage royal. Plus habile à la manœuvre que prévu, Concini élargit son gouvernement – Richelieu est un des nouveaux élus –, fait embastiller Condé, met une armée en mouvement contre les factieux. Il commet en revanche une imprudence fatale : ignorer le roi. Avec l'énergie des faibles, celui-ci consent à l'assassinat de Concini le 24 avril 1617. Il éloigne sa mère, et d'une certaine façon se sacre lui-même : « Je suis Roi maintenant. » Richelieu est évidemment une victime collatérale de cet étrange coup d'Etat fait par l'Etat ! Il lui faudra beaucoup de temps, d'entregent et d'humilité pour revenir en grâce, se réintroduire dans les circuits du pouvoir et enfin s'imposer en 1624. Ce ne sera pas trop tôt, car la situation internationale ne cesse de se dégrader pour la France.

Derrière l'affrontement entre catholiques et protestants en Allemagne se sont subrepticement glissés les desseins politiques de l'Autriche. Celle-ci n'a pas renoncé à rétablir durablement ce qui s'était miraculeusement produit du temps de Charles Quint : elle continue de rêver d'un empire d'Allemagne définitivement dévolu aux Habsbourg d'Autriche et d'une alliance de fer entre eux et leurs cousins espagnols, puisque réunir à nouveau toutes les couronnes sur une même tête est désormais illusoire. Dans ce contexte, le dilemme est difficile pour la France. Soutenir l'Autriche au nom de la solidarité catholique serait promouvoir sa principale rivale et affoler les huguenots français. Venir au secours des protestants allemands serait insupportable à la majorité catholique du pays. Mais l'écrasement des Tchèques lors de la bataille de la Montagne Blanche et l'irrésistible ascension de l'Autriche rendent de plus en plus délicate « la non-intervention » – suivant le mot en vigueur en 1936 à propos de la guerre d'Espagne. De retour au pouvoir, Richelieu ne se lance pas brutalement dans un conflit, mais se contente d'envoyer des signes sur des enjeux en apparence secondaires, comme empêcher le passage par la Suisse des Impériaux, ce qui, en les éloignant de l'Italie, rend difficiles leurs communications avec l'Espagne.

Tout temps gagné avant la grande explication internationale est en effet bienvenu, car le cardinal n'est pas sûr de ses arrières. Les grands ne renoncent pas et les complots se succèdent les uns aux autres, parfois sérieux, souvent fantaisistes. Sans doute les aristocrates ne mesurent-ils pas quelle poigne de fer ils ont désormais en face d'eux. Faire décapiter deux duellistes qui ont bravé l'interdit est un symbole ; nul privilège de la noblesse ne doit résister à l'autorité de l'Etat. Plus grave est la révolte des protestants dans le Languedoc et surtout à La Rochelle. Ce ne sera pas la guerre en dentelles des *Trois Mousquetaires*. Inquiets des projets du cardinal de développer une marine, afin de contester leur suprématie navale, les Anglais viennent au secours des Rochelais. Le siège durera plus d'un an, les combats seront violents : c'est dans une ville dévastée que le roi entrera en 1628. Richelieu mate, dans la foulée, les autres villes protestantes révoltées, mettant fin aux privilèges militaires que l'édit de Nantes avait accordés aux huguenots. Il confirme la liberté de culte par la « grâce d'Alès » – les mots ne sont pas neutres – mais se débarrasse des places de sûreté, exige la destruction de leurs fortifications, interdit les assemblées politiques protestantes. Dans l'esprit du cardinal qui se comporte, dans cette affaire, en homme d'Eglise, « les sources de l'hérésie et de la rébellion sont maintenant éteintes » (lettre au roi). La rébellion ? A l'évidence. L'hérésie ? C'est imaginer des conversions massives et un reflux de la religion protestante. Ni les unes ni l'autre n'auront lieu. Mais sur un plan politique, le seul qui compte vraiment aux yeux du ministre, le problème est réglé. Dès lors, la France peut se projeter à nouveau sur la scène internationale.

Il existe deux races de joueurs diplomatiques. Les retors et opportunistes, modèle Talleyrand, dont la politique résulte d'une addition de gestes tactiques. Les stratèges, modèle Bismarck, qui mettent les cartes sur la table et dont chacun peut connaître l'objectif. Richelieu est évidemment de ceux-là. Ainsi écrit-il en 1629 au roi : « Maintenant que La Rochelle est prise, si le Roi veut se rendre le plus puissant du monde (...) il faut avoir en dessein perpétuel d'arrêter le cours des progrès de l'Espagne... La France ne doit penser qu'à se fortifier en elle-même et s'ouvrir des portes pour entrer dans tous les Etats de ses voisins et les garantir des oppressions de l'Espagne. » L'obsession anti-Habsbourg ne peut être plus claire et l'Allemagne, champ ouvert des influences, plus nettement pointée du doigt. Mais le cardinal n'est pas un Bonaparte par anticipation : il ne fonce pas, il louvoie ; il n'attaque pas frontalement, il se saisit d'objectifs périphériques ; il ne cherche pas la gloire immédiate, il se contente d'additionner les avancées. Ainsi s'empare-t-il des contreforts lombards, afin de couper les lignes de communication entre les Habsbourg du Nord et ceux du Sud.

Mais en politique, il faut avoir des yeux de Janus bifrons et surveiller ses arrières. Richelieu, fût-il auréolé de ses premiers succès, est à la merci des ennemis que chaque jour il accumule. Les deux reines, Monsieur frère du roi, les grands : autant de tireurs embusqués qui attendent l'occasion. C'est Marie de Médicis qui, seule, a l'audace de tenter le coup. Voulant se venger du 24 avril 1617, elle jette tout son poids de mère œdipienne pour obtenir de Louis XIII la disgrâce de Richelieu. Elle se croit vainqueur, mais dans un étrange sursaut psychologique, ce roi à l'esprit faible bascule à nouveau, confirme un Richelieu qui s'imaginait déjà disgracié, exile à jamais sa mère et écarte les courtisans qui s'étaient si vite ralliés à la coterie du palais du Luxembourg[1].

Ayant survécu à cette journée des Dupes, au point d'obtenir l'éloignement de Marie de Médicis, le cardinal a désormais les mains libres. Une fois de plus, il annonce la couleur : « il abandonne toute pensée de repos, d'épargne et de règlement du dedans du royaume », c'est-à-dire qu'il soumet tout projet de politique intérieure à ses ambitions internationales. Le cap est mis sur la domination de l'Europe. C'est pour la monarchie capétienne une première : jamais elle n'avait osé s'abstraire d'un front intérieur toujours mouvant, pour ne penser qu'à son rôle mondial.

La partie anti-Habsbourg se joue évidemment en

1. La résidence de Marie de Médicis.

Allemagne. Richelieu continue d'avancer masqué. Outre son alliance avec les princes protestants et le roi de Suède, il essaie de disloquer le front catholique en séparant la Bavière de l'empereur au prix d'un accord défensif. Indifférent désormais aux contraintes budgétaires, le cardinal subventionne généreusement ses alliés et leur octroie l'ultime garantie de la France. Cette manœuvre lui fait gagner le temps dont il a besoin pour bâtir une force militaire au diapason de la puissance économique du pays, avec toujours en ligne de mire la rive gauche du Rhin, c'est-à-dire, à ses yeux, le « pré carré » de la France.

Mais les aléas de la guerre ne se programment pas. Gustave Adolphe de Suède, le meilleur allié de Louis XIII et Richelieu, est tué en 1632 ; Wallenstein, le chef d'état-major félon de l'empereur, soutien objectif du cardinal donc, est à son tour assassiné. L'empereur Ferdinand prend désormais le dessus. Il ne reste plus à l'intellectuel de la diplomatie qu'est Richelieu qu'une alternative : se muer en chef de guerre ou accepter la domination des Habsbourg sur l'Europe. Aucune hésitation ne prévaut : la France déclare en 1635 la guerre à l'Espagne et, faisant évidemment jouer la solidarité entre les Habsbourg, l'empereur vient au secours des Espagnols. Cette fois-ci l'affrontement ne se produit plus sur un terrain de jeu secondaire comme l'Italie ; le conflit est frontal.

Moins entraînées au combat, les armées françaises sont battues ; le territoire est envahi au sud ; les provinces secouent le joug et se révoltent ; Paris est menacé. Mais à la différence de tant de leurs prédécesseurs et de leurs successeurs, Louis XIII et Richelieu résistent : ils n'abandonnent pas la ville, galvanisent la population, lèvent une nouvelle armée et repoussent l'ennemi.

Ayant ainsi desserré le garrot, ils peuvent prendre le temps de profiter de la puissance et de la richesse du pays, créant six armées, mobilisant cent cinquante mille hommes, reconstituant la flotte : la démographie et l'argent font, comme toujours, la différence. Quant au mode de commandement, il porte évidemment « la touche Richelieu » : autorité et centralisation. Forts de cet appareil militaire, les Français repoussent progressivement les Espagnols au nord et au sud et reconquièrent la Picardie, le Nord, le Roussillon. L'objectif est clair : « les frontières naturelles », en l'occurrence les Pyrénées et le Rhin ; il commandera la politique extérieure française jusqu'en 1945.

De ce point de vue, le legs de Richelieu est immense : il a fixé la doctrine pour trois siècles ! Mais cette marche vers les frontières naturelles est tellement exigeante qu'elle requiert un Etat fort, centralisé, autoritaire. De là un Conseil du roi qui fait la part de plus en plus grande aux technocrates, la restriction des pouvoirs des parlements, dont le droit d'adresser des remontrances est brutalement encadré, la mise en place, en province, d'intendants royaux révocables *ad nutum*, aux pouvoirs calqués sur ceux du monarque. Richelieu est, à sa façon, un innovateur. Il a compris qu'on ne gouverne pas contre l'opinion publique. Aussi crée-t-il un bureau de presse, véritable instrument de propagande à sa main qui mène une autre guerre : celle des pamphlets et des libelles. *La Gazette* de Théophraste Renaudot est une brillante préfiguration à la française de la *Pravda*. Mais la fragilité des réformes du cardinal tient au fait qu'il a plaqué son organisation du pouvoir sur les structures existantes, sans les avoir réduites à néant. Les grands, les parlements, les innombrables corps intermédiaires n'ont pas disparu : ils attendent leur heure. Ce sera la

Fronde. Lorsque Richelieu meurt le 4 décembre 1642, suivi de peu par Louis XIII (14 mai 1643), son œuvre est inachevée.

Son véritable triomphe posthume sera le traité de Westphalie. L'armée continue sur sa lancée, après la disparition du cardinal, repoussant les Espagnols, tel un rouleau compresseur. Condé se joue d'eux à Rocroi ; Turenne des Impériaux à Nordlingen ; puis l'un et l'autre s'ouvrent la route du Danube et de Vienne. Alors que la Gaule, puis la France, avaient connu maintes invasions venant d'outre-Rhin, c'est la première fois que le mouvement s'inverse ! Sans doute cet événement sans précédent a-t-il pesé dans la décision de l'empereur de transiger. Il faudra quatre ans de négociations parsemées d'escarmouches et de combats pour déboucher en 1648 sur la « paix » de Westphalie. La France y gagne l'Alsace, mais surtout elle parvient à ses fins : abaisser l'Empire. Royaume centralisé, elle obtient, clin d'œil de l'Histoire, ce dont elle rêvait : la décentralisation de l'Allemagne, donc son morcellement. Peu friande de libertés locales chez elle, elle fait reconnaître « les libertés germaniques ». Rétive à l'intérieur de l'hexagone vis-à-vis des huguenots, elle garantit la légitimité des princes protestants d'Allemagne. Ce sont les miracles de la raison d'Etat et du cynisme diplomatique devenu un des beaux-arts ! L'Empire est émietté en trois cent quarante-trois Etats indépendants, sans compter les privilèges des villes libres et de microrépubliques. Ses organes centraux se limitent à l'Empereur, toujours élu, et à une Diète représentative de cette mosaïque de principautés. Et humiliation suprême qui pèsera longtemps sur l'âme allemande, la France, puissance catholique, et la Suède, puissance protestante, se voient reconnaître la tutelle de l'Empire puisque chacune peut s'opposer à tout changement constitutionnel, à toute modification des frontières entre principautés, donc à toute tentative de reconcentration du pouvoir. Tout le monde s'accorde à penser que l'Autriche est diplomatiquement échec et mat. Mais le traité de Westphalie aura des conséquences à plus long terme : l'Allemagne n'est plus un Etat ; elle entre politiquement en hibernation ; elle devient un peuple-nation à défaut d'être un Etat-nation ; elle découvre une frustration qui servira au fil du temps de principal moteur à son histoire.

Quant aux Français, ils font leur le principe de Richelieu – notre sécurité à l'est suppose une Allemagne morcelée. Ce dogme diplomatique aura la vie longue. Lorsque François Mauriac dit « tellement aimer l'Allemagne qu'il en veut deux » et que François Mitterrand subit en 1989 l'unification allemande davantage qu'il ne la souhaite, l'un et l'autre sont des émules du cardinal. Ce qui pour l'époque est un triomphe peut se révéler à long terme une catastrophe : c'est le charme de l'Histoire. Mais il est vrai que, dans les circonstances, Richelieu a brisé l'encerclement de la France et en a fait, pour plus d'un siècle, l'arbitre du continent. La monarchie capétienne n'avait connu jusqu'alors qu'une aventure militaire extérieure : le désastre italien. Elle se rattrape avec le triomphe allemand du cardinal, fût-il *post mortem*.

Chapitre 23

L'ultime défaite des grands

Louis XIII a, avant de mourir, établi son dispositif successoral : Anne d'Autriche régente – Louis XIV ayant moins de cinq ans –, son frère lieutenant général du royaume, ses conseillers maintenus de façon inamovible dans leurs fonctions. C'était enfermer la reine dans un rôle de pure représentation. Manifestant un tempérament politique qu'elle avait occulté du temps de Richelieu, celle-ci ne veut pas de ce pouvoir au rabais et fait casser le testament du roi par le Parlement. Elle y gagne une pleine et entière autorité.

Se livre-t-elle à cette opération dans le seul but de nommer Mazarin à la tête du Conseil de régence ? En tout cas, tel est le résultat. Etonnante situation, même à une époque où les aristocraties nationales s'interpénètrent : un étranger, Premier ministre du plus important royaume d'Europe ! Il y a toujours eu des « princes transfrontières »; des maréchaux mercenaires, des ducs cosmopolites, mais un Premier ministre est d'une autre nature ! Tout est paradoxal dans cette histoire. Mazarin vient, non d'une grande famille, mais d'une noblesse médiocre. Il a fait ses premières armes au sein d'une diplomatie pontificale toujours suspecte aux yeux des Français. Malgré ces handicaps, il réussit à séduire en 1630 l'être le plus sceptique sur l'âme humaine, Richelieu. Il parvient à être nommé « monseigneur » par le pape, sans avoir été évêque, ni même prêtre. Il suscite enfin un terrible bras de fer entre Louis XIII et le cardinal d'une part, le pape de l'autre, les Français exigeant en 1635 et 1636 sa nomination comme nonce à Paris, au vif déplaisir du clan espagnol du Vatican ! Comme le pape ne cède pas, Mazarin rompt les amarres avec Rome en 1639 et se met au service de l'Etat français, y gagnant sa naturalisation et en 1641 la barrette de cardinal, au prix de violentes pressions de Richelieu. Néanmoins celui-ci ne le pressent pas comme successeur.

C'est Louis XIII qui, à la mort du cardinal, l'accueille dans son Conseil et surtout le désigne, au mépris de tous les usages, comme parrain du Dauphin ! Le coup de force d'Anne d'Autriche l'élevant ensuite à la dignité de Premier ministre crée le mythe Mazarin. Face à un tel itinéraire, il n'y a pas de place à l'époque pour des sentiments timorés. Le choix est entre l'admiration ou la détestation, la déférence ou la méfiance, l'estime ou la haine. Ce sont évidemment les réactions d'hostilité qui vont prévaloir chez la plupart des acteurs, mais elles auront des conséquences ambiguës. D'un côté, la violence à l'égard de l'Italien attisera les révoltes ; de l'autre, elle fait de lui un paratonnerre qui protège la monarchie. Se soulever contre Mazarin n'est pas attaquer Anne d'Autriche et moins encore l'enfant-roi. Nul ne jouera davantage sur cette ambiguïté que le « Grand Condé ».

Les ingrédients de la crise sont toujours les mêmes : une régence, c'est-à-dire un pouvoir mal assuré ; des grands du royaume désireux de relever la tête ; une menace étrangère qui offre aux rebelles une alliance de revers ; un clergé en mal d'affirmation ; une bourgeoisie désireuse de réduire son fardeau fiscal ; un peuple des rues pour servir d'armée de réserve aux autres groupes sociaux. S'y ajoute un événement particulier : l'exécution de Charles Ier d'Angleterre désacralise les monarchies. Si les royautés s'accommodent des assassinats qui ne remettent pas en cause leur légitimité, elles perdent leur mystère lorsqu'un roi est jugé et condamné, tel un citoyen ordinaire.

Avec la mort de Richelieu disparaît aussi la chape de plomb qui pesait sur l'opinion. Celle-ci se libère à coup de libelles, de pamphlets, de sonnets, de toutes ces « mazarinades » dont le nom suffit à désigner le bouc émissaire. Le jansénisme crée enfin une atmosphère de rigueur qui permet de vouer aux gémonies les goûts de luxe et la concussion de l'« Italien » alors que, si apte fût-il à se servir autant qu'à servir, la figure hiératique de Richelieu le mettait à l'abri de ce genre de reproches.

C'est, comme souvent, le Parlement qui met le feu aux poudres. Les dernières années de guerre ont coûté cher ; l'Etat a dû utiliser tous les expédients à sa disposition sans pouvoir éviter d'augmenter les impôts ; l'archaïsme du système fiscal est une machine à créer des frustrations. Résultat, le 13 mai 1648, le parlement de Paris prend l'initiative de proposer aux cours souveraines de province d'agir de concert avec lui, afin de s'attaquer aux abus et de prendre le contrôle de l'Etat : « Les intendants de justice et toutes autres commissions extraordinaires non vérifiées ès cours souveraines seront révoqués. » L'exemple anglais n'est pas loin.

Après avoir feint de réfléchir à ces propositions, la reine et Mazarin décident d'arrêter en août les meneurs de la rébellion parlementaire. La politique est, comme toujours, une affaire de moment plus que d'idée : le terrain n'était pas mûr du côté de l'opinion pour une répression aussi mal préparée. Paris se couvre de barricades et le pouvoir recule immédiatement, feignant d'accepter les réformes que jusqu'alors il refusait. C'est un subterfuge : le 5 janvier 1649 la Cour s'enfuit à Saint-Germain, de manière à permettre le siège de Paris. Commence alors le bal des intrigues qui a persuadé la postérité que la Fronde n'était ni une révolte ni une révolution, mais une pièce de théâtre jouée par les grands du royaume. Certains choisissent le camp des révoltés ; d'autres demeurent fidèles au roi, mais les uns et les autres se mettent à roquer comme les pièces d'un échiquier. L'hypocrisie règne : le Parlement invente des raisonnements surréalistes pour expliquer que sa fidélité à la Couronne passe par son hostilité à Mazarin ; ses membres font semblant d'être solidaires des insurgés alors qu'ils craignent les jacqueries ; ils financent la levée de troupes mais ont peur de leurs exactions. Et, comme à l'occasion de tous les soulèvements qu'a connus jusqu'alors Paris, le goût de l'ordre finit par prendre le dessus, les magistrats se rangeant – qui en serait surpris ? – du côté de la légitimité. Aussi signent-ils avec Mazarin la paix de Rueil qui met fin à la Fronde parlementaire.

S'ouvre alors la deuxième Fronde, celle des grands, plus dangereuse, car ceux-ci n'hésitent pas à soulever les provinces et à s'allier avec l'ennemi espagnol. Ainsi voit-on le Grand Condé, si efficace hier pour battre les troupes hispaniques, ne pas hésiter à faire bloc avec elles ; Turenne lui emboîte le pas sans état d'âme. Faut-il que les Espagnols soient affaiblis pour ne pas tirer parti de ces volte-face. Il est vrai que les opposants à Mazarin sombrent rapidement dans l'anarchie.

Ce qui les unit, la haine de l'« Italien », constitue un programme politique sommaire... La noblesse se réunit pour exprimer ses doléances ; elle réussit à gagner le soutien du clergé, afin d'obtenir la libération des princes incarcérés au hasard de coups de main royaux, en particulier celle de Condé. Mais les parlementaires et la bourgeoisie ne se sentent liés par les revendications, ni de la noblesse, ni du clergé. Chacun tire à hue et à dia.

Cette révolution ne respecte pas plus les canons de la lutte des classes – une classe contre une autre – que les règles du complot politique – une stratégie, un objectif, une méthode – ou les mœurs des révolutions de palais – l'unité de lieu et de temps. Quant au seul projet clair, le renvoi de Mazarin, celui-ci a l'intelligence de le rendre vain en s'enfuyant auprès de l'Electeur de Cologne mais sans démissionner ni renoncer à ses fonctions. La régente et le jeune roi demeurent, eux, quasi prisonniers à Paris et, suivant un grand classique des révolutions, la reine doit montrer l'enfant au peuple pour l'apaiser, mais comparées à celles du 10 août 1792, ces scènes se déroulent presque dans un climat familier !

Il y a, il est vrai, une part de tragi-comédie dans les événements. Mazarin fait, de l'étranger, libérer Condé, pariant que le comportement altier de ce dernier provoquera l'unité des frondeurs contre lui. Il a vu juste mais, lorsque le cardinal veut profiter de ce contexte pour rentrer, c'est lui qui redevient la cible. Quand Turenne revenu dans le camp du roi essaie de reprendre Paris pour son compte, c'est Mademoiselle, membre éminent s'il en est de la famille des Bourbons, qui fait tirer le canon... Ainsi va la Fronde, de trahisons en réconciliations, de gestes inconsidérés en serments de fidélité, de divisions en alliances, de rivalités en conflits d'intérêts, de haines recuites en amitiés fugitives, de réflexes de classe en solidarités fictives. C'est le temps de la Ligue qui revient, mais sans le moteur religieux, comme pour donner raison au précepte de Marx selon lequel l'histoire se joue une fois comme tragédie et une seconde fois comme farce. Le fleuve révolutionnaire rentre toujours dans son lit de la même manière : une émeute de rue de trop, une tuerie trop violente, un incendie trop visible, et la bourgeoisie de prendre peur et de se rallier au seul point fixe qui vaille, la légitimité du roi. Celui-ci rentre à Paris le 21 octobre 1652 et Mazarin peut le suivre quelques mois plus tard.

Mais si le drame a souvent tourné dans la capitale à la comédie, la province a pris, comme toujours, les choses plus au sérieux. C'est dans les campagnes que les multiples armées aux prises les unes avec les autres se sont poursuivies, détruites et entre-tuées. De là un cortège de dévastations et de désordres qui a mis à genoux le pays. Le roi et le Premier ministre sont certes revenus dans la capitale mais le retour de l'ordre n'est pas partout assuré. Dans certaines régions, il faudra des années pour mettre fin à un brigandage endémique ; dans d'autres, les famines se perpétueront longtemps. Ailleurs, la démographie est perturbée, le niveau des naissances ne cessant de s'effondrer. Partout le commerce intérieur est annihilé, les récoltes difficiles, les échanges incertains.

Pourquoi la monarchie n'a-t-elle pas sombré ? Ses ennemis divisés, la mystique royale a certes pu encore fonctionner. Mais le souverain a surtout eu la chance de conserver le soutien de son armée. Même quand les chefs les plus prestigieux désertaient, les officiers sont restés fidèles au roi, et les troupes les ont suivis. Louis XIV n'oubliera jamais ce moment : « Ces agitations terribles avant et après ma majorité, une guerre étrangère où les troubles domestiques firent perdre à la France mille et mille avantages, un prince de mon sang et d'un très grand nom à la tête de mes ennemis. » Sans le traité de Westphalie qui avait fermé le front oriental, la France n'aurait pas survécu à cette bourrasque.

En revanche, elle a pu résister à la pression espagnole. Sur le terrain militaire, grâce au mordant de sa propre armée. Dans le jeu d'alliances, en soutenant la révolution portugaise contre l'Espagne, en bâtissant avec des princes allemands une Ligue du Rhin pour bloquer toute velléité des Habsbourg d'Autriche et en recherchant l'amitié de Cromwell, quitte à passer par pertes et profits l'exécution de Charles Ier. De tous ces mouvements habiles entrepris par Mazarin, l'alliance anglaise est la plus importante. Elle aura permis de ruiner la marine de l'Espagne et de commencer à s'attaquer à son sanctuaire impérial. Une ultime victoire de Turenne à Dunkerque sur une armée espagnole toujours commandée par Condé, et le traité des Pyrénées peut en 1659 fermer ce front-là. La France y gagne le Roussillon et la Cerdagne au sud, une partie de l'Artois et quelques places fortes au nord. Mais surtout, maître de la manœuvre diplomatique, Mazarin impose le mariage de l'aînée des infantes d'Espagne avec Louis XIV, sans que celle-ci abandonne véritablement ses droits à la succession de son pays. Le Roi-Soleil saura se souvenir de cette disposition contractuelle : la couronne d'Espagne sera à ce prix.

Voilà la France désormais libérée de la double menace des Habsbourg : ceux du Sud ont fait des concessions moins humiliantes que ceux du Nord, mais elles sont néanmoins décisives. L'opinion est injuste. Mazarin a été le fidèle successeur de Richelieu ; il a admirablement servi, diplomatiquement parlant, sa patrie d'adoption, alors que les divas de l'époque, Condé et Turenne, n'ont pas, eux, hésité à devenir les mercenaires de l'ennemi espagnol. Mais l'« Italien » n'a pas une allure de héros, alors que les généraux sont protégés par leur goût de la gloire. On ne pardonne rien au premier – à commencer par sa corruption, aussi banale que celle de Richelieu – tandis que les deux félons échappent à l'opprobre de la trahison.

Lorsque Mazarin meurt en 1661, la France ne s'est pas encore remise de la Fronde. Elle est désormais à l'abri de la menace des Habsbourg ; elle n'est plus à la merci d'une coalition de toute l'Europe ; elle ne risque plus, chaque matin, une conjuration des grands. Mais ni l'ordre ni la prospérité ne règnent. La Fronde aura été la dernière vraie révolte nobiliaire. Elle aura donné *a contrario* à tous le goût d'un pouvoir fort et stable : Louis XIV ne sera pas long à le comprendre. Les cicatrices économiques et morales, en revanche, de cette période d'anarchie sont vives. Le pays le plus grand, le plus peuplé, le plus riche d'Europe, a continué à dilapider ses atouts dans des conflits intestins.

Chapitre 24

La naissance du Roi-Soleil

C'est une période de cent vingt-huit ans qui s'ouvre désormais sans « le bruit et la fureur » des siècles précédents. Ni révoltes, ni invasions du territoire : la France est désormais tournée vers elle-même et vers l'exercice de son influence, fût-ce au prix de guerres extérieures. C'est donc un nouveau décor pour le théâtre de la politique.

Louis XIV piaffait d'impatience pour entrer en scène, mais respectueux de l'autorité de son parrain, il attend son décès pour se saisir véritablement du pouvoir. La vision qu'il a de son rôle s'est façonnée lors de la Fronde. Celle-ci l'a convainu de la nécessité de tenir en laisse tous ceux qui se sont ligués contre Mazarin : grands du royaume, haut clergé, parlementaires, bourgeois. « Plus jamais ça ! » Tel est le ressort de son action. L'existence d'un Premier ministre tout-puissant lui a montré combien le roi est obligé, dans une telle configuration, à une étrange « cohabitation ». Ce fut son cas avec Mazarin mais plus encore celui de son père avec Richelieu. Il n'y a qu'un remède à l'importance du Premier ministre : supprimer le poste !

C'est avec cette double conviction chevillée au corps que le roi se saisit des manettes du pouvoir. Il l'écrira ingénument dans ses *Mémoires pour l'instruction du Dauphin* : « Celui qui a donné des rois aux hommes a voulu qu'on les respectât comme ses lieutenants, se réservant lui seul le droit d'examiner leur conduite. Sa volonté est que quiconque est né sujet obéisse sans discernement. » Si les sujets obéissent sans discernement, le roi se doit de les servir sans restriction, en particulier par le travail : « C'est par le travail que l'on règne, c'est pour cela que l'on règne. » Lorsque le monarque annonce, à la mort de Mazarin, qu'il gouvernera par lui-même, son entourage est convaincu qu'il s'agit d'une foucade et qu'il se lassera, cédant aux plaisirs de la chasse et du droit de cuissage. Erreur : s'il ne renonce ni à la vénerie, ni aux femmes, ni aux fêtes, ni aux plaisirs de la vie, il n'arrêtera jamais, pendant plus d'un demi-siècle, de lire des rapports, de donner des audiences, de présider des conseils, de vérifier l'exécution de ses directives, de promouvoir, de nommer, de sanctionner, de décider et donc de « faire le métier ».

Mais l'exercice du pouvoir n'est pas seulement une ascèse quotidienne. Il exige des symboles. Avec la disgrâce de Fouquet, Louis XIV sait frapper les esprits. Le surintendant des Finances mêlait l'arrogance du technocrate à l'indépendance du « grand » qu'il n'était pas, l'ostentation du concussionnaire à l'ambition d'un chef de parti, la provocation du nouveau riche à la mégalomanie du grand féal. A la différence d'un Richelieu qui savait ne pas aller trop loin vis-à-vis de la personne sacrée du roi et d'un Mazarin qui garda jusqu'au bout la retenue de l'immigré, Fouquet s'amuse, à l'évidence, à jouer avec les limites et à tester le jeune monarque. Qu'est-ce que l'invitation à Vaux-le-Vicomte sinon une humiliation camouflée en hommage ? Sans doute Colbert a-t-il intrigué pour convaincre le roi de se débarrasser du surintendant, mais la décision demeure « le fait du Prince ». La dissimulation lors de la fête à Vaux, la brutalité de l'arrestation, la pression sur les juges, la transformation de la peine de bannissement en détention perpétuelle, au mépris des décisions de justice : c'est une exécution politique à laquelle procède Louis XIV.

Nul ne rêvera plus d'être Premier ministre. Les Colbert ou Louvois se le tiendront pour dit. Le roi gouverne en son Conseil ; les ministres sont ses exécutants ; les intendants ses relais. L'appareil du pouvoir exécutif se met en place aux quatre coins du pays : les gouverneurs de province cèdent le pas aux intendants ; les parlements locaux perdent maintes prérogatives ; les officiers royaux voient leur latitude d'action bridée et dépendent désormais hiérarchiquement, via les intendants, de Paris. Une pyramide administrative se construit que seules freinent la lenteur des communications et la profondeur du pays. Les communes, les associations professionnelles qui s'étaient imposées comme arbitres de la vie s'effacent devant les représentants de la monarchie.

Mais le monarque est prudent. Il n'ose affronter le parlement de Paris ; il se contente d'en circonvenir les membres, ce qui lui est aisé en période d'« état de grâce », moins au moment des difficultés. De même ne s'attaque-t-il pas à la vénalité des offices : nécessité fait loi. Or ce serait le seul moyen de fabriquer un Etat à sa dévotion. Louis XIV a beau penser : « L'Etat c'est moi », ce n'est pas l'absolue réalité. Encore cette maîtrise-là de l'Etat suppose-t-elle que les grands soient domestiqués ou réduits à l'impuissance. De là un premier impératif : limiter au minimum leur présence dans les rouages gouvernementaux. Légitimes par naissance et responsables par compétence, ils seraient incontrôlables. Si les technocrates sont en revanche d'extraction bourgeoise, ils demeurent à la merci du souverain.

Le souvenir de Fouquet rôdera pendant des décennies. Mais il ne suffit pas de tenir les grands en lisière du pouvoir ; il vaut mieux les enfermer dans une cage dorée que les laisser batifoler sur leurs terres, comploter, se rebeller. Cette cage dorée a un nom, c'est la Cour. Nul ne la décrira mieux que Saint-Simon : « Il – i.e. Louis XIV – aura en tout la splendeur, la magnificence, la profusion. Ce goût, il le tourna en maxime politique et l'inspira en tout à sa Cour. C'était lui plaire que de s'y jeter en tables, en habits, en équipages, en bâtiments, en jeu. C'étaient des occasions pour qu'il parlât aux gens. Le fond était qu'il tendait et parvint par là à épuiser tout le monde en mettant le luxe en honneur, et pour certaines parties en nécessité, et réduisit ainsi peu à peu tout le monde : dépendre entièrement de ses bienfaits pour subsister. Il y trouvait encore la satisfaction de son orgueil par une cour superbe en tout, et par une plus grande confusion qui anéantissait de plus en plus les distinctions naturelles. » Le système est diabolique. L'aristocratie est assignée à résidence ; elle gaspille ses ressources et finit par dépendre de la cassette royale ; elle perd son intelligence et son autonomie dans des jeux infantiles d'apparence ; elle n'est plus qu'une collection d'individus aliénés.

Créant la Cour, Louis XIV a davantage pesé sur l'histoire de France que par toute autre initiative. L'esprit de cour deviendra partie intégrante de notre culture ; il porte en germe la soumission des élites au pouvoir, l'absence de contre-pouvoirs, les réflexes légitimistes avec, comme point ultime, peut-on penser, Vichy, c'est-à-dire l'obéissance quasi pavlovienne de l'administration au Chef. Alors que l'aristocratie britannique s'est maintenue contre le roi, la noblesse française qui était jusqu'alors dans une posture similaire bascule soudainement dans la déférence, et dessine le comportement futur des élites, y compris méritocratiques.

Mais la Cour exige, comme la tragédie, une unité de lieu. Ce sera Versailles. Impossible, en effet, de faire prospérer les phénomènes de cour au Louvre, aux Tuileries ou au Palais-Royal : Paris sécrète trop d'antidotes. Avec Versailles, l'orgueil du roi rejoint son intérêt politique, sa mégalomanie stimule son habileté tactique, son désir éternel de gloire alimente sa conception de l'Etat. Lorsqu'il s'installe en 1682 dans le château encore inachevé, c'est un prodigieux théâtre qui se met en place. L'étiquette régit la pièce ; les fêtes distraient les acteurs ; les nobles, devenus des figurants du spectacle, y perdent leur personnalité ; les rivalités, les coteries, les complots de pacotille, les jeux d'apparence remplacent les affrontements d'antan. « Un homme qui sait la Cour, écrit La Bruyère, est maître de son geste, de ses gestes et de son visage ; il est profond, impénétrable... Il sourit à ses ennemis, contraint son homme, déguise ses passions, dément son cœur... » Seul, Versailles est à la mesure de cette comédie humaine.

Mais c'est aussi la première concrétisation physique de l'arrogance française, telle que pendant des siècles les autres nations la ressentiront. Avant Versailles, la monarchie est fière ; après, elle est orgueilleuse. Le sentiment de supériorité s'alimente de cette réalisation hors normes que le monde entier admire et qui est, à sa manière, la métaphore du siècle de Louis XIV : le palais est plus classique que le règne n'aura été rationnel, plus mesuré que le pouvoir n'aura été sage, plus paisible que le pays n'aura été heureux. Sans Versailles, Louis XIV est un Frédéric II modèle français ; grâce à Versailles, il est le « roi des rois ».

Les travaux pharaoniques du château ne représentent néanmoins que 3 à 5 % du budget annuel de l'Etat. Ce ne sont pas ces dépenses-là qui fondent le colbertisme. Celui-ci se situe dans le fil de Sully : la monarchie se préoccupe une seconde fois d'économie. Il ne s'agit plus seulement de lever l'impôt, mais de bâtir un instrument de puissance et de rayonnement : essor des manufactures royales ; encadrement de l'activité industrielle privée ; développement du commerce intérieur français et instauration de protection aux frontières ; priorité donnée à l'expansion coloniale et à l'exploitation des colonies ; construction de navires de commerce... L'interventionnisme économique sera, après l'esprit de cour, le deuxième legs durable de Louis XIV. C'est une fois de plus l'Etat qui s'installe au cœur du système. Il le fera aussi pour les arts et les lettres, créant de nouvelles académies, multipliant les commandes, donnant le tempo de création : c'est le troisième héritage de la période ! Louis XIV est un bâtisseur ; il aurait pu consacrer toute son énergie à la prospérité et au renom de son pays. Mais la politique intérieure n'est qu'un instrument au service d'une ambition extérieure.

N'ayant plus, comme ses ancêtres, à se défendre face à des invasions, il a l'esprit obsédé non par la protection de son pré carré, mais par l'influence et la domination. De là une succession de conflits auxquels la France n'était pas condamnée, mais qu'elle a délibérément choisi de mener. Le roi s'offre à cette fin une armée de plus en plus puissante – 72 000 hommes en 1667, 290 000 en 1688, 400 000 en 1702 – et surtout à sa dévotion : la noblesse n'en est plus la maîtresse ; elle y sert mais ne peut plus s'en servir. Il en va de même pour la marine. Elle est aussi en pleine croissance, passant de 18 vaisseaux en 1661 à 276 à la fin du règne. Un roi ne se dote pas d'un tel instrument militaire sans avoir la volonté de batailler et de conquérir.

Quant au prétexte pour agir, il le trouve dans son propre contrat de mariage. La dot de Marie-Thérèse n'ayant pas été versée, celle-ci n'a pas renoncé à la succession d'Espagne. Aussi Louis XIV réclame-t-il au nom de sa femme, à la mort de son père Philippe IV d'Espagne, une partie des Pays-Bas espagnols et, à défaut de les recevoir, se décide à les conquérir. Il se voit ainsi reconnaître en 1668, par le traité d'Aix-la-Chapelle, Lille, Tournai, Douai et leurs dépendances. Il signe parallèlement un traité secret avec l'empereur d'Allemagne de manière à fixer les règles du partage de la succession d'Espagne, lorsqu'elle se produira.

La dynamique de la puissance est à l'œuvre ; la machine de guerre française ne peut s'arrêter. Aussi attaque-t-elle les Provinces-Unies avec, de la part de Colbert, une arrière-pensée économique : abattre le centre de l'« économie-monde » – suivant le mot de Fernand Braudel – qu'est devenu Amsterdam. Commencée en 1672, la guerre n'est pas la « partie de plaisir » à laquelle s'attendait le Roi-Soleil. Devenu stathouder, Guillaume d'Orange résiste, bâtit une coalition antifrançaise, trouve des soutiens en Allemagne et jette le trouble chez les princes francophiles de l'Empire. Hormis la Bavière et le Hanovre, toute l'Allemagne entre en lice contre la France ; elle trouve évidemment l'Angleterre et l'Espagne comme alliées naturelles. Grand roi, Louis XIV est un piètre diplomate. Il réussit à réunir contre lui l'Europe calviniste que Richelieu avait su neutraliser et l'Espagne catholique. Le roi croit trop à sa supériorité pour s'autoriser d'humiliantes manœuvres secrètes. Il ignore que les pièces bougent sur l'échiquier diplomatique plus rapidement que des armées en mouvement. Certes, la puissance économique de la France, son avantage démographique, la masse de son armée finissent par lui donner l'ascendant. Le congrès de Nimègue entérine en 1678 les rapports de force tels qu'ils se sont manifestés sur le terrain, le roi repoussant à cette occasion la frontière française vers l'est et acquérant la Franche-Comté. Mais c'est un étrange dénouement : entamée contre les Pays-Bas, la guerre se termine aux dépens de leurs alliés allemands. Louis XIV se retrouve ainsi arbitre des affaires allemandes, allié de certains princes et protecteur des autres. Il commence même à rêver de la couronne impériale pour le Dauphin.

Une fois de plus, le démon des frontières pousse Louis XIV à agir. Il préfère repousser les limites du pays plutôt qu'exercer une influence mondiale, bâtir un réseau d'obligés et devenir le maître pacifique de l'Europe ! Les imprécisions du tracé frontalier servent de prétexte ; quelques alibis juridiques sont ficelés et l'armée royale annexe les régions litigieuses, au premier chef l'Alsace, le Luxembourg et la Sarre. Elle se jette ensuite sur Strasbourg, sans même le moindre prétexte diplomatique. L'Europe proteste, mais l'empereur, aux prises avec les Turcs, est paralysé. Seule l'Espagne entre en guerre ; elle y perd une grande partie de ses propres Pays-Bas. Aucune coalition antifrançaise n'étant possible, ce sont paradoxalement les Pays-Bas qui jouent les médiateurs, avec comme dénouement les Accords de Ratisbonne, signés le 15 août 1684 entre l'empereur, l'Espagne et la France. Louis XIV se voit reconnaître la plupart de ses conquêtes. Ainsi de coup de boutoir en agression dissimulée, il a élargi le royaume vers l'est, le portant à quelques lieues de Coblence et de Mayence. Il s'empresse de couvrir de places fortes ses nouvelles prises, afin de les rendre inexpugnables. Mais à jouer les conquérants en Allemagne, le roi n'y fait plus figure d'arbitre incontesté. Cette politique est rassurante à court terme ; elle est lourde de conséquences à longue échéance.

En fait le roi n'a plus à ce moment-là qu'un adversaire à sa mesure : le pape. Or il n'y a pas plus gallican que le Roi-Soleil. Il considère qu'il tient son royaume de Dieu seul, sans l'intercession de la papauté. Aussi l'Eglise de France doit-elle lui être soumise, contribuer aux besoins du budget et servir de bras spirituel à l'Etat. L'Assemblée du clergé lui fait allégeance : « Nous sommes si liés à Votre Majesté que rien n'est capable de nous en séparer. » Bossuet bâtit la doctrine de cette dépendance dans la Déclaration des quatre articles votée en 1682. Celle-ci affirme que l'autorité du Saint-Siège n'est que spirituelle et ne saurait interférer dans la vie temporelle du royaume. Elle pousse en outre l'outrecuidance jusqu'à déclarer l'autorité du pape soumise aux conciles et donc à limiter son pouvoir. Matrice du gallicanisme, cette doctrine reçoit force de loi et doit être enseignée dans les facultés et les séminaires. Louis XIV s'arrête sur le bord du schisme. Il crée une Eglise nationale et n'accepte d'elle qu'un lien ténu et exclusivement spirituel avec Rome.

Ainsi le siècle de Louis XIV connaît-il son apogée dans les années 80. Le roi s'est installé dans ses meubles, donc à Versailles ; la noblesse semble aux ordres ; l'administration est en état de marche ; le clergé est devenu une armée spirituelle au service du monarque, au même titre que les chefs de guerre ; les provinces connaissent la paix civile ; le territoire national ne cesse de s'arrondir ; les ennemis du royaume sont incapables de bâtir une coalition, seule à même d'équilibrer la puissance française. Si Louis XIV avait eu l'intelligence supérieure d'un Bismarck, il n'aurait eu de cesse que de transformer ce moment de grâce en situation stable ; il aurait appris à se modérer et à dominer ses pulsions. Mais le Roi-Soleil suit ses instincts ; l'hubris lui tient lieu de stratégie, la gloire d'objectif, l'orgueil d'instrument de pouvoir. Aussi l'apogée est-il annonciateur du déclin.

Chapitre 25

Le Soleil à son couchant

« Dieu aurait-il oublié ce que j'ai fait pour lui ? » Cette phrase de Louis XIV, sans doute apocryphe, résume le second versant du règne : des erreurs toutes nées de l'arrogance royale, des fautes stratégiques produites par un sentiment d'impunité, une ignorance de la réalité sécrétée par l'isolement et la durée du pouvoir.

Première erreur, peut-être la plus lourde de conséquences, la révocation de l'édit de Nantes. Pour Louis XIV comme pour les hommes de pouvoir authentiques, tout est politique. Les affaires religieuses n'échappent pas à cette règle. La brutale affirmation gallicane en témoigne. Ce qui est vrai à l'égard du pape – réaffirmer la toute-puissance royale – est *a fortiori* valable au sujet des déviances religieuses, germes aux yeux du roi de dissidences politiques. Ainsi Louis XIV a-t-il combattu le jansénisme moins pour faire triompher une conception de la grâce divine aux dépens de telle autre, que parce qu'il y voyait une réminiscence religieuse de la Fronde : ce n'était pas, à son avis, un hasard si les « Messieurs de Port-Royal » avaient manifesté leur sympathie pour les frondeurs.

Mais la menace représentée par une coterie religieuse et intellectuelle n'est rien comparée aux risques qu'incarne, aux yeux du monarque, le protestantisme. Ce qui deviendra plus tard le mythe de la future « cinquième colonne » nourrit déjà la paranoïa du souverain. Le souvenir de l'alliance des huguenots de La Rochelle et des Anglais lui avait fait croire à l'existence d'une « internationale » du protestantisme. Que ses adversaires, Hollandais, Anglais, Suédois soutiennent une minorité française lui est insupportable ! La victoire en 1683 de l'empereur Léopold sur les Turcs, aux abords de Vienne, apporte à celui-ci une gloire au sein des puissances catholiques dont le Roi-Soleil est jaloux. Enfin la petite histoire fabrique aussi la grande : protestante devenue catholique intégriste, Mme de Maintenon a le zèle des néophytes et exerce, à l'évidence, une influence décisive, sur ce terrain-là, à l'égard de son royal compagnon. Aussi, à partir de 1680, celui-ci multiplie-t-il les actes hostiles aux huguenots. La suppression des chambres judiciaires créées par l'édit de Nantes, l'interdiction des conversions de catholiques au protestantisme, les restrictions apportées à l'exercice du culte, la suppression des collèges protestants, la destruction des cimetières : autant d'étapes préalables à une persécution et qui font penser *mutatis mutandis* aux premières mesures antisémites du régime de Vichy.

Quant à l'Eglise gallicane, elle annonce la couleur, s'adressant aux protestants : « Vous devez vous attendre à des malheurs incomparablement plus épouvantables que tous ceux que vous ont attirés votre révolte et votre schisme. » Elle espère susciter des conversions. Hormis celle, ostensible, de Turenne, elle provoque une première vague d'émigration. Le roi s'en tient, dans un premier temps, à l'objectif de convertir les hérétiques. Mais puisque la menace ne suffit pas, il lâche la bride à ses dragons qui ne laissent aux protestants, dans le Midi, que le choix entre la conversion et la mort – 300 000 à 400 000 d'entre eux se seraient ainsi convertis de force. Mais des centaines de milliers de huguenots demeurent, eux, fidèles à leur foi et ne cèdent pas à la menace.

Aussi, face à cette résistance passive dans laquelle il voit une atteinte à son autorité, le roi se laisse-t-il convaincre de ne pas s'arrêter en chemin et de révoquer l'édit de Nantes. C'est chose faite le 18 octobre 1685 à travers un édit tarabiscoté : il expulse du territoire les pasteurs qui ne se convertissent pas mais interdit aux fidèles de quitter le territoire ; il laisse, en théorie, une liberté de culte aux individus, dès lors que la pratique demeure privée. L'opinion catholique est au « septième ciel ». Seul Vauban a le courage d'émettre un point de vue discordant : « Ce projet si pieux, si saint, si juste, dont l'exécution paraissait si possible, loin de produire l'effet qu'on devait en attendre, a causé et peut encore causer une infinité de maux dommageables à l'Etat. » Cet esprit supérieur est le seul à avoir compris les conséquences de cette décision irréfléchie : l'exil de masse – entre 150 000 et 400 000 personnes – d'une population de qualité ; la ruine de maintes manufactures ; l'affaiblissement du dynamisme entrepreneurial ; le renfort ainsi apporté aux meilleurs ennemis du royaume ; la colère des pays protestants ; le soutien hypocrite du pape ; la satisfaction ambiguë des Etats catholiques... Quant aux « nouveaux convertis », « marranes protestants », ils se rebellent parfois au risque de nouvelles dragonnades, ne se soumettent que fictivement à l'autorité royale et attendent leur salut d'une intervention des puissances étrangères.

La révocation sera un désastre. Elle fait voler en éclats la paix civile que le monarque prétendait apporter au pays ; elle prive la France d'une bourgeoisie d'affaires que le catholicisme a plus difficilement engendrée – l'« éthique protestante du capitalisme » fonctionne déjà ; elle empêche l'ascension du seul groupe social qui aurait pu pousser la monarchie vers une évolution à l'anglaise ; elle est un « don du ciel » pour la Hollande et surtout la Prusse qui se voit enfin dotée d'une élite moderne. Pour qui joue aux uchronies – ces événements qui ont changé le sens de l'Histoire – la révocation est un acte essentiel. Sans elle, la France aurait été plus rapidement industrielle ; son retard par rapport à l'Angleterre ne se serait pas creusé ; son régime politique se serait sans doute tempéré et la Révolution de 1789 n'aurait – qui sait ? – peut-être pas eu lieu.

A plus court terme, le roi ne tire aucun avantage diplomatique de la révocation. Celle-ci ne le rapproche pas des Habsbourg, puisque la bataille pour la succession d'Espagne qui se dessine en pointillé prend le pas sur toute autre préoccupation. Elle met fin à la complicité cynique inaugurée par Richelieu avec les princes protestants d'Allemagne ; ceux-ci se liguent contre la France et passent une alliance avec l'empereur, fût-il catholique. Elle accentue l'hostilité protestante vis-à-vis de Jacques II, roi catholique d'Angleterre, allié de Louis XIV. Elle n'empêche pas le pape d'excommunier l'ambassadeur de France à Rome pour une question anecdotique de droit d'asile et surtout de donner raison à l'empereur contre le roi pour le choix du nouvel archevêque-électeur de Cologne.

Louis XIV, comme plus tard Napoléon, ignore que la retenue est une qualité décisive d'un homme d'Etat en position de force. Le voilà donc à nouveau sur le sentier de la guerre, pour occuper Cologne et accroître son périmètre de sécurité. Mais manquant là aussi de mesure, il ordonne à ses troupes de joindre les destructions aux affrontements armés. La dévastation du Palatinat, sans fondement autre que la violence pour la violence, ruinera l'image du roi. Elle jouera un rôle clef dans la constitution d'une coalition qui réunira toutes les puissances européennes contre la France, avec pour but affiché de la ramener dans les frontières que lui ont reconnues les traités de Westphalie et des Pyrénées. Les puissances européennes avaient à l'époque accepté que, pays le plus fort du continent, la France en soit l'arbitre ; elles n'admettent pas en revanche qu'elle passe de l'influence à la conquête, d'un équilibre, fût-il à son avantage, à la domination.

Louis XIV et Napoléon feront les mêmes erreurs stratégiques. La guerre dite de la ligue d'Augsbourg va donc durer de 1688 à 1697. La coalition est – c'est la chance française – tirée à hue et à dia. Plus homogène, elle aurait sans doute eu le dessus mais l'empereur est en guerre contre les Turcs, les Anglais divisés contre eux-mêmes, les Espagnols hostiles aux Hollandais et vice versa. La France est, elle, à l'inverse des siècles précédents, unie et à l'abri de toute sédition intérieure. C'est une guerre étrange, sans grande bataille comme si les belligérants retenaient leurs coups. Jamais, en huit ans, le conflit ne se déroule sur le sol français et les armées de Louis XIV peuvent aligner plusieurs victoires.

Mais ces succès sur terre trouvent leur contrepartie dans un désastre maritime. La flotte de Colbert est presque anéantie en 1692 à la Hougue. Ce n'est pas la première défaite de la marine française... Mais peut-être est-ce la plus grave. Elle tranche l'éternel débat entre les « terriens » convaincus que l'avenir est continental et les « marins » qui veulent faire de la France une puissance navale. Certain du primat de l'économie, Colbert avait compris que la puissance se mesurait dans la capacité commerciale et donc dans l'importance d'une flotte susceptible de protéger les navires marchands. Mais il sera le dernier à penser ainsi. Donner désormais le primat aux affrontements terrestres équivaudra à subordonner l'ambition économique au projet politique.

Ces huit ans de guerre ont épuisé les belligérants. Ils finissent de guerre lasse par conclure la paix, ce qui venant de Louis XIV est une première. Le voilà même étrangement modéré lors de la paix de Ryswick (1697), rendant à l'empereur maints territoires sauf bien sûr Strasbourg et la Sarre, accordant quelques concessions aux Hollandais et surtout reconnaissant Guillaume III roi d'Angleterre bien que protestant, quitte à sacrifier l'alliance avec les Stuarts catholiques. Louis XIV est-il conscient de la fatigue du pays ? Veut-il préserver ses forces pour la succession d'Espagne ? Ou a-t-il perdu son énergie, dans un trop long exercice du pouvoir ? Même Vauban, si réfléchi soit-il, tient cette paix « pour plus infâme que celle de Cateau-Cambrésis ».

Mais l'événement tant attendu, la succession d'Espagne, va finir par se produire et redistribuer les cartes. Depuis son mariage avec Marie-Thérèse, le roi se prépare à cette hypothèse : comment profiter de la mort d'un roi d'Espagne sans enfant ? Il avait essayé, en 1668, de préempter la question dans le traité secret signé avec l'empereur, afin d'organiser un partage des territoires espagnols. Mais par un étrange retournement de situation, l'empereur, hier modéré, devient excessif, réclamant l'intégralité de l'héritage pour son fils, alors qu'assagi par la dernière guerre Louis XIV ne prétend, pour son petit-fils le duc d'Anjou, qu'à une partie des possessions espagnoles. Enfin diplomate, voire habile, Louis XIV fait front commun avec ses ennemis protestants d'hier, l'Angleterre et les Provinces-Unies, tous deux très attachés à l'équilibre du continent. Il négocie avec elles un projet de partage qui mettrait en piste comme roi d'Espagne le prince électeur de Bavière. Ces « travaux en chambre » piétinent allègrement le sentiment des Espagnols, devant le probable dépeçage de leur royaume. L'héritier présumé, le Bavarois, mourant prématurément, il faut repartir de zéro. Français et Anglais se mettent d'accord sur un nouveau schéma : le fils de l'empereur deviendrait roi d'Espagne mais la France trouverait des compensations majeures en Italie – le Milanais, Naples, la Sicile... L'ennui est que ni l'empereur, ni le souverain espagnol toujours vivant, n'entérinent le projet.

Se produit alors un événement inattendu. Si mal à l'aise traditionnellement dans les affaires espagnoles, la France bénéficie d'un coup de chance. Peu désireuse de voir se reconstituer l'empire de Charles Quint au profit des Habsbourg d'Autriche, l'aristocratie madrilène prend parti pour les Français. Elle écrit au roi Charles II en 1700 : « L'union indissoluble de cette vaste monarchie doit être, avant toute chose, le but de nos efforts... Elle nous impose de devoir déférer la succession au sang de la maison de France. » Le roi d'Espagne plie devant cette injonction et rédige en conséquence son testament, quelques jours avant sa mort. Louis XIV se trouve dès lors devant l'alternative diplomatique la plus lourde de son règne : soit refuser le testament et s'en tenir au projet de partage concocté avec les Anglais, soit l'accepter et offenser l'Angleterre, l'empereur étant, lui, un ennemi dans les deux hypothèses. Mais il existe une dimension irrationnelle en amont de sa décision :

comment un Bourbon pourrait-il refuser de diviser par deux l'influence des Habsbourg ? Comment renoncer à un fantasme ancré si profondément dans l'Histoire ?

Le roi choisit donc le testament et proclame devant la Cour son petit-fils roi d'Espagne, sous le nom de Philippe V. Mais il ne sait pas, une fois de plus, dominer sa puissance. Maintenir les droits de Philippe V à la succession de France est une provocation : c'est envisager l'équivalent français de l'empire de Charles Quint ! Faire concéder par le nouveau roi d'Espagne le monopole de la traite des nègres à une compagnie française est une agression contre les puissances maritimes, Provinces-Unies et Angleterre. Les conséquences de cette double maladresse sont automatiques : l'empereur, le stathouder de Hollande et le roi d'Angleterre concluent une alliance antifrançaise. S'ouvre dès lors le dernier conflit du règne. Il se prolongera jusqu'en 1713. La France n'a que de petits alliés : l'Electeur de Bavière, le duc de Savoie, le Portugal, qui seront vite mis hors jeu. La guerre maritime est perdue d'avance ; l'affrontement sur le continent très difficile. Les armées françaises vont d'échec en échec, reculent sur les frontières du traité de Westphalie et perdent même Lille en 1708, tandis que l'Espagne est envahie. Le roi cherche à transiger, témoignant d'une humilité qui lui est peu familière. Mais ses ennemis, l'empereur le premier, lui font payer son comportement passé car, à chaque ouverture française, ils répondent par une exigence supplémentaire, allant jusqu'à demander à Louis XIV d'envoyer des troupes pour démettre Philippe V !

Le roi décide de briser les négociations et, événement extraordinaire, tellement contraire à sa pratique du pouvoir, il en rend compte au pays : « Quoique ma tendresse pour un peuple ne soit pas moins vive que celle que j'ai pour mes propres enfants, quoique je partage tous les maux que la guerre fait souffrir à des sujets aussi fidèles et que j'aie fait voir à toute l'Europe que je désirais sincèrement de les faire jouir de la paix, je suis persuadé qu'ils s'opposeraient eux-mêmes à la recevoir à des conditions également contraires à la justice et à l'honneur du nom français. » Ce message est si surprenant qu'il favorise une mobilisation générale – on dira plus tard une levée en masse ou une union sacrée. L'armée française bloque en 1709 à Malplaquet l'offensive des coalisés et leur interdit d'avancer sur Paris. C'est dès lors une guerre de positions entre des ennemis fatigués, tandis qu'en Espagne Philippe V doit abandonner Madrid au « Roi Habsbourg » Charles III, avant que celui-ci fuie à son tour vers Barcelone.

Le « miracle » – le mot est de Louis XIV – vient de l'Angleterre. Lorsque l'empereur meurt en 1711, c'est son frère l'archiduc Charles – le Charles III, « Roi d'Espagne » en pointillé – qui lui succède. S'il dirige aussi l'Espagne, c'est l'empire de Charles Quint qui se reconstitue. Rien n'est plus inacceptable pour les Anglais, au nom du principe cardinal de leur politique : ne jamais laisser s'installer une puissance dominante sur le continent, surtout si elle a des aspirations maritimes, ce que l'Espagne offrirait aux Habsbourg d'Autriche. L'Angleterre et la Hollande ouvrent donc des négociations avec les Français. Deux préalables sont levés : Philippe V renonce à ses droits sur la couronne de France et ses frères aux leurs sur la couronne d'Espagne, ce qui rend impossible à l'avenir l'union des deux royaumes ; Louis XIV accepte d'expulser de son royaume le prétendant Stuart au trône d'Angleterre.

Une série de traités sont alors signés à Utrecht et Rastatt. Ils reconnaissent Philippe V comme roi d'Espagne, mais celui-ci doit céder à l'empereur ses possessions italiennes ainsi que la Belgique. Ayant lâché les Stuarts, Louis XIV reconnaît l'ordre de succession au trône d'Angleterre. Enfin apparaissent, à côté des questions continentales, les premiers sujets coloniaux et économiques. Ainsi la France cède-t-elle aux Anglais la baie d'Hudson, l'Acadie et Terre-Neuve. Elle leur reconnaît, sur le plan commercial, la clause de la « nation la plus amie » – on dit aujourd'hui la « clause de la nation la plus favorisée ». De même l'Espagne s'engage-t-elle à ne conférer aux Français aucun avantage spécifique ; ce seront, en fait, les Anglais qui ne tarderont pas à en obtenir. Enfin deux Etats s'élèvent symboliquement au rang de royaumes, l'Electeur de Brandebourg devenant roi de Prusse, et le duc de Savoie roi du Piémont. Personne n'imagine à l'époque ce que signifie l'irruption de la Prusse sur la scène diplomatique...

Ainsi la France de 1715 est-elle bien éloignée de celle de 1685. Elle joue un rôle clef en Europe, mais elle ne la domine plus ; elle voit émerger l'Angleterre, mais son face-à-face avec l'Autriche perd de son intensité ; elle a obtenu un succès de prestige en Espagne mais l'a payé cher. Ce déclin stratégique est allé de pair avec un impressionnant recul économique. La guerre a contribué à appauvrir le pays. S'y sont ajoutées, par un malheureux concours de circonstances, de terribles crises agricoles. Le pays a été à plusieurs reprises au bord de la famine. L'économie est affaiblie après avoir supporté des prélèvements fiscaux de plus en plus lourds, ce qui rend nécessaire une refonte des impôts. Vauban avait inventé la « dîme royale », impôt de 10 % sur tous les revenus. Avec la capitation, Louis XIV met en place le système esquissé par Vauban, n'exonérant que lui-même et les petits contribuables. Cette réforme porte atteinte aux innombrables niches fiscales qu'appelle une société de privilèges. Les motifs sont désormais établis, qui susciteront les révoltes fiscales du XVIIIe siècle.

Epuisé, appauvri, couvert d'impôts, fatigué d'un règne qui n'en finit pas, le pays regimbe. Il brocarde le monarque, s'agite, s'ébroue. La main de fer de Louis XIV s'est affaiblie ; la mort de son fils et de ses petits-fils fait d'un enfant de cinq ans, son arrière-petit-fils, l'héritier du trône. Celui-ci risque d'être aussi branlant à la mort du Roi-Soleil qu'il l'a été lors de son enfance. C'est une nouvelle Fronde que craint Louis XIV, au moment de mourir en 1715. Elle mettrait à bas son Etat, son administration, son organisation. Mais le pire n'est jamais sûr.

CHAPITRE 26

« Tout le siècle en huit ans[1] »

Triste fin : le corps de Louis XIV est transporté de nuit à Saint-Denis par peur des émeutes ! C'est dire l'affaiblissement de la monarchie. Le Roi-Soleil y contribue aussi à sa manière en essayant dans son testament de limiter les pouvoirs du duc d'Orléans, destiné par les circonstances à devenir régent. Se méfiant de ce neveu libertin et libéral qu'il imaginait tenté de faire basculer le trône vers la famille d'Orléans, Louis XIV avait établi un Conseil dont le duc n'aurait été que le président et dans lequel devaient figurer ses deux fils bâtards mais légitimés. C'était, à soixante-dix ans de distance, la même démarche que celle de son père à l'égard d'Anne d'Autriche. Même attitude, mêmes conséquences : le parlement de Paris se fait un plaisir de casser le testament afin de marquer son pouvoir.

Philippe d'Orléans recouvre, comme autrefois sa grand-mère, l'intégralité des pouvoirs de régence mais il sait de qui il les tient et il s'empresse de payer son dû aux parlementaires, en leur restituant le droit de faire des remontrances au souverain. C'est, comme toujours après un trop long règne, la « rupture ». Rupture idéo-

1. Suivant un mot de Michelet.

logique, avec l'abolition des contraintes imposées aux jansénistes, coupables aux yeux de Louis XIV d'avoir été trop proches des frondeurs. Rupture politique, avec la substitution au gouvernement centralisé du Roi-Soleil de la « polysynodie », c'est-à-dire de la création de six conseils chargés de préparer les travaux du Conseil de régence. Rupture programmatique, avec l'hommage rendu à la figure emblématique des réformateurs, Fénelon, dont *Les Aventures de Télémaque* sont enfin imprimées. Rupture morale, avec l'atténuation de la censure, mais surtout avec l'apparition d'une vie de cour au Palais-Royal, aussi dissolue qu'elle était austère à Versailles, aussi libre de comportements qu'elle était rigide sous la férule de Mme de Maintenon, aussi vive qu'elle était convenue dans l'entourage du Roi-Soleil. Ce sont les « cent fleurs » : tout semble possible.

C'est faire fi de la faillite financière de l'Etat : le Régent est obligé de dévaluer, d'abaisser brutalement le taux d'intérêt des rentes d'Etat, de réduire arbitrairement l'encours de la dette quitte à spolier les épargnants, et bien sûr de rechercher des boucs émissaires, en créant une chambre de justice chargée de frapper au hasard les spéculateurs de tous acabits, de l'ancien fermier général à l'huissier de quartier. Mais suivant la tentation de tous les gouvernements confrontés à la perspective d'années de rigueur, l'obsession est d'inventer une « autre politique » : l'équivalent en 1716 de l'hypothétique sortie en 1983 du système monétaire européen sera la banque de Law. Ecossais, nomade, viveur, John Law a rencontré dès 1708 le duc d'Orléans et l'a fasciné par ses idées anticonventionnelles, comme le font souvent les conseillers de l'ombre et autres « visiteurs du soir ». Son objectif est simple : substituer une monnaie de papier à la monnaie métallique, de manière à rendre plus fluides les circuits économiques. Son moyen : la création d'une Banque générale qui se verrait conférer peu à peu un monopole de fait sur les opérations financières de l'Etat. Son vice constitutif : servir un taux d'escompte anormalement attractif. La Banque générale est déclarée Banque royale en 1718, c'est-à-dire « nationalisée » pour la plus grande joie de ses actionnaires originels. Elle devient donc l'institution d'émission et son papier a en théorie même valeur que l'or ou l'argent.

Le système est incroyablement moderne et audacieux. Géré avec circonspection, il aurait pu donner un coup de fouet bienvenu à l'activité économique. Mais, comme toujours chez les banquiers, c'est le goût de la « banque-industrie » – chère au Crédit Lyonnais des années 1990 – qui va susciter le désastre. Law s'intéresse en effet aux affaires d'outre-mer, à la Louisiane dont la concession lui est transférée par l'Etat et aux autres colonies, à travers une compagnie qui lève son capital dans le public, ce qui constitue une première. Cette Compagnie des Indes est, à elle seule, la première bulle boursière de l'histoire française. Enthousiasme, illusion, fantasme. Le cours de l'action s'envole. Mais dès que le doute s'instille en 1720, les actionnaires les plus malins ou les plus initiés vendent leurs titres contre des billets de la Banque royale à laquelle ils demandent l'échange en monnaie métallique. Or l'encaisse de l'institution d'émission est évidemment minime au regard des billets en circulation, puisque tel est le propre du métier bancaire.

Face aux premiers signes de méfiance du public, Law recourt à une manœuvre que les économistes verront souvent se répéter : la fusion de deux sociétés en difficulté, en espérant que le nouvel ensemble suscitera, par un coup de baguette magique, la confiance des épargnants. Le rapprochement de la Banque royale et de la Compagnie des Indes a évidemment l'effet inverse. Il accélère l'affolement du public. Effondrement des actions, retraits massifs. Le marché boursier et le marché bancaire réunis en une même institution explosent de concert. C'est la banqueroute pour Law, la liquidation de la Banque, la spoliation des épargnants. Ne sont bénéficiaires que les débiteurs et donc le premier d'entre eux, l'Etat. Voltaire est à l'évidence du côté des heureux bénéficiaires pour oser écrire : « Enfin, s'il y eut beaucoup de fortunes particulières détruites, la nation devint bientôt plus commerçante et plus riche. »

Mais la violence du choc, le traumatisme des détenteurs de patrimoine, l'intensité de la spoliation des créanciers vont créer une méfiance viscérale pour le papier-monnaie et le métier bancaire. La révocation de l'édit de Nantes avait privé la France de la fraction la plus entreprenante de la bourgeoisie ; la faillite de Law lui enlève le goût de l'économie de marché. Voilà deux événements presque contemporains qui sont, en partie, à l'origine de la réticence française à l'égard du capitalisme. Les épargnants ont la mémoire longue. La banqueroute de Law, l'effondrement quatre-vingts ans plus tard des assignats, le non-remboursement un siècle après des emprunts russes : autant d'étapes dans le calvaire anticapitaliste des Français ! Combien de riches se sont-ils dit que, financièrement parlant, « la terre, elle, ne ment pas » ? Ce sont des siècles de pusillanimité bourgeoise qui se jouent à l'occasion de ces tempêtes financières.

A court terme, l'« économie réelle » résiste au désastre de l'« économie financière » – suivant les mots d'aujourd'hui. Mais un tel séisme provoque naturellement une crise politique car, ayant soutenu Law au-delà du raisonnable, le Régent est en première ligne. Aux yeux de l'opinion, mais plus encore dans l'esprit des parlementaires. Ceux-ci sont avides de revanche. La lune de miel entre eux et le Régent a été de courte durée. N'avait-il pas rétorqué « je me fous du Parlement » à son président venu en 1718 lui présenter les remontrances de l'Assemblée ? C'est l'éternel débat qui reprend : l'enregistrement des édits royaux par les divers parlements est-il automatique ou suppose-t-il une approbation sur le fond de la part des assemblées ?

Philippe d'Orléans veut tuer dans l'œuf toute velléité d'une nouvelle Fronde. Il brutalise les parlementaires le 26 août 1718, à l'occasion d'un lit de justice agité, son garde des Sceaux s'écriant : « Le Roi veut être obéi et obéi sur-le-champ. » Il n'hésite pas à faire embastiller quelques meneurs. Il resserre son emprise sur l'appareil d'Etat en remplaçant les conseils nés de l'esprit fertile de Saint-Simon par de classiques ministres. Il ordonne l'arrestation du duc du Maine, fils légitimé de Louis XIV, qui s'était égaré dans une dérisoire conspiration montée de bric et de broc avec l'ambassadeur d'Espagne. Il manifeste encore plus de fermeté en face d'une sédition sérieuse, née de la révolte de petits nobles bretons et alimentée en sous-main par l'Espagne : aussi quadrille-t-il militairement la Bretagne et ordonne-t-il l'exécution des meneurs.

Le Régent a étrangement la main plus lourde que Louis XIV ; moins légitime, désireux de transmettre un pouvoir inentamé au jeune roi, fort de l'appareil d'Etat centralisé que lui a légué le vieux monarque, confronté à une aristocratie que des décennies de vie de cour ont émasculée, il agit vite et fort. Ce débauché est un homme d'ordre ; ce licencieux a le sens du devoir ; cet épicurien assume sa fonction. Est-il de lui-même autoritaire ou doit-il sa fermeté à l'influence de son homme lige, Guillaume Dubois, bientôt cardinal Dubois ? Extraordinaire itinéraire qui amènera ce roturier à devenir précepteur de Philippe d'Orléans, puis son homme de confiance avant d'être nommé, la Régence aidant, plénipotentiaire puis secrétaire d'Etat, membre du Conseil de régence, prince de l'Eglise, Premier ministre. C'est Mazarin, la grâce italienne en moins, la vulgarité en plus.

Le Régent et son Dubois sont ensemble à l'origine d'un étonnant basculement diplomatique qui les conduit à conclure une alliance avec les deux pires ennemis de Louis XIV, l'Angleterre et la Hollande. L'obsession du Régent est Philippe V d'Espagne. Il craint qu'en cas de disparition du petit Louis XV, celui-ci n'oublie sa renonciation à la couronne de France et prétende à la succession, au grand dam de la famille d'Orléans. Aussi, alors que Louis XIV avait essayé d'établir une alliance clandestine avec son petit-fils, désormais roi d'Espagne, le Régent cherche, lui, à claquer la porte aux Espagnols. Courtisé par les Anglais qui veulent autant éviter l'alliance des rois Bourbons sur le continent qu'autrefois celles des Habsbourg, Philippe d'Orléans négocie un accord de défense avec la ferme intention de l'étendre à la Hollande. Mieux vaut cohabiter avec deux anciens ennemis, eux-mêmes rivaux sur les mers, qu'avec un seul.

La Triple-Alliance est donc signée le 4 janvier 1717. Elle est défensive et conservatrice. Défensive sur le plan international ; conservatrice sur la scène intérieure avec l'engagement des trois pays de s'épauler mutuellement contre les rébellions et dissensions internes.

Elle est même étendue à l'Autriche, aux prises avec des prétentions espagnoles sur ses possessions italiennes. Ainsi le Bourbon français est-il le pivot d'une Europe coalisée contre le Bourbon espagnol. C'est une Sainte Alliance par anticipation. Elle obligera les Français à mener une courte guerre contre l'Espagne en 1719 et à épauler les Anglais pour détruire les navires espagnols en construction – supériorité maritime oblige !

Mais Dubois appartient à cette race de diplomates ecclésiastiques qui se refusent à jouer leur mise sur une seule case. Aussi, après avoir brisé l'alliance franco-espagnole contre le souhait de l'aristocratie bien-pensante, décide-t-il de renouer les liens. Existe-t-il, de ce point de vue, moyen plus efficace que les bonnes vieilles affaires matrimoniales ? Le voilà donc en quête d'une infante pour Louis XV et d'un infant pour une fille du Régent. La fiancée du roi n'a que trois ans, l'affaire est néanmoins menée avec le cérémonial habituel. C'est Saint-Simon, qui peut ainsi se croire important, que Dubois charge d'aller signer le contrat à Madrid. Celui-ci est néanmoins fragile car la perspective d'attendre quinze ans la possibilité pour le roi d'avoir un héritier crée une anxiété générale. L'ombre portée des prétentions des Bourbons d'Espagne à la couronne de France est trop présente.

C'est en fait sur un nouvel échiquier international que se meut le Régent. Ainsi de l'irruption du tsar Pierre Ier qui lui propose une alliance antianglaise et antiautrichienne : la diplomatie des siècles à venir commence à s'esquisser. Dubois ayant choisi, plus encore que le Régent, le parti anglais, cette tentative échoue. Elle débouche néanmoins sur une visite du tsar à Paris, inaugurant le ballet qui se perpétue jusqu'à aujourd'hui des voyages protocolaires à finalité politique. Mais le courant ne passe pas entre Pierre Ier et Philippe d'Orléans, entre l'empereur aviné et le Régent libertin, entre le tsar entouré de ses boyards mal dégrossis et le maître du Palais-Royal accompagné de sa cour cynique et cultivée. Ne sont donc signés que des accords *a minima*.

La fin de la Régence est marquée moins par la perspective de la majorité du roi, début 1723, que par le retour de la Cour à Versailles. Volonté du Régent de symboliser la fin de la parenthèse et la résurrection de la tradition ? Désir de mettre le régime à l'abri des révoltes d'un Paris qui hue Philippe d'Orléans autant qu'il l'a adulé sept ans plus tôt ? Souhait de faire plaisir au jeune monarque ? La dynastie ne quittera plus Versailles jusqu'en octobre 1789... Une fois majeur, le roi est sacré mais Philippe d'Orléans continue néanmoins de gérer l'Etat jusqu'à sa mort à la fin de 1723. C'est une France très différente de celle de 1715 qu'il lègue à son neveu. Une stratégie diplomatique bouleversée, un Parlement requinqué, une aristocratie revenue aux affaires, un Etat désendetté puisque principal bénéficiaire de la faillite de Law, une opinion publique qui s'ébroue, des mœurs en voie de libération, une société civile qui commence à prendre conscience d'elle-même : une nouvelle partie s'annonce.

Chapitre 27

Le dernier roi bien-aimé

Il en va du long règne de Louis XV (1715-1774) comme de celui de son arrière-grand-père : une trentaine d'années de gloire, puis une aussi longue période de déclin et d'erreurs. Lorsque le roi semble mourant en 1744, la désolation est générale. Dès qu'il revit, il devient le Bien-Aimé, mais c'est davantage un hommage à la première partie du règne qu'une préfiguration de la seconde.

En fait Louis XV règne, jusqu'à la mort du cardinal Fleury en 1743, plus qu'il ne gouverne. Précepteur du roi, cet homme devient le mentor, le confident, voire le père de cœur. « Avec son air doux, riant et modeste, il était l'homme le plus superbe en dedans et le plus implacable », selon Saint-Simon. Bernis ajoute : « Il gouverna la France avec tout le pouvoir d'un Premier ministre et toute la simplicité d'un favori modeste. » Fleury ferme les yeux sur la vie dissolue du roi, ce qui, venant d'un prélat, rassure ce dernier et, en contrepartie de cette indulgence, lui dicte sa politique. Il pousse le duc de Bourbon, fugitif Premier ministre de 1723 à 1726, à briser les fiançailles espagnoles du monarque, au prix d'une nouvelle brouille avec le roi d'Espagne. Sous le coup de la déception, celui-ci se tournera vers l'empereur d'Allemagne. La nouvelle élue, Marie Leszczynska, fille du roi détrôné de Pologne, a deux mérites : l'âge d'être mère et une position suffisamment modeste sur l'échelle des monarchies pour tomber sous l'influence du cardinal.

Maître de l'esprit du roi, confident de la reine, Premier ministre, Fleury dispose de tous les pouvoirs. Comme ses prédécesseurs, cardinaux par le statut, hommes de gouvernement par le tempérament, c'est un bon financier. Econome, précautionneux, il pratique ce qu'on appellera plus tard une « politique à la Poincaré » : stabilisation de la monnaie, baisse des dépenses, rationalisation des impôts, avec pour résultat le miracle, deux ans de suite, d'un budget excédentaire. Il y ajoute une pointe de colbertisme – travaux routiers, développement du commerce intérieur et colonial, grandes constructions. Mais Fleury est un « continental ». Il ne reconstitue pas la marine et ignore les enjeux liés à la domination des mers. Il ne comprend pas que, ce faisant, il reconnaît par anticipation la suprématie britannique. Avec un Etat raisonnable, l'économie redémarre au quart de tour. Sa flexibilité témoigne de sa puissance. Progression démographique – 24 millions d'habitants en 1730 –, enrichissement général, prospérité rurale, essor bourgeois. Ces décennies rappellent le début du règne de Louis XIV et font oublier l'appauvrissement et les famines du début du siècle.

Fleury est un conservateur. Il aime l'ordre. C'est d'abord la stabilité gouvernementale. Le cardinal gérera le pays pendant dix-sept ans avec treize ministres, alors que Louis XV en usera, ultérieurement, quarante-trois en trente et un ans. C'est ensuite la paix religieuse, ce qui suppose de faire de la bulle pontificale *Unigenitus* une loi de l'Etat, c'est-à-dire de donner un statut législatif à la doctrine désormais officielle de l'Eglise ! C'est aussi maintenir le Parlement à distance, fût-ce au prix de quelques arrestations. Ce sont enfin, en politique étrangère, de la retenue et de la modération, attitudes que le règne de Louis XIV avait fait oublier aux Français.

La diplomatie est, depuis 1713, dominée par la question de la Pragmatique Sanction, c'est-à-dire la volonté de l'empereur de léguer ses Etats héréditaires à sa fille Marie-Thérèse, puisqu'il n'a pas d'héritier mâle, et de faire accepter cette décision par l'ensemble des puissances européennes. Avec comme corollaire l'accession de son futur gendre François, le mari de l'archiduchesse, à l'empire d'Allemagne. Or celui-ci est duc de Lorraine. La perspective d'un empereur d'Allemagne duc de Lorraine est évidemment inacceptable pour la France. Telle est l'équation que Fleury doit résoudre. Il agit avec une patience que lui reproche une opinion publique antiautrichienne. Mais la mort en 1733 du roi de Pologne Auguste II va l'obliger à bouger. Alors que le beau-père de Louis XV, Stanislas Leszczynski, est réélu par la Diète polonaise[1], l'armée russe se met en mouvement, fait annuler l'élection et pousse sur le trône l'Electeur de Saxe. Fleury est obligé d'entrer en guerre. Mais c'est contraint et forcé. Aussi veille-t-il à ne pas entraîner l'Europe dans un affrontement coalition contre coalition. Il obtient qu'en échange de sa renonciation au trône de Pologne, Stanislas devienne duc de Lorraine, François de Lorraine acceptant, lui, de payer ce tribut pour accéder, le moment venu, à la dignité impériale. Or la Lorraine aux mains du beau-père de Louis XV, c'est la garantie de son annexion ulté-

1. Il avait déjà été roi de Pologne de 1704 à 1709.

rieure à la France. Accepter, dans cette perspective, la Pragmatique Sanction est une concession légère. Cette subtile manœuvre n'a été rendue possible que par la neutralité anglaise. Sans doute est-ce le plus grand mérite de Fleury de mesurer combien, à défaut d'avoir du pouvoir, l'Angleterre a d'influence, et donc de comprendre que toute politique de paix, c'est-à-dire d'équilibre en Europe, suppose la complicité britannique. Le cardinal sait naturellement que la réciprocité est la règle régissant un bon accord entre arrière-pensées. Aussi la France demeure-t-elle sur son quant-à-soi, face à la guerre maritime que se livrent Anglais et Espagnols. Les Anglais neutres sur les enjeux du continent, les Français neutres sur le terrain maritime : telle est la clef de la paix.

Cette stratégie va à rebours de l'hostilité traditionnelle de la Cour à l'égard des Habsbourg. Le clan antiautrichien reproche à Fleury son pacifisme et un compromis trop avantageux pour l'Autriche. Son chef n'est rien de moins que le secrétaire d'Etat aux Affaires étrangères Chauvelin. Mais celui-ci a oublié qui détient le pouvoir. Fleury le fait disgracier par le roi, afin d'avoir les mains libres. Un ordre pacifique semble ainsi s'esquisser en Europe sous une inhabituelle férule franco-anglaise. Tout baigne dans le meilleur des mondes, jusqu'au coup de tonnerre prussien. Les vieilles puissances ne prêtaient guère attention, ni à ces terres arides devenues le royaume de Prusse, ni à l'édification d'une armée professionnelle sous l'égide de Frédéric-Guillaume le Roi-Sergent, ni aux foucades de son successeur Frédéric II perçu comme un intellectuel bizarre. De là leur surprise lorsque ce dernier envahit sans le moindre prétexte la Silésie, afin de profiter du désarroi lié à la succession, désormais ouverte, de l'empereur. Etonnement teinté en France d'admiration. L'opinion publique, ce grand acteur du XVIIIe siècle, prend en effet parti pour Frédéric, le prince ami des philosophes et défenseur du progrès, face à une Autriche bigote et rétrograde. Fleury est donc l'objet de pressions convergentes venant d'horizons différents : l'opinion libérale est en faveur de Frédéric et la vieille aristocratie demeure prisonnière de son hostilité aux Habsbourg. Aussi, si pacifiste soit-il, finit-il par céder. La France entre donc en guerre en 1740. Toujours obsédé par l'Angleterre, le cardinal réussit néanmoins à la maintenir hors jeu grâce au maintien de la neutralité française dans la guerre maritime qu'elle continue de livrer à l'Espagne.

Tout semble sourire dans un premier temps à l'armée du roi. Elle s'enfonce en Allemagne plus loin qu'elle n'est jamais allée, bivouaquant sous les murs de Vienne et s'emparant de Prague, avec à la clef un résultat politique inespéré : l'élection de son allié l'Electeur de Bavière à la couronne impériale, mettant fin de la sorte au droit devenu naturel des Habsbourg sur l'Empire. C'est la revanche posthume de François Ier, battu à l'époque par Charles Quint devant la Diète impériale.

Mais l'illusion est de courte durée. Elle fait fi d'une part de la roublardise de Frédéric II qui laisse tomber sans scrupule ses alliés français en trouvant un accord avec Marie-Thérèse d'Autriche, d'autre part de l'habileté de cette dernière pour ramener les Anglais dans le jeu. Ainsi n'hésite-t-elle pas à rendre publique une lettre secrète de Fleury lui offrant la paix. Le temps des coalitions antifrançaises est donc revenu. L'Angleterre à nouveau alliée de l'Autriche, la Prusse neutralisée, la Suède désormais hors jeu, les troupes du roi n'ont plus qu'à refluer et quitter l'Allemagne aussi piteusement qu'elles y étaient entrées triomphalement. A se laisser conduire par les impulsions de l'opinion, la diplomatie tourne vite au désastre. Fleury meurt, effondré d'assister à la disparition de l'équilibre pacifique qu'il croyait avoir construit.

Privé de son mentor, Louis XV est confronté à sa première crise. Il bénéficie d'un soutien inattendu. Le cynisme de Frédéric II n'ayant d'égal que son intelligence et son sens stratégique, celui-ci se retourne contre l'Autriche qui risque de devenir trop puissante et vient au secours d'une France qu'il ne souhaite pas voir trop marginalisée. La menace autrichienne ainsi allégée, le roi peut se concentrer contre l'Angleterre en l'attaquant sur son point faible continental, les Flandres. Dans l'affrontement historique entre Français et Anglais, les premiers ayant renoncé à contester la supériorité maritime des seconds, ce sont ces derniers qui viennent se battre sur le continent. « Messieurs les Anglais, tirez les premiers. » La victoire de Fontenoy le 11 mai 1745 a une fonction mythologique – elle efface le souvenir des batailles perdues pendant la guerre de Cent Ans – et une réalité stratégique – elle boute les Anglais hors des Flandres. L'armée royale conquiert ville après ville. Sa victoire en 1747 à Maastricht accélère la signature d'un traité de paix le 18 octobre 1748 à Aix-la-Chapelle. C'est à cette occasion que « la France a travaillé pour le Roi de Prusse ». Celui-ci se voit reconnaître la conquête de la Silésie ; l'Autriche obtient, elle, la couronne impériale pour François II, le mari de Marie-Thérèse. Quant à la France, elle évacue ses conquêtes en Flandre afin de ne pas irriter l'Angleterre. Elle ne sort du conflit ni agrandie territorialement, ni affermie stratégiquement. « Bête comme la paix », dira-t-on. Ce n'est pas la paix qui est bête, c'est la guerre irréfléchie qui l'a précédée.

Le règne connaît, sans le savoir, son apogée. Il y a, il est vrai, bien d'autres réalités que le roi ignore : la fermentation de la société civile, l'ascension des intellectuels, le triomphe de l'opinion, l'affermissement de la bourgeoisie. La France de 1723 à 1748 est aussi brillante qu'à l'époque de Louis XIV, mais avec une différence que personne ne mesure. Du temps du Roi-Soleil, tout procède de lui, vit de lui, revient à lui. Racine, Molière, Boileau, Le Nôtre sont des astres qui tournent autour du Soleil. Sous le roi alors Bien-Aimé, ce n'est pas la Cour qui est éclatante mais la société. Que doivent Montesquieu, Voltaire, Fragonard, Chardin au monarque ? Au mieux, rien ; au pire, des ennuis. C'est une révolution souterraine qui est à l'œuvre mais nul ne la mesure. Ainsi Voltaire pourra-t-il écrire : « L'Europe entière ne vit guère luire de plus beaux jours que depuis la paix d'Aix-la-Chapelle en 1748 jusque vers l'an 1755. Le commerce florissait de Pétersbourg jusqu'à Cadix ; les beaux-arts étaient partout en honneur ; on voyait entre toutes les nations une correspondance mutuelle ; l'Europe ressemblait à une grande famille réunie après ses différends. » Cette réunion de famille ne va pas tarder à se transformer, pour une longue période, en querelle de famille.

Chapitre 28

Du Bien-Aimé au « plus mauvais roi de toute notre histoire[1] »

Par tempérament, Louis XV n'aime pas la guerre. Au Dauphin qui se réjouissait, le soir de Fontenoy, de voir tant de cadavres ennemis, il avait déclaré : « Voyez ce que coûte une victoire. Le sang de nos ennemis est toujours le sang des hommes. La vraie gloire, c'est de l'épargner. » Mais il sera, par un paradoxe dont l'Histoire est familière, un des monarques les plus belliqueux. Car subir les guerres conduit à les mener sans talent ni vision. Rien ne sera pire de ce point de vue que la guerre de Sept Ans. En fait, la trêve que loue Voltaire n'est que partielle. Le conflit bat son plein outre-mer, dans les comptoirs indiens mais plus encore sur la frontière anglo-française d'Amérique. C'est d'ailleurs au large du Canada que la marine royale gagne une bataille navale – une fois n'est pas coutume – contre les Anglais. Mais c'est sur le continent que la poudrière finit par exploser.

L'irruption de la Prusse à la table des grandes puissances change la donne. Elle met fin au système d'équilibre en vigueur ; elle donne le tournis aux autres

1. Ernest Lavisse, 1901.

pays ; elle les conduit à un aggiornamento diplomatique. Ainsi la France est-elle poussée, à l'encontre de tout son passé, à s'allier avec l'ennemi héréditaire, l'Autriche, afin de faire face aux entreprises virevoltantes de Frédéric II. Celui-ci trouve naturellement, au nom de la solidarité protestante, le soutien de l'Angleterre. L'anglophilie ne survivra pas en effet à la mort de Fleury. Prusse et Angleterre contre France et Autriche : telle est désormais la perspective.

Mais le renversement d'alliances des Français n'est pas anodin ; il bouscule maints réflexes ; il met à bas de vieilles traditions. Face à une opinion partagée, Frédéric II n'a pas de mal à lancer ses amis et obligés intellectuels dans la bataille et à utiliser toutes les ressources de la propagande, tel le procès politique fait à la marquise de Pompadour, favorite du roi, et transformée pour les besoins de la démonstration en agent secret autrichien. Après un premier traité purement défensif signé avec Vienne, un second texte se veut plus offensif, à la suite de l'invasion de la Saxe par Frédéric II.

L'armée française commence à nouveau par faire illusion, mais ses tares apparaissent rapidement face à la machine de guerre prussienne. Frédéric a un but précis : étendre son royaume ; l'Angleterre, deux obsessions : garder son ascendant maritime et élargir, aux dépens de la France, son pré carré colonial ; l'Autriche, une obligation : résister au sein de l'Empire à l'ambition prussienne. Mais quels sont le but, l'obsession, l'obligation de la France ? Une guerre aux intentions floues est lourde de menaces. L'armée n'est pas motivée ; son commandement médiocre ; ses alliances incertaines. Quant à l'opinion éclairée, elle prend fait et cause pour l'ennemi, Voltaire n'hésitant pas à correspondre avec Frédéric II et à se moquer, de concert avec lui, des mésaventures du maréchal de Soubise. Sur terre, les Français sont battus ; sur mer, ils sont évanescents ; aux colonies, ils reculent. Le bilan, fin 1758, est mauvais. Il deviendra rapidement calamiteux.

Louis XV n'est pas programmé pour les crises, surtout quand elles s'ajoutent les unes aux autres. Crise politique avec une révolte des parlements que le roi n'ose mater. Crise gouvernementale avec une valse de ministres digne de celle que pratiquera la IVe République. Crise de légitimité avec une réaction nobiliaire qui convainc le roi de fermer davantage encore l'accès à la haute aristocratie, au moment même où la société aspire à davantage de porosité entre groupes sociaux. Crise coloniale avec un reflux aux Antilles, au Canada, aux Indes. Crise maritime avec la disparition de la marine française sous les canons anglais. Crise financière avec une envolée des dépenses militaires, des recettes insuffisantes, un climat de faillite qui pousse même le roi à faire fondre sa vaisselle d'or et d'argent afin de se procurer quelques ressources. « On taxe tout, hormis l'air que nous respirons », écrira Mme du Deffand. Et pire, une crise militaire sur le continent, alors que la puissance démographique du pays devrait lui conférer la supériorité sur les champs de bataille.

La coalition antiprussienne – Russie, Suède, Autriche, France – avait semblé un moment prendre l'avantage mais le génie militaire de Frédéric lui permet de se jouer de forces certes supérieures mais désorganisées et peu motivées. Au lieu d'essayer de se retirer du conflit continental dans lequel la France se bat sans motifs et de se concentrer sur la guerre coloniale dont les enjeux sont décisifs, le roi ne décide rien, continue d'être présent sur tous les fronts et subit les événements. Est-ce de la « rétro-histoire » de prétendre qu'il fallait donner la priorité à l'Amérique ? L'Angleterre, elle, ne se trompe pas d'objectif. Rien de plus naturel, il est vrai, pour une puissance maritime !

Des siècles de tropisme terrestre pèsent sur la France. Comment expliquer autrement que le pays le plus riche d'Europe ne puisse s'offrir une marine digne de ce nom et que cette nation de culture militaire soit incapable de produire des amiraux de haute volée ? Conscient que la bataille sur mer est décisive et que la France est incapable de la mener, Choiseul se cherche des alliés maritimes. Comme ceux-ci sont espagnols et napolitains, donc gouvernés par des Bourbons, il scelle entre eux et Louis XV un « pacte de famille ». C'est désormais l'Angleterre qui a les cartes en main. Elle a conquis la Guadeloupe, triomphé des Français aux Indes, puis au Québec ; elle se sent d'autant moins liée par les questions continentales que son nouveau roi, George II, se veut britannique et non plus hanovrien. Elle a donc intérêt à la paix. Du côté français, Choiseul, toujours aussi proautrichien et anglophobe, est convaincu que le seul adversaire à long terme du royaume est l'Angleterre et qu'il lui faut reprendre son souffle avant un nouvel affrontement. L'espoir de battre Frédéric a de surcroît disparu : celui-ci est en effet aussi chanceux que talentueux. La mort en 1762 d'Elisabeth de Russie amène le nouveau tsar Pierre III à arrêter le combat contre la Prusse et même à se rapprocher d'elle, au grand dam de l'Autriche contrainte, du coup, à faire la paix avec son rival prussien.

Ainsi, comme après la guerre de Succession d'Autriche, c'est à nouveau la France la grande perdante dans la partie diplomatique qui s'annonce. Si le traité d'Aix-la-Chapelle de 1748 était médiocre, celui de Paris signé en 1763 est désastreux. La raison est limpide et Frédéric II ne s'y trompe pas qui écrit : « Les Français n'auraient jamais dû se mêler des troubles de l'Allemagne. L'espèce de guerre qu'ils faisaient aux Anglais était maritime ; ils prirent le change et négligèrent cet objet principal pour courir après un objet étranger qui proprement ne les regardait pas. » Résultat : Louis XV abandonne dans les Caraïbes la Dominique, la Grenade, Saint-Vincent, Tobago, ne récupérant en échange que la Guadeloupe et la Martinique. Sur le continent nord-américain, il cède le Canada, l'Ohio, la rive gauche du Mississippi et fait don de la Louisiane à l'Espagne pour la consoler d'avoir cédé la Floride aux Anglais. En Afrique, le Sénégal est perdu, même si Gorée est rendue au royaume. En Inde, celui-ci ne parvient à conserver que cinq anciens comptoirs (dont Chandernagor et Pondichéry). En termes économiques, ce n'est pas, en revanche, un désastre. En effet les colonies françaises des Antilles seront les premières exportatrices de sucre au monde, ce qui est à l'époque décisif. A elles seules la Martinique et la Guadeloupe pèsent plus que le Canada. Mais le traité marque à long terme la renonciation de la France à être une puissance mondiale maritime, donc commerçante et capitaliste. Les difficultés de notre pays à devenir une économie marchande sont nées de trois événements intervenus en quatre-vingts ans : la révocation de l'édit de Nantes et l'exil des protestants ; la faillite de Law ; la renonciation à l'ensemble des colonies d'Amérique.

Choiseul a l'intelligence de comprendre le bouleversement stratégique induit par le traité. Les deux puissances menaçantes pour la France sont désormais l'Angleterre et la Prusse. Si la première, dominatrice sur les mers, s'allie à la seconde, expansionniste sur le continent, le royaume est pris en tenailles. Face à ces joueurs en mouvement, il existe une solidarité de fait entre les vieilles monarchies conservatrices : l'ennemi historique d'hier, l'Autriche, doit donc devenir l'alliée de demain. De là de la part du Premier ministre une politique très intelligemment construite. Face aux Anglais, il décide d'accélérer la construction de navires ; il solidifie l'alliance avec les petites puissances maritimes, Espagne et Naples à travers le pacte de Famille, il cherche des postes avancés sur mer, d'où l'acquisition de la Corse. Vis-à-vis de la Prusse, il cimente l'alliance autrichienne par le moyen le plus classique : le mariage du Dauphin, le futur Louis XVI, avec l'archiduchesse Marie-Antoinette, fille de Marie-Thérèse. Reste à choisir le moment de la revanche, c'est-à-dire du conflit avec les Anglais. Il n'en aura pas le loisir.

Une défaite diplomatique a évidemment un coût politique élevé. Le pays a financé, fût-ce en rechignant, les campagnes militaires victorieuses ; il se rebelle devant la perspective de renflouer un Etat humilié. C'est un roi affectivement atteint qui doit faire face à ce climat délétère : la mort en 1764 de la marquise de Pompadour le prive non seulement d'une égérie mais aussi d'une alliée dans la conduite des affaires. Louis XIV avait théorisé leur rôle : « Dès lors que vous donnez la liberté à une femme de vous parler de choses importantes, il est impossible qu'elles ne nous fassent faillir. » Ce qui était vrai pour lui avec Mme de Maintenon, l'est *a fortiori* pour son arrière-petit-fils avec « la Pompadour » : confidente, manipulatrice, tacticienne, elle avait adoré promouvoir, rétrograder, ramener en grâce auprès du roi, éloigner, punir, récompenser... Voilà le souverain désormais seul face à des parlements avides de reprendre la main, une opinion publique chaque jour davantage en dissidence, des élites de plus en plus contestatrices.

Sensible à ce climat délétère, en 1764 Choiseul convainc le roi de lâcher du lest et d'accepter une mesure populaire : l'expulsion des Jésuites. « Je les renvoie contre mon gré », dira le souverain, conscient de céder au gallicanisme des parlements et au prurit antireligieux ou plutôt antipapal des philosophes. Mais il existe une règle absolue en politique : une décision prise à contrecœur aboutit en général à l'effet inverse. Celle-ci devait apaiser les parlementaires ; sentant la faiblesse du roi, ils se montrent au contraire plus vindicatifs. Les impôts constituent, comme à l'accoutumée, le meilleur des prétextes pour une offensive anti-royale. Ainsi, entre mille textes, des remontrances du parlement de Besançon (31 août 1769) : « Une foule d'étrangers, sans caractère et sans connaissances, se répandirent dans cette province sous le nom de régisseurs, d'employés, de commis, d'ambulants, de directeurs, taxèrent arbitrairement la fortune des citoyens... Leur luxe et leur opulence, étalant les dépouilles des peuples, firent la preuve de leurs déprédations... Les déclarations les plus fidèles, les titres les plus authentiques ne purent arrêter leurs excès. » La révolte court de Rouen à Besançon, de Toulouse à Grenoble, de Rennes à Paris. Les chambres se rebellent, se réunissent de force, résistent aux injonctions, vont même parfois jusqu'à décréter l'arrestation du représentant du roi, celui-ci les assignant, en rétorsion, à résidence comme ce sera le cas à Toulouse. Derrière cette bataille dont le prétexte est l'établissement du cadastre destiné à permettre la levée de l'impôt, se dessinent, en fait, une rivalité de pouvoirs et un conflit de légitimités. L'une et l'autre durent depuis des siècles ; ils ne font que ressurgir après la parenthèse d'absolutisme royal. C'est Louis XV qui, en définitive, cède sur l'affaire du cadastre mais le nœud gordien n'est pas pour autant tranché : « Cette étonnante anarchie, écrit Voltaire, ne pouvait pas subsister. Il fallait ou que la couronne reprît son autorité ou que les parlements prévalussent. »

C'est une bataille à fronts renversés : les parlements incarneront aux yeux de la postérité la modernité et l'aspiration démocratique, alors qu'ils sont réactionnaires et conservateurs ; la monarchie sera, par symétrie, perçue comme dictatoriale, alors qu'elle aspire à mieux administrer le pays. L'affrontement va reprendre en Bretagne, entre le parlement et le duc d'Aiguillon, représentant du roi. Celui-ci est plus brutal que ses collègues : arrestation, lettres de cachet contre les parlementaires et surtout tentation de mise en place d'un nouveau parlement, mais ce dernier échappe aussi à l'autorité royale en refusant de juger les magistrats mutinés. C'est le roi, une nouvelle fois, qui recule : « Je ne veux pas qu'aucun jugement intervienne ; mon intention est que tous les délits et procédures demeurent éteints et assoupis. » Mais le souverain meurtri tente une contre-attaque, convoquant le 3 mars 1766 le parlement de Paris pour lui administrer une leçon constitutionnelle, afin de rappeler sa primauté. Cette séance, dite de la « flagellation », ne débouche sur rien. La bataille de Bretagne continue avec, provocation supplémentaire, une mise en accusation du duc d'Aiguillon, donc symboliquement du monarque lui-même.

Devant une telle incartade, ce dernier se cabre. Il nomme chancelier de France un « dur », Maupeou, et disgracie violemment Choiseul. Ce coup de tonnerre destiné à rétablir l'autorité royale se veut l'équivalent, un siècle plus tôt, de l'arrestation de Fouquet, mais ce qui impressionne au début d'un règne ne fait pas le même effet en fin de période. L'opération de reprise en main ne peut se limiter à des symboles ; elle exige de porter le fer dans le statut du Parlement si la monarchie veut reprendre l'ascendant. C'est la « réforme Maupeou » qui crée des conseils supérieurs destinés à servir de cours d'appel en matière civile et criminelle, qui déclare inamovibles les magistrats et surtout qui met fin à la vénalité et à la transmission héréditaire de leurs charges.

Louis XV ose, au terme de son règne, s'attaquer – ce qu'aucun de ses prédécesseurs n'a fait – à la plaie que constitue la vénalité des offices. C'est donc une réforme majeure d'essence démocratique et libérale. L'opinion éclairée aurait dû la soutenir, alors qu'elle prend fait et cause pour les anciens magistrats. Un pouvoir est vraiment vermoulu quand ses bonnes décisions sont combattues sans même être examinées. Tel est le cas de la réforme Maupeou. Le chancelier éprouve maintes difficultés à nommer les membres du nouveau parlement de Paris, tant ses anciens membres suscitent de craintes révérencielles ; le processus est plus aisé en province, car il ouvre enfin des débouchés à des talents dont l'ambition était bornée par la vénalité et la transmission héréditaire des fonctions. Quant aux anciens parlementaires, ils n'ont pas vocation à être dépossédés, puisque leurs offices doivent leur être rachetés. Il demeure nombre de cours souveraines en province que la réforme n'a pas touchées mais, stupéfaits du coup de force royal, leurs membres courbent l'échine. Dès qu'ils relèvent la tête, Maupeou intervient et, agissant au coup par coup, espère contrôler le processus. Il ne peut éviter néanmoins de faire disparaître au fil du temps tel ou tel parlement. La doctrine est énoncée avec clarté lors de la suppression de la cour la plus rebelle, celle de Rennes : « Le Roi a décidé de supprimer la vénalité des offices, de distribuer gratuitement la justice et de réduire le nombre de magistrats, afin d'arrêter les funestes effets de l'indiscipline et de l'oubli des règles et éteindre les discussions incompatibles avec les devoirs des magistrats. »

Voltaire est un des rares à mesurer que la réforme Maupeou est plutôt « progressiste ». Ainsi écrit-il : « Quelquefois les institutions les plus salutaires sont mal reçues parce qu'elles ne viennent pas dans un temps favorable. Mais bientôt les bons esprits se rendent. Pour la canaille, il ne faut jamais la compter. » Moins perspicaces, les autres philosophes n'hésitent pas à faire chorus avec l'aristocratie, les parlementaires révoqués, les magistrats de rang subalterne et même la bourgeoisie et le peuple, en quête de prétextes pour marquer leur opposition à ce règne qui n'en finit pas.

Le réformisme du vieux roi ne se limite pas à la lutte contre des parlements conservateurs. L'opposition parlementaire aux réformes fiscales ayant disparu, le gouvernement entame la rationalisation des impôts : diminution des taxes les plus injustes ; amélioration des « vingtièmes », ce prélèvement proportionnel dont les cours souveraines n'avaient jamais voulu par égoïsme de classe ; établissement d'une contribution mobilière. Autant de mesures qui témoignent *a contrario* combien le comportement étroit et pusillanime des parlementaires avait entravé l'œuvre de bonne administration entreprise au XVIIe siècle et laissée en suspens depuis que le Régent avait voulu s'attirer les bonnes grâces du parlement de Paris. Le soutien de Voltaire vient trop tard pour Louis XV. Il n'a jamais su se rallier les philosophes comme Frédéric II ou Catherine II qui, plus despotiques l'un et l'autre que lui, ont compris le poids des intellectuels sur l'opinion et la facilité avec laquelle un souverain habile peut les séduire.

Mais les monarques prussien et russe, fussent-ils plus brutaux dans leur pratique du pouvoir, sont plus modernes dans leur compréhension de la société que le vieux roi. Pour un descendant de Louis XIV, un écrivain n'est légitime que s'il est un employé de la Cour. L'idée est pour lui surréaliste qu'il puisse exister un esprit public, c'est-à-dire une opinion intellectuelle. *De l'esprit des lois*, l'*Encyclopédie*, *Du contrat social*, le *Dictionnaire philosophique* : autant d'armes dont le roi ne mesure pas l'importance. A ces signes sur l'état de l'opinion publique, il préfère les rapports de police sur les fredaines des grands. Il laisse la vie intellectuelle se développer dans un climat de semi-liberté : Paris est si loin de Versailles... Ce ne sont, à ses yeux, que des peccadilles...

Louis XV appartient, sans le savoir, au monde d'hier. Il meurt, de ce point de vue, en respectant les canons de la tradition ; il éloigne, à cette fin, sa maîtresse la comtesse du Barry ; il se confesse sans barguigner ; il agonise en public. Il disparaît le 10 mai 1774 dans l'indifférence. Sa dépouille est néanmoins transportée de nuit à Saint-Denis, comme le fut celle de Louis XIV : la monarchie absolue n'est guère sûre d'elle-même, au terme de règnes épuisants d'un demi-siècle.

Chapitre 29

Un « roi malchanceux[1] »

La monarchie héréditaire défaille si le roi déteste gouverner. Henri IV se bat pour la Couronne ; Louis XIII fait assassiner Concini ; Louis XIV attend la mort de Mazarin en piaffant d'impatience. Louis XVI n'a aucune envie de régner. Rien de plus naturel, dès lors, que de revenir au *statu quo ante*. Continuer la lutte contre les anciens parlements supposait une vision de la société et une autorité de fer. Le jeune roi ne possède ni l'une ni l'autre. Aussi n'hésite-t-il pas à désavouer son grand-père et à rappeler le Parlement. Celui-ci rentre, comme l'écrit Michelet, « hautain, tel qu'il était parti, hargneux et résistant aux réformes les plus utiles ». Si Louis XVI avait été plus intelligent ou plus moderne, il aurait mis le capital de confiance dont dispose un nouveau règne au service de réformes du type Maupeou. Dans une telle hypothèse, l'avenir aurait sans doute été bien différent. La capitulation du souverain devant la tradition parlementaire va déterminer sa politique intérieure : les limites du possible sont établies au départ. C'est sur le plan diplomatique que sa liberté d'action est complète. Il dispose, de surcroît, d'un outil militaire

1. Suivant le mot d'Ernest Labrousse.

renouvelé à l'initiative de Choiseul : les manufactures d'armes sont placées sous l'autorité royale ; l'artillerie voit son matériel métamorphosé et surtout la flotte est reconstruite, standardisée, maintenue en état d'appareiller à tout moment. Avec soixante à quatre-vingts vaisseaux disponibles, la France retrouve les moyens de jouer un rôle sur les mers. L'insurrection américaine va donner aux Français l'occasion tant attendue d'affronter l'Angleterre.

Pour Vergennes, digne héritier de Choiseul, l'heure de la revanche est venue. Peu importe l'idéologie : une monarchie absolue volant au secours de républicains ! Ce n'est pas, il est vrai, un paradoxe plus grand que l'alliance, en son temps, de François Ier avec les Turcs. Le réalisme fait loi. Mais échaudé par les précédents échecs face aux Anglais, le gouvernement manœuvre avec habileté. Il pratique d'abord « la non-intervention » – suivant l'expression employée par Léon Blum en 1936 à propos de la guerre d'Espagne – mais, à l'instar de ce qui se produira à l'égard des républicains en 36, il arme discrètement les insurgés par des canaux privés. Beaumarchais s'illustre dans cette aventure qui mêle le militantisme politique et l'affairisme des munitionnaires.

Ainsi, de 1775 à 1778, la France garde-t-elle les mains libres. Elle reçoit avec passion Franklin venu plaider la cause américaine, permet aux troupes insurgées de tenir le coup face à l'armée anglaise, se réjouit de la présence aux côtés de Washington de La Fayette et de ses compagnons, préfiguration, dans le style de l'époque, des Brigades internationales de 1936, mais elle garde aussi la possibilité de jouer les Ponce Pilate si le colonisateur reprend le dessus. Elle évite surtout d'être entraînée dans un conflit continental qui lui interdirait de se concentrer sur un affrontement maritime avec l'Angleterre. Aussi, au lieu de suivre son nouvel allié autrichien dans une guerre rapide avec la Prusse, arguë-t-elle de son vieux droit d'arbitrage sur les affaires allemandes, né du traité de Westphalie, pour imposer aux belligérants une paix de circonstance. C'est enfin le retour à la politique d'équilibre de Richelieu.

Sans menace sur ses arrières, Vergennes convainc le roi de jouer en grand la partie américaine : de là la signature le 6 février 1778 du traité d'alliance franco-américain. Pour une monarchie de droit divin, traiter des révolutionnaires comme les représentants d'un Etat témoigne d'un formidable empirisme. Mais c'est, stratégiquement, une décision bouleversante. La France, puissance continentale, prend le risque d'une guerre maritime contre la puissance dominante des mers. Afin de rendre le combat plus égal, elle s'adjoint le concours des flottes espagnole et hollandaise. Cependant trois marines coalisées ne suffisent pas à venir à bout de la « reine des mers ». Les Français engrangent de vrais succès mais jamais les Britanniques ne flanchent, de sorte que l'idée d'un débarquement en Angleterre n'est même pas évoquée. En fait, c'est l'équilibre qui s'installe sur les océans : il permet néanmoins à l'armée française d'être transportée et ravitaillée sans encombre en Amérique et donc de contribuer à la victoire. Mais pour les Britanniques, l'essentiel est sauf : attaqués pour la première fois dans leur « fief maritime », ils ont résisté. Perdre, dans ces conditions, les colonies américaines est secondaire.

La discussion est, d'ailleurs, d'autant plus aisée pour eux que les Américains avaient commencé à négocier séparément. Le traité de Versailles (3 septembre 1783) n'efface pas celui de Paris vingt ans plus tôt. La France y gagne Tobago aux Antilles et quelques comptoirs en Afrique et aux Indes, outre la gloire d'avoir porté les Etats-Unis sur les fonts baptismaux. C'est peu ! Quant au traité de libre commerce immédiatement conclu avec Washington, ce sera un leurre. Les échanges entre les deux pays progressent infiniment moins vite que ceux entre les anciens ennemis anglais et américains.

Lucide, Vergennes mesure la difficulté de vaincre l'Angleterre sur son territoire, c'est-à-dire la mer. Aussi tente-t-il la voie de l'amitié, à défaut de l'hostilité. Il signe en 1786 un traité de commerce avec les Anglais, au nom de la conviction libérale que les échanges créent la solidarité et surtout il s'abstient de tout rôle actif dans les affaires continentales, afin de ne pas défier Londres. Ainsi la France refuse-t-elle de soutenir les républicains hollandais contre le stathouder aidé, lui, par Berlin et Londres. De même pousse-t-elle son allié turc à des compromis avec la Russie, par peur d'un embrasement général. La « Grande Nation » – comme l'appelleront plus tard les Allemands – se met aux abonnés absents ; le belliqueux pays de Louis XIV s'embourgeoise et se tourne exclusivement vers ses problèmes internes.

Louis XVI n'est certes pas mal intentionné ; il est simplement inapte à la politique. « Louis XVI n'était, écrira Sainte-Beuve, qu'un homme de bien exposé sur un trône et s'y sentant mal à l'aise. Par une succession d'essais incomplets, non suivis, toujours interrompus, il irrita la fièvre publique et ne fit que la redoubler. » En témoigne le bal des ministres, comme à la fin de la IVe République. Lorsque les gouvernements se succèdent à vive allure, le régime est proche de sa fin. L'hôtel du Contrôle général – le Matignon de l'époque – est baptisé par l'opinion l'« hôtel des déménagements » : dix titulaires en seize ans – un taux de rotation digne de l'Italie des années 60 ! Face à des parlements ragaillardis par leur rappel, l'instabilité gouvernementale est un aveu de faiblesse. Le roi entame son règne sur une contradiction : cédant aux parlementaires, il choisit le conservatisme ; appelant Turgot au pouvoir, il prône le réformisme.

Turgot est le Mendès France de l'époque. Sa gloire précède l'exercice du pouvoir. Il est l'homme politique des philosophes, comme Mendès sera celui des intellectuels gravitant autour de *L'Express*. Ses écrits préfigurent son action. Intendant du Limousin depuis 1761, il a fait de cette région misérable le laboratoire de ses idées. Il incarne le gouvernement par le sommet, à l'instar là aussi du futur Mendès s'appuyant sur une équipe de technocrates de haut vol, ce qui équivaut, de la part de l'un comme de l'autre, à une provocation vis-à-vis du pouvoir parlementaire. Turgot agit comme s'il avait l'éternité devant lui. Il lance des réformes déstabilisantes à court terme mais efficaces à long terme : établissement de la liberté du commerce des grains sauf à Paris, retrait de privilèges accordés à certaines corporations, création d'une caisse d'escompte, instauration d'une régie de transports par voitures légères, les « turgotines ». Autant de mesures qui incarnent le réformisme à la française, tel qu'il se développera à certains moments, c'est-à-dire un mélange de libéralisme et de dirigisme, de libre jeu du marché et d'interventions ponctuelles de l'Etat.

Une telle démarche provoque des insatisfactions. Si le pouvoir flageole, le recul est certain. Pour Turgot, ce sera la guerre des Farines : une hausse brutale du prix du pain, d'innombrables émeutes et un Parlement qui prend le parti des émeutiers. Louis XVI, cette fois-ci, tient bon et soutient Turgot. Celui-ci importe des farines pour peser sur les prix, réprime les insurrections et fait plier les parlementaires par un lit de justice. Se croyant soutenu, il poursuit à marches forcées son action et propose en janvier 1776 à la signature du roi six édits, tous d'esprit libéral. L'un d'entre eux remplace la corvée physique des paysans par une taxe et y assujettit l'ensemble des propriétaires, privilégiés ou non ; un autre abolit la plupart des corporations. Louis XVI acquiesce et assume donc ce premier pas vers l'égalité fiscale, ainsi que la disparition des privilèges corporatistes. Le Parlement se rebelle contre ces deux édits et émet de dures remontrances, marquant que les prémices de l'égalité devant l'impôt s'attaquent aux fondements de la société, donc à l'existence des trois ordres. Turgot obtient à nouveau le soutien du roi qui réunit un nouveau lit de justice pour obliger le Parlement à enregistrer les deux édits. Mais c'est une victoire à la Pyrrhus. Il coalise désormais contre lui le peuple encore marqué par le souvenir des émeutes, les parlementaires et une Cour affolée par ses projets fiscaux. Quant à la bourgeoisie, elle n'a pas eu le temps de faire son miel de la politique de libéralisation !

C'est dans ce contexte d'hostilité que Turgot est brutalement disgracié le 12 mai 1776. D'aucuns attribuent ce congédiement sans motif aux projets dont le contrôleur général avait fait part à Louis XVI, en particulier la nécessité d'établir une Constitution, et devant lesquels le souverain avait pris peur. D'autres se contentent d'invoquer l'influence de la reine. Les derniers expliquent la décision du monarque par la crainte que lui inspiraient les pressions de Turgot, y compris épistolaires. Ainsi, « N'oubliez jamais, Sire, que c'est la faiblesse qui a mis la tête de Charles Ier sur un billot ; (...) c'est elle qui a fait de Louis XIII, qui fait aujourd'hui du Roi du Portugal, des esclaves couronnés... C'est elle qui a fait tous les malheurs du dernier règne ».

Qu'il soit d'origine politique, psychologique ou circonstancielle, le renvoi de Turgot marque pour l'opinion éclairée la fin du rêve réformiste. Il préfigure la mort du régime, comme celui de Pierre Mendès France annoncera l'effondrement de la IVe République. De même qu'en 1955 l'onctueux Edgar Faure succédera à Mendès, c'est le subtil Necker que le roi appelle. Le crédit de ce banquier suisse lui permet d'emprunter à tout-va. Mais lorsque les expédients ne suffisent plus, ne reste que le recours aux impôts. Or celui-ci exige, dans les circonstances de l'époque, une égalité fiscale minimale. C'est à nouveau un chiffon rouge pour le Parlement et Louis XVI se débarrasse aussi brutalement du rassurant Necker qu'il l'avait fait avec le rude Turgot.

Après le réformiste, le gestionnaire ; après le gestionnaire, l'imaginatif. Louis XVI utilise « au petit bonheur la chance » toute la palette politique. Le voilà donc avec un nouveau contrôleur général, Calonne, partisan, lui, de ce qu'on appelle dans la France contemporaine « l'autre politique », donc de la relance par la dépense publique, afin de tirer d'un hypothétique rebond de la croissance un surcroît de ressources fiscales. Ce sont les « premiers grands travaux ». Face à cette « autre politique » se dresse déjà la « pensée unique » : elle prend la forme d'un réquisitoire de Necker, *Compte rendu au Roi sur l'Administration des finances*, qui se vendra, chiffre ahurissant pour l'époque, à trois cent mille exemplaires. Mais si mirobolant soit-il, le plan de Calonne débouche, lui aussi, sur la question de l'égalité fiscale. Afin de tourner l'opposition probable des parlements, il propose au roi de réunir une Assemblée des notables, c'est-à-dire un ersatz d'états généraux. L'opération échoue piteusement puisque les notables préfèrent réclamer la réunion des états généraux. Calonne est disgracié donc le 8 avril 1787.

Lui succède un prélat, Loménie de Brienne. Celui-ci n'est ni un politicien, ni un arrangeur. Il choisit de s'attaquer à la racine du mal, le pouvoir immobiliste et conservateur des parlements, que Louis XVI avait si naïvement restauré dès son accession au trône. Au lieu de les supprimer sur le modèle de la réforme de Maupeou, il essaie de les faire surplomber par une « cour plénière » établie – argument de circonstance – sur un modèle fourni par les premiers Capétiens. Ce tour de passe-passe échoue et Brienne démissionne à son tour.

En mal de solution, le roi rappelle Necker. Celui-ci retrouve le pouvoir en août 1788. Ayant une confiance aveugle en son talent – toujours Edgar Faure avant l'heure –, il est convaincu de prendre les notables à leur propre jeu en réunissant, suivant leur vœu, les états généraux, mais après en avoir démocratisé les règles : doublement du nombre des représentants du tiers état, désignation plus ouverte grâce à un suffrage presque universel, et avec en ligne de mire, même s'il ne l'affiche pas, le vote par tête et non plus par ordre. Cette bouffée de démocratie cherche à canaliser l'énergie politique qui agite le pays. Multiplication des libelles, des discussions, des controverses ; politisation de tous les événements ; émotivité du peuple face à la moindre information, tel est le climat ambiant. L'ahurissante affaire du Collier de la reine en témoigne, devenue à partir d'une escroquerie audacieuse l'expression de la méfiance populaire à l'égard de la Cour et en particulier d'une souveraine frivole et dépensière, en voie de devenir aux yeux de l'opinion l'« Autrichienne ».

Les controverses et les polémiques auraient été moins violentes si le pays n'avait pas été en proie à de graves difficultés économiques. Emeutes à cause du prix du pain, faillites artisanales, difficultés industrielles inhérentes à l'ouverture des frontières, frustrations fiscales : autant de motifs de révoltes et de manifestations jusqu'alors désordonnées, mais qui peuvent avoir vocation à se coaguler. De ce point de vue, la puissance du peuple de Paris s'affermit à l'occasion de chacun de ses soulèvements : des chefs apparaissent et surtout la faiblesse des forces de l'ordre devient flagrante. Ainsi les mousquetaires gris – les CRS de l'époque – ont-ils été dissous pour des raisons d'économie budgétaire. Les sous-officiers des gardes françaises se considèrent, quant à eux, comme les victimes des réformes successives de l'armée et les privilèges militaires de l'aristocratie apparaissent chaque jour plus surannés.

Le régime, en un mot, ne fait plus peur. La Cour ressemble à un théâtre d'ombres. L'administration n'a plus de relais. L'opposition parlementaire a donné le sentiment qu'il existe une légitimité aussi forte que la Couronne. Le roi inspire l'affection mais guère la crainte. La reine devient le mauvais génie auquel on prête la responsabilité des pires décisions. L'instabilité gouvernementale fait douter de l'efficacité de la politique. Les intellectuels s'enivrent de l'exemple américain. Les bourgeois n'ont plus la moindre révérence pour l'aristocratie et le clergé. La politique étrangère n'offre aucun dérivatif à l'ambition nationale, tant elle se veut modeste.

Ce n'est pas la première fois que la monarchie capétienne est à ce point sur la défensive. Mais depuis le règne de Louis XIV et le développement de l'absolutisme, elle a fini par oublier comment réagir aux difficultés. Elle ne sait plus surmonter ce genre d'épreuves. Cela exige un souverain soit au caractère d'acier, soit d'une grande finesse politique. Louis XVI n'est ni l'un ni l'autre. Il faut une armée professionnelle et fidèle : celle-ci correspond de moins en moins à cette définition. Le pouvoir a besoin de faire alliance avec la bourgeoisie contre le peuple. C'est au contraire une association entre eux qui se profile à l'horizon. Enfin un peu de chance n'est pas inutile : le roi n'en aura guère. Il aborde donc la partie qui s'annonce avec de faibles cartes dans son jeu.

Chapitre 30

La Révolution est-elle inéluctable ?

Les historiens n'aiment pas, pour la plupart, le hasard. Ils peuvent s'écharper pour savoir quel est le moteur de l'Histoire mais ils sont, tous, à sa recherche. Entre leurs mains, un événement aussi bouleversant que la Révolution ne peut être un accident. Elle doit être inéluctable, même si ses causes sont contradictoires, antinomiques, incohérentes. Cette pétition de principe mérite néanmoins un « arrêt sur images ».

Est-ce la situation économique, le principal moteur ? Le cycle conjoncturel est médiocre depuis les années 1770. Les prix agricoles ne cessent de baisser : le cours du vin a été divisé par deux entre 1781 et 1789 et celui du grain se porte à peine mieux. Comme les propriétaires élèvent le loyer de leurs fermages, les paysans souffrent. La situation s'aggrave à la veille même de la Révolution. La récolte des céréales de 1789 est très faible ; elle entraîne une hausse des prix qui ne compense pas la baisse des volumes. Il en va de même pour le vin et pour l'élevage. Aucune activité agricole n'échappe au marasme. L'industrie ne se porte guère mieux. Hormis les secteurs de pointe, comme l'extraction du charbon, toutes les activités industrielles stagnent, en particulier le textile pénalisé par la pénurie de coton liée à la guerre d'Amérique. Le conflit maritime a ralenti le rythme des échanges et pesé sur le niveau d'activité. Le traité de libre échange franco-anglais de 1786 a, de surcroît, fragilisé les producteurs textiles peu préparés à la compétition avec les industriels les plus dynamiques d'Europe. Quant à l'industrie du bâtiment, pourtant à l'abri de la concurrence internationale, elle végète. Le contexte n'est donc pas reluisant mais la France en a connu de pires, sans faire pour autant la Révolution.

Dans cet environnement difficile, le pays retrouve naturellement le goût des révoltes. Révoltes salariales dans les grandes villes, en particulier à Marseille et dans le Faubourg Saint-Antoine à Paris. Révoltes à propos du prix du pain, comme quinze ans plus tôt contre le « pacte de Famine », que le gouvernement et ses agents étaient supposés avoir conclu sur le dos du peuple. Révoltes paysannes, là à propos des biens communaux, ici contre les prélèvements seigneuriaux, ailleurs contre les privilèges. Les unes et les autres peuvent se coaguler comme en Provence en mars et avril 1789 avec, à ce moment-là, un même réflexe : sus aux châteaux et aux aristocrates. Mais, habituée aux jacqueries et aux soulèvements, la France aurait pu, comme si souvent, retrouver son équilibre, avec un pouvoir central capable de mêler comme toujours répression et concessions, compréhension et condamnations. Le pays n'a cessé depuis sa naissance d'être la proie de soubresauts violents : 1789 semble, au départ, un cru banal.

Si l'économie n'est pas le cœur du processus, serait-ce la lutte des classes ? L'historiographie marxiste postule l'existence d'une nouvelle classe, la bourgeoisie, dont le destin est de prendre l'ascendant sur l'aristocratie. Elle est pourtant moins forte et moins homogène que ne le veut l'Histoire vue par les Soboul et autres Mathiez. Les villes ne regroupent qu'un sixième de la population ; or c'est là que vit la bourgeoisie. Le capital foncier demeure infiniment plus important que le capital mobilier et les bourgeois n'ont de cesse que de s'en approprier une partie, achetant des terres ou des offices leur permettant de s'établir comme nobles campagnards. La bourgeoisie industrielle est encore marginale, infiniment moins puissante qu'en Angleterre. Quant à la bourgeoisie commerçante, elle peine à s'imposer dans une société qui a du mal à faire siens l'économie de marché et le goût du grand large. La masse des bourgeois regroupe donc des commerçants, des artisans, des micro-industriels, tous avec des revendications différentes. Cela ne constitue pas une classe au sens où Marx l'entendra, avec une conscience, un destin et une avant-garde. C'est en fait le monde intellectuel qui remplit le rôle historique dévolu, suivant la vulgate, à la bourgeoisie. Monde très divers où se mêlent les médecins, les avocats, les notaires, les procureurs, tous hommes d'études qui constituent l'armée de réserve de l'intelligentsia, c'est-à-dire des philosophes. Ce sont ces « sans-grade de la culture » qui servent de caisse de résonance aux idées à la mode. Ce sont eux qui transforment en mots d'ordre les concepts des philosophes des Lumières. Ce sont évidemment eux qui monopoliseront, lors des états généraux, la représentation du tiers état. Voilà un milieu prêt à mener une révolution. Mais celle-ci ne connaît, à ses yeux, que deux modèles : anglais ou américain. Les aspirations d'un tel groupe social ne suffisent donc pas à mettre en mouvement l'horloge révolutionnaire.

L'excès de despotisme ? Trêve de préjugés : l'absolutisme capétien est infiniment moins violent que les régimes qualifiés de « despotisme éclairé » comme la Russie et la Prusse. On assassine moins au nom de l'Etat dans la France de Louis XVI qu'à la cour de Catherine II et on y a la main moins lourde qu'au royaume du grand Frédéric qui, s'il flatte côté jardin les intellectuels, exerce le pouvoir côté cour avec une extrême brutalité. Le roi de France manie certes la lettre de cachet, mais c'est une bizarrerie réservée à quelques cas particuliers. Quant aux affaires, La Barre ou Calas, qui ont fait scandale, elles sont l'apanage de l'aveuglement des parlements bien davantage que de l'administration royale. Le régime est hiératique ; il n'est pas dur. Il l'est, de toute façon, infiniment moins que dans le passé. Depuis les dragonnades, la monarchie n'a plus mené de répression à grande échelle. Le voudrait-elle qu'elle n'en aurait sans doute plus les moyens. Bloquant la filière d'ascension sociale que l'armée avait encore constituée du temps de Louis XIV, Louis XV et Louis XVI ont créé les germes d'un conflit entre la troupe et surtout les sous-officiers interdits de toute promotion, et un corps d'officiers, apanage de la seule noblesse. Le régime paiera cher ce faux pas.

Le sentiment d'injustice ? Il est immense et inhérent à la société d'ordres : 150 000 membres du clergé, 500 000 nobles face à 24 millions de futurs citoyens. Certes aucun des deux principaux ordres n'est homogène. Ni le clergé divisé entre un haut clergé, émanation de la Cour, et un bas clergé immergé dans le peuple. Ni la noblesse partagée entre l'aristocratie de cour, prisonnière de sa bulle versaillaise, et une noblesse campagnarde dont le mode de vie ressemble à celui des paysans les plus aisés et dont les privilèges fiscaux ne suffisent pas à effacer la communauté de préoccupations avec la paysannerie. Mais au-delà de ces clivages internes aux ordres privilégiés, il demeure une coupure insurmontable entre eux et le reste de la population. Elle tient aux avantages fiscaux que le clergé et la noblesse s'acharnent à préserver, mais plus encore à tous les privilèges statutaires qui constituent autant d'humiliations pour les autres et surtout pour ceux qui se savent plus intelligents, plus utiles, plus efficaces et qui demeurent condamnés aux seconds rôles. Plus l'injustice est vive au sein même des élites, plus les risques d'explosion sont forts. Or le XVIIIe siècle a engendré, sur ce point, un bouleversement : auparavant, les deux ordres supérieurs possédaient le monopole des élites ; ce n'est désormais plus le cas. De là une lente montée des frustrations. Elles n'attendent qu'un prétexte pour s'enflammer.

Une crise institutionnelle ? La monarchie n'a jamais dénoué le nœud gordien de ses relations avec les parlements. Malgré les apparences, toutes en faveur du monarque de droit divin, deux légitimités n'ont cessé de s'opposer. La transmission héréditaire des offices aura peut-être été la décision la plus suicidaire de la dynastie capétienne. Elle a fabriqué, pour de sordides motifs budgétaires, une opposition intérieure et a conféré à celle-ci un statut inexpugnable. Les victoires du roi sur les parlements n'ont été que temporaires. Il a toujours suffi d'un testament royal à annuler pour rendre aux parlementaires le plein exercice de leurs droits. La réforme Maupeou était, à cet égard, un acte sans précédent : c'est l'identité même des cours souveraines qui était contestée. La remise en cause de la vénalité et de la transmission héréditaire des charges équivalait à un coup d'Etat contre la première force organisée du pays. Le recul de Louis XVI a, sur ce plan-là, scellé son règne. Jamais les parlementaires n'ont eu peur de lui après cette capitulation. Aussi ont-ils pu laisser libre cours à leur goût de la vengeance et à leur arrogance. Mais la mauvaise image de la monarchie a abouti à une attitude paradoxale des élites intellectuelles. Au lieu de comprendre que le réformisme était étrangement le fait du Prince, elles sont venues au secours de parlementaires dont l'essentiel pourtant les séparait. C'est cette alliance contre nature des parlementaires réactionnaires et de l'opinion éclairée qui a mis le régime dans une difficulté sans précédent.

Une crise politique ? La monarchie capétienne n'a bien fonctionné au fil des siècles qu'entre les mains d'un grand stratège. Si le roi n'a pas la tête politique, la dynastie est en danger. Sa force symbolique fabrique sa fragilité. Un roi sans pouvoir et médiocre ? Ce n'est qu'un accident. Un monarque absolu, dénué d'intelligence politique ? La mécanique institutionnelle peut au mieux se gripper, au pire se défaire. De ce point de vue, Louis XV était en deçà des exigences de sa charge et Louis XVI plus encore. Le premier manquait de continuité de pensée mais il n'était dépourvu ni d'intelligence, ni de volonté. Le second apparaît irrémédiablement faible. Sa capitulation devant le Parlement, sa quête incessante d'une formule gouvernementale miraculeuse, ses tergiversations ; autant de témoignages politiques de sa pusillanimité. S'y ajoutent l'effet de ses déboires personnels et les doutes sur sa virilité. Louis XVI a été incapable, pendant sept ans, de consommer son mariage, jusqu'à la micro-intervention chirurgicale que lui suggère son beau-frère, Joseph II. Dans l'inconscient collectif, l'image du chef se doit d'être forte et virile. Quand celle-ci ne répond pas à une telle exigence, son pouvoir ne fait plus peur. Or autant un régime constitutionnel peut se contenter d'un personnage falot à sa tête, autant une monarchie absolue doit toujours sembler prête à réprimer. Nul ne pouvait soupçonner de faiblesse un Henri IV qui avait guerroyé, un Richelieu qui terrifiait, un Louis XIV qui savait frapper. A qui Louis XVI pouvait-il faire peur ? Même pas à ses domestiques. La monarchie de droit divin n'était plus assez forte pour s'accommoder de la parenthèse qu'aurait constituée un règne empreint de fragilité. Une société en ébullition, un affrontement de légitimité entre le roi et les parlements, avec pour toile de fond un monarque sans poigne : les germes de l'instabilité sont là.

Mais un tel terreau ne suffit pas, non plus, à rendre inéluctable l'enchaînement qui débute avec les états généraux. Que de rébellions les Capétiens ont-ils connues ! Que de circonstances où il leur a fallu fuir Paris ! Que de complots ont-ils surmontés ! Que d'humiliations ont-ils subies ! La révolte d'Etienne Marcel est, à cet égard, davantage qu'une préfiguration de la Révolution. Jusqu'en 1789, ce sont des survivants : ils résistent à tout. Etait-il écrit que cette fois-ci la partie serait perdue ? Seuls les mécaniciens de l'Histoire osent le prétendre. Il n'existait ni fatalité économique, ni lutte des classes jouée d'avance, ni crise institutionnelle d'ores et déjà certaine. Les matériaux explosifs étaient certes plus nombreux qu'ils ne l'avaient jamais été. Encore leur fallait-il une mèche. Mais même celle-ci allumée, la force de la déflagration était imprévisible. Sans doute une révolution était-elle inéluctable. Mais la Révolution, la vraie, la grande, non.

Chapitre 31

Une révolution à l'anglaise ratée

Louis XVI met à côté de la plaque lors de son discours inaugural à l'ouverture des états généraux, le 5 mai 1789. Au lieu de faire siennes l'ambition réformatrice et l'envie de changement qui sont dans l'air du temps, il critique l'esprit de nouveauté. Dès lors la partie démarre très brutalement. Les députés du tiers état se débarrassent, le lendemain, de ce titre qui marque leur subordination aux deux autres ordres et, première référence au parlementarisme britannique, s'intitulent représentants des « Communes ». Dix jours plus tard, ils franchissent une étape décisive, se proclamant « Assemblée nationale » et donc s'attribuant une légitimité distincte de celle du roi. Conformément à l'exemple britannique, l'Assemblée s'octroie le droit de lever l'impôt. Le roi, lui, croit avoir en face de lui un autre parlement de Paris et se comporte comme ses prédécesseurs l'ont toujours fait avec les parlementaires. Il commence par vouloir empêcher la délibération de l'ex-tiers état ; celui-ci se transporte à la salle du Jeu de paume et fabrique la première image d'Epinal de la Révolution, en y prêtant serment. Le souverain tente alors l'opération classique du « lit de justice » : réunissant les trois ordres, il leur enjoint de délibérer séparément, leur reprend le pouvoir fiscal et leur ordonne de se disperser. Deuxième image d'Epinal : « Nous sommes ici par la volonté du peuple et nous ne quitterons nos places que par la puissance des baïonnettes. » Mirabeau vient d'entrer dans la légende...

Le roi n'ose pas répondre à cette provocation par l'usage de la force, alors qu'il aurait peut-être pu encore tenter l'affrontement. Il ne lui reste, dès lors, qu'à essayer de contrôler le processus en enjoignant aux deux ordres privilégiés de se joindre à l'Assemblée nationale. Ainsi légitimée, celle-ci franchit une étape supplémentaire en se proclamant, le 9 juillet, « constituante ». C'est une révolution juridique. L'idée même de Constitution est une négation de la royauté de droit divin. Au lieu d'épouser le mouvement et de le canaliser, le souverain tente au contraire l'épreuve de force en renvoyant Necker et les ministres libéraux, afin de les remplacer par des personnalités réactionnaires. Comme toujours en politique, ce sont moins les initiatives qui font la différence que le moment. Le contretemps est, cette fois-ci, terrible. Il est déjà trop tard. De là le paradoxe d'un soulèvement populaire dans les rues de Paris, par solidarité avec le grand bourgeois qu'est Necker. C'est cette jonction entre le peuple des rues, la bourgeoisie urbaine et l'opinion éclairée qui devient dévastatrice pour le pouvoir en place. Troisième image d'Epinal, la chute de la Bastille, symbole dérisoire d'un absolutisme suranné. Le roi cède sur toute la ligne : il rappelle Necker, vient à Paris consacrer les autorités issues de l'insurrection, Bailly et La Fayette, et donc faire en réalité allégeance. C'est l'attitude inverse de celle de ses ancêtres, plus tard de Thiers s'établissant à Versailles en 1870, voire de de Gaulle se réfugiant à Baden-Baden en 1968, afin de laisser l'émeute se consumer et de reconquérir militairement la ville de l'extérieur.

Ainsi humilié, le régime perd son mystère. Il ne fait plus peur, ne symbolise rien et laisse s'exprimer toutes les frustrations jusqu'alors rentrées. Les villes se révoltent et se constituent en « communes libres », aux dépens d'intendants sans administration et de gouverneurs sans troupe. Les campagnes s'embrasent : c'est la Grande Peur mêlant tous les fantasmes – la répression, l'invasion étrangère, la cruauté des châtelains. Le pays est désormais incontrôlable ; Versailles est devenu un monde hors de la réalité, le roi le détenteur d'un pouvoir fictif. Dans cette situation, la fraction la plus ouverte de la noblesse décide d'appliquer, sans le savoir, le vieux précepte britannique : *« If you can't beat them, join them*[1]. *»* De là, nouvelle image d'Epinal, la nuit du 4 août et l'abolition des privilèges. En fait, la démarche est aussi calculée que spectaculaire. Hormis le clergé qui abandonne la dîme sans indemnité, les nobles échangent leurs droits féodaux, exception faite des corvées abolies sans contrepartie, contre une rente perpétuelle. Mais le calcul politique ne pèse guère à côté du symbole. Le régime féodal est emporté, les ordres engloutis, la vénalité des offices effacée, les vieux parlements passés à la trappe, les privilèges locaux réduits en poussière, les droits provinciaux détruits. C'est la table rase. La fonction du roi échappe, elle, à la broyeuse des privilèges, puisque celui-ci – étrange oxymore – est même déclaré « restaurateur de la liberté française ». Une fois passé le moment d'extase unanimiste, les modalités du rachat des droits donneront lieu à d'âpres marchandages, les

1. « Si vous ne pouvez les battre, rejoignez-les. »

paysans se sentiront parfois floués, les propriétaires sortiront renforcés. Mais l'événement fondateur a eu lieu : ce sont les individus qui constituent la société et non plus les ordres et les corporations.

Le basculement est si radical que la nouvelle philosophie dominante ira jusqu'à bannir toute forme d'associations – ce sera la loi Le Chapelier en 1791 –, au risque de rendre instable la vie collective. Dans ce contexte, nouvelle image d'Epinal, la Déclaration des droits de l'homme est votée le 26 août. C'est le préalable à l'élaboration d'une Constitution. Celle-ci accapare les esprits car, à la différence des actes symboliques posés jusqu'alors, elle oblige à définir la place du roi. De là un double débat : une ou deux Chambres, un veto royal absolu ou suspensif. Ce ne sont pas des enjeux intellectuels. La présence d'une Chambre haute légitime l'existence d'une aristocratie, fût-elle composée différemment ; le veto absolu met le roi au même niveau de souveraineté que l'Assemblée ; le veto suspensif non. Dans le contexte du moment, la pérennité de l'aristocratie et la plénitude du pouvoir royal sont évidemment des « chiffons rouges ». Ils le sont d'autant plus que Paris bruit des préparatifs menés à Versailles pour réunir des troupes et tenter une opération de reconquête militaire. La maladresse s'ajoute, du côté de la Cour, à l'inaptitude politique : l'arrivée des régiments donne lieu à des réjouissances contre-révolutionnaires, en particulier le 1er octobre. Se conjuguent, dès lors, la colère du peuple face à la pénurie de pain, l'inquiétude de la bourgeoisie à l'idée d'une contre-révolution, le désir des extrémistes de franchir un nouveau palier révolutionnaire. Nouvelle image d'Epinal : la marche des femmes sur Versailles le 5 octobre. Le traitement imposé par la foule à la famille royale n'est pas pire que celui réservé, en maintes circonstances, par le peuple de Paris aux Valois et aux Bourbons. Anne d'Autriche n'avait pas été mieux lotie que Marie-Antoinette, elle aussi « Autrichienne ».

Au désordre populaire, Louis XVI répond par un acte politique : ratifier enfin les décrets d'août, c'est-à-dire l'abolition des privilèges. C'est une fois de plus se tromper de moment. On ne calme pas une émeute par une concession obligatoire. S'organise, dès lors, le retour « du boulanger, de la boulangère et du petit mitron », sous la protection d'un La Fayette que les souverains abhorrent. Les voilà désormais prisonniers dans leur capitale, sous la surveillance de la rue. Une partie de l'aristocratie ne se trompe pas sur la signification de l'événement et rejoint en exil une première vague d'émigrés, partie au lendemain du 14 juillet. Il n'y a plus de contre-révolution possible sans intervention étrangère. La partie s'est jouée en cinq mois – 5 mai, 5 octobre. Elle a mis aux prises trois acteurs : le roi, la bourgeoisie, le peuple des rues. Les deux derniers ont commencé par s'allier contre le premier et le vaincre ; désormais leurs intérêts vont commencer à diverger et les bourgeois – grand classique de l'Histoire – à se méfier des masses.

De cette nouvelle distribution des cartes résulte un moment de répit. 1790 pourrait faire croire que la Révolution est terminée. La situation économique se stabilise ; le prix du pain baisse ; la disette se résorbe. Un équilibre politique s'installe entre un roi rabougri, des ministres peu présents, une Assemblée constituante de plus en plus sûre d'elle-même et des forces politiques qui se recomposent, avec d'un côté un éclatement de l'ancien tiers état entre modérés et durs et de l'autre une aristocratie clivée entre des réactionnaires qui « n'ont rien appris, ni rien compris », des figures éclairées et des compagnons de route de la bourgeoisie. Dans ce paysage en mouvement, la tentation de l'homme fort se fait naturellement sentir. Mais le seul candidat possible à ce rôle, La Fayette, n'a ni l'intelligence, ni la cruauté, ni l'ambition d'un Cromwell français.

Un acteur essentiel de l'Histoire est, dans ce nouveau système, en train de perdre pied bien davantage que l'aristocratie. Il s'agit du clergé. Il avait le 4 août abandonné la dîme sans compensation ; il voit, sur l'initiative de Talleyrand, évêque d'Autun et déjà opportuniste de haute lignée, ses biens mis à la « disposition de la nation », puis vendus comme « biens nationaux » à des bourgeois et des paysans en mal de terres en échange d'une monnaie de papier, les assignats, dont l'effondrement jouera plus tard un rôle décisif. Rome vit mal ces décisions mais le gallicanisme est si profondément ancré dans le pays que ses condamnations ont une influence légère. Philippe le Bel a connu pire. C'est la Constitution civile du clergé qui met le feu aux poudres. Elle ne fait, d'une certaine façon, qu'entériner le vieil objectif de la monarchie capétienne : aligner l'organisation de l'Eglise sur celle de l'Etat ; trancher le lien avec Rome ; fonctionnariser des ecclésiastiques que, privée de ses propriétés, l'Eglise ne peut plus entretenir. C'est le point ultime du gallicanisme. Et pourtant, ce qui aurait pu sembler naturel devient sacrilège : toutes les oppositions à la Révolution trouvent dans la Constitution civile du clergé un prétexte pour se coaliser. Le serment à la Constitution – une fois celle-ci votée – et à ce titre à la Constitution civile qui en fait partie, deviendra le marqueur principal entre révolution et contre-révolution.

La situation semble moins tendue lorsque, encore

une image d'Epinal, le pays commémore le premier anniversaire de la chute de la Bastille à l'occasion de la fête de la Fédération, le 14 juillet 1790. C'est moins le souvenir d'un événement qu'une religion nouvelle que célèbre le pays sur le Champ-de-Mars. Le moment est surréaliste : le roi préside sous les vivats un hommage à des valeurs qu'il déteste ; Talleyrand, l'évêque bientôt apostat et déjà retors, officie au nom d'une religion que la Révolution va affronter ; les délégations venues du pays entier manifestent une unanimité factice ; les groupes sociaux fraternisent avant de se combattre ; la nation célèbre son unité avant de se diviser ; la concorde règne alors que la guerre civile se profile à l'horizon. Mais chacun feint à cet instant de croire au bonheur de la patrie. Celui-ci est néanmoins précaire.

La publication de la Constitution civile du clergé met en effet le feu aux poudres avec l'obligation pour les prêtres de prêter serment dans les deux mois. Seul un tiers des membres ecclésiastiques de l'Assemblée se plie à la procédure. A Paris, la rue fait pression sur les prêtres pour les obliger à jurer. En province c'est l'inverse, la population soutenant les prêtres réfractaires. La situation se bloque. C'est de là que viendra, le moment venu, l'élan contre-révolutionnaire bien davantage que des « émigrés de Coblence ». La Constituante est obligée de figer le statu quo religieux, en autorisant les prêtres réfractaires à exercer le culte dans des lieux privés. Quant au roi, il est spectateur des événements, avec pour toute arme son veto suspensif sur les lois et une autorité sur des ministres fantoches, eux-mêmes privés d'ascendant sur des fonctionnaires élus. L'Assemblée, en théorie souveraine absolue, délibère sous la surveillance de la Garde nationale, la pression de la rue et au gré des initiatives des clubs.

Dans ce contexte, aucun leader ne peut prendre durablement l'ascendant sur l'Assemblée. Elle a connu le moment Mirabeau, l'illusion La Fayette, la tentation Barnave, mais la stabilité lui est impossible. Elle se divise violemment à la première occasion. Ainsi du débat colonial en mai 1791 sur l'octroi des droits politiques aux mulâtres des colonies. Le clivage est brutal entre les Barnave, Lameth et autres soutiens des colons et la gauche naissante des Pétion, Grégoire, Robespierre. Les premiers veulent, au-delà du sujet colonial, « terminer la Révolution » ; les seconds lui donner un élan supplémentaire. Pour ces derniers, c'est la monarchie même qui est en jeu, même s'ils ne le proclament pas. Le roi prête le flanc, il est vrai, à leurs critiques. Il dissimule difficilement son hostilité au régime dont il est en théorie le chef ; il dialogue avec Mirabeau sur d'hypothétiques issues politiques ; il alimente l'hostilité des députés en entretenant une incessante correspondance avec les Cours européennes ; il se sent prisonnier d'une foule qui l'a, par exemple, empêché d'aller faire ses pâques à Saint-Cloud et d'y recevoir la communion d'un prêtre réfractaire. Ainsi ne peut-il servir de point d'appui aux modérés qui rêvent de siffler la fin de la partie. Il fait même l'inverse.

Cet homme, dont l'indécision est le ressort naturel, se lance en effet dans un coup de poker en décidant de fuir, de tenter de rejoindre l'étranger et de reconquérir ensuite son royaume avec l'aide des armées ennemies. Varennes relève de la légende : les berlines lourdement chargées, les retards aux relais de poste, l'épisode de Sainte-Menehould, la cavalcade du maître de poste Drouet, la reconnaissance du roi à Varennes, à quelques encablures des troupes prussiennes, le 21 juin 1791, le lent cortège du retour, véritable procession d'un prisonnier, les manifestations fictives de respect et l'hostilité brutale des foules.

L'Assemblée est désemparée face à cet « objet politique non identifié » : un roi fuyard. Bailly invente donc la fiction d'un enlèvement, hypothèse contraire à la lettre de combat que Louis XVI a laissée avant de partir. Ce subterfuge permet de proposer au monarque un rétablissement dans ses fonctions, dont il avait été suspendu le lendemain de la fuite, en échange de la validation de l'acte constitutionnel. Quant au risque d'un procès, il a été escamoté par la décision de l'Assemblée de déclarer la personne du roi inviolable. Ce sont des artifices juridiques, au regard de l'émotion populaire. L'événement rompt en effet le lien millénaire entre la monarchie capétienne et le pays. Lorsque les Valois et les Bourbons ont fui Paris dans le passé, ils ne sont jamais allés à l'étranger. Il n'y a donc plus de frein possible à la Révolution. Démarrée sur un mode anglais avec en ligne de mire un équilibre entre la monarchie et le parlement, le processus devient désormais incontrôlable. Le roi hors jeu, l'Assemblée toute-puissante, les clubs excités, la rue en ébullition et l'étranger menaçant parce que se sentant menacé par l'onde de choc : la France entre dans l'inconnu.

Chapitre 32

L'engrenage révolutionnaire

La France révolutionnaire bientôt seule face à l'Europe, la Révolution encombrée d'une monarchie désormais inutile, la rue aux prises avec la Garde nationale le 17 juillet 1791 au Champ-de-Mars : les facteurs d'explosion s'accumulent avec tous les pouvoirs dans les mains d'une Assemblée inexpérimentée. Les constituants s'étant déclarés inéligibles, l'Assemblée législative, élue le 16 décembre 1791 au suffrage censitaire, est en effet composée de débutants, fussent-ils brillants. Son positionnement politique est donc flou : un cinquième de Jacobins, c'est-à-dire de révolutionnaires militants, deux cinquièmes inscrits au club des Feuillants, c'est-à-dire modérés, mais en fait une grosse moitié insaisissable. C'est la guerre qui va relancer la dynamique révolutionnaire.

Pendant les débuts de la Révolution, les puissances étrangères étaient demeurées prudentes : l'Angleterre trop heureuse de voir la France affaiblie, la Russie hostile mais lointaine, l'Autriche en conflit avec l'Empire ottoman. C'est l'échec de Varennes qui change la donne. Le 25 août 1791, l'empereur et le roi de Prusse signent une déclaration commune, marquant que « la situation où se trouve actuellement le Roi de France est un objet d'intérêt commun pour tous les souverains d'Europe ». Cette intervention dans les affaires intérieures de la France est une aubaine pour les révolutionnaires les plus militants. Affronter l'étranger est le meilleur moteur politique possible. Aussi font-ils l'impasse sur les faiblesses de l'armée, handicapée par l'exil d'innombrables officiers et la disparition de la discipline. Robespierre est un des rares à se méfier de la guerre. Il craint – étonnante prémonition – qu'elle ne débouche sur une dictature militaire dont la première tâche serait de mettre fin à la Révolution ! A cette exception près, un étrange consensus s'établit entre les royalistes qui souhaitent une défaite, ce qui suppose au préalable la guerre, les modérés qui attendent d'une victoire un coup d'arrêt à la Révolution, et les militants révolutionnaires qui escomptent au contraire son accélération et son extension à l'Europe entière. C'est donc à la quasi-unanimité que le 20 avril 1792 l'Assemblée déclare la guerre au seul « Roi de Bohême et de Hongrie », tout en sachant qu'elle se retrouvera face à une coalition de toutes les monarchies continentales. Les premiers combats sont un désastre pour les Français. Sûrs de leur victoire, les coalisés lancent le 25 juillet le « manifeste de Brunswick », menaçant de « livrer Paris à une exécution militaire et une subversion totale ».

Comme la population soupçonne à juste titre le roi de sympathie pour les coalisés, c'est contre lui que se retourne l'inquiétude du pays. La Révolution échappe désormais à la bourgeoisie. On assiste à l'irruption des sans-culottes dont la colère est, de surcroît, alimentée par la crise économique – hausse des prix, effondrement de la valeur des assignats, innombrables pénuries. Les Tuileries avaient connu une première alerte le

20 juin 1792, mais leur invasion n'avait politiquement débouché sur rien. Le 10 août la situation bascule. Depuis la proclamation, le 11 juillet, de « la patrie en danger », la fermentation révolutionnaire est à son comble. Les corps administratifs sont réunis, la Garde nationale en alerte, de nouveaux régiments en formation, la rue en ébullition et, de tous bords, on met le roi en cause. Aussi l'insurrection est-elle une certitude. Elle commence le 9 à l'Hôtel de Ville par le renversement de la municipalité, le meurtre du commandant de la Garde nationale et son remplacement à l'initiative des insurgés. Elle se poursuit le 10 par l'invasion des Tuileries, le massacre des gardes suisses et le transfert de la famille royale à l'Assemblée. Celle-ci lui assure une protection physique mais scelle la fin de la monarchie. Elle suspend en effet Louis XVI et le remplace par un Conseil exécutif provisoire. Mais elle est obligée de s'autodissoudre en votant son propre remplacement par une Convention nationale qui sera élue pour la première fois au suffrage universel. La rue a fait pression sur les clubs qui ont, eux-mêmes, pris le pas sur la représentation nationale. Il n'y a plus de point fixe : ni roi, ni légitimité bourgeoise. Les sans-culottes ne s'y trompent pas, qui cèdent à l'ivresse de leur toute-puissance. Ainsi entre le 2 et le 9 septembre se livrent-ils au massacre des prisonniers – ecclésiastiques, aristocrates, droit commun –, sous l'emprise d'une double panique devant la menace extérieure et la crainte d'un « coup de poignard » de l'intérieur, c'est-à-dire d'un illusoire complot. Le goût du sang s'installe pour un long moment sur la scène politique et nul ne pourra y résister.

La boîte de Pandore est ouverte. Elle aurait pu être rapidement refermée par un effondrement militaire. C'est l'inverse qui se produit avec le 20 septembre le miracle de Valmy, les troupes dépenaillées de Dumouriez l'emportant de façon inattendue sur la solide armée prussienne. Victoire militaire clef, car elle ferme la route de Paris, mais victoire plus encore symbolique – Goethe l'a bien compris –, la Révolution matant les vieilles dynasties sur leur terrain naturel, les armes. Danton, grâce à un discours de légende, incarne dans cette Assemblée moribonde le sursaut national face à l'invasion : « Tout s'émeut, tout s'ébranle, tout brûle de combattre... Le tocsin qui va sonner n'est pas un signal d'alarme, c'est le pas de charge sur les ennemis de la patrie. Pour les vaincre, Messieurs, il nous faut de l'audace, encore de l'audace, toujours de l'audace et la France est sauvée. » Il restera à l'Assemblée à proclamer la République. Ce sera chose faite le 21 septembre, lors de la première réunion de la Convention. Les révolutionnaires de l'Assemblée constituante se reconnaissaient, à défaut d'être eux-mêmes présents, dans les modérés de l'Assemblée législative ; les révolutionnaires de cette dernière vont devenir à leur tour les modérés de la Convention. C'est en effet tout le spectre politique qui se déplace sous la pression des sans-culottes. De ce fait la Révolution va manger successivement ses enfants jusqu'au moment où, fatigué, le pays réclamera le retour à l'ordre.

Le procès du roi donne l'occasion d'un premier clivage au sein de la Convention : les Girondins qui avaient tout fait pour éviter cette procédure essaient, en vain, de renvoyer le jugement au peuple souverain. Ils sont battus sur ce point de procédure. On leur rétorque que ce serait nier la démocratie représentative dont ils se sont voulus les hérauts. Ils font bloc pour essayer d'empêcher la condamnation à mort. A nouveau, en vain : leur échec ne condamne pas seulement le roi ; il signifie à terme leur propre élimination. Le verdict rendu à une majorité de cinq voix est un acte politique. Il s'agit pour les régicides, Robespierre le premier, de créer l'irréversible et d'empêcher tout retour en arrière. Ce sont des acteurs suffisamment lucides pour mesurer l'impact à l'étranger de l'exécution du souverain et donc anticiper la lutte implacable qui opposera désormais la Révolution aux dynasties européennes. La décapitation de Louis XVI le 21 janvier 1793 n'a rien de comparable à celle, en Angleterre, de Charles Ier cent cinquante ans plus tôt. C'était un conflit de pouvoirs qui avait trouvé à Londres un dénouement tragique auquel le système politique avait survécu. C'est, en France, une rupture de légitimité d'une violence telle que la restauration des Bourbons en 1815 n'apparaîtra jamais naturelle.

La Convention semble gagner son pari de voir la France révolutionnaire vaincre l'ensemble de l'Europe. Valmy a en effet marqué le début d'un étonnant redressement militaire. Les territoires de l'Est sont récupérés, la Savoie envahie, Nice occupée, le Rhin atteint, Mayence et Francfort conquises, et après une dure bataille à Jemmapes, la Belgique arrachée aux Autrichiens. Voilà la Convention devant des questions politiques clefs. Faut-il rechercher la paix ? Que faire des territoires conquis ? Leur donner la liberté ? Les ériger en républiques sœurs ? Les annexer ? C'est, à chaque fois, le choix extrême qui prévaut. Les pacifistes, en l'occurrence les Girondins, n'osent parler de paix ; les défenseurs de l'autonomie des pays conquis deviennent des partisans de l'annexion ; les zélateurs de l'annexion inventent le mythe des frontières naturelles. Ainsi Danton s'écrie-t-il à propos de la Belgique : « Je dis que c'est en vain qu'on veut faire craindre de donner trop d'étendue à la République. Ses limites sont marquées par la nature. » Et Carnot de les préciser : « Les limites anciennes et naturelles de la France sont le Rhin, les Alpes et les Pyrénées : les parties qui en ont été démembrées ne l'ont été que par usurpation. » S'installe, dès lors, un mythe national qui se perpétuera jusqu'au traité de Versailles, voire jusqu'en 1945 : le Rhin frontière naturelle. Notre politique allemande aura été dominée, pendant quatre siècles, par deux obsessions, l'une venant de Richelieu – diviser l'Allemagne –, l'autre de la Révolution – atteindre le Rhin.

C'est l'extrémisme diplomatique de la Révolution qui oblige une Angleterre jusqu'alors sur son quant-à-soi à rejoindre la coalition antifrançaise et à en prendre la tête. Les Danton, Robespierre et même Marat savaient bien que l'annexion de la Belgique était un *casus belli* définitif aux yeux de Londres. Ils n'ont pas résisté à la dynamique de la guerre révolutionnaire. Début 1793, la France a désormais toute l'Europe liguée contre elle. Les « frontières naturelles » ne tiennent pas face à la puissance de la coalition ennemie ; toutes les conquêtes sauf Mayence sont perdues. L'armée se débande, les désertions se multiplient et, à défaut de pouvoir retourner ses troupes contre Paris, Dumouriez se réfugie chez les Autrichiens. C'est le refus des soldats de ce dernier de le suivre qui sauve sans doute la Révolution, comme en 1962 le loyalisme de l'armée d'Algérie préservera la Ve République.

Acculée, la Convention n'a d'autre choix que de lever trois cent mille hommes supplémentaires, volontaires si possible, sinon désignés. L'arbitraire et le favoritisme étant inhérents à tout processus de choix, surtout dans une période agitée, les troubles se multiplient partout en France. C'est en Vendée qu'ils prennent la plus grande ampleur. Ils y servent de détonateur à un complot contre-révolutionnaire préparé de longue date, dont la force tient moins à l'engagement des aristocrates locaux qu'à la révolte d'un petit peuple mal à l'aise avec la Révolution, hostile à tout ce qui vient de Paris et travaillé au corps par des prêtres réfractaires plus nombreux qu'ailleurs. Les insurgés contrôlent la région entière, hormis les ports du littoral. Les troupes envoyées par la Convention pour rétablir l'ordre sont systématiquement battues.

Insurrection contre-révolutionnaire dans l'Ouest, insurrection « fédéraliste » ailleurs. Ce sont les modérés qui, cette fois-ci, prennent les armes. A Lyon, Marseille, Bordeaux, dans le Midi, en Normandie... Les territoires contrôlés par la Convention se réduisent un temps à une peau de chagrin avec Paris pour centre mais, à la différence de la Vendée, la révolte demeure superficielle et, habile, la Convention parviendra à la circonscrire en évitant une répression trop dure. Un front intérieur s'ajoute donc au front extérieur.

Assaillie de toutes parts, la Convention est, de surcroît, soumise à la pression de la rue parisienne, dont les revendications économiques s'aiguisent – réquisition des denrées de base, blocage des prix, cours obligatoire de l'assignat... Mais les conventionnels demeurent, sur le plan économique, des bourgeois. Ils ne se laissent guère entraîner sur ce terrain-là. Ils sont en revanche pris dans une spirale politique incontrôlable. Celle-ci prend d'abord une forme institutionnelle. Un tribunal criminel extraordinaire est créé, qui deviendra le Tribunal révolutionnaire. On instaure en avril 1793 le Comité de salut public. Des représentants aux pouvoirs étendus sont envoyés en mission dans les départements. On nomme enfin des représentants aux armées jouissant d'attributions sans limite. Ce sont les instruments potentiels d'une dictature. Mais sa réalité et sa nature dépendent de ceux qui tiennent les manettes. De là une bataille inexpiable et un durcissement permanent.

Attaqué, Danton lance l'assaut le 1er avril contre les Girondins avec pour prétexte leur attitude pendant le procès du roi. La rue le relaie et l'agitation atteint son paroxysme le 2 juin. Encerclée par les sections révolutionnaires, menacée par des bataillons au bord de la désobéissance, la Convention vote l'arrestation des chefs girondins. C'est la première épuration interne à laquelle elle procède ; elle ne va pas tarder à en connaître d'autres. Mais les événements font aussi leur part à des bizarreries humaines. Ainsi Danton, le puissant Danton, l'irréductible Danton, expulsé le 10 juillet du Comité de salut public, refuse-t-il, deux mois plus tard, d'y être renommé. Crainte d'être accusé de concussion ? Volonté de vivre avec sa nouvelle épouse ? Ambition de revenir plus tard en force, mais à ses conditions ? On ne lâche pas impunément le pouvoir en plein paroxysme révolutionnaire. La Révolution ne laisse pas de place aux retraités ; Danton sera donc broyé.

Robespierre a désormais la voie libre. Nommé le 27 juillet au Comité, il va le dominer pendant un an. L'« Incorruptible » est un authentique politique, habile, retors, manipulateur, porté à l'intrigue. Il assoira son autorité sur ce collège, au point d'apparaître comme un dictateur, alors que la dictature n'est, en l'occurrence, que collective. Aussi manœuvrier qu'utopiste, aussi ambitieux que pessimiste, aussi tacticien que rêveur, il va incarner la Révolution davantage qu'il ne le mérite. Malgré les réticences que suscite, chez les bourgeois, toute mesure économique coercitive, le Comité prend des décisions caractéristiques, à l'avenir, des économies de guerre : blocage des prix – « le maximum général » ; réquisition des stocks de denrées ; cours forcé des assignats. Il ne manque que le blocage des salaires, pour anticiper par exemple le régime économique en vigueur pendant la Première Guerre mondiale...

Mais l'action du Comité va se confondre, pour la postérité, avec la Terreur. La loi de Prairial an II (juin 1794) supprime les garanties de la défense devant le Tribunal révolutionnaire et la machine s'emballe, sous la férule de Fouquier-Tinville. Dix mille exécutions auront lieu après jugements. C'est un chiffre dérisoire, à l'aune de la moindre guerre civile : des centaines de milliers de morts pendant la guerre d'Espagne et sans doute une dizaine de milliers de tués, au moment de l'épuration en 1945. La répression en province – des noyés de Nantes aux massacres de Lyon – a été infiniment plus violente, indépendamment même de la reconquête de la Vendée. Mais c'est le circuit – Conciergerie, comparution devant le Tribunal, procession des charrettes de condamnés, montée à l'échafaud place de la Révolution – qui s'inscrit dans la mémoire collective. La Terreur s'identifie à la guillotine et la Révolution à la Terreur : superposition d'images qui pèsera lourd sur l'histoire de la France et des mouvements révolutionnaires. De tous les massacres de notre histoire nationale, c'est symboliquement le plus important. Ses conséquences idéologiques et politiques seront incommensurables.

Monopolisée par le souvenir de la Terreur, l'action du Comité de salut public est trop souvent passée par pertes et profits. La levée en masse des « soldats de l'an II », c'est son initiative. La reconstruction de l'armée, c'est son œuvre et en particulier celle de Carnot. La promotion de jeunes généraux, les Hoche, Jourdan et autres, c'est sa décision. Les victoires militaires sont donc à mettre à son crédit. Difficiles au début à obtenir, elles permettent aux Français de reconquérir le Palatinat et, après Fleurus, de reprendre pied en Belgique.

Mais la machine politique à broyer ne peut s'empêcher d'accélérer. « La révolution est glacée », dira même Saint-Just. Les dirigeants du club des Cordeliers, Camille Desmoulins et Fabre d'Eglantine, Danton et les siens : autant d'épurations successives dont le prix politique est, à chaque fois, plus élevé pour le Comité de salut public. Aussi Robespierre tente-t-il une diversion dans la métaphysique. Il explique à la Convention que la lutte des factions est un produit de l'athéisme et lui fait donc décréter que « le peuple français reconnaît l'existence de l'Etre suprême et de l'immortalité de l'âme ». Exécutions et philosophie ne vont pas ensemble : le robespierrisme est à bout de souffle. Il agrège contre lui trop de mécontentements et de frustrations. Des artisans de la Terreur, tel Fouché, désireux de tourner la page, des concussionnaires mécontents de la vertu affichée par le régime, des athées excédés par l'irruption de l'Etre suprême, des conventionnels jaloux, d'autres inquiets et surtout des membres du Comité désireux de se libérer de la tutelle de l'« Incorruptible » : autant d'adversaires de Robespierre conscients que la victoire militaire enlève désormais tout prétexte à la Terreur.

« L'Incorruptible » est en effet seul à croire qu'une fois la patrie hors de danger, la machine peut continuer sur sa lancée comme si de rien n'était. Ayant boudé les travaux du Comité pendant quelques jours, il n'imagine pas combien son absence a donné du courage aux pleutres. Lorsqu'il prend la parole le 9 thermidor, il est trop tard. La Convention le déclare en état d'arrestation, ainsi que Saint-Just et quelques autres. La Commune de Paris appelle au soulèvement pour venir à leur secours. Signe de lassitude, la mobilisation des sections est médiocre. Le 10, Robespierre et ses compagnons sont guillotinés, sans même le simulacre de jugement dont ils avaient toujours gratifié leurs victimes.

Chapitre 33

« Le lâche soulagement[1] »

Ce ne sont pas des contre-révolutionnaires qui se sont débarrassés de Robespierre afin de revenir à l'ordre ancien. Ce sont des enfants de la Révolution qui ont rédigé ses Constitutions, voté ses lois, condamné à mort le roi, acquis des biens nationaux et même cautionné la Terreur. Mais ils sont las de la dictature de la rue et de la tutelle des sans-culottes sur la Convention. Finir la Révolution, c'est-à-dire mettre fin à ses excès : tel est leur objectif. Revenir en arrière, comme le croiront les ex-royalistes ? A aucun prix. Telle est l'ambiguïté de l'après-Thermidor, mais elle est occultée par l'explosion de liberté qui accompagne la fin de la Terreur. Les prisons se vident à partir du 18 thermidor ; les comités de surveillance sont, pour la plupart, dissous ; les comités révolutionnaires et les représentants en mission doivent désormais justifier les arrestations.

La société retrouve sa joie de vivre. Bals publics et spectacles se multiplient, fêtes et salons mondains renaissent, la mode et le plaisir de plaire réapparaissent, les organes de presse et les discussions publiques sont à

1. Suivant le mot de Léon Blum à propos en 1938 des accords de Munich.

nouveau autorisés. La chape de plomb qu'avait imposée un an de Terreur est levée. Contrairement à la vulgate qu'a si longtemps imposée l'historiographie marxiste, Thermidor n'est pas une victoire de la réaction ; c'est une étrange libération. Dans ce climat si particulier qui mêle les émotions sincères, les volte-face, les ralliements hypocrites comme à l'occasion de tout changement de régime, les institutions de la dictature de salut public vont faire long feu, même si elles semblent dans un premier temps maintenues en l'état. Les attributions du Comité sont réduites aux affaires étrangères et militaires et elles sont pour le reste réparties entre les autres comités ; Paris est repris en main et promis à une quasi-administration directe.

Mais la bataille est naturellement plus politique qu'institutionnelle. Elle oppose, suivant le mot de Tallien, « la classe qui fait peur » à « la classe qui a peur ». D'un côté, sentant le sol se dérober sous ses pas, la gauche – c'est-à-dire dans la rue les sans-culottes et dans les couches du pouvoir, les jacobins – tente de reprendre la main. De l'autre, appuyés par les « muscadins », en l'occurrence la jeunesse dorée qui occupe les rues et veut retourner les armes de la pression quotidienne contre ceux-là mêmes qui, jusqu'alors, les maniaient, on trouve les modérés décidés à passer à l'acte. Ceux-ci tirent avantage du choc provoqué dans l'opinion par les noyades de Nantes pour commencer à s'attaquer aux instigateurs de la Terreur. Ils profitent d'échauffourées devant le club des Jacobins pour le fermer. Ils s'en prennent aux symboles les plus révolutionnaires en faisant retirer la dépouille de Marat du Panthéon. Et enfin, acte lui décisif, ils lancent une procédure d'accusation contre les anciens membres du

Comité de salut public qui, bien qu'ayant fait tomber Robespierre, avaient auparavant gouverné avec lui.

De même que la Terreur a été éliminée, les instruments de l'économie de guerre, eux aussi assimilés à la dictature, sont démantelés, en particulier les textes sur « le maximum » et le cours forcé de l'assignat. Comme toutes les politiques de libéralisation brutale, celle-ci provoque un choc en retour. L'effondrement de la monnaie ruine maints commerces jusqu'alors en survie artificielle et les prix des produits de base, en particulier des denrées alimentaires, s'envolent. Dans une ville où le goût de l'émeute est devenu une seconde nature, la cherté de la vie et la paupérisation du petit commerce provoquent une nouvelle révolte des quartiers populaires. Mais la force a changé de camp. Paris est placé en état de siège, la troupe est envoyée au feu et les arrestations sont innombrables. C'est la dernière révolution de rue avant 1830 !

Il existe toujours, pour le pouvoir en place, un bon usage des émeutes qu'il a réussi à mater : en profiter pour se débarrasser de ses ennemis politiques. Les modérés de la Convention ne s'en privent pas, déportant sans jugement en Guyane quelques chefs jacobins, en arrêtant d'autres, muselant les derniers. Mais les vainqueurs vont désormais se déchirer entre eux. Les thermidoriens se voient attaquer par la droite et les royalistes sur lesquels ils s'étaient appuyés afin de se débarrasser des « montagnards ». Pour la plupart les royalistes de 1795 ne sont naturellement pas des défenseurs de l'Ancien Régime mais des partisans d'une monarchie constitutionnelle à l'anglaise. Ils ne souhaitent pas le retour à 1788, mais à 1790. Aussi ne soutiennent-ils pas l'escapade des émigrés qui débarquent, au nom du comte d'Artois, à Quiberon lors de l'été 1795, avant de se faire durement rosser par Hoche. Mais à leurs yeux, les thermidoriens n'ont pas lavé leurs péchés en se débarrassant de Robespierre et de ses fidèles. De là un affrontement très dur que les députés du centre – « la plaine » dans le jargon parlementaire de l'époque – ne parviennent pas à empêcher.

Tous se retrouvent néanmoins pour voter en septembre 1795 une Constitution dont les uns et les autres peuvent s'accommoder. Le rétablissement du suffrage censitaire, l'instauration de deux Assemblées législatives, le transfert du pouvoir exécutif à un Directoire de cinq membres, une relecture restrictive des Droits de l'homme, voilà un honnête terrain d'entente pour tourner la page de la Convention. La philosophie du texte est limpide : « Un pays gouverné par les propriétaires est dans l'ordre social », peut écrire Boissy d'Anglas. Place désormais à la République bourgeoise. Seul accroc dans la démarche, les conventionnels n'ont aucune envie de disparaître du nouveau jeu politique, à la différence des députés de la Constituante qui s'étaient déclarés inéligibles à l'Assemblée législative. Aussi décident-ils que les deux tiers des futurs députés devront être choisis en leur sein. Comme toutes les manœuvres d'autoprotection de la classe politique, celle-ci provoque un haut-le-cœur de l'opinion. Mais le soulèvement de Vendémiaire (5 octobre 1795) est vite maté par un jeune général appelé par Barras et dont le talent semble, pour l'instant, s'exprimer dans le maintien de l'ordre : Bonaparte.

La Convention est trop divisée, trop tournée vers le passé, trop désireuse de solder les comptes de la Terreur, pour tirer un profit politique des victoires militaires qu'elle engrange. L'élan des soldats de l'an II s'est en effet perpétué. La rive gauche du Rhin est reprise, la Hollande conquise, l'Espagne partiellement envahie, les frontières naturelles à nouveau rétablies. Des traités signés à Bâle et La Haye au printemps 1795 voient les conquêtes de la Belgique et de la Rhénanie reconnues à la France et une république sœur – la République batave – être créée en Hollande. Signataires de ces accords, la Prusse et l'Espagne quittent la coalition des ennemis de la République. Seules poursuivent le combat l'Angleterre et l'Autriche.

Le nouveau régime qui s'installe fin 1795 sonne, dans l'esprit de tous, la fin de la Révolution. C'est le retour à la philosophie de l'Assemblée constituante à une nuance près : l'absence d'un roi. Un pouvoir exécutif collectif ne remplace pas aisément, comme clef de voûte des institutions, une monarchie légitime. La personnalité des Directeurs ne facilite pas un tel transfert symbolique. Leur corruption – Barras en tête –, leur ostentation, leur arrogance, tournent rapidement l'opinion contre eux. Leurs querelles intestines ajoutent à leur discrédit. Bien que tous conventionnels régicides, les cinq membres du Directoire n'ont, entre eux, rien de commun. Que partagent Carnot, le guerrier de l'an II devenu pacifiste, modéré et vertueux, et Barras, jouisseur, cynique et retors ? Ou La Révellière-Lépeaux, anticlérical viscéral et décentralisateur, et Reubell, autoritaire et centralisateur ? Sous ces hommes, sept ministres dirigent les administrations. Aux Directeurs la responsabilité politique ; aux ministres le pouvoir administratif. Les dyarchies sont toujours des nœuds de vipères mais celle-là plus que toute autre : un chef divisé en cinq et un gouvernement sans véritable ligne de commandement.

Peut-être le système aurait-il fonctionné en période calme mais il est, à l'évidence, inadapté aux tempêtes.

Or le régime n'arrêtera pas d'en subir. C'est en premier lieu une crise économique. La Convention a légué aux Directeurs un Etat en faillite et une économie en plein marasme. Ceux-ci répondent par des expédients : un emprunt forcé, naturellement mal accueilli, la vente de nouveaux biens nationaux, la création d'une seconde monnaie de papier qui connaît immédiatement les tares de l'assignat et qui sera supprimée en même temps que ce dernier en février 1797... Les pénuries, l'appauvrissement des salariés, la ruine des rentiers, engendrent un climat délétère. Celui-ci se nourrit de surcroît de l'ostentation et du luxe des nouveaux riches, agioteurs et spéculateurs, tous liés au monde politique.

S'ajoute une crise quasi révolutionnaire avec, d'un côté, l'apparition d'une nouvelle extrême gauche, entraînée par Babeuf, qui croit davantage au complot révolutionnaire qu'aux manifestations de masse, et de l'autre côté, des royalistes divisés entre des légitimistes avides d'une contre-révolution et d'une terreur blanche, et des modérés en quête d'une impossible dynastie de substitution. Le Directoire mate plus facilement le complot babouviste qu'il ne muselle l'opposition royaliste.

Une crise politique éclate enfin à l'occasion des élections législatives de mars 1797. Malgré d'innombrables pressions, seuls 11 sortants parmi les 216 « perpétuels » – c'est-à-dire les députés issus de la Convention – sont réélus et la majorité passe aux royalistes. Après quelques mois d'une guerre de tranchées entre les Assemblées devenues monarchistes et des Directeurs qui, devant cette opposition parlementaire, retrouvent leurs réflexes de révolutionnaires, c'est un coup d'Etat qui tranche le conflit le 17 fructidor an V (4 septembre 1797). Le Directoire fait occuper Paris par la troupe, s'abrite derrière un pseudo-complot anglo-royaliste et obtient des Assemblées terrifiées l'annulation partielle des élections, la déportation de maints députés et la centralisation dans ses mains de tous les pouvoirs, y compris locaux. Il ajoute, pour faire bonne mesure, la mise sous tutelle de la presse et des mesures répressives « à l'ancienne » contre les émigrés fraîchement rentrés et les prêtres réfractaires.

L'épisode n'est pas anecdotique : c'est le premier coup d'Etat militaire de notre histoire. La France avait jusqu'alors connu des complots, des assassinats, des révoltes mais aucun pronunciamiento. Une nouvelle tradition s'ouvre. Le 18 brumaire, le 2 décembre 1851, le 13 mai 1958 à sa façon, la perpétueront. Le Directoire mourra en effet à son tour d'un coup d'Etat. Il récidive entre-temps, invalidant en 1798 les élections gagnées cette fois-ci par la gauche, en l'occurrence les anciens jacobins. C'est faire fi de l'opinion publique. Celle-ci cède dans ce contexte au populisme, au réflexe antiélitiste, au prurit antiparlementaire avec, point d'arrivée naturel, la quête de l'homme providentiel. L'état d'esprit du pays suffit à obérer la tentative, cette fois-ci sérieuse, de rétablissement des finances publiques que tente l'exécutif fin 1797. Il décide en effet d'échanger la dette du Trésor pour les deux tiers contre du papier négociable contre les biens du clergé et des émigrés – il reste encore des actifs disponibles ! – et pour un tiers contre un remboursement en numéraire. Mais un échange de ce type exige la confiance des épargnants et celle-ci n'est évidemment pas au rendez-vous.

Seule la politique étrangère, c'est-à-dire l'action militaire, conserve au Directoire un minimum de crédit. Il ne se trouve plus aux prises, après les victoires de la Convention, qu'avec deux ennemis, l'Angleterre et l'Autriche. Cédant au tropisme continental de tous les chefs de guerre français, Carnot, Directeur en charge des affaires militaires, choisit de s'attaquer à l'empereur plutôt que de tenter l'aventure maritime. Il décide un assaut frontal sur l'Allemagne pour s'ouvrir la route de Vienne, accompagné d'une manœuvre de diversion en Italie. L'offensive sur le Rhin échoue mais, première étape d'une légende, la campagne d'Italie s'avère triomphale tant vis-à-vis des Piémontais que des Autrichiens. L'armée française conquiert le Milanais, submerge la République vénitienne et peut marcher sur Vienne. Au lieu de s'enfoncer vers l'Autriche, le général victorieux négocie de son propre chef un accord de paix. Indifférent aux instructions de Paris, il signe le 17 octobre 1797 le traité de Campoformio.

C'est en fait une nouvelle politique étrangère qu'il dessine. D'un côté la création de républiques sœurs (Cisalpine et Ligurienne) au nom de l'universalisme républicain. De l'autre, la cession à l'Autriche de Venise et de la Vénétie, au titre de la « realpolitik » et ce, sans le moindre remords. Quant au mythe des frontières naturelles, il devient secondaire, moins à cause de l'échec sur le Rhin que de l'apparition d'un expansionnisme d'un type nouveau, mélange de messianisme révolutionnaire et d'un pur esprit de conquête. Quant à l'expédition d'Egypte (1798), elle a pour prétexte officiel d'essayer de couper la route des Indes à l'Angleterre. Comment croire ces fadaises de la part d'une France insensible depuis des décennies aux enjeux commerciaux et à l'ambition coloniale ? Il s'agit simplement de divertir ou d'enterrer un jeune homme qui pourrait briguer le destin de Cromwell. Le Directoire profite politiquement des exploits militaires de son jeune général ; il y regagne le minimum de confiance qu'exige sa survie.

C'est le renversement de la situation militaire qui, par un mouvement naturel de balancier, le met à genoux. L'Angleterre, qui ne renonce jamais, construit une nouvelle coalition avec les pays encore bellicistes – Autriche, Russie, Naples et Empire ottoman... Elle pousse même son engagement jusqu'à envoyer un corps expéditionnaire sur le continent. Résultat : les républiques sœurs s'effondrent, l'Italie est perdue, la France acculée à l'est. La victoire de Masséna à Zurich, en septembre 1799, sur les Austro-Russes commandés par Souvorov met certes notre frontière orientale à l'abri. Le territoire national n'est plus menacé mais le désastre diplomatique est absolu. C'est pour le Directoire la pire situation. L'absence d'un risque d'invasion lui interdit tout appel à la guerre patriotique ; les conquêtes perdues signent son humiliation aux yeux de la population. Voilà désormais le régime branlant ! Ayant mis le coup d'Etat militaire à l'ordre du jour de la vie politique, il est à la merci d'un pronunciamiento, cette fois-ci à ses dépens. Paris est en quête d'un homme providentiel lorsque surgit ce général dont on espérait l'enlisement ou la mort en Egypte. Se faufilant entre les navires britanniques, il rejoint Paris et y arrive illuminé d'un halo de gloire qui fait oublier, aux yeux de tous, son fiasco égyptien. Le Directoire n'est plus qu'un astre mort.

CHAPITRE 34

Une force qui va

C'est, après Jeanne d'Arc et avant de Gaulle, le second « personnage énigme » de l'histoire de France. Celle-ci a connu en dix-huit siècles des ascensions brillantes, des destins éblouissants, des réussites exceptionnelles, mais jamais – à l'exception de la Pucelle d'Orléans – une trajectoire aussi surprenante que l'irruption du jeune Corse.

Ce Bonaparte ne démarre dans la vie qu'avec des handicaps. Il est à peine français. Etre corse en 1795 est plus difficile que d'être catalogué beur en 2008. Il parle notre langue avec un accent dont il ne se départira jamais : handicap supplémentaire dans une société de codes et de préjugés. Il est modestement aristocrate, authentiquement pauvre, scolairement banal : il n'a rien, en effet, du surdoué que ses professeurs remarqueraient et encourageraient. Ce n'est ni un Adonis ni un Don Juan dont la séduction constituerait le meilleur instrument de promotion. Il ne manifeste, dans sa jeunesse, aucune ambition exorbitante, à l'instar d'un de Gaulle se décrivant dans ses dissertations en Connétable de France. Il louvoie pendant la Révolution, comme des centaines d'officiers en demi-solde, partagé entre le désir d'une promotion accélérée comme seuls les temps troublés le permettent, et l'impératif de survie qu'imposent les vagues successives d'épuration. Il se distingue, certes, au siège de Toulon comme l'aurait fait tout brillant artilleur, mais réinvestit cette image de général prometteur dans une violente opération de maintien de l'ordre contre les royalistes le 13 vendémiaire, au risque d'apparaître comme un simple séide de Barras. Une carrière d'arriviste médiocre, facilitée par une liaison décriée : Bonaparte n'est pas encore né lorsqu'il est nommé à la tête de l'armée d'Italie.

C'est une désignation surprenante. Désir de Barras de conserver Joséphine pour lui seul ? Raisonnement absurde qui suppose un Corse plus apte à se mouvoir en Italie ? Choix d'un général de deuxième ordre pour une armée misérable, en charge d'une simple campagne de diversion ? Ou intuition du Directoire d'avoir trouvé un second Hoche, à condition de lui donner sa chance ? Volonté du pouvoir exécutif de multiplier les gloires militaires, afin de les rendre moins menaçantes ? La feuille de route du jeune commandant en chef n'est pas claire. S'enfoncer en Italie, certes, mais à quelle fin ? Repousser les Autrichiens, mais dans quel but ? Mettre à bas les structures locales vermoulues, mais avec quelles perspectives de substitution ?

Quant à l'armée elle-même, c'est sans doute la plus mauvaise de la République : trente-huit mille hommes dépenaillés, intrépides et violents, rebelles et pillards, mal disposés à l'égard du chef contesté que leur a choisi le Directoire. C'est alors que se produit la métamorphose. Le militaire timide devient un meneur d'hommes charismatique, le soldat introverti un orateur fulgurant, l'artilleur de bon niveau un stratège génial, l'officier compassé un politique hors pair, le général besogneux un accoucheur de l'Histoire.

Les étapes de la légende italienne ont scandé notre vie.

Ce sont d'abord la manœuvre foudroyante pour séparer les armées piémontaise et autrichienne, l'armistice avec le roi du Piémont, la victoire de Lodi, avec comme point d'orgue l'entrée triomphale à Milan : « Le 15 mai 1796, le général Bonaparte fit son entrée dans Milan à la tête de cette jeune armée qui venait de passer le pont de Lodi et d'apprendre au monde qu'après tant de siècles, César et Alexandre avaient un successeur » : qui ne se souvient de la phrase d'attaque de *La Chartreuse de Parme* ?

L'installation d'une cour autour du jeune chef victorieux préfigurant, la gaieté et l'enthousiasme en plus, la liturgie napoléonienne ; l'incantation républicaine comme paravent du pillage généralisé du pays au profit du Trésor français ; des soldats désargentés, des agioteurs de service, des intellectuels fascinés, des fidèles éblouis : telles sont les prémices du bonapartisme.

Vient ensuite la reprise des combats, avec le siège de Mantoue, verrou sur la route de l'Autriche, le pont d'Arcole, acte mythologique plus que stratégique, et enfin la victoire de Rivoli qui entraîne la chute de Mantoue. Et pendant la même période, l'émergence du Bonaparte administrateur qui, se jouant des instructions du Directoire, bat et rebat les institutions locales, avec en ligne de mire la création d'une République cisalpine. Le jeune général se comporte déjà comme le Consul puis l'Empereur régentant l'Etat depuis les Tuileries, une berline sur les routes des territoires conquis, Vienne ou Moscou.

S'affirme enfin le stratège qui, lors des préliminaires de Leoben en avril 1797, troque la reconnaissance des conquêtes de la Belgique et du Milanais par les Autrichiens en échange de la cession d'une Vénétie à peine occupée. C'est, à rebours de l'objectif affiché du Directoire, renoncer à la Rhénanie et donc aux « frontières naturelles », mais c'est surtout priver d'une guerre qui aurait pu être triomphale ses rivaux, Hoche et Moreau, généraux de l'armée du Rhin. Quant au sacrifice de Venise, il témoigne déjà du goût napoléonien pour les partages de territoires à l'ancienne, tels que les pratiquaient les vieilles dynasties européennes, quitte à faire fi du messianisme révolutionnaire. Le jeune chef manifeste sans remords le même cynisme que les souverains traditionnels.

L'aventure italienne est à elle seule un condensé de la saga napoléonienne : un talent militaire hors pair, un égocentrisme sans équivalent, une capacité administrative peu banale, une dose sans limite de cynisme, de l'arrogance en guise d'habileté, de l'outrecuidance à la place de la fidélité, le tout au service d'un dessein flou qui fait d'une suite de gestes tactiques une apparente stratégie. Sans buts de guerre préalablement définis, sans limites posées à sa propre puissance, Bonaparte est une force qui va : elle le condamnera à des conflits perpétuels et incontrôlés.

Ce n'est pas cet homme-là qu'entrevoit l'opinion lorsque, une fois signé le traité de Campoformio, il revient à Paris. C'est un Condé sans son lignage royal, un maréchal de Saxe sans propriétés, un Turenne sans la gloire du maréchalat. Venu de nulle part, Bonaparte n'en est que davantage adulé. Mais lui a compris, grâce à un sens inné de la politique, qu'un centurion doit s'inventer une légitimité non militaire s'il aspire au pouvoir. Grand lecteur dans sa jeunesse, admirateur des Lumières, il sait plus que d'autres le prix de l'onction de l'intelligentsia. Il est, de ce point de vue, l'héritier de Frédéric II de Prusse. Ainsi avait-il attiré à sa cour milanaise Monge et Berthollet. C'est d'ailleurs au premier qu'il confie le soin de porter solennellement à Paris le traité de Campoformio. Rien de plus naturel, dès lors, que de chercher l'honneur, dès son retour, de rejoindre l'Institut et de se glisser de la sorte au sein de l'aristocratie scientifique et intellectuelle du pays.

Pour les Directeurs honnis et méprisés par l'opinion, la présence à Paris d'un Bonaparte adulé est une provocation, voire un danger. Est-ce seulement pour se débarrasser de lui qu'ils entérinent son projet d'expédition en Egypte ? Ou croient-ils désormais à toutes les manœuvres de diversion, celle-ci visant l'Angleterre à sa périphérie, comme la campagne d'Italie avait ciblé l'Autriche ? Du côté de Bonaparte, l'acharnement mis à convaincre le Directoire de l'intérêt d'une telle opération témoigne d'un goût des mirages et d'une poussée de romantisme que rien n'avait laissé présager lors de son parcours italien. Ce n'est plus César le modèle fantasmatique, mais Alexandre !

La France s'offre, pour aller combattre les Mamelouks, la flotte et le corps expéditionnaire avec lesquels elle aurait pu tenter de débarquer en Angleterre. Gaspillage de moyens, irréflexion stratégique, arrière-pensées inavouables. Tous les ingrédients d'un faux pas sont réunis. C'est un autre Bonaparte que révèle l'Egypte, très différent du proconsul italien : rationaliste avec sa cohorte de savants, de géographes et de physiciens mais respectueux, en apparence, de Mahomet et du Coran ; propagandiste du verbiage révolutionnaire mais gestionnaire à l'anglaise, en s'appuyant sur les élites locales ; utopiste dans le vocabulaire mais pratiquant la loi du talion, sans la moindre répulsion pour les massacres et les exécutions de masse. Et surtout mauvais stratège :

ce Corse n'a paradoxalement jamais rien compris aux lois de la mer ; cet insulaire est bizarrement un homme des grands espaces. Ainsi ne s'est-il pas préoccupé du risque de voir la marine anglaise, reine des mers, l'enfermer dans son micro-empire égyptien. Aboukir résulte autant du talent de Nelson que de la force des choses. Voilà le vainqueur des Pyramides prisonnier du piège qu'il a lui-même tendu ! Abandonnant sur place les restes du corps expéditionnaire, comme il le fera plus tard en Russie avec la Grande Armée, ne témoignant ni fidélité ni loyauté à ses compagnons, il s'enfuit comme un voleur pour réapparaître à Paris en triomphateur. L'opinion ne lui fait grief ni du désastre égyptien, ni de sa « désertion » ; elle se réfugie dans le souvenir de ses triomphes italiens pour mieux oublier l'effondrement militaire intervenu en son absence.

Mais la conquête du pouvoir n'est pas pour autant une évidence. L'homme clef est désormais Sieyès. Entré au Directoire en mai, celui-ci se positionne face à Barras. Son exil politique fait sa force, alors que son rival connaît le discrédit des habitués des palais nationaux. Il est temps, à ses yeux, de faire valser ce régime corrompu par un coup d'Etat et de le remplacer par les institutions dont il est depuis 1789 l'inlassable propagandiste. Sans doute souhaite-t-il trouver un général fantoche afin de demeurer le maître des événements. Mais Bonaparte de retour et adulé par Paris, il n'a d'autre choix que de jouer avec ce dernier. La discussion entre les deux hommes n'est pas aisée. Si Bonaparte cède sur les apparences et traite l'ancien abbé avec déférence, il n'accepte pas de mettre son épée au service de ses projets constitutionnels. Sieyès doit, à son corps défendant, accepter le schéma de l'ancien général en chef d'Italie : la désignation de trois consuls, chargés de rédiger une nouvelle Constitution, avec l'aide d'une commission parlementaire issue des deux Assemblées.

L'opération est programmée les 18 et 19 brumaire (9 et 10 novembre 1799). Le premier jour se passe conformément au plan établi : vote par le Conseil des Anciens du transfert des Assemblées à Saint-Cloud, sous prétexte d'un complot anarchiste ; pression physique sur le Directoire, Barras s'empressant, en particulier, de démissionner en échange de sa liberté ; ralliement des ministres et de l'administration ; harangue de Bonaparte aux troupes – « J'ai laissé les millions de l'Italie et je retrouve partout des lois spoliatrices et de la misère ».

Mieux informé de l'état d'esprit parlementaire, Sieyès veut coffrer les députés jacobins, mais désireux d'une intronisation triomphale et légale, Bonaparte s'y refuse. Son étrange élégance aurait pu lui coûter cher. En effet, le lendemain, devant un Conseil des Anciens rétif et un Conseil des Cinq-Cents chauffés à blanc, il rate son coup. Piètre discours, attitude craintive, dérobade : l'inverse de ce qu'on attend d'un général de pronunciamiento. C'est son frère Lucien, président des Cinq-Cents, qui lui sauve la mise en convainquant les soldats de disperser de force les députés. Il ne reste alors aux Anciens qu'à jouer le rôle traditionnel des Chambres hautes, préfigurant l'attitude du Sénat en 1815 : la docilité, la lâcheté, l'obéissance aux puissants du jour. Aussi votent-ils le remplacement du Directoire par trois consuls, Sieyès, Bonaparte et Roger Ducos. Paris vaque à ses occupations, inconscient que la Révolution est, cette fois-ci, bien finie. Quant à Bonaparte, il n'est pas encore le maître incontesté du pays.

CHAPITRE 35

Le meilleur Napoléon Bonaparte

Il n'existe pas, dans les critères d'aujourd'hui, de bonne dictature. Mais le Consulat néanmoins y ressemble. Une paix relative, la consolidation des acquis de la Révolution, la construction de la France moderne : autant de réalisations que le parlementarisme de l'époque, encore tourmenté par le legs révolutionnaire, n'aurait jamais accomplies. Rien n'est prévisible au matin du 20 brumaire. Trois consuls ont remplacé cinq Directeurs : l'un incarne la légitimité militaire, le second la tradition politique et le troisième ne compte pas. Que veulent les bénéficiaires de la Révolution, détenteurs de libertés individuelles et acquéreurs en masse des biens nationaux ? De l'ordre et de la stabilité. Que souhaitent les citoyens modelés par l'universalisme révolutionnaire ? De la gloire, témoignage de l'exception française. Sieyès répond à la première exigence ; Bonaparte aux deux. C'est cette différence qui fait basculer l'opinion, autant que l'énergie et le talent politique du jeune général. Aussi décidé qu'il a été affolé le 19 brumaire, aussi énergique qu'il a été évanescent, celui-ci fait glisser le pouvoir vers lui, aux dépens du vieil abbé fatigué d'avoir passé, comme il l'a dit lui-même, la Révolution à survivre.

C'est l'instauration d'un Premier consul qui, dans la Constitution de l'an VIII, place l'Etat dans les mains de Bonaparte. Le suffrage universel limité par un empilement de tamis, le pouvoir législatif corseté dans un jeu de rôles entre le Corps législatif, le Tribunat, le Conseil d'Etat et le Sénat, Chambre haute et muette (à l'exception du pouvoir de révocation dont il finira par user) ; le Premier consul désigné pour dix ans : trois millions de Français, c'est-à-dire une écrasante majorité de votants, adoptent une dictature légale qui préfigure les régimes de Franco et de Salazar au XXe siècle. La France établit de la sorte une règle qui prévaudra en 1851 ou en 1958. Elle ratifie de façon écrasante le retour à l'ordre, fût-ce au prix d'un pouvoir autoritaire, après une période de « chienlit » – suivant le mot du général de Gaulle en 1968. Sieyès relégué à la présidence du Sénat, le nouveau Premier consul se choisit deux collègues qui incarnent son programme politique. L'un est Cambacérès, conventionnel et régicide un peu malgré lui ; l'autre Lebrun, ancien secrétaire de Maupeou et serviteur de l'Ancien Régime. Les deux France convergent en Bonaparte, mais à une seule condition : la victoire militaire. Ce sera le carburant politique du régime. Lorsqu'il manquera, celui-ci s'effondrera. De là l'urgence symbolique de reconquérir l'Italie où l'aventure bonapartiste a démarré et dont le contrôle a été perdu en l'absence de son proconsul.

C'est une armée autrement plus solide qu'en 1796 qui reprend le chemin des Alpes. Elle risque néanmoins la défaite, le 14 juin 1800, à Marengo face aux Autrichiens. Seule l'arrivée impromptue de Desaix sauve Bonaparte, de même que le retard de Grouchy détruira en revanche l'Empire à Waterloo. Le bruit de la défaite ayant couru à Paris, le bonapartisme était déjà enterré ; le son de la victoire remet le Premier consul au firmament. Le contrat synallagmatique entre Bonaparte et le pays est désormais limpide : seule la victoire assure son pouvoir ; la première défaite le mettra à bas. C'est une partie inégale qui commence, car nul ne peut être éternellement invincible. Demeure une seule interrogation : quand cette défaite se produira-t-elle ?

Pour l'instant le Premier consul a la main. Son couple étrange avec Joséphine – deux insulaires, deux marginaux réunis par la vie – fascine. Son efficacité impressionne. Sa rapidité intéresse. Quant à la philosophie du pouvoir, il la définira lui-même le 4 mai 1802 : « Nous sommes trente millions d'hommes réunis par les Lumières, la propriété et le commerce. » Les Lumières, ce sont le culte des sciences, les grandes écoles, la méritocratie. La propriété, c'est la ratification de l'achat des biens nationaux et ce sera le Code civil, donc la stabilité des règles. Le commerce, cela signifiera la création de la Banque de France, le franc germinal et l'ordre monétaire, ainsi qu'un système fiscal aux mains de l'Etat et non plus évidemment de fermiers généraux ou de délégataires de toutes sortes. Le rétablissement du paiement des rentes d'Etat en numéraire et non plus en chiffon de papier et un budget en équilibre rétablissent la confiance dont la bourgeoisie a économiquement besoin. Seul un Etat fort peut garantir à long terme ces conquêtes. Bonaparte le fabrique, pyramidal et omniprésent.

La Révolution avait établi le principe de l'élection pour la plupart des postes de fonctionnaires. Le Premier consul lui substitue la nomination par le gouvernement. Les préfets sont plus puissants que les intendants de l'Ancien Régime. Ceux-ci se heurtaient à un maillage de franchises, de corporations, de privilèges locaux dont la Révolution avait sonné le glas. C'est au contraire une table rase en termes de pouvoirs, que découvrent dans leurs départements les préfets avec, à leurs côtés, des conseils généraux et municipaux dont les membres sont tous désignés par le pouvoir central. Quant à Paris, le souvenir de la Commune insurrectionnelle de 1792 lui vaut un régime administratif encore plus vigoureux, sans maire ni conseil municipal, le préfet de la Seine et un préfet de police cadenassant le système. Les Assemblées révolutionnaires avaient dépossédé la magistrature de son indépendance. Bonaparte se garde bien de la lui rendre. C'est lui qui applique la réforme de Maupeou de 1771, ne concédant aux juges une fois nommés que l'inamovibilité. Il consacre davantage d'attention encore à la police, soumettant tous les préfets à la férule d'un ministère qui, sous l'autorité de Fouché, mêle le souci de l'administration aux basses tâches d'un « cabinet noir ».

Mais un Etat remis sur pied n'est rien sans une normalisation politique et religieuse. L'attitude du Premier consul est politiquement équidistante des jacobins et des royalistes. Le choix de ses deux acolytes en témoigne, mais aussi la clôture de la liste des émigrés, la suppression de la fête du 21 janvier célébrant la mort de Louis XVI, autant que l'amnistie pour les anciens membres du Comité de salut public qui ont été déportés : « Ni talons rouges ni bonnets rouges, je suis national », aurait dit Bonaparte. L'indulgence vis-à-vis des deux camps ennemis ne perd rien au rappel de la force : c'est d'un côté la violence pour en finir avec la révolte chouanne, de l'autre la répression d'abord contre les jacobins, après l'explosion d'une machine infernale le 24 décembre 1800 sur le passage du Premier consul, puis, cette voie se révélant fausse, contre les royalistes auteurs de l'attentat. Ceux-ci ne peuvent plus, il est vrai, se faire la moindre illusion. A Louis XVIII qui lui a demandé benoîtement de restaurer la monarchie en échange d'un poste de lieutenant général du royaume, Bonaparte a répondu sèchement : « Vous ne devez pas souhaiter votre retour en France ; il vous faudrait marcher sur cent mille cadavres... »

Plus compliquée est la pacification religieuse. Elle ne relève pas, elle, d'un savant mélange d'indulgence et de répression. Et pourtant elle est au moins aussi essentielle, car le clivage entre l'Eglise assermentée et l'Eglise réfractaire a été un conflit clef de la décennie. C'est pour le Premier consul une affaire à traiter avec le seul interlocuteur légitime, le pape. L'idéologie ne doit jouer aucun rôle : « On dira que je suis papiste ; je ne suis rien ; j'étais mahométan en Egypte, je serai catholique ici, pour le bien du peuple. » On est dans la meilleure « realpolitik ». La concession faite au souverain pontife ? Le catholicisme présenté comme « religion de la grande majorité des Français ». Les contreparties ? La reconnaissance de la vente des biens d'Eglise, nécessaire à la quiétude de la bourgeoisie enrichie et le remplacement de tous les évêques, constitutionnels et réfractaires, par une nouvelle fournée, nommée par le gouvernement et consacrée par le pape. Payés par l'Etat, prêtant un serment de fidélité « entre les mains du Premier consul », évêques et curés deviennent des fonctionnaires, mais en contrepartie la papauté peut se targuer d'avoir fait revenir dans son giron un pays qui, de fille aînée de l'Eglise, était en train de devenir la patrie de l'Antéchrist. Dans la foulée, Bonaparte imposera la même fonctionnarisation au culte protestant, avant de le faire plus tard pour les juifs. Le Concordat provoque autant de fureur chez les anciens jacobins que chez les légitimistes, preuve politique qu'il a atteint son but.

La pacification intérieure peut avoir deux objectifs : préparer la paix internationale ou au contraire faire l'union nationale en vue de la guerre. De ce point de vue, les choix de Bonaparte demeureront éternellement ambivalents. Est-il sincère lorsqu'il signe des traités de paix ? Ou sont-ce, à ses yeux, des armistices temporaires afin de mieux préparer l'affrontement suivant ? On peut croire, sous le Consulat, à la première hypothèse ; l'Empire la démentira.

Malgré un Marengo en demi-teinte, Bonaparte reconquiert le Piémont et la Lombardie. Moreau de son côté pénètre en Allemagne, atteint Munich et s'ouvre, à Hohenlinden le 3 décembre 1800, la route de Vienne. Mais, peu désireux de voir un autre général se parer de la gloire des conquérants, Bonaparte hâte la négociation avec les Autrichiens. La paix de Lunéville, signée le 9 février 1801, ne lui est certes pas défavorable. Vienne reconnaît les conquêtes françaises en Italie, en Belgique et sur le Rhin et donne son quitus à la création des républiques sœurs – batave, helvétique, cisalpine. Il reste au Premier consul à faire tomber les uns après les autres les dominos et à isoler l'Angleterre. D'où le traité d'Aranjuez avec l'Espagne et surtout le traité de Mortefontaine, le 3 octobre 1800, établissant avec les Etats-Unis une paix « ferme et inviolable », source d'inquiétude pour Londres. Enfin, habile subterfuge, Bonaparte laisse filtrer des projets d'invasion de l'Angleterre pour lesquels il sait ne pas disposer de la marine nécessaire. Les Anglais finissent, de guerre lasse, par signer la paix d'Amiens, le 25 mars 1802. Ils se tirent, comme toujours à leur avantage, de l'exercice diplomatique, troquant la reconnaissance des conquêtes françaises sur le continent qu'ils pourront toujours annuler d'un trait de plume, contre des gains sonnants et trébuchants : Ceylan enlevée à la Hollande, la Trinité à l'Espagne et la France renonçant à l'Egypte.

Pour la première fois depuis avril 1792, la France est en paix. Situation enviable et naturelle pour un régime stable mais ambiguë pour un pouvoir toujours en mouvement. Bonaparte serait-il condamné soit à être Cincinnatus soit à devenir le chef d'un gouvernement bourgeois ? Il ne voit naturellement de réponse à cette désagréable alternative que dans le renforcement de son pouvoir personnel. Ainsi, étrange hasard, le Tribunat réclame-t-il le 6 mai 1802 un témoignage de reconnaissance nationale, après Amiens, pour le Premier consul... Le Sénat envisage une réélection anticipée pour dix ans : c'est bien court... Cambacérès lance, lui, l'idée d'un plébiscite sur la question suivante : « Napoléon Bonaparte sera-t-il Consul à vie ? » – première apparition officielle de cet étrange prénom. 3 600 000 oui contre 8 000 non. Le Sénat est obligé de proclamer un résultat qui ne lui sied guère ; c'est en 1815 qu'il se vengera. Un sénatus-consulte modifie dans la foulée la Constitution, rabaissant le pouvoir déjà faible du Tribunat et du Corps législatif, et renforçant le rôle du Sénat. Quand une Haute Assemblée pointe à l'horizon, la monarchie n'est plus très loin. Ce n'est pourtant pas encore l'esprit du temps. Celui-ci demeure égalitariste : même la création de la Légion d'honneur, institution méritocratique par définition, se heurte dans les Assemblées parlementaires à une vive résistance. Un chef oui, mais sans hérédité. La Constitution lui reconnaît certes le droit de présenter son successeur, mais ce n'est que le décalque du régime que Rome a connu sous les Antonins, l'empereur choisissant le futur souverain. Ce sont la reprise de la guerre et le retour de l'agitation politique qui pousseront le Consulat vers l'Empire, et donc l'hérédité.

La paix ne sera pas de longue durée. Comment l'aurait-elle été, alors qu'à la différence des traités de Westphalie, elle traduit un simple rapport de force sur le terrain, sans la moindre réflexion sur l'équilibre du continent ? Comment l'Angleterre pourrait-elle accepter durablement la conquête de la Belgique et donc la France maîtresse des bouches de l'Escaut, ces canons naturels braqués sur elle ? Comment les autres puissances monarchiques s'accommoderaient-elles à long terme d'une myriade de républiques qui représentent autant de contestations de leur propre légitimité ? Comment l'Europe avaliserait-elle les « frontières naturelles », fruit de l'expansionnisme français davantage que d'une analyse stratégique ? Comment ne s'inquiéterait-elle pas du regain colonial d'une France qui a obligé l'Espagne à lui rétrocéder la Louisiane, en échange de l'Etrurie et qui essaie de reconquérir Saint-Domingue, puissante économie sucrière, ce qui témoigne d'une ambition commerciale inattendue et donc inquiétante ? Voir la France s'intéresser aux mers ne peut que pousser l'Angleterre à ne pas évacuer Malte, cette plaque tournante de la Méditerranée, comme elle s'y était engagée à Amiens. C'est en mai 1803 le prétexte de la rupture, mais même la crise de Malte résolue, un autre déclencheur aurait fonctionné. Commence, dès lors, une « drôle de guerre », préfigurant celle de 1939-1940 avec l'Allemagne. Les Anglais ne sont pas en état d'intervenir massivement sur le continent et Bonaparte a besoin de plusieurs mois pour réunir une flotte capable, cette fois-ci, de transporter une armée de l'autre côté de la Manche et de marcher sur Londres.

Les Britanniques ont néanmoins un moyen économique de vaincre, sans que la réciproque soit vraie : l'assassinat de Bonaparte. Il n'est même pas nécessaire pour eux de se salir les mains. Il suffit de couvrir l'action de quelques royalistes exaltés. L'arrestation, début 1804, de Georges Cadoudal prouve qu'il ne s'agit pas d'une idée en l'air et l'apparition dans le complot, en filigrane, de Moreau le général rival, montre que royalistes et républicains peuvent avoir un intérêt commun à l'élimination de Bonaparte, avant d'en découdre entre eux.

Les interrogatoires de police ne cessent par ailleurs de se référer à la présence sur le sol français d'un membre de la famille Bourbon. A défaut de débusquer le comte d'Artois, Fouché signale au Premier consul la présence dans le pays de Bade, à proximité de la frontière, du duc d'Enghien, descendant des Condés et donc à ce titre Bourbon. Bonaparte le fait enlever en territoire étranger, juger à la sauvette et fusiller dans les fossés de Vincennes. Il assume pleinement son acte, affirmant que « la saignée entre dans les combinaisons de la médecine politique » et insistant sur le fait que « Ces gens-là voulaient mettre le désordre dans la France et tuer la Révolution dans ma personne ; j'ai dû la défendre et la venger ». Bonaparte signe en quelque sorte sa fidélité à la Révolution par un mini-régicide. Mesure-t-il les conséquences de la décision ? Ce n'est pas la rupture, à cette occasion, avec Chateaubriand qui change le cours des choses, mais le message envoyé aux vieilles monarchies : la lutte que mène la France contre elles demeure inexpiable.

La métamorphose du Consulat en Empire ne

rendra pas plus solide le régime, quoi que Napoléon ait voulu croire. Toujours est-il qu'il va plus loin que Cromwell : il décide de se faire roi. Une semaine après Vincennes, comme pour établir un rapport de cause à effet, le Sénat se manifeste en faveur de l'hérédité du pouvoir ; le Tribunat enchaîne ; le Conseil d'Etat commence à rédiger. L'affaire n'est pas techniquement simple, puisque Joséphine ne peut avoir d'enfant. De là une modalité bizarre : Napoléon se fait donner le droit d'adopter son successeur et s'il ne procède pas à une telle adoption, ses frères Joseph, puis Louis auront vocation au trône. Conscient des réactions d'hostilité que provoque cet effacement brutal de la Révolution, Bonaparte avance à marche forcée. Le sénatus-consulte du 18 mai 1804 lui conférant le titre bizarre d'« Empereur héréditaire des Français » est ratifié lors d'un plébiscite, par une majorité encore plus écrasante que la Constitution de l'an VIII.

Napoléon ne s'en contente pas. Il veut les fastes et les pompes d'un sacre et surtout la présence du pape. Incroyable résurrection de la tradition monarchique. La France gallicane, la France de la Constitution civile du clergé, négocie la venue à Paris du souverain pontife pour présider la cérémonie ! Napoléon nage, à ce moment-là, dans le surréalisme politique. Il crache à la figure des monarchies européennes avec l'exécution du duc d'Enghien et veut les imiter, voire les singer. Il mime le sacre de Reims pour mettre un point final à la Révolution. Il essaie d'accrocher sa dynastie au précédent des Carolingiens – d'où le titre d'Empereur – et traite mille ans de règne capétien comme une parenthèse. Il désire la bénédiction du pape mais, lors de la cérémonie, lui arrache la couronne des mains.

De ce kitsch politique témoigne le serment de l'Empereur qui, la main sur l'Evangile, jure « de maintenir l'intégrité du territoire de la République, de respecter et de faire respecter les lois du Concordat et la liberté des cultes, l'égalité des droits, la liberté politique et civile, l'irrévocabilité des ventes des biens nationaux, de ne lever aucun impôt, de n'établir aucune taxe qu'en vertu de la loi ; de maintenir l'institution de la Légion d'honneur ; de gouverner dans la seule vue de l'intérêt, du bonheur et de la gloire du peuple français ». Etrange monarchie qui a coupé le cordon ombilical avec Dieu, mais qui maintient la filiation avec les conquêtes de la Révolution ! Le Consulat correspondait à la phase rationnelle du bonapartisme ; l'Empire sera sa période baroque.

CHAPITRE 36

Une cavalcade débridée

Voilà l'Empereur « en situation », comme on dit aujourd'hui. Le pouvoir attire les courtisans, mais seules les monarchies leur offrent un statut. Napoléon ne se prive pas de distribuer hochets symboliques et colifichets aristocratiques. Ses frères, ses sœurs, ses beaux-enfants, princes et princesses d'Empire ; ses lieutenants et ses rivaux issus de l'armée du Rhin, maréchaux d'Empire ; ses collègues consuls, l'un archichancelier, l'autre architrésorier ; ses ministres, ses collaborateurs, pourvus de titres nobiliaires aussi frais que l'Empire lui-même. C'est moins Versailles que singe Napoléon Ier que le Saint Empire romain germanique. Mais les pensions, distinctions, dotations, fussent-elles distribuées à l'ancienne, rappellent la spécificité du régime. Non héréditaires, elles habillent de pompe un système méritocratique et à sa manière égalitaire. C'est encore plus vrai de l'épine dorsale de l'Empire, l'armée. Elle incarne la promotion sociale. Comment en irait-il autrement, avec pour chef un « petit caporal » devenu Empereur ? Elle symbolise la continuité avec la République : ce sont les mêmes divisions qui vont continuer à affronter les dynasties européennes. Elle s'identifie au soutien de la classe sociale à l'époque la plus nombreuse, la paysannerie.

Que veut, désormais, le nouvel Empereur ? Il l'écrit à Joseph au moment du sacre : « Je suis appelé à changer la face du monde ; je le crois du moins. Quelques idées de fatalité se mêlent peut-être à cette pensée, mais je ne les repousse pas ; j'y crois même et cette confiance me donne les moyens du succès. » Doté d'un tel viatique, Napoléon est programmé pour une guerre perpétuelle, pour une cavalcade débridée à travers l'Europe, pour une politique qui se définit chaque jour dans l'action, sans dessein ni réflexion stratégiques. Tout lui est donc permis, sauf la défaite.

Pour l'instant, il est en guerre avec l'Angleterre. C'est l'ennemi principal, le seul avec lequel aucun compromis n'est possible, dès lors qu'il ne lui abandonne ni la maîtrise des mers, ni l'ambition coloniale. Il faut donc la frapper chez elle. De là les immenses préparatifs du camp de Boulogne. L'armada des transports de troupe ne pourra néanmoins traverser la Manche que sous la protection d'une flotte de guerre. Celle-ci a été en partie reconstituée après le désastre d'Aboukir. Mais une marine ne se résume pas à des bateaux flambant neufs : ce sont aussi une tradition, des marins expérimentés, des chefs professionnels. L'idée de Napoléon est intelligente : attirer la flotte de Nelson vers les Antilles, afin de dégager la Manche. C'est l'inverse qui se produit. Au lieu d'affronter Nelson outre-Atlantique, l'amiral Villeneuve se fait piteusement bloquer à Cadix. Lorsqu'il tentera, quelques mois plus tard, d'échapper à ce piège, il se fera laminer à Trafalgar. Impossible dès lors de débarquer en Angleterre. Sûr de ne pas être envahi, le gouvernement de Londres peut retisser à loisir une nouvelle coalition – la troisième – avec la

Russie, l'Autriche, Naples et la Suède. Il ne reste plus à Napoléon qu'à faire volte-face et à abandonner le camp de Boulogne pour une nouvelle campagne continentale.

Autant la marine impériale est médiocre, autant son armée est un formidable instrument, huilé, bien organisé, intelligemment commandé, servi par une logistique impeccable. Napoléon est en un mois sur le Rhin. Il bat les Autrichiens à Ulm, entre dans Vienne que l'empereur François II a déclarée ville ouverte et couche symboliquement à Schönbrunn. C'est le premier de ses bivouacs dans les palais de ses ennemis, qui constitueront autant d'inutiles provocations aux yeux des dynasties européennes. Quant au souverain autrichien, il a opéré sa jonction pendant ce temps en Moravie avec l'armée russe. Napoléon est donc en face des deux empereurs alliés. Il les balaie, pour l'anniversaire de son sacre, à Austerlitz. Le voilà maître de l'Europe continentale.

Que va-t-il faire d'un tel triomphe ? Se réconcilier avec l'Autriche, comme le suggère Talleyrand, digne successeur de Choiseul et de Vergennes ? Cette stratégie d'équilibre ne sied évidemment pas à l'Empereur. Prisonnier de sa chimère, « changer la face du monde », il préfère dynamiter l'empire d'Allemagne et abaisser les Habsbourg. Le traité de Presbourg, signé à chaud après Austerlitz, expulse l'Autriche d'Italie, Napoléon annexant Venise et ses possessions adriatiques jusqu'à l'Albanie. Il élimine les Bourbons de Naples. Il entraîne surtout la fin du Saint Empire en lui substituant une Confédération du Rhin, créée en juillet 1806, dont la France devient la protectrice et dans laquelle elle croit se faire des alliés en conférant le titre de roi aux Electeurs de Bavière, du Wurtemberg et de Bade. C'est jouer avec les dominos de l'Histoire, sans beaucoup réfléchir. Le Saint Empire permettait aux Allemands de se vivre comme un « peuple-nation », à défaut de s'identifier à un Etat-nation. La Confédération du Rhin transforme ce peuple-nation en vassal : ce sera une contribution décisive et bien involontaire à l'essor du nationalisme allemand.

Comment la Prusse peut-elle en particulier accepter le nouvel état des lieux ? Napoléon pousse la provocation à son endroit jusqu'à proposer aux Anglais la restitution du Hanovre, ce qui constitue une nouvelle erreur stratégique. L'Empereur ne comprend pas que les Anglais voient dans la France impériale une menace mortelle et qu'aucune sucrerie territoriale ne les apaisera. Ceux-ci préviennent Frédéric-Guillaume III de la proposition française. Faisant fi de la complicité naturelle de la Prusse et de la France, Berlin entre en guerre. Le conflit ne sera pas long. Napoléon balaie l'armée prussienne, pourtant construite sur les principes établis par le grand Frédéric : après Iéna et Auerstedt, il n'en reste que des débris. Aussi l'Empereur entre-t-il le 27 octobre 1806 à Berlin et bivouaque-t-il à nouveau dans les draps de son adversaire.

Demeurent encore deux ennemis : l'Angleterre et la Russie. Vis-à-vis de la première, Napoléon commet à Berlin l'erreur fatale qui consiste à signer le décret établissant le blocus continental. A défaut de pouvoir battre les Anglais sur les mers, il croit les attaquer au portefeuille, c'est-à-dire dans leurs activités commerciales. Il s'oblige donc à conquérir l'Europe entière, afin de fermer tous les ports au commerce britannique et les Anglais n'auront plus d'autre solution que de se débarrasser de lui à n'importe quel prix. Quant aux Russes, eux aussi en lice, ils commencent à profiter des espaces et de la distance, pour allonger les lignes de communication de la Grande Armée et lui rendre la tâche difficile. Napoléon parvient néanmoins à les battre à Eylau en février 1807, au prix de terribles pertes des deux côtés, ce qui lui offre la Prusse-Orientale et lui permet de jouer les libérateurs en Pologne. Il parachève son succès à Friedland, dans des conditions aussi difficiles et peu décisives qu'à Eylau. C'est une victoire à la Pyrrhus. Les Autrichiens et les Prussiens ont refusé de l'épauler, l'armée a souffert, l'opinion française a commencé à s'inquiéter.

Doté de ce sixième sens propre aux grands politiques, Napoléon comprend qu'une pause est nécessaire, voire qu'une paix est souhaitable. De son côté, l'empereur de Russie est las de l'alliance britannique. Son pays supporte seul le prix du combat contre les Français, pour le plus grand profit d'une Angleterre cadenassée dans son île. Le réalisme pousse les deux souverains à la paix ; l'utopie les fait rêver à un partage du monde, l'Occident revenant au Français, l'Orient au Russe, grâce à un dépeçage mené en commun de l'Empire ottoman. Tels sont les objectifs de l'entrevue de Tilsit. Napoléon et Alexandre scellent donc une alliance sur leur île artificielle au milieu du Niémen. C'est l'occasion de faire renaître une Pologne, fût-elle atrophiée, sous le nom de grand-duché de Varsovie, confié au roi de Saxe, Frédéric-Auguste, et d'inventer un royaume de Westphalie, attribué à Jérôme et inséré dans la Confédération du Rhin. Mais surtout, pièce essentielle du dispositif napoléonien, la Russie se joint officiellement au blocus continental.

Face à ce coup de poignard, les Anglais réagissent comme ils le feront en 1940 : solitaires, courageux et déterminés. Ainsi déclarent-ils la guerre à la Russie et occupent-ils le Danemark, afin de contrôler la mer Baltique. Ce sursaut énergique représente un pari intelligent sur l'évolution de la Russie. C'est supposer que son alliance avec Napoléon est contre nature. Le signal est clair : aucun compromis n'est possible aux yeux de Londres avec l'Empereur. Mais celui-ci ne peut régler le cas anglais comme il l'a fait pour l'Autriche, la Prusse, la Russie. Ni la Grande Armée, ni son génie militaire ne lui sont du moindre secours. Ne reste donc que le blocus continental. Encore faut-il que les côtes continentales ne soient pas poreuses et que les marchandises anglaises ne puissent se glisser subrepticement à travers les mailles du filet. D'où la difficulté posée par la « verrue portugaise ». Intimement lié à l'Angleterre, ce petit pays ne se sent pas partie prenante du blocus. Napoléon décide donc de l'occuper et envoie Junot fermer le port de Lisbonne.

Mais tenir le Portugal oblige à contrôler l'Espagne. L'antipathie de l'Empereur pour les Bourbons de Madrid joue aussi son rôle. A ses yeux ils sont nuls et ils ont le tort d'être des Bourbons ! C'est l'occasion d'en finir avec cette dynastie et de l'éliminer d'Espagne, comme il a expulsé ses cousins de Naples. Napoléon décide, après avoir beaucoup tergiversé, de chausser les bottes de Louis XIV et d'installer son frère Joseph à Madrid, comme le Roi-Soleil y avait délégué son petit-fils, le duc d'Anjou. C'est oublier que l'Espagne a toujours enlisé les troupes françaises. Or si Napoléon sait battre des armées en rase campagne, il est inapte à la guérilla. Joseph sera chassé par une insurrection populaire, premier coup de canif au mythe de l'invincibilité française. Accouru en toute hâte, Napoléon réussira à réinstaller son frère sur le trône. Mais les lignes de communication ayant entre-temps été coupées avec

Lisbonne, les Anglais ont l'occasion de faire un coup de main comme ils les aiment. N'ayant pas les moyens de bâtir une armée de conscription, à l'instar de la France, ils sont devenus maîtres dans les attaques et les débarquements ciblés. Aussi envoient-ils un corps expéditionnaire. Privé de réserves, Junot n'a d'autre choix que de négocier son retrait et son rapatriement en France. Humiliation suprême, c'est la flotte anglaise qui se charge de la tâche. Le Portugal évacué, l'Espagne travaillée par une insurrection, le trône de Joseph branle, le patriotisme se répand comme une traînée de poudre, le temps du miracle est passé.

Mais, prisonnier de la logique du blocus continental, l'Empereur ne peut marquer de pause, réfléchir à un réagencement des cartes, en un mot établir une stratégie. Il doit en effet colmater les brèches partout où elles s'ouvrent. La Toscane semble devenir une porte anglaise vers l'Europe, il l'occupe. L'Adriatique peut offrir un parcours de repli aux exportations anglaises, il s'empare de la Carinthie et de l'essentiel de la Croatie qu'il réunit dans une même entité, les Provinces Illyriennes. Les Etats pontificaux servant d'accès aux marchandises britanniques, il fait fi de sa traditionnelle prudence à l'égard du pape et envoie le général Miollis s'emparer de Rome : Pie VII répond avec la seule arme à sa portée, l'excommunication ; il se retrouve derechef en résidence surveillée à Savone, et le pontife hier lâche et compréhensif vis-à-vis de l'Empereur devient un symbole de résistance aux yeux des guérilleros espagnols comme de l'ensemble de la chrétienté.

C'est une course folle. Un simple arrêt sur image en 1809 en témoigne. Autour d'une France de 130 départements, une myriade d'Etats est confiée aux membres de la famille impériale ; au-delà s'étendent des protectorats officiels et officieux ; plus loin encore des principautés alliées. La zone d'influence française va de Varsovie à Madrid, de Dubrovnik à Anvers, de Naples à Cadix. L'Empire compte 70 millions d'habitants dont 30 millions sont français, avec autour de lui, ses satellites : la Confédération du Rhin, la Savoie, la République italienne, le royaume de Naples, l'Espagne et plus à l'est une avant-garde représentée par le grand-duché de Varsovie. Comment Napoléon peut-il imaginer que ses ennemis historiques ne sont pas à l'affût du moindre incident qui leur permettra de reprendre l'initiative ? Quel meilleur encouragement que l'insurrection espagnole ?

Habituée à observer de près la scène madrilène, l'Autriche ne s'y trompe pas. Elle reconstruit son armée, se fait financer par l'Angleterre, arrache la neutralité du tsar et entre en guerre, afin d'effacer les humiliations successives de Campoformio, Lunéville et Presbourg. Des révoltes se développent dans le même temps dans l'Allemagne du Nord, premier signe de l'alliance que l'hubris napoléonienne réussira à forger entre le nationalisme des peuples et l'instinct de revanche des vieilles dynasties. Napoléon entre, certes, à nouveau dans Vienne que l'archiduc Charles a évacuée. Ce dernier cherche en effet à isoler l'armée française sur la rive gauche du Danube et celle-ci mettra un mois pour passer de l'autre côté du fleuve. Une fois sorti de la nasse, Napoléon triomphe à Wagram (6 juillet 1809) et fait payer, lors du traité de Vienne, un prix supplémentaire à l'Autriche, en lui enlevant la Galicie pour la rattacher au grand-duché de Varsovie. Mais la victoire est à chaque fois plus difficile et plus coûteuse : Friedland davantage qu'Austerlitz et Wagram davantage que Friedland.

La construction impériale est trop complexe pour être solide. Les lignes côtières à contrôler sont toujours plus longues, les communications plus difficiles, les peuples plus rétifs, les Alliés plus sceptiques, l'opinion française plus perplexe. Napoléon sent la fragilité de son projet ; l'absence d'héritier signifie, pour un esprit lucide comme le sien, que l'ensemble ne peut qu'exploser. S'étant placé sur le terrain dynastique, il doit régler la question de l'hérédité de l'Empire. Jamais une adoption ne permettra le transfert de ses prérogatives. Mais dès lors qu'il est décidé à divorcer de Joséphine et à se remarier, il doit utiliser l'occasion pour essayer de se glisser dans le club fermé des grandes dynasties européennes. Y a-t-il mieux, de ce point de vue, qu'une Habsbourg ? Une parente de Marie-Antoinette devenant l'épouse d'un fils de la Révolution, qui aurait été sans doute régicide s'il avait été député ! Plus le projet est paradoxal et provocateur, plus il peut contribuer à stabiliser l'Empire. Voilà donc Napoléon copiant le contrat de mariage entre Marie-Antoinette et Louis XVI et épousant, dans les mêmes termes juridiques, Marie-Louise, fille de l'empereur d'Autriche ! La naissance d'un héritier un an plus tard donne l'occasion à l'Empereur de laisser s'exprimer son inconscient historique : nommer son fils roi de Rome place l'Empire français sous l'égide d'un Saint Empire romain germanique qu'il a brutalement détruit, mais dont l'héritier s'appelait, de tout temps, roi des Romains.

Mais le mariage autrichien a aussi une finalité stratégique. Napoléon ne croit pas durablement à l'alliance russe. Pour des raisons de fond. Une France étirée, à cause du blocus continental, jusqu'à la mer Baltique après avoir annexé Brême et Hambourg, est une menace inacceptable pour la Russie. Le protectorat qu'elle exerce sur le grand-duché de Varsovie braque un pistolet au cœur de l'Empire russe. La disparition du mirage ottoman ne peut que tourner les yeux du tsar vers les enjeux du continent européen. Pour des raisons circonstancielles : la Russie est un allié désinvolte, neutre lors du conflit franco-autrichien, peu diligent pour faire respecter le blocus continental. L'alchimie enfin entre les deux hommes n' « a pas fonctionné, de sorte que la confiance faussement établie à Tilsit s'est dissoute dès l'entrevue suivante à Erfurt. S'il existe une fatalité de la guerre avec la Russie, le mieux est aux yeux de Napoléon d'en prendre l'initiative. Quel aveuglement, de sa part, de s'inquiéter aussi peu de la profondeur de la steppe russe, comme douze ans plus tôt de l'aridité du désert égyptien ! Quelle arrogance de penser étendre son influence de Brest à Moscou ! Quelle fantasmagorie de croire avancer, de la sorte, vers un Orient illusoire ! Quelle naïveté de penser fidèles les régiments enrôlés de force chez ses Alliés ! La décision de Napoléon d'envahir la Russie est encore plus absurde que celle de Hitler en 1941 car la technique aura, au XXe siècle, réduit les distances. A l'époque des diligences, le pari est fou. Nombre des dignitaires impériaux le pensent mais aucun n'ose le dire à un homme qui, à en croire Talleyrand, « ne tolère même plus l'approbation ».

Chapitre 37

Maître du monde ? Un état précaire...

Le 1er juillet 1812, Napoléon écrit à Alexandre : « La guerre est donc déclarée entre nous. Dieu même ne peut pas faire que ce qui a été n'ait pas été. Mais mon oreille sera toujours ouverte à des négociations de paix... » Napoléon croirait-il qu'il lance un simple coup de semonce ? Avec 700 000 hommes issus de 20 nations, dont près de 200 000 Allemands, témoignage de la diversité, de l'immensité et de la faiblesse de l'Empire ?

Alexandre change les règles du jeu de la guerre. Son armée s'évanouit, les moujiks brûlent les récoltes, le vide est son allié. Quant à la « Grande Armée », elle souffre immédiatement de difficultés logistiques, n'avance qu'à pas comptés, entre bien tardivement à Smolensk, n'atteint la Moskova qu'en septembre et se précipite au-devant du meilleur allié du tsar, l'hiver. Koutousov finit par accepter un affrontement traditionnel à Borodino. Sanglante et incertaine, la bataille n'entame guère les ressources militaires russes mais affaiblit une armée impériale qui, elle, ne peut plus s'appuyer sur des arrières trop éloignés.

Le 14 septembre, Napoléon entre à Moscou. Sans doute espère-t-il que ce bivouac aura les mêmes effets traumatiques sur l'ennemi que ses séjours à Vienne ou Berlin. Mais il se heurte, là aussi, à une donne inattendue : les Russes n'hésitent pas à incendier la ville et à la lui abandonner aussi longtemps qu'il voudra y rester. Même si Napoléon veut faire croire qu'il gouverne de partout son Empire, signant ainsi au Kremlin le décret réorganisant la Comédie-Française, il n'est dupe ni de cette illusion, ni de l'impasse qui se dessine. L'Empereur est en effet devant un choix entre deux mauvaises solutions. Prendre la route de Saint-Pétersbourg, en quête d'un affrontement hypothétique avec l'armée du tsar ou repartir piteusement vers la France. Il se résout au retour. Voilà la Grande Armée refaisant le chemin en sens inverse, harcelée par les cosaques, agressée par le froid, vaincue par l'épuisement, assommée par la distance. Lorsqu'elle franchit début décembre le Niémen, il ne lui reste que 100 000 hommes mal en point sur 700 000, que Napoléon n'hésite pas à abandonner pour rentrer à bride abattue aux Tuileries, aussi indifférent au destin des survivants qu'il l'avait été au sort des régiments de Desaix oubliés en Egypte.

Il avait appris, entre-temps à Smolensk, la tentative de coup d'Etat du général Malet le 23 octobre. Personnage insignifiant, ce militaire de deuxième rang réussit à cristalliser sur sa personne une triple opposition à Napoléon. Entrent en effet dans le complot des royalistes, des républicains et des militaires. Fallait-il que ces courants ne disposent pas d'une meilleure figure de proue pour s'en remettre à un aventurier sans gloire ! Celui-ci bloque les entrées de Paris, contrôle le ministère de la Police, la préfecture de la Seine, l'Hôtel de Ville, après avoir mystifié quelques officiers naïfs en leur faisant croire à la mort de Napoléon. Le coup d'Etat échoue en quelques heures ; les conjurés sont jugés et fusillés dans les trois jours. Mais l'alerte a été sérieuse. Elle témoigne de la force d'une opposition multiple et souterraine et démontre la faiblesse du système en l'absence de son chef. Elle fait surtout apparaître une opinion publique prudente et ambiguë à l'égard du régime. On ne prélève pas impunément sur la population classe d'âge après classe d'âge, afin de se donner les moyens d'une guerre perpétuelle.

C'est presque un fuyard qui pénètre subrepticement aux Tuileries le 18 décembre 1812. Mais les instruments du pouvoir à nouveau en main, il redevient – du moins pour un temps – l'Empereur.

Première urgence : stabiliser le régime et donc prévoir la dévolution du pouvoir, s'il lui arrive malheur. Napoléon revient au moyen le plus éculé d'assurer la pérennité d'une dynastie, si l'héritier est mineur : la régence. Tel est l'objet du sénatus-consulte du 3 mars qui en établit le principe au profit de l'impératrice.

Deuxième urgence, typique des dictatures affaiblies : réinventer un minimum de vie politique. Napoléon remet en mouvement les Assemblées parlementaires, les flatte et fait semblant de les redécouvrir.

Troisième urgence : reconstituer une armée, face à la coalition que va nécessairement ressusciter l'échec de Napoléon. Les miettes de la Grande Armée revenues de Russie ne sont pas à la mesure de l'enjeu. Il faut donc tirer sur de nouvelles classes d'âge : 350 000 hommes sont appelés sous les drapeaux, alors que la classe 1813 a déjà été mobilisée et a disparu dans les frimas russes. Il faudra, deux mois plus tard, lever 180 000 hommes de plus, car les pertes en lignes grandissent, les dérobades se multiplient et les désertions deviennent préoccupantes. Des troupes, encore des troupes, toujours des troupes ! C'est réinventer la levée en masse de l'an II, sans l'enthousiasme révolutionnaire et après quinze ans de guerres éprouvantes.

Une fois le mythe de l'invincibilité disparu, la curée est en effet proche. La Prusse rejoint dans le conflit, au printemps 1813, une Russie avec laquelle la France est toujours en état de guerre. L'Autriche est d'une neutralité chaque jour plus menaçante. L'Angleterre voit enfin justifié son jusqu'au-boutisme. Et pire, les conquêtes les plus récentes tombent, tels des dominos. La guérilla et les troupes anglo-espagnoles chassent Joseph de Madrid, sans que l'on puisse mesurer quel est le vrai vainqueur, du peuple, des Anglais ou de la vieille dynastie. Naples gronde et Murat y joue sa partie, en oubliant qui l'a fait roi. Les principautés allemandes sont traversées par des insurrections populaires et leurs souverains retrouvent le chemin de Vienne. Le conflit est désormais inexpiable.

Liée par l'histoire aux dynasties européennes et par le mariage de Marie-Louise à l'Empire, l'Autriche se propose comme médiateur et suggère d'en revenir au traité de Lunéville. C'est peine perdue car, vainqueur des Russes et des Prussiens à Lützen et Bautzen en mai 1813, Napoléon croit sa bonne fortune revenue et sa déconfiture en Russie oubliée dans les poubelles de l'Histoire. Or, même vainqueur, il ne fait plus peur. Chacun devine la fin possible. Aussi la Suède et l'Autriche rejoignent-elles la coalition. Napoléon a désormais en face de lui des troupes plus nombreuses que la Grande Armée à son apogée : 1 000 000 d'hommes ! Les maréchaux ennemis se sentent pousser des ailes ; ils deviennent audacieux. Ainsi Bernadotte, le général français devenu roi de Suède, Blücher le Prussien, Schwarzenberg l'Autrichien réussissent-ils à faire leur jonction, avant d'affronter les Français. Ceux-ci se retrouvent à Leipzig à un contre deux. Et encore l'armée impériale compte-t-elle maints régiments allemands qui s'empressent de faire défection. La défaite tourne, dès lors, à la débandade et les débris de l'armée de Napoléon se retrouvent sur le Rhin, poursuivis par la coalition.

Il ne s'agit plus, pour l'empereur Napoléon, de défendre ses conquêtes, mais le territoire français ! Sur qui peut-il s'appuyer pour susciter un élan national ? Sur des maréchaux qui croulent sous les honneurs et aspirent à en profiter ? Sur des courtisans prisonniers de leurs titres ? Sur une bourgeoisie qui souhaite le calme et l'enrichissement ? Sur une paysannerie lasse de voir partir ses enfants au front ? Sur des républicains qui rêvent de clore la parenthèse impériale ? Sur des royalistes qui commencent à croire au miracle d'une Restauration ? Il lui reste ses jeunes conscrits, les « Marie-Louise » avec lesquels il virevoltera pendant la campagne de France, comme à la belle époque de ses débuts italiens. Mais son secret espoir est une hypothétique modération de l'Autriche, désireuse de contenir les ambitions prussienne et russe et peut-être tentée de tirer parti de la présence de Marie-Louise sur le trône impérial. C'est compter sans la fermeté de l'Angleterre, banquière de la coalition et, à ce titre, son véritable chef : comment imaginer que Londres puisse renoncer à l'occasion, si longtemps attendue, de faire tomber un régime qui l'a menacée comme elle ne l'avait jamais été ? La maîtrise des côtes continentales par la France, le blocus, les tentatives d'affrontement naval, l'objectif d'un débarquement à travers la Manche : autant de provocations de l'Empereur qu'il va lui falloir payer comptant.

C'est dans un mauvais climat politique qu'il livrera

bataille. Ses appels à l'esprit de la Révolution tombent à plat. Les Assemblées parlementaires deviennent rétives au point de l'obliger à dissoudre le Corps législatif. Napoléon essaie de rejouer la partition de la dictature de salut public mais, prisonnier de la machinerie impériale, il n'est pas crédible dans le rôle. L'Empereur ne peut plus revêtir les habits du jeune Premier consul.

Le 25 janvier 1814, il repart en campagne après avoir confié à nouveau la régence à Marie-Louise et le poste de lieutenant général de l'Empire à Joseph. L'objectif stratégique est évident : empêcher les armées de la coalition de se regrouper. Napoléon s'appuie sur 60 000 hommes, c'est-à-dire une armée minuscule et inexpérimentée. Il parvient néanmoins à battre les 27 et 29 janvier à Saint-Dizier et Brienne les troupes de Blücher. S'ouvre alors la dernière fenêtre pour un compromis. Caulaincourt rencontre à Châtillon les plénipotentiaires des quatre piliers de la coalition – Angleterre, Autriche, Prusse, Russie. Ceux-ci exigent que la France rentre dans ses frontières de 1792. Napoléon ne s'y résout pas : « Des revers inouïs ont pu m'arracher la promesse de renoncer à mes conquêtes, mais que j'abandonne celles de la République ! Que je viole le dépôt qui me fut remis avec tant de confiance ! Qu'aurai-je à répondre aux républicains ? » Etrange cri du cœur du gendre de l'empereur d'Autriche qui, au bord du gouffre, redevient l'héritier de la Révolution et repart derechef au combat !

Il parvient encore à détruire l'essentiel de l'armée prussienne en trois mouvements à Champaubert, Montmirail, Vauchamps. Il se retourne contre les divisions autrichiennes qui filaient dans son dos vers Paris et les vainc à Montereau. Abandonnant ce front-là, il repart vers le nord affronter les troupes suédoises de Bernadotte et les dernières divisions prussiennes. L'infériorité numérique des Français est chaque jour plus patente mais, continuant à faire preuve d'une incroyable maestria, l'Empereur gagne à Craonne et Laon et arrive à tenir les coalisés à distance de Paris. Mais pendant ce temps-là, les Anglais et les Espagnols pénètrent en France par le Pays basque ; ils ne parviennent pas en revanche à forcer le verrou catalan. Comme Eugène contient en Italie l'avance des Autrichiens, ceux-ci le contournent par la Suisse et foncent vers Lyon. Le territoire français est désormais poreux mais les coalisés ne sont pas reçus en triomphateurs. Excédées par leurs exactions, des bandes de partisans les attaquent sur leurs arrières. Ce n'est certes pas l'équivalent du soulèvement populaire des Espagnols contre les troupes napoléoniennes, mais cette guérilla ralentit, voire inhibe les troupes ennemies. Face à la résistance acharnée de Napoléon, les coalisés resserrent les rangs. Ils signent le pacte de Chaumont, s'engageant à ne pas conclure de paix séparée et à ne cesser le combat que lorsque la puissance de l'Empereur sera complètement détruite. Le sort en est désormais jeté. Ce n'est plus qu'une affaire de temps, même si les Français sont encore vainqueurs à Reims.

Si le front militaire tient vaille que vaille grâce au génie tactique de Napoléon, le front politique, lui, se craquelle à Paris. L'opinion éclairée se projette, au moment même où il se bat en Champagne, dans l'après-Napoléon. Les uns, tels Benjamin Constant et Germaine de Staël, veulent faire revenir Bernadotte de Stockholm ; les autres pensent au duc d'Orléans ; les derniers, c'est-à-dire les royalistes, ne jurent évidemment que par Louis XVIII. Ils disposent de réseaux dans le pays, de soutiens chez les alliés, de positions fortes dans le Sud qui apparaissent au fur et à mesure de l'avancée anglaise. A Paris, les pouvoirs de la régente et du lieutenant général deviennent formels.

C'est Talleyrand qui est à la manœuvre. Il pense d'abord à ses propres intérêts, lesquels sont complexes, car, ayant trempé dans l'assassinat du duc d'Enghien, il n'est pas à ce stade *persona grata* chez les royalistes. Il pèse de tout son poids pour que l'impératrice et son fils quittent Paris, geste symbolique qui marque au fer rouge un régime identifié depuis ses débuts au centralisme parisien. Resté, lui, dans la capitale, il en devient le seul maître, obligeant les maréchaux Marmont et Mortier, en charge de la défense de la ville, à capituler le 31 mars. Les troupes alliées entrent le même jour à Paris, occupant une ville qui avait toujours su éviter la mainmise étrangère !

Sans mandat, avec pour seule arme son intelligence, Talleyrand négocie avec les chefs de la coalition. Ceux-ci proclament leur refus de traiter avec Napoléon et sa famille, le respect de l'intégrité de la France dans ses frontières de 1792 et leur désir de voir le Sénat désigner un gouvernement provisoire et préparer une Constitution à soumettre aux Français. C'est une position équilibrée et habile qui cherche à éviter aux vaincus une humiliation trop ostensible. Il reste au Sénat à s'exécuter. 64 sénateurs sur 141 oublient en une seconde leur fidélité à l'Empereur et avalisent la fin de l'Empire. Lorsque les Assemblées parlementaires se couchent, elles le font sans grâce. Il en ira ainsi de l'Assemblée du Front populaire le 10 juillet 1940 au profit du maréchal Pétain ou de la Chambre des députés de la IVe République le 30 mai 1958 vis-à-vis du général de Gaulle. Ainsi le Sénat n'hésite-t-il pas à voter formellement la déchéance de l'Empereur, son maître.

Sans armée, lâché par ses maréchaux, trahi par ses dignitaires, que peut faire Napoléon, replié au château de Fontainebleau ? Il tente la voie d'une abdication conditionnelle au profit de son fils, mais il est trop tard. Tout, en politique, est affaire de moment. De même que, s'il avait accepté à Châtillon les frontières de 1792, il aurait conservé une chance de voir survivre son régime, peut-être aurait-il pu sauvegarder, quinze jours plus tôt, le trône du roi de Rome, petit-fils de l'empereur d'Autriche. Installés à Paris, les Alliés exigent désormais une abdication inconditionnelle. C'est chose faite le 6 avril 1814.

Il ne reste à Talleyrand qu'à définir la nature du régime à venir. Il refuse la suggestion de Lebrun, l'ancien consul, de revenir à la Constitution de 1791 car, anglophile, il souhaite l'existence de deux Assemblées. C'est ainsi qu'en pleine occupation étrangère et en quelques heures, le parlementarisme fait irruption dans l'histoire française. Le projet de Constitution est adopté le soir même de l'abdication de l'Empereur, accompagné d'un appel sur le trône, au nom du peuple français, à « Louis Stanislas Xavier de France, frère du dernier Roi et, après lui, les autres membres de la maison de Bourbon dans l'ordre ancien ».

L'Empire est mort et avec lui la Révolution dont il se prétendait encore l'héritier. Napoléon n'a plus, pour ce qui le concerne, qu'à boire le calice jusqu'à la lie. La convention qu'il signe le 11 avril après avoir tenté, semble-t-il, de se suicider, lui attribue la souveraineté de l'île d'Elbe comme si les Alliés voulaient pousser l'humiliation jusqu'à le faire roi d'une île voisine de sa Corse natale qui semble par comparaison, vue de Portoferraio, aussi grande qu'un continent.

Chapitre 38

Le bizarre mariage des Bourbons et de la France de la Révolution

Le Sénat avait voté une Constitution mais le roi qu'il a mis en place n'en veut pas. Celui-ci en accepte en fait les termes, mais refuse de se la voir imposer par une Assemblée. Ce serait en effet brider sa légitimité, seul principe sur lequel il exclut de transiger. L'exil ne fait jamais perdre son arrogance à un Bourbon. Invalide, disgracieux, guère charismatique, Louis XVIII s'arcboute sur son héritage dynastique pour s'imposer, y compris vis-à-vis des Alliés auxquels il doit pourtant son retour. Ainsi le tsar dira-t-il de façon sarcastique : « On aurait dit que c'était lui qui venait de me replacer sur le trône. »

Louis XVIII octroie donc une Charte constitutionnelle le 4 juin 1814. Celle-ci se plaît à rappeler l'origine divine du trône et refuse donc toute ratification du texte par les Français. Mais sa substance demeure celle de la Constitution sénatoriale. Deux assemblées, la Chambre des pairs et la Chambre des députés, composées au départ, la première par la plupart des sénateurs, la seconde par les membres du Corps législatif : le personnel napoléonien survit pour prix de son ralliement. La garantie des rentes, des pensions et de la propriété : c'est donc l'acquisition des biens nationaux que ratifie le frère de Louis XVI. L'égalité civile : elle satisfait sans doute le roi, désormais sûr d'être à l'abri, à la différence de ses ancêtres et de son frère, des foucades des grands, des coups de boutoir des parlements et des complexités liées à l'imbrication des privilèges, grands et petits.

La religion catholique reprend certes une place propre à inquiéter les héritiers de la tradition anticléricale ; les nobles reviennent en masse d'exil, en quête de places surtout dans l'armée ; la Cour retrouve ses habitudes mais elle est moins rutilante que celle de l'Empereur. Plus essentiel : l'administration civile est à peine épurée. La monarchie se love dans l'appareil issu de la Révolution et de l'Empire. Les choses se passent moins bien avec l'armée, car une grande partie des troupes est limogée et douze mille officiers sont mis à la retraite ou en demi-solde. Mais dans l'ensemble la Restauration est plus douce qu'on n'aurait pu l'imaginer après un quart de siècle de bruit et de fureur. Les Alliés sont de surcroît pleins de mansuétude pour Louis XVIII. Le traité de Paris du 30 mai 1814 laisse à la France ses frontières de 1792, ne lui impose aucune indemnité de guerre et prévoit le départ immédiat des troupes étrangères. On connaîtra des occupations autrement plus rudes en 1815, 1870 et surtout 1940.

Le régime commence à peine à trouver son équilibre qu'éclate le coup de tonnerre du 1er mars 1815. Il y a de l'Edmond Dantès chez Napoléon ! Après avoir déjoué une première fois la surveillance de la marine britannique, lorsqu'il avait fui l'Egypte en 1798, il réussit – performance plus étonnante – à passer à travers les mailles du filet tendu autour de l'île d'Elbe et à débarquer à Golfe-Juan. De toutes les chimères que

Bonaparte, puis Napoléon, ont transformées en réalités, cette résurrection est la plus étonnante. Quelle foi en son propre destin ou quelle lucidité sur la versatilité des foules pour espérer triompher chez les mêmes provinciaux qui l'avaient chahuté lors de son départ vers l'exil ! Quelle intrépidité pour se choisir un destin de hors-la-loi, puisque quitter Elbe c'est renier sa propre signature sur l'acte d'abdication ! Quelle étonnante pulsion sacrificielle ou suicidaire de se jeter au-devant de troupes chargées de le mettre hors d'état de nuire ! Ou simplement quel goût du poker avec, pour table de jeu, l'Europe ! A Lyon, vieux bastion de la lutte des classes, c'est le fils de la Révolution qui est acclamé. Face au maréchal Ney, c'est le chef de guerre qui retrouve ses troupes. A Paris, c'est l'Empereur qui reprend ses marques.

Louis XVIII avait entre-temps repris le chemin de l'exil et s'était replacé sous la protection des troupes étrangères sans ressentir la moindre humiliation, tant le sentiment d'être un *Ubermensch*[1] est viscéral chez les Bourbons. A peine réinstallé aux Tuileries, Napoléon se retrouve avec, entre les mains, la grenade politique que lui a laissée Louis XVIII : la Charte. Comment ferait-il moins que le descendant de Louis XI ? De là cet étrange Acte additionnel aux Constitutions de l'Empire, simple succédané de la Charte, rédigé par Benjamin Constant qui, après avoir écrit au moment du débarquement de Golfe-Juan : « Je n'irai pas, misérable transfuge, me traîner d'un pouvoir à l'autre, couvrir l'infamie par le sophisme », ne résiste pas au numéro de séduction de l'Empereur. Il est le digne représentant d'une classe dirigeante à laquelle les années 1814 et

1. Un Surhomme dans la philosophie de Nietzsche.

1815 ont imposé de changer de maîtres plus rapidement encore que de costumes ! Nouvelle illustration, s'il en était besoin, des ravages dans la société française de l'esprit de cour et de la soumission au pouvoir en place. 1815 n'est qu'une préfiguration douceâtre de 1940. Etrange théâtre d'ombres que le pouvoir pendant les Cent-Jours : l'inusable La Fayette chef de file des libéraux à la Chambre, Lazare Carnot auréolé du souvenir de la levée en masse, prenant en charge le ministère de l'Intérieur, Fouché éternel revenant. Autre réminiscence : une nouvelle révolte chouanne à l'ouest dont la répression mobilise vingt mille hommes, au moment même où l'armée est bien efflanquée. Mais le vrai front n'est évidemment pas intérieur.

Furieux d'avoir été bernés, les Alliés veulent cette fois-ci en finir avec l'« usurpateur », malgré les appels à la paix que lance celui-ci. Fidèle à sa tactique traditionnelle, Napoléon attaque au point de jonction des Anglais et des Prussiens. N'ayant à sa disposition que cent vingt-cinq mille hommes, face à des troupes infiniment supérieures, il n'a d'autre espoir que de « curiacer » l'ennemi. « On attendait Grouchy ; ce fut Blücher. » C'est une illusion : même vainqueur le 18 juin à Waterloo, Napoléon était condamné à la défaite. Ce n'était plus qu'un Mandrin revêtu de la pourpre impériale, face aux représentants de l'ordre européen. Paris apprend le 20 juin le résultat de Waterloo.

Entre ce jour et le 8 juillet, date du retour de Louis XVIII, se joue une extraordinaire partie politique. La Fayette à la tête d'une Chambre libérale ne veut pas des Bourbons ; Carnot souhaite réinventer l'an II ; le tsar pense au duc d'Orléans. C'est Fouché, nommé à la tête d'une Commission exécutive, qui joue la même partition que Talleyrand un an plus tôt. Il écarte l'une après l'autre les hypothèses bonapartiste, républicaine, orléaniste et ouvre la voie au rétablissement de Louis XVIII, en échange de son retour en grâce, ce qui pour un régicide relève de l'exploit. Le spectacle de Talleyrand introduisant Fouché, « le vice appuyé sur le bras du crime[1] », auprès du roi est un des sommets du grand-guignol politique.

Quant aux Alliés, ils ne veulent pas être à nouveau dupés. Sainte-Hélène est un exil plus sûr qu'Elbe. La France n'échappe pas à l'occupation : près d'un million d'hommes s'installent, pillent et vivent sur l'habitant – en principe pour cinq ans. Une indemnité de guerre lui est imposée, cette fois-ci, et elle doit se rétracter en deçà des frontières de 1792, cédant au nord et surtout à l'est des places fortes dont l'absence facilitera la percée prussienne de 1870. La dureté de ces conditions ne sera pas mise par l'opinion au débit de Napoléon qui en fut pourtant le responsable objectif, mais à celui des Bourbons, de même que la Terreur blanche.

La tension entre républicains, bonapartistes et royalistes avait été tant bien que mal contenue en 1814. Elle explose en 1815 : révoltes durement réprimées ; vengeances enfin assouvies ; épuration massive ; procès ostentatoires, en particulier du maréchal Ney ; exécutions sommaires qui reprennent la tradition révolutionnaire et préfigurent 1945. Le climat du moment s'incarne dans la Chambre introuvable. Autant les élections avaient pendant les Cent-Jours donné la main aux libéraux, autant elles consacrent, après le retour du roi, le triomphe des royalistes les plus réactionnaires. Ce sera d'ailleurs le premier paradoxe d'un parlementarisme français encore balbutiant : au lieu de jouer les

1. Chateaubriand.

« godillots », comme l'Assemblée nationale l'a fait par exemple après 1958, les députés monarchistes mèneront la vie dure au souverain. Celui-ci est ferme sur les apparences et accommodant sur le fond. Il ne veut pas pousser trop loin la revanche sur les bonapartistes et les républicains, préfigurant la mansuétude de de Gaulle en 1945 vis-à-vis des vichystes.

La Chambre, elle, cède à l'hubris. A propos de ses propres pouvoirs : elle veut transformer les ministres en exécutants de sa volonté, annonçant le parlementarisme de la IIIe et de la IVe République, comme si les députés, héritiers des frondeurs du XVIIe siècle, s'étaient approprié les réflexes des Assemblées de la Révolution. Sur le plan financier : elle rechigne à assumer les dettes de l'Empire, se refusant à un principe de continuité pourtant indispensable dans un pays qui consomme allègrement les régimes politiques. Dans le domaine politique : elle souhaite abaisser le seuil du suffrage censitaire, afin de contourner l'influence de la bourgeoisie grâce à l'irruption d'électeurs plus modestes et donc plus influençables par les châtelains locaux. Etonnante situation, c'est l'essence du régime parlementaire qui est en jeu, à l'initiative d'une Chambre follement réactionnaire. De là un engrenage inattendu. Rationnels, les Alliés sont inquiets ; habile, le roi se sent manipulé ; intelligent, son favori Decazes pousse à la dissolution.

Louis XVIII finit par faire le pari : il dissout l'Assemblée parce qu'elle est trop royaliste. Il inaugure sans le savoir la dissolution « à la française », motivée moins par le désir de réélire une majorité de même couleur que par la nécessité de sortir d'une situation impossible. Etonnante élection qui voit le monarque en quête de députés moins dociles et son frère, le comte d'Artois, futur Charles X, s'ériger en protecteur des sortants. Louis XVIII ne lésine pas sur les moyens. Il envoie les préfets au feu, pèse sur les collèges électoraux et parvient à ses fins, obtenant une majorité plus libérale et moins réactionnaire.

La leçon de l'épisode est limpide. Les « Chambres introuvables » sont une catastrophe. 1919, 1969, 1981, autant de témoignages des excès d'une majorité prisonnière de son propre triomphe. Gagner au centre avait obligé le roi à s'appuyer sur la gauche. Celle-ci prend, à cette occasion, conscience de son importance. La reconnaissance n'existant pas en politique, elle ne sait aucun gré au monarque de l'avoir mise en selle et lui mène la vie dure. Mais pacifiée, émue par l'assassinat du duc de Berry, l'opinion pousse l'Assemblée à régler les questions pendantes : la loi électorale ; l'organisation de l'armée avec pour la conscription l'introduction du tirage au sort ; la définition de la liberté de presse grâce à l'énoncé, *a contrario*, des abus à réprimer.

La Révolution avait instauré l'égalité ; elle avait ignoré la démocratie. C'est, au nom des paradoxes dont se repaît l'Histoire, le frère de Louis XVI qui invente les premières institutions démocratiques et surtout les fait vivre. Celles-ci cèdent naturellement à un péché de jeunesse qui deviendra rapidement une seconde nature des Assemblées parlementaires : provoquer l'instabilité gouvernementale.

La France avait réussi entre-temps à se débarrasser par anticipation de l'occupation alliée, en accélérant le paiement de l'indemnité de guerre. Si elle avait fait bonne figure en 1815 au congrès de Vienne, elle le devait à l'activisme sophistiqué et à l'ascendant retors de Talleyrand, mais elle demeurait une puissance asservie. C'est le duc de Richelieu qui obtient à l'automne 1818 le retour de la France dans le concert des grandes nations, à parité de droits et de devoirs. Il n'hésite pas à emprunter à Londres, afin de solder l'indemnité d'occupation. C'est donc l'or anglais qui contribue à libérer le territoire français de l'occupation alliée, c'est-à-dire partiellement britannique !

Mais pour un pays si ardemment militaire, le retour au statut de grande puissance passe par l'usage de la force. L'Espagne va en fournir le prétexte à Louis XVIII. La péninsule est, en 1822, en proie au désordre : une tentative de coup d'Etat révolutionnaire ; un roi prisonnier ; une régence mal assurée. Pour Chateaubriand, fugitif ministre des Affaires étrangères, c'est, au-delà d'un réflexe égotique, l'occasion de damer le pion aux Anglais peu désireux de partager la chasse gardée qu'ils s'étaient taillée en Espagne en combattant Napoléon. Il veut démontrer la capacité d'action autonome du pays et ne pas être le simple bras séculier de la Sainte Alliance. Paradoxe de l'Histoire : alors que nos plus grands capitaines, Charlemagne et Napoléon, s'étaient enlisés en Espagne, le duc d'Angoulême aidé par la vieille garde des maréchaux d'Empire dirige une quasi-promenade militaire. Hormis quelques combats pour prendre le fort Trocadéro, il occupe le reste du pays sans coup férir. Ses troupes s'y maintiennent jusqu'en 1828 sans susciter ni révolte ni hostilité. Performance inattendue... L'armée a ainsi démontré qu'au-delà des régimes, elle avait comme premier objectif de « persévérer dans son être » : avant-hier républicaine, hier impériale, aujourd'hui royaliste.

C'est, pour un régime perpétuellement inquiet, une assurance. Celui-ci ne cesse en effet de proclamer sa légitimité historique mais il s'angoisse des humeurs de l'opinion. L'assassinat du duc de Berry en 1820 rappelle brutalement l'existence d'une opposition violente. La mort de Napoléon en 1821 parachève une légende qui devient un instrument de militantisme politique. Les sociétés secrètes pullulent dont la plus puissante est la Charbonnerie, importée d'Italie. Elles multiplient des microcomplots qui inquiètent le pouvoir au-delà du raisonnable. En fait, le Paris des intellectuels et des bourgeois renâcle devant cette monarchie plus archaïque dans sa manière d'être que dans sa pratique, mais la province avide de calme et d'enrichissement demeure solidement conservatrice, comme en témoigne l'élection, en 1824, d'une « Chambre retrouvée », quasi-décalque de la Chambre introuvable.

Louis XVIII se sent obligé de lui donner du grain à moudre. Rien n'est plus symbolique que le projet de « loi d'indemnité des émigrés » – « le milliard des émigrés » en langage plus polémique. C'est un débat éternel que l'indemnisation des particuliers expropriés par un régime, lorsque celui-ci disparaît. Les anciens pays communistes n'en sont pas encore sortis. Maintien du statu quo ? Restitution des biens ? Indemnisation ? Telles sont les alternatives. Les ultras réclament évidemment la restitution ; les libéraux militent pour le statu quo. Aussi Louis XVIII arbitre-t-il pour l'indemnisation, au nom de la politique de relatif équilibre qui porte sa marque. Celle-ci concernera moins de bénéficiaires que ne le veut la légende, mais le mal politique sera fait : « le milliard » devient l'emblème de la réaction.

Lorsque Louis XVIII meurt le 16 septembre 1824, il ne reçoit pas l'hommage qu'il mérite. Son goût des traditions et de l'étiquette a occulté sa modération et son sens du compromis. Il a consolidé plus que quiconque l'héritage de la Révolution : reconnu par le frère de

Louis XVI, celui-ci est désormais à l'abri de toute contestation. Il a mis en place les instruments du parlementarisme à la française, même si celui-ci a laissé apparaître sa principale tare dès sa naissance : le désir d'asservir le pouvoir exécutif. Il a rétabli la position internationale de la France. Il a enfin résisté le mieux possible aux pulsions revanchardes des ultras. Avec Charles X ceux-ci vont tenir leur vengeance.

CHAPITRE 39

Le dérapage réactionnaire

Louis XVIII avait renoncé à se faire sacrer à Reims. Charles X s'offre ce plaisir le 29 mai 1825. Son règne se joue dans cette palinodie. Nul ne peut nier l'émotion des sacres passés. Ce serait oublier la parabole de Marc Bloch : « Il y a deux catégories de Français qui ne comprendront jamais l'histoire de France, ceux qui refusent de vibrer au souvenir du sacre de Reims ; ceux qui lisent sans émotion le récit de la fête de la Fédération. » Mais Charles X n'est ni Saint Louis, ni Louis XIV, ni même Louis XVI. L'Histoire est passée mais il ne le sait pas. Victor Hugo non plus, qui se livre à un éloge en vers de l'événement, mais Chateaubriand, lui, n'est pas dupe : « Croira-t-il – ce Charles X – qu'un sacre mette à l'abri du malheur ? Il n'y a plus de main assez vertueuse pour guérir les écrouelles, plus de sainte ampoule assez salutaire pour rendre les rois inviolables. » Sans doute Charles X ne comprend-il pas le message que lui adresse le peuple de Paris lorsque, revenant de Reims, il entre dans une capitale muette et déserte.

Au nom de l'alliance séculaire du trône et de l'autel, le roi veut une restauration religieuse. Il lance une grande mission pour ramener les âmes à la religion ; il confie le ministère de l'Instruction publique à un ecclésiastique ; il laisse la bride sur le cou aux « Pères de la foi », confrérie dont l'intégrisme rappelle l'esprit de l'Inquisition, la torture et les bûchers en moins. Allant à rebours de la pacification napoléonienne, ce zèle clérical va servir en retour d'aliment à un anticléricalisme virulent et plante de la sorte le décor pour un affrontement séculaire dont la dernière manifestation en date sera en 1984 la bataille de l'école privée.

Profitant de la présence à la tête de l'Etat du plus réactionnaire d'entre eux, les ultras poussent Villèle, son Premier ministre, à abolir une des conquêtes de la Révolution, l'égalité successorale. Ce n'est certes pas le rétablissement complet du droit d'aînesse que vise celui-ci, mais l'augmentation de la part des aînés dans la « quotité disponible ». Or la Chambre des pairs rejette brutalement cette entorse aux principes du Code civil. Que la Chambre haute, peuplée de survivants de l'époque impériale et de monarchistes fidèles, ait pris le mors aux dents, en dit long sur l'adhésion du pays aux règles de l'égalité civile ! Ce sont à nouveau les pairs qui bloqueront un autre projet emblématique du ministre Villèle, une loi destinée à réduire la liberté de la presse en augmentant les droits de timbre et en accroissant les pénalités en cas de délits. Paris, qui avait déjà illuminé pour fêter l'échec du texte sur le droit d'aînesse, s'enflamme une fois de plus de joie.

Au lieu de comprendre le message que lui adresse l'opinion, Villèle s'enferre. Il fait nommer une fournée de pairs afin de contrôler leur Chambre et dissout la Chambre des députés. Les pressions multiples, les candidatures officielles ne pourront rien contre le vent libéral qui secoue le pays. C'est l'opposition qui triomphe et Villèle se résout à démissionner le 5 janvier 1828. La question qui agite le pays est claire : le roi va-t-il se rendre à l'évidence et accepter le jeu de l'alternance ? Ou se raidira-t-il, quitte à mettre en risque sa propre position ? Il semble choisir la voie de la raison, appelant un représentant de la nouvelle majorité, Martignac, à la tête du gouvernement. Le pays lui en sait gré qui lui réserve, lors d'une tournée dans l'Est, un accueil triomphal. Charles X va se tromper sur le sens des applaudissements : il les croit adressés à sa personne et imagine donc avoir les mains libres, alors que les Français se réjouissaient simplement du jeu normal des institutions. Le roi n'aura de cesse de mettre des bâtons dans les roues de son gouvernement. C'est une préfiguration de la cohabitation, telle que depuis 1986 la Ve République l'a inventée. Batailles sur les projets de lois, affrontements sur les nominations : Charles X et Martignac inventent le jeu de rôles auquel se livreront, un siècle et demi plus tard, Mitterrand et Chirac, Chirac et Jospin. En quête de dérivatifs politiques, Martignac n'hésite pas à recourir à un classique du genre, la chasse aux jésuites. Il les exclut de l'enseignement, n'osant pas comme Louis XV les expulser. Mais ce n'est pas suffisant pour faire vivre un gouvernement.

La politique étrangère donne heureusement de l'oxygène au chef du gouvernement. Les Grecs ont proclamé leur indépendance en 1822 et résistent aux coups de boutoir des troupes ottomanes renforcées par la flotte égyptienne. L'opinion occidentale a pour la première fois pris fait et cause pour un pays en voie d'émancipation, préfigurant son attitude anticoloniale à la fin du XXe siècle. La mort de Byron à Missolonghi (1824) ajoute à l'émotion et les élites découvrent les joies du militantisme à distance. Ouvrant la voie à Malraux,

Chateaubriand préside un Comité philhellénique qui envoie secours et volontaires aux insurgés ; les libelles et les brochures se multiplient, hostiles à la « non-intervention » pratiquée par Villèle. Martignac voit, lui, l'intérêt politique de prendre fait et cause pour les Grecs. Villèle s'était contenté d'envoyer l'escadre française de la Méditerranée rejoindre les flottes anglaise et russe et détruire, à leurs côtés, la marine turco-égyptienne à Navarin (20 octobre 1827). Son successeur fait accepter aux autres puissances que la France impose, seule, une médiation armée entre les belligérants et envoie à cette fin un corps expéditionnaire. Aussi est-ce sous l'égide française et en complicité avec la Russie qu'est proclamée l'indépendance de la Grèce.

Au-delà du succès diplomatique, c'est une victoire morale, mais le roi ne saura pas l'exploiter tant il est désireux de fermer la parenthèse Martignac : libérale, celle-ci lui est en effet insupportable. Du gouvernement Polignac nommé par le monarque, Chateaubriand écrira : « Dans l'ardeur qu'on ressentait pour la nullité, on chercha, comme pour humilier la France, ce qu'elle avait de plus petit afin de le mettre à sa tête. » L'opération Polignac est un précipité de bêtise politique. Pusillanime, le roi n'ose pas dissoudre cette Chambre qui lui déplaît. Impulsif, il se débarrasse d'un Premier ministre qui ne lui sied pas. Politiquement inapte, il provoque les parlementaires et l'opinion en mettant à la tête du gouvernement trois hommes, Polignac, La Bourdonnaye, Bourmont, réactionnaires et médiocres. Incohérent, il ne va pas jusqu'au bout de la démarche et entoure son trio infernal de ministres modérés. Charles X est un homme de coups de menton : il ne s'en relèvera pas.

C'est avec cet équipage de deuxième catégorie

que, voulant capitaliser sur son succès dans l'affaire grecque, il se lance dans une chimérique opération de politique internationale. Il imagine un « Yalta » avant l'heure, la Russie se consacrant aux Balkans et à un affrontement avec l'Empire ottoman, et la France reprenant la Belgique et la rive gauche du Rhin. C'était considérer comme quantités négligeables les intérêts d'une Angleterre obsédée par le contrôle des bouches de l'Escaut, d'une Prusse rétive à l'idée de voir les Français de retour sur le Rhin et d'une Autriche peu désireuse d'abandonner les Balkans au tsar. Plus lucide, celui-ci se refuse à mettre à bas les principes de la Sainte Alliance, mais il apporte à Polignac, en guise de consolation, son soutien à l'expédition d'Alger.

Celle-ci fait suite à l'affrontement avec les Egyptiens à propos de la Grèce. Parti en janvier 1830, le corps expéditionnaire français s'empare d'Alger le 5 juillet, au grand dam des Anglais peu désireux de voir les Français présents sur les deux rives de la Méditerranée. Opération de diversion politique, la conquête de l'Algérie ne relève pas d'un dessein colonial réfléchi : elle marque néanmoins le début d'une aventure majeure. Celle-ci se terminera en mars 1962 avec les accords d'Evian, ultime étape de la décolonisation. Le colonialisme français, sous la monarchie comme plus tard sous la IIIe République, répond davantage à des objectifs de politique intérieure qu'à des motivations économiques, à la différence du colonialisme britannique.

Mais si les guerres à outrance, telles celles de Napoléon, peuvent modeler un contexte intérieur, les actions de politique étrangère, dès lors qu'elles sont plus modestes, ne suffisent jamais à sublimer l'atmosphère politique. Le gouvernement Polignac expérimente cette loi à ses dépens ! C'est un nouvel avatar de l'affrontement de légitimité entre le monarque et la Chambre qui met le feu aux poudres. Le 18 mars l'Assemblée demande, dans une adresse au roi, le renvoi du cabinet Polignac. L'accepter, c'est reconnaître que le gouvernement est d'essence parlementaire. Imitant son frère aux prises, sur le même sujet, avec la Chambre introuvable, Charles X recourt à la dissolution. Mais il n'a pas mesuré la différence de situation politique. Son aîné avait dissous une Chambre ultraroyaliste, afin d'en récupérer une modérément royaliste et donc plus malléable ; lui, se défait d'une Assemblée libérale et, au nom des lois de la gravitation politique, se retrouve avec une nouvelle Assemblée, encore plus libérale. Les partisans de l'adresse passent en effet de 221 députés à 274 sur 428 élus.

Au lieu de tenir compte du signal qui lui est envoyé, le roi se braque et choisit l'affrontement. Il recourt à l'article 14 de la Charte qui permet « les règlements et ordonnances nécessaires pour l'exécution des lois et pour la sûreté de l'Etat » – une préfiguration de l'article 16 dans la Constitution de 1958 – et signe le 25 juillet quatre ordonnances. La première suspend la liberté de la presse ; la seconde dissout une nouvelle fois la Chambre ; la troisième restreint le nombre de députés et le corps électoral ; la quatrième ne fait, elle, que fixer la date des nouvelles élections. C'est un coup d'Etat légal. Charles X n'avait jamais renoncé à la toute-puissance du trône : les institutions établies par une Charte simplement « octroyée » ne lui conviennent pas ; il croit pouvoir les remodeler à sa guise.

Ce ne sont pas les parlementaires qui entrent les premiers en sédition, mais les journalistes. Se réclamant de la Charte, ils contestent les ordonnances mais demeurent respectueux de la monarchie : « Nous lui résistons pour ce qui nous concerne, c'est à la France de juger jusqu'où doit s'étendre sa propre résistance. » Passant outre à l'interdiction de paraître, les principaux journaux sont publiés ; la police essaie, en représailles, de briser leurs rotatives. La rue commence, le 27 juillet, à bouger. Toujours aussi inconséquent et fort, croit-il, de son bon droit, Charles X part à la chasse. Commandant de la place de Paris et à ce titre doté de 12 000 hommes, le maréchal Marmont voit la haine à son égard devenir le cri de ralliement des émeutiers. Signe qui ne trompe pas, La Fayette revient à bride abattue à Paris. Dans la nuit du 27 au 28 juillet, le mouvement populaire passe de l'émeute à la révolution. Innombrables barricades ; pillage des armureries ; fraternisation entre les hommes de troupe et les émeutiers ; blocage, par la rue, des colonnes de soldats. Telle est la légende des Trois Glorieuses.

L'opposition parlementaire essaie de se situer à mi-distance entre la rue et le régime, en tentant d'obtenir de Charles X le retrait des ordonnances et en espérant que les choses s'apaiseront ensuite d'elles-mêmes. Le roi se refuse le 28 juillet à cette concession et attend de Marmont le rétablissement de l'ordre. Mais celui-ci perd la bataille de Paris. Les rues sont aux mains de la population, au prix de 800 morts et de 4 000 blessés. Un pouvoir de fait s'installe à l'Hôtel de Ville. La Fayette revient à la tête de la Garde nationale comme en 1789. Une commission municipale – en l'occurrence un gouvernement provisoire qui n'ose dire son nom – prend en charge les affaires. Le roi se résout le 29 au soir à changer de ministère, et La Fayette, en vieil expert des révolutions, résume ainsi la situation à son émissaire : « Hier, il était encore temps ; aujourd'hui il est trop tard. » Il ne reste plus à Charles X qu'à abdiquer en faveur de son fils, le duc de Bordeaux, et à prendre le chemin de l'exil. De toutes les révolutions, 1830 est la plus chirurgicale – « l'éclair de juillet », écrira Michelet. Elle n'aura mis que trois jours à abattre les Bourbons.

S'ouvre alors un ballet politique analogue à celui de 1814, les troupes d'occupation en moins. D'un côté, maîtres de la rue, les républicains qui souhaitent proclamer la République et porter La Fayette à sa tête. De l'autre, les modérés réunis autour de Thiers et de quelques autres, dont l'inusable Talleyrand, qui proclament : « La République nous exposerait à d'affreuses divisions : elle nous brouillerait avec l'Europe. Le duc d'Orléans est un prince dévoué à la cause de la révolution. Il est un roi-citoyen. » Le duc n'est pas un mauvais candidat. Fils de Philippe Egalité qui a été à la fois régicide et guillotiné, il est, comme l'écrit Mme de Rémusat, « du sang des Bourbons et en est couvert ». Désireux de ramener le calme, les députés lui proposent de devenir lieutenant général du royaume. Charles X, qui croit exister encore politiquement, lui fait de son côté la même proposition. Louis-Philippe ne rate pas l'occasion. Il proclame que « la Charte sera désormais une vérité » et vient se faire applaudir, présenté par La Fayette, sur le balcon de l'Hôtel de Ville. Dans l'histoire nationale, l'endroit va désormais tenir lieu de sacre démocratique et le général de Gaulle se soumettra à son tour à ce rite en août 1944. Mais il manque néanmoins une onction parlementaire au nouveau régime. Il faut aller vite, car si l'ordre règne à nouveau à Paris, le désordre s'est, en revanche, propagé en province.

Le 3 août, les deux Chambres décident de réviser la Charte. C'est chose faite trois jours plus tard. Déclarant le trône vacant, les députés proposent à Louis-Philippe de devenir, non roi de France, mais roi des Français. Le drapeau fleurdelisé est remplacé par les trois couleurs et le nouveau souverain jure de respecter la Charte révisée. Celle-ci ne semble pas si différente du texte de 1814 ; l'article 14 disparaît (à la différence de notre article 16 toujours en vigueur) ; le catholicisme n'est plus que « la religion professée par la majorité des Français » ; l'initiative des lois est partagée entre le souverain et les Chambres ; un abaissement du cens électoral est promis ; la pairie n'est plus héréditaire.

Au-delà des apparences, la France vient de connaître bien davantage qu'une substitution dynastique. C'est un changement de régime qu'elle vit. Louis XVIII avait octroyé la Charte. C'est la Charte révisée qui fabrique Louis-Philippe. Le nouveau souverain reconnaît que sa légitimité n'est pas d'essence divine mais démocratique. La monarchie, fût-elle héréditaire, est désormais constitutionnelle. Le régime du 10 août 1830 est séparé – suivant le mot de François Furet – de celui du 25 juillet, par un « trait de feu ».

Chapitre 40

Le triomphe de la bourgeoisie

Pair de France sous Louis-Philippe, Victor Hugo aime son roi : « Il avait pour lui cette grande désignation au trône, l'exil. Il avait été proscrit, errant, pauvre. Il avait vécu de son travail. En Suisse, cet apanagiste des plus riches domaines princiers de France, avait vendu un vieux cheval pour manger... Ces souvenirs mêlés à un roi enthousiasmaient la bourgeoisie... C'était le compagnon de Dumouriez, c'était l'ami de La Fayette ; il avait été du Club des Jacobins ; Mirabeau lui avait frappé sur l'épaule ; Danton lui avait dit : jeune homme ! ... La trace que la Révolution avait laissée en lui était prodigieuse. Son souvenir était comme une empreinte vivante de ces grandes années minute par minute[1]. » Enthousiasmant pour les bourgeois, ce curriculum vitae n'est naturellement pas du goût des puissances étrangères. Louis-Philippe est, à leurs yeux, le « Roi des barricades », et la propagation de l'agitation révolutionnaire chez les Belges, en Allemagne et en Italie, leur rappelle de mauvais souvenirs. Mais cette solution institutionnelle bâtarde a néanmoins le mérite, dans l'esprit des gouvernements européens, d'éviter le retour

1. *Les Misérables*, 4e partie, livre I, page 1.

de la République. Aussi finissent-ils par reconnaître le nouveau régime, les Anglais en premier qui peuvent y voir une version, à la française, de leur propre évolution historique, les Russes en dernier qui détestent une émanation, fût-elle monarchique, de la souveraineté populaire. Il va falloir au nouveau roi de l'habileté pour naviguer entre la frustration des républicains, le malaise des anciens royalistes, le scepticisme des bonapartistes et le regard au mieux perplexe, au pire suspicieux, des Cours étrangères.

Le procès des anciens ministres de Charles X est la première illustration de ces difficultés. C'est un simulacre doux du procès de Louis XVI : aussi la Chambre des pairs exclut-elle la peine de mort et se limite-t-elle à l'emprisonnement. Paris répond par l'émeute. Celle-ci se calme, mais le signal est limpide : les républicains veillent. Il suffit de la moindre occasion pour mesurer la réalité de l'opinion. Un service funèbre à la mémoire du duc de Berry le 14 février 1831 et Paris s'embrase à nouveau... Quant à la province, elle s'ébroue, maugrée, rumine. Le goût de la révolution ne se dissout pas facilement dans les rites naissants de la monarchie bourgeoise. Ceux-ci prennent en effet la forme de jeux parlementaires et politiques auxquels le pays n'est pas encore habitué, même si le règne de Louis XVIII a permis un premier apprentissage.

Le banquier Laffitte est l'homme fort du premier gouvernement de la monarchie de Juillet dans lequel La Fayette est ministre sans portefeuille. Une révolution qui débouche immédiatement sur le magistère d'un banquier, quel formidable raccourci sur le régime en train de s'installer ! Laffitte est un président du Conseil de pacotille, en quelque sorte un père Leuwen aux affaires. Son ministre des Affaires étrangères,

Molé, est lui à la manœuvre, dès août, à propos de la crise belge, première manifestation de l'essor des nationalités qu'ont alimenté les Trois Glorieuses. Sa position résume la politique étrangère à venir de Louis-Philippe : prudente mais ferme, habile mais réfléchie. Ainsi affirme-t-il au nom du roi que la France n'interviendra en Belgique, en proie à une insurrection nationale contre les Hollandais, que si d'autres le faisaient. Quant à Talleyrand, ambassadeur à Londres, il se sent revivre et joue un rôle clef à la conférence en charge de résoudre la question belge. La création d'une Belgique « perpétuellement neutre » est certes un crève-cœur pour tous ceux qui ont la nostalgie du département de l'Escaut et des frontières de la Révolution, mais elle illustre la politique étrangère de la monarchie de Juillet : se faire accepter dans le concert des nations et y jouer une partition modérée.

Désormais proche de l'Angleterre par ses institutions et son esprit capitaliste naissant, la France tisse progressivement avec elle une relation qui préfigure, avec soixante-dix ans d'avance, l'Entente cordiale. Se crée ainsi un clivage en Europe entre les deux démocraties parlementaires, attentives aux mouvements européens de libération, et les trois monarchies absolues – Autriche, Prusse, Russie – attachées *perinde ac cadaver* à leurs principes. Certes fidèle à la philosophie britannique – « le royaume n'a ni éternels alliés, ni perpétuels ennemis ; il a seulement des intérêts perpétuels et éternels » –, Palmerston ne veut pas d'un traité d'alliance en bonne et due forme avec la France, mais les deux pays agissent en parfaite intelligence. Fidèles à leur philosophie économique, les Anglais essaient de transformer l'alliance politique en accord de libre-échange. Malgré quelques concessions en ce sens, les milieux économiques français rechignent à renoncer aux protections tarifaires, de sorte qu'après une lune de miel de plusieurs années, les deux pays retrouvent des relations plus acrimonieuses.

Le roi essaie alors de rééquilibrer sa politique extérieure vers l'Autriche, mais à l'occasion d'une tentative d'alliance matrimoniale avec les Habsbourg, le régime reçoit une claque révélatrice : « Personne ne mettra en doute que la maison d'Orléans ne soit une grande et illustre maison ; c'est le trône du 7 août qui la rapetisse. » Ce qui crée la connivence avec les Anglais demeure un péché originel aux yeux des monarchies traditionnelles.

Maintenir une ligne pacifique et mesurée ne sera jamais une sinécure pour Louis-Philippe. Il demeure dans le pays un héritage fiévreux et romantique, mélange de souvenirs républicains et napoléoniens, prêt à s'enflammer au moindre prétexte et que certains hommes politiques, avides de flatter l'opinion publique, n'hésitent pas à cultiver. Ainsi lorsque, à l'instar de leur enthousiasme en faveur des Grecs, les Français s'enflamment pour Méhémet Ali, pacha d'Egypte en révolte contre le sultan et que Thiers, alors Premier ministre, est prêt pour le soutenir à braver une alliance des quatre puissances à nouveau réunies (Angleterre, Autriche, Prusse, Russie), le roi s'oppose presque seul à l'atmosphère belliqueuse, oblige le cabinet à démissionner et rétablit un climat de bonne entente avec les autres Européens.

Mais cette politique de bon voisinage et de prudence ne cessera d'être mise à son débit : il en paiera le prix en 1848. Il fallait une grande dose d'intelligence politique pour comprendre que le lien avec l'Angleterre ne ressemblerait jamais à une alliance à l'ancienne et qu'une simple connivence serait régulièrement secouée par des rivalités commerciales, diplomatiques, coloniales. L'opinion n'y est pas prête. Aussi vit-elle difficilement l'anglophilie de Louis-Philippe et de Guizot et s'enflamme-t-elle à chaque incident. Ainsi de l'affaire Pritchard, c'est-à-dire de la rivalité entre Français et Anglais pour prendre l'ascendant à Tahiti. Ainsi plus grave, en 1845, de la crise matrimoniale espagnole, c'est-à-dire de la compétition entre les Orléans et les Saxe-Cobourg pour placer l'un des leurs comme prince consort auprès de la jeune reine d'Espagne, les Français parvenant *in fine* à sauvegarder leurs positions. Ainsi d'incessantes disputes entre missionnaires aux quatre coins du monde. Mais Londres et Paris ne cessent de désamorcer, une à une, les crises comme s'il existait une conviction inavouée des deux pays qu'ils sont désormais dans un même camp, encore minoritaire : les monarchies libérales et constitutionnelles.

La modération diplomatique du régime lui permet, en contrepartie, d'avoir les mains libres dans ses ambitions coloniales. Celles-ci naissent d'un héritage, la prise d'Alger à la veille des Trois Glorieuses. Le nouveau régime hésite entre la colonisation et l'abandon. Se livrant à l'exercice si commun dans les démocraties parlementaires du livre blanc, il demande un rapport à une commission présidée par Decazes. Celle-ci prépare le terrain à des ordonnances qui, en 1834, fixent le cadre administratif des « Possessions françaises dans le nord de l'Afrique » et les placent sous l'autorité militaire, choix lourd de conséquences pour l'avenir. Limitée au départ à la bande côtière, la colonisation a sa dynamique et pousse au contrôle de nouvelles terres, fût-ce au prix d'affrontements avec les autochtones commandés par Abd el-Kader. Celui-ci réussit à fédérer les deux tiers du territoire algérien, à les soumettre à son autorité et à se doter d'une armée. C'est une première guerre d'Algérie qui commence entre lui et le maréchal Bugeaud, fort de 100 000 hommes. Elle va durer sept ans de 1840 à 1847, comme la seconde guerre de novembre 1954 à mars 1962, et ne se conclut qu'en 1847 par la reddition d'Abd el-Kader. La colonisation s'était entre-temps organisée, l'Etat délivrant les concessions. Il y avait déjà, au 1er janvier 1847, 47 000 Français et 12 000 étrangers, outre l'armée d'occupation. A l'échelle de la France de 1840, c'est une gigantesque tâche qui mobilise l'administration, l'armée, les forces économiques. Elle est donc incompatible avec un deuxième front, d'où la nécessité d'une extrême prudence sur la scène européenne.

La politique étrangère et coloniale est en fait l'élément de continuité pendant ces dix-huit années qui voient la France découvrir, bien davantage que sous la Restauration, les mœurs d'une démocratie parlementaire. Celle-ci se prend à son jeu sans mesurer que cheminent les prémices de la question sociale et donc de la lutte des classes. A peine investi, après la démission de Laffitte, Casimir Perier essaie de rétablir l'ordre au nom d'une doctrine qui, énoncée en 1831, vaut pour la période entière : « Au-dedans l'ordre, sans sacrifice pour la liberté : au-dehors la paix sans qu'il en coûte rien à l'honneur. » Aussi est-ce sans recourir à des textes d'exception qu'il se livre à une répression. Répression contre les fonctionnaires trop liés aux ultras qu'il déplace, révoque, remplace. Répression contre les républicains désireux de mettre à bas le régime, qui rêvent de rejouer la révolution de Juillet aux dépens cette fois-ci de Louis-Philippe, mais échouent faute de relais dans l'opposition parlementaire. Répression contre les légitimistes qui s'agitent en vain derrière la duchesse de Berry. Répression contre les mouvements sociaux, dont au premier chef la révolte des Canuts à Lyon en novembre 1831.

Sorti à son avantage de ces péripéties, Louis-Philippe peut penser en juillet 1832 avoir durablement fortifié son pouvoir. Le gouvernement qu'il constitue alors autour du maréchal Soult se veut un instrument de stabilité. C'est l'expression du « juste milieu », avec en son sein des personnalités aussi fortes que Thiers, ministre de l'Intérieur, et Guizot, ministre de l'Instruction publique. Il modernise le pays : extension du système représentatif aux départements et arrondissements, développement de l'instruction primaire, en obligeant chaque commune à ouvrir une école, reconstitution de l'Académie des sciences morales et politiques destinée à devenir le temple de la rationalité.

Mais cette action ne suffit pas à calmer l'ire des républicains. Les plus jeunes d'entre eux se constituent en sociétés secrètes et commencent à mêler à leur vision, héritée de la grande Révolution, les germes d'une pensée socialiste ; les journalistes et les meneurs ouvriers, souvent incarcérés ensemble, font des prisons l'école du républicanisme. C'est dans ce contexte qu'éclatent en 1833 et 1834 des émeutes en province et à Paris. Le massacre de la rue Transnonain, malencontreuse opération de maintien de l'ordre, donne au régime une coloration répressive dont il ne parviendra jamais à se défaire. Celle-ci sera accrue lorsque, après l'attentat du 28 juillet 1835 contre le roi, Thiers fait voter les lois de Septembre réorganisant le fonctionnement des cours d'assises, accentuant la répression des délits de presse et surtout rendant illégale toute expression d'une opinion républicaine. De tous les pouvoirs que la France a jusqu'alors connus, celui-ci est le plus libéral et le plus ouvert, mais il ne sait pas « faire sa communication » comme on dirait aujourd'hui.

L'opposition républicaine disparue, la vie publique se résume pendant ces années-là à des jeux politiciens, au tourniquet des ministres et au clientélisme parlementaire. La classe politique est presque unanime à encenser les valeurs bourgeoises : la propriété, le travail, la rente, la démocratie et la liberté pour les classes dirigeantes, la méfiance à l'égard des classes laborieuses. Ne se sentant plus menacé, le pouvoir s'offre même le luxe d'une amnistie en 1837 pour tous les condamnés politiques. Ce n'est pas le régime des médiocres. Les Molé, de Broglie, sont des hommes politiques de qualité mais ils cèdent le pas devant deux personnages d'exception, Thiers et Guizot. Le premier, enfant naturel, petit Marseillais monté à Paris, vif-argent, déluré, volubile, hyperactif, auteur d'une *Histoire de la Révolution française* très jacobine d'esprit, présent dans tous les coups mais jamais là où on l'attend, mobile, cynique, entreprenant, parfois chimérique, toujours volontaire : on ne devine pas le Versaillais de 1871 en germe chez cet homme-là. Le second, protestant hiératique, austère, intellectuel de grande volée, auteur d'une *Histoire de la révolution d'Angleterre* qui est une ode au libéralisme, convaincu des vertus de l'éducation et de la morale, appliqué, réfléchi, rationaliste, conscient de sa supériorité, théorisant l'action, activant ses théories : rien de commun avec l'image que lui a faite, pour les siècles des siècles, son « enrichissez-vous ».

Thiers est habile. Ministre de l'Intérieur des premiers gouvernements, il incarne l'ordre, voire la répression. Président du Conseil en 1836 puis en 1840, il se donne une allure libérale que confirme à ces deux reprises un départ, non à l'initiative des Chambres mais après un conflit avec le roi : sur une hypothétique intervention en Espagne la première fois, sur l'affaire égyptienne la seconde fois. Comme il faut pour durer en politique « des divisions », Thiers va les chercher du côté des bonapartistes qu'il flatte en se faisant le champion du retour des cendres de l'Empereur. C'est le premier homme politique à jouer l'opinion publique contre les élites et les clins d'œil aux bonapartistes constituent un moyen commode pour surfer sur les sentiments cocardiers et une légende de grandeur en comparaison d'un quotidien petit-bourgeois. Mais quand il s'agit d'intérêts économiques, l'ancien journaliste marseillais est un fidèle serviteur du « grand capital » qui le lui rend bien, dans une époque qui ignore les conflits d'intérêts et les délits d'initiés. Renouvellement du privilège de la Banque de France, garanties d'intérêts accordées aux premières lignes de chemin de fer, concession de lignes de navigation : autant de décisions « pro-business » auxquelles il a su s'associer. Trop parlementaire d'esprit – c'est lui qui a asséné le célèbre « Le Roi règne mais ne gouverne pas » –, trop cocardier et nationaliste, trop brouillon, Thiers n'est un partenaire commode ni pour le monarque, ni pour l'oligarchie en place. Avec Guizot, l'un et l'autre vont enfin trouver un homme d'Etat à leur convenance.

Ministre de l'Instruction publique dans les débuts du régime, Guizot revient aux affaires en 1840 sous la présidence nominale du maréchal Soult, puis en tant que président du Conseil à partir de septembre 1847. Son pouvoir est ambigu. Politiquement faible, toujours en quête d'une majorité parlementaire, il est en revanche porté par la classe sociale dominante. C'est le mandataire des notables, mais c'est à la classe moyenne qu'il s'adresse : « Je veux, je cherche, je sers de tout mon pouvoir la prépondérance politique des classes moyennes en France. » Il le dit plus prosaïquement : « Affermissez vos institutions, éclairez-vous, enrichissez-vous, améliorez la condition matérielle et morale de la France. » Le pouvoir érige pour la première fois le développement économique en priorité. Colbert avait certes inventé l'interventionnisme mais celui-ci n'était qu'un instrument de la grandeur. Pour Guizot, ce n'est plus de grandeur qu'il s'agit, mais de bonheur. Immense différence marquée au sceau de la bourgeoisie.

Si le gouvernement Guizot a une intensité idéologique hors norme, ce qui est normal avec à sa tête un immense intellectuel, il souffre d'impuissance politique. Impuissance face au poids des lobbies : ainsi ne parvient-il pas à abolir l'esclavage dans les colonies. Impuissance à trouver un compromis avec l'Eglise sur la liberté d'enseignement dans le secondaire. Cette faiblesse quotidienne est la rançon de l'absence d'alternative politique. Sans une opposition structurée et disciplinée, la majorité est tirée à hue et à dia, déchirée par les ambitions personnelles, divisée en chapelles et groupes informels, condamnée à l'usure et à l'immobilité. Se dessine ainsi une règle du parlementarisme français : l'inefficacité comme sous-produit du flou des affiliations politiques.

Les élections de 1846 ne sont certes pas marquées par cette usure du pouvoir. Guizot, bien au contraire, triomphe au point que Léon Faucher, journaliste libéral, pourra définir ainsi la situation : « L'esprit politique est mort dans ce pays, pour plusieurs années : on ne pense qu'à s'enrichir et à faire des chemins de fer. » Erreur : la politique se venge toujours quand on s'y attend le moins ! Tout en apparence concourt à valider le diagnostic de Faucher : l'Etat favorise le capitalisme industriel, le finance et le protège par des tarifs douaniers élevés ; la haute banque assure la fluidité du système ; les milieux politiques et financiers s'entrecroisent à la Chambre des pairs et dans les conseils d'administration. Quant à la France paysanne, artisanale et boutiquière, elle profite des dividendes de la croissance économique, de sorte que l'aspiration de Guizot à voir converger les intérêts de la classe dirigeante et de la classe moyenne semble en voie de réalisation.

Nul, dans la bourgeoisie, ne se préoccupe de la question ouvrière, hormis pour réprimer d'épisodiques révoltes. Le capitalisme fabrique – c'est sa nature – de l'efficacité et de l'inégalité. Les bourgeois de l'époque ne voient que l'efficacité. Ils ne mesurent pas que la misère ouvrière ne s'occulte pas comme la misère paysanne. L'apparition des premières villes industrielles, le développement du prolétariat, la naissance de l'idéologie socialiste, ces phénomènes échappent à la sagacité d'un Guizot, plus porté à l'analyse historique qu'à l'observation sociale. De même n'accorde-t-il guère d'attention au mouvement saint-simonien, à l'émergence de Fourier, de Proudhon, de Louis Blanc, au mieux doux rêveurs, au pire dangereux révolutionnaires. Le lent éveil du mouvement ouvrier semble aussi hors de l'épure de la bourgeoisie : la naissance des sociétés de secours mutuels, l'utilisation du compagnonnage comme prétexte à la solidarité de classe, lui apparaissent comme des phénomènes secondaires. Obsédé par le souvenir des sans-culottes et des révolutions de rue, le bourgeois ne voit dans les grèves que des désordres ponctuels et déstructurés. Au moment où la société est en train d'entrer dans les catégories de l'analyse marxiste – le *Manifeste du parti communiste* est proche et Marx fabrique sa boîte à outils conceptuels –, les penseurs de la monarchie de Juillet croient à l'avènement d'une immense classe moyenne, surplombée par une oligarchie économique et politique. Il leur aurait suffi de lire Balzac ou les feuilletons populaires pour mieux comprendre la société en train d'évoluer sous leurs yeux.

Aveugle aux phénomènes souterrains qui agitent le pays, Guizot est convaincu d'avoir stabilisé le régime lorsque, au début de la session parlementaire de 1847, il fait voter massivement l'Adresse. Convaincu qu'il existe une prime à l'immobilisme politique, il se refuse à tout élargissement du corps électoral, c'est-à-dire à offrir une soupape aux changements sociaux. Quand un pouvoir se nécrose, ce sont les faits divers qui donnent le *la*. Aurait-on oublié l'affaire du Collier de la reine ? Une affaire de corruption classique – un ministre des Travaux publics octroyant une concession contre un pot-de-vin – prend une ampleur disproportionnée. Un assassinat banal, suivi du suicide du coupable devient une affaire d'Etat parce que l'assassin, le duc de Choiseul-Praslin, échappe de la sorte au jugement de ses collègues de la Chambre des pairs. La pression de l'opinion est telle que la Haute Assemblée s'exonère d'une règle de droit fondamentale, en demandant un rapport sur la culpabilité d'un accusé mort ! Doté d'un sixième sens pour analyser les atmosphères politiques, Tocqueville écrit le 27 août à un ami : « J'ai trouvé ce pays-ci dans un bien redoutable état moral. L'effet produit par le procès Cubières – i.e. l'affaire de corruption – a été immense. L'horrible histoire aussi dont on s'occupe depuis huit jours – i.e. l'affaire Choiseul-Praslin – est de nature à jeter une terreur vague et un malaise profond dans les âmes. » Comme en 1788-1789, une crise économique ajoute ses effets au désarroi des esprits, avec son cortège de revendications classiques (la taxation des prix), de pillages, de désordres, d'insurrections villageoises que la Garde nationale répugne à mater, obligeant le pouvoir à envoyer l'armée.

L'opposition ne mesure pas plus que le gouvernement la profondeur du malaise. Elle se contente, à l'été 47, de lancer une campagne de banquets afin de faire avancer, contre le souhait de Guizot, l'idée de la réforme électorale. Etrange manifestation politique, faussement épicurienne, qu'un banquet ! C'est le moyen de tourner l'interdiction des associations et la nécessité de demander une autorisation de réunion dans un lieu public. Le premier banquet a lieu le 9 juillet à Paris avec douze cents convives. Les orateurs, pour la première fois, s'en prennent au régime et non au gouvernement. Ils réclament un autre 1830, ce qui signifie la République, car il n'existe plus, après les Orléans, de dynastie de rechange. La province suit, multipliant à son tour les banquets. Face à ce grondement du pays, maints conseillers suggèrent à Louis-Philippe de se séparer de Guizot afin, tel un joueur d'échecs sacrifiant sa dame, de protéger le roi. Mais les habitudes sont trop fortes. Comme Valéry Giscard d'Estaing incapable, en 1980, de remplacer Raymond Barre, Louis-Philippe veut croire encore légitime son président du Conseil. Il ne mesure pas que celui-ci a certes eu, en 1846, le soutien du pays légal, c'est-à-dire de la France censitaire, mais que le pays réel en revanche ne veut plus de lui. Les dés roulent.

Tocqueville est un des rares à le comprendre et le dit vertement le 27 janvier 1848 devant les pairs : « Songez, Messieurs, à l'ancienne monarchie ; elle était plus forte que vous et cependant elle est tombée dans la poussière... Est-ce que vous ne ressentez pas, par une sorte d'intuition instructive qui ne peut s'analyser mais qui est certaine, que le sol tremble à nouveau en Europe ? Est-ce que vous ne sentez pas... que dirai-je ? un vent de révolutions qui est dans l'air ? » L'auteur de *De la démocratie en Amérique* n'a qu'un mois d'avance...

Chapitre 41

De la révolution à l'Empire

1848 mime la grande Révolution, tel un film accéléré passant en quelques mois de l'aspiration sociale et libérale au conservatisme. Inquiet devant le succès de la campagne des banquets, Guizot décide le 14 janvier de les interdire. C'est un défi lancé à l'opposition. Celle-ci le relève et programme le 22 février un banquet, assorti d'une manifestation de citoyens « qui accompagneront les dîneurs jusqu'au repas ». Le gouvernement réitère le 21 son interdiction et les organisateurs finissent par céder. Mais il est trop tard. Les préparatifs de la manifestation ont eu lieu. Ouvriers et étudiants sont sur le pied de guerre. Aussi affluent-ils le 22 vers la place de la Concorde, mais les troupes contiennent les premières échauffourées. Le 23, face au peuple toujours dans la rue, le gouvernement décide d'envoyer la Garde nationale. Erreur fatale : l'armée n'aurait sans doute pas fraternisé avec les manifestants ; la Garde nationale, elle, le fait et crie à son tour : « Guizot démission ». Quand les troupes chargées du maintien de l'ordre se retournent contre le gouvernement, ce n'est plus celui-ci qui est en cause, mais bien le régime. Mais, réflexe trop tardif, Louis-Philippe lâche Guizot pour se protéger, comme Charles X l'avait fait avec Polignac.

Paris illumine et va fêter son bonheur sous les fenêtres du président du Conseil démis. Affolés, les gardiens du ministère tirent et tuent plusieurs manifestants. Sans cette bavure, le calme serait-il revenu ? Nul, évidemment, ne le sait. Mais à la vue des cadavres promenés dans les rues de Paris, se dressent des barricades. Louis-Philippe n'arrive pas à trouver un chef de gouvernement et fait l'erreur de nommer à la tête des troupes le maréchal Bugeaud, dont le seul nom est synonyme de répression. La bataille de rue commence le 24 et les Tuileries sont même attaquées, mais sans la violence du 10 août 1792. Démoralisé, Louis-Philippe abdique en faveur de son petit-fils le comte de Paris. Le palais est mis à sac et le trône du roi promené dans les rues à l'occasion d'une procession qui rappelle plus le Mardi gras que les violences de la grande Révolution.

Mais tandis que le peuple fait la fête, la classe dirigeante s'empresse de réinventer un pouvoir. C'est à l'Hôtel de Ville, lieu de baptême de la monarchie de Juillet, que se joue la pièce. L'idée d'une régence ayant fait évidemment long feu, la République s'impose d'elle-même à travers un gouvernement provisoire : onze membres, un noyau de parlementaires, dont Lamartine, Arago, Ledru-Rollin, les rédacteurs en chef des deux journaux d'opposition, une pincée de socialistes (Louis Blanc, Albert). Etrange gouvernement qui se comporte comme un chef d'Etat collégial – toutes les décisions sont signées des onze –, dont certains membres sont ministres et d'autres non et qui, à l'instar du Comité de salut public en son temps, siège en permanence à l'Hôtel de Ville, au vu et au su de la population.

Première décision : le gouvernement se déclare immédiatement en faveur de la République, afin d'éviter cette fois-ci tout coup fourré. Deuxième mesure, très symbolique : l'abolition de la peine de mort en matière politique, de manière à marquer que cette Révolution-là ne comportera pas d'excès violents. C'est de la tradition girondine et non jacobine que se réclament les nouveaux maîtres du pays. Troisième choix aussi révélateur, imposé grâce au talent oratoire de Lamartine, le maintien du drapeau tricolore aux dépens du drapeau rouge, incarnation de la révolution sociale. Quatrième point : l'abolition de l'esclavage devant laquelle les Chambres avaient si longtemps regimbé. Cinquième urgence, cette fois-ci politique : la prise en main de l'armée en portant à sa tête Cavaignac, général plutôt républicain mais formé à la répression par son expérience algérienne, aussi peu romantique que Lamartine l'est, aussi brutal que Ledru-Rollin ne l'est pas.

Les gouvernements avaient appris sous la monarchie de Juillet à s'occuper d'économie ; le gouvernement provisoire doit s'y plonger, assailli par le chômage des pauvres et la méfiance des possédants. A la différence des révolutions précédentes, la question sociale est cette fois-ci omniprésente. D'où la création des ateliers nationaux, afin de donner du travail aux chômeurs et de les empêcher de battre le pavé révolutionnaire. De là l'instauration d'une étrange « Commission du gouvernement pour les travailleurs », davantage destinée à donner de la noblesse au monde ouvrier qu'à lui transférer du pouvoir. Marx ne s'y trompe pas : « Pendant qu'au Luxembourg – le siège de la Commission – on cherchait la pierre philosophale, on frappait à l'Hôtel de Ville la monnaie qui avait cours. » Cela donne lieu à un premier décret, inaugurant la tradition française qui va faire de l'Etat le dispensateur du progrès social : la fixation de la durée maximale de la journée de travail en usine à 10 heures à Paris et 12 heures en province.

Les prisons se vident de leurs prisonniers politiques, les journaux se créent, les clubs pullulent, Michelet retrouve sa chaire et Marx regagne Paris... La liberté et la fête règnent. Mais la révolution a besoin d'élections pour se stabiliser. Elles ont lieu au suffrage universel le 23 avril (suffrage universel évidemment masculin...). Les résultats sont en ligne avec l'esprit du gouvernement provisoire : une majorité de républicains modérés et deux minorités, l'une de royalistes camouflés, l'autre de quasi-socialistes.

Mais le scrutin n'apaise ni les tensions sociales, ni les ambiguïtés d'une révolution qui oscille entre le libéralisme et le socialisme. Quelques affrontements sanglants en province en témoignent de même qu'une manifestation le 15 mai qui débouche sur l'invasion de l'Assemblée et une parodie de coup de force d'extrême gauche avec Blanqui essayant à la tribune d'introniser un nouveau gouvernement provisoire. Ce n'est qu'un prélude fugitif aux affrontements de juin. En effet un authentique mouvement populaire se produit entre le 23 et le 26 juin. Tout est dit par un manifestant anonyme interpellant Arago : « Ah, monsieur Arago, vous n'avez jamais eu faim ! » L'affrontement est moins entre le prolétariat et la bourgeoisie, comme le veulent les figures de style marxistes, qu'entre les pauvres et les classes plus aisées. Quartiers pauvres de l'est contre quartiers riches de l'ouest : la topographie des combats est claire. La République a la main plus lourde qu'en 1830 le régime des Bourbons ou quatre mois plus tôt la monarchie de Juillet. Ministre de la Guerre, Cavaignac rejoue la partition de Bonaparte matant la révolte de Vendémiaire. Il ne fait, lui non plus, aucun quartier, laisse grossir l'émeute afin de mieux l'écraser, n'hésite pas à pratiquer des exécutions sommaires, rafle quinze mille suspects, avant de les déporter en Algérie.

Cavaignac s'impose et Lamartine s'efface. Tel est le court-circuit politique que provoque cette brève guerre civile. A la République romantique succède l'ordre républicain. Cavaignac deviendra, dans l'imaginaire collectif, un nom synonyme de la réaction. Or rien n'est plus faux : il y a du Clemenceau chez cet homme. Il appartient à la lignée des républicains authentiques, croyant au progrès, au droit, aux libertés, mais obligés par les circonstances à devenir répressifs. Aussi respecte-t-il scrupuleusement les pouvoirs de l'Assemblée constituante dont il tient sa légitimité et s'entoure-t-il de républicains incontestables.

Mais la violence de l'affrontement de juin a naturellement des conséquences politiques. Le coup de barre à droite est inévitable : dissolution des ateliers nationaux, réglementations des clubs, restrictions à la liberté de la presse touchant en priorité les journaux sans moyens financiers, commission d'enquête sur les événements. Ainsi, bien que parlementaire, Louis Blanc préfère-t-il s'exiler à Londres. Le socialisme devient un repoussoir : lorsque Proudhon monte le 31 juillet à la tribune de l'Assemblée défendre une proposition de loi d'essence socialiste – crédit gratuit, réduction autoritaire des loyers, fermages et intérêts –, il est battu par 600 voix contre 2 (dont la sienne).

La crise sociale résolue par la force, la vie politique s'organise autour du projet de Constitution. Le débat met aux prises deux traditions, l'une venue de la Révolution, l'autre fabriquée par le parlementarisme en place depuis 1815, auxquelles s'ajoute la fascination pour le modèle américain. De la première vient le choix d'une seule Assemblée, par hostilité politique à l'existence d'une Chambre haute. De l'exemple américain naît la création d'un président de la République, élu au suffrage universel et chef de l'exécutif. Quant à la philosophie du texte, elle ajoute aux grands principes républicains une dimension sociale. Concession à l'esprit du temps, le préambule établit que la République doit « assurer l'existence des citoyens nécessiteux, soit en leur procurant du travail dans la limite de ses ressources, soit en donnant, à défaut de la famille, des secours à ceux qui sont hors d'état de travailler ». Ce n'est pas néanmoins « le droit du travail » aux sonorités devenues trop socialistes après les événements de juin. C'est à la quasi-unanimité (793 voix contre 30) que cette Constitution bizarre, hybride de la pensée de Sieyès et de la philosophie de Jefferson est votée le 4 novembre et promulguée le 21.

Première conséquence des nouvelles institutions, trois semaines plus tard : l'élection présidentielle. Le candidat naturel, donc officiel, est Cavaignac. Il inaugure la lignée qui réapparaîtra à partir de 1962 des Premiers ministres qui veulent accéder à l'étage supérieur... Autre candidat qui s'habitue mal à son effacement récent : Lamartine. Ledru-Rollin, Raspail et Changarnier ne résistent pas, eux non plus, à la tentation. Et enfin Louis Napoléon Bonaparte, parlementaire depuis septembre... Le fils de Louis Bonaparte, fugitif roi de Hollande, et de la reine Hortense, ne peut mettre à son crédit que deux misérables tentatives de coup d'Etat, à Strasbourg en 1836 et à Boulogne en 1840, un séjour en prison utile pour la légende et une fréquentation intellectuelle du socialisme qu'il doit occulter en ces temps de réaction. Mais il possède un nom et un prénom magiques. Il n'existe pas, dans une campagne brève, de meilleur instrument de communication. Peu importe le programme du candidat, salmigondis au vocabulaire bonapartiste et à la rhétorique républicaine. Le résultat du scrutin est stupéfiant : 5 400 000 voix pour ce candidat venu de nulle part, simple produit d'une fiction historique ; 1 450 000 pour Cavaignac, pourtant détenteur du pouvoir ; 370 000 pour Ledru-Rollin, 37 000 pour Raspail et 18 000 pour Lamartine qui, neuf mois plus tôt, incarnait la révolution sous son jour le plus avenant. Modelée par le vote censitaire, la France cède au mirage et aux surprises du suffrage universel.

Louis Napoléon prête donc serment à la Constitution, alors qu'il ne rêve que d'Empire, et s'installe à l'Elysée. Grand électeur du prince-président, Victor Hugo est du premier dîner : « Et tout en m'en allant, je songeais. Je songeais à cet emménagement brusque, à cette étiquette essayée, à ce mélange de bourgeois, de républicain et d'impérial, à cette surface d'une chose profonde qu'on appelle aujourd'hui le Président de la République, à l'entourage, à la personne, à tout l'accident. Ce n'est pas une des moindres curiosités et un des faits les moins caractéristiques de la situation, que cet homme auquel on peut dire, et en même temps et de tous les côtés à la fois : prince, altesse, monsieur, monseigneur et citoyen. Tout ce qui se passe en ce moment met pêle-mêle sa marque sur ce personnage à toutes fins. » Le second Bonaparte est-il intelligent ? Palmerston prétendra que « sa tête est une garenne où les idées se renouvellent comme des lapins ». Est-il secret ? Tocqueville, un temps ministre des Affaires étrangères, écrira que « les paroles qu'on lui adressait étaient comme les pierres qu'on jette dans un puits ; on en entendait le bruit mais on ne savait jamais ce qu'elles devenaient ». Il ne va pas tarder à montrer combien chez lui le secret est une composante de l'intelligence et combien, si les idées sont multiples, l'obsession est unique – la marche vers l'Empire.

Son premier geste est de chercher un président du Conseil acceptable par la majorité de l'Assemblée. Ce sera Odilon Barrot, ancien notable royaliste, avec comme coadjuteur Falloux au ministère de l'Instruction publique. Moins d'un an après les journées de février, le ministère ne comporte plus aucun républicain de souche et l'Assemblée constituante est en porte à faux avec le président : nouvelle esquisse d'une cohabitation... Elle accepte de s'effacer plus rapidement que prévu, reconnaissant implicitement que, élu plus récent, le chef de l'Etat est plus légitime qu'elle. Aussi une Assemblée législative est-elle désignée le 13 mai 1849. Celle-ci est en accord avec la majorité présidentielle ; elle est donc conservatrice : 450 députés pour les « forces de l'ordre » (légitimistes, orléanistes, catholiques...) contre 75 républicains modérés et 180 « montagnards ». C'est l'inverse de la composition de la Constituante. Avec un tel président et un tel Parlement, le parti de l'ordre a gagné. Celui-ci s'offre un geste hautement symbolique : envoyé en Italie afin de faire pièce aux ambitions autrichiennes, le corps expéditionnaire français se voit chargé de rétablir le pouvoir temporel du pape et de réinstaller celui-ci à Rome. Ainsi, alors que la monarchie capétienne n'avait eu de cesse que d'affaiblir la papauté, la IIe République dont la Constitution prévoit qu' « elle respecte les nationalités étrangères comme elle entend faire respecter la sienne », joue les protectrices du souverain pontife aux dépens du peuple italien : étrange retournement... Les républicains essaient de se rebeller contre cette volte-face, mais la répression s'abat sur eux et leur chef,

Ledru-Rollin, s'enfuit à Londres. S'installe, dès lors, une République réactionnaire prise en otage entre un président qui rêve d'un césarisme bonapartiste et une Assemblée nostalgique de la monarchie. Issus l'un et l'autre du suffrage universel, les deux pouvoirs se battent sur les nominations, les hommes, l'interprétation des textes, comme s'ils rodaient, avec cent cinquante ans d'avance, les mécanismes de la cohabitation modèle Vᵉ République.

La même filiation conservatrice s'exprime à propos des affaires religieuses. La loi Falloux représente la dimension intérieure d'une posture politique dont le rétablissement du pape sur son trône romain a constitué le signe en politique étrangère. Ce que Louis-Philippe et Guizot n'ont pas su faire, Louis Napoléon et Falloux vont l'accomplir. Cette loi n'est pas un texte manichéen marquant la victoire d'un camp sur un autre. L'Université préserve son autonomie au prix de l'entrée des évêques dans ses conseils. Mais la liberté d'enseignement est établie, hormis dans l'enseignement supérieur, ce qui donne quartier libre à l'Eglise. C'est la naissance du double système scolaire. Il scandera la vie française jusqu'en 1993, lorsque le Conseil constitutionnel annulera les dispositions de la loi Bayrou qui enfreindront la loi Falloux en permettant aux collectivités locales de financer l'enseignement privé. Etrange destin de cette loi, vécue au XIXᵉ siècle comme cléricale et devenue à la fin du XXᵉ la protectrice involontaire de la laïcité.

Une telle convergence de vues entre le prince-président et l'Assemblée ne peut occulter l'hostilité épidermique entre ces deux détenteurs de la légitimité démocratique. Louis Napoléon cultive le populisme ; les hiérarques parlementaires rêvent de restaurer le pouvoir oligarchique de la monarchie de Juillet. Le premier veut incarner, à l'instar de son oncle, l'héritage de la Grande Révolution ; les seconds se remémorent avec horreur les années 1792-1794. Le prince est romantique, les bourgeois rationalistes. Le président croit aux vertus du suffrage universel qui l'a sorti de son néant ; la classe dirigeante a la nostalgie du suffrage censitaire.

Louis Napoléon et ces « burgraves » se retrouvent du même côté de la barricade, lorsque la menace ouvrière se fait pressante. Ils sont en revanche aux antipodes, l'un des autres, lorsque le parti de l'ordre semble dominant. C'est l'affaire romaine qui révèle les premiers craquements dans cette alliance contre nature. Le 18 août 1849, le président se dissocie publiquement de la politique menée par le gouvernement. On se croit en 1986, 1993 ou 1997... Louis Napoléon laisse, en effet, parler « son âme de gauche » face aux cohortes réactionnaires. C'est un signe précurseur : comme son oncle, et préfigurant un siècle plus tard le gaullisme, le prince-président aime faire entendre une petite musique de gauche. Il décide d'aller plus loin : il informe l'Assemblée le 31 octobre 1849 qu'il constitue un ministère, responsable devant lui seul, et rejette donc l'Assemblée à son exclusive vocation législative. C'est faire basculer le régime vers le présidentialisme. Un gouvernement plus technocratique succédant à un ministère très politique, les choses sont énoncées avec clarté...

Mais ces divergences institutionnelles vont à nouveau s'effacer devant la peur des « rouges ». Les élections partielles de mars 1850 permettent aux conservateurs de reprendre 10 des 21 sièges soumis à réélection et jusqu'alors tenus par des républicains. Au lieu de voir dans ce résultat un signe encourageant, la droite s'affole de la résistance électorale de la gauche. Aussi utilise-t-elle le marteau-pilon de la loi pour restreindre, le 31 mai 1850, le corps électoral et entraver, le 16 juillet 1850, la liberté de la presse. Sur 9 600 000 électeurs, 2 800 000 sont radiés. Le pouvoir croit naïvement avoir réussi à cibler les « rouges ». Or, à l'instar de toutes les manipulations du corps électoral, celle-ci semble avoir des effets aussi flous qu'imprévisibles. La gauche s'imagine désormais ostracisée et elle privilégie de nouveau la voie clandestine sur l'affrontement à visage découvert, quitte à abandonner l'espace politique traditionnel aux conservateurs. Ne se sentant plus menacée, la droite peut se lancer dans une lutte fratricide qui préfigure le siècle et demi de guerres intestines qu'elle va connaître.

Avec, en perspective, l'échéance du mandat présidentiel, le combat peut s'engager entre le prince-président et les « burgraves ». Chacun utilise ses meilleures armes : Louis Napoléon l'appel au peuple, l'oligarchie les manœuvres souterraines et les combines d'appareil. La Constitution interdit en effet de réélire le chef de l'Etat. L'urgence est donc pour celui-ci d'imposer une modification de la loi fondamentale. Le prince-président veut s'appuyer à cet effet sur l'opinion, multipliant les tournées en province, parlant en garant de l'ordre dans les régions conservatrices et en protecteur de la République dans les contrées de gauche. Il exige des préfets qu'ils obtiennent des conseils généraux des vœux en faveur de la révision (52 départements sur 83). Il met en mouvement une police officieuse, ouvrant la tradition des « officines » dont certains de ses successeurs seront friands, un siècle plus tard. Mais cette agitation ne plaît guère aux caciques parlementaires.

Ceux-ci manifestent leur mauvaise humeur – inaugurant là aussi une tradition – en limitant la dotation budgétaire de l'Elysée. Mais ce ne sont que des escarmouches.

Le contrôle de l'armée, du moins à Paris, est un enjeu essentiel surtout si, incapable de faire réviser la Constitution, le prince-président est conduit à lancer un coup d'Etat. Fort de son droit de nomination, Louis Napoléon se décide le 3 janvier 1851 à remplacer Changarnier, chef de la garnison de Paris et de la Garde nationale et orléaniste, au risque d'une crise politique. Ses opposants tempêtent mais se perdent en jeux stériles à l'Assemblée et n'y produisent que des « non ». Non aux républicains pour une amnistie. Non au président pour augmenter sa dotation. Non aux royalistes pour abroger la loi qui exile les princes, qu'ils soient Bourbons ou Orléans. Non surtout à la révision qui doit constitutionnellement recueillir les trois quarts des voix et n'en obtient fin juillet 1851 que la majorité. Dès lors l'impasse est totale. Le mandat présidentiel doit s'achever en décembre. Nul n'imagine Louis Napoléon quittant l'Elysée pour reprendre sa vie d'aventurier et rédiger à nouveau de fumeux pamphlets socialisants.

Chacun se prépare donc à l'affrontement. Désireux de caresser l'opinion, Louis Napoléon propose d'abroger la loi du 31 mai 1850 qui avait abusivement restreint le suffrage universel. Attaché à préserver l'unité de l'armée, le général de Saint-Amand, ministre de la Guerre, appelle les troupes à une discipline absolue mais omet de préciser que le respect de la Constitution prime le règlement militaire. Soucieux de pouvoir maintenir l'ordre dans l'ensemble de l'Assemblée, les questeurs veulent se faire donner par la loi le droit de recourir à la force armée. Mais, étonnés de cette conversion à la foi républicaine des bataillons les plus conservateurs de la Chambre, les députés de gauche bloquent la mesure et, sans le comprendre, dégagent ainsi le chemin pour le prince-président. Nombre d'entre eux partageaient, il est vrai, le point de vue de Victor Hugo qui croyait davantage à la menace d'un coup royaliste que d'un pronunciamiento bonapartiste : « Je suis peu troublé par l'Elysée, mais je suis inquiet du côté de la majorité. Je ne vois pas Napoléon et je vois Pichegru. » Les yeux d'Hugo ne se sont pas ouverts. Il est encore ce caméléon politique qui fut successivement un thuriféraire du sacre de Charles X, un pair de Louis-Philippe, un épigone de Louis Napoléon. Mais sa rédemption approche. Elle aura lieu au moment de ce coup d'Etat, qu'aveugle il n'a pas pressenti. Celui-ci va donner lieu à une incroyable volte-face politique qui résume en huit jours les années 1848-1852 : Bonaparte va essayer de s'appuyer sur les milieux populaires mais ceux-ci étant les seuls à regimber, il revient à bride abattue vers la bourgeoisie conservatrice afin d'en devenir le héraut.

La date du pronunciamiento ne doit rien au hasard. Choisir le 2 décembre, c'est afficher la filiation bonapartiste, avec deux souvenirs en un, le sacre et Austerlitz. Un coup d'Etat se proclame. Au XXe siècle, il s'annonce à la radio et à la télévision ; au XIXe, il s'affiche sur les murs. Le premier objectif est donc, dans la nuit du 1er au 2, l'occupation de l'Imprimerie nationale. Les presses tournent et permettent de tirer deux proclamations : l'une annonçant la dissolution de l'Assemblée, la préparation d'une nouvelle Constitution et sa ratification par un suffrage universel rétabli dans sa plénitude, grâce à l'abrogation de la loi du 31 mai 1850 ; l'autre s'adressant exclusivement à l'armée, afin de l'appeler à la discipline. Dans le même temps le ministère de l'Intérieur est occupé par Morny et l'armée mise sous le boisseau par des officiers sûrs. Dernier mouvement de la manœuvre : l'arrestation des chefs républicains, des députés issus de l'armée, Changarnier au premier chef, des leaders conservateurs, Thiers en tête, avec en complément, l'occupation du Palais-Bourbon afin d'empêcher les parlementaires laissés en liberté de se réunir.

Le plan traduit un grand professionnalisme de la part de ses instigateurs. Il bute néanmoins sur une résistance inattendue des députés qui se retrouvent à la mairie du Xe arrondissement, votent la déchéance du prince-président et multiplient les décisions d'urgence. L'armée restant inébranlable, l'affaire devient un simple baroud d'honneur et débouche sur l'arrestation de tous les députés impliqués dans ce mouvement d'humeur. Mais l'Assemblée de 1851 aura au moins manifesté plus de dignité que celle du 10 juillet 1940... Sceptiques sur la manœuvre parlementaire, les républicains en appellent au peuple et essaient de mobiliser le Faubourg Saint-Antoine – suivant les vieilles traditions – afin que Paris se couvre de barricades. Celles-ci certes se multiplient mais elles n'ont pas l'ampleur de celles de juillet 1830 ou de février 1848. Et Louis Napoléon n'est pas pusillanime comme Charles X et Louis-Philippe : il n'hésite pas à faire tirer, de sorte que la révolte est tuée dans l'œuf.

Les nouvelles venues de Paris se diffusant lentement, la province se rebelle alors que la capitale est déjà soumise. C'est une insurrection que notre mémoire collective a passée par pertes et profits, au nom de l'occultation de tout ce qui n'est pas parisien. L'apparition de campagnes « rouges » est une première dans notre histoire. Elle trouvera son ultime prolongation dans les maquis « rouges » de la Résistance. Mêmes contrées, mêmes réflexes, mêmes aptitudes au combat : l'image du paysan naturellement conservateur vole en éclats. Mais la France est ainsi faite que si Paris est sous contrôle, les événements provinciaux sont des épiphénomènes. L'armée mettra dix jours à ramener l'ordre aux quatre coins du pays, au prix de milliers d'arrestations et de quelques exécutions sommaires. Même si le coup d'Etat est réussi, l'opération aura été plus difficile que prévu, les parlementaires ne se sont pas déshonorés, Paris s'est rebellé, la province s'est révoltée. Le pays est certes soumis mais il subit le nouveau régime davantage qu'il ne l'acclame. Le *Dix-Huit Brumaire de Napoléon Bonaparte* – suivant le titre du pamphlet de Marx – aura été encore plus chaotique que celui de l'oncle.

Puisque le peuple s'est avéré rétif alors que le prince-président escomptait son soutien, la répression s'abat sur les républicains, avec l'instauration d'une justice expéditive confiée, dans chaque département, à des commissions mixtes réunissant le préfet, le général et le parquet, hérésie au regard du principe de la séparation des pouvoirs. Mais Louis Napoléon – souvenir du prisonnier qu'il fut ! – préfère la proscription et la déportation en Algérie à l'emprisonnement. Car s'il fait affaire avec la bourgeoisie, il répugne à se couper du peuple et des leaders républicains. « Coblence » devient cette fois-ci l'apanage des socialistes, des républicains, des intellectuels, avec pour figure emblématique Victor Hugo à Guernesey. Cette demi-répression provoquera la naissance d'une « France en exil » qui pilonnera de l'extérieur le Second Empire sans que celui-ci parvienne, dans ces conditions, à faire oublier le péché originel de sa naissance. L'oncle avait été plus chanceux que le neveu. Celui-ci ânonne pourtant les leçons familiales. C'est quasiment la Constitution de l'an VIII qu'il fait ratifier par un plébiscite massif le 20 décembre. Fort de cette approbation, Louis Napoléon prétend qu'« il n'était sorti de la légalité que pour rentrer dans le droit » – étonnante pirouette – et se rassure en pensant que « sept millions de voix viennent de l'absoudre ».

Le régime mis en place préfigure l'Empire : le nom du chef de l'exécutif, le prince Louis Napoléon Bonaparte, figure en clair à l'article 2 ; le Corps législatif et le Sénat réapparaissent ; les fonctionnaires doivent prêter un serment de fidélité. Un décret règle le cas de la presse en soumettant les journaux à un régime d'autorisation préalable et de contrôles ultérieurs ; les préfets sont chargés de promouvoir des candidatures officielles. Les élections de février-mars 1852 deviennent une partie de plaisir pour le nouveau régime. Celui-ci manifeste son ambiguïté avant même de se transformer en Empire. S'il donne des gages à la réaction et à l'Eglise catholique, il se préoccupe de la question sociale, bien davantage que la IIe République après juin 1848, avec la création des sociétés ouvrières de secours mutuel.

Mais au-delà de ces signes, le prince-président se consacre essentiellement à sa marche vers l'Empire. De même qu'il avait préparé le coup d'Etat par des tournées en province, il préfigure le retour à la dignité impériale à coup de grands voyages destinés à légitimer ce futur geste sacramentel. Comme Louis Napoléon a le tempérament bravache, il n'hésite pas à parcourir en priorité les régions qui lui ont résisté en décembre 1851. Celles-ci lui réservent un accueil encourageant. Il peut donc franchir le pas le 9 octobre à Bordeaux, dans un discours qui témoigne d'une vraie finesse politique : « Aujourd'hui la France m'entoure de ses sympathies, parce que je ne suis pas de la famille des idéologues. Pour faire le bien du pays, il n'est pas besoin d'appliquer de nouveaux systèmes ; mais de donner avant tout, confiance dans le présent, sécurité dans l'avenir. Voilà pourquoi la France semble vouloir revenir à l'Empire. Il est néanmoins une crainte à laquelle je dois répondre. Par esprit de défiance, certaines personnes se disent : "L'Empire, c'est la guerre." Moi je dis : "L'Empire, c'est la paix..." Nous avons d'immenses territoires incultes à défricher, des routes à ouvrir, des ports à creuser, des rivières à rendre navigables, des canaux à terminer, notre réseau de chemin de fer à compléter... » L'absence d'idéologie, la paix, la croissance économique. Ne manque à ce programme de rêve que la démocratie... Le reste est simple formalité. Une délibération du Sénat, un plébiscite massif, une proclamation le 2 décembre 1852 : le prisonnier du fort de Ham s'était fait élire président de la République. Le voilà devenu Napoléon III, troquant l'Elysée pour les Tuileries.

Chapitre 42

« L'Empire, c'est la paix »

Président de la République, Louis Napoléon s'était montré habile manœuvrier. Monarque absolu, il va gouverner sans contrepoids. Le défi est d'une autre nature. A peine sur le trône, il se met à l'abri de l'obsession dynastique qui avait si longuement marqué son oncle. Il épouse en effet une jeune Espagnole, Eugénie de Montijo, sans avoir cherché, comme il l'a dit lui-même, à s'introduire à tout prix dans la famille des rois ; celle-ci lui donne rapidement un fils. Voilà un souci de moins ! De même, là aussi à la différence de son prédécesseur, Napoléon III ne se complique pas la vie avec le clan Bonaparte, laissant même de côté le chef de tribu, Jérôme, l'ancien roi de Westphalie. Il ne s'encombre ni d'un Premier ministre, ni de conseils de cabinet ni d'une vie gouvernementale. Il nomme des ministres ; ceux-ci commandent aux préfets ; ces derniers désignent les maires et les conseillers d'arrondissement. Jamais le pouvoir n'a été aussi pyramidal ; jamais le chef de l'Etat n'a eu de tels relais dans le pays. Empêtré dans les privilèges et les corporations, Louis XIV semble, par comparaison, impuissant, et encombré de ministres importants, les Fouché et Talleyrand, Napoléon Ier apparaît comme un homme de compromis. Son neveu a la main sur une classe dirigeante qui mêle le rôle politique et la fonction administrative. Avec lui règnent pour la première fois les technocrates.

Refusant les conseillers occultes et les pères Joseph, l'empereur est seul : « un sphinx entouré d'une énigme », dira Bismarck. Nul n'a barre sur lui, ni les élites politiques traditionnelles qui le méprisent, ni ses compagnons que lui méprise. En apparence hésitant – « il est la constance dans l'hésitation », selon Zola – muet, dissimulateur, il possède en réalité une boussole politique précise, mais celle-ci est étrangère à la « pensée unique » du moment, celle des Thiers et Guizot, forts de leur ascendant intellectuel et de leur bonne conscience bourgeoise. Rémusat l'écrira à sa façon : « Cet idiot est doué d'une faculté rare et puissante... Il fait intervenir son imagination dans les affaires du monde et produit ou modifie les événements en vertu de sa fantaisie, ce qui le met au rang des personnages historiques. »

Fantaisie ? « Fermer l'ère des révolutions en satisfaisant les besoins légitimes du peuple », proclame-t-il le 2 décembre 1851. De là l'obsession des masses, véritable blasphème aux yeux de l'oligarchie traditionnelle. De là la reconnaissance du principe des nationalités, authentique chiffon rouge pour l'Europe du congrès de Vienne.

Fantaisie ? Une ambition économique mêlant le colbertisme, l'intervention de l'Etat, le culte des entrepreneurs et surtout le libre-échange, ce qui préfigure la politique gaulliste un siècle plus tard. D'où le coup de tonnerre en 1860 du traité de libre-échange avec l'Angleterre, préparé dans le plus grand secret afin de ne pas éveiller l'attention des lobbies attachés au protectionnisme et qui annonce le réformisme à la française. L'Etat donne un « coup de bistouri » international – là le libre-échange, en 1957 le traité de Rome, plus tard le maintien de la France dans le système monétaire européen (1983) puis l'euro – et l'économie est obligée de se moderniser et de se libéraliser sous une contrainte qu'elle n'a pas souhaitée, mais que la puissance publique lui a imposée.

Fantaisie ? La conviction chevillée au corps, chez l'auteur de *L'Extinction du paupérisme*, de la nécessité d'imposer une législation sociale – son « humanitairerie » toujours selon Zola –, objectif qui ne le mobilisera néanmoins que par moments.

Fantaisie ? Le choix institutionnel de faire prévaloir formellement la démocratie sur la liberté, donc de restaurer pleinement le suffrage universel, mais de rejeter le libéralisme aux calendes grecques : « A ceux qui regrettent qu'une part plus large n'ait été faite à la liberté, je répondrai : la liberté n'a jamais aidé à fonder d'édifice durable, elle le couronne quand le temps l'a consolidé », dit l'empereur en 1853 devant les corps de l'Etat.

C'est donc muni d'un viatique programmatique que Napoléon III s'installe en majesté. Héritier idéologique du Consulat plus que du Premier Empire, le bonapartisme du nouvel empereur établit une tradition qui parcourra, souterraine, l'histoire de France, jusqu'au moment de sa résurrection avec le gaullisme, et qui depuis 1958 demeure, y compris aujourd'hui, au cœur de la politique française.

Une fois mis en place, le régime fait régner l'ordre. Au prix d'une répression qui, en janvier 1853, maintient encore en prison ou en exil plus de 6 000 personnes. Au prix d'une omniprésence policière à l'affût de la moindre contestation et d'un harcèlement de la presse destiné à l'émasculer. Au prix d'une mainmise sur l'enseignement que symbolise la suppression de l'inamovibilité des chaires universitaires. Au prix d'une propagande officielle dont se chargent les préfets, car le régime sait sa stabilité liée à la pérennité du soutien politique. Au prix d'une alliance tactique du trône et de l'autel, l'empereur déguisant son indifférence à la religion, afin de faire du clergé un instrument au service de l'ordre social, mais lui refusant en revanche des concessions significatives, tel le mariage religieux obligatoire. L'adhésion du pays semble, dans ces conditions, acquise au régime : la paysannerie le soutient massivement, les masses ouvrières sont peut-être plus circonspectes, la bourgeoisie est partagée et l'opposition républicaine est décapitée. Certes les milieux intellectuels protestent et critiquent mais Thiers, Guizot et Hugo ne sont pas, ces années-là, en situation de contrecarrer à eux seuls l'empereur.

Dégagé des soucis politiques intérieurs, celui-ci peut donc se lancer dans le passe-temps favori des hommes d'Etat : la politique internationale. Aussi propose-t-il dès mai 1853 à l'Angleterre une alliance afin d'aider l'Empire ottoman face à la Russie, ce qui conduit les deux pays à déclarer la guerre au tsar le 27 mars 1854. Pourquoi diable Napoléon III, qui avait déclaré « l'Empire c'est la paix », se lance-t-il dans cette aventure ? Obsédé par le désir d'effacer les traités de 1815 qui heurtent sa fibre révolutionnaire et sa filiation napoléonienne, il veut à la fois s'acquérir les bonnes grâces de la puissance la plus libérale, l'Angleterre, mettre en difficulté la monarchie la plus réactionnaire, la Russie, et surtout faire éclater le vieux quadrige – Londres, Berlin, Vienne, Saint-Pétersbourg. Le conflit se cristallise en Crimée. Après un siège éprouvant, les Alliés finissent par entrer dans Sébastopol, mais c'est une victoire symbolique qui n'atteint en rien le cœur de la puissance russe.

L'avènement d'un nouveau tsar facilite, à l'initiative de l'Autriche, un armistice avant que les belligérants ne se retrouvent pour un congrès de paix à Paris au printemps 1856. Qu'une telle réunion se tienne sous les auspices de Napoléon III est pour lui un triomphe ! Cela vaut une reconnaissance sans condition et l'acceptation de la France impériale dans le concert des grandes monarchies européennes. Mais cette victoire psychologique ne s'accompagne d'aucune concession tangible. L'empereur n'obtient rien sur deux sujets qui lui tiennent à cœur au nom de la liberté des peuples, la Pologne et l'Italie. Il est, à en croire Emile Ollivier, lucide devant ses ministres : « La guerre d'Orient pouvait être la révolution attendue et c'est dans cet espoir que je l'ai entreprise. De grands changements territoriaux pouvaient en être la conséquence, si l'indécision de l'Autriche, la lenteur des opérations militaires, n'étaient venues réduire à un simple tournoi les germes d'une grande révolution politique. » Après la Russie, le nouvel adversaire semble donc l'Autriche, autre monarchie conservatrice insupportable aux yeux d'un empereur qui se veut héritier de la Révolution, vengeur de son oncle et « compagnon de route » du socialisme.

Mais même sans dividendes internationaux majeurs, l'Empire semble au firmament. L'Exposition universelle de 1855 et le congrès de Paris constituent autant de démentis à ceux qui, comme Guizot, Marx ou les républicains en exil, avaient prophétisé un effondrement rapide du régime. Voulant profiter de ce moment de grâce, Napoléon III dissout de façon anticipée le Corps législatif, appelle les Français aux urnes en juin 1857 et fait donner à plein l'administration et les préfets. Mais le résultat n'est pas triomphal. Un quart d'abstentions et une forte poussée républicaine à Paris, Lyon et Lille témoignent de la persistance, malgré la chape de plomb du régime, d'une vraie opposition. L'attentat contre le couple impérial, fomenté en janvier 1858 par Orsini, accentue le désarroi du pouvoir. Napoléon III réagit en organisant sa succession s'il venait à disparaître avant la majorité de son fils et surtout décide d'imposer un tour de vis supplémentaire. Suppression de certains journaux, primauté donnée à l'autorité militaire sur l'autorité civile, arrestation de suspects, avec comme point d'orgue une loi répressive, baptisée « loi des suspects » puisqu'elle autorise l'arrestation, la déportation ou l'exil, sans procès, de tout individu ayant fait l'objet d'une condamnation politique. Peu conforme au tempérament plutôt bon enfant de l'empereur, ce texte tombe vite en désuétude mais il constitue un formidable argument politique pour les grandes plumes de l'opposition.

La vraie conséquence de l'attentat d'Orsini est ailleurs : celui-ci publie une lettre adjurant l'empereur de ne pas intervenir contre les patriotes italiens lorsque ceux-ci s'insurgent, ce qui équivaudrait pour Napoléon III à prendre une position inverse de celle de 1849. Orsini récidive avant d'être exécuté, créant de la sorte une étrange complicité entre lui et la victime qu'il a ratée, situation paradoxale dont raffole l'opinion publique. C'est dans ce contexte émotionnel que Napoléon III convie Cavour à venir le voir dans le plus grand secret à Plombières (21 juillet 1858), à l'insu même de ses ministres. L'Italie a toujours obsédé l'empereur. Fugitivement carbonaro, il a gardé de cette période une sympathie pour les patriotes italiens ; fidèle à la légende napoléonienne, il n'est pas indifférent au sort de ce berceau du bonapartisme ; antiautrichien, il veut faire rendre gorge aux Habsbourg dans la péninsule. Aussi propose-t-il une alliance au Premier ministre piémontais, lui offrant son soutien dans la marche vers l'unité italienne, en échange de la Savoie et de Nice. Un traité est signé entre Paris et Turin le 26 janvier 1859. Lorsque l'empereur tient à une idée, il agit secrètement, indifférent à l'avis de ses ministres, de ses fonctionnaires et de la Cour. Il fera de même pour le traité de libre-échange.

Directement visée par l'alliance franco-piémontaise, l'Autriche attaque le Piémont. Napoléon est donc conduit à entrer en guerre. Il la justifie en ces termes auprès de ses ministres réticents : « Si la France, tout en chassant les Autrichiens d'Italie, protège le pouvoir du pays, si elle s'oppose aux excès et déclare que sauf la Savoie et Nice, elle ne veut faire aucune conquête, elle aura pour elle l'Europe... L'opinion publique en Europe ne verra pas seulement dans le gouvernement français le Croque-mitaine des anarchistes, mais le pouvoir qui a voulu être fort chez lui, pour être à même de briser ses propres chaînes et de délivrer et de civiliser les peuples... » C'est la vulgate de l'oncle à une nuance près : le refus de l'esprit de conquête. L'empereur prend lui-même la tête des troupes pour une campagne brève et victorieuse : il vainc à Magenta puis à Solferino.

Mais imposant aux siens un changement de pied inattendu, Napoléon III conclut la paix avec l'Autriche, se contentant du rattachement de la Lombardie au Piémont. Derrière cette volte-face se glisse l'ombre de la Prusse qui se fait menaçante. L'empereur dit alors, afin de justifier son mouvement, que « la guerre allait prendre des proportions qui n'étaient pas en rapport avec l'intérêt de la France ». Mais il semblerait que les lacunes manifestées par son armée pendant la campagne l'auraient convaincu des risques de poursuivre trop longtemps les opérations. La France avait contribué à lancer le mouvement national italien ; elle ne peut siffler la fin de partie de son propre chef, les patriotes locaux n'obéissant pas aux ordres comme des militaires français. Face au mouvement populaire qui continue à agiter la péninsule, l'empereur fait fi des réticences du pape et valide l'annexion de la Romagne – jusqu'alors incorporée aux Etats pontificaux – par le Piémont. Le voilà désormais prisonnier d'un engrenage qu'il a lui-même provoqué.

C'est dans le même temps qu'il mène son « coup d'Etat » douanier. Sa motivation est double : faire un geste à l'égard de l'Angleterre de manière à s'assurer la bienveillance britannique dans l'affaire italienne ; donner un coup de fouet à la compétitivité de l'économie française. Négocié dans un secret absolu, conclu pour dix ans, le traité prévoit un abaissement massif des droits de douane entre les deux pays. C'est la pierre angulaire d'une politique libérale qui débouche sur des accords similaires avec les autres pays européens et établit la libération des échanges avec les vieilles colonies. Respect des nationalités et libre-échange : Napoléon III ressemble à un whig anglais, à une différence près – le culte de la démocratie.

Nationaliste et saint-simonien, l'empereur est évidemment un militant de l'expansion coloniale. Mais il se livre à ces aventures lointaines, comme le veut son tempérament, au coup par coup et sans stratégie d'ensemble. Intervention au Sénégal, protection des catholiques maronites du Levant, occupation de Saigon et de la Cochinchine : autant de prétextes, autant d'occasions, autant d'actions. La grande affaire demeure néanmoins l'Algérie. A rebours du colonialisme classique, Napoléon III innove, du moins en théorie. Ainsi déclare-t-il, en 1860 à Alger : « Notre premier devoir est de nous occuper du bonheur de trois millions d'Arabes que le sort des armes a fait passer sous notre domination. Elever les Arabes à la dignité d'hommes libres, répandre sur eux l'instruction tout en respectant leur religion, améliorer leur existence en faisant sortir de cette terre tous les trésors que la Providence y a enfouis, telle est notre mission. » L'empereur ne se limite pas à des mots : le sénatus-consulte du 14 juillet 1865 laissera le libre choix de la citoyenneté française aux Algériens et leur assurera les mêmes droits civils qu'aux autres Français. Incroyable audace qui préfigure, avec un siècle d'avance, le plan de Constantine ! Que serait devenue la France si le projet algérien de Napoléon III n'avait pas été balayé en même temps que son régime ?

Un homme d'Etat aussi audacieux ne peut être l'imbécile ou le naïf que l'Histoire, sous l'aiguillon de Victor Hugo en particulier, s'est plu à peindre. Ne serait-ce que pour ce projet franco-algérien et le traité de libre-échange, le modernisme de l'empereur est, avec le recul, impressionnant. Mais dès que la démocratie est en jeu, le même homme devient pusillanime et borné. Il accorde certes le 16 août 1859 une amnistie totale à tous les proscrits. Hormis quelques irréductibles comme Hugo et Edgar Quinet, les victimes de la répression reprennent le chemin de la France. Il octroie quelques zestes de parlementarisme : le droit pour les Assemblées de voter une adresse comme sous la monarchie de Juillet, le retour des ministres devant les

Chambres, la publication des débats, le rétablissement du pouvoir parlementaire sur le budget. Ces mesures ont été, une fois de plus, concoctées dans le plus grand secret par l'empereur. Il ne cède, ce faisant, ni à une exigence de l'opinion, ni à une pression de ses proches. C'est du Gorbatchev avant l'heure mais cette libéralisation a tous les défauts des demi-mesures : elle suffit à ébranler l'édifice ; elle ne permet pas de lui conférer une légitimité démocratique. L'Empire ne parviendra jamais à s'affranchir de son péché originel : il a tué la République bien davantage que Napoléon Ier ne l'avait fait. Le régime de 1848 fonctionnait cahin-caha sans être disqualifié et méprisé. L'esprit républicain a dès lors toutes les raisons de survivre, fût-ce de façon souterraine. A partir des années 1860 il va se venger du régime. Les incroyables erreurs stratégiques de l'empereur vont lui faciliter la tâche.

Chapitre 43

L'autodestruction de l'Empire

Lorsque le contexte politique se détériore, les intuitions deviennent des chimères. Le désastre mexicain est à sa manière un condensé des dérapages de l'Empire. La vision ? L'importance du Nouveau Monde. L'ancrage bonapartiste ? La volonté de planter le drapeau là où le jeu des grandes puissances n'est pas un frein. L'obsession économique ? L'ouverture de nouveaux marchés. Le rêve ? La construction d'un canal entre les deux océans. L'erreur politique ? L'incompréhension de la situation. Le prétexte ? Le non-paiement des dettes.

L'expédition mexicaine préfigure le désastre de Suez un siècle plus tard. Dans un cas : l'insolvabilité du pays. Dans l'autre : la nationalisation du canal. Dans les deux situations : Français et Anglais côte à côte, avec au Mexique, le renfort espagnol et à Suez l'intervention israélienne. Et au dénouement le maître d'école américain qui, voisin tutélaire, oblige Napoléon III en 1867 à rapatrier le corps expéditionnaire et, en 1956 puissance mondiale dominante, siffle la fin de la partie franco-anglaise. Ce sont des défaites symboliques qui pèsent dans le destin d'un régime. L'Empire est atteint au cœur, comme le sera la IVe République. L'exécution, de surcroît, de l'empereur Maximilien placé par les

Français sur le trône mexicain avant d'être lâché par eux, ajoute à l'aventure une touche de déshonneur difficile à vivre pour un pouvoir qui essaie de faire de la gloire un ressort politique.

Mais c'est évidemment sur la scène intérieure et sur le théâtre européen que l'Empire va connaître ses premières désillusions et être entraîné vers une débâcle plus humiliante qu'en 1815.

La France des années 1860 ne ressemble plus à celle du coup d'Etat. L'aspiration à l'ordre s'est émoussée. C'est désormais l'excès d'autoritarisme qui émeut progressivement l'opinion. Les jeunes élites se détournent du régime, comme le veut la loi naturelle de l'usure politique. La proximité du pouvoir avec l'Eglise accentue le phénomène : ainsi du scandale que provoque la révocation d'Ernest Renan de sa chaire au Collège de France, pour avoir parlé de Jésus comme d'un « homme incomparable ». L'aspiration républicaine devient le point de ralliement des anticléricaux, des francs-maçons, des libéraux, des socialistes, des modérés, des extrémistes. Les institutions rendent certes difficile son inscription dans le jeu politique, mais elle est au cœur de la société civile.

De l'autre côté, le soutien des cléricaux va s'étioler avec l'affaire italienne. Lorsque reprend la marche vers l'unité de l'Italie, la question de Rome devient cruciale. Les troupes françaises étant en charge de la ville, l'empereur est devant un dilemme : refuser le contrôle de Rome aux Italiens en quête d'unité, c'est violer le principe des nationalités dont il s'est fait le défenseur ; le leur transférer, c'est heurter les catholiques français, alliés fidèles du pouvoir depuis le 2 décembre. Le réflexe gallican enfoui dans l'inconscient politique depuis les Bourbons ressurgit alors brutalement. Le gouvernement n'hésite pas à entraver le développement des ordres religieux, à punir la presse catholique et à sévir contre la Société de Saint-Vincent-de-Paul qui refuse d'accepter à sa tête un président nommé par l'Etat. C'est pousser le clergé du côté de l'opposition royaliste et le conduire à rejoindre de la sorte les milieux conservateurs attachés au confort protectionniste et affolés par l'immersion dans le marché que leur imposent les accords de libre-échange.

Malgré le verrouillage du système, les élections de 1863 permettent à ces mouvements souterrains d'apparaître au grand jour. 300 candidats d'opposition se déclarent : républicains, royalistes, indépendants catholiques et protectionnistes. Sur 10 millions d'inscrits, le gouvernement conserve plus de 5 millions de voix, mais les oppositions triplent leur score de 1857, passant de 665 000 voix à 1 954 000, et surtout les républicains remportent toutes les grandes villes. C'est plus qu'un avertissement. L'empereur le mesure et procède à un profond remaniement ministériel. Mais remplacer un vieux complice, Persigny, par son propre demi-frère Morny, semble une réponse bien courte, même si ce dernier essaie sincèrement, jusqu'à sa mort en 1865, de pousser dans un sens libéral. Le régime se décide à pratiquer « l'ouverture » – ce grand classique de la politique française – en direction d'Emile Ollivier. Mais le remplacement de Morny par Roulier met fin à cette habile tentative. Le pouvoir s'étant raidi, les opposants s'unissent sur un « programme commun » dressé par Thiers et revendiquent « les cinq libertés nécessaires », c'est-à-dire la liberté individuelle, la liberté de la presse, les élections libres, le droit d'interpellation et la responsabilité des ministres.

C'est un projet exclusivement politique, sans connotation économique et sociale. Car, s'il est hostile à ses opposants politiques, Napoléon III demeure d'une grande mansuétude à l'égard du mouvement ouvrier qui, à sa façon, le lui rend bien. Les militants ne mettent pas en cause le régime politique et celui-ci légalise en 1864 les coalitions ouvrières, dès lors qu'elles ne portent pas atteinte à la liberté du travail. De même abolit-il l'article du Code civil qui établissait l'inégalité de situation du maître et de l'ouvrier devant la justice. L'empereur pousse même à la création de coopératives ouvrières et patronne un mécanisme financier en leur faveur. Quant aux grèves, elles sont réprimées *a minima*. Mais le paternalisme impérial ne suffit pas à désarmer un mouvement de plus en plus socialiste et marqué par un retour de la flamme révolutionnaire.

Incapable de se fabriquer une base ouvrière, inapte à amplifier le soutien paysan, le pouvoir se décide à contrecœur à faire des concessions politiques. Il se trouve dans la situation traditionnelle des régimes qui concèdent trop tard. Ce qui aurait peut-être changé la donne en 1863 apparaît, quatre à cinq ans plus tard, hors de l'épure. Le programme de Thiers est peu à peu réalisé par l'empereur, mais l'opération est menée sans grâce et sans bonne volonté. Le droit d'interpellation, la suppression de l'autorisation préalable en matière de presse, la liberté des réunions électorales, une quasi-liberté générale des réunions : autant de gestes authentiques qui ne parviennent pas à changer la donne politique. Dès lors l'impuissance gouvernementale ne cesse de s'accroître, même lorsque l'empereur donne le tempo. Ainsi du service public de l'instruction primaire et de la politique universitaire que Victor Duruy fait difficilement progresser. Ainsi du projet de réforme militaire présenté en 1867, destiné à imposer une véritable armée de conscription, qui se termine misérablement par la création d'une Garde nationale, laquelle ne verra jamais le jour.

Dans ces conditions, les élections de 1869 s'annoncent délicates pour le pouvoir. Bien que toujours en vigueur, le système des candidatures officielles se grippe. Les préfets et les maires commencent à être moins diligents... Sur 10,4 millions d'inscrits, le pouvoir perd 1 million de voix (4,4 millions contre 5,3) et l'opposition passe de 1,9 à 3,3 millions de suffrages. Même si les mécanismes électoraux offrent encore la majorité aux candidats officiels, le régime a, aux yeux du pays, subi une éclatante défaite. Après avoir tergiversé, Napoléon III décide enfin de « faire tourner la table ». Il lance une réforme institutionnelle qui, cinq ans plus tôt, aurait peut-être stabilisé le régime. Il rétablit le régime parlementaire et appelle Emile Ollivier, cette « prise de l'ouverture » envisagée en son temps par Morny, à constituer le ministère. Fidèle à sa démarche plébiscitaire, Napoléon III soumet le 8 mai 1870 le projet au vote. C'est un piège tendu à l'opposition dans une préfiguration des référendums chers aux présidents de la Ve République ! Certains républicains prônent l'abstention, d'autres le vote non, mais le résultat est un raz de marée en faveur du oui (7 340 000 voix contre 1 560 000). L'empereur peut prétendre « avoir retrouvé son chiffre de 1851 et 1852 ».

Sa victoire institutionnelle est néanmoins une défaite politique. Emile Ollivier n'a de cesse que de revenir à la politique de la monarchie de Juillet et de mettre fin à l'originalité du bonapartisme. Il veut rétablir le protectionnisme, durcir la répression antiouvrière, combattre les militants socialistes, rétablir la liberté de l'enseignement supérieur. Le nouveau gouvernement applique sous couvert de libéralisme la politique souhaitée par les milieux conservateurs et cléricaux dont l'empereur n'a jamais été le docile exécutant. Mais c'est la brutalité policière du gouvernement Ollivier, en particulier au moment des obsèques du journaliste républicain Victor Noir, abattu par un marginal de la famille impériale – Pierre Bonaparte –, qui va semer les germes de la Commune, bien davantage que l'attitude de l'empereur obligé, sur le plan intérieur, d'apprendre à régner sans gouverner.

Politiquement maladroit par son retard à agir, Napoléon III aurait peut-être sauvé son régime s'il n'avait été pris dans un maelström diplomatique trop compliqué pour un esprit parfois visionnaire, mais souvent simpliste, surtout quand il est confronté, avec Bismarck, à un homme d'Etat supérieur, réfléchi, construit et retors. L'un chevauche un rêve, faire échapper la France aux frontières de 1815 ; l'autre est mû par un projet clair, l'unité de l'Allemagne. Le premier est habité par des foucades ; le second a la sérénité du joueur d'échecs. Le Français désarçonne l'Europe par son improvisation ; l'Allemand déroule à son rythme un plan élaboré de longue date. Résultat : à force d'être imprévisible, l'empereur n'apparaît pas comme un partenaire fiable aux yeux des puissances européennes.

Napoléon III est en effet prisonnier d'une contradiction entre le principe des nationalités et les réalités diplomatiques, comme on peut l'être dans le monde d'aujourd'hui entre les droits de l'homme et la realpolitik. C'est le défaut de sa politique italienne. Il mécontente simultanément les patriotes en leur économisant son soutien, les puissances catholiques en ne défendant pas les Etats pontificaux et l'Angleterre en renouant, par le rattachement de la Savoie et de

Nice, avec une politique d'expansion territoriale. De même se fourvoie-t-il en 1863 au moment de l'insurrection polonaise contre la domination russe. Son cœur le porte naturellement du côté de la Pologne, mais n'ayant pas les moyens d'intervenir, il mécontente le tsar Alexandre II que, pensant à l'avenir, Bismarck s'empresse au contraire de soutenir. Il lui aurait fallu le bon sens cynique de Claude Cheysson, ministre des Affaires étrangères de François Mitterrand, déclarant au moment du coup du général Jaruzelski en 1981 : « Bien sûr, nous n'interviendrons pas. »

Mais c'est dans les affaires allemandes que Napoléon III va s'empêtrer. Trop faible, au départ de l'aventure bismarckienne lorsque la Prusse, aidée par l'Autriche, chasse le Danemark du Schleswig-Holstein et qu'il refuse la proposition anglaise d'une intervention commune au nom du respect de la volonté des habitants locaux de rejoindre l'univers allemand. Trop naïf, lorsque, recevant Bismarck à Biarritz en 1865, il lui laisse le champ libre en Allemagne en échange d'un engagement flou sur de vagues compensations territoriales. Trop absent, lorsque le chancelier allemand s'allie à Victor-Emmanuel, roi d'une Italie en voie de constitution, en lui promettant la Vénétie en cas d'une guerre commune contre l'Autriche. Trop prisonnier de son préjugé antiautrichien qui l'empêche de bousculer le jeu, au moment où la menace prusso-italienne se fait pressante contre Vienne. Trop accaparé par l'escapade mexicaine, quand avec la guerre prusso-autrichienne, les dés roulent à toute vitesse sur la table européenne. Conséquence : une impuissance complète quand l'armée prussienne écrase les Autrichiens à Sadowa en 1866. Napoléon III n'a en effet ni l'instrument militaire pour intervenir, ni le prétexte idéologique, puisque la marche vers la nation allemande est conforme au principe des nationalités.

Malgré sa vieille sympathie, depuis Frédéric II, pour la Prusse, l'opinion française comprend plus vite que l'empereur ce qui est en train de se jouer. Les ménagements de Bismarck vis-à-vis de l'Autriche battue témoignent de son projet : neutraliser les Habsbourg, au moment où il avance vers l'unité allemande. L'annexion du Hanovre et les conventions militaires conclues par le chancelier avec les Etats allemands du Sud ne sont que des indices supplémentaires. Lorsque Thiers s'exclame à l'endroit de l'empereur : « Vous n'avez plus une faute à commettre », il est déjà trop tard. Napoléon III réclame benoîtement à Bismarck les compensations territoriales envisagées à Biarritz et le chancelier rétorque, méprisant, qu'il n'a rien à faire de cette « note d'aubergiste ». Pire, il la communique aux Anglais et aux Belges, afin de leur montrer que l'empereur n'a rien compris ni appris, et qu'il rêve toujours pour la France de « frontières naturelles ». Cette manœuvre retorse a évidemment pour but d'isoler l'Empire dans la perspective d'un conflit. Il suffit désormais d'une nouvelle crise pour que la situation explose. Elle a lieu à propos de l'Espagne.

Lorsqu'une énième révolution renverse en 1868 la monarchie espagnole, Bismarck obtient, sans apparaître lui-même dans la partie, que la Couronne soit offerte à un Hohenzollern. C'en est trop pour Paris : il existe, depuis des siècles, un *casus belli*, la reconstitution de l'empire de Charles Quint. Que les Hohenzollern le dirigent à la place des Habsbourg ne change rien à la situation ! Guillaume Ier et Bismarck effectuent un recul tactique et retirent la candidature espagnole. Mais Napoléon III, désormais méfiant, veut davantage :

l'engagement de la Prusse de ne pas réitérer à l'avenir une telle opération. Il mandate à cette fin son ambassadeur à Berlin, que l'empereur refuse de recevoir. Intervient alors la dépêche d'Ems, devenue depuis lors un terme générique pour tous les dérapages politiques aux conséquences incalculables. Le texte présente le refus de l'audience d'une manière offensante pour la France. Maladresse calculée ? Erreur diplomatique ? Provocation involontaire ? Il est de bon ton, au nom de l'histoire rétrospective, d'y voir une habileté diabolique de Bismarck. En fait, avec ou sans dépêche d'Ems, la marche vers la guerre est inévitable : celle-ci doit être pour le « chancelier de fer » l'acte fondateur de l'unité allemande.

La dépêche produit en tout cas son effet. Elan patriotique, vote des crédits de guerre, emballement de l'opinion : la France se prépare, comme elle le fera en 1914, à une « guerre fraîche et joyeuse ». C'est mal mesurer le rapport des forces. Les maladresses de l'empereur et les habiletés de Bismarck ont privé le pays d'alliés ; l'armée française est en partie mobilisée outre mer ; la réforme militaire proposée en 1867 ayant échoué, les troupes sont de qualité moyenne, les officiers supérieurs médiocres, l'organisation sur le terrain déficiente, la réflexion stratégique arriérée. Face à une Prusse forte de 500 000 hommes de troupe et d'une réserve presque de même ampleur, les Français alignent difficilement 235 000 hommes.

La guerre déclarée le 19 juillet 1870, les Prussiens envahissent immédiatement la Lorraine et l'Alsace et enferment l'armée de Bazaine dans Metz. Partie du camp de Châlons, une autre armée, commandée par l'empereur, essaie de se porter à son secours. Elle se fait à son tour encercler dans la cuvette de Sedan. Il ne lui reste qu'à capituler le 2 septembre et Napoléon III est obligé de se livrer prisonnier.

Un régime fondé sur la gloire ne résiste pas à une telle humiliation. La nouvelle connue à Paris, les idées de régence font long feu, comme en 1814, 1815, 1830, 1848 ! Les députés sont certes perplexes sur la conduite à tenir, mais la rue, elle, ne l'est pas. Des groupes d'ouvriers envahissent l'Assemblée au cri de « déchéance ». Mais suivant un rituel désormais classique, comme en 1830 et 1848, c'est à l'Hôtel de Ville que s'élabore le nouveau pouvoir. Les députés républicains, Gambetta en tête, y proclament la République et font acclamer la formation d'un gouvernement de la Défense nationale, pendant que l'impératrice fuit en Angleterre. Né d'un péché originel, le coup d'Etat, mort d'une défaite militaire déshonorante, le Second Empire ne se remettra jamais de ce double stigmate, au point de faire oublier son efficacité économique et son originalité sociale. *Sic transit...*

Chapitre 44

Entre guerre, révolution et République

Baptiser « gouvernement de la Défense nationale » le gouvernement de l'Hôtel de Ville est une juste intuition politique. Combattre les Prussiens est le seul objectif commun aux membres du nouvel aréopage. Celui-ci réunit en effet les anciens de 1848 tels Arago et Crémieux et les Jeunes Turcs de l'opposition à l'Empire, Gambetta en tête, qui s'était imposé en 1869 comme rédacteur du programme de Belleville, acte de naissance du radicalisme. C'est lui qui a l'idée de pousser à la tête du gouvernement le général Trochu, vieux militaire républicain, obstiné et courageux. La plupart des membres de l'équipe gouvernementale ne pensent qu'à la politique : faire ou non des élections est-il imaginable sous les canons allemands ? Hormis Trochu, seul Gambetta se préoccupe de la guerre. Parti en ballon pour Tours – géniale et involontaire opération de communication –, il tente l'impossible pour constituer de nouvelles armées. C'est l'héritier de Danton, appelant à la levée en masse, nommant dans les départements des « commissaires de la défense » munis des pleins pouvoirs, et jouant, à la différence des grands ancêtres de 1792, l'union nationale. Ainsi n'hésite-t-il pas à enrôler des volontaires vendéens, héritiers des chouans. Et surtout il impose la conscription, avec l'objectif chimérique de recruter 650 000 hommes ! Il parvient néanmoins à réunir 600 000 soldats, les arme de bric et de broc, les fait instruire à la sauvette et les envoie au combat. Etrange armée de francs-tireurs qui, à défaut de pouvoir mener des attaques frontales, perturbe les arrières et les mouvements de la machine de guerre prussienne.

Mais tandis que la gauche républicaine, réunie autour de Gambetta, veut la guerre à tout-va, la droite, elle, souhaite la paix. C'est l'affrontement des années 1791-1792 qui se rejoue entre les jacobins, convaincus que la guerre accélère la révolution, et les girondins désireux de voir la paix arrêter le processus révolutionnaire. La droite craint, en effet, le désordre social et veut donc solder au plus vite les comptes du conflit perdu. Ayant de surcroît fait sonder par Thiers le gouvernement anglais et ayant mesuré que celui-ci oscille entre l'hostilité et la neutralité, elle considère que se battre sans allié et donc sans espoir de victoire est suicidaire. Mais approché par Jules Favre qu'il rencontre secrètement à Ferrières dans le château des Rothschild, où le roi et lui ont pris leurs quartiers, Bismarck ne fait pour l'instant aucune ouverture.

Le gouvernement, pour une fois unanime, envoie au combat ses dernières troupes commandées par Mac-Mahon. C'est peine perdue. Les Prussiens continuent leur avance vers Paris. Le clivage s'accentue entre les modérés, désireux de tenir des élections car Bismarck a annoncé qu'il ne traiterait qu'avec un gouvernement régulier, et un Comité central républicain constitué à Paris, qui prône à la fois un pouvoir révolutionnaire aux allures de 1793 et la guerre à outrance. Les armées de Gambetta ne cessent pendant ce temps d'être mises en pièces. La tension atteint à Paris son paroxysme fin janvier 1871, avec une succession de « journées patriotiques » ; le gouvernement est obligé de durcir le jeu, interdisant les journaux révolutionnaires et les réunions publiques. L'Histoire, elle, n'attend pas le dénouement des conflits franco-français. Quelques jours plus tôt, Bismarck a fait proclamer empereur d'Allemagne le roi de Prusse et s'est offert le plaisir d'organiser la cérémonie dans la galerie des Glaces du château de Versailles, belle manière de se venger des bivouacs de Napoléon Ier à Berlin.

Face à cette démonstration de force prussienne, le gouvernement est d'autant plus décidé à demander l'armistice qu'il a isolé sa propre aile gauche. Inlassable militant de la poursuite des combats, Gambetta continue à arpenter la France, prend acte de la situation et présente sa démission. Bismarck accepte de son côté un armistice afin de permettre des élections. Il exige la capitulation de Paris et une contribution de guerre – « Paris est une demoiselle assez riche et bien entretenue pour payer sa rançon ». Les électeurs sont donc convoqués pour le 8 février. Etrange scrutin qui se déroule dans plus de la moitié des départements en présence de l'armée prussienne, et à Paris dans un climat révolutionnaire ! La majorité va massivement aux partisans de la paix. Les républicains en majorité modérés obtiennent 200 sièges et les monarchistes 400 (200 légitimistes, 200 orléanistes) auxquels ne s'opposent que 36 élus, naturellement parisiens.

Paris étant occupé, c'est à Bordeaux que se réunit l'Assemblée le 12 février. Le gouvernement provisoire lui remet ses pouvoirs et cette Assemblée trouve son maître en Thiers. Le politicien retors et un tantinet démagogue de la monarchie de Juillet s'était transformé en opposant raisonnable et inflexible de Napoléon III. Lucide, dès la déclaration de guerre, sur l'état des forces militaires en présence, il avait considéré comme inévitable la défaite. Il s'était montré depuis l'été un patriote convaincu, parcourant en vain l'Europe en quête d'alliés pour la France. Conscient de l'incapacité des Français à repousser seuls les Prussiens et impressionné par l'isolement dans lequel les autres Européens avaient décidé de laisser la France, il n'avait cessé de s'opposer aux illusions belliqueuses de Gambetta. Le voilà « Chef du pouvoir exécutif de la République française », étonnant libellé qui réitère la proclamation de la République mais se garde bien de lui donner un président et qui fleure autant le kitsch politique que le serment de Napoléon Ier en 1804. La césure est nette entre les monarchistes qui veulent un exécutif sans référence à la République et les républicains désireux d'entériner le fait accompli ; elle est la chance de Thiers, seul à même de réunir sur son nom les deux clans de l'Assemblée. Il dédramatise le débat en vieux politicien madré, validant pour l'instant le choix de la République et remettant la décision définitive aux calendes grecques.

L'urgence est, il est vrai, ailleurs. Il faut conclure avec Bismarck. Celui-ci exige une indemnité de 6 milliards de francs, la cession de l'Alsace, d'une partie de la Lorraine et de Belfort. C'est de la part du chancelier une approche inverse de celle qu'il a fait prévaloir, cinq ans plus tôt, avec l'Autriche : la retenue à des fins stratégiques. Il est trop fin politique pour ignorer combien de telles cessions territoriales vont constituer pour la France une plaie jamais refermée. Mais il lui est impossible, pour une fois, de résister à la volonté de Guillaume II et surtout à la force du mouvement historique qu'il a lui-même initié. Preuve de l'implication du nouvel empereur d'Allemagne : le geste d'orgueil infantile qui consiste à donner le choix à Thiers entre accepter un défilé des troupes allemandes dans Paris ou conserver Belfort. Maquignon dans l'âme, quitte à subir le défilé, le Chef du pouvoir exécutif préfère Belfort. Il obtient par ailleurs la réduction de l'indemnité à 5 milliards. Le traité de paix est ratifié par l'Assemblée par 546 oui contre 107 non. Parmi ces derniers figurent Gambetta, Clemenceau, Hugo et les députés d'Alsace-Lorraine.

L'Assemblée décide alors de se transporter de Bordeaux, non à Paris, mais à Versailles, exprimant de la sorte la crainte qu'inspirent à sa majorité les agitations de la capitale. L'état d'esprit de Paris est en effet plus éloigné de la province qu'il ne l'a été pendant la Révolution et en 1848. Ce ne sont pas, comme souvent, les régions périphériques d'un pays qui sont en sécession mais, phénomène plus rare, la capitale qui fait sécession. La dureté du siège imposé par les Prussiens y contribue. Elle pousse le Comité central des vingt arrondissements à préconiser la guerre à outrance ; elle conduit les bataillons de la Garde nationale à se muer en forces quasi révolutionnaires ; elle rend détestable aux yeux de la population un gouvernement « capitulard ». Le défilé, le 1er mars, des troupes prussiennes, leur bivouac comme en 1814 sur les Champs-Elysées, semblent une provocation à des Parisiens chauffés à blanc, même si ce supplice psychologique ne dure que deux jours.

En face du pouvoir en place, le désir s'est progressivement imposé de créer une Commune directement issue du peuple. Est-ce, à ce stade, une révolution sociale ? Les transformations d'Haussmann ont certes accentué le clivage entre les quartiers pauvres et les quartiers riches de la ville. Aussi, plus encore que pendant les révolutions de 1789, 1830, 1848, l'agitation vient-elle des faubourgs les plus populaires. Mais voir le prolétariat en marche derrière cette atmosphère d'émeutes, assez conforme à la tradition parisienne, c'est aller vite en besogne. Ce n'est pas la classe ouvrière qui s'empare de l'Hôtel de Ville, mais la Garde nationale qui se transforme en une organisation politique. Celle-ci décide – incroyable affirmation – que la « République étant le seul gouvernement de droit et de justice ne peut être subordonnée au suffrage universel ».

Installé à Versailles, Thiers veut naturellement reconquérir la capitale. Il ordonne de récupérer les canons de la Garde nationale, en position sur la butte Montmartre et à Belleville. Mal préparée, l'opération débouche le 18 mars sur l'exécution par les communards des deux généraux qui la menaient. Maire du XVIIIe arrondissement et donc en première ligne, Clemenceau, bien que viscéralement hostile à Thiers, fait tout pour éviter cet acte dont il mesure le caractère symbolique. Il risque même sa vie à s'entremettre face à une foule qu'il décrit « comme poussant des cris de bête sauvage » et qui cède – ce sont ses mots – au « délire du sang », mais, si choqué soit-il, il ne change pas de camp. La droite le lui reprochera pendant des décennies.

Thiers fait évacuer l'armée des forts du Sud et de l'Ouest, afin de préparer la contre-attaque. Le drapeau rouge flotte sur l'Hôtel de Ville. Rejeté en 1848 dans les mêmes lieux à l'initiative de Lamartine, le voilà symboliquement maître de la cité ! Le Comité délibère et se comporte comme un gouvernement, payant les gardes nationaux et les fonctionnaires, fixant les règles commerciales, emprisonnant les « ennemis du peuple »

– c'est 1793 sans la Terreur –, mais c'est un pouvoir réduit au territoire de la ville et privé de tout espoir de diriger la France. La Commune décide une réforme de l'enseignement, le rendant gratuit, obligatoire et laïc, abolit le travail de nuit dans les boulangeries et confie les ateliers abandonnés par leurs patrons à des coopératives autogérées. La ville devient un gigantesque phalanstère tel que Proudhon l'avait vu, un immense kibboutz avant l'heure. C'est le règne des idées et des chimères.

Aussi, à défaut d'embrayer sur la réalité, la machine idéologique tourne-t-elle à plein. Le Comité se divise entre une majorité héritière des jacobins, donnant le primat à la politique et une minorité tournée vers la question sociale, plus socialisante et anarchiste, avec à sa tête le journaliste Jules Vallès et l'ouvrier imprimeur Varlin. Les deux tendances se réconcilient néanmoins pour exiger de l'Assemblée de Versailles qu'elle octroie à la ville des franchises municipales. Etonnante réminiscence des traditions moyenâgeuses au cœur d'une révolution mi-jacobine mi-socialiste ! Paris attend d'être rejoint par les grandes villes de province, mais hormis quelques soubresauts à Lyon ou Marseille, la Commune ne suscite pas de véritables émules. Elle a, il est vrai, déjà des difficultés à maintenir son unité, trois mairies faisant rapidement sécession. « Nous sommes pris entre deux bandes de fous », crie Clemenceau. Une sortie de cette impasse politique ne peut venir que d'élections : ce qui vaut à l'échelle d'un pays entier s'applique aussi à une ville qui a quasiment proclamé son indépendance. Les électeurs sont donc convoqués pour un scrutin que l'Assemblée de Versailles se refuse, par anticipation, à reconnaître. Les modérés sont battus à l'image de Clemenceau qui, élégance rare, démissionne de son mandat de député, s'estimant désavoué par le suffrage universel. A la différence de beaucoup qui préfèrent s'exiler loin de la capitale, il décide de demeurer en ville.

Quant à Thiers, il est soumis aux pressions de Bismarck qui menace d'utiliser les troupes allemandes contre le « ramassis de brigands ». C'est, *mutatis mutandis*, la situation du général Jaruzelski en Pologne qui préfère s'attaquer en décembre 1981 au syndicat Solidarnosc plutôt que de laisser l'Union soviétique faire la police dans son pays. Aussi, ayant réuni 130 000 hommes, le Chef du pouvoir exécutif les lance-t-il le 21 mai à l'assaut de Paris. La disproportion des forces est écrasante entre cette armée et quelques milliers de gardes nationaux désorganisés. Acculés, les communards mettent le feu aux Tuileries, à l'Hôtel de Ville, à la Cour des comptes, et exécutent une centaine d'otages dont Mgr Darboy, l'archevêque de Paris. Les Versaillais réagissent avec une violence sans précédent dans l'histoire de France. C'est, de la part d'une armée régulière aux ordres d'un pouvoir légal, une attitude stupéfiante. Elle exécute les combattants, les suspects, les victimes désignées par les mouchards, des passants pris par hasard : au moins 20 000 victimes en une semaine ! Au jeu des comparaisons macabres, la Semaine sanglante est bien plus coûteuse en vies humaines que la Saint-Barthélemy ou la Terreur. S'ajoutent au massacre plus de 40 000 prisonniers : 13 500 seront condamnés à des peines allant de la mort à l'emprisonnement en passant par le bannissement et la déportation en Nouvelle-Calédonie, comme Louise Michel. Près de 5 000 communards réussissent à fuir en exil. C'est, à l'échelle d'une ville, une sauvagerie à la mesure de la guerre civile espagnole soixante-cinq ans plus tard.

Comment, esprit subtil, homme politique modéré, Thiers a-t-il validé une telle répression, contraire aux principes dont il s'était fait si longtemps le porte-parole ? La pression sur lui était immense : la « grande peur des bien-pensants » – suivant le titre, quelques décennies plus tard, de Bernanos – est terrible et l'armée recrue d'humiliations se montre avide de revanche. Même un républicain comme Jules Ferry y va de son couplet vengeur dans une lettre à son frère : « Je les ai vues les représailles du soldat vengeur, du paysan châtiant en bon ordre ; libéral, juriste, républicain, de mes yeux, j'ai vu ces choses et je me suis incliné comme si j'apercevais l'épée de l'Archange »... Anecdote significative : Thiers doit éclater en sanglots devant un Conseil des ministres composé d'hommes supposés raisonnables, pour éviter l'exécution du journaliste Henri Rochefort.

Les conséquences de la Semaine sanglante seront immenses. C'est un des événements qui, comme auparavant la Terreur et plus tard Vichy, auront coupé en deux la France. Les milieux populaires et en particulier prolétaires ayant été les principales victimes de la répression, la classe ouvrière se sent clouée au pilori par le reste du pays : divorce aux conséquences incalculables qu'aucun autre pays européen n'aura connu. La mémoire ouvrière ne commence pas rue Transnonain sous la monarchie de Juillet, mais au mur des Fédérés pendant la Semaine sanglante.

La Commune écrasée, Thiers a les mains libres pour gouverner. C'est d'abord remettre sur pied l'armée, y restaurer la hiérarchie en éliminant les officiers nommés à la va-vite par Gambetta, substituer à l'ensemble constitué par une armée de métier et la

Garde nationale la conscription basée sur un tirage au sort, même atténué par le jeu des dispenses, préfigurer une stratégie plus technique que fondée sur le nombre, dépolitiser le commandement et rétablir enfin le consensus du pays autour de ses forces militaires. De là la surréaliste revue de Longchamp le 29 juin, réunissant 120 000 hommes qu'on aurait imaginés fêtant une victoire davantage qu'un désastre ! Initié en 1878, le culte de l'armée, creuset de la nation, montrera ses effets délétères au moment de l'affaire Dreyfus.

Gouverner, c'est ensuite obtenir l'évacuation du territoire et donc accélérer le paiement de l'indemnité de guerre. Lancé pour obtenir 2 milliards de francs, l'emprunt national recueille 4,5 milliards. Il donnera lieu un an plus tard à une nouvelle émission, elle aussi facile, de sorte que dès juillet 1873 l'Allemagne évacuera les derniers départements occupés.

Gouverner, c'est enfin traiter la question du régime. Thiers ouvre le jeu en abrogeant les lois d'exil votées en 1832 et 1848, la première visant les Bourbons et la seconde les Orléans. Il prend le risque de voir les deux branches faire alliance, mais convaincu de la médiocrité des princes qui les incarnent, il pense qu'ils ne tarderont pas à s'autodétruire. Fort du soutien que lui concèdent les Orléans, le comte de Chambord fonce tête baissée dans le piège et publie le 5 juillet un manifeste exigeant le rétablissement du drapeau blanc – « Henri V ne peut abandonner le drapeau blanc d'Henri IV ». Il prône en outre le retour à une organisation du pays qui équivaudrait à une marche en arrière, très en deçà de la monarchie de Juillet, voire même de la France de la Charte. Thiers peut ironiser à loisir : « On peut appeler le comte de Chambord le Washington français car il a fondé la République. »

En juillet 1871, des élections partielles renforcent le camp républicain et réduisent le poids des monarchistes au sein de l'Assemblée. C'est le moment, pense le Chef du pouvoir exécutif, de forcer le destin. Un de ses amis, Rivet, dépose une proposition de loi pour lui conférer le titre de Président de la République, mais l'Assemblée ne se laisse pas faire. Elle donne certes satisfaction à Thiers, mais lui rappelle qu'il exerce « sous son autorité, tant qu'elle n'aura pas terminé ses travaux », les fonctions qui lui ont été déléguées. Curieux président de la République responsable devant le Parlement ! Ce dernier ne se prive pas de le faire tomber le 24 mai 1873. Le territoire évacué, l'Assemblée n'a plus besoin, telle une entreprise sortie de la faillite, d'un administrateur judiciaire. Celui-ci étant de surcroît un frein au rétablissement de la monarchie, les conservateurs l'écartent sans ménagement ni reconnaissance : au moins le vainqueur de la Commune tombe-t-il, de ce fait, à gauche.

Le maréchal de Mac-Mahon est élu président de la République. Il promet « le rétablissement de l'ordre moral », « avec l'aide de Dieu et de l'armée ». C'est désormais la version cléricale et aristocratique du conservatisme qui succède à une approche elle aussi conservatrice, mais plus anticléricale et héritière de la Révolution. Inquiets de voir dans la montée du radicalisme une résurgence légale de l'esprit de la Commune, Mac-Mahon et son chef du gouvernement de Broglie frappent la presse, donnent aux préfets le pouvoir de nommer les maires, fustigent la laïcité. La passivité du pays les pousse à franchir un pas supplémentaire et à tenter de restaurer la monarchie. C'est faire l'impasse sur l'obstination et l'aveuglement du comte de Chambord. Celui-ci ne fait aucune des concessions nécessaires. Aussi, afin de garder ouverte la possibilité d'une Restauration, de Broglie fait-il voter pour sept ans la prolongation des pouvoirs de Mac-Mahon, président de la République. Le septennat naît donc du simple désir des monarchistes de ne pas insulter l'avenir. L'urgence devient patente pour cette Assemblée, en théorie constituante, d'établir la loi fondamentale avant de se séparer. Mais les tensions entre les deux camps, monarchiste et républicain, ne peuvent aboutir qu'à un compromis byzantin. Si le 29 janvier 1875 un texte prévoyant que « le gouvernement de la République se compose de deux Chambres et d'un Président » est rejeté par 359 voix contre 336, marquant une victoire des monarchistes, l'amendement Wallon établissant que « le Président de la République est élu par le Sénat et la Chambre » est, lui, voté le 30 janvier à une voix de majorité (353 voix contre 352). La République s'impose de façon subreptice.

CHAPITRE 45

La République triomphe

C'est une étrange Constitution que l'Assemblée a élaborée. Sans préambule, sans déclaration des droits, sans principe affiché : jamais un accord n'aurait été possible sur les questions idéologiques. Le régime est ambivalent. D'un côté, un président de la République élu pour sept ans, irresponsable, disposant du droit de dissolution de la Chambre des députés après avis conforme du Sénat, de l'initiative des lois et du droit de grâce. Il est de surcroît chef des armées et chargé de conclure les traités. Aussi détient-il les attributs d'un roi sans couronne. De l'autre côté, les mécanismes du parlementarisme avec un gouvernement collégialement responsable devant chacune des deux Assemblées, une Chambre des députés élue bien sûr au suffrage universel et un Sénat, verrou conservateur, renouvelable par tiers, désigné au suffrage indirect, composé de membres de plus de quarante ans et agrémenté, pour faire bonne mesure, de soixante-quinze sénateurs à vie. Quant aux actes du président de la République, ils doivent être contresignés par un ministre, ce qui crée un « arbre de transmission » entre les deux pôles du pouvoir.

Mac-Mahon ne retient évidemment que la lecture

quasi monarchiste de sa fonction. Aussi est-il décidé à gouverner. Encore faut-il que les futures Assemblées se prêtent au jeu. Or, malgré le choix du scrutin uninominal aux dépens du scrutin de liste souhaité par les républicains et malgré la pression des préfets et des maires, les conservateurs sont balayés le 5 mars 1876. La Chambre compte 360 républicains contre 150 monarchistes et bonapartistes. Et la manœuvre liée au choix des sénateurs à vie s'étant retournée contre ses instigateurs, le Sénat se retrouve avec une composition équilibrée. Le vainqueur est, aux yeux de l'opinion, Gambetta. Un couple exécutif Mac-Mahon – Gambetta ? Ce serait une cohabitation avant l'heure. Le président ne peut s'y résoudre. Il tient néanmoins compte du résultat en nommant une figure du centre gauche, Dufaure, à la tête du gouvernement, mais il se réserve le choix des ministres de la Marine, de la Guerre et des Affaires étrangères. C'est inaugurer une pratique que François Mitterrand et Jacques Chirac feront leur en 1986, 1993, 1997, face à des Assemblées hostiles. A Dufaure succède Jules Simon dans une même configuration gouvernementale. Celui-ci passe peu à peu sous les fourches caudines de la gauche et valide l'abrogation des peines pour délits de presse et la publicité des séances des conseils municipaux. Face à cette politique Mac-Mahon interpelle son président du Conseil et proclame haut et clair ses responsabilités – « Si je ne suis pas responsable comme vous devant le Parlement, j'ai une responsabilité envers la France, dont aujourd'hui plus que jamais je dois me préoccuper ». Ainsi attaqué, Simon démissionne. Mac-Mahon nomme de Broglie, au risque d'un affrontement avec le Parlement. Quel renversement politique ! De Broglie avait été, quatre ans plus tôt, le héraut des droits de l'Assemblée face à

Thiers, à l'époque président. Il est désormais le porte-parole des pouvoirs présidentiels, face à la nouvelle Assemblée. Celle-ci manifeste sa défiance à son égard, ce qui conduit à la dissolution, après un avis conforme facilement obtenu du Sénat.

S'ouvre alors pour les républicains « la mère de toutes les batailles ». Vainqueurs, ils installeront la République parlementaire ; battus, ils risquent de subir comme en 1851 un nouveau choc, préfigurant peut-être la restauration de la monarchie. Il y a toujours eu un Monk qui sommeillait en Mac-Mahon ! Le ministère ne lésine pas sur les moyens, appliquant au profit du président les vieilles techniques du Second Empire : préfets déplacés, lutte contre le colportage des journaux républicains, fermeture des lieux de réunion d'opposants, diffusion d'une propagande officielle, révocation de près de 2 000 maires. Confrontés à cette omniprésence administrative, les républicains, pour une fois, ne se divisent pas et Gambetta peut donner libre cours à ses talents d'organisateur. Il fixe la ligne vis-à-vis de Mac-Mahon, en cas de victoire républicaine. Il ne restera au maréchal-président qu'à « se soumettre ou se démettre ». Ce dernier rétorque : « Je ne saurais devenir l'instrument du radicalisme ni abandonner le poste où la Constitution m'a placé. Je resterai pour défendre, avec l'appui du Sénat, les intérêts conservateurs. » Voici un débat que découvrira à nouveau la Ve République sur l'attitude du président face à une dissolution ratée... 80 % de votants les 14 et 28 octobre : la participation manifeste l'importance de l'enjeu. La victoire des républicains est nette : ils obtiennent 318 sièges contre 208 pour les conservateurs. Instauré pour leur nuire, le scrutin uninominal s'est retourné à leur avantage. Malgré le refus du Sénat de le soutenir, Mac-Mahon essaie de résister. Il nomme un gouvernement en charge des affaires courantes que boycotte l'Assemblée. Aussi se résigne-t-il à désigner Dufaure qui refuse de l'associer au choix des ministres régaliens (Guerre, Affaires étrangères) afin de lui faire sentir sa défaite. Mesurant le rapport des forces, il en tire les conclusions dans un message aux Chambres, dans lequel il affirme sa fidélité aux « règles parlementaires » et précise que « le droit de dissolution ne saurait constituer un système de gouvernement ». C'est donc lui, défenseur du présidentialisme, qui en sonne le glas.

La IIIe République devient « archiparlementaire », puisque privée dans les faits de la soupape de la dissolution. Celle-ci lui manquera à maintes reprises entre 1877 et 1940. Après leur éclatante victoire, les républicains font leurs des institutions bancales : une Assemblée démocratique toute-puissante, assortie d'un Sénat disposant des mêmes pouvoirs mais que son mode de désignation rend à jamais conservateur. L'impératif est désormais pour le camp républicain de prendre le contrôle des rouages d'un Etat qui lui a été hostile. S'étant soumis, Mac-Mahon signe tous les décrets de révocation concernant les emplois civils. Il se refuse en revanche à mener l'épuration dans l'armée, au nom de la solidarité « entre compagnons d'armes » et préfère démissionner le 30 janvier 1879. La bataille pour les nominations sera un grand classique de la cohabitation à la française...

Le Congrès se réunit immédiatement. Anticipant le rejet par cette instance des hommes forts, Gambetta ne se présente pas – Clemenceau sera moins perspicace en 1919. Grévy est élu, inaugurant la « fiche de poste » des présidents de la IIIe République. Ce seront, sauf accidents, des provinciaux accommodants, en quête de compromis, intelligents mais guère autoritaires. Le 14 juillet devient la fête nationale, *La Marseillaise* le chant national et Gambetta parvient à faire voter l'amnistie pour les condamnés de la Commune. Unis pour éviter la Restauration puis le présidentialisme, les républicains peuvent, après leur victoire, laisser éclater leurs divergences politiques.

A gauche, à défaut d'une force socialiste dont la répression de la Commune a empêché l'émergence, la place est tenue par les radicaux. Ils veulent la révision de la Constitution, la suppression du Sénat et de la présidence de la République, l'élection des juges, la séparation de l'Eglise et de l'Etat, l'intervention de l'Etat dans l'économie, la réduction de la durée légale du travail, la reconnaissance des syndicats. Clemenceau devient rapidement leur figure de proue.

Moins à gauche, l'Union républicaine de Gambetta. Celui-ci se bâtit une position singulière : le souvenir du ministre énergique de 1870 en fait le symbole de la politique de revanche et lui vaut le soutien du camp nationaliste. Son rôle dans la victoire sur Mac-Mahon lui assure une reconnaissance très large des républicains mais ses prises de position intérieures le rapprochent plutôt des radicaux. Plus porté à l'influence qu'au pouvoir, plus attaché à la gloire qu'à l'action, il exerce un magistère moral sans se battre vraiment pour prendre la tête du gouvernement. Lorsque Grévy le nomme, après les élections de 1881, sans doute pour « lever l'hypothèque » suivant une expression que les innombrables crises gouvernementales imposeront plus tard, il ne reste au pouvoir que trois mois : il lui manque l'art et la manière...

Plus à droite sur l'échiquier républicain, donc au

centre du spectre politique, s'impose Jules Ferry. Lui aime gouverner : président du Conseil ou ministre, il domine la scène jusqu'en 1885. Aussi fixe-t-il les axes de la République triomphante.

C'est d'abord la reconnaissance des libertés démocratiques que la France n'avait connue à ce degré que quelques mois en 1848. La loi sur la liberté de la presse en 1881, sur l'organisation municipale en 1882 avec l'élection des maires et des adjoints (sauf à Paris), sur la liberté syndicale en 1884 : tels sont les fondements du droit républicain qui se sont perpétués jusqu'à aujourd'hui.

C'est ensuite une politique scolaire mâtinée de laïcité, véritable croisade du régime : « Lorsque toute la jeunesse française se sera développée, aura grandi sous cette triple étoile de la gratuité, de l'obligation et de la laïcité, nous n'aurons plus rien à craindre des idées du passé. » La République, la laïcité et l'éducation, tel est le credo du moment. De là la création, en surplomb de l'édifice éducatif, d'un Conseil supérieur de l'instruction publique dont sont exclus les ministres du culte et les personnalités étrangères au monde de l'éducation. La collation des grades devient l'apanage exclusif de l'Etat ; les établissements libres d'enseignement supérieur ne peuvent plus se présenter comme des universités ; les programmes du secondaire sont modifiés ; des lycées et collèges sont créés pour les jeunes filles ; les départements doivent avoir une école normale d'instituteurs ; enfin des lois en 1881 et 1882 établissent la gratuité et l'obligation scolaire dans le primaire, accompagnées de la laïcisation du personnel.

C'est enfin la priorité donnée à l'expansion coloniale, sur laquelle Gambetta apporte un soutien constant à Ferry. Premier geste de la République parlementaire :

l'expédition de Tunisie en plein accord avec les grandes puissances qui l'avaient autorisée officieusement, lors du congrès de Berlin en 1878. Bismarck est, en effet, très favorable à l'expansionnisme français outre-mer. C'est, à ses yeux, un moyen pour la France de retrouver un statut de grande puissance, sans avoir besoin de céder à des instincts de revanche. Ferry est, sans le dire, sur la même ligne. Toujours plus belliqueux, Gambetta y voit une préparation à la revanche. Quant à Clemenceau, il s'oppose à cette politique, moins au nom du droit des peuples indigènes à disposer d'eux-mêmes qu'à cause de l'incapacité où elle met le pays de préparer la guerre contre l'Allemagne.

Hostile à l'expédition du Tonkin, il tiendra enfin sa vengeance contre Jules Ferry lorsque, en mars 1885, arrivera la nouvelle du désastre de Lang Son. Le président du Conseil tombe, touché au cœur par la pression d'un Clemenceau proclamant que la politique coloniale faisait de la France « l'obligée de l'Allemagne ». Le futur « Tigre » ne pratique pas la modération : « Nous ne vous connaissons plus, nous ne voulons plus vous connaître... Ce ne sont plus des ministres que j'ai devant moi ; ce sont des accusés de haute trahison... La main de la loi ne tardera pas à s'abattre. » Même si apparaissent de temps à autre quelques arguments économiques pour justifier l'expansion coloniale – la recherche de débouchés à l'abri de frontières douanières –, celle-ci est l'expression, à la différence de l'expansionnisme britannique, de ressorts politiques. Pour les uns, elle manifeste l'universalisme français, le besoin de porter au loin les valeurs de la République, à l'instar de la Grande Révolution. Pour les autres, elle traduit l'aspiration à la grandeur du pays, là aussi dans le fil des mythes révolutionnaires. Pour les derniers, partisans du statu quo en Europe, c'est un formidable dérivatif pour oublier l'Alsace et la Lorraine. Rien de commun, donc, avec l'approche économique des Anglais.

Cette différence de nature explique le choix des méthodes coloniales suivies par les deux empires. Les Français installent sur place leur Etat et gouvernent les espaces lointains comme des morceaux du territoire national. Les Britanniques s'appuient sur des relais locaux, au point de n'expatrier dans l'immense Inde que moins de mille fonctionnaires civils. Les problèmes de la décolonisation seront empreints de ces différences d'esprit : une colonisation d'essence politique est difficile à clore et la fin en est douloureuse ; une colonisation d'origine mercantile s'éteint sur la base d'une froide analyse coûts/avantages. Même si l'essentiel de l'expansion territoriale ne se joue pas pendant les « années Ferry », la doctrine se fixe à ce moment-là du côté des colonialistes comme de celui des anticolonialistes ou du moins chez ces derniers jusqu'en 1914, car ultérieurement l'argument de la démobilisation face à l'Allemagne ne pèsera plus... Mais le dynamisme colonial durcit les relations de la France avec l'Angleterre et l'Italie. Le retour au protectionnisme, et son extension aux colonies, aggrave l'ire d'une Grande-Bretagne avide de débouchés commerciaux. Ainsi la France se trouve-t-elle isolée sur la scène européenne, les contrepoids qu'elle pouvait espérer trouver à Londres et à Rome face au bloc austro-allemand lui faisant défaut à cause des tensions outre-mer entre empires coloniaux. Le sentiment d'isolement participe d'un retour de flamme nationaliste dont l'abracadabrantesque épisode Boulanger est un signe parmi d'autres.

De même que la question coloniale se fige idéologiquement à l'époque de Jules Ferry, le débat sur la laïcité prend sa forme quasi définitive, en se polarisant pour un siècle sur les enjeux scolaires. La question religieuse est apparue pendant des siècles à travers l'affrontement parfois violent entre gallicanisme et ultramontanisme. Elle s'est focalisée pendant la Révolution sur la Constitution civile du clergé et le serment de fidélité. Elle s'est ensuite déplacée pendant la première moitié du siècle vers la politique, l'Eglise faisant alliance avec le camp conservateur, monarchiste le plus souvent, bonapartiste par souci d'efficacité. Mais l'enseignement, en particulier supérieur, a représenté au fil du temps un enjeu de plus en plus important. Qui contrôle le système éducatif contrôle les âmes : tel est le postulat commun aux deux camps. De là la violence de leur affrontement, sous la monarchie de Juillet, puis au moment de la loi Falloux et enfin du temps du Second Empire.

L'anticléricalisme – terme qui apparaît en 1877 dans le Littré – fait florès entre 1870 et 1885. Il vise à libérer la société de l'emprise religieuse : abolition du caractère confessionnel des cimetières, laïcisation des hôpitaux, enlèvement des crucifix des prétoires, loi sur le divorce. La sécularisation est en marche mais hormis les radicaux, nul ne demande l'abolition du Concordat. C'est la politique scolaire qui devient le symbole du combat laïc. Si modéré soit-il, Ferry considère qu'à l'école, l'Eglise est une force obscurantiste. De là une ambivalence du militantisme laïc. Il s'agit au minimum de laisser les religions à la porte des écoles, au maximum d'élaborer une philosophie rationaliste susceptible de se battre, à armes égales avec la foi. Le débat sur les programmes scolaires et la place de l'instruction religieuse devient à ce titre essentiel. Une loi exige en 1882 que cette dernière soit dispensée en dehors des locaux scolaires mais les programmes d'instruction morale et civique comportent néanmoins un paragraphe sur les devoirs envers Dieu. Quant à la laïcisation du personnel scolaire, elle n'est votée qu'en 1886. C'est donc une situation ambiguë qui prévaut à la fin des « années Ferry » : la laïcisation est allée trop loin aux yeux du monde catholique ; elle est, en revanche, éloignée du compte dans l'esprit des radicaux et de la gauche. Sommes-nous aujourd'hui, après la loi de séparation, la loi Barangé, le choc de 1984, sortis du dilemme ?

Au départ de Jules Ferry le régime semble avoir trouvé ses marques : ses traits politiques se dessinent, son idéologie s'installe. Il est pourtant plus fragile qu'il ne l'imagine. Désireux de se « grandir », le successeur de Ferry, Freycinet, nomme ministre de la Guerre le général Boulanger, républicain incontestable. Le personnage échappe soudainement à son rôle. De l'allure, une rhétorique patriotique, le voilà acclamé au-delà du raisonnable le 14 juillet 1886 ! Il en oublie la solidarité gouvernementale et s'exprime avec virulence en 1887, au moment de l'affaire Schnæbelé, ce médiocre incident de frontière franco-allemand, sa légèreté l'empêchant de mesurer combien la France est incapable d'affronter l'Allemagne. Evincé de ce fait du ministère, il gagne en gloire. Lorsque le gouvernement décide d'éloigner le gêneur et le mute à Clermont-Ferrand, la foule essaie d'empêcher son départ, avant de conspuer le pouvoir lors du 14 juillet suivant. Issu du radicalisme, le boulangisme devient le signe de ralliement de tous les opposants au régime. Il bénéficie du syndrome du « tous pourris » qui accompagne l'affaire Wilson, ce scandale lié au trafic des décorations mené par le gendre de Grévy et qui oblige celui-ci à démissionner. Boulanger est, selon Ferry, un « Saint-Arnaud de café-concert[1] ». Mis à la retraite et devenu éligible, Boulanger triomphe d'élection partielle en élection partielle, y compris le 27 janvier 1889 à Paris, en plein bastion républicain. Mais le général, légaliste ou pusillanime, n'ose se lancer dans un coup d'Etat et préfère attendre de ramasser le pouvoir après les prochaines élections générales. La gauche sent le danger, s'organise et, si familier soit-il de la politique du pire – quand il fait tomber Ferry, puis l'empêche de succéder à Grévy –, Clemenceau s'active. Boulanger choisit, lui, pendant la campagne une étrange posture : il s'aliène les royalistes au nom d'une fidélité réaffirmée à la République et les républicains en passant un accord ostensible avec les catholiques. Profitant de la faille, ses adversaires menacent de l'envoyer en Haute Cour pour « attentat contre la sûreté de l'Etat ». Le fougueux général se déconsidère alors en s'enfuyant à Bruxelles. Son mouvement perd massivement les élections suivantes et le suicide du héros sur la tombe de sa maîtresse au cimetière d'Ixelles ajoute une touche de tragi-comédie à l'aventure. Celle-ci interdit de mesurer l'ampleur du phénomène. Un étrange précipité politique s'est élaboré entre un électorat populaire déçu par une République trop peu sociale, des nationalistes avides de revanche et en quête, à cette fin, d'un régime fort, et des conservateurs prêts à soutenir toute forme de subversion contre le régime. C'est un fleuve politique souterrain qui va ressurgir, par moments, pendant le siècle à venir et dont Vichy constitue un héritage indirect.

Contestée par ce phénomène nationaliste et protestataire, la République voit surgir sur son autre flanc

1. Saint-Arnaud est, rappelons-le, le ministre de la Guerre qui a mené le coup d'Etat du 2 décembre 1851.

le mouvement socialiste. La politique économique bourgeoise des gouvernements – équilibre budgétaire, absence de réformes fiscales, retour au protectionnisme – ne peut satisfaire les classes laborieuses. Le souvenir douloureux de la répression de 1871 s'estompant, le mouvement ouvrier reprend de la vigueur, surtout à partir de 1880. Le parti ouvrier français de Jules Guesde se renforce sur le modèle de la social-démocratie allemande. La mobilisation pour la journée de huit heures débouche sur la fusillade de Fourmies. Le principe de la grève générale est adopté en certaines circonstances. De nouveaux leaders politiques, Millerand et Jaurès, apparaissent, qui deviennent des vedettes de la République parlementaire... Le blanc-seing papal que donne aux revendications sociales l'encyclique *Rerum novarum* est une aide inattendue. Le radicalisme est débordé sur sa gauche. Le marxisme a certes plus de mal à s'imposer en France qu'en Allemagne, car il se heurte à la tradition libertaire dont Blanqui a été le symbole. Ces conflits internes au socialisme freinent certes son ascension mais n'enlèvent rien à la pression que la République ressent sur sa gauche. Celle-ci peut néanmoins sembler triomphante, au moment où l'inauguration de l'Exposition universelle fête le centenaire de 1789. Elle n'est plus contestée et la défaite de 1870 paraît oubliée. Le régime veut penser qu'il fait corps avec le progrès. Il est prêt pour l'embourgeoisement.

Chapitre 46

Du conservatisme au radicalisme

Le personnel politique de la décennie 90 ? Bourgeois. La politique économique ? Protectionniste et rentière. La diplomatie ? Tournée vers la Russie tsariste. Les réactions face au mouvement social ? Répressives. Les réflexes face aux prémices de l'affaire Dreyfus ? Convenus et militaristes. La République s'est assise. Ses présidents ? Sadi Carnot élu de préférence à Ferry en 1887, pâle et convenable, que seul son assassinat fait entrer dans l'Histoire. Ses successeurs : Jean Casimir-Perier, symbole de la grande bourgeoisie d'affaires dont « le cuir n'est pas assez épais » pour résister à une campagne de presse d'extrême gauche, puis Félix Faure, petit industriel, plus attaché aux apparences de la fonction qu'à l'exercice de la moindre influence politique, et dont la fin guignolesque ridiculise l'Elysée. Les responsables gouvernementaux ? Jules Méline, première grande figure du républicain de droite qui trouvera plus tard avec Poincaré son personnage emblématique. Pour le moment il ramène la France vers le protectionnisme, au nom des intérêts d'une bourgeoisie peu portée vers le grand large, plus attachée à ses rentes qu'à la concurrence, insensible à la question sociale. Président du Conseil, il proclamera qu' « il n'y a pas d'affaire Dreyfus ». Les autres hommes politiques d'importance ? Charles Dupuy, Constans, Rouvier, tous compétents et sans relief.

C'est cette classe politique que va secouer le scandale de Panama. En 1888, la Compagnie du Canal de Panama, alors en difficulté, a besoin d'une autorisation parlementaire pour émettre un emprunt. Elle l'obtient. Lorsqu'elle fait néanmoins faillite et que la justice remonte l'écheveau de cette déconfiture, il apparaît que le vote parlementaire avait été obtenu à coup de pots-de-vin. Immense scandale qui frappe plusieurs leaders parlementaires, dont Clemenceau, compte tenu de ses liens imprudents avec un affairiste lié à l'opération. Le régime absorbe le choc, mais les extrêmes y trouvent matière à protester. D'abord les socialistes enclins à mettre en exergue les solidarités de classe entre financiers et politiques, mais surtout une extrême droite en voie de constitution sur les dépouilles du boulangisme, dont l'antisémitisme devient le refrain et que stimulent les plumes de Barrès et de Drumont.

Les élections de 1885 ne semblent pas faire payer aux modérés le prix de ces tensions, puisqu'ils gardent la majorité. Elles ont en fait une signification qui n'apparaîtra qu'à long terme, avec l'entrée au Parlement d'une quarantaine d'élus socialistes et surtout d'un homme, Jaurès. Normalien, agrégé de philosophie, bourgeois dans son mode de vie, d'une intelligence originale, d'une éloquence magnétique, d'une perspicacité politique peu banale, il porte – symbole magnifique – les couleurs des mineurs de Carmaux. Mais si son groupe parlementaire n'est pas encore en état de compter à la table des combinaisons gouvernementales, Jaurès occupe une place à part : il introduit la question sociale dans une enceinte qui lui était interdite, remplissant le rôle que Clemenceau n'a pas su prendre. C'est d'un socialisme très particulier qu'il fait entendre la voix : partisan de la « propriété collective des moyens de production » mais ne connaissant que la voie parlementaire pour accéder au pouvoir. Nous vivons encore aujourd'hui avec la trace de cet alliage idéologique qui éloigne le socialisme français d'une social-démocratie modelée, depuis la même époque, par l'exemple allemand. Jaurès n'a pas le monopole du socialisme. Il devra cohabiter avec d'une part les partisans de Guesde, soucieux de garder ouverte l'option révolutionnaire, et de l'autre le mouvement anarcho-syndicaliste, lui-même débordé sur sa gauche par un terrorisme qui, de 1892 à 1894, ensanglantera Paris. Mais il sera d'autant plus le symbole du « socialisme à visage humain » que sa culture, son brio, sa manière d'être lui valent l'admiration silencieuse de ses « ennemis de classe ».

Aux abonnés absents depuis la défaite de 1871, hormis le dérivatif colonial, la diplomatie française reprend vie à partir de 1890, comme si la démission de Bismarck lui enlevait ses inhibitions. Face à une Allemagne adversaire naturel – « L'Alsace-Lorraine, y penser toujours, n'en parler jamais » –, la France n'a que deux alliances possibles : la Russie et l'Angleterre. La première vient immédiatement ; la seconde attendra encore dix ans.

La République doit certes faire l'apprentissage de la « realpolitik » pour s'allier à Saint-Pétersbourg. Comme François Ier se tournant vers l'Empire ottoman ou Richelieu soutenant les princes protestants, il lui faut oublier ses préférences pour cultiver l'Empire le plus autocratique d'Europe. Mais nécessité fait loi. S'y ajoute l'appât du gain avec la souscription massive par les épargnants français des emprunts russes destinés à financer la modernisation du pays. Des visites d'escadre – c'est la version à cette époque de la « diplomatie du ping-pong » développée soixante-dix ans plus tard par les Américains et les Chinois –, des conventions secrètes puis un échange public de lettres engageant les deux pays à se concerter et se porter assistance en cas d'attaque par l'Allemagne, l'Autriche ou l'Italie : autant d'étapes d'une entente de nécessité plus que de passion. Cette alliance russe favorise bizarrement un rapprochement avec l'Allemagne, Saint-Pétersbourg jouant les entremetteurs.

Plus active, plus habile, la diplomatie française n'arrive pas néanmoins à surmonter son principal dilemme. Vis-à-vis de l'Allemagne, elle aurait besoin en Europe du soutien britannique ; vis-à-vis, hors d'Europe, de la Grande-Bretagne, à laquelle son ambition coloniale ne cesse de se heurter, il lui faudrait le support allemand. L'alliance russe n'est qu'un substitut de réponse. Comme la colonisation fabrique davantage de points de friction qu'une scène européenne plus immobile, les relations avec la Grande-Bretagne apparaissent plus mauvaises qu'avec l'Allemagne. Les deux pays se heurtent en Egypte, en Chine, en Cochinchine et en viennent presque à la guerre en 1898 après l'affrontement de Fachoda, ce lieu-dit africain où se croisent les lignes de communication britanniques du Cap au Caire et françaises de Dakar à Djibouti. Ce sont les Français qui reculent mais ils redécouvrent à cette occasion « l'ennemi héréditaire ».

Chaque escarmouche devient un aliment pour le patriotisme. Hormis les velléités internationalistes du socialisme, la France communie en effet dans le culte de la Nation. La nation des radicaux et des républicains n'est pas la même que celle des modérés, des catholiques ou de la droite réactionnaire, mais avec des arrière-pensées différentes, tous se retrouvent sur la même ligne et par conséquent le même respect à l'égard de l'armée. Les républicains y voient un creuset patriotique, les conservateurs un instrument d'ordre social, les nationalistes le levier de la grandeur retrouvée. De ces adhésions multiples, la corporation militaire sait faire le meilleur usage.

Elle va le démontrer au moment de l'affaire Dreyfus dont les épisodes participent désormais de la légende. L'arrestation du capitaine le 15 octobre 1894, sa condamnation au bagne le 22 décembre, sa dégradation dans la cour de l'Ecole militaire le 5 janvier 1895, un an de silence puis la découverte du « petit bleu » par le commandant Picquart, le silence imposé par le chef d'état-major, le 6 novembre la première protestation publique avec la brochure de Bernard Lazare, *Une erreur judiciaire. La vérité sur l'Affaire Dreyfus*, puis les confidences de Picquart, le faux d'Henry pour le disqualifier, l'entrée en scène des journaux, *Le Figaro* en tête, les expertises pour disculper Esterhazy, l'acquittement de ce dernier en janvier 1898, la surdité du gouvernement face aux interpellateurs, la publication de *J'accuse* le 13 janvier 1898 dans *L'Aurore*, le procès de Zola, sa condamnation, son exil à Londres, la création de la Ligue des droits de l'homme, la mise à pied de Picquart, la réitération par Cavaignac, ministre de la Guerre, de la version officielle, la découverte le 13 juillet du faux Henry, son suicide, la démission de Cavaignac et de Boisdeffre, hostiles à la révision, la saisine le 17 septembre de la commission de révision, le vote, début 1899 par le Parlement attribuant le jugement de révision aux chambres réunies de la Cour de cassation, l'arrêt le 3 juin qui casse le jugement du 22 décembre 1894, le second conseil de guerre de Rennes, la nouvelle condamnation avec circonstances atténuantes le 9 septembre, le débat des dreyfusards sur l'opportunité de la grâce, la grâce le 19 septembre et, épisode ultime de la saga sept ans plus tard, l'arrêt de la Cour de cassation qui casse le jugement de Rennes...

Et pendant ces années, d'un côté la difficulté de la gauche, y compris Jaurès et Clemenceau, à s'abstraire de la gangue antisémite, puis comme pour se rattraper de ce « retard à l'allumage », leur inlassable combat, l'émergence de Zola comme successeur d'Hugo dans la posture de la grande conscience nationale, la naissance des « intellectuels », la mobilisation progressive des forces progressistes, la résurgence d'une identité républicaine de gauche. Et de l'autre côté, la pression nationaliste, le culte de l'armée, la mobilisation cléricale, le coup d'Etat guignolesque de Déroulède, le durcissement d'une droite réactionnaire qui deviendra plus tard fascisante et avec, comme signe de ralliement de ce camp, un antisémitisme larvé pour les uns, virulent pour les autres, maladif pour les derniers. Le monde entier regarde la France avec méfiance et n'est pas au diapason du père d'Emmanuel Levinas disant à son fils qu'il faut immigrer d'Ukraine vers un pays où tant de gens peuvent se mobiliser pour le sort d'un petit capitaine juif !

Quel est le poids de l'Affaire dans l'étonnant basculement politique des années 98-99 ? Les élections de 1898 voient la gauche radicale et socialiste progresser, la droite réactionnaire se maintenir et les républicains modérés dominer la scène. Ce n'est pas, à ce stade, une victoire nette de la gauche. La preuve : la défaite de Jaurès à Carmaux à cause de son militantisme dreyfusard qui lui aliène la frange « guesdiste » du socialisme, convaincue que l'Affaire n'est qu'une querelle entre bourgeois et que le prolétariat ne doit pas s'en mêler. Et pourtant l'axe de l'Assemblée va tourner sur lui-même.

En effet, lorsque à la mort ridicule de Félix Faure lui succède le président du Sénat, Emile Loubet, le camp nationaliste a le sentiment que l'Elysée a basculé à gauche. Illusion d'optique car le nouveau président est un modéré classique. Mais la violence des attaques contre lui va irriter la majorité des députés et permettre la résurgence du réflexe républicain au profit de la gauche.

L'investiture du gouvernement Waldeck-Rousseau en est la manifestation : celui-ci réunit en effet sur son nom les radicaux, la moitié des socialistes – c'est une première – et les républicains progressistes. La gauche parlementaire vient de naître. Habile, le président du Conseil sait marier les contrastes, nommant ministre de la Guerre le général de Galliffet, fusilleur des communards devenu républicain sous l'influence de Gambetta, et Alexandre Millerand, premier socialiste à intégrer un gouvernement « bourgeois ». L'axe politique symbolisé par le ministère Waldeck-Rousseau est plus important que son action. Celle-ci s'identifie à un meilleur contrôle de l'armée et à quelques mesures libérales dont la loi de 1901 sur les associations. Mais les congrégations ne relèvent pas de ce texte libéral. Une loi les soumet à un régime d'autorisations, car l'anticléricalisme demeure un emblème de la gauche. Quant à Millerand, il peut justifier son ralliement par des textes limitant la durée du travail, créant un Conseil supérieur du travail avec – c'est une première – la présence de délégués ouvriers élus et la promotion de l'arbitrage dans les conflits sociaux.

Mais le cas Millerand préfigure le dilemme des socialistes jusqu'au Front populaire : se compromettre avec les partis bourgeois en échange de quelques progrès sociaux ou préserver, dans l'opposition, la pureté du mouvement. Réalisée en 1899 dans la foulée de l'Affaire, l'unité socialiste explose en 1902 à propos justement de Millerand entre le « parti socialiste de France » « guesdiste » et le « parti socialiste français » de Jaurès.

L'électorat ratifie aux élections de 1902 le basculement politique de 1899. La gauche domine largement la droite (environ 340 élus contre 250), ce qui déplace naturellement l'axe du gouvernement. Emile Combes, radical plus marqué à gauche, succède à Waldeck-Rousseau. Il dirigera une des équipes les plus populaires de la IIIe République, mais l'anticléricalisme devenant au fil du temps vieux jeu, son image en sera la victime. Fort d'un soutien massif de la gauche quoique sans ministre socialiste, il décide de s'attaquer aux bastions du conservatisme dont la force s'est exprimée pendant l'Affaire. C'est d'abord une application massive du *spoil system*[1], en particulier dans l'armée, au prix d'excès tel le scandale des fiches qui va emporter son responsable, le général André, ministre de la Guerre.

Mais le front principal est l'anticléricalisme. Les demandes d'autorisation sont refusées aux congrégations, les écoles tenues par des congrégations non autorisées sont fermées mais le système religieux tient. Combes ne lésine pas sur les symboles : il inau-

1. Système des dépouilles à l'américaine déjà évoqué au temps de Louis XI.

gure une statue de Renan, personnalité honnie par les catholiques depuis sa *Vie de Jésus* ; il multiplie les provocations protocolaires à l'égard du Saint-Siège, avant de rompre les relations diplomatiques avec lui. Ce sont des préalables à la remise en cause du Concordat. Mais avant d'avoir pu réaliser cet acte auquel Combes était personnellement attaché, le gouvernement tombe, lâché sur sa gauche et sur sa droite. D'un côté par les socialistes jauressiens soumis au tir de barrage des guesdistes et qui préfèrent rétablir en 1905 l'unité du mouvement, au moment de la création de la SFIO (section française de l'Internationale ouvrière), quitte à laisser tomber leur soutien au gouvernement. De l'autre côté, par des dissidents modérés qui utilisent l'affaire des Fiches comme prétexte, mais dont le ressort tient à de simples ambitions personnelles.

Avant de s'effacer, le gouvernement Combes conduit un basculement stratégique majeur : l'Entente cordiale. Elle résulte moins de l'anglophilie traditionnelle de la gauche que d'un choix de fond. L'alliance russe est un succédané ; la France doit choisir un point d'appui entre l'Allemagne et l'Angleterre. Or les escarmouches coloniales pèsent moins que l'Alsace-Lorraine. Ce ne peut donc être que l'Angleterre. Successeur de Victoria qui était plutôt pro-allemande, Edouard VII est francophile. C'est l'occasion qu'utilise Delcassé. Après des visites d'Etat destinées à créer un bon climat, l'accord du 8 avril 1904 liquide les contentieux coloniaux et surtout entérine un troc entre l'Egypte dévolue à l'influence britannique et le Maroc à l'influence française. Curieux texte qui ne constitue pas un traité d'alliance, dont la substance est modeste et dont la force tient au symbole. Une « Entente cordiale » entre des ennemis héréditaires est une révolution. La crise marocaine de 1905 sera son « sérum de vérité ». Face au désir allemand de s'opposer aux Français au Maroc, c'est la solidarité qui prévaut. Ce que, tablant sur la complicité des monarchies constitutionnelles, Louis-Philippe avait tenté, Delcassé le réussit au nom de la proximité des régimes démocratiques. Bismarck aux affaires aurait tout fait pour empêcher cet événement majeur et y serait peut-être parvenu. C'était sa hantise : il avait toujours craint qu'une Allemagne trop encombrante n'aboutisse au rapprochement entre Français, Anglais et Russes. Le puzzle diplomatique de 1914 est en train de se mettre en place.

C'est sous l'anodin successeur de Combes, Rouvier, qu'est votée la séparation de l'Eglise et de l'Etat. Le Concordat est dénoncé, les clergés (catholique, protestant, juif) ne sont plus salariés, l'Etat et les communes gardent la nue-propriété des lieux de culte dont des « associations cultuelles » reçoivent la jouissance gratuite. Ce n'est pas un texte de combat : les anticléricaux modérés ont pris le dessus sur les « laïcards ». Mais au lieu de réagir avec habileté, le monde catholique se braque et transforme un exercice purement bureaucratique, l'inventaire des biens de l'Eglise, en terrain de combat. Les portes des églises sont fermées et les fidèles en bloquent l'accès de manière à obliger les forces de l'ordre à intervenir. Un climat détestable se diffuse dans le pays et un incident mortel oblige Rouvier à la démission.

C'est dans ce contexte tendu que se déroulent en mai 1906 les élections. Elles confortent à nouveau la gauche : c'est l'apogée radical avec 247 (115 radicaux et 132 radicaux-socialistes) députés et donc le moment de gloire de Clemenceau. Enfin ! Quel long chemin depuis la mairie de Montmartre pendant la Commune !

De l'homme politique compromis par le scandale de Panama à la conscience dreyfusarde, de l'adversaire violent de Jules Ferry à l'incarnation de la gauche, du bretteur journalistique à l'orateur parlementaire charismatique, du contemporain de Gambetta au collègue de Jaurès, de l'ami de Monet au seul politicien américanophile : à soixante-cinq ans, Clemenceau a une vie derrière lui, lorsqu'il accède au pouvoir.

Président du Conseil, le futur « Tigre » a choisi d'être aussi ministre de l'Intérieur. Sûr de lui, il n'a pas peur de s'entourer d'esprits supérieurs : Aristide Briand à l'Instruction publique, Caillaux aux Finances. Maître de ce qu'on n'appelle pas encore la communication politique, il connaît la force des symboles. De là un socialiste indépendant, Viviani, au Travail et surtout Picquart à la Guerre ! Quelle revanche pour les dreyfusards et quelle humiliation pour les nationalistes, de voir le seul héros militaire de l'Affaire occuper le fauteuil de tous ceux qui ont couvert les mensonges de l'armée !

Mais, par une ironie de l'Histoire, ce gouvernement de gauche – l'abstention du groupe socialiste dans le vote d'investiture vaut un blanc-seing – va devenir le symbole de la répression. Clemenceau a la main lourde, n'hésitant pas à faire tirer – deux morts à Draveil, quatre à Villeneuve-Saint-Georges et d'innombrables blessés –, arrêtant les dirigeants syndicalistes, révoquant les postiers et les instituteurs grévistes. Ce n'est pas un homme d'ordre travaillé, comme tant d'autres, par les remords mais un répressif heureux. « Premier flic de France » : l'injure lui plaît. « Empereur des mouchards » : il ne s'en formalise pas. Avec pour doctrine la charte d'Amiens adoptée en 1906, refusant le lien avec le parti socialiste, la CGT est l'ennemi aux yeux de Clemenceau. Même s'il fait son travail de « premier flic » avec sévérité vis-à-vis des viticulteurs du Sud révoltés par une crise de surproduction, il ne les considère pas, à la différence des syndicalistes, comme des adversaires. Ce sont des électeurs radicaux, attachés à la IIIe République, qui ont simplement pris fugitivement le « maquis ».

La loi de séparation votée, les inventaires accomplis, la laïcité n'est plus le seul marqueur idéologique entre la gauche et la droite parlementaires. Caillaux devient, avec le soutien de Clemenceau, le porte-parole de l'impôt sur le revenu. Voilà une autre grande querelle qui s'ouvre et ne sera close qu'en 1917. Les radicaux font voter le projet à l'Assemblée en mars 1909, manifestant un courage relatif, puisqu'ils savent que celui-ci sera rejeté par le Sénat.

Cette duplicité est à l'image d'un parti de plus en plus traversé par des courants multiples, dont le succès électoral en 1910 ne doit pas cacher les débuts de décomposition politique. Lorsque le ministère tombe le 20 juillet 1909, son bilan hormis l'ordre maintenu est maigre. Clemenceau ruminera longtemps les conditions de son expérience gouvernementale et en particulier les contraintes qu'impose au pouvoir exécutif l'hyperparlementarisme. Il s'en souviendra en 1917.

C'est Briand qui lui succède, sur un programme voisin : une dose sociale – le vote des retraites ouvrières –, une rasade de maintien de l'ordre, une pincée de changement institutionnel. Il veut substituer le scrutin proportionnel au scrutin d'arrondissement, croyant redonner ainsi des lettres de noblesse à la politique. La bataille est violente entre « proportionnalistes » et « arrondissementiers », traversant les clivages politiques. Votée par l'Assemblée, la proportionnelle est refusée par le Sénat. C'est un classique du jeu politique qui vient de s'introduire dans le débat. Près d'un siècle plus tard, il compte encore parmi les questions politiques dont la France aime se repaître.

La chute de Briand inaugure un cycle d'instabilité gouvernementale, comme la République n'en avait pas jusqu'alors connu : sept gouvernements en trois ans, dont en 1912 le premier gouvernement Poincaré. Il n'y a pas de personnages plus antinomiques que Poincaré et Clemenceau. L'un froid, l'autre exalté ; l'un austère, l'autre « bambochard » ; l'un attaché à l'ordre des choses, l'autre fasciné par le mouvement ; l'un calculateur, l'autre intuitif. Ils formeront de 1917 à 1919 un couple explosif. Ce n'est pas un hasard si Clemenceau avait préféré Caillaux à Poincaré comme ministre des Finances. Le tempérament imaginatif, l'ostentation élégante, le brio subtil de l'inventeur de l'impôt sur le revenu étaient davantage au diapason de sa propre nature.

A partir de 1911, les préoccupations économiques et sociales s'effacent peu à peu derrière les enjeux stratégiques. La crise d'Agadir en constitue cette année-là le premier signe. Obligé d'entériner la tutelle française sur le Maroc, Guillaume II n'a jamais renoncé à s'immiscer dans la vie de ce territoire. Il fait parader, comme pour lancer un message subliminal, une escadre au large d'Agadir. L'opinion s'emballe ; des rumeurs de guerre enflent mais les Allemands reculent à nouveau et signent avec Paris un traité rendant possible le protectorat français. Etonnante Allemagne, si décidée sur la scène européenne et si velléitaire sur le terrain outre-mer ! Devenir un Empire colonial suppose un doigté que Berlin ne possède pas. Mais pour la première fois depuis longtemps, des bruits de bottes ont résonné. L'allongement de la durée du service militaire de deux à trois ans témoigne du climat du moment. Il provoque un débat dont la signification dépasse de beaucoup le sujet. Très vite des raccourcis politiques s'installent. Trois ans, vous êtes belliciste ! Deux ans, pacifiste !

A chaque secousse internationale répond un durcissement des alliances. D'un côté la France, l'Angleterre, la Russie. De l'autre l'Allemagne, l'Autriche, l'Italie. Des soubresauts au cœur des Balkans contribuent à figer les positions. L'affrontement déclenché par la Serbie contre l'Empire ottoman est une répétition du jeu de dominos qui conduira à la guerre mondiale en juillet 1914. L'Autriche-Hongrie ne veut pas d'une grande Serbie. Celle-ci est soutenue au nom de la solidarité orthodoxe par la Russie, ce qui par ricochet conduit Anglais et Français d'un côté, Allemands de l'autre, à choisir leur camp. L'échiquier se met progressivement en place.

C'est ce contexte qui assure l'élection de Poincaré à l'Elysée. Celui-ci, alors président du Conseil, se porte en effet candidat, à la fin du mandat de Fallières et ce, contrairement aux usages. Autre entorse aux habitudes : il refuse les résultats qui lui sont défavorables de la primaire interne au bloc républicain et se fait élire avec des voix de droite. Lorrain et donc caricaturalement patriote, il trouve chez les conservateurs le soutien devant lequel son camp se dérobe. Alors que l'Elysée est désormais occupé par un nationaliste actif et volontaire, le pays vote à gauche aux élections de 1914, témoignant du goût des Français pour le paradoxe politique. Pour la première fois socialistes et radicaux se livrent à des désistements automatiques. Résultat : la SFIO atteint 101 sièges, doublant le nombre de ses députés ; les radicaux sont au nombre de 261 dont seuls

172 reconnaissent l'autorité de leur parti. Tout Paris bruit de la perspective d'un gouvernement Caillaux/Jaurès qui aurait une « belle gueule ». Mais c'est une illusion d'optique. La gauche est divisée sur la loi des trois ans et Caillaux ne peut plus prendre la tête du gouvernement après l'assassinat de Calmette, le directeur du *Figaro*, par sa femme.

A défaut donc du couple séduisant Caillaux/Jaurès c'est à un socialiste indépendant, Viviani, que Poincaré confie les clefs du gouvernement. Celui-ci, le plus à gauche depuis 1911, fait de l'impôt sur le revenu son cheval de bataille politique. Il est à mille lieues de mesurer que le sol va se dérober sous ses pas.

L'archiduc François-Ferdinand héritier du trône d'Autriche-Hongrie est assassiné le 28 juin 1914 à Sarajevo. La belle affaire, croit-on ! Se faire tuer est l'apanage naturel d'un futur souverain. Lorsque Poincaré entame le 15 juillet une visite d'Etat en Russie, il n'imagine pas qu'une guerre chemine, souterraine. Lorsque, obsédée par la perspective d'une grande Serbie, l'Autriche-Hongrie envoie avec l'accord de Guillaume II un ultimatum à Belgrade, le gouvernement français réitère son engagement d'alliance avec la Russie, sans croire néanmoins à la guerre. Mais, forts de ce geste unilatéral, les Russes mobilisent. Les amabilités de Poincaré leur ont donné, croient-ils, « quartier libre ». A la mobilisation russe répond un ultimatum allemand le 31 juillet, qui s'adresse autant à Paris qu'à Saint-Pétersbourg. Ce jour-là Jaurès est assassiné au Café du Croissant. La légende veut croire que, archange de la paix, il aurait au nom du prolétariat mondial arrêté l'engrenage fatal. Illusion : lorsque les dés roulent avec cette force entre les grandes puissances, ni les sociétés civiles, ni les classes sociales, n'ont le moindre poids.

En effet, le lendemain, en réponse à la mise en garde allemande, Paris mobilise et l'Allemagne déclare la guerre à la Russie. Chacun retrouve dès lors ses alliés : l'Angleterre et l'Autriche-Hongrie rejoignent leurs camps. Alors que la guerre de 1870 est née, en apparence, d'un incident mineur mais correspondait à une logique de l'Histoire manipulée par un homme d'Etat hors pair, Bismarck, pour lequel elle était une étape obligatoire sur la voie de l'unité allemande, le conflit de 1914 apparaît inéluctable alors qu'il résulte d'un concours de circonstances transformé par l'automaticité des alliances en motif d'affrontement.

Le tsar, les empereurs allemand et autrichien, Poincaré auraient pu arrêter la machine infernale des opinions, des accords de défense et des emballements patriotiques. Aucun n'a eu le courage de crier : « Halte au feu ! » Le voulaient-ils et n'ont-ils pas osé ? Nul ne le saura, mais leur responsabilité est immense. Ils sont coupables d'avoir laissé les puissances européennes partir sans vraie raison à la guerre. Cette crise aurait-elle été surmontée, une autre se serait-elle introduite tant le conflit était inévitable ? Nul ne peut l'affirmer. L'équilibre européen avait survécu à des affrontements plus irrémédiables que les conséquences de l'attentat de Sarajevo. La malchance, l'inattention des décideurs, l'incapacité à soupeser les risques... Avec pour résultat une guerre mondiale puis les désastres du XXe siècle.

Chapitre 47

Le jeu de massacres

La guerre est une surprise mais elle suscite le soutien unanime de l'opinion. Jaurès l'avait annoncé de son vivant : si les socialistes n'étaient pas en état d'empêcher le conflit, ils se rallieraient à la défense nationale. La CGT adopte la même position et Léon Jouhaux, son secrétaire général, le proclame lors des obsèques de Jaurès. Deux socialistes entrent au gouvernement : Marcel Sembat et surtout, symbole extrême, Jules Guesde, le plus à gauche de tous, comme ministre d'Etat. Ils sont rejoints par les grandes gloires du Parlement – Delcassé, Briand, Millerand, Ribot. Ne manque à l'appel que Clemenceau... C'est donc l'Union sacrée, suivant le mot employé par Poincaré. Celle-ci est d'autant plus forte que les Français croient à une guerre courte, un 1870 à l'envers. Quelle illusion ! Comment des kyrielles d'hommes avertis ont-ils pu se tromper à ce point ? Comment, avec le souvenir de Sedan à l'esprit, n'ont-ils pas mesuré à quel point la Prusse, devenue l'Allemagne, s'était renforcée ? Fallait-il que l'autosatisfaction et la naïveté aient été fortes pour imaginer que le « A Berlin » des conscrits deviendrait en quelques semaines une réalité ! La déception des premières semaines ne sera que plus vive.

La mobilisation se passe techniquement bien. En quinze jours 1 700 000 hommes sont acheminés vers l'Est, sur 3 600 000 hommes appelés sous les drapeaux, c'est-à-dire une proportion plus grande de la population masculine qu'en Allemagne. Comme en 1870, l'état-major s'est leurré sur son adversaire, ne croyant pas à ses plans, en l'occurrence le passage par la Belgique. 1870 hier, 1914 aujourd'hui, 1940 demain : quelle constance dans l'erreur d'une élite militaire arrogante et aveugle ! Résultat : l'offensive française en Lorraine est un fiasco, les Allemands descendent vers Paris et le 2 septembre le gouvernement se replie vers Bordeaux, entraînant l'exode de 500 000 Parisiens. Le miracle de la bataille de la Marne, du 6 au 9 septembre, ne suffit pas à effacer les effets du désarroi initial. Autant qu'à Joffre, à ses taxis et au courage de ses troupes, la victoire française est due à la pression exercée à l'est par l'armée russe.

Mais la stabilisation du front, de la Suisse jusqu'à l'Oise, va provoquer un type d'affrontement qu'aucun état-major n'avait prévu. Les deux camps croyaient à une guerre de mouvement, comme l'avait encore été le conflit de 1870. Ils se retrouvent avec une réalité inattendue : les tranchées. Cette donne change le fonctionnement des armées, leurs besoins en matériel, leurs logistiques, leurs modes de commandement. Mais des deux côtés les généraux se refusent à accepter une bataille aussi antinomique avec leur culture et leurs valeurs. Ils sacrifieront des millions de vies afin d'essayer d'y réintroduire du mouvement.

Quant aux hommes politiques, plus sceptiques et plus réalistes que les militaires sur la capacité de ces derniers de rompre le front, ils cherchent en revanche à déplacer l'affrontement sur d'autres terrains. De là le projet de forcer le détroit des Dardanelles afin de mettre hors jeu la Turquie alliée de l'Allemagne et d'aider la Russie par la voie du Caucase. Français et Anglais vont échouer dans cette opération, au prix de 180 000 morts (dont 30 000 Français). C'était une idée politique ; c'est donc une défaite politique qui rend la main aux militaires.

De là d'innombrables tentatives de percée, menées du côté français au nom de la rhétorique républicaine – « Soldats de la République, votre élan sera irrésistible... » –, qui se terminent dans la boue des tranchées et ne modifient guère le statu quo. L'équation est insoluble : les progrès de l'attaquant sont si lents que la logistique de l'adversaire, en particulier le chemin de fer, lui permet d'amener à temps des réserves et de bloquer le front. Ou plus exactement cette équation se résoudra le jour où l'un des deux camps aura un avantage numérique si écrasant que, même montées rapidement en ligne, les réserves de l'autre ne seront pas suffisantes.

Mais entre-temps, les états-majors ennemis arrivent à la même conclusion : mener une guerre d'usure. L'application de cette doctrine, côté allemand, conduit au déclenchement de la bataille de Verdun le 21 février 1916. Elle se terminera le 18 décembre 1916 sans que les positions aient bougé : 360 000 morts et 440 000 blessés pour rien ! Le 1er juillet, c'est au tour de Joffre de mener le même type d'opération sur la Somme : 200 000 tués, blessés, disparus chez les Français, 420 000 chez les Britanniques, 500 000 chez les Allemands, pour rien aussi !

Si les militaires sont prisonniers de leurs doctrines, fussent-elles absurdes, comment comprendre que les politiques toujours en quête du soutien de l'opinion les aient laissés faire ? Prisonnier de sa révérence à l'égard des grands chefs militaires, attaché de façon plus formelle que réelle à la subordination du pouvoir militaire au pouvoir civil, le gouvernement se contente de gérer l'arrière. Il organise l'économie de guerre, crée des usines derrière la ligne de démarcation, mobilise les femmes, achète outre-mer, multiplie les emprunts patriotiques, lève les impôts, établit un cours forcé pour le papier-monnaie, bloque les prix. Il demeure responsable devant un Parlement qui n'abdique pas ses pouvoirs et se déclare prêt à les exercer en « comité secret ». A cette relation compliquée s'en ajoutent deux autres, l'une avec le président de la République qui, au titre de ses pouvoirs constitutionnels, « dispose de la force armée », l'autre avec l'état-major. Chaque homme politique a son général favori. Ainsi Clemenceau, président de la Commission de l'armée au Sénat, déteste-t-il Joffre ; Briand, lui, apprécie Gallieni ; Pétain saura faire campagne ; Foch a ses soutiens....

Le 29 octobre 1915, Viviani cède la tête du gouvernement à Briand. Celui-ci accentue encore l'Union sacrée en rameutant trois de ses prédécesseurs – Combes, Léon Bourgeois, Freycinet – et en nommant un deuxième ministre d'Etat, Denys Cochin au titre de la droite, comme pendant de Jules Guesde. Mais à force d'élargissements symboliques le gouvernement devient une maquette de l'Assemblée et s'avère de moins en moins maniable. Or, plus la guerre s'éternise, plus le Parlement s'impatiente. Il multiplie les interpellations, les comparutions devant les commissions et oblige Briand à accepter la tenue de comités secrets consacrés pour l'essentiel aux questions militaires. C'est dans ce cadre-là que s'exercent les pressions sur le chef du gouvernement. Elles le poussent à remanier son équipe en décembre 1916 avec, en particulier, la diminution de la représentation socialiste à un seul ministre et le départ de Guesde.

Plus important : le président du Conseil essaie de trouver un meilleur équilibre entre le ministre de la Guerre et le chef d'état-major en appelant Lyautey au gouvernement et en remplaçant Joffre par Nivelle. Mais peu respectueux des mœurs parlementaires, l'ancien résident général au Maroc démissionne au bout de trois mois, entraînant le gouvernement dans sa chute. Cette agitation politique préserve involontairement l'autonomie de la corporation militaire, même si de temps à autre un général tombe, victime d'une cabale de députés ou de sénateurs.

Quant à la censure, elle contribue, à sa manière, à l'immobilité stratégique, empêchant tout débat sur la place publique. Le secret militaire a bon dos pour imposer le silence et empêcher de poser des questions légitimes. Certes plus la guerre dure, plus les réticences commencent à se faire entendre. Le débat est vif chez les socialistes, avec le renforcement, d'année en année, d'une minorité pacifique qui finira par l'emporter en juillet 1918, la CGT connaissant de son côté une évolution voisine. C'est d'ailleurs la montée du pacifisme socialiste qui fait éclater l'Union sacrée, le parti refusant en septembre 1917 de maintenir sa participation au gouvernement.

Le parti radical a connu au fil des ans des difficultés voisines. Sa fraction la plus à gauche se sent de moins en moins à l'aise avec une conception de l'Union sacrée qui s'identifie au maintien de l'ordre social. Les procès pour trahison intentés en 1917 à Caillaux et Malvy ajoutent à son trouble, car c'est moins d'avoir mené une opération de déstabilisation qui est reproché aux deux hommes qu'un délit d'opinion, leur conviction étant qu'une paix de compromis est inéluctable. Plus la guerre se poursuit, plus elle devient sous couvert de l'Union sacrée l'affaire de la droite et des hommes d'ordre, Clemenceau le premier.

La chute du gouvernement Briand en mars 1917 à la suite de l'incident Lyautey provoque une instabilité absurde en période de guerre. Deux cabinets se succèdent : l'un dirigé par Ribot pendant six mois, l'autre par Painlevé pendant deux mois ! Comment imaginer que des gouvernements aussi faibles puissent avoir barre sur des militaires qu'ils ne cessent d'honorer de galons et, en particulier, du titre gratifiant de maréchal de France ?

Face à cette impasse compromettante, pour la France vis-à-vis de ses alliés et pour la classe politique à l'égard de l'opinion, Raymond Poincaré se décide à appeler Clemenceau. Vieille astuce parlementaire qui consiste à dire « chiche » au fauteur de troubles ! Mais c'est un lourd sacrifice de la part du président de la République. Au-delà de l'antipathie personnelle et de ses doutes sur l'équilibre psychologique de l'homme, il sait que Clemenceau à la tête du gouvernement signifie l'affaiblissement de sa propre influence. Bien que chacun se demande comment un critique aussi virulent va se muer en homme de responsabilité, l'ex- « premier flic de France » est massivement investi par 418 voix contre 65 et 40 abstentions. Seuls les socialistes – vieux souvenir de 1906 – votent contre lui. Ayant cette fois-ci les mains libres, Clemenceau gouverne suivant son tempérament : autoritaire, refermé sur son cabinet, tenant à distance les ministres, ignorant Poincaré. Mais en vieux parlementaire, il tempère cet exercice solitaire du pouvoir en acceptant de bon gré le contrôle des deux

Assemblées. A un moment où le doute s'est instillé dans le pays – désertions sur le front, agitation dans les usines, états d'âme de la classe politique –, la philosophie de Clemenceau est simplissime : « je fais la guerre » ; « le pays connaîtra qu'il est défendu ».

Après des années de carnage et d'immobilité, la situation stratégique est redevenue mouvante, ce qui rend nécessaire un cap politique. La révolution bolchevique a libéré l'Allemagne de son front oriental. L'armistice de décembre 1917 puis la paix de Brest-Litovsk le 3 mars 1918 sont des aubaines pour Hindenburg et Ludendorff. Ils ont désormais l'avantage numérique. Du côté allié, l'entrée en guerre des Etats-Unis en 1917, à la suite des provocations allemandes, assure une formidable réserve, mais l'arrivée des troupes est lente, leur insertion dans le dispositif franco-anglais difficile, leur expérience faible par comparaison avec leurs camarades aguerris depuis 1914 par les tranchées, les corps à corps, l'horreur. Ludendorff sait que son avantage ne sera pas durable. La répartition des forces fait apparaître d'incroyables déséquilibres : 3 000 chars alliés contre 40 ! Il est vrai que les Allemands se rattraperont en 1940 sur le plan des blindés... Il essaie donc d'en profiter et adopte une stratégie révolutionnaire au regard du conservatisme, depuis 1914, des états-majors. Lui, le digne représentant de l'armée la plus traditionnelle, se comporte en franc-tireur, tablant sur l'utilisation de groupes mobiles et autonomes. Pour la première fois depuis 1914 la guerre de mouvement reprend ses droits. Les Allemands mènent trois offensives de printemps, deux contre les Anglais, une contre les Français et percent enfin les lignes alliées au point de se trouver à nouveau à soixante kilomètres de Paris. Pétain pousse le gouvernement à quitter la capitale mais c'est mal connaître Clemenceau de l'imaginer en exil gouvernemental !

Seule la crainte de la défaite amène les Alliés à accepter un commandement unique ! En effet, l'irrédentisme militaire a empêché Français et Anglais d'admettre le principe d'une même autorité. Les troupes combattent côte à côte, les soldats meurent ensemble, mais les chefs se regardent en chiens de faïence. Ce n'est qu'après la déroute anglaise qu'est confiée à Foch la coordination des forces alliées, lors de la conférence de Doullens le 26 mars 1918, puis le 14 mai le « commandement en chef des forces alliées en France ». Cette nomination s'est moins heurtée à l'hostilité des Britanniques qu'à celle de Pétain dont les conceptions immobilistes sont à l'opposé des visions plus audacieuses de Foch. Il est vrai que l'offensive allemande du 27 mai est conforme aux attentes du vainqueur de Verdun et va à rebours des prédictions du commandant en chef allié qui croyait à une troisième attaque sur le front britannique.

Ces coups de boutoir constituent autant de chocs pour les parlementaires qui multiplient questions, interpellations, critiques. Mais les militaires disposent avec Clemenceau d'un bouclier. Il les couvre, les protège de l'ire des politiques et les soutient par une politique de communication dynamique nourrie par les images de ses visites sur le front. Le vieil homme dans les tranchées : qu'imaginer de plus mobilisateur ? Paris à nouveau sous le canon allemand aurait pu traumatiser l'opinion. Mais à part un violent mouvement de grève dans la métallurgie parisienne, témoignage du pacifisme croissant d'une partie de la classe ouvrière, le consensus national tient. Est-ce l'effet Clemenceau ? La conviction que l'arrivée des troupes américaines est gage de victoire ? La volonté de donner un dernier coup de collier ? La France de 1918, plus acculée que celle de 1917, est paradoxalement moins inquiète, voire moins défaitiste.

Les Allemands se croient près de la victoire finale. Ils essaient de porter l'estocade, de forcer la route de Paris et lancent le 15 juillet l'offensive, sous les yeux d'un Guillaume II venu assister au triomphe. Mais Foch répond, contre l'avis de Pétain, par une contre-offensive à laquelle participent pour la première fois trois divisions américaines. Celle-ci oblige les troupes allemandes à reculer. C'est la deuxième victoire de la Marne. Elle est décisive car, privant les Allemands d'une avancée rapide, elle les condamne à subir à terme la loi du surnombre, au rythme de l'engagement des troupes américaines. Paradoxe de l'histoire militaire : c'est la première fois que les chars seront employés en masse par le général Mangin, pour percer les défenses allemandes. Vingt-deux ans plus tard, l'état-major français avait sans doute égaré les plans de Mangin !

Dans la foulée de ce succès, rassuré par l'arrivée de 250 000 soldats américains par mois, Foch poursuit l'attaque, refoule les forces allemandes et reconquiert la totalité du nord de la France et une partie de l'Est. Au même moment, les troupes alliées prennent l'ascendant sur les troupes turques et remontent par le sud vers l'Autriche-Hongrie, provoquant la désagrégation progressive de l'empire des Habsbourg. Dans ce contexte, Ludendorff a commencé, dès le 28 septembre, à pousser le gouvernement allemand à demander l'armistice. Ce n'est plus comme en 1917 une hypothétique paix sans vainqueur ni vaincu qui est en jeu : maints contacts, maintes tentatives avaient cette année-là échoué, butant tous sur le refus français de renoncer à l'Alsace-Lorraine. Quant à l'initiative du nouvel empereur d'Autriche-Hongrie, en 1917 aussi, de tester l'idée d'une paix séparée, elle s'était heurtée à l'hostilité viscérale de Clemenceau vis-à-vis des Habsbourg et à sa volonté, au nom du droit des nationalités, de faire éclater cet empire désormais fragile.

Mais c'est vers le président Wilson supposé plus neutre, et non vers Clemenceau et Lloyd George que se tournent en octobre les Allemands. Le président américain entre dans le jeu, au grand dam des Alliés qu'il ne tient guère au courant. Son idéologie le conduit à poser des questions que de vieilles puissances cyniques comme la France et le Royaume-Uni n'auraient pas soulevées, telle la nécessité, à ses yeux, de conclure avec un gouvernement représentatif et non avec le pouvoir impérial ou les autorités militaires.

Ces quelques semaines sont l'occasion d'une bataille d'opinions en France entre les plus déterminés à casser les reins de l'Allemagne en y portant la guerre, et les autres peu enclins à prolonger inutilement le conflit. Cette divergence trouve sa traduction dans les échanges entre Poincaré qui ne souhaite pas « couper les jarrets à nos troupes » et Clemenceau, plutôt suivi par Foch et Pétain, qui refuse de prolonger les sacrifices dès lors que la guerre est gagnée. Lorsque Wilson finit par aviser les Alliés qu'un armistice est désormais possible, il se heurte aux réticences françaises et anglaises pour accepter les « quatorze points » qu'il avait énoncés le 8 janvier 1918 et dont l'angélisme ne sied guère à Paris et à Londres.

C'est finalement au nom d'une République présidée par le socialiste Ebert, Guillaume II ayant abdiqué, que les représentants allemands signent l'armistice le 11 novembre. Voilà une armée, encore présente en territoire ennemi et dont le propre sol n'a pas été envahi, qui s'incline ! Les germes du malentendu historique sont là. Les Allemands estimeront ne pas avoir été battus ; les Français se croient vainqueurs « à l'ancienne », c'est-à-dire de manière écrasante. Clemenceau n'est guère économe de ses mots : « Honneur à nos grands morts qui ont fait cette victoire... Grâce à eux, la France, hier soldat de Dieu, aujourd'hui soldat de l'Humanité, sera toujours le soldat de l'idéal. »

L'explosion de joie occulte la fatigue du pays. La grippe espagnole a ajouté une touche ultime aux malheurs : 200 000 morts, dont la moitié de soldats. D'un côté, les symboles de la victoire sont incontestables : l'Alsace-Lorraine récupérée, la rive gauche du Rhin provisoirement démilitarisée, le matériel militaire allemand saisi avec des chiffres à donner le vertige – 5 000 canons, 1 700 avions, 5 000 locomotives, 150 000 wagons... –, la création de têtes de pont alliées autour de Mayence, Coblence, Cologne. De l'autre côté, 1 400 000 morts et disparus, soit 10 % de la population active, près de 400 000 mutilés, 1 million d'invalides, toutes les familles endeuillées ou atteintes, les départements du Nord et de l'Est détruits par les combats, un coût financier équivalant *grosso modo* à seize années de budget ordinaire de l'avant-guerre. Victorieuse et appauvrie, triomphante et épuisée, telle est la France au dénouement d'une guerre accidentelle et au moment où elle doit négocier, avec ses alliés et les vaincus, la carte de l'Europe.

CHAPITRE 48

Versailles ou la tragique erreur

C'est fort de la popularité du vainqueur que Clemenceau aborde le chapitre de la paix. Le « premier flic de France » s'est mué en « père la victoire ». Sa manière d'être, sa fermeté bougonne, son énergie de vieillard, son patriotisme d'image d'Epinal, son comportement patriarcal lui ont acquis pendant la dernière année de la guerre un respect unanime. Sa tournée en Alsace et en Lorraine, une fois ces régions libérées, l'hommage du Parlement et la déférence de l'opinion ne peuvent que l'ancrer dans ses certitudes. Mais même s'il lui donne l'accolade dans Metz libéré, Poincaré, toujours aussi mal disposé à son égard, continue de voir en lui « un fou dont l'opinion a fait un Dieu ».

Le « Tigre » emploie sa gloire à se faire donner par le Parlement un blanc-seing pour les négociations de paix. La position socialiste qui réclame une action « en pleine lumière, en pleine clarté » est complètement minoritaire. Clemenceau n'estime pas nécessaire, à la différence de Lloyd George, de procéder au renouvellement de la Chambre. Celui-ci n'aura lieu que le 16 novembre 1919, alors que les pouvoirs de l'Assemblée sont arrivés à expiration. Il se dispense même de lever la censure, comme si le secret était aussi vital dans le domaine diplomatique qu'en matière militaire. L'objectif est à ses yeux de « gagner la paix » après avoir gagné la guerre. Une telle posture ne prédispose ni à la compréhension vis-à-vis de l'adversaire, ni à une action concertée avec les Alliés, ni au sens de la mesure. Il est vrai que le président du Conseil est tiraillé par les deux sentiments contradictoires qui traversent l'opinion : d'une part, surtout à gauche, le « wilsonisme », synonyme de pacifisme et de fin des nationalismes européens ; d'autre part, le fantasme d'une « paix française », c'est-à-dire d'un abaissement définitif de l'Allemagne. La France exprime néanmoins haut et clair sa volonté de faire les sacrifices nécessaires au maintien de l'alliance entre les vainqueurs, ce qui, compte tenu des positions américaines, fixe au départ une limite à ses prétentions.

Ouverte le 18 janvier 1919, la conférence de la paix se conclura le 28 juin de la même année, avec la signature du traité dans la galerie des Glaces du château de Versailles, afin de marquer symboliquement la fin de l'expansionnisme allemand né, dans les mêmes lieux, en 1871 lors du couronnement de Guillaume II. Vingt-sept Etats vainqueurs y participent, mais les décisions se prennent à quatre – Etats-Unis, France, Angleterre, Italie. Quant aux vaincus, ils attendent d'être convoqués pour entendre les conditions qui leur seront faites, humiliation supplémentaire pour une Allemagne qui ne s'estime pas militairement battue. L'Alsace-Lorraine récupérée dès l'armistice, la France a deux buts de négociation. Au nom de l'impératif de sécurité, elle veut annexer la rive gauche du Rhin. C'est le mythe des frontières naturelles qui revient au galop. Clemenceau, héritier de la Grande Révolution, ne se contente pas d'effacer les traités de 1871. Il veut remettre en jeu les textes de 1815 ! Deuxième objectif : ne pas se contenter d'une indemnité, comme traditionnellement le vaincu en paie une au vainqueur, par exemple en 1815 et 1871, mais faire acquitter le prix total de la guerre aux Allemands. Le président du Conseil souhaite affaiblir définitivement l'Allemagne en réduisant l'écart de taille et de population avec la France et en imposant à l'économie germanique une contrainte disproportionnée par rapport à ses moyens. Enfin, farouche défenseur du droit des nationalités, Clemenceau exige un remembrement profond de la carte européenne. Si, sur ce dernier point, sa vision rejoint celle du président Wilson et ne l'isole donc pas, la rive gauche du Rhin et les réparations provoquent un affrontement violent entre alliés.

Celui-ci va être compliqué par l'intervention de Foch dans le débat. Fort de sa gloire, cédant à l'hubris des généraux vainqueurs, se croyant meilleur stratège que les hommes politiques, il est un jusqu'au-boutiste qui fait presque apparaître Clemenceau comme un modéré. Quant à Poincaré, laissé hors jeu par Clemenceau, en contradiction avec la pratique constitutionnelle qui donne de vraies responsabilités diplomatiques au président de la République, il ne pèse pas non plus dans le sens de la modération. Foch et Poincaré sont prêts à prendre le risque d'une rupture avec les Alliés, ce que Clemenceau ne veut à aucun prix.

De là un compromis bâtard dont nul n'est satisfait. Les Américains s'étant refusés à valider le fantasme des frontières naturelles, la rive gauche du Rhin sera occupée pendant quinze ans avec une évacuation par tiers tous les cinq ans. La Rhénanie sera, elle, démilitarisée ainsi qu'une bande de 50 kilomètres sur la rive droite du Rhin. Par ailleurs, Anglais et Américains s'engagent par traités à donner leur garantie à la France en cas de nouvelle attaque allemande. L'armée allemande est enfin émasculée, réduite à cent mille hommes, sans armement lourd : à peine l'importance d'une police ! Quant à la Sarre, elle est placée sous le contrôle de la Société des Nations jusqu'en 1935, date d'un plébiscite qui donnera aux Sarrois le choix entre le retour à l'Allemagne, l'annexion par la France ou le statu quo, mais les charbonnages, principale richesse du territoire, deviennent propriété française. Il est enfin prévu que l'occupation de la Rhénanie sera prolongée aussi longtemps que les réparations n'auront pas été payées. Tel est le pari de Clemenceau : il est convaincu que ses exigences financières assureront d'autant plus le retour de la France à ses frontières naturelles qu'elles seront exorbitantes.

Les Français se rendent rapidement compte que leur revendication initiale, le remboursement du coût de la guerre, les obligerait à partager le butin avec les Américains et les Anglais, dont les dépenses ont été massives. Aussi basculent-ils vers le paiement de dommages et le remboursement des pensions à verser aux veuves et aux orphelins, plus avantageux pour eux, puisque leur territoire a subi l'essentiel des destructions et leur population la majorité des pertes humaines. Mais ils refusent en revanche de tenir compte des capacités de paiement de l'Allemagne, malgré l'opposition de Keynes qui, voyant la délégation britannique se rallier *nolens volens* aux vues françaises, présentera sa démission à Lloyd George. Il est donc décidé que l'Allemagne versera dans les deux ans un acompte de 25 milliards de francs-or, avant qu'une Commission des réparations fixe le montant total à payer et les modalités de versement, et ce sans préjudice de sanctions annexes – perte des brevets allemands et des avoirs allemands à l'étranger, discrimination contre les exportations germaniques. Ultime verrou, l'interdiction absolue de l'annexion de l'Autriche. Et suprême punition : le transfert des colonies allemandes aux vainqueurs sous mandat de la Société des Nations. Quant aux « nouveau-nés » de Versailles – Pologne, Tchécoslovaquie, Hongrie, Yougoslavie –, ils bénéficient de frontières taillées aux dépens de l'Allemagne et de l'Autriche, quitte à ce que, constitués au nom du droit des nationalités, leurs territoires prennent des libertés avec ce principe au risque de mécontenter certaines minorités. Wilson a lutté pied à pied afin que cette architecture complexe offre le moins de place possible à la politique de puissance française. Mais c'est avec la création de la Société des Nations qu'il laissera, espère-t-il, son empreinte : celle-ci est supposée réguler la vie internationale, sans disposer de véritables instruments de coercition. Le président américain n'imagine pas, à ce stade, l'humiliation que lui infligera le Sénat en refusant de ratifier le traité.

Lorsque le texte est transmis le 7 mai 1919 au gouvernement allemand, Berlin connaît une explosion de colère. Pour les uns, c'est un diktat imposé par des adversaires qui se prétendent vainqueurs sans avoir été capables d'occuper un pouce du territoire allemand. Pour les autres, c'est livrer l'Allemagne au bolchevisme. Pour tous, c'est une humiliation insupportable. Les autorités allemandes répondent par des « observations » qui mettent en cause presque tous les articles du projet de traité. Lassés par cette interminable négociation, les Américains ne veulent pas remettre le texte sur le métier. Les Français disent évidemment non à tout. Seuls les Anglais essaient de prendre une position plus équilibrée ; la peur de l'anarchie, le désir de tourner la page, des restes de germanophilie expliquent leur relative modération. L'Allemagne n'obtient en définitive qu'une seule concession substantielle : le principe d'un plébiscite en haute Silésie à la place d'une annexion par la Pologne, ce qui, compte tenu de l'importance des gisements de charbon dans cette région, est un avantage économique significatif pour Berlin.

Le gouvernement allemand cède de guerre lasse et signe le 28 juin le texte. Viennent ensuite les traités complémentaires précisant le sort des anciens alliés de l'Allemagne, Autriche, Hongrie, Belgique, Turquie. C'est des Etats-Unis qu'arrive un coup de tonnerre : le refus de ratification du Sénat marque un retour américain à l'isolationnisme avec pour conséquence d'inquiéter les Anglais et les Français et de rendre bancale la SDN. Les Français sont insatisfaits : une minorité trouve le traité trop dur, une majorité trop mou. Le débat de ratification au Parlement est long et difficile, même si le vote est sans appel : 372 pour, 53 contre, 72 abstentions. Nul ne fait grief à Clemenceau d'un résultat en deçà des attentes, en termes de sécurité et de réparations financières. Les Anglo-Saxons servent de boucs émissaires comme s'ils avaient privé, pour des raisons qui leur étaient propres, la France de sa victoire. C'est toute l'ambiguïté de cette dramatique affaire. Si la France avait triomphé, si ses troupes avaient défilé à Berlin ou avaient au moins occupé plusieurs Länder, peut-être aurait-elle obtenu davantage. Mais les Allemands ne considèrent pas qu'ils ont été vaincus. Ils ont fait toute la guerre en territoire ennemi ; leurs chefs ont préféré capituler avant de voir le Reich envahi ; leur armée leur a été subtilisée dès l'armistice. Et les voilà subissant un oukase plus dur que celui qu'ils avaient imposé à la France en 1871 ! Le changement de régime ne modifie pas ce sentiment collectif. La République paie pour le Reich, mais ce dernier n'est pas tenu responsable de Versailles. Le « traité » est un abus de pouvoir, une usurpation, un déni de justice...

Clemenceau pouvait-il comprendre l'état d'esprit allemand ? Et, si tel était le cas, aurait-il été capable de résister à son opinion et de prendre la posture de Bismarck après Sadowa, trouvant davantage d'intérêt à ménager l'adversaire autrichien qu'à le piétiner ? A la première question, la réponse est clairement non. Germanophobe depuis 1870, il est aveuglé par l'hostilité. L'occasion, fût-elle hasardeuse, lui est donnée de casser les reins de la puissance allemande. Il s'y emploie avec énergie et talent. Une attitude à la Bismarck lui est impossible. Le « Tigre » est un tacticien, non un stratège ; il suit son tempérament sans essayer de le dominer ; il joue un coup à la fois et ne cherche pas à anticiper. Brutal plus que subtil, dur plus que sophistiqué, violent plus que réfléchi, il n'est pas l'homme fait pour redessiner aux moindres risques la carte entière de l'Europe. Il croit penser comme Richelieu et agir comme Danton : il se trompe.

Chapitre 49

Un redressement chaotique

« Soixante millions d'Allemands ne se résigneront pas à payer, pendant trente ou cinquante ans, un tribut régulier de plusieurs milliards à quarante millions de Français. Soixante millions d'Allemands n'accepteront pas comme définitif le recul de leur frontière de l'Est, la coupure des deux Prusse. Soixante millions d'Allemands se riront du petit Etat tchécoslovaque », écrivait Jacques Bainville dans *L'Action française* en mai 1919. Seul un nationaliste invétéré pouvait comprendre les frustrations de l'ancien ennemi. Moins lucide, la classe politique se repaît des apparences de la puissance que le traité de Versailles confère à la France. C'est un moyen d'oublier l'importance de la saignée démographique, à une époque où le rapport des forces se mesure au poids des populations. C'est un prétexte pour effacer les handicaps économiques avec lesquels le pays entame l'après-guerre. C'est un dérivatif à une atmosphère alourdie par le souvenir de l'épouvantable jeu de massacres et par l'importance des anciens combattants et des victimes de la guerre.

Le retour à la normale est difficile : réinsertion des soldats démobilisés, redémarrage de l'économie, pénurie de main-d'œuvre, envolée d'une inflation artificiellement contenue pendant le conflit. L'Union sacrée n'est plus qu'un souvenir. La lutte des classes reprend d'autant plus ses droits que l'ombre portée de la révolution bolchevique s'étend sur l'Europe et secoue les pays vaincus – Allemagne, Hongrie... Faut-il que les grèves soient menaçantes et difficiles à contrôler pour que Clemenceau jette du lest en faisant voter la loi des huit heures ! Mais l'ex- « premier flic de France » sait parfaitement que les instruments du compromis social sont incapables de répondre à une poussée révolutionnaire. Il en a la preuve dans la tension croissante, au sein de la SFIO et de la CGT, entre les héritiers de l'Union sacrée et les zélotes de la révolution bolchevique. Le soutien militaire apporté par la France aux Russes blancs ne peut qu'accentuer ce clivage et la mutinerie des marins de la mer Noire est un signal d'alerte : jamais un tel mouvement ne s'était produit aux pires moments de la guerre.

Une paix mal fagotée, un retour difficile à la normale, une menace révolutionnaire : ce sont les ingrédients d'une victoire des tenants « de la loi et de l'ordre » aux élections législatives de novembre 1919. Elles débouchent sur une Chambre « bleu horizon », décalcomanie de la Chambre introuvable un siècle plus tôt. Le triomphe du Bloc national, c'est-à-dire de l'alliance des droites, est éclatant, et malgré un léger progrès en voix, la SFIO perd un tiers de ses sièges pour avoir voulu, tiraillée par ses conflits internes, aller seule à la bataille.

L'Assemblée constituée, le gouvernement Clemenceau s'efface et son chef se prépare à succéder en janvier 1920 à son vieil ennemi Poincaré à l'Elysée. C'est compter sans le désir des parlementaires de reprendre la main et donc de ne pas mettre à la tête de l'Etat l'homme qui les a si longtemps domestiqués et pourrait redonner du lustre à la fonction présidentielle. Cela étant, l'ingratitude des députés et des sénateurs n'est pas pire que celle des peuples. Churchill sera « licencié » en 1945 encore plus durement par les Anglais. Tout est bon pour faire perdre Clemenceau : Briand, qui se sait exclu du gouvernement si le « Tigre » est élu, n'hésite pas à invoquer, auprès des députés catholiques, la perspective blasphématoire d'un enterrement civil du président... L'addition des rancœurs et des craintes triomphe aisément. C'est l'insignifiant Deschanel qui est élu, témoignage de la volonté des parlementaires de ne plus partager le pouvoir.

Mais le nouveau président prend une initiative politique que le « Tigre » n'aurait peut-être pas osée. Au lieu d'installer un gouvernement représentatif de la majorité de droite, il appelle Alexandre Millerand et le laisse constituer un cabinet centriste. Lorsque ce dernier succède un an plus tard à Deschanel – seul président de la République à avoir quitté ses fonctions pour dérangement mental ! –, il fait prévaloir le même dispositif, sous l'autorité de présidents du Conseil qui tournent aussi vite que des chevaux de manège : Georges Leygues, Briand et surtout Poincaré de 1922 à 1924, même si celui-ci donne à son équipe une coloration légèrement plus à droite. Mais si le ministère est centriste, la politique et surtout la symbolique sont d'autant plus conservatrices que la crainte du bolchevisme ne cesse de rôder. Ainsi Caillaux est-il condamné à une peine de principe pour ses contacts avec des « agents de l'ennemi et des neutralistes avérés » (*sic),* afin de valider rétrospectivement l'excitation nationaliste de 1917. De même les gouvernements successifs mettent-ils fin à la « guerre froide » menée depuis

1905 contre le camp catholique. Ils laissent revenir les congrégations non autorisées et donc expulsées au début du siècle, maintiennent le Concordat en Alsace-Lorraine et surtout rétablissent les relations diplomatiques avec le Vatican, en échange de l'acceptation par celui-ci d'un droit de regard de l'Etat sur la nomination des évêques.

Tous ces signes visent à souder les conservateurs face à une agitation sociale vite assimilée à une menace révolutionnaire. Confronté à une grève générale lancée par la minorité bolchevique de la CGT, le pouvoir multiplie les réquisitions, les révocations de masse – 15 000 cheminots entre autres –, les arrestations. Le mouvement syndical paie durement le fait de s'être laissé entraîner trop loin par sa « minorité agissante ». C'est au congrès de Tours que les comptes se soldent entre les deux branches du socialisme et du militantisme syndical. Le déclencheur du conflit est l'adhésion à la IIIe Internationale créée en mars 1919 par Lénine. Celui-ci pose « 21 conditions » qui sont autant de négations de l'action et de la doctrine de la SFIO, depuis 1905 – organisation du parti sur le modèle bolchevique, instauration du centralisme démocratique, obéissance aux décisions de l'Internationale, création de structures clandestines. Devant un tel choix, aucun compromis n'est possible entre les tenants de la révolution bolchevique et les défenseurs du socialisme démocratique. Les premiers représentent le 29 décembre 1920 les trois quarts des mandats et décident donc de créer le Parti communiste français ; les seconds gardent, comme le dit Blum, « la vieille maison ». Cette scission politique trouve naturellement sa traduction au sein de la CGT. Unique syndicat en 1914, celle-ci avait déjà vu apparaître en 1919 sur son flanc une organisation chrétienne, la CFTC, première incarnation militante du catholicisme social. Cependant le choc principal suit le congrès de Tours : les tenants de l'action révolutionnaire quittent l'organisation en juillet 1921 après avoir échoué à en prendre le contrôle, et créent la CGTU, Confédération générale du travail unitaire, l'intitulé étant destiné à rejeter sur Léon Jouhaux et les siens la responsabilité de la rupture. Prisonnière de ses conflits institutionnels et politiques, la gauche socialiste est pour un temps condamnée à l'impuissance. Le spectre de la révolution s'éloigne et l'agitation sociale s'efface.

C'est donc sans cette obsession que le Bloc national gouverne à partir de 1921. Il se consacre dès lors à l'objectif sur lequel il s'est en 1919 construit : l'exécution intégrale du traité de Versailles, y compris le paiement des réparations et les garanties de sécurité. Mais les gouvernants mettent différemment l'accent sur l'un ou l'autre de ces sujets. Convaincu que les Allemands ne paieront pas, Clemenceau envisageait, le cœur léger, de pouvoir occuper définitivement la Rhénanie. En revanche Millerand se concentre sur les réparations, afin d'alléger la crise financière qui se profile à l'horizon. Peu désireux de voir la France en venir à des sanctions territoriales à l'égard de l'Allemagne, le gouvernement britannique s'acharne à faire fixer le montant définitif des réparations et le calendrier de paiement. Le chiffre est arrêté fin avril 1921 à 132 milliards de marks-or, à régler en fonction de la capacité de paiement allemande, c'est-à-dire au rythme des progrès de leurs exportations. Mais les Anglais considèrent très rapidement ce montant comme illusoire et demandent aux Français d'accepter un abattement en échange d'une garantie, de leur part, en cas d'agression allemande. Briand accepte d'entrer dans cette voie : c'est une première entaille au traité de Versailles. Elle provoque une violente cabale à Paris ; Millerand et la majorité parlementaire se déchaînent et obligent le président du Conseil à démissionner.

Arrivant au pouvoir dans ces conditions, Poincaré endosse la position la plus dure. Face aux manquements allemands, il prend le risque, le 11 janvier 1923, d'occuper la Ruhr, tout en précisant que son but est économique et non politique : « Nous allons chercher du charbon et voilà tout. » Mais de tels propos relèvent du rideau de fumée car les Français s'attachent à isoler, au moins économiquement, la Ruhr du reste de l'Allemagne, au risque d'accélérer chez l'ancien ennemi la crise industrielle, la montée de l'inflation et l'effondrement de la monnaie. Convaincu d'avoir la main, Poincaré balaie les ouvertures du nouveau chancelier, Stresemann, ce qui inquiète les Britanniques. Ceux-ci reviennent dans le jeu et proposent de soumettre à un comité d'experts l'évaluation de la capacité de paiement de l'Allemagne. A rebours de sa posture traditionnelle de fermeté, Poincaré accepte. Etrange revirement de la part d'un esprit aussi charpenté, peu explicable autrement que par la peur de l'isolement. Ses conséquences sont considérables : la démonstration de force française aura fait long feu et les Allemands en tireront plus tard les conséquences ; la mécanique de rabais sur les réparations est lancée.

La volte-face de l'ancien président de la République est l'illustration de l'incohérence française depuis novembre 1918. Dure dans ses paroles, la France est faible dans ses moyens. C'est un faux vainqueur : elle ne va guère mieux que le vaincu. Sa posture diplomatique et militaire témoigne de ses ambiguïtés.

D'un côté, elle coalise autour d'elle les enfants du traité de Versailles, Tchécoslovaquie, Yougoslavie et Roumanie, dans une « Petite Entente » dont elle se déclare la protectrice. De l'autre, elle se fixe une doctrine stratégique fondée, à l'initiative de Pétain, sur le principe de l'inviolabilité du territoire. On ne peut vouloir être à la fois offensif diplomatiquement et défensif militairement !

C'est aussi la rançon de la décrépitude des finances du pays. La logique monétaire aurait exigé une dévaluation massive dès la fin de la guerre. Clemenceau était trop orgueilleux pour l'accepter. Il appartenait à ces purs politiques convaincus que « l'intendance suivrait toujours ». Le marché ne l'entend naturellement pas de cette oreille et divise le cours du franc par près de trois en 1920, par rapport à 1914. Après un moment de répit, celui-ci s'effondre à nouveau à l'automne 1923. Refusant de voir la réalité en face le gouvernement croit, comme toujours dans de telles circonstances, être victime de méchants spéculateurs étrangers. En mai 1924, le franc a perdu 60 % de plus ! Mais même s'il cède à la logomachie du bouc émissaire, Poincaré connaît la « musique monétaire ». Economies budgétaires drastiques, augmentation des impôts, emprunts en devises, afin de défendre le franc : autant de décisions qui dessinent les plans de rigueur du XXe siècle jusqu'en 1983 et dont seule la création de l'euro fera disparaître la menace. Mais l'endettement auprès des banques internationales a un prix. Elles se font les porte-parole du gouvernement américain afin d'exiger une plus grande souplesse dans le traitement des réparations. D'un grand classicisme, l'opération financière réussit. Poincaré a gagné, selon les commentateurs, son « Verdun monétaire » mais c'est une victoire à la

Pyrrhus qui témoigne des fragilités de la France et de sa dépendance vis-à-vis du monde extérieur.

Un tel contexte est une bénédiction pour l'opposition à la veille des élections. Le parti communiste se drape dans un splendide isolement, ignore l'histoire de France jusqu'à nier l'héritage révolutionnaire, découvre les délices des épurations internes. Il se recroqueville et se nécrose, offrant à la droite le repoussoir dont elle rêve. La SFIO fait le chemin inverse : plus affaiblie au départ, elle reconstitue ses moyens, s'érige en force habile d'opposition, fabrique un programme incluant, pour la première fois, des nationalisations. La logique veut que les socialistes s'allient aux radicaux, mais le pilonnage du parti communiste déstabilise leurs leaders. Il faut toute l'habileté de Léon Blum pour essayer de sortir de l'impasse, en affirmant que le réformisme à court terme prépare la révolution à long terme. La traduction politique de cette ligne en sinusoïde est un cartel électoral mais sans programme de gouvernement avec les radicaux. Ces derniers finissent par retrouver une relative identité sous la présidence d'Herriot, en s'opposant progressivement au Bloc national, même si, fidèles à la tradition, nombre de parlementaires flirtent avec la droite. Dans la perspective des élections législatives de 1924, le Cartel des gauches constitue donc une alliance exclusivement électorale entre socialistes et radicaux.

Crise financière, incapacité à faire payer l'Allemagne, échec de la politique de puissance, déceptions de la vie quotidienne : l'opposition a la voie libre. Droite contre gauche : l'opinion aime ce genre de vrais combats. Elle vote massivement le 11 mai 1924 (22 % d'abstentions contre 30 % en 1919). Le mode de scrutin favorise la gauche, qui obtient 314 sièges contre 229 pour la droite, avec 26 communistes sur leur Aventin, même si, en voix, le Bloc national a fait nettement mieux que le Cartel (4,5 millions contre 3,4 millions). C'est une victoire partielle ; le Sénat demeure évidemment à droite. Le Cartel trouve un bon thème afin de symboliser son triomphe : le départ de l'Elysée de Millerand. Celui-ci avait en effet fauté. Faisant fi de la réserve inhérente à sa fonction, il avait pris parti pour le Bloc national. La gauche utilise un habile moyen pour le chasser du pouvoir : la grève du gouvernement. Lâché par le Sénat, Millerand démissionne et c'est le président de cette même Haute Assemblée, Doumergue, qui lui succède.

L'opération Elysée réussie, Herriot accède enfin à la tête du gouvernement. C'est l'antithèse de Poincaré, son prédécesseur. Il est autant en rondeurs que l'autre est en angles, aussi volubile que son rival est austère, aussi flou que son concurrent est méthodique, aussi inculte financièrement que l'ancien président est technocrate. Le nouveau chef du gouvernement commence par jouer avec des symboles, susceptibles d'unir la gauche : retour à une laïcité militante, amnistie des condamnations du temps de guerre, premiers pas vers l'école unique, culte de la SDN, rétablissement des relations avec l'Union soviétique, réduction à terme de la durée du service militaire... Ces gestes permettent de justifier le « soutien sans participation » choisi par les socialistes.

La modération d'Herriot sur le plan intérieur plaît aux Alliés, après les coups de boutoir de Poincaré. En échange de l'évacuation de la Ruhr, il obtient avec le plan Dawes un accord sur les réparations. L'Allemagne reçoit un prêt afin de redresser son économie et de reprendre des versements progressifs jusqu'à un règlement définitif à établir en 1929. C'est la liquidation tacite des illusions de 1919, c'est-à-dire de la prise de gages territoriaux et du paiement intégral des réparations. Herriot lève ainsi le préalable, la disparition de l'arrogance française, au lancement d'une diplomatie plus ouverte et plus coopérative. Il s'offre le plaisir d'un discours triomphal devant la SDN sur le triptyque arbitrage-sécurité-désarmement. Une France pacifiste succède à une France belliqueuse.

Les grandes lignes de la politique d'Herriot survivront à sa chute, car elles seront reprises par Aristide Briand, ministre des Affaires étrangères d'une longévité record sous la IIIe République puisque presque sans interruption de 1925 à 1932. C'est lui qui signera avec Stresemann en octobre 1925 le traité de Locarno, par lequel l'Allemagne réitère avec bonne volonté les engagements de Versailles relatifs à ses frontières occidentales. Mais comme elle ne se livre pas au même exercice de « relégitimation » du diktat de 1919 sur ses limites orientales, la France établit des pactes d'assistance avec la Pologne et la Tchécoslovaquie. « Arrière les fusils, les mitrailleuses, les canons ! Place à la conciliation, à l'arbitrage et à la paix » : telle est la péroraison du discours de Briand présentant en 1926 la candidature de l'Allemagne à la SDN. Derrière la logorrhée naïve se cache une vraie conviction : « Je fais la politique de notre natalité », dit Briand à l'Assemblée. Ainsi la politique étrangère, choisie par Herriot pour des raisons idéologiques, se perpétue-t-elle au nom du réalisme.

Applaudi par la communauté internationale, le gouvernement a la partie moins facile sur le plan intérieur. La droite se plaît à voir dans les radicaux les porte-voix naïfs des socialistes et dans ceux-ci les fourriers inconscients des communistes. Tout est prétexte à procès d'intention et chicanes parlementaires :

l'amnistie des déserteurs de 1917, les mesures anticléricales, les décisions sociales. Le Sénat est naturellement le pivot de la manœuvre et se plaît à enliser le pouvoir. Mais les affrontements politiques auraient été maîtrisables par un Cartel, plutôt appuyé par l'opinion, si celui-ci ne s'était pas heurté, selon Herriot, au « mur de l'argent ». L'Etat est à la merci de son immense dette flottante : seule la confiance des investisseurs en garantit le renouvellement. Autant Poincaré était un gage de sécurité pour les investisseurs, autant Herriot les inquiète. C'est le premier divorce entre la gauche et les marchés. Il y en aura d'autres... Lorsque les socialistes tiennent des propos incendiaires, ceux-ci se reflètent immédiatement dans la valeur des bons du Trésor. Les créanciers internationaux sont, dans un premier temps, plus coopératifs que les épargnants nationaux, la banque Morgan réussissant à placer un emprunt de cent millions de dollars. Mais la crise se précipite. Le gouvernement est obligé de recourir à l'*ultima ratio*, les avances de la Banque de France : il est à la merci des régents de l'institution, tous adversaires politiques qui peuvent le tuer en rendant publique la situation exacte du Trésor. Herriot est pris entre deux feux : le gouverneur de l'institut d'émission se fait menaçant tandis que les socialistes prônent un impôt sur le capital. Le président du Conseil leur emboîte le pas, à la surprise de tous. Ce n'est pas une erreur mais un choix politique : se sachant condamné, il préfère tomber à gauche sur un projet ambitieux, plutôt que d'être « licencié pour faute de gestion ». Dans ce contexte, c'est naturellement le Sénat qui donne le coup de grâce à Herriot, en avril 1925.

Le Cartel demeurant majoritaire à la Chambre, Doumergue continue à lui donner sa chance en faisant successivement appel à deux de ses membres situés néanmoins un peu plus à droite qu'Herriot : Painlevé et Briand. L'acte le plus visible du premier est de ramener Caillaux au gouvernement. C'est nommer aux Finances le radical le plus respecté par les milieux d'affaires, mais c'est plus encore sonner le glas du bellicisme de l'après-guerre. Voilà un geste du même type que la désignation de Picquart comme ministre de la Guerre, après l'affaire Dreyfus. Un condamné en Haute Cour pour sa familiarité avec l'ennemi, de retour à la table du Conseil des ministres ! Ultime démonstration du précepte selon lequel un homme politique n'est jamais mort avant son enterrement.

Mais la tentative Painlevé n'est qu'un feu de paille, comme l'opération Briand, plus centriste, qui lui succède. Revanchard, Herriot torpille ses successeurs afin de revenir en scène. Doumergue lui donne en vain une dernière chance. Le Cartel est donc mort et la nouvelle résurrection de Caillaux, vice-président du Conseil, aux côtés de Briand en est le signe annonciateur. Mais c'est une nouvelle crise financière qui va signer l'acte de décès.

Le franc ne cesse de se déprécier depuis 1925. Ce n'est pas la valse des ministres des Finances qui ramène la confiance. Compétent et courageux, Caillaux demande les pleins pouvoirs financiers le 17 juillet 1926, sur un programme d'austérité. Faut-il que la haine soit inouïe entre lui et Herriot pour voir ce dernier quitter le perchoir et rejoindre son banc de député, afin de porter l'estocade au gouvernement ! La manœuvre lui permet, certes, de redevenir président du Conseil mais le gouverneur de la Banque de France las de ces palinodies lui donne le coup de grâce en menaçant de mettre l'Etat en faillite. Si le Cartel des gauches n'avait connu qu'une mort politique, fruit des désaccords entre socialistes et radicaux, les conséquences auraient été moins graves. Etre expulsé du pouvoir pour faillite est infamant. La gauche portera les stigmates de l'incompétence financière jusqu'à la politique de rigueur de 1983 et au magistère de Pierre Bérégovoy. Ce sera pendant des décennies pain bénit pour les campagnes électorales de la droite.

Il ne reste à Doumergue, dans ce désastre, qu'à céder au mythe de l'homme providentiel et à rappeler Raymond Poincaré. La tradition française a inventé deux types de recours, l'un politique – Clemenceau ou de Gaulle –, l'autre financier – Poincaré, Pinay, Barre. Mais l'ancien président de la République peut se réclamer des deux traditions : il est à la fois le père de l'Union sacrée en 1914 et le vainqueur du « Verdun financier » de 1924. Le voilà désormais, pour trois ans, à la tête d'un gouvernement d'Union nationale qui, sur treize ministres, compte six anciens présidents du Conseil. L'instabilité gouvernementale en avait certes créé en série... Poincaré a les mains libres pour mener une politique classique de stabilisation : augmentation des impôts, surtout indirects ; baisse des dépenses ; création d'une caisse d'amortissement de la dette ; stabilisation annoncée de la parité du franc. A la différence des Anglais qui, en 1925, ont rétabli la parité-or de la livre à son niveau d'avant guerre, au risque d'effondrer leurs exportations et de provoquer une dramatique récession, Poincaré fixe en 1928 la parité-or du franc à un cinquième de la valeur du franc germinal. Ce choix lucide avalise le prix de la guerre et donne un avantage de compétitivité aux produits français. Le président du Conseil démontre ainsi qu'il n'est pas un orthodoxe classique : rigoureux en matière budgétaire, audacieux sur le plan monétaire.

Dans les autres domaines de l'action publique, il se résigne aux compromis inhérents à une Union nationale. Ainsi lui, l'occupant de la Ruhr, laisse-t-il la bride sur le cou à Briand. Celui-ci continue sa croisade pour la sécurité collective, avec pour point d'orgue la signature du pacte Briand-Kellogg qui voit les grands pays renoncer en principe à la guerre pour régler leurs différends ! De même mène-t-il avec Stresemann une politique de réconciliation franco-allemande : accords commerciaux et surtout un troc entre l'évacuation anticipée de la Rhénanie contre le solde des réparations, tel que le plan Young l'arrête.

L'Union nationale, avec pour toile de fond une Assemblée de gauche, pousse Poincaré à prendre à son compte, fût-ce contre son propre tempérament, des mesures marquées au coin du radicalisme. Il réduit à un an le service militaire, ce qui sonne le glas du bellicisme. Il instaure la gratuité de l'enseignement secondaire. Il met en place un premier système de sécurité sociale pour les travailleurs modestes. Il développe les logements populaires – les ancêtres des HLM. Hormis l'hostilité viscérale des communistes et le désir des socialistes de rester sur leur quant-à-soi, la politique de Poincaré fait l'objet d'un large consensus.

Mais les unions nationales butent toujours sur les élections. Le scrutin de 1928 met à mal la solidarité gouvernementale. La droite brandit les succès de la politique de redressement ; les radicaux sont écartelés entre le souvenir cuisant de l'échec du Cartel et le désir de revendiquer leur part des réussites de Poincaré. Ce dernier est le grand vainqueur du scrutin d'avril 1928. Certes la gauche devance légèrement la droite (4 800 000 voix contre 4 500 000), mais une fois délestée d'un million de voix communistes, elle est nettement battue. Avec 325 députés sur 610, la droite peut se passer de l'appoint des radicaux, mais fier de l'Union qu'il a construite, Poincaré veut garder ces derniers dans sa majorité. Toujours heureux de participer au gouvernement, Herriot se fait le chantre, dans son parti, du maintien de l'Union nationale. Il se heurte à deux opposants de poids : un jeune ambitieux, Daladier, et un vieux revanchard, Caillaux. Ceux-ci font donc alliance, comme Jean-Pierre Chevènement et François Mitterrand en 1971 au congrès du parti socialiste à Epinay. Ils réussissent à imposer le retrait du parti radical de l'Union nationale, lors du congrès d'Angers, de nuit et en l'absence des troupes d'Herriot.

Poincaré se retrouve ainsi à la tête d'un gouvernement de droite. Il n'infléchit néanmoins sa politique qu'à la marge, se contentant de faire à l'égard du camp catholique les gestes que les radicaux n'auraient pas supportés. Mais le clivage droite/ gauche réapparaît, à son grand dam, à propos de la ratification des accords avec les Américains et les Anglais relatifs au règlement des dettes de guerre françaises. Celui-ci n'étant que partiellement lié à l'encaissement effectif des réparations allemandes, l'opinion s'indigne de la pingrerie de nos alliés, la gauche se rebelle et Poincaré n'obtient la majorité que de justesse. Il se retire le 26 juillet 1929, physiquement atteint mais surtout sentant, en vieux politique, que le sol va se dérober sous ses pas.

C'est d'une France en bon état qu'il abandonne le commandement. Contrairement aux idées préconçues, la population française augmente. Elle passe de 39 210 000 habitants en 1921 à 41 835 000 en 1931. Compte tenu de la saignée de la guerre, l'immigration constitue le moteur démographique. Le nombre d'immigrés augmente de plus de 1,2 million pendant cette période. Le melting-pot à la française fonctionne : après les Italiens et les Espagnols, c'est le temps des Polonais catholiques et juifs qui suscitent certes quelques bouffées de xénophobie. Mais limitées dans un contexte économique positif, celles-ci préfigurent les tensions qui s'exacerberont au long de la crise des années 30.

La prospérité économique est incontestable. Le revenu national a retrouvé en 1922 son niveau de 1913 et l'excède de 33 % en 1929. C'est le résultat d'une politique keynésienne avant l'heure. Les dépenses de reconstruction des régions dévastées sont importantes (25 milliards de francs-or) et ont un effet massif d'entraînement, fût-ce au prix de difficultés budgétaires. Les investissements sont impressionnants : entre 16 % et 19 % du produit intérieur, entre 1922 et 1929. Le fordisme est au diapason de la culture d'ingénieurs française et s'impose dans les usines. De grandes entreprises émergent. Les banques atteignent la taille mondiale. Ce sont « les belles années ».

Mais cette France-là ne prend pas le pas sur le vieux pays d'agriculteurs. Ceux-ci représentent encore 36 % de la population active en 1931 contre 34 % pour l'industrie et 30 % pour les services. Ils n'ont jamais connu pareille prospérité, grâce à la poussée des prix agricoles pendant la guerre. Aussi servent-ils plus que jamais de socle à un régime politique qui, depuis 1870, a parié sur eux. Le contraste est grand entre leur aisance et les difficultés d'une classe ouvrière qui croît en nombre mais dont les revenus stagnent. Même si les syndicats gagnent en influence, l'autisme du parti communiste et les difficultés d'être de la SFIO interdisent de grands mouvements de masse. Le monde ouvrier ne se remet pas de sa défaite de 1920 et ne parvient pas à tirer profit de l'enrichissement de la société. Le bonheur de la bourgeoisie ne peut que l'irriter. Aisance matérielle, libération culturelle, cosmopolitisme croissant : les élites ont retrouvé la joie de vivre. Et leur bonne conscience n'est pas entamée par les soubresauts de l'Empire. Malgré l'habileté de Lyautey, le Maroc subit des révoltes endémiques. Le Levant confié à la France par la SDN connaît des soubresauts permanents. Quant à l'Indochine, elle vit ses premières fièvres. Seules l'Algérie et l'Afrique répondent aux illusions colonialistes de la classe politique : celle-ci voit dans leur calme un acquiescement. Ce sera une fugitive illusion.

Le pays s'est reconstruit plus rapidement qu'il ne pouvait l'espérer. Les chaos de la vie parlementaire, les oscillations de la politique économique entre l'expansion et la rigueur, les palinodies du monde gouvernemental ne freinent en rien le retour d'un dynamisme collectif. La guerre semble effacée. Dans la réalité quotidienne, grâce aux vertus de l'expansion. Dans l'inconscient national, sous l'influence de la politique de Briand et des symboles d'une réconciliation entre Français et Allemands. Dans la vie de la société, que les contingents massifs de veuves de guerre, d'orphelins et d'anciens combattants ne parviennent pas à inhiber.

Nul n'imaginerait la suite, le jour de la démission de Poincaré : la crise, la montée du nazisme, la préparation d'une nouvelle guerre.

Chapitre 50

La marche vers l'abîme

Avec la démission de Poincaré, c'est la deuxième génération de la IIIe République qui quitte la scène. Après Ferry et Gambetta vint le temps des Waldeck-Rousseau, Clemenceau, Poincaré, tous adorateurs du régime parlementaire. Avec Tardieu s'ouvre l'ère des technocrates. Normalien, journaliste, il n'a rien d'un énarque par anticipation. Mais sa vision de la société, sa croyance en un Etat fort, sa perception froide et rationnelle des enjeux, son désir d'affirmer en toutes circonstances sa supériorité intellectuelle font de lui l'ancêtre de Giscard. Ce type d'homme déteste le parlementarisme : ce ne sont que des palabres inutiles et des combines malfaisantes. Il est donc l'antithèse vivante des radicaux hâbleurs et bavards. Ceux-ci ne veulent pas pactiser avec lui, ce qui l'oblige à constituer un gouvernement de droite. Désigné en novembre 1929, après le krach mais avant la crise, Tardieu dépense en grands travaux les excédents budgétaires. Il préfigure la droite de la fin du XXe siècle, plus austère dans les mots et plus dépensière dans les faits que la gauche. Mais son goût d'un pouvoir fort l'amène à trop fréquenter les ligues d'extrême droite et donc à inquiéter le Parlement. Celui-ci saisit le prétexte de la faillite frauduleuse de la banque Oustric, proche de certains milieux gouvernementaux, pour abattre le franc-tireur Tardieu.

Fait alors son entrée en scène Pierre Laval. Qui aurait imaginé, derrière ce démiurge du parlementarisme, le futur suppôt de la collaboration ? Fils d'un cafetier de Châteldon, « pion » de lycée, ambitieux, ce jeune Auvergnat est d'abord socialiste, avant de parcourir tout le spectre politique. Maire d'Aubervilliers, pacifiste pendant la Première Guerre, il passe de la case socialiste à la case radicale, puis s'installe solidement à droite. Laval a compris le premier que le ressort de la politique est la notoriété et que la clef de la notoriété est d'être reconnaissable. Aussi se choisit-il, comme tant d'autres plus récemment, une tenue fétiche : costume noir, cravate blanche. C'est avec ce style, faussement bourgeois car trop ostensible, qu'il franchira les décennies jusqu'au peloton d'exécution. Son premier gouvernement, de janvier 1931 à février 1932, est insignifiant. Son seul fait d'armes est une tentative avortée d'établissement du scrutin uninominal à un tour.

Exit Laval ; retour de Tardieu ! Mais autant les idées de l'homme se veulent fortes, autant sa pratique du pouvoir est molle. Inaugurant une tradition de la droite française, il mène une politique de gauche : utilisation des excédents budgétaires à financer des mesures sociales, suppression des frais de scolarité en sixième, retraite du combattant, politique de grands travaux dans laquelle s'inscrit la construction de la ligne Maginot. C'est la décision la plus lourde de la période. Votée en janvier 1930, destinée à défendre la frontière du Nord et de l'Est, elle traduit la victoire stratégique de Pétain, c'est-à-dire le choix de l'immobilité, comme en 1917. Elle ne couvre pas la frontière belge, puisque la

Belgique est notre alliée : la suite est bien connue... Cette immense entreprise devient peu à peu un leurre psychologique. Se croyant abrités par cette masse de béton, les Français vivent les événements en Allemagne avec nonchalance. Ils laissent, avant même l'avènement de Hitler, les Allemands se réarmer en secret et finissent par entériner la chose en 1932, en reconnaissant l'égalité des droits au gouvernement de Berlin. Leur politique se résume suivant un mot de Robert Frank « au béton, à la mer et à l'or ». Le béton sacramentel de la ligne Maginot ; la mer défendue par la marine et trait d'union avec les réserves de l'Empire ; l'or qui, à la différence d'une Allemagne qui en est dépourvue, permet de financer une guerre. Rien n'est plus statique, face à un adversaire bientôt synonyme d'énergie et de mouvement.

C'est la même cécité qui prévaut face à la crise de 1929. La France se croit immunisée : le gouvernement Laval accepte certes, en juillet 1931, le moratoire général des dettes entre Etats proposé par les Etats-Unis, puis un an plus tard, l'abandon des réparations, mais les Français gardent l'illusion que, hormis ce prix payé pour la crise chez les autres, ils échapperont à la contagion. C'est en 1931 que le doute s'instille. Confronté à une baisse des recettes budgétaires née du ralentissement économique, le gouvernement s'en tient aux règles de Poincaré : ni déficit, ni dévaluation. C'est faire l'impasse sur la décision britannique de mettre fin à la convertibilité-or de la livre. Aussi est-ce par des mesures protectionnistes que l'Etat essaie de rétablir l'équilibre de la balance commerciale. Jeune député radical, Mendès France crie dans le vide : « L'effort doit porter essentiellement et organiquement là où est la vraie maladie : sur le terrain de la crise économique », mais l'inculture économique des élites les condamne à la maladresse et à l'impuissance.

C'est donc dans un contexte délétère que se déroulent les élections de 1932. Les rêves pacifistes de Briand – désarmement, union européenne, règlement pacifiste des conflits – se fracassent sur l'évolution intérieure de l'Allemagne et les fantasmes d'échapper à la crise économique sont en train de disparaître. Même si la dureté diplomatique et le sens de la gestion économique ne sont pas les traits distinctifs de la gauche, celle-ci bénéficie de l'usure inévitable du pouvoir en place. Aussi gagne-t-elle : 334 élus (dont 175 radicaux et 132 socialistes) contre 258 pour la droite.

Le deuxième tour se passe après l'assassinat du nouveau président de la République, Paul Doumer, par un Russe blanc, Gorgoulov. L'élection de son successeur offre la première illustration des difficultés de la gauche. Les radicaux se joignent à la droite pour choisir le président du Sénat Albert Lebrun, alors que les socialistes présentent Paul Faure. Le nouveau président appelle à la tête du gouvernement Edouard Herriot, mais celui-ci se trouve dans une situation pire qu'en 1924 ; il ne bénéficie même pas d'un « soutien sans participation » des socialistes. Herriot se garde bien de rejouer le Cartel des gauches sans Cartel ! Hormis un rapprochement avec l'Union soviétique, très semblable à ses premiers gestes diplomatiques huit ans plus tôt, il ne reprend pas le ton pacifiste de l'époque. Son ministre des Affaires étrangères Paul-Boncour ne mâche pas ses mots : « A Genève, terre d'écoute s'il en fut, je voyais la guerre qui s'approchait. » Quant à la politique économique d'Herriot, elle est d'autant plus orthodoxe que le leader radical veut se débarrasser de son image d'incompétence. Mais le gouvernement ne tarde guère à tomber. Les députés le désavouent quand il refuse d'annuler unilatéralement les dettes de la France à l'égard des Etats-Unis, nonobstant la disparition des réparations allemandes.

Le régime connaît alors un tourniquet politique – quatre cabinets en un an – désastreux, au moment de l'avènement de Hitler et de l'aggravation de la crise. Le chômage s'accroît, le pouvoir d'achat baisse, le monde ouvrier se rebelle, les classes moyennes s'inquiètent, les extrêmes ne peuvent que se renforcer. Mais l'extrême gauche est tenue en laisse par une police vigilante, alors que les ligues de droite ont quartier libre. Il leur suffit de voguer sur l'insatisfaction et de jouer la partition classique du populisme. Les palinodies parlementaires et le scandale Stavisky servent de préludes.

Le climat préinsurrectionnel entretenu par l'extrême droite oblige les socialistes à appuyer les radicaux, de sorte que la majorité parlementaire est techniquement solide et soutient Daladier appelé le 30 janvier 1934 par Lebrun. Homme à poigne, le nouveau président du Conseil veut muter le préfet de police Chiappe qui affiche ostensiblement ses liens avec les ligues d'extrême droite. Celui-ci refuse d'être nommé résident au Maroc. Alors que les communistes appellent à manifester pour exiger son départ, l'extrême droite se mobilise pour sa défense et décide de descendre dans la rue le 6 février, au moment où le gouvernement se présente devant l'Assemblée. L'affrontement avec les forces de l'ordre est violent, sans être à la mesure du souvenir qu'il va laisser dans l'imagination politique. Ainsi le lieutenant-colonel de La Rocque, chef des Croix-de-Feu, la puissante ligue, n'appelle-t-il pas à prendre d'assaut la Chambre. 15 morts et 2 000 blessés : c'est un bilan inférieur à ce que Paris a souvent connu dans son histoire. Mais les conséquences seront considérables. Daladier ne veut pas, dans un tel contexte, gouverner camp contre camp, avec le seul soutien socialiste. Il démissionne donc, satisfaisant ainsi un La Rocque qui désirait faire tomber le gouvernement et non le régime. Mais pour la première fois depuis 1848 la rue a triomphé du Parlement, créant pour les années à venir un climat d'incertitude et de fragilité institutionnelles. Quant à la gauche, elle a vu, à tort ou à raison, la préfiguration d'un fascisme français dans l'émeute du 6 février. C'est ce jour-là qu'elle commence sa marche vers l'union.

Lebrun appelle au gouvernement son antéprédécesseur, Doumergue, qui prend Tardieu comme homme lige et nomme Pétain à la Guerre, concession ostensible aux mouvements d'anciens combattants et aux ligues. Ce dernier va découvrir, pour la première fois, les délices du pouvoir civil... La droite est à nouveau aux affaires face à un Parlement de gauche, comme en 1926. Elle a le soutien des radicaux dont la schizophrénie va atteindre pendant deux ans un summum. Certains d'entre eux participent à un pouvoir de droite né d'une émeute d'extrême droite, tandis que d'autres préparent le Front populaire. Doumergue, lui, n'est pas Poincaré. Nul ne peut deviner ce que le vainqueur du « Verdun économique » aurait fait dans une situation qui ne relève pas de la thérapeutique classique. Toujours est-il que le gouvernement s'enlise dans des économies budgétaires qui lui aliènent leurs victimes et jouent, macroéconomiquement, à contresens. Mais son objectif est autre : réformer les institutions en renforçant le pouvoir exécutif, c'est-à-dire donner le droit de dissolution au président du Conseil sans avis conforme du Sénat et enlever aux parlementaires l'initiative des dépenses publiques. C'étaient les idées lancées dans le débat public par Tardieu. Mais portées par un gouvernement de droite, né dans les conditions douteuses du 6 février, elles sont un chiffon rouge pour les communistes, les socialistes et même les radicaux. Herriot et ses collègues valoisiens se désolidarisent de Doumergue qui doit se retirer.

Après quelques tours de manège gouvernemental de plus en plus dérisoires dans des temps aussi troubles, Laval redevient président du Conseil avec un aréopage voisin de celui de Doumergue. Sa rouerie lui permettra de survivre jusqu'en janvier 1936 : il sait flatter les députés, y compris du camp adverse, distribuer les prébendes, réussir des combines improbables. Il ne croit à aucune idéologie, hormis un pacifisme viscéral : cela ne le conduit par temps calme qu'à des erreurs ; dans une période de tempête comme en 1940, la même idiosyncrasie l'entraînera jusqu'à une collaboration militante. Ses convictions pacifistes l'empêchent de préparer une guerre à laquelle il se refuse de croire. Aussi jouet-il les bons garçons avec la plupart des Européens, Mussolini compris. Il accepte en janvier 1935 de laisser au Duce les mains libres en Ethiopie, en échange de vagues promesses économiques. Il se contente de pétitions de principe floues par rapport à une Allemagne qui rétablit le service militaire obligatoire. Il signe un pacte sans signification militaire avec l'Union soviétique, dont la seule conséquence est d'obliger le Parti communiste français à une volte-face et à laisser de côté ses antiennes anti-impérialistes.

Lorsque Mussolini passe à l'acte en Ethiopie, Laval se comporte sur la scène diplomatique en maquignon, comme il le ferait à la Chambre, afin de concilier les revendications contradictoires de deux groupes charnières. Il cherche à préserver l'alliance italienne et à maintenir ses liens avec l'Angleterre, retarde les sanctions de la SDN afin de faciliter les choses à l'Italie et promet son soutien naval aux Anglais... Léon Blum le lui reprochera vertement : « Vous avez procédé dans les grandes affaires du monde comme nous vous voyons procéder ici chaque jour, dans les petites affaires et les petits trafics... Vous avez annulé vos actes par des paroles et vos paroles par des actes... Vous avez tout altéré par la combinaison, par l'intrigue et par l'entregent. »

En revanche face à la situation économique, Laval a une démarche claire mais l'ennui est qu'elle est absurde. Au nom du dogme de l'équilibre budgétaire, il réduit de 10 % les traitements des fonctionnaires ainsi que les intérêts de la rente, faisant donc le contraire de la thérapeutique souhaitable, telle que Roosevelt la pratique désormais aux Etats-Unis. Poussant la déflation jusqu'à l'extrême, il baisse autoritairement les prix sur lesquels il a barre. Enfin, le culte de la monnaie l'amène à refuser toute dévaluation, quitte à peser sur les exportations. C'est, point par point, l'inverse des recettes dont Keynes va se faire bientôt le chantre. Le prix politique des « décrets-lois de misère », c'est-à-dire de la diminution unilatérale des salaires de la fonction publique, se réglera lors des élections de 1936. C'est la complicité tacite de Laval avec les ligues d'extrême droite qui va provoquer sa chute, davantage que ses faux-fuyants diplomatiques et sa maladresse économique. Le parti radical ne peut se permettre de cautionner un gouvernement suspect de pactiser avec les Croix-de-Feu. Ses ministres se retirent donc le 22 janvier, quitte à faire tomber le cabinet.

Un ministère de transition se met en place jusqu'au

scrutin d'avril 1936, sous la direction d'Albert Sarraut. Dénué de force politique, il va se trouver malencontreusement aux prises avec une crise internationale majeure. La classe politique française ne prêtait guère d'attention aux menaces de rétorsion de Hitler à l'égard du traité franco-soviétique. Aussi est-ce la stupeur lorsque, le 7 mars, les soldats allemands pénètrent en Rhénanie, en violation de l'engagement de démilitarisation. Sarraut a beau proclamer qu'il ne laissera pas Strasbourg sous les canons allemands, il ne fait rien. Les Anglais ne sont guère solidaires ; l'armée rechigne à réagir, puisque la ligne Maginot lui a enlevé le sens de l'offensive ; l'opinion est pacifiste par conviction ou par lâcheté. On sait désormais que, si les troupes françaises avaient franchi la frontière, les soldats allemands auraient reculé. Mais Hitler comprend au contraire qu'avec des démocraties molles et des gouvernements faibles, le bluff est une arme irrésistible. L'Histoire se joue à ce moment-là. Est-il juste de faire un procès en sorcellerie à Sarraut ? Sans soutien britannique, sans consensus national et sans doute sans majorité au Parlement pour intervenir, il était pieds et poings liés. C'est le pays entier qui s'est dérobé, engoncé, à l'abri de la ligne Maginot, dans ses peurs et ses certitudes.

Chacun a les yeux tournés vers des élections auxquelles la constitution du Front populaire donne un goût particulier. Ce que l'avènement au pouvoir de Hitler n'a pas provoqué – la sortie des communistes de leur camp retranché –, le 6 février 1934 l'a suscité. Des premières manifestations unitaires, des positions voisines sans, à ce stade, de négociations entre les partis, un soutien commun à des grèves : communistes, socialistes, radicaux d'une part, la CGT et la CGTU d'autre part, commencent à avancer du même pas. Mais c'est une instruction précise du Komintern, lors de la conférence du parti communiste à Ivry (23-26 juin 1934) qui bouleverse la donne. « Tout a changé en un clin d'œil », ironise Blum. Bien que méfiants, les socialistes négocient un premier pacte d'« unité d'action contre le fascisme ». Appliquant méthodiquement les ordres de Moscou, Maurice Thorez ne se contente pas de contacts avec les socialistes ; les enjambant, il s'adresse aux radicaux et à travers eux aux classes moyennes.

Ne lésinant pas sur les moyens, le parti communiste se présente désormais comme l'héritier des jacobins. Lui, si longtemps antimilitariste, retrouve les accents de la levée en masse. Même s'ils ne sont pas dupes de cette volte-face, socialistes et radicaux entrent dans une logique unitaire avec les communistes. De là, le 14 juillet 1935, une situation surréaliste : les trois partis manifestent de concert, alors que Herriot et les caciques radicaux siègent au gouvernement ! Une étape décisive est franchie le 11 janvier 1936. Léon Blum peut écrire ce jour-là dans *Le Populaire* : « programme de second tour, programme commun de majorité, programme de gouvernement, c'est ainsi que se caractérise à mes yeux le programme du Front populaire. » Ce n'est qu'un document *a minima* : il prévoit la dissolution des ligues, une liberté accrue pour la presse et les syndicats, une action en faveur de la sécurité collective, de mesures sociales – réduction de la semaine de travail, indemnisation du chômage –, une politique macroéconomique de relance. Sur le plan des structures ne sont annoncées que la nationalisation des industries d'armement et une réforme de la Banque de France. L'empirisme du parti communiste est sans limite : il sera infiniment plus exigeant lors de l'élaboration du programme du Conseil national de la résistance et du

Programme commun en 1972 ! Quant au slogan – « le pain, la paix, la liberté » –, il n'annonce guère la révolution. Il s'agit de faire basculer la partie de l'opinion qu'inquiète l'extrême droite. De ce point de vue le lynchage de Léon Blum, le 13 février 1936, par des ligueurs symbolise l'enjeu.

Si les partis communiste et socialiste n'ont jamais envisagé d'effacer la scission de Tours, les deux syndicats, CGT et CGTU, fusionnent, eux, au nom de l'unité de la classe ouvrière. Au premier tour des élections législatives, le 26 avril 1936, la gauche ne gagne que 500 000 voix par rapport à 1932. Mais elle était déjà majoritaire à cette époque : c'est l'isolement communiste qui lui avait fait perdre le deuxième tour. La discipline unitaire joue cette fois-ci, avec à la clef 380 députés du Front populaire contre 220 pour la droite. A l'intérieur du camp vainqueur, les socialistes ont pour la première fois l'ascendant sur les radicaux (149 députés contre 111).

C'est donc Léon Blum qu'Albert Lebrun appelle au pouvoir. Incroyable itinéraire ! Le dandy allié des communistes, l'ami de Proust transformé en symbole de l'unité populaire, le Juif devenu chef du gouvernement en pleine vague antisémite, l'orateur à la voix fluette mué en tribun du peuple, l'intellectuel confronté à la petitesse de l'action : que de paradoxes ! Blum n'est ni empirique ni cynique, comme un radical. Il lui faut une doctrine pour justifier de « se salir les mains » au pouvoir. C'est la distinction subtile entre « la conquête, l'exercice et l'occupation du pouvoir ». La conquête rime avec la révolution, l'exercice avec une victoire électorale, l'occupation avec les nécessités de la lutte antifasciste. C'est donc au nom de l'exercice et de l'occupation du pouvoir que Blum entre à Matignon.

Première difficulté : les communistes se rabattent sur un soutien sans participation au gouvernement, infligeant à Blum le traitement qu'il avait lui-même fait subir à Herriot lors de la constitution du Cartel des gauches. Deuxième difficulté : l'explosion inattendue et libertaire des grèves qui prend au dépourvu les partis, au premier chef le parti communiste. Troisième difficulté : l'obligation pour le gouvernement de s'instituer arbitre entre les syndicats et le patronat et de trouver un équilibre entre la satisfaction de revendications qui lui sont sympathiques et la nécessité de ne pas mettre en faillite l'économie nationale. Le lendemain de son investiture, Blum réunit donc à Matignon les partenaires sociaux. L'accord est conclu en une journée. Peu habitué à une rencontre qui préfigure les grandes messes sociales de l'après-guerre, le patronat capitule en rase campagne. Reconnaissance du droit syndical, élection de délégués ouvriers, fortes augmentations des salaires, acceptation des contrats collectifs : autant de concessions qui viennent compléter les engagements politiques du gouvernement – les quarante heures, quinze jours de congés payés. Les communistes se gardent de jouer les boutefeux et pèsent de tout leur poids pour la reprise du travail. Nonobstant l'omniprésence des sujets sociaux, Léon Blum mène au canon les autres réformes qui figurent à son programme, comme s'il croyait que le temps lui est compté : dissolution des ligues, statut de la Banque de France, Office des blés, nationalisation des industries de guerre, loi sur les grands travaux. Sage intuition, car le contexte politique se détériore rapidement.

Dès l'été l'insurrection franquiste en Espagne met à mal la majorité : les communistes sont partisans de l'intervention, dès lors que les Soviétiques soutiennent les républicains espagnols. Les socialistes et les radicaux sont déchirés. C'est la position britannique pour l'abstention qui conduit Blum à la non-intervention, même si, pour soulager sa conscience, il laisse Pierre Cot organiser une aide clandestine au gouvernement légal de Madrid. Mais l'épisode fait prendre conscience à Blum du « tragique de l'Histoire » : aussi lance-t-il un programme massif d'armement, financé pour partie grâce à des prêts britanniques.

Comme au moment du Cartel ou plus tard en 1982, le garrot est économique. Les dépenses décidées en juin 1936 exigent une dévaluation : Léon Blum s'y refuse, comme le fera François Mitterrand en 1981. Les faits seront évidemment têtus et l'opération doit être menée à chaud, en septembre, sous la pression internationale. La libre convertibilité en or est suspendue, le franc fluctue entre deux bornes qui correspondent à une dépréciation de 25 à 35 %, un fonds d'intervention sur les marchés est créé, un cours forcé de l'or établi. Comme en 1924, la dévaluation est synonyme de défaite politique et les communistes ne se privent pas de le souligner. La dépréciation est, de surcroît, assez inefficace car trop faible. C'est l'inverse de l'opération Poincaré de 1926 : peu suspecte de laxisme financier, la droite n'a aucune pudeur à frapper fort ; sur la défensive, la gauche est pusillanime.

La hausse des salaires, les quarante heures, l'insuffisance de la dévaluation : le redémarrage attendu est impossible. Blum en tire les conséquences en février 1937 en décrétant « la pause ». Il lui faut, par ce geste, restaurer la confiance des acteurs économiques. Illusion : ceux-ci ont déjà compris ; ils sont dans l'après-Front populaire. La dureté de la droite, la violence de l'extrême droite, le suicide si symbolique de Salengro :

la gauche est aux abois et le gouvernement condamné. C'est évidemment le Sénat, toujours plus conservateur, qui lui porte le coup de grâce comme il l'avait fait pour le Cartel. Blum tombe la tête haute, martelant dans son dernier discours : « Nous laisserons la République plus forte au-dedans et au-dehors, parce que nous aurons resserré l'attachement des masses populaires au régime républicain. »

Le ministère Chautemps de juin 1937 à mars 1938, puis un nouveau gouvernement Blum pendant deux mois, essaient de maintenir la fiction du Front populaire, de même qu'après la chute d'Herriot, un ersatz de Cartel des gauches s'était perpétué quelque temps. Les difficultés de change obligent Chautemps à supprimer les bornes de flottement du franc : celui-ci est sur un toboggan mais sa valeur demeure néanmoins trop élevée par rapport à la livre et au dollar et continue de pénaliser le commerce extérieur. La situation se décompose sur un fond de tensions entre le gouvernement et le parti communiste, de grèves dures et d'agitation de l'extrême droite. 1936 est désormais bien loin. Rappelé par Lebrun, Blum essaie de bâtir une union nationale, à cause des menaces de guerre, mais la droite ne veut pas cohabiter avec les communistes. Il se rabat sur une équipe du même style qu'en 1936, dans laquelle apparaît un jeune secrétaire d'Etat, Pierre Mendès France. Celui-ci rédige un projet de loi de pleins pouvoirs financiers, d'inspiration keynésienne : lui, au moins, avait lu *La Théorie générale*. C'est le refus de ce texte législatif projetant un impôt sur le capital par le Sénat qui annihile la deuxième tentative Blum et sonne le glas du Front populaire.

Comme en 1926, une Chambre des députés de gauche intronise avec Daladier un gouvernement associant les radicaux et la droite républicaine, avec des hommes comme Reynaud et Mandel. C'est le premier glissement d'une Assemblée qui votera le 10 juillet 1940 la fin de la République et les pleins pouvoirs à Pétain ! Intronisé le 11 avril 1938, Daladier rêve de « chausser les bottes de Clemenceau ». Il affronte les syndicats des usines d'armement qui ralentissent la production de chars et d'avions. Au nom du même impératif de réarmement, il s'attaque aux quarante heures, afin de « remettre la France au travail » – le slogan de 2007 vient de loin.

Cette fermeté d'âme laisse présager une politique étrangère courageuse, face à Hitler. Douce illusion ! Lorsque éclate en septembre la crise des Sudètes, le gouvernement semble décidé à appliquer le traité de défense avec la Tchécoslovaquie et mobilise 750 000 hommes. Mais pris en tenailles entre le désir d'« apaisement » du Premier Ministre britannique Chamberlain et le ton conciliateur de son propre ministre des Affaires étrangères Georges Bonnet, Daladier accepte la proposition de Mussolini d'une conférence à quatre, à Munich, et il signe le compromis qui dépèce la Tchécoslovaquie sans même l'avoir consultée. Sa lucidité est certes totale : accueilli en triomphateur au Bourget, il marmonne entre ses dents : « les cons ! » La Chambre est aussi « munichoise » que l'opinion publique. Seuls 75 députés votent contre les accords de Munich et les socialistes cèdent, pour leur part, comme l'écrit Blum dans *Le Populaire,* au « lâche soulagement ».

Mais cette unanimité se dissout au fil des mois. Quand Ribbentrop vient en visite officielle fin 1938, un mois après la « nuit de cristal », la bataille d'opinions est violente entre d'une part les antihitlériens de longue date et ceux, plus récents, dont les yeux viennent de se dessiller, et d'autre part une partie de la droite et une extrême droite désireuses de pactiser avec les nazis. Lorsque Hitler passe à l'étape suivante, prévisible depuis Munich – l'occupation de la Tchécoslovaquie –, le pays semble se ressaisir : ainsi un des premiers sondages de l'Histoire affirme-t-il que 76 % de l'opinion estiment nécessaire désormais de bloquer l'Allemagne. L'Angleterre s'éloignant peu à peu de sa ligne conciliatrice, puisqu'elle donne sa garantie à la Pologne et à la Roumanie et qu'elle décrète la conscription, il est plus aisé pour le gouvernement français de jouer la fermeté. Mais celle-ci demeure encore mesurée. Elle s'exerce davantage à l'égard de Mussolini que de Hitler : la tâche est plus facile... Daladier rejette en bloc les revendications italiennes sur Nice, la Savoie, la Corse, la Tunisie. L'Anschluss – l'annexion de l'Autriche – ne provoque que des protestations car ni la France ni l'Angleterre n'ont d'engagement à l'égard de ce pays.

Les pouvoirs publics se préparent institutionnellement à la guerre : Lebrun est réélu sans opposition et le gouvernement proroge le mandat de la Chambre jusqu'en 1942. Les usines d'armement tournent à plein régime, contrairement aux affirmations qui auront cours lors du procès de Riom. Les états-majors se rodent, sortent leurs cartes, briquent les uniformes mais se gardent bien de s'interroger sur la validité de leur stratégie. Les cris d'un militaire hétérodoxe, le colonel de Gaulle, ne provoquent que haussements d'épaules. Convaincu que l'affrontement avec le Reich est inéluctable, Daladier cherche à conclure un accord militaire avec l'Union soviétique afin, comme en 1914, d'obliger l'Allemagne à combattre sur deux fronts. Les pourparlers semblent banalement difficiles. De là la stupeur à Paris et à Londres, lorsque le 23 août 1939 Ribbentrop signe avec Staline le pacte germano-soviétique. Blum l'exprime dans *Le Populaire* dans son inimitable style précieux : « Qu'aujourd'hui en pleine crise européenne, dans le fracas des mouvements de troupes et des préparations diplomatiques, alors que les missions militaires d'Angleterre et de France sont à Moscou, alors qu'on attendait d'un jour à l'autre la signature du Pacte tripartite, le Reich hitlérien et la Russie soviétique aient pu conclure entre eux une convention politique, c'est vraiment un événement extraordinaire, presque incroyable et sous le coup duquel on reste d'ailleurs étourdi... L'annonce du pacte germano-soviétique a marqué le commencement vrai de l'état d'alarme universelle. » Alarme universelle : le mot est pudique.

La guerre est désormais inévitable. Furieux d'avoir été dupé, Daladier réagit en s'attaquant à son ancien allié, le parti communiste assimilé désormais à une cinquième colonne. Mais le jeu politique perd ses droits lorsque, le 1er septembre, Allemands et bientôt Soviétiques envahissent la Pologne. Les communistes voteront étrangement le 2 septembre les crédits militaires réclamés par le gouvernement. Aussi peut-on croire, lorsque la France et l'Angleterre déclarent la guerre au Reich, que l'Union sacrée va régner comme en 1914. C'est une illusion. L'extrême droite ne veut pas « mourir pour Dantzig » et une partie de la bourgeoisie est fascinée par le régime allemand. De l'autre côté le parti communiste va jouer le rôle que lui assigne le Komintern et faire naturellement volte-face, passant de l'héritage jacobin au prosoviétisme le plus militant. L'Union sacrée avait mis trois ans, lors de la Première Guerre, à se dissoudre ; il suffira cette fois-ci de quelques mois.

Chapitre 51

Le météorite de Gaulle

L'histoire de France aura connu trois anomalies chromosomiques : Jeanne d'Arc, Bonaparte, de Gaulle. Un homme qui écrit au soir de sa vie : « On édifiera après ma mort une grande croix de Lorraine au-dessus de Colombey, elle appellera les lapins à la Résistance » – appartenait-il sans le savoir à la mouvance surréaliste ? Le même qui répond à Michel Debré la nuit du référendum du 27 avril 1969 : « Debré, nous avons vaincu les Allemands, les vichystes, les communistes, nous n'avons pas su apprendre à la bourgeoisie le sens de l'intérêt national », – était-il un marxiste qui s'ignorait ? Le même toujours qui réplique à Guy Mollet, ministre d'Etat de son gouvernement de l'été 1958 : « Monsieur le Ministre d'Etat, cela fait, pour ma part, deux mille ans que je me bats contre l'unité de l'Allemagne », s'imaginait-il être un prédicateur désarmé ? De Gaulle n'est jamais où on l'attend. Ce n'est pas, comme Bonaparte, une force qui va, conduite par son propre destin. Ce n'est pas non plus, telle Jeanne d'Arc, une prophétie vivante derrière laquelle s'efface la personne. L'homme de Gaulle fait corps avec « une certaine idée de la France » : il vit d'elle ; elle n'existe que par lui. De même que Kantorowicz s'intéressait aux deux corps sacrés du roi, un de ses héritiers lointains pourrait disserter à loisir sur les deux corps indissociables de de Gaulle : l'homme et la France.

Rien n'est évidemment écrit lorsque Paul Reynaud appelle le général de brigade à titre temporaire, Charles de Gaulle, à la rescousse en mai 1940 comme sous-secrétaire d'Etat à la Guerre. Certes pour un militaire de second rang – que valent deux étoiles lorsque la guerre en recouvre les képis par brassées ? –, de Gaulle est précédé d'une solide réputation : mauvais caractère, obsessionnel, impertinent et, suspicion majeure aux yeux de la grande muette, écrivain, polémiste, provocateur. La décision de Reynaud est paradoxale. La guerre n'offre guère de prime aux personnalités non conventionnelles ; elle témoigne du désarroi du moment et du désir de Reynaud de tout tenter, à l'instar d'un malade condamné qui essaie la thérapie d'un sorcier.

Un jeune élève des jésuites écrit en 1905 : « En 1930, l'Europe irritée du mauvais vouloir et des insolences du gouvernement déclara la guerre à la France. Trois armées allemandes franchissent les Vosges... Le Général de Gaulle fut mis à la tête de 200 000 hommes et de 518 canons... De Gaulle eut vite pris son plan, il fallait sauver Nancy, puis donner la main à Boisdeffre et écraser les Allemands, avant leur jonction qui nous serait sûrement funeste... » Cet adolescent sait où il va, mais il ajoutera ce qu'il faut d'empirisme au destin.

Rien ne prédisposait le fils d'Henri de Gaulle, monarchiste de culture, abonné à *L'Action française*, à accueillir dans son gouvernement Maurice Thorez. Rien ne destinait le saint-cyrien aristocrate à devenir le complice assidu d'un militaire iconoclaste et juif, le colonel Mayer. Rien ne poussait le brillant officier d'état-major à avoir des coquetteries de nègre littéraire et à rompre avec son commanditaire, le maréchal Pétain.

Tout, chez de Gaulle, est paradoxe et rupture. Dès Saint-Cyr, au lieu de choisir l'arme noble à laquelle son classement lui donne droit, il préfère la médiocrité d'un régiment de garnison. Lors de sa captivité en Allemagne il multiplie les tentatives d'évasion avec l'audace irraisonnée d'un Robin des bois. Professeur à Saint-Cyr, il prêche avec une hauteur peu conforme aux canons d'un enseignement traditionnel. Elève à l'Ecole de guerre, il plaide pour l'empirisme et contre les doctrines préétablies. Mais le tempérament altier escamote le rebelle qui sommeille en lui. Ainsi un de ses professeurs peut-il écrire : « Gâte malheureusement d'incontestables qualités par son assurance excessive, sa rigueur pour les opinions des autres et son attitude de roi en exil. » Roi en exil : quelle prémonition !

Ainsi, dès 1924, le capitaine de Gaulle déroge-t-il aux mœurs de la corporation en publiant son premier livre, *La Discorde chez l'ennemi*. Jouer au publiciste va à rebours des exigences d'une carrière militaire traditionnelle : c'est le premier chemin de traverse qu'emprunte le futur chef de la France libre. Soldat-écrivain, militaire-essayiste, voilà des états classiquement antinomiques. D'autant plus que la thèse de *La Discorde chez l'ennemi* contredit les revendications traditionnelles de la corporation militaire. Elle postule que la conduite de la guerre doit être l'apanage exclusif du pouvoir politique. Nommé à l'état-major du maréchal Pétain, il ne cède à l'admiration du grand homme qu'à proportion des nécessités... Collaborateur du vainqueur de Verdun, il veut bien lui obéir comme soldat, mais non comme nègre. Le premier de Gaulle à se rebeller contre Pétain est donc l'écrivain. Le soldat suivra plus tard.

Mais le divorce en pointillé est aussi politique. De Gaulle n'admet pas que Pétain ait accepté de succéder à Lyautey au Maroc et donc trempé dans la machination montée contre le résident général. De là son « Pétain était un grand homme ; il est mort en 1925 », proféré en 1941. S'écartant psychologiquement de son mentor, il commence à fréquenter les parlementaires, à leur écrire, à les influencer. L'armée est bonne fille qui laisse ainsi un brillant officier ignorer le devoir de réserve. Mais dissimulateur, de Gaulle ne permet pas à Pétain de deviner son éloignement. Le Maréchal continue donc à parrainer ce capitaine qu'il présente comme « le plus intelligent de l'armée française ». Et c'est en définitive sur une querelle de bornage littéraire que les deux hommes se séparent. Le futur chef de la France libre n'accepte pas d'être relégué dans l'anonymat par le Maréchal. Il le lui écrit vertement : « Ce ton de la pensée et du style qui se trouve dans *Le Soldat*, certains le connaissent déjà. Par la force des choses, d'autres le découvriront plus tard. D'autre part, si le monde entier sait ce que vaut dans l'action et dans la réflexion le Maréchal Pétain, mille renseignés connaissent sa répugnance à écrire. Pour répondre d'avance aux questions, pour fermer la bouche aux malveillants, surtout pour être juste, il est nécessaire, Monsieur le Maréchal, que vous fassiez hautement, dans une préface ou un avant-propos, l'aveu de votre collaborateur. Habile générosité qui assurera dans l'ordre littéraire, comme dans les autres, l'intégrité de votre gloire... » Superbe insolence du nègre qui refuse de se faire déposséder. Et surprise : Pétain encaisse le camouflet mais ne rompt pas avec de Gaulle. Pressentiment devant un génie en gestation ?

Attachement de vieillard ? Cet étrange couple ressemble aux relations du propriétaire et du domestique dans *The Servant* de Losey : le maître n'est pas celui que l'on imagine.

Envoyé en commandement à Trèves – la ville de naissance de Marx –, le commandant de Gaulle multiplie les conférences, écrit et travaille. Détaché ensuite à Beyrouth, il découvre cet « Orient compliqué » à propos duquel il dira plus tard qu'il faut « voler avec des idées simples ». Mais la mission de de Gaulle au Liban et en Syrie n'est pas l'expédition d'Egypte de Bonaparte ! Elle ne prête guère aux grandes actions. Aussi le commandant concentre-t-il son énergie sur l'écriture et publie-t-il en 1932 *Le Fil de l'épée*, une méditation sur le pouvoir, respectueuse de l'ascendant du politique et avide de restaurer l'intelligence militaire. Plus prudent et arriviste qu'on ne le croit, de Gaulle malgré leurs désaccords dédie l'ouvrage à Pétain : celui-ci, cauteleux, requiert une modification de la dédicace qu'il juge trop élogieuse...

Que peut faire l'armée d'un militaire intellectuel ? L'affecter à des tâches mi-bureaucratiques, mi-stratégiques. Voilà donc de Gaulle au secrétariat général de la Défense nationale. Pour qui rêve de grandes actions et d'héroïsme, il y a mieux... Au moins cela lui laisse-t-il le temps d'écrire, de dialoguer avec les hommes politiques et de chercher, parmi eux, celui sur lequel s'appuyer afin de faire avancer ses idées. Pendant ces années agitées, ce n'est jamais vers les ligues que se tourne de Gaulle, mais vers des figures de proue du Parlement, donc vers la légitimité de la République. Alors que tout aurait pu le pousser vers l'extrême droite – l'origine sociale, la fermentation militaire, le culte du grand homme –, il demeure dans le sillon parlementaire et démocratique, à l'instar de celui qui devient son mentor, le colonel Mayer. Troquer Pétain pour Mayer n'est pas innocent. Le maréchal de France pour un petit colonel, le catholique pour le juif, le praticien de la défense immobile pour le théoricien de l'attaque, l'adepte de la ligne Maginot pour le chantre de l'arme blindée. C'est la mesure de la liberté d'esprit de de Gaulle. Avec Mayer, il va apprendre à pénétrer le monde politique, à l'inonder de libelles, à essayer de l'influencer, voire de le manipuler. De ce dialogue socratique que les deux hommes entretiennent naît *Vers l'armée de métier.* C'est une étape décisive dans la trajectoire du futur général, la plus importante avant son entrée dans le gouvernement Reynaud le 6 juin 1940. Terre d'invasion, la France ne peut connaître de meilleure défense que le mouvement. La rupture intellectuelle avec Pétain est désormais absolue ; elle ne fait que suivre les ruptures affective et politique.

Or une stratégie de mouvement exige une armée professionnelle de 100 000 hommes, hautement technique, centrée sur l'arme blindée, appuyée par l'aviation. Mais l'armée étant rétive au changement, il lui faut un maître. Le voilà campé en pied : « Il faut qu'un maître apparaisse, indépendant en ses jugements, irrécusable dans ses ordres, crédité par l'opinion. Serviteur du seul Etat, dépouillé des préjugés, dédaigneux des clientèles ; commis enfermé dans sa seule tâche, pénétré de longs desseins, au fait des gens et des choses du ressort ; faisant corps avec l'armée, dévoué à ceux qu'il commande, avide d'être responsable ; homme assez fort pour s'imposer, assez habile pour séduire, assez grand pour une grande œuvre, tel sera le ministre, soldat ou politique à qui la patrie devra l'économie prochaine de sa force. » Quel autoportrait ! Cet homme existe, il s'appelle Charles de Gaulle. Seules les circonstances lui font défaut, pour l'instant.

Muni de son viatique, de Gaulle va se lancer en campagne avec un seul objectif : la création de divisions cuirassées. *Vers l'armée de métier* intéresse plus en Allemagne ou en Angleterre que dans les cercles militaires français. Enfermés dans leurs certitudes et leur aveuglement, les chefs de l'armée vouent aux gémonies l'incontrôlable de Gaulle. Mais, indulgente, la corporation le laisse néanmoins mener sa croisade. A défaut de convaincre ses supérieurs, l'auteur de *Vers l'armée de métier* se lance à l'assaut du monde politique. Il décide de parier sur un hétérodoxe de droite, Paul Reynaud, aux positions toujours tranchées et à l'hostilité incontestée vis-à-vis de l'Allemagne nazie. Celui-ci se rallie à ses vues. Naît de là une fidélité qui trouvera son accomplissement lorsque, devenu président du Conseil, Reynaud appellera dans son cabinet son iconoclaste complice. Mais de Gaulle ne se contente pas de ce seul allié, enrégimenté à droite. Il veut aussi des soutiens de gauche, anticipant sur son désir ultérieur de toujours élargir ses assises et de ne pas être prisonnier du camp conservateur. Aussi rêve-t-il de convaincre Blum. Il n'y parviendra qu'en 1940. A défaut du chef socialiste, il s'attaque à ses lieutenants, en particulier Marcel Déat et Léo Lagrange. Il ne rejette pas non plus les « vieilles tiges » tel Millerand. Son activité réelle n'est pas au secrétariat général de la Défense ; elle est faite de conférences, missives, débats, tête-à-tête, interpellations, réunions de rédaction. Et l'autorité militaire continue à être indulgente : elle ne rabroue pas cet étrange officier, essaie de ralentir son avancement, mais de Gaulle a désormais des amis bien placés et Reynaud se charge de régler la question auprès de

Daladier. Finalement promu, il est nommé à la tête d'un régiment de chars. De la théorie à la pratique...

Le terrain lui apporte, écrit-il à Reynaud, la confirmation de ses intuitions. Il exerce son métier à plein : « Colonel Motor » deviendra même son surnom pour les hommes de troupe. Autoritaire, actif, omniprésent, il est aussi dur avec ses hommes qu'avec lui-même. Mais c'est à ses chefs qu'il réserve son mépris. Ainsi du général Giraud, dont la blessure d'amour-propre expliquera quelques années plus tard la raideur inconsciente. Le colonel de Gaulle est le subordonné que nul ne souhaite à son pire ennemi. Il profite des manœuvres pour contester la doctrine officielle, des réunions d'état-major pour affirmer ses idées, des briefings pour plaider inlassablement contre l'immobilisme. L'analyse de la stratégie allemande le conforte dans son approche : ce sont eux qui font du de Gaulle !

Mais le tankiste n'oublie pas l'écrivain qui sommeille en lui. Il se décide à publier un texte reprenant une partie du travail d'écrivain accompli pour le compte de Pétain. Le dernier affrontement entre les deux hommes sera littéraire. Le Maréchal enjoint à son ancien nègre de ne pas publier ce livre. Celui-ci passe évidemment outre et sort *La France et son armée*. Le contentieux entre les deux hommes ne va pas tarder à passer de la petite histoire à la grande.

Hostile à Munich, de Gaulle se réjouit que la France ne cale pas en septembre 1939. Mais conscient de la faiblesse militaire de la Pologne qu'il a constatée vingt ans plus tôt, il sait la guerre mal engagée. Dubitatif sur le commandement français, sévère sur sa stratégie, il s'attend au pire. Aussi ne baisse-t-il pas les bras pendant la drôle de guerre et essaie-t-il encore de convaincre, avant qu'il ne soit trop tard, n'hésitant pas à tirer les leçons du triomphe allemand en Pologne. Il s'adresse à Gamelin, interpelle Blum, munit d'arguments Reynaud, diffuse un mémorandum auprès d'innombrables destinataires. Ainsi, en temps de guerre, un colonel milite-t-il contre les idées de ses chefs ! Incroyable indiscipline que l'appareil militaire est trop lâche pour sanctionner ! Mais aux yeux de de Gaulle, un miracle se produit : Reynaud est appelé à la tête du gouvernement. Voilà le colonel rebelle enfin proche du pouvoir. Il rédige même la déclaration gouvernementale du nouveau président du Conseil. Mais, prisonnier des exigences de la politique, celui-ci ne propose pas à de Gaulle un poste à sa mesure.

Le voilà qui repart donc sur le front, héritant néanmoins du commandement d'une des rares colonnes blindées bâties selon ses idées. L'homme est courageux ; il le montre et se comporte à l'instar du chef rêvé du *Fil de l'épée* : hiératique et fidèle, audacieux et respectueux des hommes, majestueux et généreux. Mais qu'opposer à un ennemi qui agit comme il aurait tellement aimé voir l'armée française le faire ? Le temps du spleen n'est pas encore venu.

Le 6 juin 1940, il entre au gouvernement. L'iconoclaste est enfin aux affaires, le militaire rebelle transformé en homme politique, l'essayiste en charge de la stratégie. Seules des circonstances exceptionnelles pouvaient ouvrir les voies du gouvernement à un esprit aussi insupportable pour ses chefs. Mais si de Gaulle s'approche du pouvoir, il n'est pas entré dans l'Histoire. Encore douze jours...

Chapitre 52

La guerre des deux France

Septembre 1939 n'est pas août 1914. Il n'y a pas de place pour l'Union sacrée. Au lieu d'y sacrifier comme son ancêtre, la SFIO de Jaurès, le parti communiste se comporte en filiale loyale du Komintern. Il avalise le pacte germano-soviétique, valide le partage de la Pologne, condamne la « guerre impériale ». Maurice Thorez déserte et l'appareil du parti plonge dans la clandestinité face une répression judiciaire qui voit en lui une cinquième colonne. Quant à l'extrême droite, elle est moins hostile à l'Allemagne nazie que la droite barrésienne de 1914 au Kaiser. La drôle de guerre ne ressemble pas non plus au sursaut de l'automne 1914 : tendre du linge à sécher sur les fils de la ligne Maginot mobilise moins que les taxis de la Marne. Une période aussi bizarre permet aux intrigues parlementaires de renaître.

Le gouvernement Daladier en meurt. Mais Reynaud est investi sur une ambiguïté. Homme de droite belliciste, il est davantage soutenu par la gauche, héritière du Front populaire – communistes exclus puisque démis de leurs mandats –, que par son camp, ce qui en dit long sur les arrière-pensées de ce dernier. Le nouveau président du Conseil resserre l'alliance anglaise, les deux parties déclarant le 28 mars qu'elles « s'engagent mutuellement à ne négocier, ni conclure d'amnistie ou de traité de paix durant la présente guerre si ce n'est d'un commun accord » – on sait ce qu'il adviendra trois mois plus tard. Mais l'affrontement de Reynaud et de Daladier occupe des semaines clefs : divergences stratégiques, désaccords sur le choix du chef d'état-major, hostilité personnelle. Reynaud finit par donner sa démission le 9 mai ; il la reprend le lendemain car la Wehrmacht vient enfin d'attaquer. Le désastre est en marche.

Le front français percé au bout de cinq jours de combats, ce que les Allemands n'étaient pas parvenus à obtenir entre 1914 et 1918 ; l'état-major virevoltant et impuissant ; les contre-attaques inopérantes y compris celle de de Gaulle à Montcornet ; l'affaire est militairement « pliée », dès le 26 mai. Seule une étrange temporisation allemande permet aux Anglais et aux Français de s'échapper de la nasse de Dunkerque. Mais la suite est inéluctable ; nommé généralissime à la place de Gamelin, Weygand ne peut qu'ordonner la retraite. Quant à l'entrée en guerre de l'Italie le 10 juin, elle est le signe de l'hallali. Paris est occupé le 14 juin et la Wehrmacht avance dans le vide – 240 kilomètres dans la seule journée du 16 ! Les Français fuient : sans doute entre 6 et 8 millions ont transité du nord vers le sud, dans un désordre indescriptible qui pèsera lourd sur le moral de la population.

Quant au gouvernement, il erre à partir du 10 juin sur les routes de France avant de terminer son pitoyable parcours à Bordeaux le 15 juin. C'est dans une atmosphère de tragi-comédie que se joue le sort du pays. Les adjurations de Churchill, son stupéfiant projet d'union franco-britannique, les pressions sur Reynaud de de Gaulle devenu sous-secrétaire d'Etat à la Défense nationale depuis le 6 juin, ne peuvent rien contre le clan des défaitistes réuni autour de Pétain, qui réclame l'armistice – défaite du pays entier – de préférence à la capitulation – abaissement de la seule armée. Le débat est d'une rare violence au sein du Conseil des ministres. Mais même si les défaitistes y sont en majorité, rien n'obligeait Reynaud à démissionner. Seul le Parlement pouvait le démettre. Fatigue, désarroi, usure ? N'est pas Churchill qui veut. Le président du Conseil s'efface donc devant Pétain, sans mesurer les conséquences de son acte. Devine-t-il l'homme politique qui sommeille derrière le vieillard glorieux ? Mesure-t-il les forces qui s'agitent dans son ombre ? Pressent-il l'Etat français tapi derrière la République ? Sans doute pas. Georges Mandel, Jules Jeanneney, Edouard Herriot ne le sentent pas davantage, ni même de Gaulle, lorsqu'il s'envole pour Londres avec le général Spears. C'est la défaite que refuse le général de brigade à titre temporaire, non un régime autoritaire dont il aurait anticipé l'avènement. Aussi fustige-t-il l'armistice dans son appel, le 18 juin, sans évoquer la fin probable de la République.

Une fois à la tête du gouvernement, le Maréchal demande donc l'armistice, préférant l'humiliation collective. Et, décision au moins aussi lourde, il refuse le transfert en Afrique du Nord des pouvoirs publics. Demeurer sur le sol métropolitain, c'est faire le choix de la cohabitation avec l'ennemi. De la cohabitation à la collaboration, le chemin sera court... L'appel de de Gaulle le 18 juin et le message de Pétain le 20 juin expriment dans leur pureté les deux visions antinomiques de la situation. Le Général pointe la nullité du commandement et le refus des blindés ; le Maréchal s'en prend à l'esprit de jouissance. Le premier croit le conflit mondial ; le second pense la guerre finie. L'un en appelle à l'union, vieille figure républicaine, depuis la levée en masse de l'an II jusqu'à l'Union sacrée de 1914 ; l'autre invoque un « redressement intellectuel et moral ». Deux France sont désormais face à face.

L'armistice est signé le 22 juin. Ses clauses militaires sont classiques en ce genre de circonstance : désarmement des troupes, livraison du matériel, contrôle des aérodromes, démobilisation de la flotte, entretien des troupes d'occupation à la charge de la France. Ses dispositions politiques le sont moins. La souveraineté théorique de l'Etat est maintenue sur l'ensemble du territoire mais plus de la moitié est occupée militairement, en particulier toute la façade atlantique, à cause du conflit avec l'Angleterre. A l'aune du désastre que vient de subir la France, les conditions de l'armistice ne sont pas extrêmes et, comparées à celles imposées en 1918 à une Allemagne qui n'avait pas vu le moindre soldat ennemi sur son territoire, elles sont même modérées. Cette réalité paradoxale ne résulte évidemment pas de la bienveillance de Hitler mais de son choix stratégique de maintenir un Etat français plutôt que de le voir s'installer à Londres. C'est dans ce piège que va tomber Pétain, consciemment ou non.

Celui-ci installe donc sa capitale à Vichy, choix hautement symbolique : une sous-préfecture aux champs, proche de « la terre qui, elle, ne ment pas » de préférence à une grande ville avec ses classes sociales. Il y arrive avec une idéologie bigarrée mêlant le moralisme et l'autoritarisme, l'élitisme et le corporatisme, la haine de la démocratie et la méfiance à l'égard du capitalisme, le culte des valeurs réactionnaires et l'éloge d'une armée qui n'existe plus. Il s'installe avec un bizarre cortège de thuriféraires fait de militaires battus, Weygand en tête, de survivants du parlementarisme avec Laval pour chef, de technocrates avides de pouvoir politique, de demi-solde, de revanchards d'extrême droite, de ligueurs en mal de réhabilitation, d'anciens socialistes en quête de vengeance.

Son premier objectif, l'armistice signé, est de liquider la République. C'est chose faite le 10 juillet. L'Assemblée nationale donne, par 468 voix contre 80 et 20 abstentions, « tous pouvoirs au gouvernement de la République, sous l'autorité et la signature du Maréchal Pétain, de promulguer par un ou plusieurs actes une nouvelle Constitution de l'Etat français ». Ce n'est pas, *stricto sensu*, la Chambre du Front populaire qui fait cet acte contre nature, compte tenu de la présence des sénateurs au sein de l'Assemblée nationale, de la disparition des députés communistes révoqués et de l'absence des parlementaires bloqués à bord du *Massalia*. Mais à cette restriction près, des bataillons entiers d'élus de 1936 ont voté la mort de la République, s'alliant en la circonstance avec leurs adversaires conservateurs de l'époque. Jamais une classe politique ne s'est fait harakiri avec une telle bonne volonté ! La peur, moteur le plus efficace de l'Histoire ?

En dix actes constitutionnels, Pétain s'invente un régime sur mesure, réunissant sur lui tous les pouvoirs, s'autorisant à désigner son successeur, exigeant un serment à sa personne. C'est moins un système fasciste à l'allemande ou à l'italienne qu'un régime autoritaire, voisin du franquisme espagnol ou du salazarisme portugais. Etonnant itinéraire du général, supposé économe de ses troupes en 1917 et donc prisé par la gauche et les républicains, et qui devient au soir de sa vie un dictateur légal avec des pouvoirs supérieurs à ceux de

Bonaparte, Premier consul et de Louis Napoléon, après son coup d'Etat ! Ayant rongé son frein pendant des décennies, à force de s'incliner devant un pouvoir civil qu'il méprisait, il entend profiter de sa revanche. Laval le découvrira à ses dépens le 13 décembre 1940, qui croyait manipuler le vieux Maréchal et se retrouvera renvoyé comme un domestique.

C'est un étrange régime qui campe dans les hôtels pour curistes de Vichy, mêlant ratés et esprits supérieurs, anciens syndicalistes et militants d'extrême droite, parlementaires classiques et manœuvriers, militaires démobilisés et cagoulards en goguette avec, pour but de guerre, de mener une « révolution nationale ». Celle-ci rime avec épuration. Epuration de la classe politique avec le remplacement par décret de tous les élus locaux. Epuration de la population avec la promulgation, le 3 octobre 1940, d'un premier « statut des Juifs » – initiative du gouvernement prise sans la moindre pression allemande –, les éliminant de tout emploi public, avant que des textes complémentaires leur interdisent l'accès aux professions libérales et aux universités, puis « aryennisent » leurs biens. Quant aux Juifs étrangers, un décret publié le lendemain autorise les préfets à les assigner à résidence et à les interner dans des camps spéciaux. Epuration idéologique avec la création d'écoles de cadres, la prise en charge des jeunes à travers les chantiers de jeunesse, l'instauration d'une cohorte d'élite – la Légion française des combattants – et évidemment un contrôle absolu des médias. Ce régime n'a pas de précédent en France. Lorsque la Révolution modèle le pays, elle ne fait pas table rase de la centralisation royale ; lorsque Louis XVIII accède au trône, il fait sienne une part de l'héritage révolutionnaire. Pétain invente, lui, un Etat qui plonge ses racines dans les réflexions d'intellectuels marginaux qu'il n'a sans doute jamais lus. « Travail, famille, patrie » : un triptyque bien peu français pour un régime qui se veut la quintessence de la France éternelle !

Ce régime autoritaire et malsain est-il condamné à la collaboration d'Etat ? A coup sûr, sauf à accepter d'être englouti par les forces d'occupation. Il finira d'ailleurs par l'être, ce qui accentue l'immoralité de ses compromissions. Côté allemand, la stratégie est simple : tirer le meilleur profit économique de la collaboration, sans payer le moindre prix politique. Côté français, le ton est donné par l'entrevue de Montoire le 24 octobre 1940 qui inaugure la collaboration économique. Elle est naturellement inégalitaire : maintes concessions françaises contre quelques miettes de la part des Allemands. Son débouché naturel est évidemment politique avec néanmoins de la part de Pétain une « ligne rouge » : jamais de cobelligérance. Vichy ne gagne rien à l'aventure. C'est pourquoi Laval décidera, après les intermèdes Flandin et Darlan et son retour au pouvoir, de doubler la mise.

Pendant cette période, l'autre France sort des limbes à Londres, où de Gaulle essaie d'organiser la « France combattante » avec quelques proscrits, de rares exilés, de braves soldats et surtout le soutien de Churchill. A peine porté sur les fonts baptismaux, le mouvement gaulliste risque d'être englouti deux fois : au moment du choc de Mers el-Kébir, lorsque la flotte britannique bombarde l'armada française par peur de la voir tomber dans les mains ennemies ; à Dakar dès lors que la première tentative de récupération d'une partie de l'Empire par les gaullistes échoue piteusement. Il faut la foi de de Gaulle en son étoile pour ne pas abandonner la partie. Il fait semblant, au contraire, de constituer un

Etat avec des confettis de l'Empire, des pseudo-procédures institutionnelles, une pseudo-vie administrative. A l'Etat fantoche de Vichy s'oppose, à Londres, un Etat de pacotille.

Celui-ci ne peut encore se réclamer d'une résistance sur le sol national. Se manifestent certes des amorces de refus au sein d'une population quasi unanimement pétainiste. Quelques individus de tous bords – croix-de-feu ou socialistes –, des embryons de réseaux, des actes isolés : la Résistance vit sa longue marche. Elle représente davantage une somme de gestes individuels de révolte qu'un mouvement de fond. C'est l'entrée en lice des communistes en juin 1941, après l'invasion de l'Union soviétique par l'Allemagne nazie, qui en décuplera la force. L'arrivée d'un appareil politique familier de la clandestinité donne en effet une colonne vertébrale à la Résistance : ce n'était jusqu'alors qu'une addition de gestes héroïques ; elle devient désormais un acteur de la partie.

L'équation de de Gaulle est, dans ce contexte, presque insoluble. Si l'objectif est clair – faire de la France aujourd'hui battue un des vainqueurs –, le cheminement est effroyablement difficile. S'appuyer sur les Anglais pour reconquérir des parcelles de l'Empire ; leur faire croire que la Résistance intérieure est gaulliste ; s'arc-bouter aux embryons d'un Etat, afin de parler d'égal à égal avec Churchill et demain avec Roosevelt ; utiliser le levier de la présence internationale, pour chapeauter la myriade de réseaux de résistance. Pris un à un, ces objectifs sont contradictoires ; le miracle gaulliste est d'y être parvenu. Dans sa longue traversée, de Gaulle ne cesse de se heurter à chacun. A Churchill, son protecteur, à propos du Levant que les services anglais veulent remettre sous tutelle britannique. A Roosevelt qui se méfie, en bon Américain, des généraux politiques. Aux chefs historiques de la Résistance, jaloux de leur autorité. Aux communistes peu disposés à se ranger sous les ordres d'un général par nature suspect. Faire vivre la France libre est un combat de tous les jours.

1942 est l'année charnière pour les deux France. Côté Vichy, Laval reprend le 18 avril le pouvoir des mains de Darlan. C'est la fin des ambiguïtés, pour autant qu'il en demeure vis-à-vis de l'Allemagne nazie. « Je souhaite la victoire de l'Allemagne », proclame le nouveau président du Conseil. Place donc à la collaboration tous azimuts. Humaine, en mettant la population laborieuse française à disposition des Allemands. Economique, avec l'accélération des transferts. Policière, surtout au point de voir la police française rafler les 16 et 17 juillet 1942 12 884 hommes, femmes et enfants juifs, afin de les parquer au Vél'd'Hiv dans l'attente de leur déportation ! Laval fait du zèle. Ainsi suggère-t-il de ne pas laisser de côté les enfants de moins de seize ans, lors de la déportation des familles juives de la zone non occupée. Or il n'est ni Xavier Vallat, ni Darquier de Pellepoix, antisémites de haute lignée ; sans doute n'est-il même pas antisémite. Mais aller au-devant des desiderata de l'Allemagne nazie est une stratégie. Il espère, de manière illusoire, que bonne élève du nouveau Reich, la France sera récompensée par un surcroît d'autonomie. L'occupation de la zone libre en novembre 1942 devrait faire litière de ce credo. Ce n'est pas le cas, bien au contraire... Laval persévère, négocie l'instauration du STO – le Service du travail obligatoire – afin d'envoyer travailler en Allemagne deux pleines classes d'âge, ratifie la mobilisation de 80 % du potentiel des entreprises au profit de l'occupant, accentue la mise sous tutelle de la police française par les nazis. La règle, en matière de collaboration d'Etat, est : « Toujours plus ! »

La France de Vichy se sent d'autant plus obligée de se fondre dans le Reich que l'autre France s'affirme. Celle-ci tire avantage de l'entrée en guerre après Pearl Harbor (en décembre 1941) des Américains, même si la méfiance grandissante de Roosevelt vis-à-vis de de Gaulle lui complique la vie. Le débarquement anglo-américain en Afrique du Nord le 8 novembre 1942 change la donne. Présent à Alger, Darlan parvient presque à devenir l'interlocuteur unique des Alliés. La situation, si elle se perpétue, est dramatique pour de Gaulle. Signe du destin ? Darlan est assassiné par un jeune homme, Bonnier de La Chapelle, vite exécuté... Mais les Anglo-Américains demeurent rétifs à l'idée de confier la charge de ce territoire libéré au chef de la France libre. Ce serait lui reconnaître une légitimité qui préjuge l'avenir. En quête d'une « grande pointure » militaire, ils avaient fait de longue date le choix d'un général à cinq étoiles – trois de plus que de Gaulle ! –, Giraud, sans passé vichyssois et sans lien avec Londres.

Au-delà de la rivalité entre les deux hommes dont l'un, Giraud, avait été le supérieur de l'autre, de Gaulle, et de l'antipathie entre un officier général conformiste et un personnage hors normes, ce sont deux conceptions de l'avenir de la France qui s'affrontent. Giraud veut reconstituer l'armée et la remettre dans la guerre ; de Gaulle prétend rassembler la nation dans sa diversité. C'est dans cet esprit et pour renforcer sa position qu'il multiplie les contacts avec la Résistance intérieure, tend la main aux communistes, s'acharne à agréger des éléments aussi disparates que les réseaux de combat en France et les territoires d'Afrique, d'ores et déjà libérés. Roosevelt essaie d'établir un partage du pouvoir entre les deux hommes. Dubitatif sur l'intelligence de Giraud, le président américain le flanque d'un mentor en la personne de Jean Monnet ; suspicieux à l'égard de de Gaulle, il voudrait en effet lui imposer la primauté du militaire à cinq étoiles sur celui à deux étoiles, qui plus est, temporaires. Face à la raideur du chef de la France libre, il se résout à une coprésidence des deux hommes sur un organisme paraétatique, le Comité français de libération nationale. Une présidence conjointe pour un Etat en voie de reconstitution ! Situation absurde que la densité personnelle des deux présidents va se charger de régler. Giraud est un officier général de caricature : arrogant, borné, pétri de préjugés. C'est une vieille baderne sans éclat. Face à lui, de Gaulle donne la pleine mesure de son talent politique : retors, sophistiqué, aussi manipulateur que hiératique, aussi imposant que ductile. Il a, de surcroît, un argument de taille : son partenaire étant chargé du pouvoir militaire et lui du pouvoir civil, il peut revendiquer la subordination du premier au second, au nom des principes républicains que Roosevelt le soupçonne de vouloir bafouer. L'affaire est réglée en octobre 1943 et Giraud s'efface.

Dans le même temps, le chef de la France libre mène une deuxième manœuvre, au moins aussi difficile : unifier, sous son autorité, les mouvements de résistance intérieure afin d'incarner aux yeux du monde les deux faces de la France combattante, l'une métropolitaine, l'autre hors métropole. C'est à un préfet de gauche, Jean Moulin, que de Gaulle confie la tâche de créer un Conseil national de la Résistance en France occupée. Ce sera chose faite au printemps 1943. Extraordinaire alchimie qui réussit à effacer les querelles d'ego, les batailles de légitimité et les divergences politiques entre des chefs de réseau issus d'horizons divers mais se ressemblant tous par le même degré d'orgueil : les héros ne sont jamais faciles. Que d'énergie, de temps, de réactions autoritaires, de promesses ambiguës, d'opérations de charme innombrables, de menaces voilées, de bras de fer engagés a-t-il fallu à l'homme du 18 Juin pour parvenir à ses fins ! Sa France a évidemment le vent en poupe, par rapport à l'autre qui apparaît de plus en plus comme une annexe du pouvoir allemand.

C'est pendant ces mois-là que basculent vers Londres puis Alger les hésitants, les opportunistes, les ambitieux qui aideront à donner à la France gaulliste son armature technocratique et militaire, en l'occurrence les Couve de Murville, Mitterrand, Juin, de Lattre de Tassigny et tant d'autres. Par réalisme, de Gaulle oblige ses premiers compagnons à faire, fût-ce à leur corps défendant, une place à ces ralliés dont il a le plus grand besoin. Reconstruire, c'est toujours un peu frustrer les siens et promouvoir indûment les autres.

Au titre des opérations de ralliement, une des plus importantes a visé l'ancienne classe politique. Repoussant l'idée de Pierre Brossolette de faire table rase des partis de la IIIe République, tous compromis dans le désastre de 1940, de Gaulle reconnaît au contraire leur légitimité, communistes inclus ; il s'attache à s'attirer le soutien des monstres sacrés, les Blum, Herriot, Jeanneney ; il s'entoure enfin au sein du Comité français de représentants officiels des partis. C'est aussi une manière de désamorcer le procès que ne cesse de lui faire Roosevelt, toujours convaincu d'avoir affaire à un apprenti dictateur.

Si la France institutionnelle devient progressivement

gaulliste, qu'en est-il du pays profond ? L'esprit de résistance progresse : les mouvements recrutent, les réfractaires du STO prennent le maquis, une myriade de gestes individuels sauve de la déportation les trois quarts des Juifs français, les actes d'héroïsme se multiplient. Mais ce n'est pas le soulèvement d'un peuple entier, comme les logomachies pour une fois convergentes des gaullistes et des communistes voudront plus tard le faire croire. L'image paternelle de Pétain est certes atteinte par l'intensité de la collaboration, la violence de la répression, les assassinats perpétrés par la Milice, le délire idéologique de nombre des siens, le caractère de plus en plus fantoche de son régime. Mais les foules demeurent au rendez-vous de ses tournées, y compris au printemps 1944 à Paris. La tentation est grande, chez d'innombrables Français, de charger Laval de tous les péchés de Vichy, de façon à exonérer le vieux chef.

A partir de l'été 1943, les esprits, en France, à Londres et à Alger, n'ont qu'une obsession : le débarquement allié et, espèrent-ils, la libération du territoire. Dans cette perspective, un nouveau bras de fer se profile entre Roosevelt et de Gaulle. Le président américain envisage une administration par les troupes alliées de la France libérée, jusqu'au moment où celle-ci choisira démocratiquement son gouvernement. De Gaulle estime incarner la légitimité nationale et entend donc exercer son autorité sur le moindre pouce du territoire abandonné par les Allemands. Aussi l'Assemblée consultative réunie à Alger et qui se veut une préfiguration d'une future Chambre élue, elle, au suffrage universel, vote-t-elle le 3 juin 1944 la transformation du CFLN en Gouvernement provisoire de la République française.

A cette date de Gaulle ne connaît pas le moment exact du débarquement pourtant prévu trois jours plus tard, signe s'il en est de la méfiance à son endroit. Prévenu à la dernière minute par Churchill, il accepte néanmoins de lancer le 6 au soir un appel à la mobilisation : « C'est la bataille de France et c'est la bataille de la France... Pour les fils de France où qu'ils soient, le devoir simple et sacré est de combattre l'ennemi par tous les moyens dont ils disposent... » Les maquis répondent à son injonction, en particulier ceux du Vercors. Malgré la pénurie d'armes ils se lancent à l'assaut des troupes allemandes, mais leur action ne suffit pas à faire la démonstration aux Anglo-Américains du soutien de la population à l'égard de de Gaulle. C'est l'accueil des foules à Bayeux, à Isigny et surtout à Rennes qui installe de Gaulle au pouvoir, aux yeux des Alliés. De l'enthousiasme populaire, il fait un instrument politique : il nomme des commissaires de la République au fur et à mesure de la libération du territoire et surtout obtient des Américains qu'ils renoncent à y introduire une monnaie frappée par leurs soins. Ne jamais transiger sur les symboles de la souveraineté, tel sera toujours l'article numéro un de l'idéologie gaulliste. Or existe-t-il signe de souveraineté plus décisif que la monnaie ?

Pendant que de Gaulle mène sa bataille politique, les maquis souffrent car ils se trouvent aux prises avec une Wehrmacht encore trop forte pour eux. Le martyre du Vercors n'est pas un cas isolé. La libération du territoire ne ressemble pas à l'image d'Epinal des chars de Leclerc couverts de fleurs, à leur entrée dans Paris. C'est le résultat d'un jeu militaire à trois entre les armées alliées, les forces allemandes et les résistants FFI. En dehors des départements libérés par l'avancée alliée, d'autres parties du territoire ne doivent qu'aux maquisards leur propre libération, comme le Limousin grâce aux FTP – les FFI communistes – commandés par Guingouin. Quant à la libération de Paris, elle se déroule suivant une dramaturgie désormais légendaire : l'insurrection de la ville, la peur de son écrasement par l'aviation allemande, l'ordre arraché par de Gaulle aux Américains du démarrage de la division Leclerc, la reddition de von Choltitz dans les mains de Leclerc et Rol-Tanguy... Au moment où les nazis transfèrent les résidus pitoyables de Vichy, Pétain en tête, à Sigmaringen, de Gaulle entre à Paris. Il se fait « sacrer » à l'Hôtel de Ville, retrouvant là une vieille tradition révolutionnaire.

Institutionnellement, la guerre des deux France est donc terminée. Mais elle se poursuit dans la réalité quotidienne du pays. La Résistance est submergée par les ralliés de la dernière heure, les opportunistes de toutes obédiences, les miliciens reconvertis en FFI, les trafiquants du marché noir déguisés en combattants, les salauds transformés en faux héros. Ce sont souvent ceux-là qui sont les premiers à pratiquer une épuration aveugle à chaud : hommes arrêtés, molestés, exécutés ; femmes tondues ou promenées nues. 15 000 victimes paient cette explosion de violences, certaines à bon droit, d'autres non. Mais le pays évite néanmoins la guerre civile. Telle est en effet, une fois installé au pouvoir, l'obsession de de Gaulle.

Chapitre 53

D'une fausse victoire à une vraie défaite

Ni guerre civile, ni révolution : ce n'est pas une mince ambition. Eviter la guerre civile exige de contrôler l'épuration légale et de la proportionner au strict minimum. De Gaulle a besoin de récupérer à son profit les administrations qui, fussent-elles installées dans les chambres de l'Hôtel du Parc transformées en bureaux, ont continué à fonctionner. Empêcher la révolution suppose de garder sous contrôle le parti communiste. L'alliance soviétique et la présence des troupes alliées y contribuent mais l'essentiel se joue à travers la capacité du Général à gouverner avec les communistes, afin de mieux les étouffer. Habile manœuvre dont François Mitterrand se souviendra en 1981.

Le gouvernement d'« unanimité nationale », installé le 9 septembre, traduit cet impératif. Des hommes issus des partis engagés dans la Résistance – SFIO, PCF, MRP, radicaux –, des personnalités passées par Londres, Alger et les réseaux de combat, un mélange donc de transfuges de la IIIe République et de nouveaux venus : c'est la quintessence de la méthode gaulliste, une broyeuse des identités et des particularités au service d'une obsession – rendre sa place à la France.

Première tâche de ces nouveaux pouvoirs publics :

rétablir l'ordre, c'est-à-dire poser des règles en matière d'épuration, intégrer les FFI dans l'armée et reprendre leurs armes, rendre à l'Etat « le monopole de la violence légitime ». De Gaulle donne de sa personne, jouant de son charisme et multipliant les tournées en province afin de conforter ses représentants légaux.

Deuxième tâche : s'installer le moment venu à la table des vainqueurs. Y parvenir exige de participer à l'effort de guerre – c'est la mission assignée à Leclerc chargé de libérer Strasbourg et à de Lattre –, de tenter de séduire les Soviétiques – de là le voyage du Général à Moscou dès l'automne 44 –, de continuer le bras de fer avec les Anglo-Américains. Absente à Yalta, la France ne semble avoir guère de chances d'être mieux traitée par les trois grandes puissances qu'une grosse Belgique. C'est à Churchill, une fois de plus, que la stratégie de de Gaulle doit son salut. Le Premier Ministre britannique obtient de ses deux partenaires, américain et soviétique, de concéder une zone d'occupation en Allemagne aux Français, en prélevant des territoires jusqu'alors dévolus aux Américains et aux Anglais, et de faire siéger la France au Comité consultatif européen, en charge de la question allemande. De même la France obtient-elle, aux côtés des trois Grands et de la Chine, un siège permanent, et donc un droit de veto, au Conseil de sécurité des Nations unies. Pour qui se souvient de juin 1940 et de Vichy, ce statut de Grand du monde relève du miracle. La magie gaullienne a joué mais aussi un concours de circonstances et l'inébranlable conviction de Churchill selon laquelle une Europe stable exige une France forte.

Troisième tâche : relancer la machine économique. De Gaulle n'a aucun état d'âme à appliquer le programme du Conseil national de la Résistance. Les nationalisations ne lui font pas peur. Ainsi les banques, Banque de France et grandes banques commerciales, deviennent-elles publiques sous son gouvernement. Même si les autres nationalisations interviennent après son départ (EDF, GDF, assurances, Renault, Havas...), il les avait idéologiquement faites siennes, sans la moindre réticence. Respectueux en revanche du droit de propriété, il refuse la spoliation et impose une indemnisation décente. Même si le Général est dépourvu de culture économique, l'étatisme emporte sa conviction, car il sied à son tempérament. Les choix macroéconomiques lui sont en revanche plus difficiles. Ainsi est-il mal à l'aise pour trancher entre son ministre de l'Economie, Pierre Mendès France et celui des Finances, René Pleven. Déjà mendésiste – qui s'en étonnerait ! –, le premier propose une thérapie de choc anti-inflationniste : un échange de billets assorti d'un blocage temporaire des dépôts ; le second refuse le blocage. De Gaulle tranchant pour Pleven, Mendès démissionne dans une lettre qui décrit par anticipation sa manière d'être : « Est-ce en ménageant les égoïstes, les parvenus, les cupides, en nous appuyant inconsciemment sur eux, est-ce en bafouant ceux qui ont cru que nous voulions une république pure et dure, que nous referons la France ? » A quoi le Général répond : « Le pays est malade et blessé. Je tiens donc pour préférable de ne pas, en ce moment, bouleverser sa subsistance et son activité, d'autant que les mois à venir vont, par la force des choses, améliorer sa condition. » Ce n'est pas une décision économique mais un choix politique, le même qui a conduit de Gaulle à se prononcer pour une épuration *a minima*. Il ne veut pas brusquer à l'excès le pays, mais au contraire l'unir face à la pression communiste.

Quatrième tâche : l'épuration. Mettre fin à la vindicte populaire et aux exécutions sauvages exige l'instauration d'une procédure légale. Sur 160 000 dossiers recensés le 31 décembre 1948, on décomptera 767 condamnations à mort exécutées, 40 000 peines de prison vite amnistiées et 40 000 mesures de dégradation nationale rapidement oubliées. La page est tournée avec l'accord de de Gaulle et la IVe République suivra la même politique avec en point d'orgue une ultime amnistie le 6 août 1953.

Cinquième tâche, sans doute la plus difficile : reconstruire les institutions. C'est évidemment au peuple de trancher. Le droit de vote étant enfin accordé aux femmes – un quart de siècle après le Royaume-Uni ! –, le suffrage universel est saisi le 21 octobre 1945 de deux questions : « Voulez-vous que l'Assemblée élue ce jour soit constituante ? » C'est une manière de demander aux Français s'ils souhaitent le rétablissement de la IIIe République. Réponse : 96 % de oui ; le régime battu en juin 1940 est balayé. « Approuvez-vous l'organisation provisoire des pouvoirs publics proposée par le gouvernement ? », c'est-à-dire un cadre déterminant les pouvoirs de l'Assemblée constituante et les mécanismes de la responsabilité gouvernementale pendant cette période provisoire. Réponse : deux tiers de oui, un tiers de non, ces derniers témoignant du souhait communiste de voir une Assemblée constituante souveraine, comme à l'époque de la Grande Révolution. Quant aux élections tenues le même jour, au scrutin proportionnel à un tour, elles donnent 26 % aux communistes, 24 % au MRP, 23,5 % à la SFIO, la droite classique et les radicaux n'obtenant que 14 % et 9 %. L'Assemblée de la Libération est donc de gauche. Rien n'est plus logique. Une partie de la droite a été emportée avec les débris de Vichy, une autre s'est camouflée au sein du MRP et ne s'affichera que plus tard. Les communistes ont l'auréole de la Résistance et les socialistes ont réussi à compenser les mauvais souvenirs de 1940 grâce au courage de nombre d'entre eux pendant la guerre et à l'image sulpicienne de Blum. Les partis faisaient le dos rond face à de Gaulle, car il les avait réhabilités pendant la guerre. Une fois les élections passées, la légitimité revient de leur côté. Aussi s'empressent-ils de le faire sentir au Général. Celui-ci est obligé de négocier avec eux la composition du gouvernement, ce qui n'est conforme ni à son tempérament, ni au type d'autorité qu'il a exercée à Londres, puis à Alger.

C'est avec les communistes que le débat est naturellement le plus vif : même si Maurice Thorez est ministre d'Etat, le refus du Général de confier un ministère régalien au « Parti » ne va pas sans heurts. Mais l'incompréhension ne concerne pas les seuls communistes. Les parlementaires de 1945 veulent se comporter à l'égard du gouvernement à l'instar de leurs prédécesseurs de la IIIe République. Or si un homme d'Etat est rétif face à de telles mœurs politiques, c'est bien de Gaulle. Il est le premier conscient de la dérive en cours. Aussi choisit-il de démissionner solennellement le 20 janvier 1946. Ce coup de tonnerre est évidemment dans son esprit un coup de poker. Il imagine que, poussés par l'opinion, les partis lui demanderont de revenir et qu'il pourra alors leur imposer ses conditions. Surprenante naïveté de la part d'un homme d'Etat aussi roué !

Une fois l'émotion passée, la classe politique est naturellement soulagée. Débarrassée de l'encombrante figure du Commandeur, elle peut reprendre ses habitudes. Il en ira de même le 6 février 1954, à la fin de l'intermède Mendès France. Le parlementarisme hait les grands hommes... De Gaulle disparu, les trois partis dominants choisissent évidemment la solution la plus faible : un homme transparent, Félix Gouin, issu de la formation la plus molle, la SFIO. Le gouvernement demeure tripartite (PC, MRP, SFIO), mais chaque joueur se méfie des deux autres et essaie de prendre des gages dans l'appareil d'Etat. Le régime des partis a mis moins d'une semaine à s'installer ; le gaullisme est vite oublié.

L'élaboration de la Constitution met au jour les arrière-pensées des uns et des autres. Les communistes souhaitent une Assemblée unique : est-ce le souvenir de la Convention ? Les socialistes leur emboîtent le pas, par hostilité au pouvoir personnel et à un hypothétique retour de de Gaulle. Le MRP se bat pour un régime parlementaire classique à deux Chambres. C'est le texte souhaité par la gauche – une Assemblée unique – qui est soumis le 5 mai 1946 à un référendum. Est-ce la crainte du communisme ? Le non triomphe à la surprise générale, sans que, silencieux, de Gaulle ait joué le moindre rôle. De là l'élection d'une nouvelle Constituante. Elle voit le MRP, combattant du non, progresser aux dépens de la SFIO, militante du oui, avec pour résultat la disparition de la majorité de gauche. Plus la Libération s'éloigne, plus les forces politiques se reclassent, plus la droite retrouve un étiage normal.

La situation politique est devenue fluide. Aussi de Gaulle pense-t-il le moment venu de reprendre sa place dans le jeu. Il prononce le 16 juin 1946 un discours tonitruant à Bayeux, deux ans après y être venu au lendemain du débarquement. Il entre en force dans le débat constitutionnel, avec un projet aux antipodes du parlementarisme dominant, mais qui préfigure la Ve République : bicaméralisme, séparation des pouvoirs, gouvernement fort et surtout un président de la République en surplomb du système, en charge d'un « arbitrage national qui fasse valoir la continuité au milieu des combinaisons », et élu par un collège élargi au-delà du Parlement. Rien ne renforce davantage le tripartisme que le retour sur scène du grand homme. Face à la silhouette de l'homme providentiel en quête de son destin, les trois partis se serrent les coudes.

Mais cette réaction collective ne peut effacer des divergences grandissantes. Un projet de Constitution est néanmoins élaboré, avec le retour du bicamérisme, même si la deuxième Chambre est un peu croupion. De Gaulle manifeste son opposition, ce qui renforce instantanément la solidarité gouvernementale. Le oui vainc, de guerre lasse (9,3 millions contre 8,1 millions), avec un taux inhabituellement élevé d'abstentions (31 %). Le texte n'est guère différent de la Constitution de la IIIe République pourtant honnie. Seule concession de taille aux tenants d'une Chambre unique, le gouvernement n'est plus responsable devant le Conseil de la République – le nouveau nom du Sénat – et le dernier mot en matière législative appartient à la Chambre des députés.

Ce n'est donc pas sous les meilleurs auspices que s'installe la IVe République. Elle se choisit un président – Vincent Auriol – et s'offre une nouvelle Assemblée qui voit le PCF l'emporter en suffrages sur le MRP (28,2 % contre 25,9 %) et surtout la SFIO continuer à s'étioler (17,8 %). La gauche est donc de plus en plus minoritaire avec en son sein de surcroît une primauté communiste croissante. Un nouveau gouvernement dirigé par le socialiste Ramadier complète le dispositif avec, représentés à la table du Conseil des ministres, les trois grands partis.

S'ouvre alors une année décisive. La guerre froide se dessine. Les Etats-Unis lancent le plan Marshall, Français et Anglais renouvellent l'Entente cordiale. Jouant les prophètes de malheur, de Gaulle pronostique une guerre mondiale imminente. Devant les tensions qui s'aggravent avec les Soviétiques, le gouvernement choisit le camp occidental, fût-ce au prix de l'abandon de ses revendications sur l'Allemagne qu'Américains et Anglais n'ont jamais voulu faire leurs. Les difficultés croissantes dans l'Empire – affrontements à Madagascar, révoltes en Indochine, explosions en Algérie – rendent encore plus nécessaire un appui des Alliés occidentaux. Otages d'un gouvernement dont la démarche s'éloigne de plus en plus de leurs objectifs, les communistes regimbent : la politique d'austérité menée par les pouvoirs publics ne cesse de provoquer leur ire. Les grèves se multiplient, l'atmosphère se délite et, *last but not least*, de Gaulle revient sur scène, d'une manière inattendue. Puisque la magie de sa parole ne suffit pas, il crée un parti, le RPF, à rebours de ses sentiments personnels, et l'ancre dans le seul espace politique disponible, donc à droite, ce qui le conduit à prendre une posture réactionnaire dont il s'était gardé tout au long de la guerre. Dans ce contexte de tensions, rien n'est plus incongru que la présence des communistes au gouvernement. Ils essaient, certes, d'être « dedans dehors » mais la politique n'a pas la souplesse de la psychanalyse. Aussi tirant les conséquences du refus du PC de voter à l'Assemblée certaines mesures économiques et sociales, Ramadier les relève-t-il de leurs charges ministérielles le 5 mai 1947. Il leur faudra attendre 1981 pour retrouver le Conseil des ministres !

Les conséquences sont immédiates. Politiques, avec la naissance de la Troisième Force – socialiste, MRP, droite modérée. Sociales, avec une explosion de grèves dans lesquelles beaucoup voient une tentative de prise de pouvoir communiste. Idéologiques, à travers un affrontement brutal entre le PC et le RPF qui se livrent à une surenchère typique entre partis de masse. Fort d'un succès impressionnant aux élections municipales, de Gaulle ne cesse de cogner. L'homme, incarnation de l'union nationale, a cédé le pas à un chef de parti réactionnaire et violent. Mais au lieu d'attirer à lui un MRP qui lui était si proche en 1945, ses postures d'apprenti Caudillo poussent le parti catholique à devenir le pivot et le rempart du régime. S'installe ainsi un gouvernement dirigé par Robert Schuman, MRP respecté, dont le ministre de l'Intérieur est un homme d'ordre, le socialiste Jules Moch. Celui-ci combat les grèves, comme si elles relevaient d'un complot révolutionnaire. Répression, arrestations, mesures coercitives. Moch est un anticommuniste d'instinct. Il mobilise les réservistes, fait donner les CRS à peine créés, évacue les usines. Le travail reprend, les ouvriers rentrent dans leurs ateliers, le parti communiste atténue son discours. Voulait-il le pouvoir ? Paris n'est pas Prague. Staline le sait. Un coup d'Etat dans un pays du camp occidental est une illusion, mais une démonstration de force garde ses vertus... Cette posture a néanmoins des effets secondaires : l'unité syndicale n'y résiste pas. Les militants anticommunistes ne peuvent plus cohabiter avec leurs camarades membres du PC. Ils font donc sécession, créant Force ouvrière avec l'aide des syndicats américains, voire de la CIA. La solidarité du monde ouvrier s'est donc brisée sur la guerre froide.

Dans l'affrontement bloc contre bloc, la France n'a aucune marge de manœuvre. Occidentale elle est, occidentale elle demeure. Rassurés par le départ des communistes du gouvernement, les Américains se montrent bienveillants et apportent une aide économique considérable, au titre du plan Marshall et des subsides bilatéraux. La France est le pays le plus aidé d'Europe continentale – deux fois plus que l'Allemagne de l'Ouest. Les Etats-Unis poussent les Européens, à travers l'OECE – Organisation européenne de coopération économique –, à libéraliser les échanges et à organiser des mécanismes de compensation entre monnaies. L'économie française s'inscrit avec naturel dans ce cadre qui la prépare, sans que nul le sache, à la future construction européenne. De même la diplomatie de la IVe République participe-t-elle sans réticence aux premiers pas de l'alliance occidentale : création en 1948 de l'Union de l'Europe occidentale avec le Royaume-Uni et les pays du Benelux, et surtout, après le traumatisme créé par le blocus de Berlin, naissance le 4 avril 1949 de l'Alliance atlantique, enfin mise en place de l'OTAN.

La constitution de l'OTAN provoque l'hostilité des communistes et des gaullistes, alliés de fait contre la Troisième Force, mais la perspective du réarmement allemand interpelle l'ensemble des partis politiques. Pour des Français encore traumatisés par la guerre l'idée est insupportable, alors qu'ils acceptent la philosophie de la construction européenne et, par ce biais-là, le retour de l'Allemagne dans le concert des nations. L'Europe est un but affiché dès le discours de Churchill à Zurich en 1946 et le congrès de La Haye en 1948. La création en 1949 du Conseil de l'Europe en est la première manifestation institutionnelle avec, dès 1951, l'entrée de l'Allemagne fédérale. Le MRP, les socialistes, la droite modérée sont les moteurs d'une politique proeuropéenne qui ne mobilise contre elle, à l'instar de l'atlantisme, que les communistes et les gaullistes. C'est un pas de géant que franchit le rêve européen lorsque Robert Schuman reprend à son compte au printemps 1950 le projet de Jean Monnet de constituer une Communauté du charbon et de l'acier. Poussés par les Anglais et les Américains à voir d'un bon œil la résurrection de l'Allemagne de l'Ouest, les Français ont le choix entre continuer à rechigner – rien n'est plus contre-productif –, s'aligner sur les Alliés et baisser pavillon, ou transcender l'enjeu à travers un projet grandiose. Derrière son allure de Lorrain précautionneux, Schuman a des convictions et de l'audace. Sa déclaration du 9 mai 1950 va au-delà de la haute autorité du charbon et de l'acier ; elle anticipe un projet fédéraliste. Communistes et gaullistes sont rejoints dans leur opposition par le patronat français de l'acier, pusillanime devant l'idée d'un marché plus compétitif. Mais ils mènent tous un combat d'arrière-garde. Les Six – France, Allemagne, Italie, les trois pays du Benelux – signent le 18 avril 1951 le traité créant la CECA. Celle-ci se met en place l'année suivante avec son inventeur, Jean Monnet, à sa tête.

Les Français espèrent trouver dans ce succès un précédent, afin de régler la question, ô combien plus compliquée, du réarmement allemand. Compte tenu des tensions provoquées par la guerre de Corée, les Américains déclarent vouloir « des Allemands en uniforme pour l'automne 1951 », perspective insupportable pour les Français. Aussi René Pleven, alors président du Conseil, propose-t-il le 24 octobre 1950 de bâtir une communauté européenne de défense – la CED – intégrant les armées nationales dans une structure de type CECA. Mais passer de l'acier à la défense n'est pas anodin. Les Américains rechignent devant l'utopie du projet ; une partie de l'opinion française le vomit ; les Allemands, en revanche, y voient une forme de réhabilitation. Le traité est conclu en mai 1952, dans un climat de relatif scepticisme : c'est un pis-aller destiné à permettre le réarmement allemand sans heurter les Français, espèrent les Alliés. Mais nul n'imagine la violence du débat qu'il va provoquer dans l'opinion française. Cette fois-ci les communistes et les gaullistes ne sont pas seuls. Une part de chaque citoyen est interpellée par une idée aussi novatrice. Les affrontements vont gangrener la vie politique française jusqu'en août 1954, lorsque Pierre Mendès France décidera de lever l'hypothèque.

Pendant toute cette période la position internationale de la France est obérée par la question coloniale. La Constitution a créé l'Union française, préfiguration d'un Commonwealth à la française, mais si celle-ci peut faire illusion en Afrique, elle ne répond ni aux difficultés dans le Maghreb, ni au soulèvement en Indochine. Le poids du lobby colonial empêche une évolution progressive au Maroc et en Tunisie. Les massacres de 1945 en Algérie sont vite oubliés et Paris se rassure à bon compte, en croyant la situation stabilisée.

Mais c'est en Indochine que le système colonial vacille. Les Français se sont dérobés en 1945, face à la perspective d'un accord avec Hô Chi Minh qui aurait mêlé indépendance et interdépendance. De Gaulle n'est pas innocent dans cette décision, en ayant fait prévaloir l'approche répressive de l'amiral d'Argenlieu sur celle, plus attentive aux désirs autochtones, du général Leclerc. Les gouvernements successifs essaient de mener ultérieurement la même politique de fausse indépendance, non avec l'adversaire communiste, mais avec le gouvernement fantoche de l'empereur Bao Dai au sud. Ils n'y parviennent guère, tant l'alliance des intérêts coloniaux et des nationalistes de toutes obédiences rend tout progrès aléatoire. Appuyée par le régime communiste du Vietnam du Nord, la guérilla nationaliste s'en donne à cœur joie. Attaques de convois, attentats, diversions. L'initiative est toujours du côté du Viêt-minh, l'armée française souffrant de l'insuffisance de son effectif, de la faiblesse de ses équipements et de la médiocrité du commandement.

La guerre de Corée semble changer la donne, en faisant du front vietnamien non plus une guerre coloniale mais un avant-poste de l'affrontement avec le communisme international. Dans ce contexte, afin de doper le moral des troupes et de reprendre en main la situation, le gouvernement nomme commandant en chef de Lattre, « le roi Jean ». Celui-ci parvient à arracher une aide importante aux Américains, sous forme d'argent, de matériel et de conseillers. Mais la mort du général, le 11 janvier 1952, laisse l'armée désemparée. Sa défaite n'est plus qu'une affaire de temps. Malgré le poids financier du conflit qui dévore 40 % du budget de la défense, l'absence sur place de soldats du contingent limite l'embrasement de l'opinion publique. Il faudra une vraie défaite, Diên Biên Phu, pour faire évoluer les choses.

Le pays a la tête ailleurs. D'un côté, indépendamment de ses difficultés politiques, il se reconstruit à grande vitesse. La création du Commissariat général au plan sous l'égide de Jean Monnet, l'arrivée aux commandes d'une génération de technocrates de haut vol, la volonté d'action des élites, contribuent à tirer le meilleur parti des aides du Plan Marshall. La production nationale dépasse en 1953 de 39 % le niveau de 1946 et de 19 % celui de 1938 ; la production industrielle progresse de 12 % par an ; les premiers signes d'une consommation de masse apparaissent. Le début des Trente Glorieuses s'accompagne naturellement de tensions financières, mais, dès 1948, les Français découvrent le goût des plans de stabilisation – réduction des dépenses budgétaires, tour de vis fiscal, emprunt forcé. Ils en connaîtront plusieurs, à dates régulières, pendant les trente années de croissance.

De l'autre côté, la situation politique ne cesse de donner un sentiment de fragilité. La Troisième Force est prise en tenailles entre le parti communiste et les gaullistes. Oublieux de sa rhétorique d'alliance de classes, le PCF durcit le jeu, suivant les instructions du Kominform : multiplicité des grèves, propagande violente, manifestations à grand spectacle. Quant aux gaullistes, ils ne sont plus les hérauts de l'union nationale, comme pendant la guerre. C'est un parti de droite aux ressorts populistes, nourri par les paroles de combat de son chef. Mais le RPF n'a pas l'épaisseur du parti communiste : il suffit d'une loi électorale bien ficelée, introduisant le système des apparentements en 1951, pour le priver de son énergie politique.

Entre ces extrêmes, la Troisième Force règne. Cependant l'instabilité gouvernementale est la contrepartie bizarre de l'absence d'alternatives. La présidence du Conseil échoit à des MRP (Schuman, Bidault), des radicaux (Queuille, André Marie, René Mayer), un UDSR (Pleven), petit parti charnière qui fait la fortune politique de François Mitterrand. Les élections de 1951 ne changent pas l'équation : communistes et gaullistes recueillent ensemble 47 % des voix (26 % et 21 %), mais l'apparentement entre les listes de la Troisième

Force offre à ces dernières une confortable majorité en sièges. Le carrousel gouvernemental peut donc redémarrer. La progressive réinsertion dans le jeu d'une partie des députés RPF change en revanche la situation. Rejoignant leur camp naturel, la droite, ceux-ci votent le 6 mars 1952 l'investiture d'Antoine Pinay. C'est le premier gouvernement conservateur qui mêle des anciens de Vichy et des résistants de droite : la Libération est désormais bien loin. « Français moyen », porteur des valeurs petites-bourgeoises, Pinay est l'incarnation d'un pays en quête de stabilité et d'enrichissement. « L'ordre dans les finances se traduit par l'ordre sur le marché des changes, l'ordre monétaire par l'ordre économique, l'ordre dans l'Etat par l'ordre dans les mœurs » : voilà une doctrine claire ! L'emprunt de mai 1952 indexé sur le cours de l'or est l'illustration technique de cette politique. Pinay est un Poincaré sans classe, ni audace. Ferme dans le maintien de l'ordre face aux communistes, il est pusillanime sur le terrain international, s'empressant de mettre au frigidaire le projet de CED. Ses successeurs René Mayer puis Joseph Laniel mènent la même action au fil de l'eau : économiquement prudente, diplomatiquement médiocre, politiquement molle.

C'est l'enlisement colonial qui va mettre le feu aux poudres. La situation se tend au Maroc, au point que le pouvoir dépose le sultan et le remplace par un fantoche, le pacha de Marrakech. En Tunisie l'administration française se heurte au parti Néo-Destour de Bourguiba, sans parvenir à l'abattre par la répression. Mais ce ne sont que des vétilles comparées au drame indochinois. Malgré une aide américaine qui finit par représenter jusqu'à 80 % des dépenses militaires engagées sur place, la situation ne cesse de se détériorer.

Depuis 1950, Pierre Mendès France pose les termes de l'alternative : tripler les forces afin de tenir les objectifs, ou négocier avec le Viêt-minh. Les gouvernements successifs n'ont le courage ni d'imposer au pays un effort massif, ni d'accepter les faits et de préparer un retrait négocié. Quant aux chefs militaires sur place, ils se lancent dans des actions au-dessus de leurs moyens au lieu, comme de Lattre en son temps, de geler la situation et de tenir le maximum de territoires. C'est dans l'esprit de « casser du Viet » et d'imposer à l'ennemi une défaite massive, que l'armée décide d'occuper la cuvette de Diên Biên Phu et d'y consacrer ses meilleures forces. Mais le général Giap joue lui aussi son va-tout, acheminant de nuit ses divisions les plus fortes, concentrant ses moyens, avant d'attaquer en masse, le 13 mars 1954. L'héroïsme des 10 000 hommes encerclés ne sert à rien ; le camp se rend le 7 mai. La défaite désarticule l'armée d'Indochine, humilie la France et signe l'arrêt de mort de l'Empire.

CHAPITRE 54

Du rêve mendésiste à la rédemption gaulliste

Le désastre débouche sur une illusion, l'humiliation sur un mythe, l'urgence sur une résurrection. Pour René Coty, difficilement élu en septembre 1953 à l'Elysée, la chute du gouvernement Laniel est le baptême du feu. Au lieu de chercher un compromis et de tergiverser, le nouveau président « fait simple ». Pierre Mendès France ayant été le procureur de Laniel et le pourfendeur de la guerre d'Indochine, il lui donne sa chance. PMF passe par-dessus les partis, va vite et se présente devant l'Assemblée le 18 juin 1954. Il est massivement investi : 419 voix contre 47 et 143 abstentions mais, ayant annoncé qu'il défalquerait *motu proprio* les voix communistes en sa faveur – insulte que le PCF ne lui pardonnera jamais –, il passe de justesse la barre.

L'homme qui adresse un télégramme de respect à de Gaulle en ce 18 juin sort, comme son ancien chef, du lot commun. Ce sont moins ses idées keynésiennes de 1938 et sa rigueur réformiste de 1945 qui lui valent l'enthousiasme des élites modernisatrices, que ses prises de position au scalpel sur les conflits coloniaux et la situation économique du pays. Ceux qui refusent l'emprise intellectuelle du parti communiste et se veulent réformistes se sont enfin trouvé une idole. Etrange coalition d'admirateurs qui va des fondateurs de *L'Express* à François Mauriac, des gaullistes de gauche aux radicaux, des technocrates aux intellectuels ! Mendès accepte ces hommages comme un dû. Humble et orgueilleux, discret et arrogant, appliqué et lumineux, héritier des vieilles valeurs républicaines et anticipateur des mouvements de fond de la société, l'homme s'estime investi d'une mission : redresser le pays. C'est un Poincaré avec de l'éclat, un Clemenceau sans la mauvaise foi, un Gambetta avec de la constance, un de Gaulle sans le messianisme. Mendès a quatre priorités : liquider l'affaire indochinoise, lancer un plan de rétablissement économique, entamer la décolonisation des protectorats d'Afrique du Nord, lever l'hypothèque de la CED.

S'étant désigné, outre Matignon, comme ministre des Affaires étrangères, il se met personnellement en risque sur les dossiers internationaux. Ainsi prend-il une initiative, sans doute sans précédent dans la vie diplomatique : il annonce que, si au bout d'un mois, le 20 juillet, un accord n'est pas trouvé sur l'Indochine, il démissionnera et la France sera alors obligée d'envoyer sur place le contingent. Etonnant chantage du vaincu à l'égard du vainqueur ! Celui-ci réussira, puisque l'armistice sera signé le 20 juillet. Quant à l'accord, il est, dans le contexte, le moins mauvais possible : partage du Vietnam sur le dix-septième parallèle, ce qui oblige le Viêt-minh à un repli ; élections libres dans un délai d'un an ; indépendance reconnue aux trois pays de la Cochinchine, ce qui donne sa chance au régime de Saigon. C'est néanmoins un triste résultat, au terme d'une guerre qui a vu mourir 92 000 soldats de France et de l'Union française.

A peine dégagé de la négociation indochinoise, PMF

se lance dans une opération spectaculaire. Il débarque à l'improviste en Tunisie, accompagné du maréchal Juin comme caution militaire, promet l'autonomie interne du pays. Dans le fil de ce coup de théâtre s'ouvrent des négociations avec Bourguiba, afin de préparer la transmission du pouvoir.

Ce n'est pas, en revanche, le même homme qui s'attaque au dossier insoluble de la CED. Aussi circonspect qu'il avait été jusqu'à présent fulgurant, aussi cauteleux qu'il avait été courageux, il fait voter l'Assemblée nationale sans exprimer sa propre position. La CED est rejetée par 319 voix contre 264 ; hautement « cediste », le MRP fera chèrement payer à Mendès son côté Ponce Pilate dans cette affaire. Mais la question du réarmement allemand demeure pendante. Le président du Conseil sait qu'une solution doit rapidement s'imposer sous peine de heurts graves avec les Américains. C'est une idée anglaise qui permet de débloquer la situation : rendre vie à l'Union de l'Europe occidentale en y faisant entrer l'Allemagne et l'Italie et intégrer les deux pays dans l'OTAN. La Chambre accepte de guerre lasse cette solution, après que PMF a dû engager, dans des conditions difficiles, la responsabilité du gouvernement. Obtenu à contrecœur, le vote pèsera lourd quelques semaines plus tard au moment de la chute de Mendès.

Obsédé par les affaires internationales, le président du Conseil n'a pas le temps de lancer la politique économique qu'il médite de longue date. Il peut juste faire quelques gestes destinés à favoriser la modernisation des entreprises et initier des plans en faveur de l'enseignement et de la recherche. En revanche Mendès ne renonce pas à des chantiers auxquels il est attaché. Ainsi d'une réforme de la Constitution, destinée à assurer la stabilité de l'exécutif mais qu'il ne parvient pas à faire adopter. Ainsi d'une de ses marottes – les restrictions des privilèges des bouilleurs de cru – qui lui aliène la vieille France réactionnaire et le pousse à une provocation symbolique : la distribution de lait aux enfants des écoles.

Dans le maelström où il se débat, Mendès ne comprend pas l'importance, le 1er novembre, de la vague d'attentats en Algérie. Lui et François Mitterrand, son ministre de l'Intérieur, partent du postulat que « l'Algérie, c'est la France » et donc que la seule attitude possible est de se donner les moyens de maintenir l'ordre. Ils nomment néanmoins un gouverneur général libéral, Jacques Soustelle. Ce bizarre pas de deux témoigne de l'incertitude des deux hommes face à ce nouveau défi. On ne traite pas de la même manière les départements algériens et les protectorats et colonies traditionnels.

En fait, au fil des semaines, la manière si particulière de gouverner de PMF cristallise l'opinion. D'un côté, les classes montantes, les élites modernisatrices enthousiasmées par son énergie, son sens de la pédagogie, ses vertus morales, son art de la communication. De l'autre côté, la vieille droite excédée par ce réformateur, juif de surcroît, le MRP mal à l'aise devant cet homme d'Etat incontrôlable, les socialistes peu désireux de voir naître une gauche moderne, les communistes décidés à se venger de l'outrage de l'investiture. Le pays réel contre le pays légal... C'est naturellement ce dernier qui triomphe. Le gouvernement Mendès est exécuté le 5 février 1955 par 319 voix contre 273. Contrairement aux usages parlementaires, PMF remonte à la tribune pour lancer : « Les hommes passent, les nécessités nationales demeurent... Quelque chose a tressailli, a vibré, quelque chose qui procède de la volonté et de la foi et qui est le moteur de l'action. » Comme de Gaulle, Mendès n'a cessé de jouer l'opinion contre le système, mais prisonnier de sa culture parlementariste, il n'a pas le courage, à l'instar du Général, de mettre en cause le régime. Le soulagement du côté des caciques est grand : le perturbateur est à nouveau hors jeu.

Avec l'arrivée d'Edgar Faure à Matignon, la vie normale reprend ses droits et le MRP reçoit, en guise de récompense pour avoir exécuté PMF, un contingent impressionnant de maroquins ministériels. Edgar Faure poursuit en fait la politique de Mendès France mais, digne émanation du système parlementaire, il en respecte les us et coutumes. Une politique économique de modernisation, une ouverture vers les partenaires sociaux, la continuation de l'autonomie en Tunisie, le dénouement de la crise marocaine en remettant Mohammed V au centre du jeu : autant d'actions qui devraient rassurer le pays et l'apaiser.

Mais l'Algérie est là, qui ramène un climat d'urgence et d'anxiété. Soustelle joue certes la partition de l'intégration, comme si l'Algérie pouvait encore devenir une partie constitutive de la France. C'est trop tard : l'insurrection générale éclate le 20 août 1955. Le cycle crimes-répression-exactions se met en place ; la guerre démarre sous l'illusion « pacification d'abord, réformes ensuite » ; l'impasse commence à apparaître aux yeux de tous. Si « l'Algérie n'est pas la France », ce n'est pas non plus l'Indochine. La présence d'un million de pieds-noirs, l'existence de départements, le recours au contingent pour mener le combat, l'imbrication avec la métropole, créent un conflit colonial d'un type particulier. Il ressemble davantage à l'irrédentisme irlandais qu'à l'émancipation d'un pays du tiers-monde. Le gouvernement Edgar Faure n'a pas une énergie politique suffisante pour affronter un tel enjeu. Battu le 29 novembre dans des conditions qui lui permettent constitutionnellement de dissoudre l'Assemblée, il ne s'en prive pas.

C'est la première dissolution depuis 1877 ! Elle heurte le vieux fonds républicain, tant le pays s'est habitué aux excès du parlementarisme. L'élection mobilise néanmoins le pays. Deux phénomènes politiques nouveaux sont en état de briser la « partitocratie » en place depuis si longtemps : le mendésisme, mythe modernisateur, ersatz d'un gaullisme technocratique et républicain, synonyme d'action et d'efficacité ; le poujadisme – du nom de Pierre Poujade – surgeon populiste, démagogique et archaïque, identifié au refus du progrès, au repli sur soi et à la xénophobie. La force symbolique du mendésisme est telle que la gauche non communiste est obligée de passer sous les fourches caudines de PMF et de constituer sous son nom un front républicain. La SFIO s'y rallie bon gré mal gré, ainsi que l'UDSR de Mitterrand. Conduite dans l'urgence, l'opération semble très professionnelle dans la conquête de l'opinion, avec *L'Express* en figure de proue, et très amateur sur le terrain parlementaire, avec le bonnet phrygien, symbole du Front républicain, distribué au petit bonheur la chance. Le résultat du vote, le 2 janvier 1956, est flou : un parti communiste toujours puissant (26 %), un poujadisme en éruption (12 %), un gaullisme résiduel (4 %), soit 42 % de voix gelées ! et une partie qui se joue entre la SFIO (16 %), les radicaux (14 %), le MRP (11 %) et la droite modérée (17 %). Ce n'est pas le triomphe que décrit la légende mendésiste, même si Mendès a réussi à tirer la vieille carriole radicale derrière lui. La démonstration est faite, au grand dam de

L'Express, qu'un phénomène d'opinion ne suffit pas à bousculer le système.

René Coty est donc légitime dans sa décision d'appeler Guy Mollet à Matignon. Non seulement son parti, la SFIO, est le plus important de l'arc-en-ciel gouvernemental, mais il est le seul, parce qu'issu du moule partitocratique, à pouvoir bâtir une équipe presque solide. La démocratie d'opinion qui a élu Mendès s'efface devant la démocratie parlementaire sur laquelle règne Guy Mollet. PMF, numéro deux sans pouvoir du secrétaire général de la SFIO ! Ce n'est pas le scénario rêvé de *L'Express* et des élites...

Le nouveau président du Conseil tient, sur le problème cardinal de l'Algérie, le discours classique : « l'union indissoluble de l'Algérie et de la France », mais les propos réformistes dont il enjolive cette pétition de principe ne peuvent qu'inquiéter les pieds-noirs. La désignation du général Catroux comme ministre délégué à Alger aggrave leurs doutes. L'arrivée d'un émule de Lyautey ne correspond guère à leurs desiderata. Aussi réservent-ils, le 6 février – date mythique –, une « conduite de Grenoble » à Mollet venu installer le nouveau ministre. Celui-ci capitule sous les jets de tomates et remplace Catroux par Robert Lacoste. N'est pas Churchill qui veut... L'engrenage est désormais en place. Alors que le Front républicain pouvait laisser augurer une politique similaire à celle mise en œuvre en Tunisie et au Maroc, le gouvernement qui en est issu entre dans la guerre à outrance. Il obtient sans difficulté du Parlement les pleins pouvoirs en Algérie, double les effectifs (de 200 000 à 400 000 hommes), allonge la durée du service militaire, laisse la bride sur le cou aux généraux les plus brutaux, ferme les yeux sur la torture, entérine le détournement de l'avion utilisé par les chefs du FLN, durcit les relations avec les pays arabes. Cette escalade va naturellement de pair avec celle des insurgés. Davantage d'attentats, davantage d'assassinats, davantage de terreur, davantage de raideur idéologique : à chacun ses armes. Dans ce contexte, les velléités de réformes de Lacoste qui devaient porter atteinte aux droits quasi féodaux des grands colons passent à la trappe. Mendès France s'éloigne discrètement du gouvernement, mais Mitterrand y reste et, comme garde des Sceaux, prend sa part à la guerre, validant les excès législatifs, conduisant l'action pénale, ratifiant les condamnations à mort.

Dans un contexte international qui se durcit, le gouvernement et l'armée se croient aux avant-postes de la défense de l'Occident. L'affaire de Suez leur donne un prétexte pour aller encore plus loin. La nationalisation du canal par un Nasser soutien du FLN hérisse les Français. Quant aux Britanniques, plus mercantiles d'esprit, ils sont heurtés par les conditions financières de cette spoliation. Voilà les deux puissances coloniales en train de préparer, de concert avec les Israéliens, une intervention à l'ancienne ! L'opération est lancée le 29 octobre, mais alors que les Israéliens avancent jusqu'au canal, les troupes françaises et anglaises sont piteusement arrêtées par leurs gouvernements. Moscou menace Londres et Paris de représailles nucléaires et, à peine réélu, Eisenhower siffle la fin de la partie et tord le bras de ses alliés, ne voulant pas laisser dégénérer en crise mondiale une affaire aussi mal engagée. Plus pragmatiques, les Anglais mesurent l'ampleur du désastre et Eden démissionne. Voulant voir dans ce fiasco un demi-succès, la Chambre des députés renouvelle, elle, sa confiance à Guy Mollet. Loin d'être l'homme politique niais que les mendésistes se plaisent à décrire, celui-ci comprend qu'il lui faut relancer les dés sur un autre front.

Membre de longue date du Comité d'action pour les Etats-Unis d'Europe de Jean Monnet, il choisit l'Europe. Il restitue la Sarre à l'Allemagne fédérale et, fort du climat ainsi créé, pousse les négociations sur la création d'un Marché commun. Signé à Rome le 25 mars 1957, le traité est ratifié par le Parlement sans difficulté. Ainsi est-ce un gouvernement à dominante socialiste, donc interventionniste, qui fait le choix essentiel de la concurrence et de l'économie de marché. Paradoxale décision qui voit dans la construction économique d'un Marché commun un pas décisif vers un projet, lui d'essence politique, le fédéralisme européen. Il y a dans le gouvernement Mollet un peu de Dr Jekyll et Mr Hyde. D'un côté la politique algérienne de Lacoste, de l'autre la démarche européenne. Toujours du même côté la pantalonnade de Suez, de l'autre la reconnaissance définitive de l'indépendance du Maroc et de la Tunisie et une loi-cadre de Gaston Defferre, ouvrant la voie de l'autonomie et de la démocratie aux colonies d'Afrique.

Guy Mollet demeure, quoi qu'on dise, socialiste. Fidèle à l'héritage du Front populaire, il généralise la troisième semaine de congés payés initiée chez Renault, crée le Fonds national de solidarité afin d'aider les retraités les plus déshérités, lance une politique active en faveur du logement social, régule la politique agricole, ouvre la voie à l'aménagement du territoire. Sur ce plan-là, son gouvernement est l'héritier du Cartel des gauches et du Front populaire. La sanction est donc la même : elle est financière. Déjà déséquilibré par le poids de la guerre en Algérie, le déficit budgétaire s'envole. Fragilisé par la hausse des importations de pétrole, le franc vacille.

Le gouvernement se refuse à accepter que la concomitance d'une guerre à grande échelle en Algérie et d'une action budgétaire expansionniste soit au-dessus des moyens du pays. C'est cette contradiction qui fait exploser la majorité. Ses soutiens de droite encaissent les dividendes de la politique algérienne, mais refusent une démarche économique progressiste et coûteuse ; ses fidèles de gauche ne trouvent pas dans cette dernière un réconfort suffisant pour avaliser une politique néocoloniale. Quant aux communistes et aux poujadistes, alliés contre nature, ils attendent l'occasion de frapper. C'est chose faite en mai 1957 : le gouvernement est renversé sur ses projets financiers.

Menée dans les derniers mois du « molletisme » et conduite à coup de perquisitions, de tortures et de ratissages, la bataille d'Alger est « gagnée ». Cette victoire n'est néanmoins pas mise au crédit du pouvoir, mais à celui de l'armée... L'ombre portée des militaires d'Algérie commence à se dessiner. Le pays, quant à lui, se déchire. Longtemps seuls à combattre la guerre, les communistes sont rejoints par une partie de la gauche, par les mendésistes, par les intellectuels. La droite, elle, se crispe sur des positions de plus en plus « Algérie française », hormis quelques esprits libres, tel Raymond Aron, qui trouvent le prix à payer prohibitif et contraire aux intérêts à long terme du pays.

Dans ce contexte, constituer un gouvernement est une gageure. Une combinaison floue se dessine sous les auspices de Bourgès-Maunoury, ancien ministre de la Défense de Guy Mollet. Elle suppose de n'afficher d'autre objectif qu'une politique au fil de l'eau. La poursuite de la guerre, une dévaluation camouflée, une gestion au jour le jour : ce n'est plus le gouvernement qui faiblit ; c'est le régime qui est désormais en cause. Sirius se permet de citer à ce propos un mot de Barrès, « le cadavre bafouille » : de telles paroles sous la plume du directeur du *Monde* en disent long sur l'état d'esprit des élites. Sommé par l'opinion internationale et surtout les Etats-Unis de prendre une initiative afin de débloquer la situation algérienne, Bourgès-Maunoury vient devant le Parlement avec un projet de loi chantourné, marquant l'appartenance de l'Algérie à la France et posant les bases théoriques d'une relative autonomie. Trop libéral aux yeux des durs de l'Algérie française, trop dur pour les militants de la fin de la guerre, ce texte recueille évidemment une majorité contre lui. Le gouvernement aura survécu à peine cent jours. Il en faudra plus de trente pour dénouer la crise. Pour la première fois depuis le 22 janvier 1946, l'idée d'un recours à de Gaulle commence à se murmurer.

Un gouvernement se constitue, de guerre lasse, sous l'égide de Félix Gaillard. Tous les partis y sont vaguement représentés, avec une initiative qui va peser lourd : la présence d'un gaulliste, Jacques Chaban-Delmas, au ministère de la Défense. Jeune, intelligent, tonique, Gaillard essaie d'innover dans une situation politique qui le lui interdit. Il ouvre un chantier illusoire sur la réforme de la Constitution ; il fait adopter une vague loi-cadre sur l'Algérie ; il jongle budgétairement avec les fonds de tiroir. Mendès France se charge comme il l'avait fait du temps de la guerre d'Indochine de rappeler les réalités : « La guerre implique une économie de guerre. La guerre, c'est l'austérité, sinon c'est le désastre financier, monétaire, politique et militaire. » Mais la situation n'est pas la même. Lacoste et les militaires peuvent avoir le sentiment d'avoir marqué des points. Le nombre des attentats régresse, les prises d'armes sont plus nombreuses, le quadrillage du terrain plus efficace, l'action psychologique plus profonde et surtout le verrouillage par un réseau de barbelés électrifiés des frontières marocaine et tunisienne limite l'accès du FLN à ses bases arrière. Pris par leur désir de contrôler les allers-retours des fellagas entre l'Algérie et la Tunisie, les militaires bombardent avec l'accord du gouvernement le village tunisien de Sakiet, y tuant 70 habitants dont beaucoup d'enfants. Ces 70 morts vont peser lourd. L'opinion internationale met la France sur la défensive. Eisenhower menace de couper l'aide financière si Paris persévère dans ses errements. Gaillard est obligé d'accepter une mission américaine de bons offices qui mobilise contre elle les communistes, hostiles à la guerre, et la droite musclée opposée à la paix ! Le gouvernement ne survit pas à cette alliance des contraires et tombe le 15 avril.

Chacun sait désormais l'équation insoluble. Paris commence à se couvrir d'affiches favorables au retour de de Gaulle. Le président Coty essaie néanmoins de faire son métier et sollicite en vain les uns et les autres. Il pense cependant avoir trouvé une solution avec Pierre Pflimlin, MRP plus tenace que la plupart des démocrates-chrétiens, plus autoritaire que ses collègues et qui a l'audace d'employer le terme de « pourparlers ». Il doit se présenter devant la Chambre le 13 mai, mais son ouverture d'esprit, si mesurée soit-elle, braque les pieds-noirs et l'armée d'Algérie. Le 13 mai n'est pas un autre 2 décembre 1851. Ce n'est pas un coup minutieusement agencé. Alger croule sous les comploteurs en mal de réussite, les demi-soldes en quête de destin, les excités en recherche d'un rôle, les militaires en demande de positions politiques. Mandatés ou non, des gaullistes assermentés et des aventuriers heureux de se parer du nom du Général participent avec énergie à cette agitation. Deux manifestations de rue expriment le 13 mai le malaise des pieds-noirs, mais seul un concours de circonstances, l'intervention d'une escouade en tenue léopard, aboutit à la prise du bâtiment du gouvernement général, suivie de l'irruption des généraux désemparés sur le balcon et de la création hasardeuse d'un Comité de salut public. Avec un gouvernement solide en place à Paris, cette scène aurait relevé de la commedia dell'arte politique. Dans un contexte crépusculaire, c'est presque un coup d'Etat. Au moins facilite-t-il l'investiture du gouvernement Pflimlin.

Les événements s'accélèrent lorsque, sans doute manipulé, Salan, commandant en chef en Algérie, lance du balcon du gouvernement général un timide « Vive de Gaulle ». Pflimlin ne réagissant pas, de Gaulle profite de l'occasion et se déclare « prêt à assumer les pouvoirs de la République ». Il lui faut créer le mouvement, car Alger n'est pas unanime sur son nom et Paris ne peut valider un vrai coup d'Etat. Convaincu de sa légitimité historique, le Général s'affranchirait sans doute de la légalité s'il le fallait, mais se plaçant à la lisière du régime, il est prêt à recueillir le pouvoir sans pour autant désavouer les putschistes du balcon. La perspective, vraie ou fausse, d'un lâchage de parachutistes sur Paris accélère le mûrissement de la crise. Si les gaullistes ne sont pas les initiateurs de la rumeur, ils en sont les bénéficiaires.

Dès lors tout s'emballe. De Gaulle tient une conférence de presse et proclame qu' « il ne va pas commencer à soixante-sept ans une carrière de dictateur ». Alger continue de s'agiter, l'armée de fomenter ses complots, les hommes politiques de s'affoler. L'occupation de la Corse par quelques parachutistes en goguette tombe à point pour accroître l'émotion des cercles parisiens. René Coty était convaincu, de longue date, de l'inéluctabilité du retour du Général ; il obtient de Pierre Pflimlin que celui-ci accepte de rencontrer l'ancien chef de la France libre. Les deux hommes se retrouvent de nuit, tels les héros d'un roman de cape et d'épée, au château de La Celle-Saint-Cloud. Rien de tangible ne résulte de la réunion, mais de Gaulle n'en est pas à ce détail près. C'est pour lui le prétexte de déclarer : « J'ai entamé hier le parcours régulier nécessaire à l'établissement d'un gouvernement républicain capable d'assurer l'unité et l'indépendance du pays... J'attends des forces terrestres, navales et aériennes présentes en Algérie qu'elles demeurent exemplaires sous les ordres de leurs chefs. » Formidable coup de bluff ! Une rencontre clandestine transformée en acte officiel ; la réaffirmation du principe républicain, afin de calmer les adversaires ; l'hommage aux militaires, de manière à les remettre dans le droit chemin sans condamner les événements intervenus en mai : le Général n'a rien perdu de son talent politique.

Pflimlin démissionne le 28. La gauche, Mendès France et Mitterrand en tête, défile pour la défense de la République. Les caciques du régime se roulent aux pieds du Général afin qu'il respecte les procédures parlementaires. Grand seigneur, il accepte. Pressenti par René Coty, il se présente seul devant l'Assemblée, demande les pleins pouvoirs pendant six mois, promet de soumettre aux Français une nouvelle Constitution par référendum et se retire. Il est investi par 329 voix contre 224 – les communistes, la moitié des socialistes, les mendésistes. Reprenant ses réflexes de Londres, il constitue un gouvernement mêlant les vestales d'une IVe République désormais morte – Mollet, Pflimlin, Jacquinot –, des symboles – Pinay, Malraux –, des hauts fonctionnaires dévoués. Cynique, le Général ricane : « Il ne manque plus que M. Poujade, M. Maurice Thorez et M. Ferhat Abbas et nous serions au complet. » Le régime s'est effondré de lui-même. De Gaulle a ramassé le pouvoir, même si pour y parvenir il lui a fallu faire preuve de cynisme, de rouerie et de duplicité. Il n'est ni le factieux que dénoncent Mendès France et Mitterrand, ni le saint qu'encensent ses fidèles. Prévu au moment de sa démission en janvier 1946 pour quelques semaines, au pire quelques mois, l'exil intérieur aura duré plus de douze ans.

Chapitre 55

Le gaullisme, une idée simple du pouvoir

De Gaulle a pour la première fois les mains libres. A Londres, il lui avait fallu composer avec Churchill, à Alger avec les Américains et la complexité de la Résistance, à Paris avec la résurrection des partis. Rien ne l'entrave cette fois-ci, hormis les difficultés du réel. L'obsession est toujours la même depuis ses compositions de lycéen : restaurer la grandeur de la France. Il a désormais les moyens de s'y atteler. Depuis Louis XIV aucun pouvoir n'a régné avec une idée aussi simple de sa mission. Napoléon allait de l'avant, porté par les événements qu'il façonnait. De Gaulle, lui, essaie de dompter la réalité afin de la rendre compatible avec son dessein exclusif. Il a besoin d'un régime à sa main – ce sera la Ve République –, d'une économie solide – les réformes nécessaires seront accomplies sans défaillir –, d'un levier international – l'Europe et l'indépendance vis-à-vis des blocs le fourniront –, d'une absence de fil à la patte – l'affaire algérienne sera soldée. Les événements – putsch, grèves des mineurs, mai 68 – ne constituent à cette aune-là que des péripéties.

La première urgence en juin 1958 est de rétablir l'ordre – comme en 1945 –, de faire rentrer les parachutistes dans leurs casernes et les manifestants à la maison. De là un voyage triomphal en Algérie pendant lequel le Général pratique le ministère de la parole, depuis l'ambigu « Je vous ai compris » jusqu'au plus clair « L'Algérie ! Les conditions de son avenir, la France veut les fixer avec les Algériens eux-mêmes », en passant par un « Vive l'Algérie française », inutile lapsus qui coûtera cher. Il s'agit, pour de Gaulle, de ne se laisser forcer la main ni par les excités du 13 mai, ni par les militaires qui l'ont soutenu du bout des lèvres, ni bien sûr par le FLN.

Vient ensuite l'élaboration de la nouvelle Constitution. Confiée à un Conseil consultatif présidé par Paul Reynaud – c'est un clin d'œil de l'Histoire –, elle trouve son inspiration dans le discours de Bayeux de 1946. Renforcement du pouvoir exécutif, élection du président de la République par un collège de grands électeurs, mécanismes stricts d'engagement de la responsabilité gouvernementale, restriction du champ de la loi au profit du décret, maîtrise de l'ordre du jour des Assemblées par le gouvernement, non-cumul des mandats parlementaire et de ministre : ces mesures signent l'acte de décès du parlementarisme à la française et du régime des partis. L'existence enfin d'un dispositif de crise exceptionnel – l'article 16 – témoigne de la conviction du Général que la période des grandes turbulences n'est pas terminée. La Constitution crée, enfin, autour de la France une Communauté d'Etats autonomes, sans être indépendants, constituant un Commonwealth à la française. Seule, la Guinée refusera cette évolution en votant non au référendum et rompra, de ce fait, tout lien avec la France. Présentée le 4 septembre place de la République – tout un symbole –, la Constitution est approuvée le 28 par près de 80 % des voix face à l'opposition minoritaire des communistes, de Mendès

France, de Mitterrand et de quelques militants de la gauche non SFIO. C'est au scrutin majoritaire à deux tours – comme aux beaux jours de la IIIe République radicale – qu'ont lieu les élections législatives. Isolé, le parti communiste est laminé malgré les 20 % de voix qu'il conserve – 10 députés – et un nouveau parti, l'UNR aux couleurs du Général, s'installe avec 28 % des voix et 198 députés. Mais la carte politique de la IVe République n'a pas disparu – 133 modérés de droite, 54 MRP, 44 SFIO, 23 radicaux. Ce n'est donc pas le triomphe attendu par de Gaulle : il le mesurera en 1962. En revanche l'élection du Général à l'Elysée par les 80 000 grands électeurs est une formalité (78,5 % des suffrages).

L'automne 1958 voit de Gaulle fixer les grandes lignes de sa politique. Vis-à-vis des Etats-Unis en avançant l'idée d'un directoire à trois (Etats-Unis, Royaume-Uni, France) de l'Alliance atlantique, ce qui marque la volonté française de se comporter en grande puissance. Vis-à-vis de l'Allemagne, en recevant le chancelier Adenauer à Colombey, geste d'une immense portée symbolique, et en faisant de la réconciliation franco-allemande le pivot d'une Europe dans laquelle il espère trouver, comme il le dira un jour, « le levier d'Archimède » de la France. Vis-à-vis des réalités économiques, grâce à un plan de rigueur d'essence libérale, assumé par Antoine Pinay, conçu en réalité par Jacques Rueff, et symbolisé par la création du « franc lourd » (un nouveau franc égale cent anciens francs). Vis-à-vis de maints archaïsmes qu'il fait sauter à coup d'ordonnances datées du 31 décembre, comme la réforme hospitalière inspirée par le professeur Robert Debré. C'est la table rase et de Gaulle en profite pour donner le cap.

Il confie la direction de son premier gouvernement

à Michel Debré, féal agité et entreprenant, ardent comploteur sous la IVe République, défenseur acharné de l'Algérie française auquel il fera avaler maintes couleuvres. Le cabinet est constitué de ministres issus du nouveau parti gaulliste – Soustelle, Frey, Michelet –, de modérés autour de Pinay, du MRP, de quelques technocrates et, dans un rôle à part, de Malraux, ministre de la Culture et caution intellectuelle du régime.

Le monde entier a les yeux braqués sur l'Algérie. De Gaulle choisira-t-il de se battre bec et ongles pour l'Algérie française ou évoluera-t-il vers l'autonomie, voire l'indépendance ? Nul n'aura, dans l'immédiat, la réponse et le Général est sans doute lui-même intérieurement déchiré et politiquement hésitant. Lors de cinq voyages entre juin et décembre 1958, il essaie, une fois l'ordre revenu, d'arrimer les Algériens à la Ve République, de lancer avec le Plan de Constantine un immense projet de développement économique, et de maintenir la pression militaire, ne proposant au FLN qu'« une paix des braves », c'est-à-dire une capitulation. Ce n'est pas la pression des rebelles qui va conduire de Gaulle à évoluer et à abandonner cette posture de combat mais les dégâts que l'affaire fait peser sur l'image de la France, au risque de l'affaiblir, sans que sa gloire personnelle puisse servir suffisamment d'antidote. De là le pas en avant du 16 septembre 1959 – « Je considère comme nécessaire que ce recours à l'autodétermination soit dès aujourd'hui proclamé » – et le choix offert : indépendance, francisation ou autonomie en association avec la France. Derrière la symétrie des mots, la préférence du Général est claire : c'est l'association.

Les militants de l'Algérie française ne s'y trompent pas, qui se sentent floués. Oubliant son devoir de réserve, le général Massu traduit la déception de son camp dans un entretien de presse le 18 janvier 1960. De Gaulle qui ne badine pas avec la discipline le relève de ses fonctions. Cette révocation met le feu aux poudres à Alger. Les activistes multiplient manifestations et barricades, avec le soutien tacite d'une partie des militaires. De Gaulle fait acte d'autorité, renvoyant dos à dos le FLN et les hommes des barricades et rappelant l'armée à son devoir d'obéissance. Le divorce est dès lors consommé entre le Général et les tenants de l'Algérie française.

Le chef de l'Etat avance maintenant sans réserve ni restriction. Il rencontre clandestinement à l'Elysée un dirigeant du FLN et autorise des contacts avec l'organisation rebelle, mais ceux-ci échouent sur le refus de la France de traiter le GPRA – Gouvernement provisoire de la République algérienne et émanation politique du FLN – en interlocuteur exclusif. De Gaulle double néanmoins la mise le 4 novembre 1960, évoquant pour la première fois l'idée d'une République algérienne, confondant donc en une seule les deux options qu'il avait ouvertes, de l'indépendance et de l'association. A la veille d'une probable négociation, il veut ressourcer sa légitimité et marquer aux tenants de l'Algérie française que le soutien massif de l'opinion lui est acquis. Ainsi soumet-il le 8 janvier 1961 à un référendum les principes de sa politique algérienne. Le oui atteint 75 % mais la réticence des pieds-noirs éclate avec 72 % de non à Alger-ville. Ce vote est l'expression publique d'une hostilité de plus en plus viscérale qui aboutit à la création de l'OAS – Organisation armée secrète – et à une campagne d'attentats destinés à effrayer les soutiens de l'indépendance algérienne.

C'est dans ce contexte d'extrême tension qu'a lieu le 22 avril 1961 le putsch des généraux. Alger occupé par les parachutistes, le gouvernement général pris, le pouvoir local aux mains de quatre généraux – Salan, Jouhaud, Challe, Zeller : cette fois-ci l'affaire est grave. C'est pour l'essentiel l'attitude des soldats du contingent qui empêche l'armée d'Algérie de basculer dans le camp de la sédition, ce qui maintient dans leurs casernes les militaires métropolitains. De Gaulle réagit à sa manière. Avec fermeté sur le plan institutionnel en mettant en vigueur l'article 16 de la Constitution et en se dotant de pouvoirs exceptionnels. Avec un prodigieux art de la communication lorsque, en uniforme, il vilipende le 23 avril « le quarteron de généraux en retraite ». Les mots sont parfois plus efficaces que les balles. Le putsch se dégonfle comme une baudruche. Privés de tout espoir, les activistes de l'OAS se lancent dans une campagne d'attentats effrénée. L'opinion, elle, se prépare à l'indépendance de l'Algérie.

En fait, des négociations ont lieu depuis février. Elles sont conduites du côté français par Georges Pompidou qui, après avoir été directeur de cabinet du Général à Matignon de juin 1958 à janvier 1959, était retourné à la banque Rothschild et qui paie là un nouveau tribut à l'intérêt général. Il faudra presque un an pour que s'esquisse un accord, les négociations étant devenues officielles à partir de mai. Les points d'achoppement sont nombreux, en particulier sur le statut des richesses pétrolières sahariennes et la protection des pieds-noirs. Las de voir sa politique internationale prisonnière de l'affaire algérienne, de Gaulle fait les concessions nécessaires pour aboutir. Quant aux meurtres organisés par le FLN et l'OAS, ils créent une psychose en Algérie et un climat délétère en métropole. L'attentat raté contre de Gaulle le 8 septembre 1961 à Pont-sur-Seine (Aube) ajoute au désir d'en terminer. Tout est prétexte à tensions. Après avoir réprimé les manifestations musulmanes à Paris et pratiqué d'innombrables noyades qui ne seront connues que des décennies plus tard, la police charge les manifestants de gauche en faveur de la paix en Algérie et tue huit d'entre eux le 8 février 1962 au métro Charonne. La France n'en peut plus de la violence. Aussi de Gaulle se résout-il à d'ultimes gestes qui permettent la signature le 18 mars 1962 des accords d'Evian.

Le document prévoit d'une part les dispositions intérimaires jusqu'au référendum algérien qui débouchera sur l'indépendance (la coexistence d'un haut-commissaire français et d'un exécutif provisoire à majorité musulmane, la libération des prisonniers, etc.) et d'autre part les règles fixant les relations ultérieures entre la France et l'Algérie indépendante : sécurité des biens et des personnes européens, double nationalité, appartenance de l'Algérie à la zone franc, maintien pour cinq ans des intérêts français au Sahara, conservation de Mers el-Kébir, coopération culturelle. Derrière l'apparence, l'association voulue par de Gaulle, la réalité est autre : le FLN a gagné, mais la France est soulagée – 90 % de oui au référendum, le 8 avril, d'approbation des accords. L'OAS ne l'entend pas ainsi. Elle déclenche une véritable insurrection débouchant sur un cycle incontrôlable d'attentats et de répressions. L'idée d'une cohabitation entre pieds-noirs et musulmans devient une illusion. Les Européens en tirent les conséquences en se précipitant en catastrophe vers la métropole. Pris au dépourvu, le gouvernement organise mal l'accueil de ces centaines de milliers de malheureux et ceux-ci en retireront, pour plus d'une génération, un sentiment d'abandon et de frustration. Ayant perdu sa marge de manœuvre, l'OAS arrête sa campagne d'attentats avant même le référendum d'indépendance du 1er juillet. Il ne lui restera que la vengeance à l'égard de de Gaulle : ce sera le 22 août l'attentat à nouveau raté du Petit-Clamart.

L'obsession algérienne a, pendant ces quatre ans, inhibé le Général. Tirant le meilleur parti de sa stature personnelle, il s'est certes réinséré dans le grand jeu international. Capitalisant sur les décisions de la IVe République, il s'est enorgueilli de l'accession de la France au statut de puissance nucléaire. Bénéficiant des effets du plan de rigueur de décembre 1958, il s'est approprié la superbe croissance de l'économie française. S'imposant en majesté sur la scène européenne, il a obligé ses partenaires à accepter la politique agricole commune. Poursuivant son tête-à-tête avec Adenauer, il a cru pouvoir modeler la Communauté européenne à sa main. Mais ce ne sont que les prémices d'une politique à laquelle la disparition du spectre algérien va donner son ampleur.

Une fois approuvés les accords d'Evian, de Gaulle se hâte de présidentialiser le régime. Ainsi remplace-t-il Michel Debré, tiraillé entre sa fidélité à l'Algérie française et sa loyauté à l'égard du Général. Mais au lieu de nommer un homme politique de premier rang, il désigne Georges Pompidou, sorti de nulle part, hormis de son propre talent. Sans passé de résistant – une hérésie dans la cosmographie gaulliste –, sans ancrage politique – il a été successivement conseiller d'Etat, puis directeur général de la banque Rothschild –, sans expérience publique, hormis d'avoir été le chef de cabinet du Général pendant la traversée du désert puis son directeur de cabinet à Matignon, il semble destiné à transformer le poste de Premier ministre en chef d'état-major politique. Pari hasardeux, à un moment où les forces politiques classiques se sentent libérées à l'égard du Général. « Algérie française » dans l'âme, les modérés ne sont guère en phase avec le gaullisme. Dégagés de l'hypothèque algérienne, les socialistes reviennent à leur propre tradition politique. Heurté dans ses convictions fédéralistes sur le plan européen, le MRP rue dans les brancards.

Lorsque au lendemain du Petit-Clamart de Gaulle décide de conforter le régime en faisant élire au suffrage universel le président de la République et s'affranchit, à cette fin, des règles de révision constitutionnelle en allant directement devant le peuple, les partis traditionnels renversent le gouvernement Pompidou. De Gaulle vit l'épisode comme un crime de lèse-majesté et dissout l'Assemblée. C'est la minute de vérité : l'affaire algérienne réglée, la classe politique issue de la IVe République parviendra-t-elle à renvoyer Cincinnatus ? Une fois de plus de Gaulle sort vainqueur lors du référendum qui lui donne 62 % de oui face au « cartel des non » et des élections législatives qui voient, cette fois-ci, les gaullistes avec le petit appendice républicain indépendant de Valéry Giscard d'Estaing obtenir la majorité absolue des sièges.

La politique gaulliste peut dès lors se développer sans entraves. Son objectif : une France grande puissance mondiale. Sa démarche : l'édification d'un couple franco-allemand maître d'une Europe indépendante des Etats-Unis. Ses instruments : l'autonomie nucléaire, un pas de deux avec l'Union soviétique, une ouverture au tiers-monde.

Mais c'est sous-estimer la fidélité des autres Européens, en particulier de l'Allemagne fédérale vis-à-vis des Etats-Unis. Face au « *Ich bin ein Berliner* » de Kennedy devant un « mur » à peine édifié à Berlin, la rhétorique du Général ne pèse guère. Aussi lui faut-il avaler la pilule amère d'un préambule atlantiste, dont le Bundestag dote le traité franco-allemand de janvier 1963. Il est donc conduit à faire cavalier seul. D'une solidarité exemplaire à l'égard des Etats-Unis au moment de la crise de Cuba en octobre 1962, il se sent d'autant plus à l'aise pour refuser de signer le traité nucléaire interdisant les essais dans l'atmosphère. De même n'hésite-t-il pas à retirer progressivement l'armée française des structures intégrées de l'OTAN, avec pour point d'orgue son départ complet en 1966, et en corollaire l'évacuation des bases étrangères en France. C'est dans le même esprit d'indépendance que sont lancés les grands plans colbertistes pour l'aéronautique, l'informatique ou la télévision, qu'est contestée la suprématie du dollar, que le Royaume-Uni, tête de pont européenne des Etats-Unis, se voit claquer au nez la porte du Marché commun, que la guerre du Vietnam est condamnée avec violence, que l'éloge du « Québec libre » vient heurter les vieux réflexes atlantistes.

De Gaulle devient au fil des ans de plus en plus antiaméricain. A l'abri du parapluie nucléaire atlantique, il va aussi loin que le lui permettent son goût de la provocation et son allure de héros de légende. C'est son hostilité envers l'imperium américain qui l'empêche de prendre la direction d'une Europe que ses partenaires lui auraient volontiers reconnue. De Gaulle avait le choix : faire quelques contorsions atlantistes et devenir le chef d'une Europe fédéraliste, ou s'y refuser et être conduit à un affrontement philosophique avec les autres Européens. Du plan Fouchet d'octobre 1961 jusqu'au compromis de Luxembourg en janvier 1966, après six mois de chaise vide, le Général n'a de cesse que de promouvoir une Europe intergouvernementale et de bloquer tout abandon de souveraineté. Il n'est pas assez puissant pour amener à ses vues les autres Européens adossés aux Etats-Unis, mais eux ne sont pas assez forts pour le contourner. De là des années de bisbilles, de compromis, de déceptions mutuelles, de veto, de rivalités. Le premier des Européens ne fait pas les concessions nécessaires pour être le premier en Europe.

Tout à sa politique étrangère, de Gaulle considère que « l'intendance doit suivre ». Croître, accumuler des devises, préserver l'équilibre budgétaire sont des obligations, quand un pays a une ambition de grande puissance. La redistribution des richesses n'est pas une fin en soi ; c'est un moyen de renforcer le consensus national et donc de faciliter la politique de grandeur. La concurrence est, elle aussi, un instrument d'efficacité et non un principe philosophique. Quant à l'intervention de l'Etat, elle est nécessaire pour garantir les objectifs à long terme. Vues sous l'angle des théories économiques, les idées du Général sont donc étranges : une pointe de mercantilisme, un zeste de libre-échange, une dose de colbertisme, une once de social-corporatisme. Mais aidé par la croissance mondiale, le résultat est là : la France croît plus que les autres (5,9 % par an de 1959 à 1970 contre 5,5 % pour l'Italie, 4,9 % pour l'Allemagne, 3,9 % pour les Etats-Unis, 2,9 % pour le Royaume-Uni). Cet âge d'or s'accompagne naturellement de quelques hoquets. Sociaux, avec la grève des mineurs de 1963, phénomène qui prend de Gaulle au dépourvu et préfigure son désarroi en 1968 : ce maître ès crises politiques ne comprend guère les us et coutumes des conflits de société et en particulier des affrontements sociaux. Economiques, avec un dérapage inflationniste qui conduit en 1963 à un « plan de stabilisation » : celui-ci mélange l'interventionnisme, à travers un sévère contrôle des prix, et une thérapie libérale classique. Sociologiques, avec la difficulté de porter atteinte aux rentes et privilèges qui survivront sans difficulté à la thérapeutique préconisée par le rapport Rueff-Armand de 1960.

Lorsque arrive la perspective de l'élection présidentielle, une seule question taraude les Français : de Gaulle se représentera-t-il ? Ce maître de la surprise laisse planer le doute le plus longtemps possible. C'est l'occasion de mesurer les ambitions – celle de Georges Pompidou en premier – et les arrière-pensées. Mais paradoxalement le scrutin, que les vieux partis ont si violemment combattu, va leur offrir une résurrection. Par peur d'un résultat médiocre, le parti communiste se rallie à la candidature de François Mitterrand, et la gauche non communiste, SFIO en tête, est obligée à son corps défendant de suivre le mouvement. Quel retournement de situation : une des figures les plus usées de la IVe République, devenue l'incarnation d'un nouveau Front populaire dans une de ces élections de type plébiscitaire que déteste la gauche ! Le garde des Sceaux de Guy Mollet candidat des communistes ; le ministre de l'Intérieur de Mendès France soutenu par Sartre ; le personnage donné pour politiquement mort au moment de l'affaire de l'Observatoire, devenu l'adversaire du Général ! C'est une démonstration irréfutable du fait qu'en politique les circonstances, mariées au talent et à l'audace, peuvent tout changer. Mitterrand obtient, le 5 décembre 1965, 32,2 % face à un de Gaulle mis en ballottage avec 43,7 %. La statue du Commandeur a été mise à bas ; de Gaulle est devenu un homme politique faillible. Le voilà obligé de faire campagne, donnant trois entretiens télévisés, pour n'obtenir que 54,5 % des voix, le score d'un bon candidat traditionnel... Le mythe de l'invulnérabilité a vécu. Les élections législatives de 1967 en apporteront une nouvelle confirmation, la majorité absolue gaulliste ne survivant que d'un siège.

Si rien ne change en apparence, tout est désormais différent. Le pouvoir ne semble plus surnaturel ; il s'est banalisé ; il n'impressionne, ni n'inquiète personne. L'opposition le sent, qui se structure autour de François Mitterrand dans une Fédération de la gauche démocratique et socialiste, ouverte à des négociations avec le parti communiste. Quant à la majorité elle s'est rétrécie lorsque ayant refusé d'être rétrogradé, après l'élection présidentielle, au rang de ministre de l'Equipement, Valéry Giscard d'Estaing a pris son autonomie et est passé subrepticement du soutien critique à la critique sans soutien. Le Général est fatigué, le gouvernement Pompidou est usé et, selon le mot de Pierre Viansson-Ponté, « la France s'ennuie ».

Elle va être réveillée de la façon la plus inattendue, en mai 1968. Monôme imprévu ou révolution virtuelle ? Soulèvement de la jeunesse ou expression de la lutte des classes ? Réminiscence des barricades du XIXe siècle ou préfiguration des futurs mouvements de masse ? Entre les échauffourées du 3 mai et la manifestation gaulliste du 30 mai, la France va plus changer qu'en quelques décennies. Comme toutes les révolutions, vraies ou fausses, celle-ci était-elle prévisible ? L'onde de choc qui traverse l'univers estudiantin dans tous les pays riches, les conséquences de la démocratisation de l'enseignement, le rejet idéologique de la société de consommation : autant d'explications *a posteriori* du phénomène. Georges Pompidou est le seul homme politique à sentir dans ce mouvement le signe d'une « crise de civilisation », comme il le dit à la tribune de l'Assemblée. Moins perspicace, de Gaulle voit dans ces événements de la « chienlit », et Mendès France y découvre la simple confirmation de ses prophéties sur la fin apocalyptique du régime. Tragédie, tragi-comédie ou comédie – c'est affaire de point de vue –, mai 68 respecte la règle d'unité de lieu – Paris –, de temps – un mois –, d'action – l'exercice du pouvoir –, et se joue comme il se doit en cinq actes.

Acte I : une semaine d'échauffourées au Quartier latin, commencée le 3 mai, entre des étudiants qui miment la révolution et une police dont la main est retenue par son préfet, avec pour point d'orgue la mesure libérale, mais tardive, de réouverture de la Sorbonne prise par Georges Pompidou débarquant d'un voyage officiel. Acte II : l'entrée en scène des ouvriers et l'explosion de grèves sauvages – près de 10 millions de grévistes – qui bloquent le pays entier. Acte III : les désarrois du pouvoir entre une intervention ratée de de Gaulle le 24 mai, annonçant un référendum « afin de faire changer partout où il le faut les structures étroites et périmées » et les accords de Grenelle, négociés à l'initiative de Georges Pompidou. A l'instar des accords de Matignon de 1936, ce compromis essaie d'arracher la reprise du travail à coup d'augmentation du SMIC (35 %), des autres salaires (10 %), de la reconnaissance des sections syndicales d'entreprises avec, pour point d'orgue de la séquence, le refus par la base du compromis, à la grande surprise de la CGT. Acte IV : la déliquescence de l'Etat, les trahisons politiques, la tentative de François Mitterrand et de Pierre Mendès France de profiter de ce désarroi, et la disparition, au grand dam de son Premier ministre, du général de Gaulle dont on apprend sur le tard qu'il s'est rendu au quartier général des forces françaises en Allemagne.

Acte V : le retour en majesté du Connétable, un discours radiodiffusé comme en 1940, la dissolution de l'Assemblée nationale, l'hommage rendu à Pompidou, la mise en cause des « politiciens au rancart » – i.e. Mitterrand et Mendès – et un appel, comme au moment du putsch, imposant le retour à l'ordre. Le ton est mobilisateur. Une manifestation massive s'organise sur les Champs-Elysées autour des gaullistes, ou plutôt de la bourgeoisie apeurée. Quant aux élections législatives fin juin 1968, elles amènent, sur le nom de Pompidou plus encore que sur celui de de Gaulle, une nouvelle Chambre introuvable, comme en 1815.

C'est la fin d'un psychodrame qui a vu tous les acteurs désemparés : le parti communiste peu désireux de tenter un coup de force, la CGT désavouée par ses troupes, la SFIO hors jeu, Mendès France mal à l'aise, Mitterrand trop opportuniste, la droite en rupture de ban par rapport à de Gaulle, les opportunistes de tous bords en plein désarroi. N'émergent de cette période que le talentueux trio – Cohn-Bendit, Geismar, Sauvageot – d'un côté, et un Georges Pompidou lucide, solide, efficace, de l'autre. Nul ne sait interpréter l'éruption libertaire qui a secoué le pays et la décomposition soudaine d'un Etat si solennel et apparemment si puissant.

De là, la surprise de voir de Gaulle remercier Georges Pompidou, l'homme fort de ce printemps, pour le remplacer à Matignon par son ministre des Affaires étrangères, Maurice Couve de Murville, diplomate elliptique, aussi peu à même de comprendre mai 68 qu'un communiste le fonctionnement de la Silicon Valley. Le renvoi de Georges Pompidou n'est que la première étape d'un processus d'élimination dont l'affaire Marcovitch – une affaire Clearstream d'un autre genre – constituera le point d'orgue et qui conduira l'ancien Premier ministre à « tuer le père » et à se poser en recours, à côté d'un de Gaulle vieillissant. Celui-ci refuse par orgueil la dévaluation nécessaire pour solder le coût des accords de Grenelle. Ce ne sera que partie remise. Sensible au message de mai, il pense nécessaire d'« aérer » le système et donc de développer la participation, idée qui lui est chère de longue date, et d'accélérer la décentralisation, thème plus inattendu de la part d'un étatiste militant. Prisonnier d'une vieille querelle, il veut profiter de cette réforme pour liquider un Sénat qui, à l'intérieur de ses maigres pouvoirs, n'a cessé depuis 1958 de lui résister. Aussi est-ce un projet bizarre qu'il présente aux Français, court-circuitant une fois de plus la procédure normale de révision constitutionnelle. Sans la réforme du Sénat, sans doute aurait-il gagné, fût-ce médiocrement. Mais la disparition de la deuxième Chambre, afin de laisser la place à une Assemblée corporatiste, mobilise à nouveau un cartel des non, autrement plus puissant qu'en 1962. C'est Valéry Giscard d'Estaing, figure de l'avenir, qui donne le coup de grâce au Général en annonçant son vote négatif. Quant à Georges Pompidou, sa campagne pour le oui n'efface pas la posture de recours qu'il a habilement prise. Le résultat est net : 53 % de non le 27 avril 1969.

Fidèle à sa conception du mandat populaire, de Gaulle démissionne sur-le-champ. S'était-il lancé dans une aventure suicidaire afin d'habiller sa sortie de l'Histoire ? Ceux qui voient en de Gaulle un surhomme toujours rationnel et anticipateur, veulent le croire. Mais c'est peu probable, car tomber à propos d'un règlement de comptes avec le Sénat qu'il méprise n'est guère gaullien. Mai 68 avait, en fait, annoncé la fin du gaullisme. Le référendum n'en est que la signature politique.

Chapitre 56

Du gaullisme à la droite

Le grand électeur de Georges Pompidou est le parti communiste. En effet, le choc du départ du Général passé, l'élection présidentielle se joue entre le nouveau cartel des non et l'héritier du gaullisme. Les vainqueurs du référendum rêvent de se débarrasser de la Ve République, après avoir licencié son fondateur. Ils esquissent ainsi une candidature d'Antoine Pinay, mais celui-ci se dérobe. C'est le président du Sénat Alain Poher, notable à l'ancienne, qui décide de tenir le rôle du modéré antigaulliste. Concourent, à côté de Georges Pompidou et d'Alain Poher, Jacques Duclos, truculent chef historique du parti communiste, Gaston Defferre avec comme coadjuteur Pierre Mendès France, ces deux hommes de qualité se fourvoyant dans un partenariat absurde, et le jeune chef du PSU Michel Rocard. Pompidou obtient 44,5 % au premier tour, Poher 23,3 %, Duclos 21,3 %, Defferre piteusement 5 % et Rocard 3,6 %. Si Duclos rejoint le cartel des non, Pompidou est en danger et, à travers lui, le gaullisme et les institutions. Aussi est-ce une décision mûrement pesée, de la part du parti communiste, de proclamer que Pompidou et Poher sont blanc bonnet et bonnet blanc et donc de faire largement triompher le premier au second tour (58,2 % contre 41,8 %). L'Union soviétique a-t-elle décidé de privilégier l'héritier de la politique d'indépendance nationale aux dépens d'un atlantiste patenté ? Le parti communiste a-t-il été de lui-même fidèle à la vieille complicité avec les gaullistes ? Mystère...

L'homme qui s'installe à l'Elysée ne ressemble plus guère au débutant appelé en 1962 à Matignon. Toujours aussi cultivé, aussi éclectique, aussi intelligent, mais désormais habile, endurci, aguerri aux épreuves, grandi par son rôle en mai 1968, rendu vindicatif par l'immonde affaire Marcovitch et libéré après la mort du Général le 9 novembre 1970 de l'ombre portée du Commandeur. C'est le descendant lointain de Guizot, plus que le fils spirituel du Général ; c'est donc un bourgeois de progrès davantage qu'un anarchiste de droite, un conservateur éclairé plutôt qu'un réformiste zélé.

De là l'étrangeté de la situation qu'il crée, en nommant Jacques Chaban-Delmas Premier ministre. Ce gaulliste virevoltant est, lui, un homme du mouvement. Entouré d'une équipe hors pair autour de Simon Nora et de Jacques Delors, il devient, sans le proclamer, l'héritier de Pierre Mendès France. La « nouvelle société », thème de son discours d'investiture le 16 septembre 1969, se veut la réponse réformiste aux aspirations de mai 68 : contractualisation des relations sociales, élargissement des libertés individuelles, culte du progrès et de la modernité. L'iconoclaste Général aurait pu se retrouver dans ce programme ; le conservateur Pompidou, fût-il éclairé, se sent floué. Lui qui a vécu l'ascèse du Premier ministre obéissant, est irrité par l'activisme communicant et autonome de l'hôte de Matignon.

Ainsi s'installe une cohabitation insolite entre les deux têtes de l'exécutif, l'une et l'autre issues du même moule politique. Ils sont certes d'accord pour solder le coût des accords de Grenelle et donc réaliser en août 1969 la dévaluation (12,5 %), à laquelle de Gaulle n'avait pas voulu se résoudre. De même se partagent-ils les rôles économiques et sociaux, Pompidou poussant à la modernisation du capitalisme français, à la constitution de grands groupes nationaux, au développement des programmes colbertistes, le nucléaire au premier chef, et Chaban parrainant, par Jacques Delors interposé, les accords contractuels – apprentissage, formation, mensualisation –, la création d'un SMIC indexé sur la croissance, l'établissement de contrats de plan avec les entreprises publiques.

Dopée par la relance de la demande intérieure née des accords de Grenelle, libérée après la dévaluation de tout risque de décrochage monétaire, la croissance française connaît son âge d'or. Les différences entre groupes sociaux s'atténuent, une immense classe moyenne s'installe, la prospérité se diffuse. Le climat social n'en est que plus vif. Grèves, barrages de routes, colères agricoles se multiplient, tandis que l'agitation universitaire demeure larvée et que le militantisme gauchiste vire dans la clandestinité. Georges Pompidou se veut le garant de l'ordre. Il oblige Chaban-Delmas à prendre à son corps défendant des mesures répressives, tels le vote de ladite « loi anticasseurs » et la dissolution de certains groupes d'extrême gauche, mais les pulsions réactionnaires de la majorité bleu horizon butent sur les principes républicains du président et le libéralisme du Premier ministre.

Vis-à-vis du monde extérieur, Georges Pompidou est le digne héritier du Général : rétif devant l'imperium américain, partisan d'une relation complice avec l'Union soviétique, sensible aux thèses arabes après la guerre des Six Jours. C'est sur la scène européenne qu'il marque, en revanche, son autonomie : il ouvre les portes de la Communauté au Royaume-Uni et, convaincu de l'importance de l'événement, décide de faire ratifier le traité par référendum. La manœuvre politicienne n'ayant pas échappé aux socialistes, ceux-ci prônent l'abstention qui atteint 40 %, de sorte que la victoire du oui (68 %) en est atteinte.

C'est le premier signe de résurrection de l'opposition. Celle-ci a en effet de nouveau un chef. François Mitterrand réussit à s'emparer du parti socialiste au congrès d'Epinay en 1971, sans même en être membre. Il ne lésine pas, à cette fin, sur le prix à payer : une alliance avec l'extrême gauche du parti, le CERES dirigé par Jean-Pierre Chevènement. Une fois intronisé premier secrétaire d'un parti socialiste qui avait renoncé au nom usé de SFIO en juillet 1969, il passe à l'étape suivante : une alliance en bonne et due forme avec le parti communiste, au prix d'un Programme commun qui doit davantage à la culture nationalisatrice du PC qu'à l'esprit réformiste hérité de Blum. La nationalisation de cinq groupes industriels majeurs, la nationalisation du système bancaire, une politique de redistribution à tout-va : Mitterrand ne lésine pas sur les concessions nécessaires à son pari politique, embrasser le PCF pour mieux l'étouffer, condition à ses yeux nécessaire d'une victoire de la gauche. La prospérité du moment fait croire aux experts socialistes que les excès du Programme commun seront facilement avalés par le tonus de l'économie. De là leur absence d'états d'âme face à un document qui va à rebours de la pratique économique des autres pays occidentaux.

Déçu par les résultats du référendum, Pompidou décide de reprendre la main. Dans les institutions de la Ve République, le président a deux instruments à sa disposition : la dissolution ou le changement de Premier ministre. C'est évidemment la seconde voie qu'il choisit. Travaillé au corps par deux conseillers surpuissants, Pierre Juillet et Marie-France Garaud, qui abusent de l'affaiblissement de sa santé, poussé par les membres les plus réactionnaires de sa majorité, excédé par les velléités à ses yeux de plus en plus gauchisantes de Matignon, il demande à Jacques Chaban-Delmas sa démission le 5 juillet 1972. Il fait fi de la sorte de la confiance accordée par l'Assemblée au Premier ministre quelques jours auparavant. C'est une manière de rappeler que, dans la version gaulliste de la Constitution, nul – même l'Assemblée – ne peut forcer la main du président.

Il appelle à Matignon l'anti-Chaban, Pierre Messmer. Cet ancien légionnaire est aussi loyal que son prédécesseur se voulait autonome, aussi gris que l'autre apparaissait séduisant, aussi raide que Chaban était ductile. A lui de conduire la majorité aux élections législatives de mars 1973. Il le fait avec succès, puisque l'UDR et ses alliés centristes indépendants conservent une large majorité en sièges. Mais la véritable leçon du scrutin est ailleurs : Mitterrand a gagné la première manche de son pari, amenant les socialistes et leur appendice radical de gauche à une encablure des communistes (20,71 % contre 21,40 %).

Pierre Messmer est naturellement reconduit à la tête d'un gouvernement désormais plus pompidolien que gaulliste, le départ de Michel Debré et la nomination au Quai d'Orsay de Michel Jobert ayant à cet égard une valeur emblématique. C'est ce dernier qui va marquer la dernière année de la présidence Pompidou. L'antiaméricanisme reprend avec lui ses droits, comme aux plus beaux jours du gaullisme. Commerce international, système monétaire, place de l'Europe : autant de motifs de frictions. L'attitude française à l'égard de la guerre du Kippour en octobre 1973 et la volonté de mener une politique plus proarabe dans un contexte de tensions pétrolières les exacerbent encore plus. C'est au nom de l'indépendance énergétique que Georges Pompidou parvient encore à prendre, début 1974, une décision majeure : le lancement d'un programme massif d'électricité nucléaire, sans équivalent au monde.

Dans une société à demi transparente, la maladie du président relève à la fois du respect de la vie privée et du secret de polichinelle. Néanmoins le choc est grand lorsque, le 2 avril 1974, les Français apprennent la nouvelle de sa mort. Les années Pompidou auront permis une sortie en douceur à la fois du gaullisme et de mai 1968. Au lyrisme a succédé l'efficacité, à la volonté de dépasser les clivages un ancrage classique à droite, au désir libertaire de 1968 une société de consommation repue, à l'individualisme les prémices du dialogue social. C'est le début, au meilleur sens du terme, de la banalisation de la France.

Impatient, Jacques Chaban-Delmas ne respecte pas le deuil et se porte trop brutalement candidat à l'Elysée. Valéry Giscard d'Estaing ne rate pas non plus l'occasion, mais il s'avance avec légèreté. Avoir préservé depuis si longtemps son quant-à-soi lui confère une position originale. Ministre du Général, sans appartenir à la camarilla gaulliste, rival inavoué de Georges Pompidou, pourfendeur du régime cinq ans plus tôt, inamovible occupant du ministère des Finances, il table sur une posture qui lui permet d'être à la fois dans la majorité pompidolienne et en dehors d'elle. Quant à la gauche, elle a tiré les leçons du désastre de 1969 et s'unifie, comme en 1965, derrière François Mitterrand. Qui a vu le film, si longtemps tenu secret, de Raymond Depardon sur la campagne de Giscard, découvre ce qu'est la grâce en politique. VGE survole la campagne du premier tour, rejoint, dépasse et écrase un Chaban-Delmas trahi par Jacques Chirac, mais plus encore par son impréparation paradoxale et ses faux pas. Le score est sans appel : Giscard 32,6 %, Chaban 15,1 %, avec Mitterrand à 43,2 %.

La gauche est, pour la première fois, en situation de conquérir le pouvoir : Mitterrand s'est suffisamment dégagé du carcan du Programme commun afin de ne plus paraître otage du parti communiste, et après seize ans de gaullisme le désir est grand de tourner la page. Le talent de Giscard est de capitaliser le besoin de changement sans inquiéter la France conservatrice. L'affaire se joue néanmoins à quelques voix près : est-ce l'aisance montrée par Giscard dans le premier débat télévisé d'une élection présidentielle qui lui donne les trois cent mille votes d'avance ? Ou un ultime réflexe de prudence de l'électorat ?

Le septennat démarre sur le ton de la campagne, une fois le denier de Judas, en l'occurrence Matignon, payé à Chirac pour prix de sa trahison. Allégement du protocole monarchique, majorité abaissée à dix-huit ans, loi autorisant l'avortement, saisine du Conseil constitutionnel rendue possible pour soixante députés ou sénateurs : une bouffée d'air libérale parcourt la France.

De même Giscard assouplit-il une politique étrangère que Jobert avait fini par rendre caricaturale. Plus amène à l'égard des Etats-Unis, plus entreprenant sur la scène européenne, plus coopératif avec l'Allemagne grâce à son duo avec Helmut Schmidt, il parvient à remettre la France au centre de la scène, inventant le sommet du

G7, portant sur les fonts baptismaux le système monétaire européen et continuant néanmoins à jouer la partition gaulliste dans les relations avec l'Union soviétique, la Chine et le tiers-monde.

Une seule erreur marque les débuts du septennat, mais elle est de taille : une incompréhension des conséquences de la crise pétrolière et donc une politique économique à contretemps, favorable aux salaires et accroissant la redistribution, au lieu de restaurer la compétitivité des entreprises.

En revanche la lune de miel aura été de courte durée avec un Jacques Chirac dont l'activisme boulimique bute sur l'omniprésence présidentielle. Le Premier ministre démissionne avec pertes et fracas en août 1976, transforme le poussif parti gaulliste, dont il s'était subrepticement emparé, en machine de guerre à son service, avec la création du RPR, et commence sa longue marche vers l'Elysée. Au nom de la théorie des contraires, Giscard nomme à Matignon l'anti-Chirac, un universitaire cultivé, pétri de certitudes et courageux, Raymond Barre. Celui-ci, à la fois Premier ministre et ministre des Finances, lance enfin la politique de rigueur qu'exigent les circonstances : réduction des dépenses publiques, libéralisation de l'activité, restructuration de l'industrie.

La logique politique veut que les bisbilles de la droite et les difficultés économiques amènent au pouvoir aux élections législatives de 1978 une gauche qui en était déjà très proche quatre ans plus tôt. C'est compter sans l'aide que le parti communiste décide d'apporter à Giscard, comme l'avait fait Duclos en 1969 pour Pompidou. Son chef Georges Marchais, personnage aussi haut en couleur que médiocre, s'acharne à faire peur, en exigeant des socialistes une actualisation maximaliste et donc franchement collectiviste du Programme commun. Mitterrand a l'intelligence de résister, mais dès lors l'Union de la gauche n'est plus qu'un cartel électoral. La droite triomphe donc, à la surprise générale.

Giscard qui s'était préparé à une cohabitation se trouve renforcé dans ses certitudes. Jusqu'alors tempérée par l'originalité et l'ouverture de son esprit, son arrogance ne connaît plus de bornes. La guérilla incessante que mène Jacques Chirac au gouvernement crée un climat politique délétère. Indifférent aux déchirements du « microcosme », suivant un mot qui lui est cher, Barre poursuit de son côté une politique économique aussi intelligente qu'impopulaire, aussi utile que politiquement désastreuse. La crise s'installe avec une montée irrépressible du chômage, une baisse de la croissance, une augmentation des prélèvements obligatoires, une paupérisation de la classe moyenne.

Quant à Giscard, sûr de son bon droit, il perd la main, même en politique internationale. Il se montre trop accommodant avec les Soviétiques, au moment où ceux-ci envahissent l'Afghanistan, trop favorable aux pays arabes dans le conflit au Proche-Orient, trop dominateur avec les petits Etats européens, trop donneur de leçons au tiers-monde. Il n'imagine pas une seconde que sa réélection en 1981 puisse être compromise et, au lieu de faire le geste évident de se donner un air de fraîcheur en changeant de Premier ministre, il laisse Barre sombrer dans une impopularité écrasante, fût-elle injuste. Sans doute table-t-il sur le désordre à gauche, avec un parti communiste que rien ne prédispose à être plus accommodant en 1981 qu'en 1978, et un parti socialiste secoué par la tentative avortée de prise de pouvoir de Michel Rocard.

Les Français partagent-ils le pronostic de Giscard ? Nul n'imagine sa défaite. C'est là oublier le pari, enfin gagné, de Mitterrand vis-à-vis des communistes et la résolution de Chirac de se débarrasser de son ancien patron. Le premier tour de l'élection présidentielle voit Giscard battre Chirac moins nettement qu'il n'avait écrasé Chaban (28 % contre 18 %) sept ans plus tôt, mais surtout Mitterrand transforme le parti communiste en force d'appoint (26 % contre 15 %), parachevant la stratégie choisie dix ans plus tôt à Epinay du « baiser de la mort ». La droite perd son meilleur atout, la crainte de l'omnipotence communiste. Chirac n'hésite pas, quant à lui, à pratiquer vis-à-vis de Giscard la même tactique qu'autrefois les communistes contre Mendès : voter clandestinement pour l'adversaire. S'ajoute, après vingt-trois ans de gaullisme puis de droite au pouvoir, un désir naturel d'alternance.

Porté par des vents désormais favorables, Mitterrand fait évidemment une bonne campagne de deuxième tour. Sa victoire le 10 mai 1981 est sans appel : 52 % contre 48 %. Giscard quitte le pouvoir plus piteusement qu'il ne le mérite. Déconcertant mélange entre un libéralisme tocquevillien et une volonté personnelle de pouvoir, entre une vision moderne du monde et de la société française et une pratique institutionnelle surannée, et entre une imagination inhabituellement créative et des erreurs élémentaires de psychologie, l'homme laisse un goût d'inachevé. Ses débuts, à l'instar de la nouvelle société de Chaban-Delmas, avaient fait rêver d'un modernisme de droite. A la longue celui-ci est devenu un leurre, mais la victoire de Mitterrand ne laisse pas présager l'avènement d'un modernisme de gauche.

CHAPITRE 57

La passion de l'alternance

Les Français ont été sevrés de changements pendant si longtemps. Ils vont se rattraper. 1981, 1986, 1988, 1997, 2002 et en partie 2007 : autant d'occasions d'alternance offertes par une Constitution dont on découvre qu'elle est ambivalente, présidentielle ou parlementaire, selon le vote des électeurs. Aucun autre pays ne connaîtra une telle instabilité, comme si tel un insomniaque, la France allait se tourner et se retourner en quête d'une impossible paix intérieure.

Le 10 mai 1981, c'est le grand chambardement. Déjà en veine de lyrisme, Jack Lang voit « le passage de la nuit à la lumière ». Comme en 1936, une moitié du pays croit aux « lendemains qui chantent » et l'autre s'affole. François Mitterrand s'installe avec naturel dans les institutions du Général, oubliant qu'il y avait vu un « coup d'Etat permanent ». Roi dans son parti, il devient spontanément empereur dans l'Etat. C'est l'aboutissement d'une longue marche. L'homme s'est toujours cru destiné au pouvoir suprême. Mais il lui a fallu troquer Vichy pour la Résistance, naviguer à vue dans le marécage de la IVe République, s'installer en 1958 dans un Guernesey parisien, tel un Hugo de deuxième main face à Napoléon III, sentir l'opportunité en 1965, rater complètement l'occasion en 1968, être renvoyé à la base, s'emparer avec quelques fidèles d'un parti socialiste en déconfiture, se contraindre avec les communistes à un concubinage si contraire à ses réflexes aristocratiques, manquer de chance en 1974 et 1978, résister aux séditions intérieures au PS et enfin gagner le gros lot, au moment où la partie semblait se terminer pour lui.

Cet opportuniste a peu de convictions, mais celles-ci sont d'une solidité à toute épreuve. L'abolition de la peine de mort, bien sûr, mais c'est le plus facile : une manière de marier sa double filiation catholique et laïque autour d'un humanisme de bon aloi. L'anticommunisme : vainqueur, Mitterrand ne renonce pas au baiser de la mort, et même si, donnant la majorité absolue aux socialistes, les élections législatives peuvent le libérer de la sujétion du PC, il embarque au gouvernement quatre ministres communistes, afin de les compromettre sérieusement et d'« achever le travail ». L'atlantisme : jamais Ronald Reagan n'aurait imaginé une telle solidarité de la part, à ses yeux, d'un gauchiste, pas plus que Margaret Thatcher n'aurait pensé trouver en Mitterrand son meilleur soutien, au moment de la guerre des Malouines. Quant à Helmut Kohl, il n'aurait pu envisager que seul ce socialiste oserait lancer à la tribune du Bundestag : « Les fusées sont à l'est, les pacifistes à l'ouest. »

Mais au-delà de ces enjeux cardinaux, le nouveau président donne la priorité à la politique, fût-ce au prix d'absurdités économiques et de contorsions rhétoriques. Mitterrand avait, pendant la campagne, avancé 101 propositions, version édulcorée du Programme commun. Flanqué de son Premier ministre Pierre Mauroy, le seul social-démocrate à l'allemande produit par le socialisme français, Mitterrand nationalise à tout-va – cinq groupes industriels et presque toutes les banques à 100 %, plus Dassault et Matra à 51 %. Il augmente massivement le SMIC, octroie les trente-neuf heures et la cinquième semaine de congés payés, accroît toutes les prestations sociales et se fiche comme d'une guigne du déficit budgétaire. Une dévaluation est, à l'automne 1981, un premier signal d'alarme mais le gouvernement la met classiquement au débit de ses prédécesseurs. Lorsque le franc s'effondre une deuxième fois au printemps 1982 au moment où, jouant les bourgeois gentilshommes dans les fastes de Versailles, Mitterrand accueille les chefs d'Etat et de gouvernement du G7, l'alerte est plus sérieuse. Elle oblige à bloquer pour une période limitée les prix et les salaires.

C'est au printemps 1983 que sonne l'heure de vérité. Mitterrand est tiraillé entre deux camps. D'un côté, les « visiteurs du soir », une cohorte bizarre réunissant des industriels richissimes, des socialistes doctrinaires, tel Chevènement, et des opportunistes comme Laurent Fabius, soucieux de coller aux arrière-pensées du Prince : ils promeuvent la sortie du système monétaire européen, une forte dose de dirigisme et, s'il le faut, une once de protectionnisme, quitte à dynamiter la construction européenne. De l'autre côté, les modérés emmenés par Pierre Mauroy et Jacques Delors, qui veulent préserver l'ancrage européen et recourir à une politique classique d'ajustement, fût-elle conduite avec, à l'esprit, l'obsession de la rendre socialement la moins injuste possible. L'instinct proeuropéen de Mitterrand finit par l'emporter. Il refuse la sortie du franc du système monétaire et donne ainsi à la France les moyens de relancer la construction communautaire. La nomination de Jacques Delors à la tête de la Commission de Bruxelles, la réalisation du marché unique, l'adhésion de l'Espagne et du Portugal et plus tard la saisissante audace du traité de Maastricht et du pari de l'euro : autant d'étapes nées de l'étonnante complicité entre Mitterrand et Kohl, entre ce lettré provincial et ce Falstaff épanoui, entre cet esprit sceptique et allusif et cette intelligence brute et directe.

Mais le tournant de 1983 est aussi un choix macroéconomique décisif : le rétablissement de la balance commerciale par un effort de compétitivité né d'une modération salariale, gage de modération des prix – la « désinflation compétitive », suivant l'expression du père de cette théorie, Jean-Claude Trichet. Poursuivie sans discontinuité jusqu'en 1995, cette politique sera un succès. En revanche elle n'améliorera en rien la situation de l'emploi : s'attaquer au chômage aurait exigé de supprimer les rigidités du marché du travail et certains dysfonctionnements de l'Etat providence, chantiers trop risqués aux yeux du Mitterrand tacticien.

C'est sur un enjeu politique que le gouvernement Mauroy va rendre l'âme. Elevé chez les « bons pères », le président n'avait pas hésité à inscrire dans ses 101 propositions la création du « grand service public de l'éducation nationale », quitte à rallumer la guerre scolaire : le soutien militant en 1981 du camp laïc avait son prix. La violence des réactions, l'ampleur des manifestations, la coupure manifeste du pays conduisent Mitterrand à faire volte-face, fût-ce au prix d'un changement de gouvernement. Respectant à son tour la règle des contraires – Chaban puis Messmer, Chirac puis Barre –, il nomme à Matignon Laurent Fabius. Le jeune « pair du Royaume », après l'instituteur social-démocrate... Sensible à l'air du temps, oublieux de son laxisme budgétaire en 1982 et de ses velléités protectionnistes en 1983, le favori – le « Decazes de Mitterrand » – se veut résolument moderne. Aussi ne nomme-t-il aucun ministre communiste et fait-il régner à Matignon une atmosphère à la Kennedy. Sa mission politique est claire : limiter les dégâts aux élections législatives de 1986. Il n'y a pas, de ce point de vue, de meilleur instrument qu'un scrutin proportionnel national. Le gouvernement le fait donc voter, quitte à provoquer la démission de Michel Rocard. C'est en toute lucidité que le pouvoir accorde un tel cadeau à l'extrême droite : Mitterrand pense disposer, avec le Front national, d'un piège maléfique vis-à-vis de la droite. A ses yeux, la morale ne compte pas dans le champ de la pure politique. La manœuvre n'est pas loin de réussir : la droite, RPR et UDF, n'obtient la majorité que de justesse.

Voilà enfin l'occasion de tester la solidité de la Constitution. De Gaulle s'était préparé en 1967 et Giscard en 1978 à une hypothèse de ce type, mais c'est à Mitterrand de devenir le laborantin politique de l'expérience. Il dispose d'un mode d'emploi : Edouard Balladur avait théorisé, en accord avec Jacques Chirac, les principes de la cohabitation. Mitterrand décide de ne pas biaiser et de mener la cohabitation dans sa pureté cristalline. Au lieu de chercher un compromis avec son vieux complice Jacques Chaban-Delmas, il appelle Chirac à Matignon et entérine la composition de son gouvernement, non sans avoir négocié les deux postes régaliens, Affaires étrangères et Défense. Aussi assiste-t-on à une vraie alternance. Au dirigisme de 1981 répond le libéralisme, aux nationalisations les privatisations, à la création de l'impôt sur les grandes fortunes sa suppression. En véritable « maire du palais » économique, Balladur mène la politique sans doute la plus libérale que la France ait connue depuis Guizot. C'est, par une ruse de l'Histoire, le pendant microéconomique du choix macroéconomique effectué en 1983 par Mitterrand. Ainsi la France invente-t-elle une bizarre manière de se moderniser : des décisions à contre-emploi, des paradoxes inavoués, des convergences tues.

Jacques Chirac vit une situation politique sans précédent, dont il saura s'inspirer à son tour dix ans plus tard : le chef de l'opposition loge à l'Elysée. Mitterrand joue sur deux tableaux. Il préserve les attributs du pouvoir international, transformant son Premier ministre et principal ennemi en collaborateur dans les sommets ; il redevient un agitateur politique à l'abri des privilèges présidentiels, afin de semer des mines sous les pieds de son chef de gouvernement. Pour un esprit duplice comme l'est celui du président, la partie relève du plaisir esthétique. Une réception de manifestants par-ci, un discours oppositionnel par-là, une manœuvre médiatique en prime. Le président se joue de son Premier ministre. Il voit en lui son meilleur adversaire pour l'élection présidentielle de 1988 et ne peut donc que contempler avec plaisir le troisième homme, Raymond Barre, en train de creuser par maladresse sa propre tombe et de démontrer, une fois de plus, que l'intelligence ne fait pas toujours bon ménage avec le talent politique. Le résultat couronne la stratégie de Mitterrand. Il écrase Chirac en mai 1988 : 54 % contre 46 %.

Nouvelle alternance, donc. Gagner avait exigé de Mitterrand de réunir son camp. Il décide d'en payer le prix en désignant à Matignon Michel Rocard qu'il méprise. Mais méfiance oblige, il l'entoure d'une garde prétorienne constituée de fidèles – Bérégovoy, Joxe, Dumas – et surtout lui interdit de tenter une alliance avec le centre qui l'aurait conforté. Rocard certes, mais *a minima* ! Quant aux élections législatives tenues au scrutin majoritaire rétabli par la droite, dès 1986, elles donnent évidemment la majorité à la gauche, sans que les socialistes l'atteignent seuls à la différence de 1981. Il est vrai qu'à coup de demi-confidences, Mitterrand a tout fait pour éviter un raz-de-marée PS dont il aurait été prisonnier. Réélu, un président veut régner sans être entravé par son gouvernement, son parti, ses amis : c'est une période de « bonheur Louis Quatorzième ».

Bien que sous surveillance quotidienne, Rocard démarre avec talent. Il met fin à l'imbroglio en Nouvelle-Calédonie et impose des mesures sociales modernes, faisant une place à l'équité au lieu de l'égalitarisme classique de la gauche : création du RMI destiné à offrir un filet de sécurité aux plus démunis et, pour financer la Sécurité sociale, de la CSG, prélèvement à large base et donc à taux faible. Le gouvernement rétablit l'impôt sur les grandes fortunes, devenu l'ISF, par principe mais en limite les effets pervers grâce à un dispositif que, paradoxalement, la droite fera sauter en 1995. Porté par la croissance économique mondiale, il aurait sans doute pu poursuivre son œuvre réformiste, s'il n'avait pas été prisonnier d'une « mitterrandie » aux aguets, en quête du moindre prétexte pour se débarrasser de l'imposteur.

Il est vrai, aussi, que l'énergie politique du pouvoir est monopolisée par le front extérieur. La France est, comme tous les pays, stupéfiée par la chute du mur de Berlin le 9 novembre 1989, mais plus que d'autres elle vit l'événement de manière ambivalente. La victoire de la démocratie la réjouit, mais la perspective d'une réunification allemande la trouble. C'est aussi une question de générations : les jeunes sont optimistes ; les vieux s'inquiètent. De ce point de vue, Mitterrand est de ceux qui, comme François Mauriac en son temps, « aiment tellement l'Allemagne qu'ils en préfèrent deux ». Seule Margaret Thatcher est encore plus sur ses gardes que lui. L'émotion fait perdre au chef de l'Etat son habituelle finesse. Président en exercice de l'Union, il lui appartiendrait de fêter l'événement au nom de l'Europe ; il se contente de quelques paroles, s'empresse d'aller rencontrer Gorbatchev comme pour chercher une alliance de revers et se rend en voyage dans une Allemagne de l'Est moribonde, au risque d'apparaître le seul soutien de cet Etat désormais fantoche. Le cavalier seul de Helmut Kohl vers la réunification alimente ses préventions. Faut-il que l'amitié entre les deux hommes soit solide pour résister à de telles tensions ! Ils finissent par trouver un compromis : à la reconnaissance par Kohl de la frontière Oder-Neisse, répond la participation positive de la France aux « négociations 4 + 2 » – les quatre vainqueurs de l'Allemagne et les deux Allemagne – destinées à effacer les dispositions de 1945.

A la crainte des Français d'une « Europe allemande » s'oppose l'engagement du chancelier en faveur d'une « Allemagne européenne », avec l'immense signe de bonne volonté que représente l'acceptation de principe de la monnaie unique. Ayant retrouvé sa cohérence, le « trio magique » de la construction européenne – Delors, Kohl, Mitterrand – réussit à faire adopter fin 1991 le traité de Maastricht et donc la création future de l'euro. C'est au nom de cette perspective que Mitterrand refuse tout décrochage du franc par rapport à un mark stimulé par les hausses de taux d'intérêt allemands, destinées à attirer l'épargne pour la reconstruction de l'Est. Le président arbitre, dans ce contexte, en faveur de l'objectif de sa vie – la construction européenne –, fût-ce au prix d'un ralentissement économique français et d'une montée du chômage qui pèseront lourd au moment des élections de 1993. Comme en 1983, Mitterrand ne connaît qu'une boussole : l'Europe. C'est autant pour faire partager par les Français son choix que pour réaliser un coup de politique intérieure qu'il soumet en septembre 1992 à un référendum la ratification du traité de Maastricht. Comme toutes les manœuvres trop perverses, celle-ci risque de se retourner contre son auteur : le oui triomphe seulement par 1 % d'écart.

De même que Maastricht illustre la fermeté de la foi européenne de Mitterrand, la première guerre du Golfe témoigne de sa fidélité atlantique. Dès l'invasion du Koweït, la France s'est placée du côté occidental et n'a pas hésité à envoyer 10 000 hommes au sein de la coalition réunie par George Bush père. L'attitude pro-irakienne d'une partie de l'opinion, en particulier de l'extrême gauche socialiste, oblige le président à quelques contorsions sémantiques telles qu'il les aime, mais il ne transige pas sur le fond. Mitterrand a commencé son bail proaméricain et proeuropéen ; il agit dans la dernière ligne droite avec les mêmes convictions.

La guerre du Golfe l'avait empêché de suivre son désir profond et de se débarrasser de Rocard. Il nourrissait son ire de raisonnements purement alibis sur le thème de l'inaction du Premier ministre, tout en encourageant ses hommes liges à le rendre impuissant. La page du conflit tournée, il frappe. Le désir de surprendre l'avait conduit lors de son premier septennat à jouer la jeunesse avec Fabius pour remplacer Mauroy. Qu'y a-t-il de plus ébouriffant qu'un trentenaire ? Une femme. Voilà donc Edith Cresson Premier ministre. C'est un désastre. Privée de pouvoir par un Pierre Bérégovoy omniprésent, elle ne dispose que du ministère de la parole, celui pour lequel elle est le moins adaptée. Un discours de politique générale raté devant le Parlement, une série de gaffes rédhibitoires, une agitation fébrile et stérile : Mitterrand met moins d'un an à reconnaître son erreur et à faire coïncider le droit avec le fait, en nommant Bérégovoy à Matignon.

C'est un Antoine Pinay de gauche auquel il offre son bâton de maréchal. Celui-ci ramène la sérénité dans l'équipage gouvernemental, gère au mieux le quotidien, se tire avec les honneurs de la crise du change dont le franc est victime au moment du référendum sur Maastricht mais, marqué par le complexe du « petit Chose » cher à Alphonse Daudet, il se sent exclu par les élites du pouvoir. Trop sensible aux attaques *ad hominem*, ce sera un autre Roger Salengro : il se suicidera un mois après le désastre législatif de 1993. Chacun sait par avance les élections perdues. Le mitterrandisme est essoufflé douze ans après 1981, le président malade, la gauche fatiguée du pouvoir. Le scrutin majoritaire exerce ses effets amplificateurs et offre donc à la droite, en mars 1993, une nouvelle Chambre introuvable.

Nouvelle cohabitation et donc nouveau retour à une lecture parlementaire de la Constitution, mais dans un climat plus apaisé. La certitude du retrait de François Mitterrand en 1995, la substitution du policé Edouard Balladur au vindicatif Chirac, l'expérience acquise par tous les protagonistes entre 1986 et 1988 : chacun s'attend davantage à une coopération conflictuelle qu'à un affrontement déguisé. Dégagé, en théorie, de toute perspective élyséenne, Balladur s'engage dans une politique à la Raymond Barre, courageuse et ferme.

Il attaque un tabou, le régime des retraites, infléchit le fonctionnement du marché du travail, reprend les privatisations, et ce dans un contexte économique de récession. Tout doit donc conduire ce personnage, plus profilé pour le suffrage censitaire que pour le suffrage universel, à l'impopularité. Or, mystère de la politique, il engrange une popularité exceptionnelle qui ne se dément ni au fil des échecs – la réforme de la loi Falloux, le CIP, ersatz d'un SMIC jeunes –, ni au gré de chiffres macroéconomiques médiocres. Se dessine alors une configuration inattendue : un Balladur qui se met à penser à l'élection présidentielle, un Chirac qui se sent floué, voire trompé, un Mitterrand qui ne renonce pas à un dernier plaisir pervers, jouer l'arbitre des élégances entre les deux éminences de la droite. Comme toutes les luttes fratricides, le combat devient sauvage au sein du RPR : coups bas, opérations de basse police, excommunications en tous genres. Acculé, Chirac tente une sortie audacieuse : lui, le chef du camp conservateur, décide de tourner Balladur par la gauche. Ce n'est plus le Reagan français des années 80, mais un humaniste, obsédé par la « fracture sociale ».

Quant à la gauche, elle s'estime battue au départ dès lors que son meilleur candidat, Jacques Delors, s'est désisté. Le parti socialiste désigne sans enthousiasme Lionel Jospin, pour une défaite annoncée. Certain d'être battu, celui-ci fait une excellente campagne, alors que convaincu sept ans plus tard d'être élu, il ratera sa prestation.

Se produit alors à droite l'imprévisible : invincible en janvier 1995, Balladur s'effondre sous les coups de boutoir de Chirac et l'effet de sa propre inexpérience électorale. Faisant son apprentissage au fur et à mesure de la campagne, il finit par reconquérir une partie du terrain perdu, mais termine néanmoins à une encablure de Chirac. Celui-ci réalise son score habituel de premier tour – 20 % – derrière un Jospin qui atteint étonnamment 23,3 %. Balladur se désistant avec autant d'élégance vis-à-vis de Chirac que celui-ci en avait peu mis à l'égard de Giscard en 1981, le deuxième tour est une formalité que le candidat de la droite remplit avec 53 %.

Comme Mitterrand élu à sa troisième tentative, il aura fallu trois essais à Chirac pour atteindre le but de sa vie. Habile caméléon politique passé du travaillisme à la française au libéralisme militant, puis à la fracture sociale, aussi changeant d'idées que persévérant dans sa conquête du pouvoir, homme de clan inapte au pardon et à la générosité, aussi sympathique d'apparence que dur dans sa gestion des hommes, il s'installe à l'Elysée doté d'un programme électoral absurde et démagogique. Aussi nomme-t-il à Matignon, tel un garde-fou qu'il s'impose à lui-même, le plus rationnel, le plus intelligent, le plus méthodique de ses fidèles, Alain Juppé. A lui de faire entendre la voix de la réalité. Les marchés lui facilitent la tâche, qui votent à leur manière la défiance à la France. Chirac connaît au bout de six mois la même douche froide financière que Mitterrand en 1983. Il lui faut faire machine arrière et revenir aux règles de la pensée unique qu'il avait si violemment brocardées pendant sa campagne électorale. Le prix politique est immédiat : le pays connaît, à l'automne 1995, ses plus grandes grèves depuis 1968. Seul le secteur public arrête le travail, mais les salariés du privé ne se rebellent pas contre les difficultés que l'absence de transports leur impose. Ils se montrent solidaires d'un combat que pour leur part ils n'ont pas les moyens de mener. Contraint à des concessions que la rigidité du Premier ministre rend difficiles, le gouvernement ne se remettra jamais de ce conflit.

Hormis l'insoluble contradiction économique dans laquelle il s'est lui-même placé, Chirac démarre sa présidence de manière tonitruante. Ayant promis, tel un hommage rendu à la vulgate gaulliste, de reprendre les essais nucléaires souterrains, il affronte sans sourciller une réprobation universelle. Peu porté à accepter l'humiliation de l'armée, il met fin à la passivité forcée des troupes en Bosnie. Enfin, dans un acte inattendu qui contrevient à la vision gaulliste et mitterrandienne de Vichy, il reconnaît la responsabilité de l'Etat français dans les déportations des Juifs. C'est l'expression du meilleur Chirac : anticonformiste, porté vers les minorités, irrité par le conservatisme bourgeois. Si la fracture sociale était un simple geste électoral, la fracture ethnique, elle, lui est insupportable.

Inquiet des élections législatives qui s'annoncent en 1998, le pouvoir décide de les anticiper et dissout l'Assemblée au printemps 1997. Mais le président ne comprend pas que, dans la logique des institutions, une dissolution exige qu'il remette en jeu son mandat, comme de Gaulle en 1968. Affirmer, après un tel coup de tonnerre politique, qu'il demeurera en place en cas de défaite devient un incroyable pousse-au-crime. C'est faire le lit de l'opposition. Repeinte aux couleurs de la « gauche plurielle », celle-ci ne rate pas le coche et gagne assez facilement le scrutin.

A Chirac de découvrir les us et coutumes de la cohabitation, version Elysée. Ridiculisé par sa dissolution ratée, il nomme à Matignon sans tergiverser Lionel Jospin. Celui-ci arrive au pouvoir doté d'une équipe ministérielle de haute volée – Aubry, Strauss-Kahn, Guigou, tous produits de l'école de formation mitterrandiste – et muni d'un programme économique contestable – les trente-cinq heures au premier chef –, établi dans la perspective d'une défaite. Le gouvernement renonce immédiatement aux débordements macroéconomiques qui auraient bloqué la marche vers l'euro. Il prend quelques mesures de société, le PACS en particulier, destinées à « timbrer à gauche » son action. Il s'acharne en revanche à imposer par la loi les trente-cinq heures, alors que, bénéficiaire d'un environnement économique favorable, il aurait pu laisser le chômage se résorber de lui-même. Lionel Jospin se révèle dans l'exercice du pouvoir un bon gestionnaire, mesuré et empirique, mais il se refuse à traduire idéologiquement sa pratique gouvernementale. Social-démocrate dans son action, le gouvernement demeure socialiste dans son discours.

C'est une nouvelle forme de cohabitation. Beaucoup plus longue que les précédentes – cinq ans –, elle n'oppose pas deux visions du monde : Chirac est un radical inavoué, Jospin un social-démocrate honteux. Ce sont des Européens de raison plus que de cœur, des observateurs sceptiques de la mondialisation, des partisans modérés de l'Alliance atlantique, des défenseurs irréfléchis du modèle social français. Ils auraient pu, dans un autre monde, appartenir au même gouvernement. La lutte pour le pouvoir est heureusement là pour donner son sel à leur aventure commune. Ils se disputent les succès, tel l'achèvement de l'euro ou l'adoption du quinquennat, se battent sur les nominations, s'envoient des piques et se préparent à leur duel en 2002. C'est la répétition inversée du match Mitterrand-Chirac de 1988, sans la différence de niveaux entre les deux candidats. Chacun s'attend à une campagne terne, à un affrontement codé, à un résultat imprévisible. Il n'y a pas un seul Français pour imaginer le coup de tonnerre du 21 avril 2002 : un peloton serré, Chirac en tête, Le Pen second et donc finaliste, Jospin éliminé. La France vit, telle une gifle, l'irruption de l'extrême droite au deuxième tour et Chirac se voit transformé en candidat d'union nationale et vestale de la République. Sa victoire est évidemment écrasante : 82 %. Quelle résurrection pour l'auteur de la misérable dissolution de 1997 !

Se pose néanmoins un problème d'interprétation face à ce score pharaonique. Offre-t-il un levier politique qui permet de changer les règles du jeu ? Est-ce au contraire le produit d'un concours de circonstances, sans signification durable ? Politicien à l'ancienne, Chirac opte pour la seconde interprétation. Elle est tellement plus confortable pour un homme recru d'épreuves que rien ne prédispose dans son parcours à dynamiter les habitudes, comme de Gaulle ou Mendès. Après des élections législatives aisément gagnées, tant le traumatisme du 21 avril est violent à gauche, il fait un choix de confort en nommant à Matignon Jean-Pierre Raffarin, habile notable de province, de préférence à Nicolas Sarkozy, dont l'activisme ne correspond pas à la vision qu'il a de son second mandat. Le quinquennat de Jacques Chirac se résume à une réforme sociale – les retraites des fonctionnaires –, un coup d'éclat international – le refus de la guerre en Irak –, un échec piteux – le référendum sur la Constitution européenne. Hormis l'alignement du régime de retraite des fonctionnaires, donc hors régimes spéciaux, sur les salariés du privé, le pouvoir ne touche à aucun des piliers du modèle social : Chirac n'a jamais été, ni réformiste, ni modernisateur. Ce n'est pas au soir de sa vie publique qu'il va ressentir brutalement cette tentation.

En ce début de mandat il réserve son énergie à l'affaire irakienne. Avec l'aide de son flamboyant ministre des Affaires étrangères Dominique de Villepin, il devient le chef de file des grandes puissances opposées à la guerre, la référence morale du tiers-monde, la boussole d'une opinion publique mondiale portée au pacifisme. Vilipendé aux Etats-Unis, il est partout ailleurs un héros. Mais cet incroyable crédit se volatilisera aussi rapidement qu'il est apparu. Chirac aurait-il pu le capitaliser ? C'est peu probable : la France est une puissance trop moyenne pour peser durablement sur le jeu diplomatique. Aurait-il dû agir plus finement, afin de moins heurter les Etats-Unis ? Son tempérament brutal le lui interdisait. Avoir raison n'est pas un gage de succès à long terme.

Il est vrai que son crédit international va se volatiliser à l'occasion du calamiteux référendum du 29 mai 2005. Comme lors de la dissolution, sa position institutionnelle est la négation du gaullisme dont il se dit l'héritier. Jamais le Général ne se serait lancé dans un référendum sans mettre en jeu son mandat. Chirac est plutôt l'héritier du Mitterrand qui avait fait le même choix en cas de non au traité de Maastricht, bien davantage que d'un de Gaulle dont il évoque les mânes, depuis des décennies. Un contexte institutionnel sans risque, une mauvaise campagne, un pays de mauvaise humeur. Le résultat est sanglant : 55 % de non. C'est sur le plan international une disqualification.

Il ne reste au président que la scène intérieure pour jouer la parodie du mouvement, en changeant de Premier ministre et en nommant un Villepin dont l'irrationalité peut servir de dérivatif jusqu'à l'élection de 2007. Après un quinquennat aussi terne, la passion de l'alternance si permanente depuis 2001 doit conduire à la victoire de la gauche. Nicolas Sarkozy va mettre fin à la règle en jouant sur deux claviers. A l'instar de Giscard, il promet l'alternance sans changer de camp. A l'image de Mitterrand, il pratique et réussit le baiser de la mort vis-à-vis de l'extrême droite, comme celui-ci l'avait fait à l'endroit des communistes. De là un succès incontestable : 31 % au premier tour, plus de 53 % au second. C'est un nouveau chapitre qui s'ouvre. Un historien du dimanche est déjà suspect. Inutile d'y ajouter le délit d'amitié. Cette Histoire s'interrompt donc le 6 mai 2007.

ANNEXES

BIBLIOGRAPHIE

Cette bibliographie se compose de deux parties. D'une part les ouvrages sur lesquels j'ai personnellement travaillé (cf. Bibliographie personnelle). D'autre part ceux qui ont été lus par Camille Landais dont le concours documentaire a été majeur pour moi et à partir desquels il m'a constitué des dossiers ciblés (i.e. Bibliographie complémentaire).

I – BIBLIOGRAPHIE PERSONNELLE

Agulhon, Maurice.
La République, tome 1, *1880-1932*, Hachette Littératures.
La République, tome 2, *1932 à nos jours*, Hachette Littératures.

Bainville, Jacques, *Histoire de France*, Tallandier, 2007.

Boudon, Jacques-Olivier, *Histoire du Consulat et de l'Empire*, 2003.

Furet, François.
La Révolution, tome 1, *1770-1814*, Hachette Littératures.
La Révolution, tome 2, *1814-1880*, Hachette Littératures.

Furet, François, Denis Richet, *La Révolution française*, Hachette Littératures.

Histoire de France, sous la direction de Georges Duby, Larousse, Paris, 2006.

Nouvelle histoire de la France contemporaine, Le Seuil-Points.
Vol. 8, Maurice Agulhon, *1848 ou l'apprentissage de la République.*
Vol. 10, Jean-Marie Mayeur, *Les Débuts de la IIIe République.*
Vol. 11, Madeleine Rebérioux, *La République radicale.*
Vol. 12, Jean-Jacques Becker, Serge Berstein, *Victoire et frustrations.*
Vol. 13, Dominique Borne, Henri Dubief, *La Crise des années 1930.*
Vol. 14, Jean-Pierre Azéma, *De Munich à la Libération.*
Vol. 15, Jean-Pierre Rioux, *La France de la IVe République*, tome 1.
Vol. 16, Jean-Pierre Rioux, *La France de la IVe République*, tome 2.
Vol. 17, Serge Berstein, *La France de l'expansion*, tome 1.
Vol. 18, Serge Berstein, Jean-Pierre Rioux, *La France de l'expansion*, tome 2.
Vol. 19, Jean-Jacques Becker, *Crises et alternances.*
Nouvelle histoire de la France médiévale, Le Seuil-Points.
Tome 3, Dominique Barthélemy, *L'Ordre seigneurial.*
Tome 4, Monique Bourin-Derruau, *Temps d'équilibres, temps de ruptures.*
Tome 5, Alain Demurger, *Temps de crises, temps d'espoirs.*
Vovelle, Michel, *La Révolution française*, Armand Colin, 2006.

II – BIBLIOGRAPHIE COMPLÉMENTAIRE

Ouvrages généraux

Braudel, F., *L'Identité de la France*, Gallimard, 1990.
Histoire de la France, sous la direction d'André Burguière et Jacques Revel, Seuil, 1989.

L'Espace français, dirigé par J. Revel
Héritages, dirigé par A. Burguière
Choix culturels et mémoire, dirigé par A. Burguière
La Longue Durée de l'Etat, dirigé par J. Le Goff
Les Conflits, dirigé par J. Julliard

Histoire de France, sous la direction de Jean Favier, Fayard, 1985.
t. 1, *Les Origines (avant l'an mil),* K.F. Werner
t. 2, *Le Temps des principautés (de l'an mil à 1515),* J. Favier
t. 3, *La France moderne (de 1515 à 1789),* J. Meyer
t. 4, *Les Révolutions* (*de 1789 à 1851*), J. Tulard
t. 5, *La France des patriotes (de 1851 à 1918),* F. Caron
t. 6, *Notre siècle*, R. Rémond

Les Lieux de mémoire, sous la direction de Pierre Nora, Gallimard, 1997 (pour l'édition en trois volumes).

Michelet, J., *Histoire de France*, Flammarion, 1893 (16 volumes).

Les origines

Avout, J. d', *Le Meurtre d'Etienne Marcel, 31 juillet 1358, Trente journées qui ont fait la France*, Gallimard, 1960.

Baldwin, J., *Philippe Auguste*, Fayard, 1991.

Barthélemy, D., *L'Ordre seigneurial (XIe-XIIe siècle),* Seuil, Nouvelle histoire de la France médiévale, 1990.

Bloch, M., *La Société féodale*, Albin Michel, 1994.

Bourin, M., *Temps d'équilibre, temps de rupture (XIIIe siècle),* Seuil, Nouvelle histoire de la France médiévale, 1990.

Contamine, P., sous la direction de, *Histoire de la France politique, Le Moyen Age : le roi, l'Eglise, les grands, le peuple*, Seuil, 2004.

Demurger, A., *Temps de crise, Temps d'espoir (XIVe-XVe siècle),* Seuil, Nouvelle histoire de la France médiévale, 1990.

Favier, J., *Charlemagne*, Fayard, 1999.

Geary, P.J., *Naissance de la France*, Flammarion, 1989.

Heers, J., *Louis XI*, Perrin, 1999.

Kendall, P.M., *Louis XI,* Fayard, 1971.
Lebecq, S., *Les Origines franques (ve-ixe siècle),* Seuil, Nouvelle histoire de la France médiévale, 1990.
Pirenne, H., *Mahomet et Charlemagne*, PUF, 1970.
Schnerb, B., *Les Armagnacs et les Bourguignons, la maudite guerre*, Perrin, 2001.
Theis, L., *L'Héritage des Charles (de la mort de Charlemagne aux environs de l'an mil),* Seuil, Nouvelle histoire de la France médiévale, 1990.

La France moderne

Badinter, E., *Les Remontrances de Malesherbes 1771-1775,* Flammarion, 1985.
Bell, D.A., *The cult of the nation in France : inventing nationalism, 1680-1800*, Harvard University Press, Cambridge, 2003.
Bercé, Y.M., *La Naissance dramatique de l'absolutisme (1598-1661),* Seuil, Nouvelle histoire de la France moderne.
Faure, E., *La Banqueroute de Law, 17 juillet 1720,* Trente journées qui ont fait la France, Gallimard, 1977.
—, *La Disgrâce de Turgot, 12 mai 1776,* Trente journées qui ont fait la France, Gallimard, 1961.
Garrisson, J., *Guerre civile et compromis (1559-1598),* Seuil, Nouvelle histoire de la France moderne.
—, *Royauté, Renaissance et Réforme (1483-1559),* Seuil, Nouvelle histoire de la France moderne.
Goubert, P., *Mazarin*, Fayard, 1990.
Halévy, D., *Vauban*, de Fallois, 2007.
Jouanna, A., *La France du xvie siècle (1483-1598),* PUF, 1996.
—, *La Saint-Barthélemy, les mystères d'un crime d'Etat, 24 août 1572*, Les journées qui ont fait la France, Gallimard, 2007.
Labrousse, E., *La Révocation de l'édit de Nantes*, Payot, 1990.

Lebrun, F., *La Puissance et la guerre (1661-1715),* Seuil, Nouvelle histoire de la France moderne.

Richardt, A., *La Régence*, Tallandier, 2003.

Zysberg, A., *La Monarchie des Lumières (1715-1786),* Seuil, Nouvelle histoire de la France moderne.

Vers la France contemporaine

Agulhon, M., *1848 ou l'apprentissage de la République (1848-1852),* Seuil, Nouvelle histoire de la France contemporaine.

Asselain, J.-C., *Histoire économique de la France,* 2 tomes, Seuil, 1984.

Bergeron, L., *L'Épisode napoléonien, Aspects intérieurs,* Seuil, Nouvelle histoire de la France contemporaine.

Bouloiseau, M., *La République jacobine (10 août 1792-9 Thermidor an II),* Seuil, Nouvelle histoire de la France contemporaine.

Burrin, P., *La France à l'heure allemande 1940-1944,* Seuil, 1995.

Chevalier, L., *Classes laborieuses, classes dangereuses,* Perrin, 2002.

Furet, F., *Penser la Révolution française,* Gallimard, 1985.

—, *La Révolution de Turgot à Jules Ferry 1770-1880,* Hachette, 1988.

Girardet, R., *L'Idée coloniale en France 1871-1962*, Hachette, 2007.

Jardin, A. et Tudesq, A.J., *La France des notables (1815-1848),* Seuil, Nouvelle histoire de la France contemporaine.

Jaurès, J., *Histoire socialiste de la Révolution française* (7 vol.), édition revue et annotée par A. Soboul, Editions sociales, 1970.

Mayeur, J.M., *Les Débuts de la IIIe République (1871-1898),* Seuil, Nouvelle histoire de la France contemporaine.

Milza, P., *Napoléon III,* Perrin, 2004.

Noiriel, G., *Le Creuset français, Histoire de l'immigration, XIXe-XXe siècle,* Seuil, 2006.

Plessis, A., *De la fête impériale au mur des Fédérés (1852-1871),* Seuil, Nouvelle histoire de la France contemporaine.

Rebérioux, M., *La République radicale ? (1898-1914),* Seuil, Nouvelle histoire de la France contemporaine.

Rémond, R., *Les Droites en France,* Aubier-Montaigne, 1982.

Rosanvallon, P., *L'Etat en France, de 1815 à nos jours,* Seuil, 1990.

–, *Le moment Guizot,* Gallimard, 2001.

Sternhell, Z., *La Droite révolutionnaire 1885-1914*, Gallimard, 1997.

Taine, H., *Les Origines de la France contemporaine,* Robert Laffont, 1986.

Tocqueville, A. de, *L'Ancien Régime et la Révolution,* Gallimard, 1967.

Vovelle, M., *La Chute de la monarchie (1787-1792),* Seuil, Nouvelle histoire de la France contemporaine.

Woronoff, D., *La République bourgeoise (de Thermidor à Brumaire, 1794-1799),* Seuil, Nouvelle histoire de la France contemporaine.

CARTES

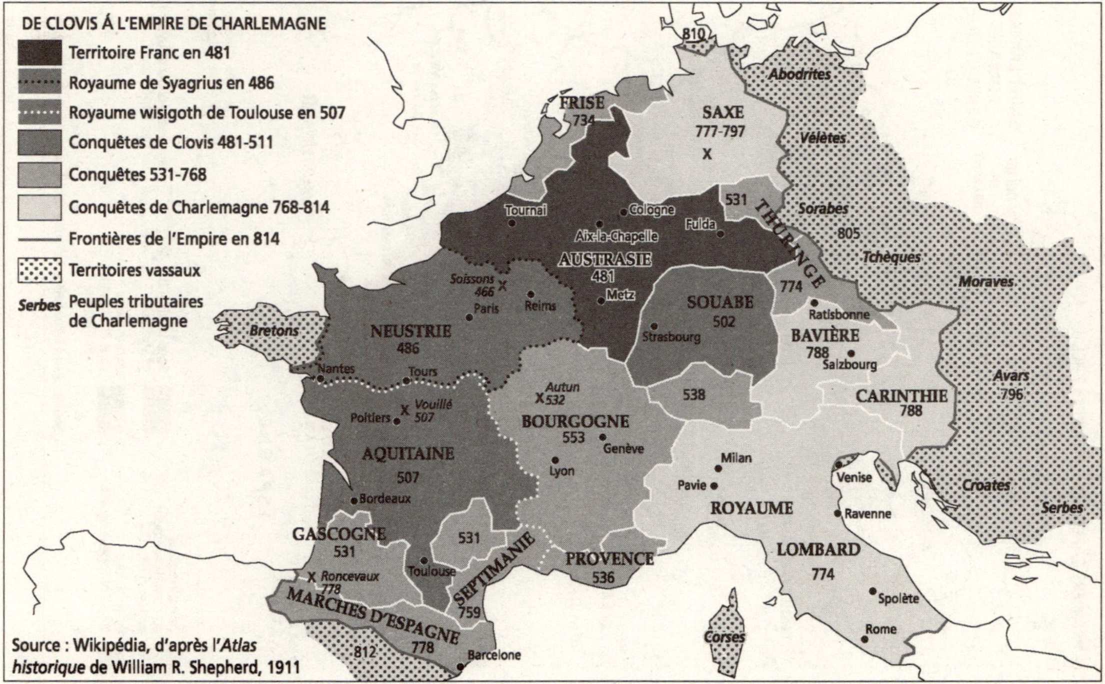

DE CLOVIS À L'EMPIRE DE CHARLEMAGNE

Source : Wikipédia, d'après l'*Atlas historique* de William R. Shepherd, 1911

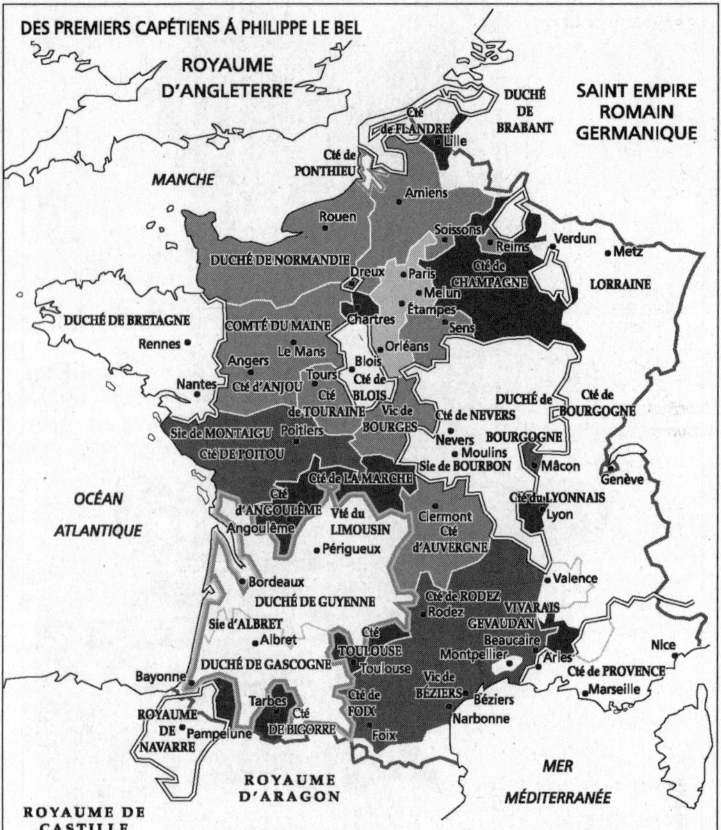

Source : d'après *Muir's Historical Atlas : Medieval an Modern*, Londres, 1911

LE PARTAGE DE VERDUN 843

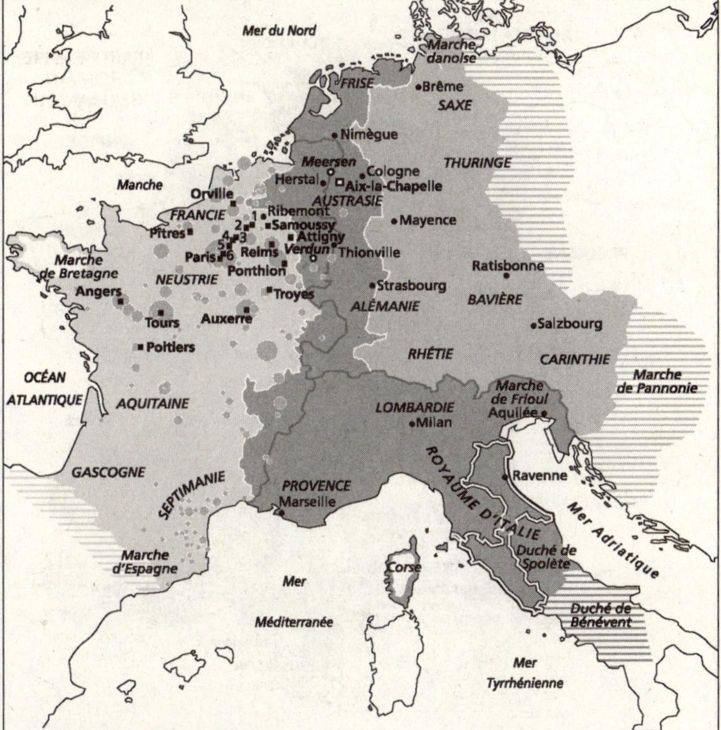

Partage du traité de Verdun (843)

- Charles le Chauve « Francie occidentale »
- Lothaire « France médiane » (future Lotharingie)
- Louis le Germanique « Francie orientale »
- États de l'Église « Patrimoine de Saint-Pierre »
- Zone d'influence carolingienne (territoires tributaires, marches)
- Partage du traité de Meersen

1 : Servais
2 : Quierzy
3 : Compiègne
4 : Verberie
5 : Senlis
6 : St-Denis

▪ Principaux palais de Charles le Chauve*

Bénéficiaires d'actes royaux de Charles le Chauve

1 5 10 18 28

** Sont exclus les faux, les destinataires italiens et les bénéficiaires laïcs Quelques-uns hors des frontières de 843*

Source : *Atlas de l'histoire de France IXe-XVe siècle*, sous la direction de O. Guyojeannin, Autrement, 2005

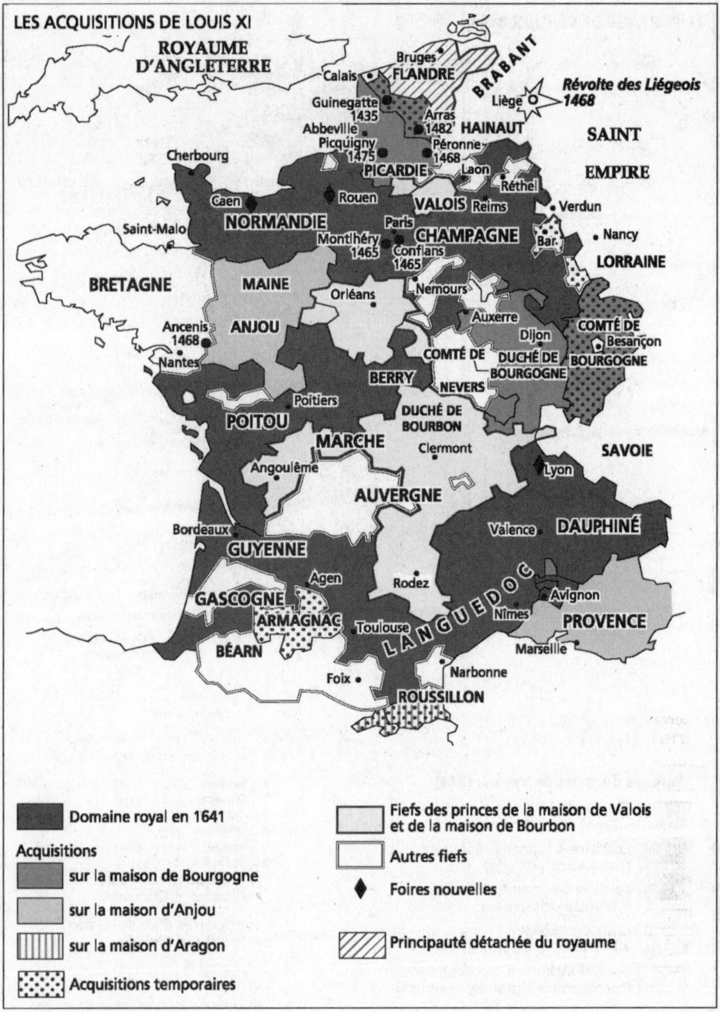
LES ACQUISITIONS DE LOUIS XI
ROYAUME D'ANGLETERRE
Bruges
Calais
FLANDRE
BRABANT
Révolte des Liégeois 1468
Liège
Guinegatte 1435
Arras 1482
HAINAUT
SAINT EMPIRE
Abbeville
Picquigny 1475
Péronne 1468
Cherbourg
PICARDIE
Laon
Réthel
Caen
Rouen
VALOIS
Reims
Verdun
NORMANDIE
Paris
Saint-Malo
Montlhéry 1465
CHAMPAGNE
Conflans 1465
Bar
Nancy
LORRAINE
BRETAGNE
MAINE
Orléans
Nemours
Auxerre
Ancenis 1468
ANJOU
Dijon
COMTÉ DE BOURGOGNE
Besançon
Nantes
COMTÉ DE NEVERS
DUCHÉ DE BOURGOGNE
BERRY
Poitiers
POITOU
DUCHÉ DE BOURBON
MARCHE
Clermont
SAVOIE
Angoulême
Lyon
AUVERGNE
Bordeaux
Valence
DAUPHINÉ
GUYENNE
Agen
Rodez
LANGUEDOC
Avignon
GASCOGNE
Nîmes
PROVENCE
ARMAGNAC
Toulouse
Marseille
BÉARN
Narbonne
Foix
ROUSSILLON
Domaine royal en 1641
Acquisitions
sur la maison de Bourgogne
sur la maison d'Anjou
sur la maison d'Aragon
Acquisitions temporaires
Fiefs des princes de la maison de Valois et de la maison de Bourbon
Autres fiefs
Foires nouvelles
Principauté détachée du royaume

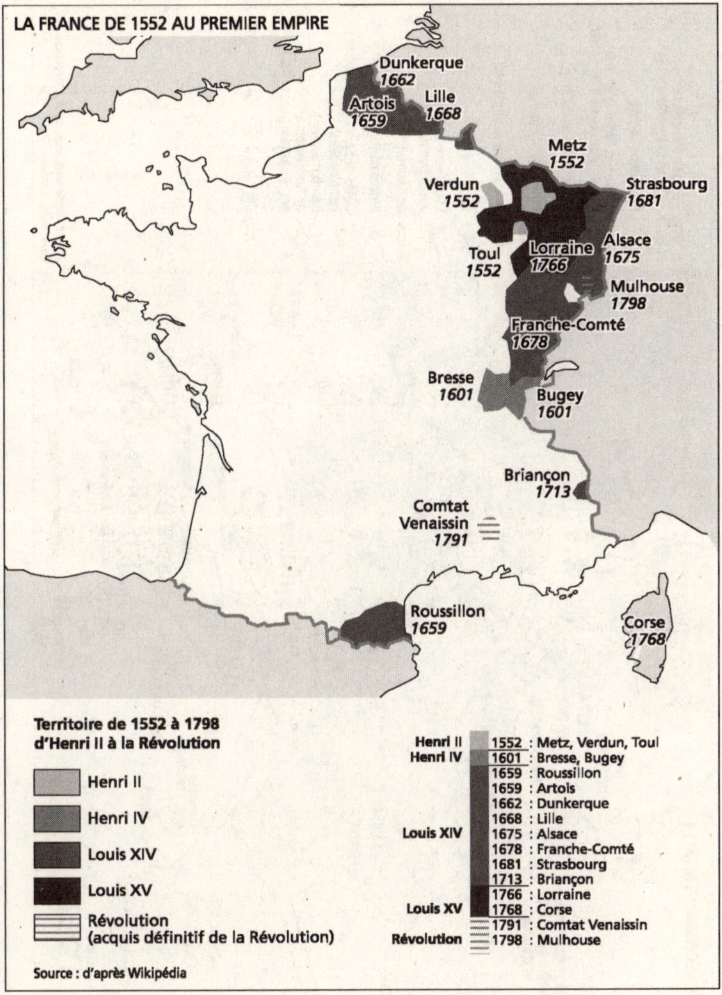
LA FRANCE DE 1552 AU PREMIER EMPIRE
Dunkerque 1662
Artois 1659
Lille 1668
Metz 1552
Verdun 1552
Strasbourg 1681
Toul 1552
Lorraine 1766
Alsace 1675
Mulhouse 1798
Franche-Comté 1678
Bresse 1601
Bugey 1601
Briançon 1713
Comtat Venaissin 1791
Roussillon 1659
Corse 1768
Territoire de 1552 à 1798
d'Henri II à la Révolution
Henri II
Henri IV
Louis XIV
Louis XV
Révolution
(acquis définitif de la Révolution)
Henri II 1552 : Metz, Verdun, Toul
Henri IV 1601 : Bresse, Bugey
Louis XIV 1659 : Roussillon
1659 : Artois
1662 : Dunkerque
1668 : Lille
1675 : Alsace
1678 : Franche-Comté
1681 : Strasbourg
1713 : Briançon
Louis XV 1766 : Lorraine
1768 : Corse
Révolution 1791 : Comtat Venaissin
1798 : Mulhouse
Source : d'après Wikipédia

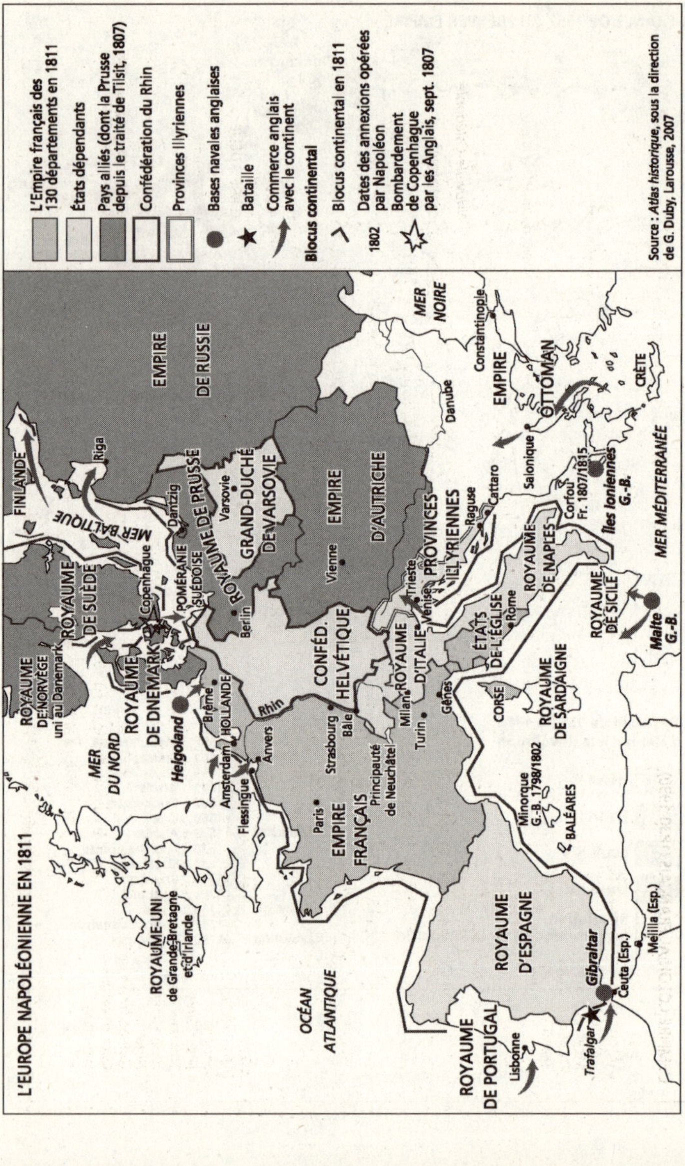
L'EUROPE NAPOLÉONIENNE EN 1811
L'Empire français des 130 départements en 1811
États dépendants
Pays alliés (dont la Prusse depuis le traité de Tilsit, 1807)
Confédération du Rhin
Provinces Illyriennes
Bases navales anglaises
Bataille
Commerce anglais avec le continent
Blocus continental
Blocus continental en 1811
Dates des annexions opérées par Napoléon
Bombardement de Copenhague par les Anglais, sept. 1807
Source : *Atlas historique*, sous la direction de G. Duby, Larousse, 2007
ROYAUME-UNI de Grande-Bretagne et d'Irlande
OCÉAN ATLANTIQUE
MER DU NORD
MER BALTIQUE
MER NOIRE
MER MÉDITERRANÉE
ROYAUME DE NORVÈGE uni au Danemark
ROYAUME DE SUÈDE
ROYAUME DE DANEMARK
FINLANDE
EMPIRE DE RUSSIE
ROYAUME DE PRUSSE
GRAND-DUCHÉ DE VARSOVIE
POMÉRANIE SUÉDOISE
EMPIRE D'AUTRICHE
PROVINCES ILLYRIENNES
EMPIRE OTTOMAN
CONFÉD. HELVÉTIQUE
EMPIRE FRANÇAIS
HOLLANDE
Principauté de Neuchâtel
ROYAUME D'ITALIE
ÉTATS DE L'ÉGLISE
ROYAUME DE NAPLES
ROYAUME DE SICILE
ROYAUME DE SARDAIGNE
CORSE
ROYAUME D'ESPAGNE
ROYAUME DE PORTUGAL
BALÉARES
Minorque G.-B. 1798/1802
Malte G.-B.
Îles Ioniennes G.-B.
Corfou Fr. 1807/1815
Gibraltar
Helgoland
Trafalgar
Ceuta (Esp.)
Melilla (Esp.)
CRÈTE
Danube
Rhin
Lisbonne
Paris
Flessingue
Amsterdam
Anvers
Brême
Strasbourg
Bâle
Milan
Turin
Gênes
Venise
Trieste
Rome
Vienne
Berlin
Copenhague
Dantzig
Varsovie
Riga
Raguse
Cattaro
Salonique
Constantinople

L'EMPIRE COLONIAL FRANÇAIS (1830-1930)

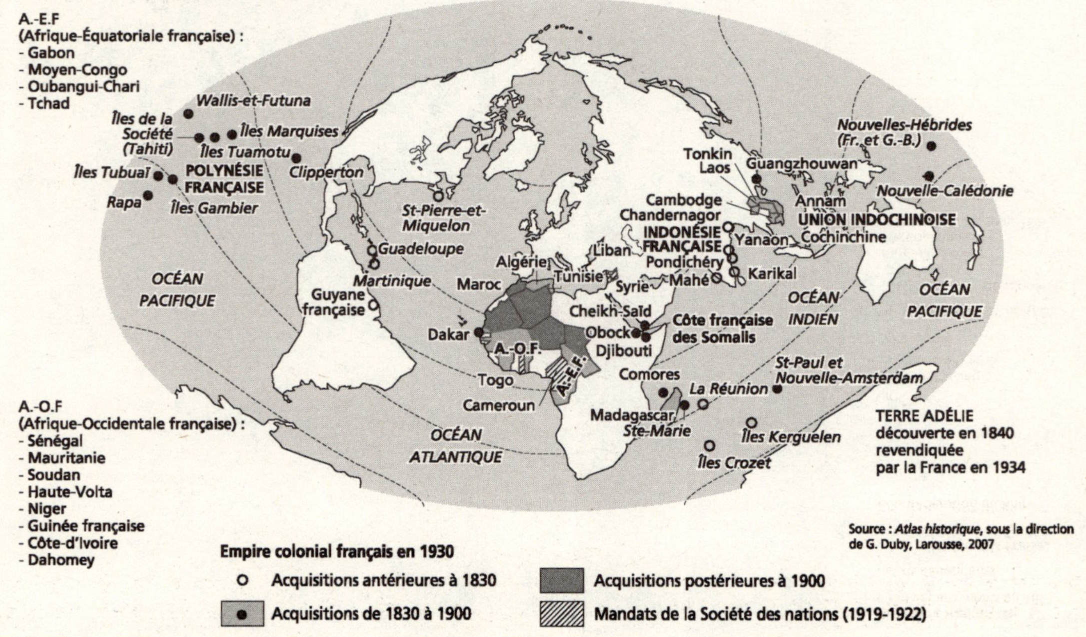

Source : *Atlas historique*, sous la direction de G. Duby, Larousse, 2007

GÉNÉALOGIE DES ROIS

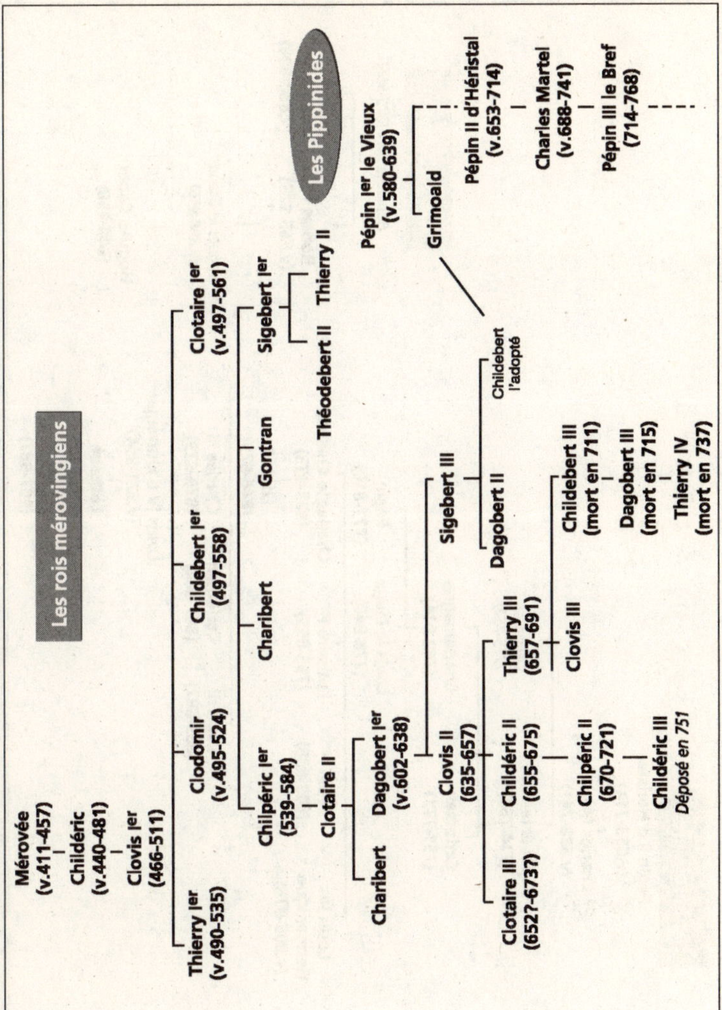
Les rois mérovingiens
Mérovée (v.411-457)
Childéric (v.440-481)
Clovis Ier (466-511)
Thierry Ier (v.490-535)
Clodomir (v.495-524)
Childebert Ier (497-558)
Clotaire Ier (v.497-561)
Chilpéric Ier (539-584)
Charibert
Gontran
Sigebert Ier
Théodebert II
Thierry II
Clotaire II
Charibert
Dagobert Ier (v.602-638)
Clovis II (635-657)
Sigebert III
Dagobert II
Childebert l'adopté
Clotaire III (652?-673?)
Childéric II (655-675)
Thierry III (657-691)
Clovis III
Childebert III (mort en 711)
Dagobert III (mort en 715)
Thierry IV (mort en 737)
Chilpéric II (670-721)
Childéric III Déposé en 751
Les Pippinides
Pépin Ier le Vieux (v.580-639)
Grimoald
Pépin II d'Héristal (v.653-714)
Charles Martel (v.688-741)
Pépin III le Bref (714-768)

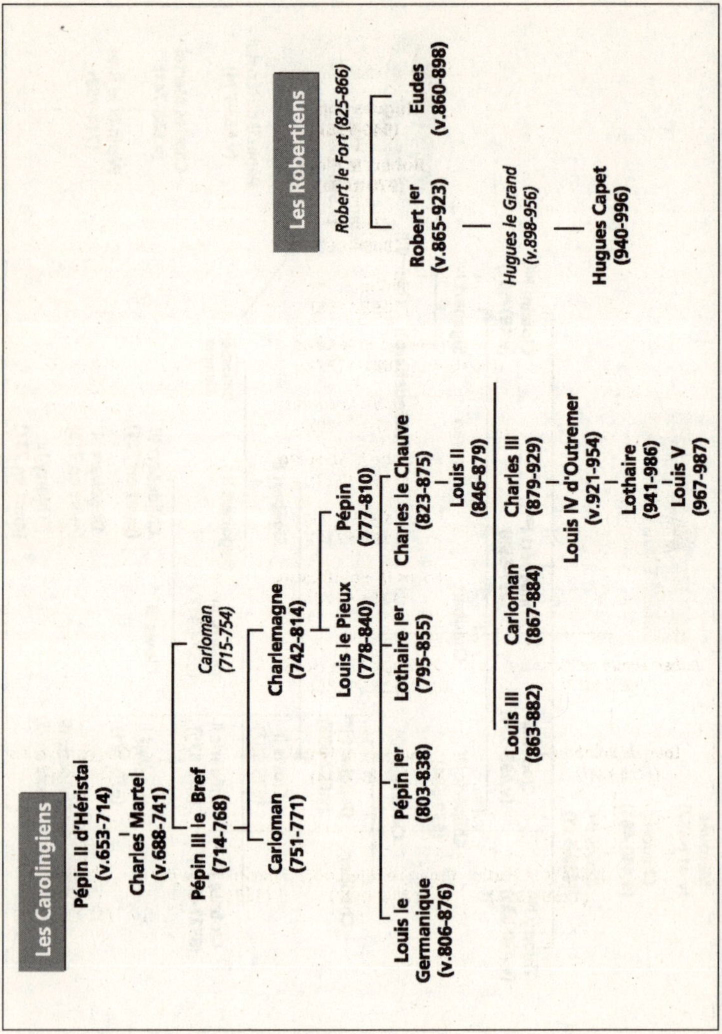
Les Carolingiens
Pépin II d'Héristal (v.653-714)
Charles Martel (v.688-741)
Pépin III le Bref (714-768)
Carloman (715-754)
Carloman (751-771)
Charlemagne (742-814)
Louis le Pieux (778-840)
Pépin (777-810)
Louis le Germanique (v.806-876)
Pépin Ier (803-838)
Lothaire Ier (795-855)
Charles le Chauve (823-875)
Louis II (846-879)
Louis III (863-882)
Carloman (867-884)
Charles III (879-929)
Louis IV d'Outremer (v.921-954)
Lothaire (941-986)
Louis V (967-987)
Les Robertiens
Robert le Fort (825-866)
Robert Ier (v.865-923)
Eudes (v.860-898)
Hugues le Grand (v.898-956)
Hugues Capet (940-996)

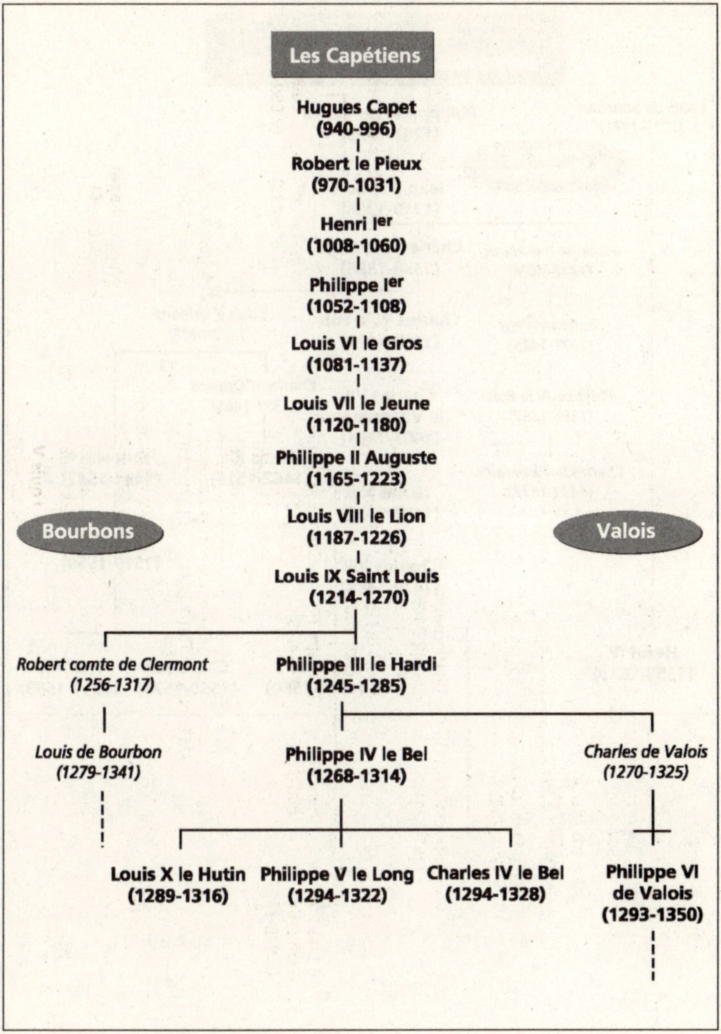
Les Capétiens
Hugues Capet (940-996)
Robert le Pieux (970-1031)
Henri Ier (1008-1060)
Philippe Ier (1052-1108)
Louis VI le Gros (1081-1137)
Louis VII le Jeune (1120-1180)
Philippe II Auguste (1165-1223)
Louis VIII le Lion (1187-1226)
Bourbons
Valois
Louis IX Saint Louis (1214-1270)
Robert comte de Clermont (1256-1317)
Philippe III le Hardi (1245-1285)
Louis de Bourbon (1279-1341)
Philippe IV le Bel (1268-1314)
Charles de Valois (1270-1325)
Louis X le Hutin (1289-1316)
Philippe V le Long (1294-1322)
Charles IV le Bel (1294-1328)
Philippe VI de Valois (1293-1350)

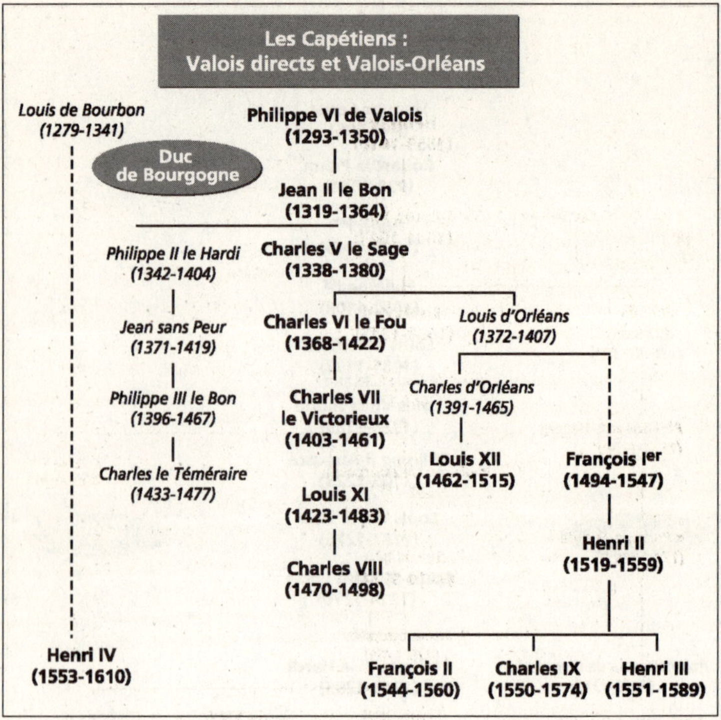
Les Capétiens :
Valois directs et Valois-Orléans
Louis de Bourbon
(1279-1341)
Philippe VI de Valois
(1293-1350)
Duc de Bourgogne
Jean II le Bon
(1319-1364)
Philippe II le Hardi
(1342-1404)
Charles V le Sage
(1338-1380)
Jean sans Peur
(1371-1419)
Charles VI le Fou
(1368-1422)
Louis d'Orléans
(1372-1407)
Philippe III le Bon
(1396-1467)
Charles VII
le Victorieux
(1403-1461)
Charles d'Orléans
(1391-1465)
Charles le Téméraire
(1433-1477)
Louis XII
(1462-1515)
François Ier
(1494-1547)
Louis XI
(1423-1483)
Henri II
(1519-1559)
Charles VIII
(1470-1498)
Henri IV
(1553-1610)
François II
(1544-1560)
Charles IX
(1550-1574)
Henri III
(1551-1589)

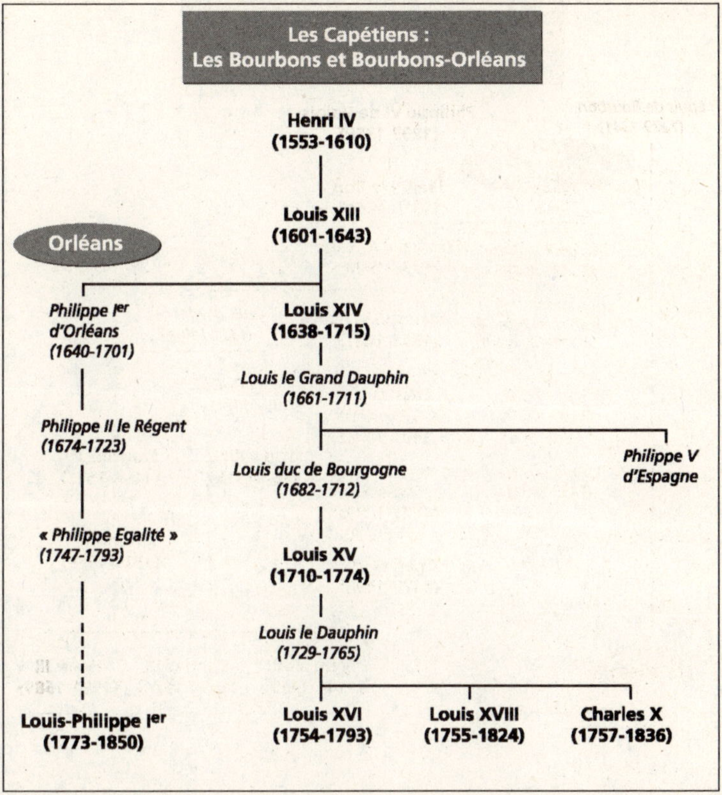
Les Capétiens :
Les Bourbons et Bourbons-Orléans
Henri IV
(1553-1610)
Louis XIII
(1601-1643)
Orléans
Philippe Ier
d'Orléans
(1640-1701)
Louis XIV
(1638-1715)
Louis le Grand Dauphin
(1661-1711)
Philippe II le Régent
(1674-1723)
Philippe V
d'Espagne
Louis duc de Bourgogne
(1682-1712)
« Philippe Egalité »
(1747-1793)
Louis XV
(1710-1774)
Louis le Dauphin
(1729-1765)
Louis-Philippe Ier
(1773-1850)
Louis XVI
(1754-1793)
Louis XVIII
(1755-1824)
Charles X
(1757-1836)

CHRONOLOGIE

1500 av. J.-C. – Installation de civilisations protoceltes en Gaule.

1200 av. J.-C. – Début de l'âge du fer ; civilisation des « champs d'urnes ».

500 av. J.-C. – Début de la civilisation de La Tène (second âge du fer).

390 av. J.-C. – Les Gaulois de Brennus s'emparent de Rome après 7 mois de siège et se retirent contre une forte rançon.

52 av. J.-C. – Défaite d'Alésia. Echec de l'insurrection des Gaules de Vercingétorix.

43 av. J.-C. – Fondation de la colonie romaine de Lugdunum (Lyon).

12 av. J.-C. – Réunion du premier « concile des Gaules », assemblée provinciale des chefs des Gaules.

21 – Révoltes de Sacrovir et de Florus.

68 – Révolte de Vindex (gouverneur de Lugdunum).

69 – Tentative et échec de Sabinus d'un « empire des Gaules ».

162 – Incursions germaniques en Gaule.

177 – Martyres de chrétiens à Lyon (sainte Blandine).

193 – Claudius Albinus se fait proclamer empereur par ses légions en Bretagne.

197 – Septime Sévère défait Claudius Albinus près de Lyon.

313 – Edit de Milan venant confirmer la liberté de culte pour les chrétiens et la restitution des biens confisqués.
406 – Burgondes, Vandales et Suèves envahissent la Gaule.
451 – Aetius bat les Huns sur les champs Catalauniques près de Châlons-sur-Marne. – Avènement du chef franc Mérovée.
476 – Romulus Augustule est déposé. Fin de l'Empire romain d'Occident.
481 – Avènement de Clovis, qui devient roi des Francs.
486 – Clovis bat Syagrius à Soissons.
493 – Mariage de Clovis et de Clotilde (Burgonde).
496 ? – Baptême de Clovis à Reims.
507 – Victoire de Clovis contre les Wisigoths à Vouillé.
vers 510 – Publication de la loi salique.
511 – Mort de Clovis, son royaume est partagé entre ses quatre fils (Thierry, Childebert, Clodomir et Clotaire).
534 – Les Francs conquièrent le royaume burgonde.
558 – Mort de Childebert, Clotaire seul roi des Francs.
561 – Mort de Clotaire, partage du royaume entre ses quatre fils.
567 – Mort de Charibert, nouveau partage, formation des royaumes de Neustrie, Austrasie et Burgondie.
575 – Assassinat de Sigebert.
584 – Assassinat de Chilpéric.
573-593 – Episcopat de Grégoire de Tours.
597 – Mort de Frédégonde.
629 – Mort de Clotaire II, son fils Dagobert prend la tête du royaume. Début d'un règne de dix ans d'importantes réformes.
638 – Fondation de la foire de Saint-Denis.
639 – Mort de Dagobert Ier, partage du royaume entre ses deux fils.
vers 640 – Début du règne des maires du palais.
656 – Mort de Sigebert III, Grimoald maire du palais usurpe le trône pour son propre fils Childebert.
662 – Assassinat de Grimoald, Clotaire III reste seul roi.

675 – Assassinat de Childéric II.
679 – Thierry III accède à la tête du royaume franc.
680 – Pépin II d'Héristal maire du palais d'Austrasie.
714 – Mort de Pépin. Révolte des Neustriens contre l'Austrasie.
724 – Charles Martel devient maire du palais d'Austrasie et réduit les Neustriens à l'obéissance.
732 – Charles Martel remporte la bataille de Poitiers contre les Musulmans.
737 – Charles Martel gouverne seul à la mort de Thierry IV ; vacance du trône.
743 – Pépin et Carloman, fils de Charles Martel, offrent le trône à Childéric III.
751 – Pépin est élu roi à Soissons par une assemblée de nobles et d'évêques.
768 – Mort de Pépin le Bref à Saint-Denis.
771 – Mort de Carloman. Charles (Charlemagne) seul roi des Francs.
774 – Charles annexe la Lombardie.
778 – Mort de Roland à Roncevaux.
800 – *25 décembre*. Charlemagne est couronné empereur à Rome par le pape Léon III.
806 – Charlemagne partage son royaume entre ses trois fils Charles, Louis et Pépin.
810 – Mort de Pépin.
811 – Mort de Charles.
814 – *28 janvier*. Mort de Charlemagne à Aix-la-Chapelle, Louis le Pieux lui succède.
817 – Louis proclame son fils Lothaire empereur, rompant avec la tradition franque de partage. Louis reconnaît la liberté d'élection des papes.
833 – Révolte des grands du royaume et déposition de Louis le Pieux.
840 – Mort de Louis le Pieux.
842 – Serments de Strasbourg.
843 – Traité de Verdun, et partage de l'Empire entre Louis, Charles et Lothaire.

845 – Pillage de Paris par les Normands.
875 – Charles le Chauve couronné empereur à Rome.
877 – Capitulaire de Quierzy. Mort de Charles le Chauve.
885 – Siège de Paris par les Normands, repoussés par Eudes, fils de Robert le Fort.
888 – Eudes proclamé roi à Compiègne.
909 – Fondation du monastère de Cluny.
911 – Traité de Saint-Clair-sur-Epte entre Charles III le Simple et Rollon qui acquiert le duché de Normandie.
987 – Hugues Capet est élu et couronné roi à Senlis par les grands du royaume.
1066 – Guillaume de Normandie remporte la bataille de Hastings (Angleterre) et se fait couronner roi d'Angleterre.
1095 – Concile de Clermont. Urbain II prêche la première croisade.
1099 – Prise de Jérusalem par les croisés.
1112 – Saint Bernard entre à Cîteaux, puis fonde Clairvaux (1115).
1122 – Suger, abbé de Saint-Denis.
1137 – *22 juillet.* Mariage de Louis VII avec Aliénor d'Aquitaine.
1152 – Louis VII répudie Aliénor d'Aquitaine qui épouse Henri Plantagenêt.
1180 – Couronnement de Philippe II Auguste.
1190 – Départ de Philippe Auguste en croisade.
1204 – Philippe Auguste achève la conquête de la Normandie.
1208 – Début de la croisade contre les Albigeois sous la conduite de Simon de Montfort.
1213 – Bataille du Muret.
1214 – Victoire de Bouvines.
1226 – Louis IX est sacré à Reims. Régence de Blanche de Castille.
1229 – Traité de Paris avec Raymond VII qui met fin à la croisade des Albigeois.

1242 – Victoire de Saint Louis sur Henri III d'Angleterre à Taillebourg et à Saintes.
1248 – Départ de Saint Louis pour la croisade. Nouvelle régence de Blanche de Castille.
1250 – Saint Louis et son armée sont faits prisonniers.
1259 – Traité de Paris ; restitution d'une partie des possessions anglaises, Henri III d'Angleterre devient vassal du roi de France et lui prête hommage.
1270 – Mort de Saint Louis à Tunis. Philippe III le Hardi lui succède.
1285 – Philippe IV le Bel roi de France.
1302 – Première réunion des « états » du royaume (états généraux) contre les prétentions pontificales et pour l'indépendance du roi face au pape. Défaite de Courtrai.
1303 – Attentat d'Anagni contre le pape Boniface VIII.
1307 – Arrestation des Templiers en France.
1308 – Mariage d'Edouard II d'Angleterre et d'Isabelle de France.
1309 – Fixation du pape en Avignon.
1314 – Procès et exécution de chefs templiers dont Jacques de Molay. Scandales à la Cour. Incident de la tour de Nesle. Mort de Philippe le Bel.
1317 – Assemblée des « états » à Paris et à Bourges, qui confirment le principe de loi salique.
1328 – Avènement de Philipe VI de Valois et sacre à Reims.
1337 – Edouard III d'Angleterre revendique le trône de France, Philippe VI prononce la saisie de la Guyenne. Début de la guerre de Cent Ans.
1340 – *24 juin.* Destruction de la flotte française à la bataille de L'Ecluse.
1346 – *26 août.* Défaite de Crécy.
1347 – Prise de Calais par les Anglais.
1348 – La Grande Peste en France.
1356 – *19 septembre.* Défaite de Poitiers. Jean II est fait prisonnier par les Anglais.

1358 – *Janvier.* Signature du traité de Londres. – *22 février.* Etienne Marcel soulève Paris contre le Dauphin, avec l'aide de Charles le Mauvais. Jacquerie.

1360 – Traité de Brétigny et paix de Calais. Edouard III d'Angleterre renonce au trône de France en échange de l'Aquitaine.

1361 – Jean II le Bon héritier du duché de Bourgogne.

1364 – Charles V roi de France.

1370 – Du Guesclin devient connétable de France.

1378 – Début du grand schisme d'Occident.

1392 – « Folie » de Charles VI.

1396 – Début du conflit ouvert entre les ducs de Bourgogne et d'Orléans.

1407 – *23 novembre.* Jean sans Peur, duc de Bourgogne, fait assassiner Louis d'Orléans à Paris.

1413 – Emeute des Cabochiens à Paris.

1414 – *23 mai.* Traité de Leicester ; alliance entre l'Angleterre et les ducs de Bourgogne. – Paix d'Arras entre Armagnacs et Bourguignons.

1415 – *25 octobre.* Défaite de la chevalerie française à Azincourt.

1418 – *Mai.* Les Parisiens ouvrent la capitale aux Bourguignons.

1419 – *10 septembre.* Assassinat de Jean sans Peur au pont de Montereau.

1420 – *21 mai.* Traité de Troyes entre Philippe le Bon, Charles VI et Henri V. Le dauphin Charles dépossédé du trône de France.

1422 – Mort de Charles VI. Le Dauphin se proclame roi à Bourges.

1429 – *Mai.* Jeanne d'Arc délivre Orléans. – *17 juillet.* Sacre de Charles VII à Reims.

1430 – *23 mai.* Jeanne d'Arc est capturée à Compiègne.

1431 – *30 mai.* Exécution de Jeanne d'Arc à Rouen.

1435 – *21 septembre.* Traité d'Arras entre Charles VII et Philippe le Bon.

1438 – « Pragmatique sanction » de Bourges de Charles VII affranchissant l'Eglise de France de la tutelle pontificale.

1445 – Institution des « compagnies de l'ordonnance du roi », premier pas vers la permanence d'une armée royale.

1450 – Charles VII reconquiert la Normandie.

1451 – Arrestation de Jacques Cœur.

1453 – Bataille de Castillon, reconquête de la Gascogne. Fin de la guerre de Cent Ans.

1461 – Louis XI roi de France.

1465 – *Mars.* Ligue du bien public.

1468 – Entrevue de Péronne entre Charles le Téméraire et Louis XI.

1472 – *22 juillet.* Charles le Téméraire échoue devant Beauvais défendue par Jeanne Hachette.

1477 – Mort de Charles le Téméraire devant Nancy. Marie de Bourgogne épouse Maximilien de Habsbourg.

1482 – Négociation d'Arras. Maximilien renonce à la Picardie et la Bourgogne.

1491 – Mariage d'Anne de Bretagne et de Charles VIII.

1494 – Charles VIII se proclame roi de Naples. Début des guerres d'Italie.

1499 – Mariage d'Anne de Bretagne avec Louis XII.

1500 – Traité de Grenade entre Louis XII et Ferdinand d'Aragon ; partage du royaume de Naples.

1511 – Le pape Jules II crée la Sainte Ligue contre la France. Excommunication de Louis XII.

1515 – Victoire de François Ier à Marignan.

1516 – « Paix perpétuelle » entre François Ier et les cantons suisses.

1519 – François Ier candidat à la couronne impériale.

1520 – *Juin.* Entrevue du Camp du Drap d'or. Henri VIII d'Angleterre reste neutre face à Charles Quint.

1525 – *Février.* Défaite de Pavie ; François Ier prisonnier.

1529 – *3 août.* Paix de Cambrai (la « paix des Dames »). François Ier conserve la Bourgogne et verse une rançon pour récupérer ses fils.

1534 – *17 octobre*. Affaire des Placards.
1539 – Ordonnance de Villers-Cotterêts.
1542-1560 – Expédition française en Ecosse.
1547 – Le Parlement institue la Chambre ardente pour lutter contre l'hérésie. Mort de François Ier.
1557 – Défaite de Saint-Quentin.
1558 – François de Guise s'empare de Calais.
1559 – Traité du Cateau-Cambrésis. Mort d'Henri II.
1560 – *Mars*. Echec de la conjuration d'Amboise. Michel de L'Hospital, chancelier. Mort de François II, Charles IX lui succède, régence de Catherine de Médicis et d'Antoine de Bourbon.
1561 – Echec du colloque de Poissy.
1562 – Edit de Saint-Germain réglementant l'exercice du culte protestant. *1er mars*. Massacre des protestants à Wassy. Première guerre de Religion.
1563 – *18 février*. Assassinat de François de Guise. – *19 mars*. Edit d'Amboise.
1567 – Deuxième guerre de Religion.
1568 – *23 mars*. Paix de Longjumeau mettant fin à la deuxième guerre de Religion.
1569 – Batailles de Jarnac et Moncontour. Troisième guerre de Religion.
1570 – *8 août*. Paix de Saint-Germain.
1572 – *24 août*. Massacre de la Saint-Barthélemy, mort de Coligny, abjuration de Condé et d'Henri de Navarre. Siège de La Rochelle. Quatrième guerre de Religion.
1573 – Paix de La Rochelle accordant la liberté de conscience et de culte à La Rochelle, Nîmes et Montauban.
1574 – Mort de Charles IX. Henri III lui succède.
1576 – Henri de Navarre abjure le catholicisme et reprend la tête du parti protestant. *8 juin*. Création de la Sainte Ligue.
1584 – *10 juin*. Mort du duc François d'Anjou, Henri de Navarre devient héritier du trône de France.
1588 – *12 mai*. Journée des Barricades, insurrection des

Parisiens contre Henri III. – *23 décembre*. Assassinat du duc de Guise et de son frère le cardinal de Lorraine sur ordre d'Henri III.

1589 – *1er août*. Assassinat d'Henri III par Jacques Clément. Henri de Navarre lui succède.

1593 – *25 juillet*. Henri IV abjure le protestantisme à Saint-Denis.

1594 – *22 mars*. Henri IV entre à Paris.

1595 – *5 juin*. Victoire d'Henri IV sur les Espagnols à Fontaine-Française.

1598 – *13 avril*. Edit de Nantes. Traité de Vervins entre Henri IV et Philippe II d'Espagne.

1610 – *14 mai*. Assassinat d'Henri IV par Ravaillac.

1614 – Ouverture des états généraux à Paris.

1617 – *24 avril*. Assassinat de Concini sur ordre de Louis XIII.

1624 – La reine mère fait entrer Richelieu au Conseil du roi.

1628 – *28 octobre*. Capitulation de La Rochelle.

1630 – *11 novembre*. Journée des Dupes.

1635 – La France déclare la guerre à l'Espagne.

1642 – Complot et exécution de Cinq-Mars. – *4 décembre*. Mort de Richelieu.

1643 – *14 mai*. Mort de Louis XIII. Régence d'Anne d'Autriche. Mazarin, chef du Conseil. Premières émeutes fiscales.

1648 – *24 octobre*. Traités de Westphalie. Fin de la guerre de Trente Ans. Arrestation de Broussel. Début de la Fronde parlementaire.

1649 – *5-6 janvier*. La Cour s'enfuit à Saint-Germain.

1652 – *21 octobre*. Retour du roi à Paris.

1653 – *3 février*. Mazarin rentre à Paris. Fin de la Fronde.

1661 – *9 mars*. Mort de Mazarin. Gouvernement personnel de Louis XIV. – *5 septembre*. Arrestation de Fouquet.

1667 – *24 mai*. Guerre de Dévolution.

1668 – *2 mai*. Traité d'Aix-la-Chapelle.

1673 – Première coalition contre la France.
1678 – Traités de Nimègue.
1682 – Louis XIV s'installe à Versailles.
1683 – Seconde coalition (Provinces-Unies, Espagne, l'Empire et la Suède) contre la France.
1684 – Traité de Ratisbonne.
1685 – *18 octobre.* Révocation de l'édit de Nantes.
1688 – Début de la guerre de la ligue d'Augsbourg.
1692 – Défaite de la Hougue.
1697 – Traités de Ryswick.
1700 – *1er novembre.* Mort et testament de Charles II d'Espagne au profit du duc d'Anjou.
1701 – Début de la guerre de Succession d'Espagne.
1702-1704 – Révolte des Camisards.
1707 – Mort de Vauban.
1709 – Victoire de Malplaquet.
1710 – Création de l'impôt du dixième.
1713 – Traités d'Utrecht mettant fin à la guerre de Succession d'Espagne.
1715 – *1er septembre.* Mort de Louis XIV. Philippe d'Orléans, régent du royaume.
1716 – John Law fonde la Banque générale.
1718 – La banque de Law devient banque royale.
1720 – Law contrôleur général. Banqueroute de Law. – *Décembre.* Démission et fuite de Law.
1723 – Majorité de Louis XV.
1725 – Création de l'impôt du cinquantième. – *5 septembre.* Mariage de Louis XV avec Marie Leszczynska.
1733 – Guerre de Succession de Pologne.
1738 – Traité de Vienne. Fin de la guerre de Succession de Pologne.
1740 – *20 octobre.* Mort de Charles VI d'Autriche. Marie-Thérèse lui succède. Problème de la succession d'Autriche.
1744 – Louis XV déclare la guerre à l'Autriche et à l'Angleterre.

1745 – Victoire française à Fontenoy. Convention d'Aranjuez.

1748 – Traité d'Aix-la-Chapelle mettant fin à la guerre de Succession d'Autriche.

1749 – Disgrâce de Maurepas. Etablissement de l'impôt du vingtième.

1756 – Traité de Versailles. Alliance de la France et de l'Autriche. Début de la guerre de Sept Ans.

1759 – Deuxième condamnation de l'*Encyclopédie*.

1761 – Choiseul, secrétaire d'Etat à la Guerre et à la Marine.

1763 – *10 février*. Traité de Paris. Fin de la guerre de Sept Ans.

1766 – Conflit avec le parlement de Paris au sujet des affaires de Bretagne. Séance de la « flagellation ».

1771 – Exil du parlement de Paris. Réforme Maupeou.

1774 – *10 mai*. Mort de Louis XV, son petit-fils Louis XVI lui succède. Rétablissement des parlements. Turgot, contrôleur général des Finances.

1776 – Disgrâce de Turgot.

1778 – Traité de commerce et d'alliance entre la France et les Etats-Unis.

1781 – Edit réservant les grades militaires à la noblesse.

1783 – Traité franco-anglais de Versailles. Reconnaissance de l'indépendance des Etats-Unis.

1786 – Traité de commerce franco-anglais.

1787 – Disgrâce de Calonne. Exil du Parlement à Troyes. Rappel du Parlement.

1788 – Révolte des parlements. Convocation des états généraux.

1789 – *5 mai*. Ouverture des états généraux à Versailles. – *Juin*. Le tiers état se proclame Assemblée nationale. Serment du Jeu de paume. – *14 juillet*. Prise de la Bastille. – *Juillet*. Le roi rappelle Necker. La Grande Peur. – *Nuit du 4 août*. Abolition des privilèges. – *26 août*. Déclaration des droits de l'homme et du citoyen. – *5-7 octobre*. Journées d'octobre.

– *Décembre.* Lois instituant l'élection des pouvoirs locaux.

1790 – *12 juillet.* Constitution civile du clergé. – *14 juillet.* Fête de la Fédération au Champ-de-Mars.

1791 – Loi Le Chapelier : abolition des coalitions. – *22 juin.* Varennes. – *17 juillet.* Fusillade du Champ-de-Mars. – *1er octobre.* Réunion de l'Assemblée législative.

1792 – *20 avril.* Déclaration de guerre au roi de Bohême et de Hongrie. – *25 juillet.* Manifeste de Brunswick. – *10 août.* Prise des Tuileries. Suspension du roi. – *2-6 septembre.* Massacres de septembre. – *20 septembre.* Victoire de Dumouriez et Kellermann à Valmy. – *21 septembre.* Abolition de la royauté. Déclaration de la Ire République. – *Décembre.* Procès du roi.

1793 – *21 janvier.* Exécution du roi. – *10 mars.* Création du Tribunal révolutionnaire. – *10 mars.* Début de l'insurrection en Vendée. – *2 juin.* Arrestation des Girondins. – *23 août 1793.* Levée en masse – *17 septembre.* Loi des suspects. Début de la Terreur. – *Octobre.* Exécution des Girondins.

1794 – *Mars.* Arrestation des dantonistes. Exécution des hébertistes. – *Avril.* Exécution des dantonistes. – *27 juillet [9 thermidor].* Chute de Robespierre.

1795 – *Mai.* Suppression du Tribunal révolutionnaire. Terreur blanche. – *Août.* Constitution de l'an III : le Directoire. – *5 octobre [13 vendémiaire].* Bonaparte, appelé par Barras, écrase l'insurrection royaliste.

1796 – *Mars.* Bonaparte, commandant en chef de l'armée d'Italie. – *10 mai.* Conjuration des Egaux, arrestation de Gracchus Babeuf. – *Novembre.* Bataille d'Arcole.

1797 – *4 septembre.* Coup d'Etat du 18 fructidor des Directeurs contre les royalistes. – *17 octobre.* Traité de Campoformio avec l'Autriche.

1798 – *11 mai.* Coup d'Etat du 22 floréal contre les Jacobins. – *Mai.* Départ de l'expédition d'Egypte. – *Août.* Défaite d'Aboukir.

1799 – *Mai.* Election de Sieyès au Directoire. – *9 novembre.* Coup d'Etat du 18 brumaire. – *23 novembre.* Constitution de l'an VIII ; Bonaparte, Cambacérès et Lebrun consuls.

1800 – *Février.* Création de la Banque de France. – *14 juin.* Bataille de Marengo.

1801 – *9 février.* Traité de Lunéville entre la France et l'Autriche. – *15-16 juillet.* Signature du Concordat.

1802 – *27 mars.* Traité d'Amiens scellant la paix entre la France et l'Angleterre. – *2 août.* Bonaparte consul à vie.

1803 – *Mars-avril.* Création du Franc germinal et réforme monétaire.

1804 – *21 mars.* Exécution du duc d'Enghien. – *21 mars.* Promulgation du Code civil. – *18 mai.* Constitution de l'an XII, Napoléon empereur des Français. – *2 décembre.* Sacre de Napoléon.

1805 – *21 octobre.* Défaite de la flotte française à Trafalgar. – *2 décembre.* Victoire d'Austerlitz.

1806 – *14 octobre.* Victoire de Iéna. – *21 novembre.* Décret de Berlin : blocus continental contre l'Angleterre.

1807 – *8 février.* Victoire de Napoléon à Eylau. – *14 juin.* Victoire contre les Russes à Friedland. – *7-9 juillet.* Traité de Tilsit. Alliance de Napoléon et du tsar.

1808 – *Mai.* Insurrection contre les troupes françaises de Murat en Espagne.

1809 – *Juillet.* Victoire contre l'Autriche à Wagram.

1810 – *2 avril.* Mariage de Napoléon et de Marie-Louise d'Autriche.

1812 – *Juin.* Début de la campagne de Russie. – *18 septembre.* Début de la retraite de Russie. – *24-28 novembre.* Désastre de la Berezina.

1813 – *18 octobre.* Défaite de Leipzig (« bataille des Nations »).

1814 – *Janvier.* Les armées alliées entrent en France. Début de la campagne de France – *Février-mars.* Négociations de Châtillon. – *6 avril.* Abdication sans conditions de Napoléon à Fontainebleau. – *3 mai.* Louis XVIII rentre à Paris. Première Restauration. – *4 juin.* Octroi de la Charte constitutionnelle. – *8 septembre.* Début du congrès de Vienne.

1815 – *1er mars.* Napoléon débarque à Golfe-Juan. Les Cent-Jours. – *18 juin.* Waterloo. – *8 juillet.* Louis XVIII rentre à Paris. Seconde Restauration. – *Août.* Election de la Chambre introuvable.

1816 – *Septembre.* Dissolution de la Chambre introuvable.

1818 – *Mars.* Lois Gouvion-Saint-Cyr sur l'armée et la conscription.

1819 – *Mai-juin.* Lois de Serre sur la presse.

1820 – *13 février.* Assassinat du duc de Berry par Louvel.

1822 – Complots carbonaristes. Exécution des sergents de La Rochelle.

1824 – La Chambre retrouvée. – *Septembre.* Mort de Louis XVIII.

1825 – *27 avril.* Loi sur le « milliard » des émigrés. – *Mai.* Sacre de Charles X à Reims.

1827 – *5 novembre.* Dissolution de la Chambre des députés.

1829 – *8 août.* Ministère Polignac.

1830 – *16 mai.* Charles X dissout la Chambre. – *3 juillet.* Victoire de l'opposition aux élections législatives. – *5 juillet.* Prise d'Alger. – *25 juillet.* Ordonnances de dissolution de la Chambre des députés et suspension des libertés. – *27-29 juillet.* Les Trois Glorieuses. – *9 août.* Louis-Philippe Ier prête serment de fidélité à la Charte.

1831 – *Novembre.* Révolte des Canuts à Lyon.

1835 – *9 septembre.* Promulgation des lois de septembre.

1840 – Ministère Guizot.

1848 – *22 février.* Interdiction d'un banquet réformiste à Paris. – *23 février.* Insurrection parisienne. – *24 février.* Abdication de Louis-Philippe. Proclamation de la IIe République. – *Juin.* Fermeture des ateliers nationaux. Insurrection ouvrière à Paris (journées de juin). – *10 décembre.* Louis Napoléon

Bonaparte élu président de la République au suffrage universel masculin.

1849 – Victoire du parti de l'Ordre aux élections législatives (monarchistes et bonapartistes).

1850 – *Mars.* Vote de la loi Falloux sur l'enseignement. – *31 mai.* Loi restreignant le suffrage universel.

1851 – *2 décembre.* Coup d'Etat de Louis Napoléon Bonaparte. Soulèvement anti-bonapartiste dans 32 départements. – *20-21 décembre.* Plébiscite en faveur de Louis Napoléon Bonaparte.

1852 – *2 décembre.* Proclamation du Second Empire.

1854 – *27 mars.* La France et l'Angleterre déclarent la guerre à la Russie.

1856 – *30 mars.* Traité de Paris. Fin de la guerre de Crimée.

1858 – *19 février.* Loi de sûreté générale après l'attentat d'Orsini contre l'empereur. – *21 juillet.* Entrevue de Plombières entre Napoléon III et Cavour.

1859 – *Février.* Occupation de Saigon par les Français.

1860 – *Janvier.* Traité Cobden-Chevalier de libre-échange entre la France et l'Angleterre. – *Mars.* Traité de Turin : la France reçoit Nice et la Savoie. – *24 novembre.* Décret accordant aux Assemblées un droit d'adresse annuel.

1863 – La France impose son protectorat au Cambodge.

1864 – *17 février.* Manifeste des Soixante sur la représentation ouvrière. – *Mai.* Loi Ollivier sur le droit de grève.

1867 – *Février.* Retrait des troupes françaises du Mexique.

1870 – *2 janvier.* Ministère Ollivier. – *12 janvier.* Manifestation républicaine pour les funérailles de Victor Noir. – *13 juillet.* Dépêche d'Ems. – *19 juillet.* La France déclare la guerre à la Prusse. – *2 septembre.* Défaite de Sedan. – *4 septembre.* Chute du Second Empire. Proclamation de la IIIe République.

1871 – *28 janvier.* Armistice franco-prussien. – *18 mars.* Emeutes à Montmartre. – *26 mars.* Elections de la

Commune de Paris. – *10 mai.* Traité de Francfort. – *21-28 mai.* La Semaine sanglante à Paris. – *31 août.* Thiers président de la République.

1873 – *24 mai.* Mac-Mahon est élu président de la République.

1875 – *30 janvier.* Amendement Wallon instituant la République.

1876 – *5 mars.* Victoire des républicains aux élections législatives. Ministère Jules Simon.

1877 – *16 mai.* Renvoi de Jules Simon. – *Juin.* Dissolution de l'Assemblée. – *Octobre.* Nouvelle victoire des républicains aux élections.

1879 – *30 janvier.* Démission de Mac-Mahon. Jules Grévy est élu président de la République.

1881 – *16 juin.* Loi Ferry sur la gratuité de l'enseignement primaire. – *30 juin.* Loi sur la liberté de réunion. – *29 juillet.* Loi sur la liberté de la presse.

1883 – *25 août.* Traité de protectorat français sur le Tonkin et la Cochinchine.

1884 – *21 mars.* Loi Waldeck-Rousseau reconnaissant le droit syndical. – *5 avril.* Loi d'organisation municipale. Loi Naquet sur le divorce.

1887 – *2 décembre.* Démission de Jules Grévy à la suite du scandale Wilson (affaire des décorations).

1889 – *Janvier.* Election de Boulanger à Paris. Dissolution de la Ligue des patriotes. – *Avril.* Fuite de Boulanger.

1890 – *12 novembre.* Toast d'Alger. Le cardinal Lavigerie invite les catholiques à se rallier à la République.

1891 – *Avril.* Accord franco-russe. – *1er mai.* Grève et échauffourée à Fourmies.

1892 – Scandale du canal de Panama.

1894 – *Décembre.* Procès du capitaine Dreyfus.

1898 – *13 janvier.* Le *J'accuse* d'Emile Zola dans *L'Aurore.* – *Septembre.* Crise de Fachoda entre Anglais et Français.

1899 – *Juin.* Tentative de coup d'Etat de Déroulède. Second procès de Dreyfus, finalement gracié.

1904 – *8 avril.* Traité franco-anglais (l'Entente cordiale). – *30 juillet.* Rupture des relations diplomatiques entre la France et le Vatican à la suite de la loi Combes.

1905 – *31 mars.* Incident franco-allemand de Tanger. – *25 avril.* Fondation de la SFIO. – *Décembre.* Loi de séparation de l'Eglise et de l'Etat.

1908 – *1er août.* Clemenceau ordonne l'arrestation de syndicalistes CGT à la suite des grèves ouvrières.

1911 – *1er juillet.* Crise d'Agadir.

1912 – *Mars.* Convention de Fès. Protectorat français sur le Maroc.

1913 – *7 août.* Loi portant le service militaire à trois ans.

1914 – *28 juin.* Assassinat de l'archiduc François-Ferdinand d'Autriche à Sarajevo. – *31 juillet.* Assassinat de Jean Jaurès. – *1er août.* L'Allemagne déclare la guerre à la Russie. Mobilisation générale en France. – *3 août.* L'Allemagne déclare la guerre à la France. – *5-12 septembre.* Bataille de la Marne.

1915 – *Février.* Début de l'opération des Dardanelles. – *Septembre.* Offensives franco-anglaises en Artois et en Champagne.

1916 – *21 février.* Début de la bataille de Verdun.

1917 – *2 avril.* Les Etats-Unis déclarent la guerre à l'Allemagne. – *Avril.* Mutineries au sein des troupes françaises. – *15 mai.* Nivelle est remplacé par Pétain à la tête des armées françaises. – *17 novembre.* Ministère Clemenceau.

1918 – *3 mars.* Traité de Brest-Litovsk entre la Russie bolchevique et les Empires centraux. – *21 mars.* Offensive allemande sur la Somme et rupture du front. – *26 mars.* Le maréchal Foch est nommé généralissime des forces alliées. – *11 novembre.* Armistice de Rethondes.

1919 – *28 juin.* Signature du traité de Versailles. – *30 novembre.* Elections législatives : la Chambre « bleu horizon ».

1920 – Congrès de Tours. Scission entre SFIO et PCF.

1923 – *11 janvier.* Occupation de la Ruhr par les troupes françaises et belges.
1924 – *11 mai.* Victoire du Cartel des gauches aux élections législatives.
1926 – *Juillet.* Chute du franc sur les marchés de change. – *23 juillet.* Gouvernement d'Union nationale mené par Poincaré.
1928 – *25 juin.* Dévaluation du franc. Abandon du franc germinal.
1933 – *30 janvier.* Hitler chancelier en Allemagne.
1934 – *Janvier.* Affaire Stavisky. – *6 février.* Manifestations antiparlementaires des ligues d'extrême droite. Fusillades place de la Concorde. – *Février-novembre.* Echec de la réforme constitutionnelle du ministère Doumergue.
1936 – *3 mai.* Victoire du Front populaire aux élections législatives. – *Mai.* Grèves et occupations d'usines. – *7 juin.* Accords de Matignon.
1938 – *11 mars.* Anschluss : l'Autriche est annexée à l'Allemagne. – *29-30 septembre.* Conférence de Munich.
1939 – *23 août.* Pacte germano-soviétique. – *1er septembre.* L'Allemagne envahit la Pologne. – *3 septembre.* La France et l'Angleterre déclarent la guerre à l'Allemagne. – *27 septembre.* Dissolution du PCF.
1940 – *10 mai.* Début de l'offensive allemande en Belgique. – *18 juin.* Appel à la résistance du général de Gaulle réfugié à Londres. – *22 juin.* Signature de l'armistice à Rethondes. – *10 juillet.* Le Parlement accorde les pleins pouvoirs au maréchal Pétain. Pétain abroge la Constitution de la IIIe République et devient chef de l'Etat français. – *3 octobre.* Création d'un statut pour les juifs en France leur interdisant un certain nombre de fonctions. – *24 octobre.* Entrevue de Montoire entre Pétain et Hitler.
1941 – *22 juin.* Les armées de Hitler envahissent l'Union soviétique. – *7 décembre.* Pearl Harbor.
1942 – Procès de Riom. – *16-17 juillet.* Rafle du Vél'd'Hiv ».

– *8 novembre.* Débarquement allié en Afrique du Nord. – *11 novembre.* Les troupes allemandes envahissent la zone libre.

1943 – *16 février.* Service du travail obligatoire (STO). – *15 mai.* Création du Conseil national de la Résistance (CNR). – *3 juin.* Le général de Gaulle fonde le Comité français de libération nationale (CFLN). – *29 décembre.* Création des Forces françaises de l'intérieur (FFI).

1944 – *6 juin.* Débarquement allié en Normandie. – *25 août.* Libération de Paris. – *5 octobre.* Les femmes acquièrent le droit de vote. – *23 octobre.* Les Américains reconnaissent le gouvernement provisoire du général de Gaulle.

1945 – *8 mai.* Capitulation allemande. – *21 octobre.* Abolition de la Constitution de la IIIe République et élection d'une Assemblée constituante.

1945 – *23 novembre.* Formation d'un gouvernement tripartite (MRP-PCF-SFIO).

1946 – *20 janvier.* Démission du général de Gaulle. – *13 octobre.* Adoption de la Constitution de la IVe République.

1947 – Renvoi des ministres communistes. – Début de la guerre d'Indochine.

1951 – *18 avril.* Traité de Paris instituant la Communauté européenne du charbon et de l'acier (CECA).

1954 – *7 mai.* Défaite française à Diên Biên Phu. – *21 juillet.* Signature des accords de Genève. Fin de la guerre d'Indochine. – *30 août.* L'Assemblée nationale rejette la ratification du traité de Communauté européenne de défense (CED). – *1er novembre.* Début de l'insurrection algérienne.

1956 – *Novembre.* Opération franco-anglaise sur le canal de Suez.

1957 – Traités de Rome. Création de la Communauté économique européenne (CEE).

1958 – *13 mai.* Insurrection en Algérie. – *1er juin.* De Gaulle est rappelé à la présidence du Conseil par le président de la République. De Gaulle obtient les pleins pouvoirs constitutionnels. – *28 septembre.* Adoption de la Constitution de la Ve République par référendum. – *21 décembre.* De Gaulle, président de la République.

1960 – *24-29 janvier.* Semaine des barricades à Alger.

1961 – *8 janvier.* Victoire du oui au référendum sur l'autodétermination en Algérie. – *Avril.* Putsch des généraux à Alger.

1962 – *18 mars.* Accords d'Evian. Fin de la guerre d'Algérie.

1963 – *22 janvier.* Traité de l'Elysée de coopération franco-allemande.

1965 – *19 décembre.* Election du général de Gaulle à la présidence de la République au suffrage universel.

1968 – *6 mai.* Début des manifestations étudiantes. – *30 mai.* Le général de Gaulle dissout l'Assemblée nationale. – *30 juin.* La droite gaulliste remporte les élections législatives.

1969 – *28 avril.* Démission du général de Gaulle. – *15 juin.* Georges Pompidou remporte les élections présidentielles. – *Septembre.* Discours de Chaban-Delmas sur la « nouvelle société ».

1972 – *27 juin.* Signature du Programme commun de la gauche.

1974 – *19 mai.* Valéry Giscard d'Estaing remporte les élections présidentielles.

1976 – Démission de Jacques Chirac, Raymond Barre Premier ministre.

1981 – *10 mai.* Victoire de François Mitterrand aux élections présidentielles. Abolition de la peine de mort. Loi sur les nationalisations.

1982 – *28 janvier.* Adoption du projet de loi sur la décentralisation. – *Juin.* Dévaluation du franc. Blocage des prix et des salaires. Premier « plan de rigueur ».

1986 – *22 mars.* Jacques Chirac, Premier ministre ; première cohabitation.

1992 – *20 septembre.* Référendum sur le traité de Maastricht.

1993 – *28 mars.* La droite remporte les élections législatives ; nouvelle cohabitation.

1995 – *7 mai.* Jacques Chirac est élu au second tour des élections présidentielles.

1997 – *1er juin.* La gauche (PS-Verts-PC) remporte les élections à la suite de la dissolution de l'Assemblée nationale ; troisième cohabitation.

2007 – *Mai.* Nicolas Sarkozy, président de la République.

Table

Du même auteur :

Chez Grasset :

La Machine égalitaire, 1987.
La Grande Illusion, 1989.
L'Argent fou, 1990.
La Vengeance des nations, 1991.
Français, si vous osiez, 1991.
Le Média-choc, 1993.
www. capitalisme.fr, 2000.
Épîtres à nos nouveaux maîtres, 2003.
Les Prophètes du bonheur. *Une histoire personnelle de la pensée économique*, 2004.
Ce monde qui vient, 2004.
Le Crépuscule des petits dieux, 2006.
Une sorte de diable. *Les vies de John M. Keynes*, 2007.
Dix jours qui ébranleront le monde, 2009.
Une histoire politique des intellectuels, 2010.

Chez d'autres éditeurs :

L'Informatisation de la société, *avec Simon Nora,* Le Seuil, 1978.
L'après-crise est commencé, Gallimard, 1982.

L'AVENIR EN FACE, Le Seuil, 1984.
LE SYNDROME FINLANDAIS, Le Seuil, 1986.
LE NOUVEAU MOYEN ÂGE, Gallimard, 1993.
CONTREPOINTS, recueil d'articles, Le Livre de Poche, 1993.
DEUX FRANCE, Plon, 1994.
LA FRANCE DE L'AN 2000, Odile Jacob, 1994.
L'IVRESSE DÉMOCRATIQUE, Gallimard, 1994.
ANTIPORTRAITS, Gallimard, 1995.
LA MONDIALISATION HEUREUSE, Plon, 1997.
LOUIS-NAPOLÉON REVISITÉ, Gallimard, 1997.
AU NOM DE LA LOI, Gallimard, 1998.
SPINOZA, un roman juif, Gallimard, 1999.
LE FRACAS DU MONDE : JOURNAL DE L'ANNÉE 2001, Le Seuil, 2002.
JE PERSISTE ET JE SIGNE, CONTREPOINTS II, recueil d'articles, Le Livre de Poche, 2002.

Composition par MCP - *Groupe JOUVE*

Achevé d'imprimer en août 2010 en Allemagne par
GGP Media GmbH
Pößneck (07381)
Dépôt légal 1re publication : septembre 2010
Librairie Générale Française
31, rue de Fleurus – 75278 Paris Cedex 06

31/2805/5